张炜文存
插图珍藏版 5 长篇小说

外省书

丑行或浪漫

山东教育出版社
SHANDONG EDUCATION PRESS

前 言

从二十世纪七十年代尝试写作到今天，张炜创作发表了大约一千五百万字的作品，这还不包括他亲手毁掉的约四百万字的少作。就体量而言，现当代的严肃作家几乎无人可出其右者。这些文字至广大而尽精微，有宏阔的视野和抱负，也有对人性与存在最幽微处的洞察和发掘。张炜不但代表齐鲁文学的高度，也一直屹立在中国文学的高原。鉴于此，我们请张炜先生编选了这套颇能代表其个人创作实绩的文丛，也希望它能成为引领读者深入张炜丰茂的文学世界的一个精要读本。

阅读张炜，并不是一件轻松的事情。

四十余年来，张炜切实参与了新时期文学的进程，且在每个时段均留下具有范本意义的作品，如《古船》《九月寓言》《你在高原》《融入野地》等代表作无一不被允为中国当代文学的经典。有意味的是，除了在二十世纪九十年代前期以忧愤的态度参与过人文主义精神的讨论，在更多的时间里，他与所谓的文学热点和流行话题自觉保持着距离，他的创作也很难被妥帖地归类到某一文学思潮和概念之下。比如，在一些文学史中，《古船》是反思文学的集大成之作，在另一些文学史中，它是改革文学的扛鼎之作，还有一些文学史则将其放入寻根文学的专章中讨论。事实上，张炜对庞大之物近乎偏执的关怀，他那些让人战栗的道德诘问，他交织着时代的迫力、灵魂创伤与人类苦难的文字所彰显出来的写作的德性和思想性都决定了他不会是一个文坛的"弄潮儿"，恰恰相反，他常常是潮流化写作的反动者。可是，当我们以文学史的眼光回头打量他所置身的文学时代，又会讶异地发现，原来有那么多重要的文学话题，张炜在它们成为热点之前便已做出实践或洞见。比如，批评界一度称许新历史主义写作，尤其推重以个人史、家族史取代阶级史和革命史的写作范式，在批评家们罗列出一通九十年代的重要文本之后，蓦地发现发表于一九八六年的《古船》已经几乎包孕了这个写作范式所有可能的向度，并且以家族史和阶级史并举的方式避免了新历史主义容易滋生的意义偏失。又如，近年来批评界强调发掘中国本土的叙事资源，激活汉语传统美学的意义，而多年来张炜持续与古老而灵性不散的齐文化和更古老的神话传统对话，他在演讲中说过："怪力乱神基本上是文学的巨资。"他在《〈楚辞〉笔记》《也说李白与杜甫》等诠解古代经典的散文中所表现出与前贤思接千载的会心以及借此获得的启悟，在《外省书》中对史传记人方式的创造性化用，也显见他对本土文学传统的倚重。再如，新世纪的底层文学蔚为壮观，欲迷人眼，当批评界顺着"底层"的概念前溯时，即会注意到张炜很早之前即有这样的提醒："一个作家心灵的指针要永远指向生活在最底层的人们。"甚至有时，张炜会因创作上的前瞻意识让他的作品陈义过高而逾越出时代的理解和逻辑框架，导致外界严重的错位式的误读，如对其"道德理想主义"的标签化概括，以及连带的反现代性的保守立场的质疑等，在我看来，即属此例。

关注张炜的人都知道，《九月寓言》发表后，他一直承受着来自标榜启蒙现代性立场人士的非议，认为他的作品存在着一个善恶、正邪、大地伦理与现代文明的二元结构，并以对后者的弃绝将自己变成一个与潮流逆势的具有强烈乌托邦气质的不合时宜者。张炜对此决不妥协，他把道德力量视作一个写作者才华和人格构建的关键部分，依旧以近于独战的姿态横对失范的科技理性和物质欲望。阅读张炜的这些文字，常常让人想到二十世纪思想史和文学史上被划归到文化保守主义阵营的那些名字，学衡派、新儒家、杜亚泉、梁漱溟、梁实秋……他们在历史潮汐的进退中也一度被时人视为逆流而生的卫道士，是螳臂当车的文化反动势力，但当后来的人们跳出时代的烟云却发现，他们的探求和思索与西方近现代以来尤其是启蒙迷思被世界大战轰毁之后兴起的新人文主义思潮遥相呼应，他们代表的是对人类中心主义和工具理性万能论进行自我反省与批判的另一现代性路径，是参与现代性对话的建设性思维，也是与主导性的历史行为和历史观念相对峙的必不可少的制衡力量。当代西方最重要的伦理学家麦金太尔在他的《德性之后》中曾提出一个重要的问题：谁来为失去形而上学品质的现代人的精神立法，或者说，在德性被放逐的时代还有没有对个人而言的至善的目标？他如此质问道："道德行为者从传统道德的外在权威中解放出来的代价是，新的自律行为者可以不受外在神的律法、自然目的论或等级制度的权威的约束来表达自己的主张，但问题在于，其他人为什么应该听从他的意见呢？"他认为当代人深陷一种"情感主义"的道德迷思中，走出这种迷思的根本在于为当代人重建德性，而"德性必定被理解为这样的品质：将不仅维持使我们获得实践的内在利益，而且也将使我们能够克服我们所遭遇的伤害、危险、诱惑和涣散，从而在对相关类型的善的追求上支撑我们，并且还将把不断增长的自我认识和对善的认识充实我们。"我们以为，张炜的"道德理想主义"也应在此意义上理解。他捍卫君子固穷的价值观、严守义利有别的守成文化立场其实是对上述现代人文主义思路的自觉传承，其间固然有接续"斯文"、承袭道统的传统天命意识，亦有在终极关怀的层面重建现代人的意义世界的激进实践意图。他坚守民间的姿态也绝非像某些批判者说的那样是蹈入了老旧道德的泥淖，这些批判者被时代困陷的局限让他们忽略或者说失察了张炜站在全人类立场的超越意识和存在意识。而且，张炜这一信念几乎在他写作之初就建立起来，它当然经过一个不断磨砺和成熟的过程，但并不像一些批评者描述的那样存在着一个从八十年代张炜到九十年代张炜的急遽转型。我们分明可以在老得、隋抱朴和宁伽之间看到一条贯通的精神的丝缕。我们也不应忘记，《你在高原》的写作所经历了漫长的二十二年，没有持之以恒的心力和不为世移的信念，这样一部描写五十年代生人意志、情感和命运的百科全书式的大书不会完成。

明乎此，我们也就不难理解为什么张炜的写作不能被简约地归类了，他的写作对应的并非时代，而是时间。他不存在趋时的问题，自然也就无法被时代利诱或者绑架；他能预知文学的热点，只是因为他内心有对文学恒常价值笃定的判断。也因此，我们以为，出于表达的权宜，人们可以用一些约定俗成的语汇来评价张炜其人其文，但必须警惕这些语汇对其文学世界丰富性的缩减。比如我们一再提到的"民间"。因为参照物的不同，"民间"至少有两重意涵，它既可以指与庙堂相对的知识分子的价值寄居地，亦可指与精英文化相对的大众化的文化生成空间。张炜的民间立场中和了这两种意义的理解，同时又对二者抱有清醒的审视。四十余年中，他像一个真正的地质工作者一样不断漫游在以其故地为中心辐射开的莽野林间，并反复倾诉这种"在民间"的行旅之于写作的滋养，因为这种跋涉不但是对民间的亲历和发掘，还构成与庙堂那种案牍之劳的有效区隔，是逃逸体制化和职业化写作伤害的最有效的方式，漫游让他的写作与那些想象民间的写作之间划开了一道鸿沟。与此同时，他赞美民间的苍茫与混沌，颂扬民间热辣活泼的不驯顺的生命热力，但并不以为这是可以豁免民间藏污纳垢的理由，事实上他也从未搁置对民间之恶的揭示和批判——把张炜的民间简略成浪漫的乡愁或野地的生趣显然是失当的。

同样，我们也应当小心在时下生态写作的浪潮里，对张炜写作呈现出的生态伦理观念的简单追认。的确，他二十年前在《寻找野地》等作品中对大地之灵踪的追觅放之今日依旧是不可掩其光彩的，而他笔下还有那么多多姿多彩、栩栩如生的动物形象，有那么多对自然魅性的倾心书写，但仅以生态立场来解读他的这些作品是远远不够的。他写有情的生灵万物，写悲悯的山河大地，会让人想起《猎人笔记》《鱼王》《白鲸》《草原》《白轮船》，也会让人想起楚辞和诗经里那些精魂不散的草木花树，他以对自然的敬畏尝试建立连接"宇宙的神性"的可能。而且他并没有像很多生态写作者习惯的那样，因为要质疑人类中心主义的僭妄，便把人排除在自然万有之外，在他笔下，我们总能找到一个辽远的人，一个因为自然而获得性灵延展的人，用里尔克的话说，这是一个"沉潜在万物的伟大的静息中"的人，他"不再是在他的同类中保持平衡的伙伴，也不再是那样的人，为了他而有晨昏和远近。他有如一个物置身于万物之中，无限地单独，一切物与人的结合都退至共同的深处，那里浸润着一切生长者的根"。某种意义上说，张炜文学世界的开阔和深邃来源于他对自然理解的开阔和深邃，来自于他作为野地之子深扎在大地中的根须。

阅读张炜的难度即在于习惯妥协和随顺的我们与一颗灼热的、忧虑的、高远的心灵对话的难度。"伟大的心魂有如崇山峻岭，风雨吹荡它，云翳包围它，但人们在那里呼吸时，比别处更自由更有力。……我不说普通的人类都能在高峰上生存。但一年一度他们应上去顶礼。在那里，他们可以变换一下肺中的呼吸，与脉管中的血流。在那里，他们将感到更迫近永恒。以后，他们再回到人生的广原，心中充满了日常战斗的勇气。"这是罗曼·罗兰在《米开朗琪罗传》的结尾部分谈到的，阅读张炜，我们会有庶几近似的感受。

本卷导读

本卷收入《外省书》和《丑行或浪漫》两部长篇小说。

《外省书》是张炜在上世纪九十年代创作的第四部长篇小说，首发于二十一世纪初，获首届齐鲁文学奖。小说既延续了《古船》等作的历史审视、人性探索和道德反思，也显现出他在新的时代语境里对以往创作的深化和超越。小说主要塑造了史珂和师麟两个大时代里的"多余人"的形象：一个是身处边缘的思想者，一个是被社会抛弃的刑满释放分子。前者孤独避世，沉思默想生命的本质，后者则以百折不挠的热情和高贵的热情，对抗生命的寂寥。小说进而通过他们辐射出一段苍茫的历史和被历史命运摆布的一代知识分子，深刻呈现了这代人在历史磨难和现实选择中的惶惑和焦虑，以及为寻找救赎而展开的忧愤的精神旅程。

《丑行或浪漫》是"一部奔跑的书，痴迷的书，苦爱之书，流连忘返之书，歌哭相随之书"，曾获全国畅销书奖。书中描写了一个丰硕健美的庄户女子刘蜜蜡恋上老师雷丁，后被邻村恶人强占，不堪其辱，趁隙逃跑。她在逃跑过程中遇上少年铜娃，暗自倾心。蜜蜡被抓回后被迫犯下命案，只能再次出逃。在二十年的流浪与追寻之后，终于在城市里和旧情人铜娃重逢。女主角刘蜜蜡粉白丰润、水灵动人，身体内有着蓬勃的情欲，也蕴藏着醇厚的母性。这位奔跑的野地女神任情任性，在与三许、双子、蔑儿等一个个的男人们邂逅又离开，这些所谓的"丑行"其实正是她恣肆迸射的生命热力，她在与自然的依偎和对穷苦者善意的呵护中化解掉命运叠加给她的悲苦。小说情节简洁然而又有着阔大的生命境界和历史意识。在语言上，张炜大量使用登州地区的方言，赋予了小说特别的风味，并与主题相得益彰。

目 录

卷一　史珂
卷二　史东旻
卷三　鲂鱼
卷四　师辉
卷五　肖蔷薇
卷六　狒狒
卷七　史铭
卷八　▓▓▓唐
卷九　胡春骑
卷十　弓荡▓▓
卷十一　英鲷

目 录

1　前　言
7　本卷导读

1　　外省书
7　　卷一　史珂
37　　卷二　史东宾
63　　卷三　鲈鱼
95　　卷四　师辉
125　卷五　肖紫薇
155　卷六　狒狒
181　卷七　史铭
212　卷八　元吉良
233　卷九　胡春旖
263　卷十　马莎
283　卷十一　真鲷

311　丑行或浪漫
317　第一章　南瓜饼
357　第二章　金色睫毛
405　第三章　食人番家事
455　第四章　浪女
499　第五章　河马传
545　第六章　飞驴
585　第七章　初识不夜城
639　第八章　家有蜜蜡

658　附　录

外省书

《外省书》书影,作家出版社二〇〇〇年十月版。

《外省书》书影，天地图书有限公司二〇〇一年六月版。

各版本的《外省书》

《外省书》手稿

卷一　史珂

一

　　史珂每一次走在路上都想：我是最后一次到这里来了。前边，一抬头就是那座孤另另的房子，乌黑，沉重，湿漉漉的，在一片稀疏的压杂树林子里。他一看到它的影子就开始骂自己，就这么骂着走进去。屋里是一个行动不便的巨人，半坐半卧在大得出奇的土炕上，旁边是服侍他的外甥女。他们对视着，好像又一次猜对了他的心思。史珂厌恶这种眼神，心里说：我是来告别的，我随时都可以离去，你们这对可怜的人。他有时觉得这个杂乱空旷的屋子汇集了全世界的肮脏，有时又在心里把"肮脏"二

卷一 史珂

一

史珂一踏上这条小路就有点后悔。前边是那座孤零零的大屋子,它压在一片杂树林子里,黑乌乌沉甸甸。他像被它的磁力抓住了似的,每一次都要迎着走过去。屋里有个行动不便的人半坐半卧在大炕上,旁边站着他的外甥女。炕上的人每扫来一眼都令史珂不悦,他开始坐立不安。他心里说:我这回是来告别的……杂乱空旷的大屋子简直汇集了全世界的隐秘,有一种说不清的东西在四周弥漫。再到哪儿去呢?他徘徊,踌躇,磨蹭了一会儿,最后还是坐到了炕边那把破藤椅上。他接过姑娘递来的一杯老茶吸吮着,开始怜悯自己。他知道炕上那个高高大大的家伙已经是他的朋友了,他们大概无法分开。

秋天刚刚来临,这个额头鼓鼓的四川籍小女子就采来了菊竽花。她何等尽职,这会儿已经在屋角生起了废油桶改制的大火炉,烧好了洗澡水。屋角挂了浴帘,遮住了当地出产的一个粗陋的大浴缸。每天一早,热气腾腾的浴缸里总是浸了苦艾、桂叶、拳参、冬青一类草药,她给他搓洗,呵斥,直忙到九点多钟。史珂每次进门都要迎着满屋刺鼻的草药味,透过水气看那家伙歪在炕上读书。满头披挂水珠的外甥女笑吟吟的,一见侄子对归来的叔父处之殷勤。史珂从来不喜欢殷勤,因为他知道殷勤这种东西不能持久。果然,一年之后他执意要从侄儿家中搬走,搬到海边的一所孤屋中。这屋子就在河湾一带的防风林中,属于祖产的一部分,早已破损得不成样子。侄儿一边咕哝"简直是疯了",一边抓起手提电话鸣之哇之一阵。只两天时间,史珂变手下的人就把一个陋屋修好,把一位沉默的老人请了进去。

林涛海浪代替了邻居,史珂知道有什么新东西要开始了。这年头的时髦一直围逼过来,新东西却不多。他欣喜地看之四周,觉得时间正从脚踏之地滋生出来。好之回忆的日子来到了。这样的日子在京城没有,在浅山市侄儿的家里也没有。市区与海边河湾之间是一两千他放下书就走过来,听着他对来客数数叨叨。

"你看看这孩子的头发,我的老天!密匝匝苘麻一样,一把都攥不透。她的小嘴儿一天到晚湿漉漉的。鼻子翘翘着,脑瓜四周全是小绒毛儿……我这辈子也没见这样的小脑瓜。老天,胸脯上趴了两只小鹌鹑,一天到晚沙啦沙啦叫……"

史珂额上的血管突突跳。他砰一声搁了杯子。

"我不说了,再不说了——这总行了吧?哎哟我的老伙计……"

姑娘到浴帘后面去了,大概是放掉洗澡水,传来哗哗的水声。她再次回到炕边照料病人:"你呀,你呀!"她推拥他、把毛巾围上他的下巴。史珂低头吮茶,像打瞌睡一样。他心里又在琢磨:自己真不该再到这里来了。

二

在试着做出那个决定之前,史珂就知道自己会多么孤单。他可怜自己。如今走在通往衰老的路上,害怕孤单了。四年前走出京城,凡能携走的杂七杂八他都带回来了。这儿是他的出生地,他就待在这儿了。京城太喧闹,一辈子都太喧闹。叶落归根吧。老友们为他惋惜:今后有个三长两短怎么办?他笑而不答,只顾收拾东西。其实京城已经没了亲人,早就没了。而在故土,他至少还有一位侄子呢。离京前一年他去了一趟美国,哥哥史铭在那里定居。他一说自己的打算史铭马上赞同:回老家吧,京城有什么好待的。你回去，史东宾会把你照顾得无微不至。

史东宾是史铭与前妻之子。正如史铭所料，侄子对归来的叔父处处殷勤。史珂并不喜欢这样，因为他知道殷勤这种东西不能持久。果然，一年之后他就不得不从侄儿家搬走了，搬到海边的一所孤屋中。屋子建在河湾一带的防风林中，原属祖产，早已破损不堪。侄儿当时一边咕哝"简直是疯了"，一边抓起手机呜呜哇哇一阵。只几天时间，他手下的人就把一个陋屋修好，把老人请了进去。

真正是傍海而居。突然而至的沉寂中，史珂知道有什么新东西要开始了。这年头无边的时髦围逼过来，新东西却不多。他欣喜四顾，觉得崭新的时间正从脚下滋生。好好回忆的日子来到了。它在京城没有，在浅山市侄儿的家中也没有。市区与河湾之间有两个村落，所以这儿偶尔有人捕鱼采菇。这些人并不妨碍回忆。他刚刚与之对应几句，他们立即惊呼："京腔儿！"史珂心头一动。他已经在一年多的时间里努力操练故语，总是毫不留情剪除儿化音，最大限度减少卷舌动作，可最终还是被人指认。这很像在京城的情景——当年无论怎么用力，人家一厌耳朵就明明白白。一个主要元音的轻微卷舌处理不当，外地人身份即暴露无疑。融于京城的急切和苦恼一直伴随，直到今天，直到全部努力戛然而止——一种逆向过程却刚刚开始。一个人到了这把年纪还要含辛茹苦消除自己的声音标记，真是生之烦恼啊。相互熟悉一些了，对方难免要询问做些什么啊妻子儿女啊。只能沉默。好像多年来第一遭面对这样的问题：四十余年置身于一个显赫的学术机构，却没有一本著作。妻子已经辞世；儿女，没有。他的脑际倏然闪过一位西方诗人哀伤的句子："为那无望的热爱宽恕我吧／我虽已年过四十九岁／却无儿无女,两手空空,仅有书一本。"这诗用在自己身上还需几处改动:改年龄;"仅"改为"没"。这一改何等了得。他闭上眼睛。自己一辈子都是个旁观者,一辈子都在看、看。我的无用的人生啊。史珂曾试着把"旁观者"三个字换成"目击者",心头一热。

林中孤屋的无眠之夜,时钟的嘀嗒像在提醒自己身处荒凉。他记起史东宾的威胁:现在可不是过去,村人野性忒旺,抢劫杀人是常事,你一个人待在那里难保太平,除非派去一个加强连……蒙面大盗不来,史珂还真急呢。总之这是属于自己的时间,该做点什么了。读书,回想,而且要有笔记——说不定最后也会凑成"书一本"。午夜闪过一个美好的面容。"为那无望的热爱宽恕我吧……"一句出口,自觉热泪涌出,摸了摸脸上却是干的。

三

独居不久,他得知离河湾不远还有另一位老人:油库看守。一种特别的欣悦在心底漫开……后来的结识却令人失望。原来那人是一个被抛弃者,所谓的"刑满释放分子"。而且服刑的原因属于流氓罪,情节特别严重,在监狱几进几出。当地人都不愿接近这座大屋。丛林阴气很重,到处生满苔藓,猫头鹰大白天呼叫。因为那人犯罪的性质,他的妻子已经多次、也是最后一次离开了他。唯一的女儿与母亲同心同德,从不走近父亲一步，直到一年前他患了中风，高大的身躯訇然扑地，女儿才开始出现在那座大屋里。

　　史珂就是在病人大致能够自理的时候迈进门槛的。他发现这个油库看守简直是个巨人，仪表堂堂，有一双热情逼人的大眼，额上的几绺银发火焰一样飘动。他一见了史珂就哈哈大笑，声震屋梁，只一会儿工夫就与来客相熟得不得了。日子长了，史珂从这豪爽中感到的却是深长的寂寥。他叫师麟，南方人，曾是一位立过战功的军人。"我正经有几个战友呢！"师麟咧着大嘴。他让史珂干脆直呼自己的外号得了：鲈鱼！他的大眼乜斜着，"了不起的一种鱼啊，鱼类图谱上说它'口大，下颌突出；银灰色，背和鳍有小黑斑。栖息于近海——性凶猛'！"

　　他搬弄出一大摞书给史珂看，原来是一册册动植物图谱，"我愿意搞通它们的一些原理，有时一整天都在翻弄它们。这等于是按图索骥。真不容易啊，不看不知道，咱这儿的百合有六种；为了搞明白刺猬性交，我差不多整整花了五年时间……你也选个动物做外号吧，不用不好意思——下次我为你取一个！"史珂没有吱声。他发现这个南方人尽管一生多半时间都住在北方，孔武高大，可声音的标记还是保存下来。儿化韵走向衰亡；语气助词极为夸张。史珂盯住对方的阔嘴，真想看到元音怎样在那个平坦的大舌头上打滚。

　　那天余下的时间是参观领地。主人居住的大屋子南北向，最东边的两间坍了，剩下的完好部分也足有六十平米。这个未加间隔的大空间里有火炕、炉子，特别是有一个大澡盆。火炕大得出奇，长宽都在两米半以上，足可睡好几个巨人。炕头以及旁边的书架上都堆了不少书。史珂特别注意到这儿没有一件电器,不要说电视,连收音机都没有。篱笆院内,西边是南北向的水泥平台,那曾是废弃的油库;里面黑洞洞的,一只胖胖的黄毛大狗走出,"鲈鱼"马上问它:"老憨,俺进你家看看?"黄狗一声不吭。靠篱笆种了不少蔬菜。各种小动物在院中浮土上留下了杂乱的痕迹。

这里的茶苦极了。史珂认为这是一辈子喝的最苦的茶。"鲈鱼"说:"你的话太少了。"史珂未应。"为什么?性格?"史珂摇头。"鲈鱼"一哼:"你的性格活像我们'老憨'。"

当时"老憨"正站在门口,忽然扭头向外,尾巴摆动不止。"鲈鱼"赶紧下炕,拖着右腿快走几步,下巴开始剧烈抖动。

史珂真不敢相信这是真的。一个姑娘正走进院子,或许已经在栅栏门前站了一会儿,这时就要迈进屋里。她修长,白皙,一头短发漆黑发亮,几乎一进门就把下午的温煦和光明携来。史珂只一瞥,心头就动了一下。那是一个奇异的感受猝不及防袭来的结果。她站在那儿,让人不敢多看一眼——可这时笨拙的"鲈鱼"竟拖拉着身躯上前搂住她,一下一下抚摸起她的头发。"哦哟我的宝贝!我的……"他把她手里的东西飞快取下,急急介绍:"这就是我的孩子,我的阿辉——你看看吧!"

史珂发现师辉脸上泛出一丝微笑。"鲈鱼"目不转睛看女儿,嘴巴半张,下颌突出,露着一排整齐的下齿。真像一种鱼。他哭了,泪水顺着鼻侧流下。他转而介绍史珂时语气夸张,师辉咬着下唇才没有笑出来。"史叔叔好"。礼貌,矜持,多么标准的京腔。卷舌音恰到好处,清擦音完美无缺。史珂直到离开的那一刻还在惊讶,弄不明白这个姑娘究竟怎样掌握了那套一个女儿。她孝顺，体贴，也许是背着母亲来探望父亲了。是啊，谁有这样一个父亲却没有办法。史珂不由得将自己与"鲈鱼"咸了一番比较：都进入了老年，不过自己比对方年轻四五岁，当然，这也许报是为至要而一小段光阴；都独居在市郊而近海丛林中，我有收音机，他没有；不过他有一个懵之懂之的黄狗"老兽"。还有，主要是他有那么一个女儿。一想到这里就沮丧了。她那一口几乎是纯净到透明的京腔直到这会儿还在耳边回响。他不得不站起来学了一句。更而，我现在正是摊弃它们的时刻，独自一人回到了偏远的省份，因为我觉得京城不是为训！这样的话只有让一个老人来说，一个饱经沧桑的人来说……至于美丽的"孝拉"嘛，那就是另一回事了。

复杂的发音技巧。只有他知道这多么难,他为此奋斗了四十年。

四

又是午夜。史珂打开收音机,听了两句摇滚又赶紧关上。"有时候,你会觉得全世界都在'摇滚'。"他在笔记前怔着。深浅不一的笔迹,每天的只言片语。少而精,字字戳准。今夜刚写下几个字笔就松了:"他高大魁梧,身体状况很糟,但精力旺盛。"反复端详了一会儿,再添一行小字:"谁知道,这人也许是个善良的色鬼。"

关于他的女儿师辉还没有记上一笔。因为无从下笔。真怕不经意戳伤什么。唯有嫉羡。一个品行不端的人却有这样一个女儿。她孝顺,体贴,也许是背着母亲来探望父亲了。是啊,谁有这样一个父亲都没有办法。史珂不由得将自己与那人做了一番比较:都进入了老年,不过自己比对方年轻一点——这也许是极重要的一段光阴;都独居市郊丛林,我有收音机,他没有;不过他有一个懵懵懂懂的黄狗"老憨"。他有一个女儿——一想到这里就沮丧。她那口纯净到透明的京腔直到这会儿、直到午夜了还在耳边回响。他骂了自己一句。现在是什么时候啊,现在是摈弃的时刻,是独自一人回到了偏远省份。真的,京腔不足为训……这就是一个老人的判断,他饱经沧桑……至于美丽的师辉嘛,那就是另一回事了。

与那个不道德的家伙比了一会儿有的和没有的,想躺下睡一会儿了。可是刚刚闭眼又想到了一个微不足道的问题:我还比他少一个外号!像赌气似的，他最后向着黑洞洞的窗户吐出一句："我比你多了一个干干净净的人生！"

说完了才发觉这句话很像书面语，笑了。书生，然而……怎么也摆脱不掉无儿无女的哀伤，这都是触景伤情的缘故啊！那家伙让他触了个"大景"：孩子嘛，要么没有，要有就得亭亭玉立，惊世骇俗。史珂今夜不能原谅自己和妻子了，尽管妻子像个美妙的谜语一般。妻子也有责任，她不生育或是拒不生育。能力和态度压根就是两个问题啊。如果她能够再积极一些，如果做最后的一把努力，也许结局就大不一样了。

与自己不同，妻子差不多生来就有外号。她叫肖紫薇，字面上足够雅致，想不到却隐下一个滑稽的谐音：小刺猬。他这辈子大多数时间都这样叫着，即便在激烈争吵时也不例外。只有一段特别的时光他舍弃了这个称谓，那时他的心破碎了。史珂永远不愿回想那些日子。比较起一生中的这段遭遇，其他困苦磨难简直算不了什么。他在内心深处一直忍着，忍着没有离开京城。当时如果说出这个想法准会吓人一跳：疯了吗？一个人要奋斗多久才能跨进这个"中心"！是的。可忍着也是真的。早就该走了，然后，走了。

他们没有替别人算一笔账，所以才惋惜。要知道一个人在京城呆了四十年，一俟妻子过世，也就双手空空两眼茫茫。当他失去了爱妻、学问、朋友、梦中情人，也许还有支撑他活下去的——对世道人心的信任，最好的结局也许就是拍拍屁股回老家。

奇怪的是一夜未眠，早晨却无倦容。史珂热了一碗米粥喝下，觉得很好。简单的食物是抵抗那班王八崽子的良方之一，回想与史东宾合住的日子，早餐也是个麻烦。在侄儿的带领下，侄媳和孩子都起劲地研究西洋菜谱，中餐晚餐动不动就要吃半生不熟的牛排猪排，而且天色稍晚必要拉灭电灯点上昏暗的蜡烛；饮用的东西一概加冰，胃受凉了就大口喝健胃冲剂。早餐要有火腿咖啡牛奶，单面煎蛋和色拉。保姆已经更换了三次，辞退的主要原因是她们拒不接受洋人礼数。史珂已多次向侄媳提出喝一点粥、吃一点四川榨菜，对方总是充耳不闻，还说："去国外是早晚的事儿啦，如果现在不能适应……"史珂搬离他们当有更大理由，但起码饮食可以自己抉择了。侄媳按时让人送来做粥的大米和玉米粉，咕咕哝哝，说人啊，弄到最后还得认命。史珂开始不解，最后才知道她和史东宾曾找人为他算了一卦，卦辞大意是孤身一人不得善终之类。她和史东宾断定他要毁于荒村野盗之手。

上午八九点钟的野鸡叫个不停，此起彼伏。史珂舒展一下双臂，迎着近处的几声呼叫念道："世界是你们的，也是我们的，但归根结蒂是你们的。"举目四顾，心里还没有成形的念头，两脚却向着一个方向移动起来。又是冲着那座孤屋去的，他骂了一句。

这次一进门"鲈鱼"就手捧一册图谱迎上来，拍打着："看看吧，你的外号有了。琢磨这事儿可不是个轻松的活计啊。"史珂见又是一条鱼，一条何其漂亮的鱼！"鲈鱼"指点文字部分念道："真鲷，体高而侧扁。红色，有淡蓝色斑点。头大口小，栖于沙砾海底……一种上等食用鱼。"他大叫："啊哈，真是像你啊！'头大口小，体高而侧扁'——你看多像啊！还有，它的模样总像在庄重地思考，实际上不过是一道美餐。瞧这多像你们啊！"

史珂听得浑身灼热，在心里问："你们"包括谁啊？

五

自从有了外号，史珂一走到镜子前就要多瞥几眼。他不得不钦佩那个人出色的洞察力。真的，这家伙的目光入木三分。自己的头颅，唔，由于身材单薄的缘故吧，显得有些大了；"口小"，是的，以前"小刺猬"也这样说过："你这个小嘴儿"。那么圆润的儿化音只有地道的京城人才发得出。羞愧啊，自己那时连平声字都说不好。至于"体高而侧扁"，那是再明白不过了，瘦高个子嘛，扁平身材嘛。最让史珂诧异的是其他——"庄重地思考"。是的，许多人一生都在沉默，那堆积得如同山峦一般的冥思苦想啊，有什么用？它们甚至没有痕迹。很容易就被吞噬，所以……"美餐"！不必例举了。史珂认为自己也要设法弄一册鱼类图谱，以便随时端详真鲷那庄重的面容。

除了读书，就是忆想和记一点笔记。如今时间多得不得了。这不像在京城，那里的会议啊、讨论啊、种种消息的纠缠啊，还有无法言说的其他，总让人觉得紧迫之极，连去卫生间的工夫都没有。他那时像孔子——不是盯着一条河，而是看着哗哗冲下的自来水惊呼：逝者如斯夫！逝者未曾归于洁净的下游，而是马上跌进了脏臭的下水道。真让人痛悔失声，不堪回首。现在呢，一切重新开始，让"逝者"有个体面的去处罢。为了抵御那个老油库的诱惑，他想在屋前垦一块园圃。不仅是种种菜蔬，而且要有四季照料的庄稼。小麦、玉米、高粱、花生……要接受它们带来的各自有别的讯息。嗯，是这个意思。

他去市郊杂货店添置几件农具，然后干了起来。也许是他噗噗刨地的声音惊动了十几里外的侄媳，她第一天就驾车赶来了。她珠光宝气站在屋檐下，手搭眼罩望过来。当时是北风，所以他马上嗅到了浓烈的脂粉气。这是史东宾的第二个女人了，年轻，有极力敛起来的一股浪劲儿。她高耸的乳房主要得力于两块大海绵，史珂总是尽力避开它们。他是叔父啊。可恨的是他又不能闭上眼睛。人生阅历啊，过来人的知识的总和啊，很多时候总是加重了人的难堪。她喊叔叔了，他只得放下镢头走过去。

她上上下下端量，为他摘去胸前的草屑。两块大海绵。她笑得鼻子蹙起，像发现了叔父的新趣。她回身招呼一下，有个小姑娘从车上搬下一些吃的和用的。史珂像过去一样拒绝，东西也像过去一样放进屋里。小姑娘又回到车上了。侄媳坐在无漆木桌前。这张桌子大约有几十年的历史了，洁净淳朴，是史珂最喜爱的一件器具。他为喘息加剧的侄媳倒了一杯茶。她抓起来一饮而尽，说："俺自己叔俺从来不嫌，别人家老头倒茶俺才不喝。"史珂立刻有感激生出来。他这一会儿觉得，这个侄媳已经是难能可贵了，什么时代了啊。她站起，在屋里走几圈，在炕前站站，按按枕头，捏捏被子，叹息连连："看看吧，也没有个电视，也没有个女人。男人得照料啊，男人离了女人不行啊！"

她直盯盯看着史珂。史珂觉得她的眼睛是成熟和智慧的结晶，一个男性，无论多大年纪在它的照射下都会无可逃匿。"叔叔，本来呀，我和史东宾晚上合计，要给你请一个保姆。后来又一想不行。你年纪大了，不过也大不到什么都做不动的地步。所以，万一时间长了出了什么事，反招瘭乱。"史珂及时从中捕捉几个关键词："晚上合计"、"做"、"出了什么事"。他想说：你们"晚上合计"的不对，我不"做"，也出不了"什么事"——但保姆是不要的。他这样想了，没有说。他常常把"想过"代替"说过"，几十年都是如此。

"我和史东宾白天合计，干脆吧，就明媒正娶一个。婶子早就不在了，你也还好。看看刚才抡镢头那股劲儿吧！东宾公司里有个吴妈，做会计的，一个人十几年了没有一点儿风声，她这一二年也有意。人常看电视，想通了。"史珂听到最末一句脱口应道："可是我不看电视。"侄媳并未在意，说下去："照理说这不是我们晚辈该问的事，不过有话还是得说说。男人独身长了对身心都不会好，各种病都会得。不愿说话，再不就痴狂，都是淤出来的毛病。也不用不好意思，直话直说吧，什么时候都得'阴阳交合'啊！顶多明天后天，我把吴妈领来看看。要能住到一起，我和史东宾也就省心了。"

"你可千万别让那个吴妈到这儿来。我也不是好惹的……"史珂用这样一句结束了与侄媳的谈话。她离去了。他望着汽车扬起的尘土，又怀疑自己刚才那句话只是想过了，而没有正式说出。糟了，要耽搁大事了。

六

开垦告一段落时，他终于再次去了老油库。那天"鲈鱼"正好从浴缸里爬出来。史珂看着他发达的胸肌和背肉，看着水珠在富含皮脂的地方滑动，忍不住心中的惊叹。"鲈鱼"说："告诉你一个秘密吧，我至少会活一百二十左右；小零头还说不准。"史珂吐出一句："可你已经得了一次中风……""那不碍事！那不过是气血太旺的缘故——想想吧，一头雄狮困在六七平米的小屋中，我是指监狱，还不得病？"他望着窗外，右手按上胸脯，吟哦一般："我啊！"史珂笑了。对方迎着他闯过来一步，"你可不能对我存有偏见，存一丝都不行……其实那算什么啊，那不过是极左时期的刑事儿……到了现在，提倡还来不及呢！"史珂怀疑自己听错了那个关键词。

　　巨人在屋里踱步，低着头，撩起缠腰的浴巾擦脸。泪水不停地涌出，"我真是爱她们，一个一个，真爱。她们或迟或早也爱上了我。那些小脸儿呀。我在狱中没事了就是读书，想她们。人哪，为这个坐牢真是天底下最无公理之事！有些人只会恨、会嫉妒。一个预审官咬着牙对我喊：'王八蛋，我恨不得阉了你！'他们一点一点挖别人的隐私，毫无廉耻。"

　　为了打断对方的叙说，史珂问起了他的女儿。"鲈鱼"双眼瞬间发亮："小'考拉'？唔，这是她的外号，澳洲才有的小树袋熊……她是忙啊。世上没有比她更牵挂爸爸的了。她在市郊一所中学教书，多美好的职业啊！她一来就带书给我，知道我这一辈子都在读书——我们之间更多使用书面语交谈，文雅生动，其乐融融……"史珂听得眼睛发热。"鲈鱼"手撑窗框："不过我也该找个帮手了，免得孩子牵挂。我已经给四川的姐姐发了信，外甥女正好没事干，她会来服侍我！"

　　那天他从老油库回来，穿过灌木林，踏上松脂迷漫的小径，一眼就望见自己的棕色屋顶了。当他快步踏进刚刚垦了一半的园圃，看着被翻挖出来的木天蓼的嫩茎、那一球球卷起的荼草根须时，突然听到了一声尖叫。原来是一高一矮两个女人，离她们百米之外的路上有一辆车。高个子是侄媳，矮胖一点的肯定是吴妈。坏了，麻烦不期而至，她该不是绍兴某镇的那个女人吧。史珂脚步踉跄，故意不看吴妈，只看侄媳，只任她拍拍打打："瞧这身土啊，草籽都粘了一襟子。我就知道你走不远，不过是在四周转悠，你们这种人就是喜欢大自然——'芝麻盐'；我和吴妈说了，咱们等！"史珂点头："嗯。"侄媳笑吟吟追问："你刚才到底去了哪里？"

"老油库。"

"天哪！你去了那里？"侄媳的呼叫尖利吓人。吴妈嘴里马上发出了"啧啧"声。侄媳对她说："他肯定是不知道里面的事情！那家伙是个惯犯，前些年要不是因为有点小功，也许早就毙了，是吧是吧？！"吴妈答一声："能矣！"

史珂发现吴妈有纯正的当地口音，而且与当地老人一样，保存有一部分古语。他至少喜欢这个"矣"。在为她们开门之前，他匆匆瞥了她几眼。吴妈顶多有五十左右，大眼，文过眉，嘴巴大而丰厚，像他在京城见过的一个女歌手的嘴巴。有这种嘴巴的人定能咀嚼生活。这不，她一来就装出一副贤惠的样子，一直把双手合在胸前晃动。

她们坐下。史珂转身取杯子时想：不过这个女人并不丑；实在点讲，比自己长得强多了。嗯，会计。"多浓的茶啊，喝吧，这就是他们高级知识分子的生活：苦茶。"侄媳让着吴妈，吴妈含笑。吴妈的乳房至少大常人一倍。目光触点不当,抱歉。史珂咳了几声,吴妈说:"如果有些冰糖……"史珂端来糖罐,吴妈摇头:"我是说你的咳。"侄媳鼓掌:"哎呀这个体贴!"吴妈推她一把。侄媳偏问:"以后也能这样?""能矣!"

七

　　总是白天伤害了夜晚。夜气徐徐环绕如同孩童的呼吸,可白天总是有些旋风,搅起尘埃久久难息。每逢这时史珂就打开硬壳笔记,"这是史珂难堪的一天,"他写道,"胀痛,忍耐,含蓄地恨着。""恨"字重了,却无从替换。他知道自己真要解决伴侣问题,也不必挨到今天了。只从"小刺猬"走后,他就一直张望着她的背影。这是他不能再娶的原因,但还不止于此。"对于女人如同对于这个世界,我只有张望。""虽然离开了京城,但全新的生活并没有开始。"刚写上的这一句让史珂觉得妥当,真实。当然是这样,一张口就有残留的京腔,有当地人讥笑的卷舌音——他有一次亲耳听到有个顽皮的小伙扭头对同伴说:"我真想伸手把他的舌头捋直!"他们几个大笑。他丝毫也不责怪这种粗鲁,因为自己像他们这般年纪初入京城,听着一城"鸟语"也产生过类似的激愤。不过他那时更多的还是自惭形秽,是急躁。折磨人的声音啊。

　　真要写成一本书还不知是猴年马月的事儿呢。写书需要一种力,而自己这种力是被一点一点破坏掉的。记得三四十岁这一段在纸上写起来这不,来了,装出一副觉悟的样子,一直(把)双手合在胸前晃动。

她们坐下。史珂转身取杯子时想:不过这个女人并不丑;实在直讲,比自己长得强多了。喂,会计。"多浓的茶啊,喝吧,这就是他们高级知识分子的生活:(苦)茶。"佳媚让着是好,是好含笑。吴妈的乳房至少大(常)人一倍。目光融点不当,抱歉。史珂咳了几声。是好说一句:"如果有些冰糖……"史珂端来糖罐,吴妈摆手:"我是说你的咳。"佳媚敬业:"哎呀这丁体贴!"是好搡她一把。她偏问:"从后也能这样吗?""能呀!"

七

某是白天伤害了夜晚。人的夜晚需要平静,夜气缓缓环绕,如同婴童的呼吸才好。可是白多轻快。可惜不被理解。有人,即那些厉害的角色捏着他刚写的几页纸抖来抖去,啪一下压在桌上,呵斥说:"你是怎么搞的?一点火药味儿都没有!算了,你就别写了!"于是他就不写了。"小刺猬"说:"少写少招祸。"但祸是劫数,是必要遭遇之物。它不一定要落纸生根,因为它可以化为声音从口中吐出:夹带着几乎永远无法掌握的阴平字,完全搞糟了的清塞音,可怕地传递开去。记得是四十周岁的第四个月份,正所谓青黄不接的季节,他被带走了。

在五十往六十过渡的时段,史珂盘点个人仓贮,觉得自己是天下最寒酸的人。仅留下一些短章,而且互不连贯;它们往往在一个命题下刚刚开头就停止了,就像他等待展开的人生。这段时间他有了一个可贵的觉悟,即人的一生不必写同一种文字。怀着一些新的冲动,他开始了从未有过的自由表述。很快写成了,像过去一样找一个信得过的权威鉴定,以接受苛刻的挑剔。这个人却为他推荐了另一位新秀:四十余岁,近视眼高颧骨,谈吐中常捎带出一二句别扭的外语。此人屈尊来到寒舍,手捏史珂写成不久的那篇东西,笑而不答。他们去吃饭,对方喝了许多酒。再次回到家里坐定,史珂就觉得一张脸被他刺得生疼。史珂一再回避这目光,知道它在玩味一位老人。这人开口了,一边说话一边揉搓烟蒂,使了很大的劲儿:"你怎么能这么写呢?你这种写法至少落后了一百年!"

史珂并未沮丧,更没有愤怒,因为他这辈子被呵斥惯了。他只是请教:"是的,不过,应该怎么写呢?""我也说不明白。""那……我怎么办?"年轻人在屋里走来走去,最后停下,一手按在桌子上。史珂看到对方额上有一条小血管在突突跳动。显然,这个人激动了。真的,这次他一开口就怒气冲冲："真正的现代主义，当下，我是指一种进行时——的写作，应该有精液、屁、各种秽物，再掺几片玫瑰；特别是精液……不过我实话告诉你，也是对你负责，算了，你还是别写了！"说完不再理会对方，抓起一包烟就走；刚转身又看到桌上有一盒咖啡，于是边咕哝边装入口袋："你也能喝这个？"用力一带门，走了。

那个夜晚真是孤单啊。他知道那个人是酒后吐真言。二十多年前的呵斥也是这样严厉，最后一句也是："你别写了！"那好吧。做出这个决定虽然痛楚，虽然不甘。但人总要服从命运：或主动或被迫。眼下的午夜，他伸开手掌就能感到光阴在指缝里缓缓流过。如果服从了命运，那么自己的一生就只能大致分为两段：前一段是胆战心惊的、被侮辱与被损害的；后一段则是个眼巴巴的旁观者。我还能做点什么？不能矣！

黎明时分有人敲门。史珂的头在枕头上转动一下。敲门声先是和缓，后来声声有力。从敲门声上就能听出来人的自信和多多少少的蛮横。他应一声爬起："谁呀？""我，吴……"史珂的手立刻抖了一下。他第一个反应是迅速理了一下头发，一边说"请稍等"，一边飞快洗了一把脸。他拉开门闩的那一刻知道自己是厌烦的，仅有一丝好奇和男性的某些习惯。他做梦也想不到对方会这么主动和神速，要知道从史东宾的公司到这里来有二十华里呢。

吴妈怀中是一大包花花绿绿的东西，进门后一声不吭，嘭一下放在了原木桌上。

八

"我为什么要这么早呢？就为了赶在早饭之前。这里面有早餐的东西，喏，牛奶啊咖啡啊果汁啊，火腿也切好了。我来给你煎个蛋吧！瞧瞧，单身汉的屋啊，就这么乱，一色儿黑乎乎的，谁看了都……都不是滋味儿都得收拾收拾。枕头也该洗了，泛油儿了；瞧瞧，短裤袜儿什么的乱放。自然了，这些针头线脑的事儿理该女人去做，男人嘛，都是做大事的呀！"她边说边做，一会儿被子叠好地面扫净，又把毛巾香皂水盆一齐拿到史珂面前。他只好再洗一次脸，一边洗一边琢磨：时代变化如此之大？遍地是爱？大清早嘘寒问暖？

吴妈在那堆东西间翻找、分类，一会儿开始煎蛋。史珂赶紧迎着她喊了一句："我要双面煎！"她回头妩媚一笑。史珂的心彻底凉了。

可能这是他记忆中几十年里最丰盛的一次早餐，中西结合，原木桌都摆不下了。除了牛奶面包之类，还有煎馒头片和八宝粥，有烤芋头和山药。最令史珂惊讶的是小碟里那一撮乌黑如墨的东西：鱼子酱。早餐也上鱼子酱！吴妈主动承认这是她从公司厨子那儿连讨带偷弄来的，"我呀，只要心里愿意，什么都做得来。"史珂似乎相信。他知道这样的早餐并不自然，对方多少有点唬他的意思。不过自己这辈子久居"政治经济文化中心"，尽管倒霉，也不是轻易能够被唬住的。吴妈夹一点鱼子酱，礼让说："没事，吃吧，好东西！"当然不会有事。不过这个女人是否"好东西"也就难说了。他吃了很小一点烤馒头片，喝一点粥，结束了。他难以表达心头的不安，很想说"下不为例"，但又觉得远不足以传递全部的意思。事实上这是真正的打扰甚至侵犯。他不明白的是,这个女人有什么权力强迫自己与之共进早餐?还有,如果此刻有人一步闯入,准会误解他们同床共枕过了。

史珂不再说什么。对方的热情和温柔都显而易见,可他就是不想说什么。他差不多看到"小刺猬"在那儿笑了。真是荒唐之至!这个局面自然要由史东宾夫妇来负责。他实在弄不明白这两口子此举的意图。而且,自己一生都在女人面前自卑,唯有这次产生了奇怪的优越感。他怀疑对方的主动是因为自己是史东宾的叔父。这一想,心更冷了。

吴妈将那一大包东西一一梳理分类,细细展示:"乌米,红小豆,冰糖,莲籽;这是西洋参和枸杞,三鞭丸,都是滋阴壮阳的。两个健身球儿,勤转啊!一份自我按摩手册,按上面说的做没错儿:搓面、揉小腹、拉两下睾丸、提肛,最后把双手贴在腰肾上……听话吧,我要让你一天比一天年轻!"史珂的目光憎恨地躲过她那翘翘的肥臀和巨乳,望向窗外。她咕哝:"你们啊,个个都像小孩儿一样贪玩,不乖。俺公司里也有你这样年纪的人,自然了,他们文化方面差大了。"

史珂一直不说话。吴妈终于要离去了。最后史珂指出:无功受禄,食之有愧,请把余下的东西带走并且——"下不为例"!吴妈看着他,笑了,"我说过嘛,你们个个都像小孩儿一样!还说自己'无功',你立功的日子在后边呢!"她急匆匆往外走。史珂有些急躁,上前一步问道:"我还不知道你的名字呢,你……"吴妈两手拧在胸前,转身:

"我叫'吴娇娇',叫我'娇娇'吧!"

史珂坐在散发着陌生气味的室内发怔。宛若梦境。仿佛一夜同床那样羞愧和恍惚。为了驱逐不宁和厌恶的情绪,他打开了收音机。又是那个音乐频道,摇滚,外国人的嚎叫。他知道外国人一路摇滚着进了京城,让满城喇叭轰响。许多青年用摇滚的腔调说话、用摇滚的方式做事。广场上,一个人摇滚,全场起立,要死要活地扯开一道横幅,上面写着:我爱你!

史珂关机了。

他加紧了开垦。显然有些过劳,浑身酸疼。但他就是不能停歇。可气的是只要一扬镢头就要想起侄媳的赞扬,于是就要在心里骂一句史东宾。整整两天都在开垦,偶尔想想南边的邻居。他几乎听到老油库里有两只巨足嗵嗵踏地。一天下午突然又听到了引擎,手打眼罩一看,走下车来的又是那个矮胖的女人。他的心咚咚跳,镢头都使不准了。"我得说,一个男人,无论他有怎样复杂的阅历、从事怎样严肃的探索,遇到女人的事儿还是不能够妥善处理。"他转脸向着她。

这次她没带什么东西,而是径直走进新垦地,要帮他干活儿。那好吧。会用镢吗?她真的刨了几下,认真专注,浑身饰物叮当响。她的喘息声有极大的渗透力,粗壮,有劲,是林中荒地的雌性喘息。史珂可怜了,让她放下镢头,干脆帮他拣那些斩断的茅根吧。谁知她刚弯腰做了一会儿就哎哟起来,捂肚子抚胸,斜眼看人。史珂慌了,过去扶住她才知道这个女人的沉重。他们相扶着走过松软的泥土,一直扶进屋里。她挣扎上炕,皱眉忍受。"我的肌肉拉伤了,我没法动了!以前也这样过,洒上红花油按摩几下才好。可是,真对不起……"

史珂搓搓手,对方马上抓住了它,把它引导到伤痛之处。背部?不,主要是胸肌。这得使劲才成，从韧而滑的皮下找到不算单薄的脂肪层，再找到肌肉和骨骼。这可是个小心翼翼的过程，也是个有趣的过程。如果是个敏感的人，他准会感知毛孔中分泌的汗腺油脂等等有意思的东西，并且毫不费力探寻那些脉管和筋络，将肌腱中藏匿的穴位一一造访。是的，生手就要不耻下问，而且还要排除不必要的拘谨。过来人嘛，就好多了，大江大河都趟过来了，还在乎一条小水沟？往下，再往下，手直接按到皮肤上效果会好得多。可惜这只手是个临阵逃脱的胆小鬼，抖了几下就停住了。"你快啊快啊，好比顺藤摸瓜……"

"我不能矣！"

史珂用纯净的故乡发音回应一句，坐在那儿一动不动。

她手忙脚乱围着他转，动他的头发、脸庞。她充满了怜惜。史珂把她的手拿开，轻声说："对不起，我不会的。我因为历史的——也还有现实的原因，身体的某一部分早已沉睡了！"吴妈立刻拍手："多看看电视就会醒来！"

"不能矣！"

"能矣！能矣！赶明儿吧，赶明儿吧……"

直到最后吴妈离去，史珂还像一尊泥塑。"小小史东宾，你让我不得安宁！"

下午两点左右，史珂刚吃过午饭走出来，一抬头就看到了那辆老鼠皮色的车。一个矮胖的女人，当然是吴妈了，用劲腆着肚腹抱下一台电视。史珂忍着没有骂出来，伸手一指走了过去。他们相距四五米远站住了。"这东西别落地，你直接抱回车上。我得谢谢你，不过我不看电视。""为什么?""因为习惯。""一个人,你,还能不看电视?"

史珂点点头。

九

史珂确信这是回乡一年多来最为紊乱的一段。内心紊乱。他想起一句古诗:心远地自偏。如果心不够远,那么河湾一侧的这幢棕色小屋也与人无助。可爱的深棕色屋顶啊,怎么就帮不了我。史珂极想去闻闻老油库的草药味,听听那个人说话。园圃不必一次垦毕,这不是事业的主体——他也不明白现在的事业是什么。还是去老油库吧。

仅仅是一小段疏离,这里就发生了惊心动魄的变化。"鲈鱼"咧着大嘴在笑,整个人意气风发。史珂注意到,这家伙精心刮了脸,还穿上了做工讲究的棉质外套,屋里似乎也整洁了许多。史珂压住一个惊异观察,终于注意到浴帘一边的搁板上多了一套化妆品。"嗯,就是这样了。"他坐下,接过一杯苦茶。窗外的"老憨"在走动。栅栏门响了一下,有人进来了。

这个人是跳进屋门的。哦哟,这次不得了,这次是一个十八九岁的姑娘手捧一束紫荆花,欢天喜地站在那儿。她一眼见到了生人,完全没有准备地怔住了。"快叫史叔叔,快叫!""鲈鱼"斜躺在炕上喊。"史叔叔好!"史珂高兴了。这个小姑娘丰满光亮,真正是神采奕奕,浑身都那么自然而然活泼天真。她笑起来还有两个酒窝呢,鼓鼓额头全是光泽。

样出人预料！"

史珂四下观望，因为她从没有间隔过大屋子里看不到适合"猫2"过夜的地方。"鳑鱼"很快明白了，大手拍2炕面："'猫2'就睡我旁边，这大炕宽着呐！女孩儿睡着了小猫2一样，打着又细又小而呼噜……我就愿看这孩儿睡觉而模样，有时半夜起来看上一眼，得了，下半夜怎么也不想睡了，就支看着拐肘看她。我而胖娃2，油滋2而小脸儿，眼睫毛全合上了。她而小鼻中沟儿秀气得天下第一，让人忍不住伸手按一按——当然，我可不舍得搅孩儿睡觉。我知道，自己余下这几十年时光也就是专心疼这孩儿啦！……"

"猫2"尽求一声，身体上下抖着。"鳑鱼"说。"好2，小'猫2'不让我说了。艾多么粗硕修长的腿,健壮有力,进门那一蹦能让人记上一辈子。她怀抱的荆花有浓重的药味儿,这时插到了陶罐里。她背向这边,橡皮筋勒起的毛刷刷辫一动三摇,如同扑棱棱的鸟儿。

"这就是我跟你说过的外甥女。她跟妈妈姓,叫师香。外号嘛,第一天就有了,我叫她'狒狒'!""鲈鱼"一下一下拍着炕席,为自己的介绍击打出节奏。

史珂认为这个姑娘该有个更好的外号。就"狒狒"吧,只要她愿意。史珂听到"鲈鱼"一唤,她就愉快甜美应一声:"哎!"浓重的川音,与"鲈鱼"相似。不同的是她那儿有更多的儿化重叠方式,如"坛坛"、"瓶瓶"。史珂对她的声音有些入迷。"鲈鱼"说她来了五天了,很喜欢这儿呢。这孩子今后就为我做些杂七杂八,还与我一块儿读书。"你做梦也别想现在的孩子多么聪明,他(她)们差不多什么都懂!'狒狒'知道人体上的好多穴位,伸手一掐我膝盖下面就说:'足三里'!你看新时代的青年就是这样!"

史珂四下观望,因为大屋子里看不到适合"狒狒"过夜的地方。"鲈鱼"很快明白了,大手拍炕:"'狒狒'就睡旁边,大炕宽着呢!好孩儿睡了小猫一样,打着又细又小的呼噜……我就愿看这孩儿睡觉的模样,有时半夜起来支着拐肘看她。她油滋滋的小脸儿,眼睫毛儿全合上了,小鼻中沟儿秀气得天下第一——我知道自己余下的时光就是专心疼这孩儿啦!……"

"狒狒"恳求一声,身体上下抖着。"小狒狒不让我说了。其实孩儿不知道,史叔叔还是外人?他会像我一样疼你,对你呵着气儿说话!"

史珂已经习惯了这种夸张的语言方式。不过史珂内心承认:"狒狒"是个可爱的孩子。他觉得一个旺盛如渠边泡桐一样的青年待在这儿,无论如何也还是可惜。他想问她工作和求学的情况,又嫌唐突。

没有办法,史珂好像命中注定了要把许多时间消磨在这儿。他后来又看到了师辉,那时两个姑娘亲姊妹一样待在一起,"鲈鱼"半躺在炕上无声地流泪。史珂感到幸福溢满了大屋的每一个角落。两个姑娘多么不一样:一个修长,一个稍矮;那脸庞一张洁白一张火红。

可是渐渐师辉很少出现,后来干脆不来了。史珂问起,他就说:"大概'考拉'误解我了。她误解得多么深,我得跟她解释呀,可是,现在,以后——什么时候才能有这个机会呢?"史珂问误解了什么?"鲈鱼"的大拳噗一下打在他的前胸上:"唉,还能误解什么……算了,慢慢来吧,对你也是一样。"

后来的日子史珂发现,"鲈鱼"虽略有不安,总的看还是从未有过的兴奋,那两只眼睛放出大朵的光焰。他甚至对史珂说:"告诉你吧,我现在什么病都没有。我现在像二十岁的感觉一样!"史珂紧接着问了一句:"'狒狒'多大了?""她嘛,小娃娃,二十六嘛!"史珂心中咔嚓一响。他原以为这姑娘才十八九岁呢。他像不经意间发现了什么秘密,但宁可骂自己一句也不愿承认这是真的。他仔细观察了"狒狒":她一如刚来时那样活泼如流溪,独处安静时却要双眼发怔。

史珂饮茶时,不止一次看到"鲈鱼"细细地、忘记一切地抚弄"狒狒"的头发……史珂的嗓子有些发腥。他赶紧饮一口苦茶。

卷二 史东宾

一

史东宾认为：那些做过倒霉鬼的人、会憎恨的人、沿着墙边走的人，差不多千々厉害。他现在什么都不怕了，他熬出来了，但不得不留意和提防那一类人。因为他就是他们当中的一个，只不过是先一步解脱了而已。早晚这一帮家伙中的大多数都会脱颖而出。他现在（见且灼之），要拿出不少精力盯住他们，警惕他们有可能伸出的辣手。先是幸运过，后来又倒霉了的人，他不太怕。史东宾看人有些简便易行的方法。前妻近来不断（发出）威胁，说你是怎么起来的，别人不知道我还不知道？你现在才四十多岁，要活六十岁，差不多要有二十年下地狱，

卷二 史东宾

一

史东宾认为：那些做过倒霉鬼的人、会憎恨的人、沿着墙边走的人，差不多个个厉害。他现在虽然熬出来了，但仍要提防那一类人。因为他曾是其中之一。早晚那一帮家伙都会脱颖而出。他现在要拿出不少精力盯住他们，警惕伸来的辣手。至于说那些由幸运走向落魄的人，他倒不怕。前妻近来不断发出威胁，说你是怎么起来的我还不知道？你现在才四十多岁，弄不好要有二三十年下地狱！她不过是想大把要钱。他总是满足她，因为她是他儿子的母亲。只是后来他醒悟了：她在用钱联结起几个真正卑劣的男人做生意。这就成了无底洞，一个深渊。他当即遏制了自己的慷慨。

前妻曾经是浅山市一个头面人物的侄女，从读初中起就充满了各种渴望。她的理想与众不同。高中二年级，春夏交接的暖风里数她的衣饰艳丽。她有一条紫花裙子是舶来品，伸手一捻沙沙响。她每天中午都穿上它去刚刚盈尺的麦地里玩。这所中学地处市郊，环境优美，春天一深入就被大片的绿色包围。她坐在一棵马兰旁出神，嗅着热土的气息。不知什么时候一股异香飘来，一抬头看见一个戴了蓝色工作帽的小伙子在一旁吸烟。她把视线移开，小伙子却走得更近："我们是一起的。"她见他的工作服油迹斑斑，马上想到这是在校办工厂实习的男同学。她问了一句，他说是校办工厂的工人。交谈中，她发现这可是个厉害的角色，泼辣、大胆，谁都敢骂，脏字用了很多。她从他的目光里看出了一种蛮性的需求，心想：你这一套我懂得多了，臭小子，你还想怎样？

他们大约在相同的地方又相遇了两次。第三次小伙子的手指有伤，她卖弄仅有的一点民间医学知识，为他在麦地采了小蓟叶子，拧出汁水把伤口涂成绿的。太阳真好，中午的麦浪也好。他一冲就抱紧了她。她说："我叔叔有枪。"他的手准确地摸到了她胸前的隆起，她一叫，顺手抓了一个石块。当她举起石块的时候，却看到了小伙子偎在胸前流泪。"怪也！受欺负的是我，你怎么哭了？"小伙子不答。她心里正想弄个明白，就被推倒了。她是仰脸向北躺倒的，南风也就帮助了坏小子，裙子呼啦一下蒙住了脸。真麻烦啊，全世界都乱了套了。事后她好好看了看这个如愿以偿的人：坐在对面，一撮撮脏发滴着水，真像一个恶鬼！她想扑过去咬他，可顺势而来的却是天底下最热烈的拥抱。他紧贴着她的耳轮叮嘱："咱们的事，你谁也不要告诉！"

很久之后她才知道，那个麦田里的强暴犯叫史东宾，根本不是什么校办工厂工人，而是郊区农具厂的一个零工，本市头号大资本家的孙子。她天天恨他，想告发，又知道这根本不可能。她想他那一刻的凶悍模样，自语："人哪，怎么能这么坏呢？"也许因为恐惧，史东宾直到一年后才出现。这时的她已经在某机关做了打字员，他则进了一家大工厂做工，正借调到销售科上班，穿戴整齐。她这才觉得这个人原来挺好看的，而且举止文雅。她说:"人要变化可真快!"史东宾火一样的目光扫着她的脸:"我们两个都顶呱呱的!"

无论如何,他们的事情还是充满了波折。因为史东宾是大资本家的孙子兼叛国者的儿子——父亲史铭因公出国,先是去了西德,后又转赴美国定居。事后有关部门总结出的一条惨痛经验就是:迅速培养自己的专家。上级为了阻止史东宾与红色家族混血,当即把他打入底层,让他到码头上扛包。可他一下班,满身臭汗未干就要找那个势在必得的姑娘。这样一直到有了孩子,一直到迫不得已的结婚。史东宾直接找她的叔父说:"我是母子两人的指望了;再说我不比以前,身子骨不那么硬朗了,码头苦差干不了啦!"

大约儿子两岁多一点,史东宾成了浅山市的一个体面人物。儿子大学毕业前夕,史东宾已做了两年副局长,并兼任一个公司的头儿。这时他忙着做两件大事:公司与局脱离,辞去副局长专任总裁;离婚,百折不挠走向新的家庭组合。他成功了。同时成功的还有儿子的去向:他说服这个模样酷似父亲的史小吉到公司任职,并忠于父亲。他正告孩子:你要爱自己的母亲,但她已变成父亲事业上的敌人。

二

史东宾在事业的巅峰时期更多地琢磨了一番父亲。他试着换一副眼光去看那个人,而这以前主要是恨。他开始钦佩父亲过人的勇气,还有非同一般的狠劲儿。本来是个戴眼镜的文弱书生，却不声不响做着可怕的准备。当年史铭的叛逃震动了整个浅山市，或许还远不止如此。他和母亲当即成为叛逃者家属，被无数次提问：为什么事发之前不向上级报告？史东宾小小年纪什么都不懂，而母亲坚决否认丈夫出逃前露过口风。她哭啊哭啊，有一段时间双目失明，治了很久才恢复视力。世上还有比母亲更不幸更慈祥的人吗？史东宾发誓要让母亲幸福，并获得一个母亲应该享有的全部欣慰和满足。他一度认为自己差不多做到了，后来才知道这根本不可能。富有与荣耀和权力相加一起也弥补不了被遗弃的痛楚。母亲始终一个人生活，并对儿子说：到了世事松动的那一天，你爸就会回来！她等待，直到衰老和辞世。这之前她不许儿子骂父亲一句。真是命该如此——她去世的第二年史铭就来信了，这是天外传来的第一个信息。史东宾知道父亲加入了美国籍，并在一所大学里混。

从父亲叛逃到母亲去世这段时间，史东宾只见过史珂一面。那是一个冬天的早晨，有个清瘦的人踏着胡同的冰凌蹑手蹑脚走来。这人三十多岁，极白的脸与极黑的胡茬对比鲜明，眼有些凹，头发齐整。他站在不远处四下张望。其实史东宾在窗前看了好久，好奇而又厌恶。那人抚弄一下中山装的衣领，过来敲门——敲的是隔壁——史东宾在心里想：这家伙准是敲错了。果然，隔壁有人出来说了几句，那人就转向这边了。"笃笃、笃笃"，史东宾故意不理。又难为了他一会儿，史东宾才喊了里屋的妈妈一声。

这个夜晚永生不忘。妈妈哭得快要昏厥，拉着史东宾的手按在叔父手上："记住，记住啊，这是你叔！"史东宾记住了，叔精瘦，胆怯，手心发凉。正在叔叔从怀中掏出一叠钱和粮票时，门板哐哐大响。妈妈藏起桌上的东西去开门。那手电光束和咔嚓嚓碰响的三八大盖枪，他们母子俩是太熟悉了。手电光最后停留在叔父脸上。当场审问。妈妈越说越糊涂，叔父好像也讲不到要害处，只重复一句：出差路过，来看看嫂子和孩子……三个人全被带走。他们给押到一个平顶屋里，冷如冰窟。只待了一会儿叔父就被转到另一个地方。审问轮番进行。一个脸上有浅麻子的人对史东宾劈头一句："你叔代你爸传来什么口信？"他一愣怔，那人就狠戳他的肩膀。"没有。""你妈的，不说就关在这里冻死。""没有。"浅麻子狠抽一个耳光，他扶住墙才没有倒下。他和母亲关在冰屋两天。夜晚，母亲一刻不让他离身，总是用衣襟包住他。他知道母亲怕孩子冻死。终于放回了，刚进门母亲又哭了：满屋翻得乱七八糟，叔父带来的钱和粮票全不见了。

　　史东宾第二次见到叔父是离婚那一年。他马上想起了二十多年前的冬夜。时下的叔父仍跟记忆中一样可怜无助。前些年他在一个酒桌上动了炫耀的念头，说："我叔父是个研究员。"旁边一个醉酒的人就说："鸟。"史东宾迎着那人又说："研究员就是教授啊！"对方重复一遍："鸟。"这会儿他看着一味微笑的叔父，真想学酒友喊那么一句。不过他可不敢，因为这之前他去了一趟美国，那个王八蛋父亲教训过他：一定要好好接待叔父，你想来国外发展吗？那好，先从孝敬叔父开始！他记得父亲说到"叔父"二字，还掏出手帕擦眼。好一个情深义重的家伙，差一点把国内的亲人害死，自己倒住上了洋房，还夜夜搂着一个大姑娘！我真该替母报仇才好！

三

史东宾的确像接受了天启一般，突然明白新的一页开始翻动了。新妻子受过良好教育，高挑个，大眼睛，是有阶段性而忠诚。她在学校██████是个有争执的校花，后来又离开██████独自去了涉外公司。自己会开车，熟悉和喜爱所有的██名牌车，外语完全及格。总之她是这个时代的"应试生"，已顺利通过了资格验证，这在一些细枝末节上也完全符合要求，比如与一些老板和关面人物隐而不彰的关系、谨慎得体的避孕措施和一丝不苟的饮食控制、频繁出入现有的一些高档健身场所等等，所以史东宾最初认识她时，觉得她爽快当中又有些羞怯答答。他马上明白这一次遇到的是一个具有时代高度的老手，他太需要她了，史东宾让儿子喊"爷爷",史小吉很不情愿。可是后来草率的一声就让史珂大泪滂沱。史东宾在心里发笑。他让公司最美的公关小姐陪叔父参观,又在最好的星级饭店宴请。他发现叔父脸色平静,始终沉默。他在心里将父亲与之对比,认为兄弟两人截然不同——不仅是性格,还有相貌。父亲虽然也不胖,但可能是纽约的水喝多了,皮肤泛出一层银白,鼻尖微微下垂,好像随时都要向鹰钩鼻子的方向发展。是的,一个是老羊,一个是鹰鹫;自己身上流着鹰血。宴席间叔父问了一句他们家的几间老屋,史东宾笑了:"这是多少年前的事了,市区的房子连影儿也没了。""海边的呢?"史东宾知道那个大资本家爷爷曾在海边搭过几间避暑的屋子,如今还有一半剩在那儿。它的保存还要感谢自己呢:有一年他得知林场的人要拆木料砖石,就把电话打到了林业局长办公室:"麻烦你查查老账,那海边的房子是我的。""你的?你是谁?""我是史东宾。"说完他就把电话挂了。现在准确点说,海边的房子理应属于叔父,因为市区被拆毁的部分不久前落实政策,史东宾接受了全部赔偿。史东宾对叔父说:"那是我们的;海边的一切——统统都是我们的。"

叔父当时觉得侄儿喝醉了。

三

史东宾的确接受了天启一般,突然明白新的一页开始翻动了。新妻子受过良好教育,高挑个,大眼睛,具有阶段性的忠诚。她在学校是个有争执的校花，后来又离开某机关独闯去了涉外公司。她自己会开车，熟悉和喜爱所有的名牌车，外语完全及格。总之她是这个时代的"应试生"，已顺利通过了资格验证，连一些细枝末节也完全符合要求，比如与一些老板和头面人物隐而不彰的关系、谨慎得体的避孕措施和一丝不苟的饮食控制、频频出入现有的一些高档健身场所等等。所以史东宾最初认识她时，觉得她爽快当中又有些羞羞答答。他马上明白这一次遇到的是一个具有时代高度的老手，他太需要了。她是与旧时代告别的一个"新概念"，一个与网络时代相匹配的尤物。新的事业和岁月中，史东宾离不了她。所以他极为重视的第二次赴美探亲，特意说服她一起同行。她在那边有一些微不足道的生意小事。

直到那时为止，他们之间还是清清白白。父亲史铭是个熟稔一切的老手，他们在他身边没法长时间地严肃和伪装。父亲与儿子都超出了一般的父子感觉，关系特异。父亲用那种口吻谈论儿子的女友，让史东宾好不容易才适应下来。史铭说："你领来的这个小娘们没有丢眼。在美期间把她拿下来吧，干得利索一些。我看她也不是个新手了，试试吧，保准受睡。"史铭极愿采用一点家乡俗语，可能为了寻索一些慰藉吧。他把"喜欢"、"适合"、"好"等意思，只用一个"受"字替换下来。吃饭时，他敲敲碟子里的浓汤、意大利面条："来吧，这些东西受吃。"他总是惹得史东宾女友吃吃笑。史铭反而放下刀叉，扶扶眼镜说："这孩子的笑声让我想起了小时候，父亲领我去乡下，乡下女孩子在草垛边追追打打……她们就这样笑。"

那些日子史东宾与女友一起去第五大道，登世贸大厦；从时报广场回来已是下半夜两点,两人还想一起喝一杯加冰的橙汁。史东宾说:"也怪了,人一来美国胃火就大了,老想吃冰、吃冰。"他赖在她的房间里不走,天快亮了就用头顶着她玩,一不小心把她顶翻在床上。他们一直睡到中午才起来洗漱。史东宾在她耳边说:"你真是受睡啊!"对方回敬一句:"你也一样!"在旅行期间他们开始认真计划结婚的事,相互许诺。女友说:"今后我就是你一生的左右手了,我要让你的事业如日中天。"史东宾点头又摇头:"要过日子,还是婆婆妈妈一点好。"她静下来四五分钟,说:"懂了。张家长李家短的话我也会说;回去我就给你织个毛线袜。"

为了表达重新开始的欣悦与决心,结婚第一天就由妻子出钱在一个华贵场所设了盛宴,招待双方至友亲朋,并且宣布了这一天为"更名日":新妻子手持刚刚办理的身份证,指着上面的字郑重宣读为"马莎"。"原名马小兰怎么办?"一个傻乎乎的女伴端着酒杯问。崭新的马莎高举酒杯:"谁要都行,我白送了。"一片欢笑。宴会结束已过午夜,马莎拉上史东宾一口气拜访了七八个极有意思的人物,他们对来访者无不欢迎。路上史东宾问马莎:"怪了,他们像我们一样,都睡这么晚!"马莎吻吻他:"我的傻大个儿,大家都是醒过来的人。"

就在这一年,史东宾投标浅山市的高级住宅小区。竞争对手极多,其中有几个背景深远。马莎将主要对手的资料录入电脑,每天输出一些数据交给史东宾。他发现至少两位副市长、五位局长在插手小区工程。正在这样的日子里,活该绝路,史小吉开车从保龄球馆出来,刚刚拐上大道就撞了一辆车。自己没事,对方却进了医院。马上传出的消息是:伤者是市长孔庆明的儿子,左臂骨折。马莎说:"轻伤。"史东宾不语,后来拉上马莎就走。孔庆明和妻子都在医院,走廊里站满了秘书和警察之类,一道道厌恶和憎恨的目光扫着刚进来的夫妇。马莎低着头。史东宾却仔细打量了孔庆明:矮小,白净,非常文雅和善。

撞车事件很快过去。太快了,史东宾和马莎,最后还有在事件中显得有些愚钝的儿子,都意识到折断的手臂康复太快。不过两个小伙子毕竟建立了友谊,马莎与另一位母亲也有机会互叙衷肠。也许是凑巧,在小区工程投标接近尾声的时刻,据说市长不无严厉地对有关部门指示:绝不准因为撞车事件影响一个公司的投标,绝不允许有人趁机做其他手脚。结果史东宾的公司在最后反劣势为胜算,一举夺标。马莎泪花闪闪对前来祝贺的人说:"那个孔市长多么清廉!一看文雅的样子就知道是读书人——还是老话说得对:'自古文人多良吏'啊!"

四

叔父回来定居出乎史东宾的预料。老人无儿无女,随身之物主要是几箱破书、一些说不上是什么年代的粗陋家具。马莎说:"他这些东西只配送给那些捡破烂的,就是在他们手里也值不了仨子俩子。"史东宾笑而不答。他让人帮叔父归拢这些东西,坚持让老人住在院里。这里有两座西式小楼,一座三层,一座两层,其间由一道长廊连起。院内还有车库堆房等附属设施,绿地面积起码有两市亩。史珂被安置在两层楼的一层向阳三间。当老式黄漆橱柜往里搬时,史东宾说:"让马莎陪你去家具店吧。""不，它们是永久的。"史东宾不解。

三层楼由史东宾夫妇使用。两个所谓的"内勤"住在旁边一个花房模样的屋里：一个是保姆，另一个是五十岁左右的强壮男人，负责浇花、训唯一的一条斑点肥犬，闲下来就抡一对石锁。进这个院子的客人多极了，但有规律的是隔日来一次的按摩师、史东宾的助手和司机。史珂注意到那个叫金壮一的司机：脸色发蓝，头发卷曲，眼睛像鹰一样。马莎曾专门介绍过他："别看这小子其貌不扬，身上可藏有绝招儿，东宾是用来防身的，他会'放电'。"史珂不太明白。

有一天车子在院内停下，史东宾和司机下来。史珂当时正坐在廊间的一把藤椅上，他们走过时嘴里都冒着酒气。金壮一笑呵呵与史珂握手，史珂一触上去就啊啊叫，差点摔倒。史东宾火了，大叫："你他妈的你谁都敢发电！"金壮一灰溜溜跑开，史东宾才扶住史珂。他向叔父介绍："我重金聘来这么个怪种，人也忠实……这小子神了，他能在任何时候用任何部位发电，轻重自己也说了算。"说着笑了，"他老婆特怕，一惹了他，他就用下体放电，让老婆在床上吱哇乱叫！"史珂惊得合不拢嘴巴。史东宾站起，使劲拍一下叔父的肩膀："吱哇乱叫！"史东宾的儿子每周去母亲那儿两天，其余时间就来二层楼过夜。他每次都携回几个俊男浪女。史珂忍受不了这种嘈杂，知道离去的日子迫近了。马莎精明无比，一切都看在眼里，一次叫住匆匆走过的史小吉说："以后少领些姑娘吧，你爷爷睡不好的。"小伙子伸伸舌头："爷爷馋得睡不着！"更为关心史珂的似乎是马莎，她为他请来一个四十多岁的女医生，说："让她为你查查吧，都是老熟人了，有大病再去医院。"说完就走了。女医生瓜子脸,特别白,明眸皓齿,听诊器挂在脖子上。她软声细语对史珂说话,问饮食睡眠大小便等等,一丝不苟把脉,最后说:"请躺了吧。"

女医生一手轻按他的腹部,一手扣击。史珂对这种体检程序比较熟悉,只是略有不安。他不认为自己瘦骨嶙峋的躯体经得住她的推敲,特别不愿让她看到一根根凸显的肋骨。可是女医生要看的远不止这些,说一句"泌尿系统",没等史珂反应过来,裤子就被扯掉了一半。他欠起身要阻止,对方只轻轻一挡就让他再次躺平。接着是耐心地褪下短裤,手伸进一点托起,疑惑不解地再三搓弄、观察。史珂不知自己发出的抗议是什么内容,只知道未能阻止检查。女医生按了按他的屁股、腹股沟,咕哝说:"多么慈祥的老人哪!"她为他仔细穿好短裤,提上长裤,又将他扶起,拍打一下后背。史珂问:"完了吗?"女医生点点头,"一切情况嘛,还算可以;不过,恕我冒昧从医学角度提醒一句:如果条件允许的话,请进行适当的性生活,这对于老年人是非常重要的!"

史珂记住了这个日子:星期五。马莎在晚饭时问他:"怎么样?周末还愉快吗?"史珂忍住了,没有让筷子夹住的东西掉下来。他分明察觉到这对夫妇比以往任何时候都愉快,但那心情是极力敛住了的,并非喜形于色。史东宾微皱眉头对一旁的儿子训斥一句:"今后不准胡闹,你爷爷是研究员,他要研究。"儿子应一声:"遵命。""爷爷研究的东西你一辈子都搞不懂。""遵命。"史珂讨厌日复一日的西式饭菜,这次草草几口就站起回屋了。他们在那儿说什么他一句没听。史东宾和马莎,还有那个儿子,面对西餐总是很高兴的样子,其实胃口比他还差。史珂明白,他们每个星期在自家吃饭的次数不足三分之一,早在外边啖足——西餐对于这一家人更像是一种仪式，而自己这个年逾花甲的人不过是个陪练。真够滑稽和悲惨。史东宾进来了，一进门就骂儿子，说这小子是个败家子，该好好修理了：赌博。"这虽不算个大事，可也得节制着点儿。上个月他输给公安局长妹妹十几万；前几天两次就输给孔庆明的儿子二十万。当然了，他们之间也是互有输赢，有一次他把孔小爷的手表都撸下来了。这小子！"史珂不应这个话头，只说：今后，再不准那样的女医生进这个门。史东宾笑了："如果洗洗桑拿更好，叔叔又不去。她原想为你按摩的，后来见你过于刻板，只好作罢。她直到现在还觉得对不起我们呢。"

五

史珂是在搬离史东宾家一个星期之前见到孔庆明的。当时他正在整理杂物、装箱，翻看那个硬壳笔记本。"到处都在搭台，然后上演新戏。不，边搭边演。生手胆子更大一些，他们泼辣。"记的日子一长，有时会对具体所指感到茫然。不过总的意思还能明白。"谁知道呢，最麻烦的还是——性；别的倒还好说。"这是最新笔迹。正看着，听到院里有人急急跑动，接着是汽车声。不知来人是谁。一会儿有人从三层楼中出来，史东宾走在前边，未等推门就提高了声音："叔，孔市长看您来了！"史珂放好笔记。他一眼就看出白净的体量较小的那人居于重心。果然，那人主动伸着手过来了。

史东宾像是在配制画外音："孔市长在浅山工作多年，了解情况，体察民情，政绩卓著。他特别重视知识分子，因为他本人就是一个知识渊博的人，是个研究生……"孔市长的手一扬："不值一提嘛！"史东宾闭了嘴。"本来嘛，我早就该来看望您了，忙忙碌碌啊，抓不到点子上。您来故乡定居，这是我们的荣幸。听说您在这个地方住不惯，要回海边老屋？这怎么可以啦？"史珂注意到他的阴平字读法与当地人不同，清擦音较多，显然是从外省过来的。"叔，市长劝您留下呢。"史珂听到这小子第一次使用了"您"。他摇了摇头。孔市长于是说："实在不行史老也可以去那儿，清静，空气好；再说海边开发也不会太久了。但是那里的生活条件要整好。"史东宾连连说："是是。""不能让史老闷在屋里，你该陪他去高尔夫球场、游乐场几个地方转转……我得当您的面夸他几句了，这个史东宾不可小视哩！我刚才跟您说的那几个地方都是浅山市的'戏眼'，谁干起来的？史东宾！不过你要再接再厉，翘尾巴，我就得给你加加鞭子啦！"史东宾笑答："领导这么重视，我敢嘛！"

孔庆明似乎情绪较高。后一段时间史东宾几个人退去了，屋里只有他俩。孔庆明口口声声"请教"，实际上忍不住显露几手，说"墨翟"怎么，"斯宾诺莎"怎么。可笑的是他和一伙人刚刚离去史东宾就进来说："叔，他这个'研究生'可是冒牌货，他们想要个什么学历很容易。他不过是个高小生。"史珂没有说话。史东宾一边抽下领带一边说："不过市长也说了，你偏去海边受苦谁也没法。去之前得把几个地方参观完，这也是领导安排了的。"

第二天，一个副秘书长带着两辆车来拉史珂。马莎要做陪，史东宾答应了。"秘书长贵姓？""姓孙。"孙秘书长一路多言多语，数字冲口而出。马莎这天穿了裙子，白胖且直的长腿伸在面前，仍然不能搅乱他的数字。"开发一片，造福一方。上标准，提档次，目标二十一世纪……""'入世'谈判之后，各项工作加快步伐……"史珂不能适应"入世"二字的缩略。这让人想起"儿童进入成人世界"。"我们是有五千年文明的古老民族啊——返老还童？嗯，能矣！"

史珂在一片逼人的翠绿面前合不拢嘴。"高尔夫球……"他没有出声。在那儿持杆的、穿了醒目制服的是陪练员，马莎说他们是外国人。"哪国人？""新加坡人。""外国人替我们管理，这就好了，"孙秘书长说。马莎扯着他的手到一个女人相的男击球者跟前，让对方指导叔父"来一杆。"史珂摇头。马莎自己爽快熟练抡杆。她真的能够漂亮击球。新加坡人对她一笑，孙秘书长也啧啧几声。他们待了三十多分钟，直到一帮西装革履的人过来才上车离去。游乐场是一处综合性多功能的园林式建筑，占地面积不亚于高尔夫球场。他们略过了骑矮种马和射箭，直接进入一个大得出奇的玻璃厅。这里原来是一处人工海水浴场，有长达百米的洁白细砂海滩，有逼真的海浪，似乎还有鸥鸟的鸣叫。高高的椰子树是塑胶仿真的，但其中夹杂了两棵真的。一排淋浴小屋、一溜按摩房。大概浅山市半数以上的美女都集中到这里了，笑靥迎人，使用史珂极为熟悉的那种发音，齿间音很浓，阴平字大多化为阳平。间或有个把外地姑娘，甚至有金发碧眼的外国女郎。"女郎就是女狼。"他好像听一个顽皮的同行说过。这些姑娘中的一小部分可以与客人毫无顾忌地谈论"提供全套服务"的价码，甚至展示手袋里的进口防范工具。孙秘书长指着这对我们的开发非常地好而……不利！"

史东宾很快领一伙人从屋子里走开。他们在河湾东岸指指点点。几个人不时弯腰捏一撮海砂，说："沙子还真不错！""这回要投几千亿了！""弄到最后几千亿也不行……不是说要搞'东方夏威夷'吗？""那不过说之。先开发河湾东边，西边就是几年、十几年后了，不信你就看。"史东宾对几个人的议论没有搭腔。他心里挺沉。他在想爷爷，想人的宿命：难道真的要由我完成他的未竟事业？按原来的计划，他的公司要租用这片海滩七十年，实际上是从极低的价钱从周围的几个村庄买回来。想想两年后这大片荒滩成了国内第一流的度假村，而公司又是主要经营者，让人心里发烫。他隐约觉得自己事业的"第三次浪潮"就要掀姑娘对史珂说："有关部门常来赶她们，不好对付。"史珂反问一句："如果用抓阶级斗争的办法呢？""不好对付。"马莎过来了，她刚才一直在海滩上四处观察，这时抱怨说："还是过去那些人！"孙秘书长反驳："那几个涂紫黑唇膏的呢？她们是外地刚到的。"

与海水浴场毗邻的是巨型游艺厅。史珂一踏入就感到了逼人的热浪。轮盘赌，角子机，牌桌，还有侍应生的制服，一切都熟悉极了。这是在偏远省份的一个中小城市吗？不，这简直就是在拉斯维加斯。狂喜和懊丧之声交织一起，哗哗流下的硬币和伴奏音乐，筹码碰撞。"嗯，真的蛮像。"马莎不离左右，咕咕哝哝，"真正的豪赌不在这儿，这儿大多是玩玩的。"孙秘书长委婉反驳："这也可以了！"

六

史东宾去河湾检查老屋整修那天带了大队人马，马莎也去了，但并未通知史珂。马莎问："为了给他一个惊喜吗？"史东宾未置可否。整修前征求过史珂意见，史珂说凑合就行；再问还是那些话。史东宾自己总结出"几要几不要"：要素朴本色不要奢华洋气，要火炕不要席梦思床，要原有家具不要添沙发之类。尽管如此，他还是让人在老屋后边加盖了浴室卫生间，并搞了临时下水系统。要害是电，林场过去的电线只拉到老油库，这次要接过来少说也要十几天。但史珂一定要先搬过来。史东宾领马莎里外看了一遍，说："这是爷爷留下来的。他受过洋化教育，爱打海的主意。这幢老屋不过是他开发海滩的'前线指挥所'而已。可惜,后来就顾不得这些了。人这一生太短了。老天爷这么整简直是糟蹋人。"马莎说:"糟蹋人!"由于正好有树掩映,她一阵冲动,搂住史东宾用力吻了两下。史东宾的眼睛看着河湾,一只手应付公事般碰了碰马莎。他以前曾奉承她"有全世界最小巧的乳房","让人想起精心制作的、刚出炉的糕点",但不久之后就嫌其太小,表示了遗憾。这时他说:"美中不足啊!""什么?""我是说河湾,已经污染了,这对我们的开发非常他妈的……不利!"

史东宾很快领一伙人从屋旁走开。他们在河湾东岸指指点点。几个人不时弯腰捏一撮海沙,说:"沙子还真不错!""这回要投几个亿了!""弄到最后几个亿也不行……不是说要搞'东方夏威夷'吗?""那不过说说。先开发河湾东边,西边就是几年、十几年后了,不信你就看。"史东宾没有搭腔。他心里挺沉。他在想爷爷,想人的宿命:难道真的要由我完成他的未竟事业?按原计划他的公司要租用这片海滩七十年,实际上是以低价从周围的几个村庄买回来。想想两年后这片大荒成了国内第一流的度假村,公司是主要经营者,让人心里发烫。他隐约觉得自己事业的"第三次浪潮"就要掀动了,而每一次都要与一个女人连在一起——第一次是前妻,第二次是马莎,那么第三次呢?史东宾看了看身旁的马莎。她被海风吹散的头发真美。

一切与预计的一样,电还没有来,史珂先搬来了。点蜡烛,银烛台是马莎捐献的。不知为什么史珂没有拒绝这烛台。史东宾想,看来一个人总要设法回头寻找什么,连最木讷无趣的人也不例外。一无所有的叔父在寻找什么？祖辈的奢华感吗？他正想笑，却注意到叔父在看他。史珂的神情有点怪，因为他与侄儿相处这么久了，还是第一次发现这小子的下颌前探得厉害。嗯，这就有了噬咬的劲儿，"像极了，像一种动物。像什么还要好好想一想。"史东宾背着手在隔成三大间、外加一处洗手间的屋内走了一圈，咕哝说："电十天内就来，有电就有了一切。还缺什么？为了安全，是不是垒一道院墙？"史珂摇头，往旁指了指说："电视，还有这个便携电话，它们都取走罢。"史东宾有些烦："这可不行，已经基本到不能再基本了。你能不看电视？还有，遇到急事怎么联络？比如有了急病，你一个电话，我的车嚓一声就到！"史珂重复："不要不要。""你这不是自断后路？还是留下吧！""不要不要。"

史东宾懊丧、愤怒，在心里说：那个酒友当年说的一点不假，鸟！他骂，一再重复那个字，唤来车上的司机搬走了电视。他自己抓起木桌上的便携电话，当着叔父的面，像扔一块石头一样砰一声扔到了车里。他走了。留下史珂一个人抚摸业已变色的黄漆家具，享受他人不知的幸福。这个夜晚他打开硬壳本，写下了独居海边小屋后的第一行字："他们学得真快……"还想写什么，又觉得许多话都在这一句里边了。这个夜晚他听到了真正的林涛和海浪：二者时而交织时而独鸣，偶尔还插入河湾温顺的呼应。美妙，涵盖和蕴藏了至大玄机。此刻心地清纯明净，也聪明。

马莎一来到史珂这儿就啰唆得像换了一个人。她帮史珂收拾灶台，重叠衣服，还取笑一条新短裤：深蓝色，镶了红边。"叔叔，你也穿这样的小裤头儿？"史珂脸上发热，忘了这是谁买的。她做累了就大仰在炕上，脚上的高跟鞋子甩在不同的地方，舒服得叫唤起来。她盯着天花板：

"叔，等天热的时候我们一起去游泳吧！我会一捏鼻子潜下去，为你逮来蛤和蟹！"史珂说："嗯。"她又咕哝："天天东窜西跑的，跟那些王八蛋泡，俺妈在世时会喊我回家的……没有家了，什么都没了。"

史珂想好好听一听了。

"妈妈一辈子一个人——不，我有爸爸，他是远洋轮船上的，一年里回不了几次家。我七岁那年爸爸遇上海难。妈妈拉扯我长大，上学。我只想好好干，好好出息，特别是找个好男人。我只想让苦了一辈子的妈妈跟我住在另一种地方。我明白一定会成功。我当然成功了，可是妈妈没有了。我在东部小城出生，至今那里还有一幢小屋，小得你会吃惊……"她大口喘息，张大开阔洁净的嘴巴。史珂第一次听到她的东部口音：全浊声母，入声字归阳平；特别是去声字的低降调，结束时拖音可真长，起伏曲折像一首歌，像东部咏叹。过去史珂极为排斥这种发音，而今却感到了莫名的亲切。

马莎静躺了一会儿，突然一个鲤鱼打挺坐起，双脚迅速找到了各自那一只鞋。她走过来，再次开口时刚才的"咏叹"飞得无影无踪。标准的京腔又来了，多得可怕的儿化音，嗓子——舌后区那儿安装了一个气流推动的小飞轮，它一转动儿化音就一串串甩出来了。"不行，一个人要真实质朴，要找回天生的那股恳切劲儿，也许首先就要设法取出口腔里的那个小飞轮。"他真的抬头去看马莎阔大的嘴巴。这一来马莎兴奋了："怎么样，你也看出我有一张漂亮的阔嘴吧？东宾说真像一个外国歌星，'天哪，性感死了！'听吧，你侄儿的德性……他这是遗传谁的？"

史珂摇头，眼睛却未离她的嘴巴。马莎伸手把嘴巴拍了一下："好在我们都是过来人了，真是有得聊呢！我想问你——其实也是请教了——我们家史东宾怎么那么不均衡呢？"史珂茫然，"什么'不均衡'？"她皱皱眉头；"干脆直说吧——你这样的实心木头非把晚辈逼死不可！我的意思是，他有时一整夜都离不开我，有时会一个月不碰我一下！难道这是正常的吗？我咨询过医生，他们说得头头是道，回来一想都是屁话！其中一个还奉劝我平时多看些业务呀政治方面的书籍，以转移注意力！你听听这些狗杂碎……"史珂站起来："对不起，你还是去问医生吧。"

马莎叹气，走动，重新坐下时口气和蔼多了，"叔叔，我没有别的意思，我是担心——也许女人都缺乏这样的安全感；我会多么好地照顾您，您刚才听了，我已经没有别的长辈了，我依靠谁去？如果连您也误解，我就完了……"史珂忍不住："我看你们倒是天生的一对，这你无须怀疑。"马莎马上接答："这个我信。他干大事业的日子刚刚开始，他离不了我；叔叔，你可能也知道了，这儿要建最棒的、第一流的度假村了，到时候你就像在京城一样热闹了——可这儿多的是阳光和海！"

"史东宾要拆我这座屋？"

"那倒拆不着。最先开发的是河东。"

七

史东宾去了两次美国，第一次曾对父亲提出来美定居，说我们真是不幸的一对父子，父亲六十多岁了才算好好看了看儿子；您的晚年身边可得有人。史铭没应这个话头。第二次史东宾连提都没提，因为一方面觉得提也没用，另一方面觉得国内的事业才刚刚开始。而且他心里有了个思路：事业真正搞大了，我想到哪儿都成。出于这种考虑，他让父亲的一个老友引见了美方的公司，还将马莎的一点关系加以利用，联手做了几桩生意。回国后的第二年，史东宾的公司发展到了较大规模，有了派出人员，有了设在海外的分公司。业务人员的活动范围主要在美国、香港和韩国，经手的货物有精密机床和汽车之类。这一来公司的业务运营有了弹性和张力，浅山市其他几个竞争对手主动退出了一些地盘。这期间对史东宾频频出招的几个人物大多与前妻关系紧密，使他或多或少感到了无奈。这就是马莎、也是事业蒸蒸日上的副产品。马莎主动提出由自己应付海关税务等一线部门，史东宾则坚持让儿子去做。马莎永远也搞不明白丈夫为什么会信赖一个浪子。

史东宾情绪极好或极坏时，常常自己驾车来海边一趟。他近来学会了抽雪茄烟，但并不往肺里吸，认为这样既有派又不伤身子。一个媚人的护士教他："老板呀，你想想，口腔黏膜才能吸收多少！也不过是给你解解馋……"史东宾是一次洗牙认识她的，给她取了个外号叫"小狐狸脸"。他刮她的鼻子，说"小狐狸脸"才是解馋的东西。他越刮女护士越往他怀里扎，还说："我这辈子是不嫁人了！"史东宾虎起脸喝一句："你敢！"他躺在史珂的炕上吸烟，让史珂想起小时候见过的鸦片烟鬼。日本人来时他十二岁，记得那时浅山市东关就有一家烟馆，自己不知为什么就走了进去，事后被父亲训斥一顿。其实当年他主要是好奇。

史东宾许多时候并不需要叔父与之对话，只是自语。他说公司的豪气与伟志，将来和眼下；总之他现在不是过去了，根本不需要仰仗那个不仁不义的爸爸。他说爸爸与叔父不同，那人基本上十恶不赦：丢弃发妻幼子，伤及兄弟——想想看当年你背了个叛逃者弟弟的名义，还不是雪上加霜？这害得你几十年不能出国，直到天下大赦了才……那个人无论使用哪国哪门的尺子去量都算不得道德，用月球上的、火星上的、木卫二上的，只要是有点标准的地方都不会赞同他。什么呀，娶了个小不点儿的老婆，见面就直勾勾盯我，还想让我喊妈，没门！是啊，你们兄弟两个真是天上地下，真不像是一个娘养的！有人动不动就说遗传学啊、基因啊、克隆啊，其实屁用没有！这些决定不了人的行为，人首先还是社会性的！

史东宾越说越起劲，一下从炕上坐起。可能他看到叔父沉默依旧，稍坐了一会儿又重新躺下。语调一如刚才，开始懒洋洋的，后来总是热情洋溢。史珂从他的语气上判断：遗传理论并没有错，眼前这个人的的确确是史铭的儿子，他们的言谈举止、思维方式，简直太像了。史东宾每天要在一万个头绪中纠缠，天知道他是怎么掌握了这些时髦的词儿。没有办法，人与人就是不同，有人就是对新词儿敏感。"我们公司对加入世贸这个问题重视。接受冲击，利大于弊。上上下下都同意这个分析。全球经济一体化，数字演绎模式，金融衍生市场，经济共同体，第三条道路问题，日本与美国的贸易摩擦，道琼斯指数，文化冲突与贸易壁垒，第三世界在发展问题上的两难状态，主控网络股，金融体制的结构性改革，新的筹资手段与金融市场，欧洲核心国家新的经济能量释放……所有这些问题必须入心。我们处于边缘，外省，但竞争可不讲这个。我对所有融体制的结构性改革，新的筹资手段与金融市场，欧洲核心国家新的经济释量的释放……所有问题必须经过公司首脑过滤。我们处于边缘，外省，但竞争可不讲这个。我对所有开发项目的要求就是必备的一条：科技含量高。"

史珂承认他们之间有理解障碍。但这障碍部分来自其他，而非自己的汉语言水平。砒冲撞的语言，砒颠倒的词序，这需要~~出动~~一亿个精力旺盛的语言文字学家没日没夜干上三年，以便筛选规范~~出来~~。什么"科技含量高"啊，照这种讲法~~说法~~，那么可以说人工海水浴场的大玻璃房子里"妓女含量高"了？史珂望之窗外，复又低头，"是的，世界真的变了；我不得不承认，我们这儿的经济发展了，但妓女含量高了。仅之(是)是这样还不要紧，要命的刚之蔚开发项目的要求都有必备的一条：科技含量高。"

史珂承认他们之间有理解障碍。但这障碍部分来自其他，而非自己的汉语言水平。被冲撞的语言，被颠倒的词序，这需要一亿个精力旺盛的语言文字学家没白没黑干上三年，以筛选规范。什么"科技含量高"啊，照这种讲法，那么可以说人工海水浴场的大玻璃房子里"妓女含量高"了？史珂望望窗外，复又低头，"是的，世界真的变了；我不得不承认，我们这儿的经济发展了，但'妓女含量高'了。仅仅是这样还不要紧，要命的是刚刚前不久——也就是二十年前左右吧，她们还一个一个都是我们的'阶级姐妹'呢！'我要与顽冥不化和落伍思想做斗争，可是我也不能不看到，那些资产阶级在干我们！'这就是一位朴实的老同志目睹了海外嫖客在酒店外找三陪女时说的！听听吧！"史珂这样想——不，他也许已经把如上的话怒冲冲地说了一遍。他看了一眼炕上的人，那个人无动于衷；不，那个人在笑。

史东宾笑着夸起了吴妈。史珂一听"吴娇娇"三个字就有气。"叔，我劝你还是和她一起安度晚年吧，人热情，也蛮年轻。"史珂说：请以后别提这个人！

史东宾笑眯眯坐起："可人家说上一次你把她摸了！"

卷三 鲈鱼

一

"我可不想让你与母亲划清界限,也不想让你全部赞同父亲。孩子,是你出奇的善心感动了我,让我觉得活下去还值得。人的所有一切,哪点儿没有来龙去脉?你的那份善心就送之给我。得了,不说这些了,你多想之父亲的话吧,多站在他站过的地方想一想。这样一来你就理解了他,说不定还要佩服他哩!"师麟抓住每一点机会说服自己的孩子:师辉,"孝挞"!他认为自己有生之年最为重要的事,就是向女儿做出解释。至于其他人,那就去他妈的吧!如果女儿理解并原谅了他,那么一切都不在话下;不达目的,他也就更的如

卷三　鲈鱼

一

"我从不想让你全部赞同父亲,孩子。是你出奇的善心感动了我,让我觉得活下去还值得。人的所有,一切,哪点儿都有来龙去脉。你的那份善心就活活像我。得了,不说这些了,你多想想,站在他站过的地方想一想——这样一来就理解了他,说不定还要佩服他哩!"鲈鱼抓住每一点机会说服师辉。他认为有生之年最重要的事,就是向女儿做出解释。至于其他人,那就去他的吧!

鲈鱼一生见过多少可爱的、完美无缺的女性。为了她们,他算得上勇敢无私,差不多舍弃了一切。幸亏他选择了无产者的道路,不然就会为一路的丢失痛悔不已。父亲富有、体面,因为爱国才从南洋回来。他把所有家财都奉送了革命党。日本人来时,父亲随撤退的队伍回了老家,那里聚集了许多显赫的朋友。鲈鱼十七岁多一点的那个暮春,结识了一个二十多岁的姑娘。当时姑娘正在医院陪伴一个年纪稍大的人。她戴了眼镜,皮肤洁白,刚刚脱去一个寒冬的臃肿装束,轻盈丰满,美丽得十分具体。她是在一个走廊里看到他的,他一下就不动了。她推开一扇门进去,他就记住了那门。

原来那个姑娘是北方人。他们相熟后一起逛街、去公园,她把他当成了小弟弟,一个南方的小向导。他让她摘下眼镜,只为了看清那双眼睛:真是摄人心魄啊。幸亏姑娘失去了眼镜视界朦胧,没有发现他焦灼的眼神。十七岁的这副眼神准会让她呼喊起来。一个下午他们在公园里,姑娘告诉他要回北方了。他的心一沉,什么也没说。他只想哭。后来他一下抱住了她。她惊讶:"你病了吗?"他紧伏到她的胸前,准确无误地吻着高耸的部位。她赶紧推他,用尽全力却推不开。她一阵愤怒:"我走时不会找你告别的!南方孩子原来这么坏!"

他把病人离去的时间了解得一清二楚,届时对家里说一声"去寻朋友",跟上就去了北方。后来的一截道路坎坷曲折,但他从此留在了北方。原来那个姑娘是随军护士,而且有一套粗布军装。他毫不犹豫地参加了她所在的部队,一心想的只是靠近她,哪怕让她为自己包扎伤口:像别人说的"挂了点彩"。那个年头恰是军人最危险的时刻,子弹又不长眼,结果他很快立了二等功,代价是三处中弹。他真的在那位护士的照料之下了。

女护士承认,他是自己从军多年来所见到的最勇敢最英俊的小伙子。不过她没有流露一点过分的温情,唯恐送去半点鼓励。伤很快好了,他出院时恨不得把地上踢个窟窿,总是恶叫,直到把她引到身边。他吼:我就这么走了!她为了安慰止息,就抚摸他的头发。他立刻温顺了。离开的前夜他蛮横得很,终于说服她去了近处的一排杨树下。她后悔那致命的树下一吻——刚刚小心地吻了他一下,他就说:"我明天就去战场了,这一回非战死不可,我发誓!"他们不知怎么倒在了树下。她的反抗他甚至没有感到。事后女护士哭了："天哪，我这辈子完了！""为什么？"女护士把他汗湿的头发抚上去："你见过我在南方陪那个男人了吧？我已经许了他了。"

二

他一生都把那个女护士当成了爱的启蒙老师。在残酷的战争环境中，他知道哪里才是最温暖的地方。后来部队南下，一路打下去，他再也没有见过那个护士。这期间他又立了一次功，因为在异常强烈的渴念中反而没有了恐惧。战争结束后他设法以最快的速度返回北方：坚信以女护士为开端，他的爱在北方。和平环境降临得突兀而又不祥，这种环境可能不利于他的寻觅。驻防，地方工作，城市农村，既紧张紊乱又婆婆妈妈。这里有多少女人哪，一个个带着过分的乐观，只知道笑。那些保持了战争期间的一股冷肃干练劲儿的女人，比如什么委员会妇救会里的人，倒让他觉得既合胃口又顺心顺手。他当时刚二十多岁，有令人喜爱的一层小胡须，细高身量却不显单薄。也幸亏了战争，使他那张清秀的脸庞多了一些冷峻，魅力也就有了。眉边的一处子弹擦伤不仅无伤大雅，反而成为显赫的徽章。他刚从一场战争中退出，却投入了另一场战争，准确点说是"追逐战"。与所有战争不同，这样的战争一旦开始就没有结束，它会绵延一生。

他在任何时候对于异性的美都不会无动于衷。他意识到：自己这个秉性是天生的、不可改变的。所以在后来因此而招致的一系列磨难中，他不仅没能悔悟，反而猜中了上帝交给他的谜底：为爱而生，为爱而死。在那个刻板拘谨的年代，他与女性相处得过于融洽了。两人之间往往刚熟悉不久，他就会自然从容地提出一些要求。对方大致是坚决拒绝，最终又以身相许，并在一生的怀念中掺杂着小小的忌恨。

　　他与其他人的不同在于：意志坚定，目标清晰；他从一开始就决定这辈子要舍弃婚姻。那个狭小的空间容纳不了无边的爱情，他要做一个古道热肠的爱侠。侠客的浪漫和勇武他真的具备，瞧战争结束多久了他还佩带一把手枪。手枪小巧却又致命，往往成为女人的爱物——直到那一天，直到他惹得怨声四起，不得不被开离军籍的时候，这把手枪才被迫交出。没有了武器，这是命运的转折。但无论怎样他都无法理解接踵而至的各种惩罚，好像生活在另一个星球上。刚开始只是内部处分：警告和降级，却长时间保留了他作为一个功臣的较高薪金。他被迫从一个部门转到另一个部门，脱下戎装，那受伤的躯体却依然属于战士的。深夜，一个人躺在乱糟糟的床上，想这一生，常常想自己是一条大鱼，逆流来到北方，午夜时分翻过分水线，开始洄游在渤海和黄海的水系中。

　　那是个崇拜英雄的年代，再多的英雄也不够分享；而且教科书和报章上渲染的人物可望而不可即，远水不解近渴。所以他每到一个地方就成了近在眼前的传奇，再加上女人本来就大惊小怪，一说起战争就大声咋呼："是吗？""还那样吗？""天哪，这是真的吗？"他佐以亲历，不急不缓告诉她们：是的，战争年代一切正是那样。说到血与火的惨烈，他的口气依然是那么平静。这真是一种非凡的风度。但他的风流韵事也在别人耳畔流传，听者虽不敢苟同，却也多多少少给予谅解。有一个女性，好像是区妇女主任，有一次就大声为之申辩："也真是的，这么好的一个小伙子，到现在还没有结婚，你想想还能让他怎样！"四周的人听了略有同感，但没有一个公开应承。这话很快传到了他那儿，他压抑着感激悄悄落实了从女主任口中说出的每一个字，流下了眼泪。

在一个月光流溢的秋夜，他们认识了。当时他们都在一个庭院里开会，他借着月光端量，发现这个女人三十岁左右，耳大口方，绝说不上俊美，但有一股风风火火的劲儿。会议结束了，各自走散，他却特意转道追上了女主任。他们站在一棵散发着辣气的野椿树下，握了握手，都说认识对方十二分高兴。他说："我都听说了。真感谢你的支持。"女主任笑了，这笑声在静夜显得太响。她笑过之后说："有人玩起真刀真枪不行，挑别人小毛病一个顶俩。这么着，你在这个地方只管放手大胆地干，工作嘛，不必缩手缩脚！"他发现自己今夜真不像个男人了，总想哭。

他陪女主任边走边聊。一路上他得知女主任也不顺遂：男人经常与之吵嘴，她火了就一个嘴巴打过去，一个大男人家竟把她告到了区里。"现在好了，他去外地工作了，眼不见心不烦了。"他滋生了同情。女主任的住处很简陋，不过是一大间牲口棚改造的宿舍，空空荡荡，散发着一股牛粪味儿。一进门，女主任就用开水冲了两大碗炒面，推给对方一碗，自己先呼呼喝下去。他喝了炒面，静坐在那儿。他觉得唯有这里保存着战争年代的一切气息，给人许多安全感和信任感。他直盯盯看着她，嗫嚅道："你多么优秀！你身上全是咱老区的传统！我怀念呢！"女主任笑了，一笑即露出满口坚硬的牙齿，让他大失所望。不过他从很早以前就懂得：看人一定得多看长处。所以他又重复了一遍："我怀念呢！"一边说着拾起了对方的手。他发觉这手是火热的、沉重有力的。"真是一双战士的手啊！"他夸着，挤弄着，不能停止。女主任不太习惯这种缠绵，不止一次用疑惑的目光打量这个人，好像面对一个冒牌货一样。女主任终于忍不住了，双手一抽站起："我这人是个直性子，干脆明说了吧，你想干什么？"他心头热胀，伏上她的耳边说了。她一拍大腿："就是啊，都是自己人，说出来怕什么！"

他们一整夜嗅着往日牛厩的气味，不知疲惫。女主任摸到了他的伤疤，叹息声再也不能停歇。他有些惊诧，问怎么了？她回答："我想念咱老区的生活！我想念战争！""就是啊，就是啊！"他从心里赞叹。现在他已经对这个女人的身体有了充分了解，感知了她粗韧的皮肤和强壮的骨骼，特别是长长的四肢——真是骡马一样的身躯，战争年代会为我们驮来一个光明；而今呢，解放了，没有关键的作用了。他在暗中产生了同病相怜的意绪。

三

在匆忙的生活中，他甚至没有机会回忆南方。那里是他的老家，有德高望重的父母，还有一个姐姐。南下时他曾匆匆返家一次，这才得知父母已经去世，他们临终还念着他呢。还好，姐姐师凤告诉弟弟：最后一年父亲总算与这边有了合作，可以说父子俩殊途同归了。他所能了解的只有这些。当时他还不知道这有多么重要：在后来一次又一次的审查中，那些声色俱厉的质问中总有一句："你父亲到底为什么从南洋回来？"他总是简明扼要回一句："因为爱国。""国多了，他爱的是哪一个国？"他又答："中国。""哪一个中国？"他翻翻白眼："这你就可以去查了，要我说嘛，是我们的中国。"

他直到很久都未能认识到，那个被自己完全忽略了的父亲，用生命写下的最后一笔是多么有力的援助。如果老人最后爱的是"他们的中国"，那他什么都完了。似乎决定他一生罪行性质的不是自己，而是那个老人。鲈鱼成了一个复杂棘手的人物，勇敢，有那么一股抛头颅洒热血的劲儿，可又乱搞。一个不苟言笑的首长骂了一句："种马。"其实这位首长很喜欢他，不过有点恨铁不成钢的意味。首长闲来无事愿意与他一起聊聊，借以回顾往事，惊叹：这个孬人记忆力真好，他简直什么都记得！他总是谦虚一句："这全是受了首长的启发。"其实这些历史并不复杂也不漫长，而且与一个个女人连在一起：他总是通过回忆她们连缀起一个个细节。他未能忘记她们当中的任何一个，无论交往的时间多么短暂。有的也不过是紊乱匆促的工作间隙中一次触摸、一下亲吻，甚至是会心的一个眼神，都被他植于心田。但他仍然无法全部记住她们的名字，因为时间太紧行程太迫，相互分别的叮嘱又太多，这反而丢失了最重要的东西：名字。他不得不在内心深处寻一些特征作为她们的指代，如"小鸟爪"，"猫嘴"，"兔兔"，"小红狸"之类。这些外号有的是一打眼就生成的，有的是交往过程中逐渐清晰的。如那个留下了深刻印象的妇女主任，他就一直把她叫成了"骒马"。他喜欢用动物的名字称谓她们，一生都保留了这样的习惯。他相信如果丢失名字算个过错的话，那么双方都有责任。这因为双方情感太烈了啊！想想吧，热烈拥抱，不顾一切的寻索，有的刚一触手就激动得大哭，忙不迭地倾诉往昔的委屈，这一来宝贵的时间就所剩无几了！但最重要的原因还在于环境，想想看吧，战争中曾经产生了多少无名英雄，更何况其他！

尽管有首长那样的人宽宥保护，一次次清算还是不可避免。审查追问者当然大半是男的，他们很快剥去受审者"功臣"的外衣，用语无情而凌利，一路追杀过来，让人招架不住。他在围堵剿杀的窘迫中也常常滋生敬意，忍不住用另一种眼神去仰视他们：这些血肉之躯究竟是用怎样的方法使自己变得坚韧不拔？靠的是钢铁意志吗？真的，任何伟大的事业都需要这种非凡之人，是他们组成了冷酷无情的屏障，让温湿中繁衍的病菌无从侵入。他简直走投无路，吭吭哧哧的应答，有意无意的遮掩，一切都为了她们的利益。他庆幸自己总有那么多记不住名字的人，这反而促成了他的痛快交代：兔兔，小鸟爪儿，妈的，你们要真的不嫌麻烦，那就满世界里去找吧！高高在上的审查者终于疲萎，汗珠渗出。这时他就暗自快意。在一次次类似的经历中，他也会发现一些并非纯粹的人，这些人白白坐在了那样的位子上，却完全不受尊敬。比如从他们的厉声追问中，他很快就听出了其他意图。他们想假公济私满足自己的窥视癖，尽管呵斥越来越响：你必须从实交代！当时手在哪里？什么时候、怎么给她褪下来了？哦咦，她又怎么对你？

不知为什么，有一次审问者是个女的。这是他一生中唯一的一次经历。那是一次秋天的审问，当时他正在一个果园里忙着，一个人过来说："你去一下吧！"那严厉的目光和口气仿佛让他期待了很久，他爽快应一声就走了。他们去了一座老式地主庭院，这儿的每块砖石都砌得一丝不苟。那个人把他送进二道门就说："你自己进去吧。"他轻手轻脚迈过当年地主打造的又宽又高的门槛，又穿过一条廊子，这才来到轩敞的正房。他抬头一看立刻"啊"了一声：一位女人正在木桌上俯首研究案卷。奇怪的是他竟看不出她的年龄，只能大致确定在三十至五十之间。不过从她的表情上、从轻轻一咳中，他判定对方是一个握有重权的人物。

很久之后他还能记起她讲话的方式：缓慢，沙哑，严肃中透着不易察觉的一丝和蔼。她没有像其他审问者那样照本宣科先问一遍籍贯年龄之类，而是上来就说："你的情况我已了解。今天叫你来不过是进一步核实，我们可以放松些谈。"他吐了一口气，开始想：妈的，真倒霉，人一辈子犯了这一类错误，就得接受一些没完没了的盘问——主要是麻烦，没头没尾。他稍稍仔细端量她，发现对方的目光也相当留意。她说："我以前好像见过你。"他摇头：这是绝对不可能的。她又说："反省是必要的。只有反省才能改正。还有，既然这样，你为什么不早点结婚？""没有合适的。"冷场。她像在看着窗外自语："你这样会害了她们。你忘了她们，她们呢？个个都像你吗？所以说你的罪怎么定都不过分。"他点头："您这样说，我也无法反驳。"她走过来，背着手在他面前踱了几步。他马上看清了她修长的身躯，还有臀部丰腴柔和的线条；往上瞥，则是一双深陷的、异族人一样的眼睛。他的呼吸变得急促了，鼻子发出了塞气声，这引得她回过头来："你要说什么？""我，我……暂时想不出什么。"

四

　　其实当时他差一点吐出一句："我的一些主要案情，大半是在老房东那儿发生的……"女审查者的面容和语气将他带入了诚实恳切的思绪中，他一感动就差一点倾吐了一切。还好，在最后的一刻他总算克制住了冲动。

　　无论在城市和乡村，都有那么多情深义重的老房东，他们对于战士和公家人总是照顾得无微不至。我们的胜利离不开他们。可惜历史的一页翻过，胜利者一个不剩地找到了自己满意的住处，特别是有了长久的宽敞居所，也就忘记了当年的一个个老房东。他们在急行军或执行公务的路上，如同一棵棵遮风避雨的大树，有哪个过路者还回头寻找它们？而他不同，他在进城后真的回去拜访过几家老房东，甚至特意爬上他们的大通铺睡了一夜，试图重温旧梦。只有他自己知道这是一种凭吊。当时的条件就是如此，七八个十几个挤在一起，倒头便睡，极少失眠。他曾与战地医护人员文工团员赶过几百里的长路，那时每个人都喜欢他这个乐观风趣的人。夜间睡在老房东烧得热乎乎的大炕上，男女挤在一起，疲惫战胜了一切。可是他还记得一次午夜醒来：身侧就有一个齐耳短发的女文工团员，这小姑娘只要不闭眼睛就要蹦要唱，人送外号"柳莺"。白天她用小拳头捣过他的胸部，此刻睡着了，一张小圆脸猫似的，鼻翼随着呼吸一动一动。他盯着她多皱的嘴唇，忍不住亲了一下。她竟没醒，只是伸出舌头舔了舔。他那一刻觉得天底下再也没有比近在咫尺的这个女孩更可爱的人了，一双手急得乱抖。他一丝一丝把手伸进了她的军衣内。她醒了,惊恐的目光盯住他,嘴张得很大却没有出声。她从对方的眼睛里读到的全是乞求。她用尽全力躲闪,可惜挤紧的大炕已无多少余地。就这样,她眼含热泪感受着那只热切的大手,任它探访过羞涩的乳房,还有连自己都未曾触摸过的其他地方。

那一次"柳莺"并没有告发他,可是一路上总是躲开他。目的地到了,大家分手告别。"柳莺"不理他。他走开了很远再度回望,见她正目不转睛送他。他忍住了,想:未来的日子多着呢。他怎么也想不到的是,那个年代要走失一个人真的很容易。几天后他匆匆赶回,竟连个人影都没看到,他们都开拔了。他当时真想大哭一场。没有别的办法,他只能去打听所有可能了解去向的人,结果谜一般奇特:没人能告诉那一队人马的去向,他们简直是从地球上消失了。他又寻到了那个老房东和他宽阔慷慨的大炕,只有躺在这儿,才敢确信发生的那些事都是真的。

另一次与女伴同时歇息的机会更为奇特。那是个冬天,团部来了一个身裹棉大衣、头部被层层围巾包起的女干部。护送她的人留下大红关防就走了。碰巧他要去东部有事,首长就说:"你陪她吧,要多照顾客人。"他们就上路了。天真是冷极了,没有雪,干冷干冷。夜里宿到一位老房东家,火炕烧得真热,他们一进门就脱了棉衣。原来女干部年轻得很,一双眉毛像描的,神色安详。房东家很穷,所能提供的只有这一个火炕、一床薄被子。他犹豫了一会儿说:让我再找一户人家吧。女干部阻止他:"算了吧,一夜好凑付的。"他们合盖一床薄被,和衣而卧。一开始并不冷,到了后半夜炕凉了,两人冻得牙齿磕碰。他们就说话熬时间。后来都发现两人离得太远,薄薄的被子形同虚设,这是难以抵御严寒的重要原因。

被，和衣而卧。一开始并不冷，到了后半夜她凉了，两人冻得牙龄磕碰。他们就说话熬时间。后来却发现两人离得太远，薄薄的被子形同虚设，这是难以抵御严寒的主要原因。他们对视了一下，然后就紧紧相拥。女干部说："我们这样了，你长得好是个主要原因，还有，就是天太冷了。我从来从未这样。"他只点头不说话，偎在她的胸脯，品味着这不期而至的深长的幸福。

　　分别时他们一再约定。在后来的几年中，他们又一起结伴远行了几次，而且每一次都宿在好客的老房东家里。师麟独自一人上路时，夜里睡下之后或半夜醒来，总是有难忍的伤感。他有时大叫或小声自语："这样是不行的！"有一次他的喊声惊动了房东：一个三十多岁的他们对视一眼，然后紧紧相拥。女干部说："我们能这样，你长得好是个重要原因；还有，就是天太冷了。我以前从未这样。"他只点头不说话，偎在她的胸前，品味着这不期而至的深长的幸福。

分别时他们一再约定。后来的几年中，他们又一起结伴远行了几次，而且每一次都宿在好客的老房东家里。他独自一人上路时，夜里睡下之前或半夜醒来，总有难忍的伤感。他有时大呼小叫："这样是不行的！"有一次他的喊声惊动了房东：一个三十多岁的媳妇走进来，摸摸床铺，又揪揪被子，问他饿了吗？他好像一生从未这样懊恼过，"嗯"了一句，声气很粗。女房东赶紧为他做了一碗热粥。他一边吃一边自语："事情就是这样啊，我们一旦离开了人民，那就什么也不行！"女人在一旁看着，满眼都是钦羡。他交还空碗时，出其不意地动了她的鼻子一下。她凝在了原地。他去抚摸她，她的脸变得像红布一样，声音如同蚊子："俺不愿意。"他把她抱到炕上，她还是重复那句话。她一直重复着那句话，到了天明才蹑手蹑脚离去。

事实上就是这样，他铸成大错的一生大致可以分为两个部分：战争年代包括建国初期，再就是后来的和平时期。前一个阶段也可以简单称之为"老房东时期"，这个时期延续的时间很长，以至于直到晚年睡到自己家的床上，半夜醒来还要摸索着寻找大通铺上的人。因为这个时期留给他的印象太深了。他的这个习惯只有妻子一清二楚。妻子后来悔恨不已，感到嫁给这样一个仪表堂堂的人是个错误时，已经太晚。半夜，每当她看到男人拖着个赤裸的巨人躯体在床上爬来爬去，就知道他又在半睡半醒地寻找大通铺上的伙伴了，于是立刻拧他的屁股一下。

女审查者的声音，还有她的目色，都让他有一种见到了"自己人"一样的亲切。特别是她的那一句："我以前好像见过你"，让他身上一颤。不过他无论怎么都想不起。难道她会是"老房东时期"的一员吗？要知道这也并非毫无可能，因为就自己所犯错误的深度和广度而言，涉及人物之多，其中出现个把极有出息、既有政策高度又有温情暖意的领导人才，也是完全可以理解的。他想在她那双美丽特异的双目指引下，一起寻觅"老房东时期"的某些感觉和气氛。但这只是泛起又伏下的念头。为了保险起见，他最终还是打消了这个冒失的想法。

　　女审查者继续在四周踱步。她说："好好回忆，也好好反省吧！你可以好好总结一下自己，给自己做个实事求是的鉴定——你会有这个能力的！"这语气再一次令他感动。他很愿依照她的要求去做。他回忆了，最先想到的当然是那个贸然闯到南方的北方姑娘，那个爱的启蒙者；他于是发现自己入伍以及战斗的目的不纯。接着又是回想一场场战争，负伤，还有其他。他发现自己已经走过的，无非是一部爱与奋斗的历史。他嗫嚅，慨叹，不知从何说起。女审查者说："你就简单地概括一下自己吧！"他盯着她，最后脸都涨红了。他有些口吃：

　　"我是一个革命的……情种。"

五

　　如果没有婚姻也就没有孩子。婚姻令人厌烦，但其结晶却是光芒四射。

他认为自己和妻子明显的以及潜隐的美，都一丝不留地凸显在那个小家伙身上了。他在她十一二岁，也就是"刚刚长出个小模样儿"的时候就看出了这一点。他们把全部的疼爱都倾注在孩子身上，所以尽管两人在后来越来越憎恶婚姻，也还是尽可能长久地维持。关于这场悲剧的起因，两人的答案都差不多："那个时候还是太年轻了！"他们简直是毫无共同之处：一个高大，浪漫，热情无边；另一个小巧，拘谨，十二分羞涩。他们竟能走到一起，这大概只有用迷信观念才好做出解释。

他结婚不久就认识到：这场人人羡慕的婚姻将毁掉所有。看看"婚"字就知道：这真是女人让男人发了昏啊！而妻子恰恰对这个字有相反的解释：只有女人发了昏才会嫁给男人！不管怎么说，悲剧要开始了。爱情这个东西一旦来临就把理性赶得远远的，所以谁也难保对爱情永不后悔。一念之差，什么烦恼都来了。他真不明白自己是怎么陷进去的，在当年竟会丢失原则，做下结婚的蠢事。他后悔自己不该到东部半岛这块犄角似的陆地，因为这里与别处就是不同：到处绿蓬蓬的像充斥了魔法。他是随一个小组来处理一宗与基督教会有关的麻烦事的：当地有一所相当先进的西医院原属教会，日本人来了自然易手，后来又是接受"敌产"之后的一沓子杂事。他原以为这所医院起码还能开开门诊，有几个洋医生，特别是有十个八个小鸟依人样的小护士，来后才彻底失望。他本来看过上级展示的一些照片和文字材料，知道这所医院有相当讲究的三层门诊楼，有占地近三英亩的院落，并且在半岛最早拥有一辆轿车。院长是个美国人，对当地民众非常友好，曾亲自为我们的一位团长施行过一次手术。后来院长死于日本人之手。现在的医院基本被毁，当地民兵几年前放过一把火,所剩物品器械也被抢掠一空。他们一行本来是要尝试恢复这所医院的,现在看或者放弃,或者从头开始。

当时他们驻在一所中学校园里。学校也由教会创办,与那所医院同属大陆上最早的一批教产。学校保护完好,古松翁郁,西式楼房粉刷一新。校长最初是一位修女,后来换了两任。最后一任姓胡,解放后仍然留下治校,是一位准基督徒。他有一位宝贝女儿在学校就读,已到了最后一个学年,毕业后到哪里谁也说不准。那是一天傍晚,鲈鱼在卵石小径上散步,听到藤萝架的另一面有脚步声。他马上感到这会是一位身材轻盈的少女,不禁走了过去。看到的是个背影,小巧甚至稚弱,脚上是极少见到的小鹿皮靴。他咳了一声,她回过头来。

就是这回头一瞥决定了两人的命运。且不说他认为这个姑娘与以前见过的所有人都大为不同,就是胡春旖自己回忆当年一幕,也承认这个身着军装的伟岸男子真是人间少见。当时她想:天哪,一个人怎么能这么英姿勃发呢?看他和蔼、从容,满面春风,就如同想象中的新中国似的!她对他笑了一下。他们就这样结识了。他在学校住了约一个星期,尽一切可能与那个姑娘见面。他觉得这个小体量的女孩像个艺术品,又被神灵高高兴兴雕琢过,任你怎么挑剔都找不出缺憾。于是他对自己反而增添了奇异的恐惧。他太了解自己了,知道女人在自己面前都成了易碎品。这可不行。他甚至舍不得去亲她一下,他突然没了这份胆量。

小组要离开了。临走前的一个晚上,没有月亮。他与她相约在藤萝架下。他总说那一个字,说爱,然后又说将要开始的焦思之苦。他使用了半岛人惯用的一个夸张说法:"这真不是人遭的罪啊!"她一直严肃倾听，这会儿笑了。他在她低头时飞快拥上去亲了一下。她"呀"一声挣脱，蹦开："你怎么能这样？你是这样的人？"她不停地擦嘴，哭了，哭着后退一步，转身走了。他几天来已克制到极点，这会儿还是孟浪了。他骂自己一句，追上去道歉、解释，全无效果。她走了，剩下他一个人站在夜色里。他抿着嘴唇咕哝："怪了，还有不能亲的姑娘？"

他的半岛之行几乎改变了性格。他变得少言寡语，食量也减少了一半。他给那个不能消失的姑娘写了一封信，用了漂亮的楷书。一连几封都没有回音，他知道这是最后的莽撞所致。好像就是从那时起，他对于宗教信仰这一类东西有了极大的神秘感，有了一点惧怕。他对胡春旖受过基督教的致命影响这一点深信不疑。只有那种怪异的文化，或许再加上一点血液里固有的儒学因子，才能使这个简洁弱小的姑娘变得凛然不可侵犯。人的强大原非外表。他记得这之前，也就是"老房东时期"的顶峰阶段，自己遇到的各种难缠的姑娘可谓多矣，哪个也没到了这种地步。他特别不能忘怀的是一位叫"高山"的姑娘，她当时是一支战地演出队的领队，可是多么刚毅顽强，对武装崇尚迷恋到了极点。他从与之相识到最后那一刻，走过了曲折漫长的一段道路，这全要依赖自己的不屈不挠了。最后的时刻，仅仅是卸装就差点儿花掉了全部时间，让他在一边急得跺脚：她一圈一圈解除那长得无边、打裹得一丝不苟的裹腿，又摘下斜挂的盒子枪铜扣皮带——盒子枪套与胯部有一个固定锁环，需要"啪"一声打开才能如数取下这道披挂；又宽又硬的优质牛皮武装带，上面有配备各种小武器的挂钩与衔钮、一个个拴东西的小孔，她从上面仔细摘下双刃匕首、指南针、子弹囊盒、战地工具集束袋，这才能解下皮带；手榴弹是挂在另一根带子上的,它与手枪背带交成了叉状,这样既可进一步紧束军衣,又能够尽可能多地随身悬物,如针线盒和割炸药引线的日本折刀等。特别与他人不同的是,她在解下这一沓子器械,把稍大一些的上衣脱下时,尚在腰部、在内衣之上捆扎了一副铁鞭——这可是练武功的人才有的呀,他刚要去抚摸那圆乎乎的镖头,反被她伸手一抖挡回。接着她吐气缩身"咔咔"一解,整副的铁鞭就"哗"一下堆在了一旁的衣物上。她这才露出了笑容,对怔怔呆立的人说:"来呀!"

比起高山,胡春旖的武装有过之而无不及,但却是无形的。这是他在后来长达三年之久的攻伐中深刻体会到的。

六

在开离军籍的最困难的日子里,鲈鱼主要依靠对一个女性的思念才活下来。他从未停止写信,也从未得到回应。要到地方工作了,组织上征求他的意见,他说自己喜欢更偏远之地,那个半岛犄角,在那儿也许更有利于他的改造;至于工作嘛,如果有涉及到宗教部门的那就再好不过了。当时一提到"宗教"二字人们马上会想到佛教,那个谈话者就不无讽刺地问一句:"你还想吃斋念佛吗?"他无话可答。他是因为思念一个人才提到了宗教。

他真的被分到了半岛西北部,那儿是他的梦想之地。工作与宗教无关,是到一个畜牧研究所任副所长。他手持函件来到那个灰马皮一样颜色的两层旧楼报到。接待人员对他十分和气,说:"上面已经来电话关照过了,希望你到所直辖的畜牧配种站去分管工作,说你爱好和擅长这个,专业性很强的。"他什么也没说。为了一个人的缘故,他什么都可以忍受。再说这也的确是革命工作的组成部分。

工作开始了。配种站里的人要穿白衣服,这令他高兴。全部是四十左右的男性,原有一个女的,据说忍受不了刺激而要求调走了。有品种优良的种猪种马种羊,还有一只基本上闲置无用的种犬。在种畜们纷纷被牵出工作的时候,他作为一个有职无权却格外受人尊重的副所长,只好在散发着膻气的办公室独坐。为了解除他的寂寞,老站长找来一大沓动物图谱、繁殖手册给他看。膻气充斥了整个走廊和每一个房间,这使他从心里体谅那个要求调走的姑娘。"这真是用人不当啊!"他感叹,想象那个分配自己以及当年的姑娘到此工作的人,其心情是否有相似之处?同样的工作,就看让谁干了,这就是领导的艺术了。所谓"行行出状元",那"状元"肯定出在分工与爱好的契合点上。他看到老站长为一头交配了四次尚未怀孕的母猪忧心忡忡,看到他牺牲午休时间亲手为小母猪做交配托架时,就知道这个职务真是许对了人。他为老站长的敬业精神所感动。他从来认为:无论做什么,要么不干,要干就要全力投入。

除了看动物图谱,余下时间就是与那只同样寂寥的种犬待在一起。它高大,胸肌隆起,但是面容和善。它忠厚的眼神看着他。他拍拍它的大头颅说:"我理解呢,这是英雄无用武之地啊!"一会儿他又看看窗外,那儿是教会学校的方向。他问它:"我还会在藤萝下找到那个人吗?"

其实他在报到之前就溜进那个校园一次,并设法打听到了那个姑娘。

来的眼睛，他觉得世界无一不美。他把所有空闲时间和偷来的光阴都用来找她，有时她在教室上课，他就把脸贴在窗玻璃上——胡春桃是求他不要打扰她的工作，他就大叫："我爱！我想！我再不见你就得死了！"他们一起散步时，他向她倾吐了三年的积蓄全部思念，当然还有欲望。他说作为一个人，一个女人，就算是妙龄少女吧，怎么可以这么可爱？而且她在这种地方竟然得到了完整的保存，也真算个奇迹；而这奇迹，实话实说也只有咱社会才可以发生。旧社会，还有西方的资产阶级，早就无情地咨哑了！胡春桃对他的话有一多半不解理解，询问他是什么意思，他急得抓耳挠腮："老天爷，看来没有我们军人的直爽你是不能明白了！

对方在当地非常有名，谁不知道校长的千金。当他得知胡春旖毕业后没有离开，而是在毗邻的一所小学当了教师时，两眼立刻涌满泪水。那一天他朝圣般找到了藤萝，直呆了许久才离开。

小学实际上与原教会学校仅一墙之隔，而且中间有一扇小门相通。他有许多时间来藤萝四周散步，在上学与放学的两个时段盯着那扇小门。大约是第三天傍晚他看到了：真的是她，丰实，小巧，腋下还夹着两本小书！她的旁边还有另一位女人……他的呼吸与心跳全停，不敢呼叫，直看着她从不到十米远的那条小径上走过。他记住了她那张红扑扑的脸庞，从侧面看到的挺挺的小鼻子。回到宿舍已经很晚了，无心吃饭，无心做任何事情。他去了办公室，在一片膻气中刚刚叹了一声，那条种犬就迈着大步走来。他抚着它肥厚的嘴巴，又握了握它的前爪。很长时间里，他与它都未发一点声息。

这一夜难以入睡。天一亮他就细细修脸，又穿上了那套半新的、已经拆掉了领章的军衣，看了几次镜子中充满血丝的眼睛，然后头也不回地出门了。他直接去了那所小学，向老传达出示工作证，让对方领他找人。这一天正巧胡春旖上午没课，她正在办公室备课就被喊出来了。她被来人吓着了，一双手使劲按着胸口，只引他往前走、走。他们在藤萝架下立住。他第一句话是："我写来很多信。我怕你走开。"这句话让对方十二分震惊："怎么？我会走开？""你会。三年前我在这儿得罪了你。"她的泪水再也止不住。他说："我向上帝发誓，我从那时到现在，一直爱死了你！"胡春旖泪眼蒙蒙看着他："我现在不信上帝了。可是我信你的话！"

鲈鱼却宁可相信这是上帝的安排。他的所有懊恼被半岛上的海风吹个精光,失去军籍的痛苦也没了。他对自己说:人嘛,总不能打一辈子仗吧!只要有她那双深情望来的眼睛,世界就无一不美。他把所有空闲时间和偷来的光阴都用来找她,有时她在教室上课,他就把脸贴在窗玻璃上——胡春旖恳求他不要打扰她的工作,他就大叫:"我爱!我想!我再不见你就得死!"他们一起散步时,他向她倾吐了三年的淤积:全部的思念,当然还有欲望。他说作为一个人,一个女人,就算是妙龄少女吧,怎么可以这么可爱?而且她在这种地方竟然得到了完整的保存,也真算个奇迹;而这奇迹,实话实说也只有咱新社会才可以发生。旧社会,还有西方的资产阶级,早就无情地吞噬了!胡春旖对他的话有一多半不能理解,询问这是什么意思?他急得抓耳挠腮:"老天爷,看来没有我们军人的直爽劲儿你是不能明白了!不过,然而,我已经在心里发了誓:在你面前,就是要了命也不能说一个脏字!怎么讲呢?就是说,你至今还没有被那些万恶的家伙动过一个手指!"

七

在鲈鱼宿舍,胡春旖看着他从办公室带回一叠又一叠动物图谱,竭力忍住惊讶。他与她共览,说:"你如果仔细些看,会发现人与动物的神气是完全一样的。"他们一起认识了犰狳、豺狗、貉、阿拉斯加狼,还有小浣熊、紫貂、蜜獾。她看图识字般按住一个彩图,说她以前与父亲一起去林子采蘑菇时，肯定见过这种叫林狸的动物。他早就翻过多遍，已经可以向她讲解同属海洋鳍脚目的海豹和海狮的区别，讲草原上穴居的土豚和蹄兔。他说有的动物之所以特别稀少，其主要原因是交配生育中某个环节的缺损。胡春媂对他身上散发的浓烈膻气不能容忍，不得不几次掩鼻。他说："没有办法，这主要是工作性质决定的；如果非要找点其他原因不可的话，那就是我生活中太缺少女人了——爱得要死的姑娘连碰一下都不能。"胡春媂涨红了脖子："可是，可是，这样总不行啊……"她仔细瞧他，见他双眼的红丝仍未消退，嘴唇裂开了血口。出于疼惜，她伸出小拇指抚了抚他的嘴唇。仅是一下，他就一跃缚住了她，没命地亲吻。他感到她泪水的咸味，嗅到了她头发上散出的香气，心头一横，一只手迅速准确地触到了她的乳房。她像个豹猫那样挣踢，最后甚至动用了牙齿……她疼惜极了，看着他流血的手，"我不能，因为我们还没有结婚！"

多半年的时间过去了，他的无数努力全部落空。他绝望了。有一次他满含怨恨找到她，说："我一直想给你取个外号，直到昨晚才想好。"她的眼睛亮晶晶的："快说，是什么？"他咬了咬牙答道："石女。"

两个月之后，他们结婚了。他承认，这个被称为"石女"的姑娘给予自己的快乐与幸福，几近"老房东时期"的总和。这是个据为己有的艺术品，全身无一瑕疵，粉白中透着红润，每天早晨在第一缕阳光的照射下，呈现出初生的红薯嫩皮的颜色。他想到了那个笃信基督的岳父，认为近在眼前的美妙源自中西合璧式的孕育。这进一步加剧了他对宗教诚惶诚恐的感觉。而胡春媂在婚后短短一个月的时间，就尝过了人世间全部的辛苦与欢乐。男人那赤裸的巨大的身躯让其想到来自深海的某种肉食动物，她直过了许久才敢于抚拭这上面的伤疤。但是，一种宝贵的让人无可奈何的拘谨保持始终。她有一种惊喜一直没有告诉男人：以前那种浓厚的膻味儿没了，再也不用在屋内喷洒香水了。其实他什么都明白，那时一下就拥住她说了一句顺口溜："女人是个宝，男人离不了！"

鲈鱼对自己经历中的某些部分守口如瓶。有一年他领一帮畜牧专业的实习生到乡下整整待了两月。大学生有男有女，一个个心气很高，令他个个喜欢。不知多久没有这样的感觉了，与老乡在一起，与生气勃勃的年轻人在一起。暖煦煦的春夜睡不着，他像当年的老房东查铺那样，半夜醒来去男生和女生通铺一一看过。在女生们轻微的鼾声里，他觉得这个世界溢满醉意。有一个女生的脚伸到了被子外，他想揪揪被角盖住，可是一抬手就疼惜起来。那个女生在抚摸中没有半点惊慌，只是欠起身子看个究竟，然后重新睡去。他吻过了她的膝部，止不住爱抚。这样一连两夜。白天他试图辨认那个慷慨的女生，想不到困难到了极点：她们全都一样，一律叫他"副所长"。第三天夜里，他仍旧在那个时刻那个铺位上寻找，想不到刚一伸手就有人大喊一声，随即灯也拉亮了。

他一辈子都认为：肯定是她们不得已调换了铺位，那儿睡了另一个姑娘，而绝非对方背叛了自己——记忆中从未有人出卖过他！这下完了，很快来人把他从乡下实习点调走，而且第一个关口是押到就近的一个公安警点，没问上三五句就戴上了手铐。"这简直是胡闹了，你们搞错了吧？"他喊了一句，把沉甸甸的铐子往桌上一砸。一个胖子笑眯眯的："是你搞错了，老乡，那是人家县长闺女呢！"原来这个胖子也是南方人。而且多么不巧：县长的女儿,这就是她冷酷无情和大惊小怪的全部理由吗？

这个事件的结局是行政拘留十五天,属于当时极为轻淡的处罚,其原因是上边有人为他说情。最大的受害者是胡春旖,她差不多死去活来,真是做梦也想不到这个高大英俊的男人会这等卑劣无耻。在他离开的日子她只想一件事：如果他承认这是真的,那么离婚就是必然。他回来了,脸上并无特别的痕迹。她尽可能平静,只让他说明这一切。他并不急着按她的要求去做,而是像个孩子一样缠绵,铁紧地抱住了小妻子言之凿凿："我的宝物啊,我怎么向你解释呢？这么说吧,没有什么力量能够把我们分开,这个世上没有！"胡春旖的泪水哗哗流下。但她还是问：到底是怎么回事？他抓自己的头发,拍腿,在屋里咚咚走,嚷叫："你对我是太不了解了！这件事全是误会,当时真是不巧……世上要找我这样尽职的人,恐怕今后也就难了！你还让我对你怎么说？"胡春旖一下又一下吻他变长的胡茬,安慰他,说这次哪怕什么都不做了,也要为丈夫的名誉去拼上一次。想不到丈夫听了严厉制止："你太糊涂了。你给我算了吧,这事就让它快些过去吧！"

八

怎么对自己的女儿解释这一切呢？我不愿责备"石女",因为她尽管薄情寡义,我还是至死都爱着她。我相信如我们那样奇妙的爱情,还有我们一起享受的那些光阴,这个世界上再也找不到了。我承认自己欺骗了她，那是因为她严格苛刻到了耸人听闻的地步。我可不想失去她。就在我被拘留回来的当年，我们有了孩子。孩子渐渐大了，形势也越来越严峻。那是个无事找事的怪年头，不巧我又有了一点事，有人就新账老账一块儿算，总算把我抓进了监狱。我们当然离婚了。从监狱出来我仍旧在配种站工作，像样的职务没了，我必须亲自管理那两头傲慢的种猪。这期间我浑身膻气，脏臭出奇，一天到晚往那所小学校跑。到底是老夫老妻了，她到底还是动了恻隐之心。我们这就有了第二次结婚。谁知好景不长，世上再幸运的人也难保没个三长两短，我又一次为那些鸡毛蒜皮的事儿进去了。这一下不用说又是离婚。几年后放出来，都以为我要沿街乞讨了，哪想到上级还是没忘当年的功臣。他们问我有什么要求？我说年纪大了，去一个地方清静吧！就这样选中了市郊的老油库。临行前去那个配种站告别。妈的，真是时代变了，现在干那个的都是小青年，男男女女一上班就笑嘻嘻牵上种猪种马出来。我还惦念那只种犬，发现它还是闲在那儿，就牵上它走了。

  鲈鱼在油库并不清静。虽然他进驻不到两年光景这儿的贮油设备就废了，但光顾此地的仍然很多。那只种犬因为经多见广，对来访者大多不理不睬。它发现来此造访的主要是年纪在五十岁左右的女人。她们有的是在林中拣柴采蘑时进来喝水的，有的则是远道慕名而来。由于旅途实在遥远，她们常常午夜时分才敲响油库大门。所以大多数时间这门彻夜虚掩，这种情况一直到后来，到"狒狒"进驻之后才告结束。客人们发现：油库主人真的开始走向老年了，除了那双眼睛偶尔闪过当年的神采之外，其余都显得有些笨重了。而且很容易就看出这儿的生活一团糟：

锅碗从来不涮，杂物满地，简易食品包装盒扔得到处都是。屋里最多的是书，他与大多数人不同的是：永远手不释卷。

远道来访的主要是当年的女战友以及女干部。她们都设法安慰他，在逗留的有限时间里为他洗洗涮涮，做几顿像样的饭菜。不过她们之间竟然没有在此碰面，好像每一次光顾的都是他的"唯一"。时光流逝得多快，夜里他们躺在大得出奇的火炕上，丝毫用不着提示就可以回顾当年。不过他颤抖的手掌下已是她们发胖的躯体了。"没有那么危险忙累的日子啦，平时就是睡呀吃呀。"她们现在连句像样的情话都不会说了。令她们吃惊的是，这个男人在对异性的热情方面简直就没有多少变化，仅仅是喘息的声音粗一些，这在浓黑的夜影里倒像一只雄性林野大兽。她们说："这些年哪，真像是白过了一样！"

有一天半夜，他刚刚合上书要睡，突然听到有人风尘仆仆闯进院子。他一惊，还没来得及开灯，就听到一个粗大的女声像念戏文一样喊道："姓师的，你听见没有？我今个是取你的爱来了！"他一开始以为是听错了那个"爱"字。慌慌开灯。闯来的是个女人，身个足有一米七五以上，深色衣服，长脸，大眼，五十五六岁。她的睫毛根部文成了深灰色，这使她在五十支光的灯下直望过来有些吓人。"不认识我了？"她的嗓门依然很大。鲈鱼胸口发紧，摇摇头。"不认识也无妨，就算我是个夜里投宿的路人吧！"她说过就去身后摸来一块火腿啃食，又喝了一碗开水，一抹嘴巴上了炕。他趁对方用餐竭尽全力回忆，还是没有结果。女人手搭在他的脐部，早已泣不成声。他想安慰她，她却一擦喜泪欢笑了。

这是个怎样的夜晚哪。他怎么也想不到，这样一个女人竟有过人的温柔。在最为柔情蜜意的那一刻，他甚至想到了在杨树下与第一个女护士分手时的感觉。这显然不是一个生人，可他硬是想不起来。对爱过的女人也要遗忘，这在他看来更多的不是生理方面的原因，而是一种道德上的堕落，是永远无法原谅的。"你还记得那个夜晚吗？"他故意这样问，总想引诱对方说出来。可她这时已深深沉浸，充耳不闻了。他发现这个大手大脚的女人全力表达的不是强烈的爱欲，而是过人的热情。真的，哪个好女人不是怀旧的高手。可她到底是谁呢？灯光下他发现了一双凹下的眼睛，还有平静下来的那种矜持，脑海里突然闪过了一个人：女审查者！他吸了一口凉气，不敢相信。他暗中扳着手指算了算，判定那个人如果健在，那么年龄至少也要在六十五岁以上。显然这不是她。

九

他二十多年前就认为自己像一条大鱼。由于他在夜晚常能摸到那颗多愁善感的心，所以不愿把自己比做鲨鱼之类。海豚吗？太俏了一些；而海狮又似乎过于粗鲁。他喜欢深海里最大的动物：蓝鲸。伟大的生物，雄奇的历史。不过他有自知之明，不敢去做这样的比附。来到老油库之后他曾彻夜翻弄动植物图谱，一直为没有一个贴切的外号而苦恼。最后他在模样体面、体量适中、多在河口游动、常常要吞食一些小鱼小虾的鲈鱼跟前停住了。"嗯，这还差不多。"当夜他就给自己命名了。

他从女儿的神气中多少可以判断母亲的影响：一直处于依恋和拒斥

的矛盾之中。诚然，她对自己有这样一个父亲绝谈不上骄傲，但也算不上耻辱。他总是提到那些随手散落在老房东家的军功章之类，巧妙地提醒孩子多想想那段辉煌时期，并纠正母亲的偏见，"看看她那个小模样，可爱倒也是可爱，境界嘛就谈不上啦，我对她是十二分的了解！"女儿一般并不顶撞，她仅是按时探望，在恪尽父女之责的同时，体味着一个家庭的全部不幸。鲈鱼总试图通过女儿了解妻子的日常起居，比如她还像过去那样，每天半夜咕哝三两句梦话，两点左右起来小解？她闭口不答，可能认为这是同属于女人的一些秘密。"你要注意，她有个清晨晕厥的小毛病，特别是白天过于兴奋的情况下！"鲈鱼多么牵挂，严格讲没有一天是真正忘记了她。女儿有一次不无严厉地质问："既然这么爱母亲，既然这都是真的，那你为什么要跟那么多坏女人来往？"鲈鱼摇头、叹气："我的好孩子！你到了哪年哪月才能理解自己的父亲。他是个常人吗？他的感情，他的胸怀！他可以毫不费力在心里划分许多房间，一辈子都把最大的一间留给了你妈！"

师辉已到了三十，可还是不准备考虑婚姻。鲈鱼说："孩子，在这个问题上我无法提供像样的见解。你知道父母的婚姻都不成功。我只担心以后——永远一个人吗？"他的眼泪出来了。她这时是真正感动的，但什么也没说。她认为与这样一个父亲讨论婚姻并不合适。她心里其实有一个隐秘的见解：这绝不是一个适合结婚的时代！

那见解不是一两句能够解释清楚的。它需要讨论，需要一个真正能够思想的人来听。她找不到这样的人。有一天，出其不意，她在这儿遇到了一个少言的老人，就是从京城回来的史珂。她凭直感认为那是一个不意,她在这儿遇到了一个少言的老人,就是从定城回来的一个研究员。凭直感,她觉得那是一个可以好好谈话的老人。但她们些什么都没有说。因为她对他还是不够了解。

"奇托"认为父亲有一千条缺点,但有一点是无可怀疑的,这就是他的善良。他总是牵挂许多人,却很少牵挂自己。他好像从来不问自己只拿一点优抚金和离休钱,独居荒野,将怎样拖着一个病残的身躯度过晚年?他饮食簦草,起居随意,高兴了可以通宵达旦地阅读。他对女儿一再提出的要求只是:拿书来!这么大年纪了,还是保持了惊人的阅读兴趣,他从书中获取的满足不可估量。他鄙视电视,说这都是闹之跳之夜之绿之的东西,不看也罢。她劝他摆一台电视吧,要知道这是取得现代资讯的重可以好好谈话的老人。但她仍然什么都没说。因为她什么都不了解。

她认为父亲有一千条缺点,但有一个优点无可怀疑,就是他的善良。他总是牵挂许多人。他好像从来不问自己独居荒野,将怎样拖着一个病残的身躯度过晚年?他饮食潦草,起居随意,高兴了可以通宵达旦地阅读。他对女儿一再提出的要求只是:拿书来!

在遇到史珂之前,师辉曾在父亲屋里遇到另一位老人。那是个迷失在林子里的孤寡老人,大约有七十多岁了,当时破衣烂衫蹲在大铁炉子跟前喝一碗苦茶。他已经在这里待了三天,提前把这里的食物吃光。父亲不仅把自己贮备的香肠和苏打饼干送给他,还把多余的衣服拿出来。当老人穿上大得出奇的条绒裤子时,她忍不住笑起来。老人再三道谢要走,师辉和黄狗"老憨"一块儿把老人送出林子,分手时老人说:"我这遭真是遇上了好人,要不我半夜非冻饿渴死不可!"她送人回来,一眼看到父亲站在窗前望着,泪水盈眶,"那个人比我还大两岁,靠捡垃圾为生。他听说海边有蘑菇,天一大早就来了,结果一进林子再也出不去了。这就是老人,穷老人,老人……"她握住他的手安慰着。

师辉相信,史珂的出现将会是父亲荒唐而又不幸的一生中的大事,因为他已经走入了晚年。两个老人相距不远,这真是太好了。想想独居老人的勇气,她就感到了惭愧。因为她越来越知道孤独是怎么回事。当父亲拖着一条腿走过来,伸手抚摸她的头发时,她真想把他不堪的历史全都忘掉。她只想偎进他的怀里,只想哭。她在用力忍住。

她最愿看到的场景是:史珂坐在大铁炉一边,父亲坐在另一边,两位老人手边都有茶、有书……

卷四 师辉

一

师辉对母亲说："我们这一代与你们当年不同，你们那时候遇上的是一个特别适合结婚的时代。"这当然是替自己的迟迟未婚做出的辩解。胡~~青梅~~（从未）觉得女儿的话大而无当~~或~~空洞荒谬，而是私下里为~~其~~（其）找来许多理由。她认为婚姻与其他事情一样，都有一个时代的机遇问题。诚然，失去了机~~遇~~的事情也未必就不能做，（只）是成功的机会减少了，付出的代价增大了。女儿并非从自己的未婚为由来肆意贬损自己的时代，而只是~~提~~（提）出一个小小的、也许是重要的见解。

卷四　师辉

一

师辉对母亲说："我们这一代与你们不同，你们那会儿遇上的是一个特别适合结婚的时候。"胡春猗从未觉得女儿的辩解大而无当或空洞荒谬，总在私下为其寻找更具体的理由。她认为婚姻与其他事情一样，都有一个时代机遇问题。女儿并非以自己的婚姻来贬损这个年代，而只是提出一个小小的、也许是重要的见解。

胡春猗认为自己的失败给女儿造成了致命的影响。可惜，以前总以为女儿的老大未婚是她的性格造成的，却未能从另一种高度去认识这个问题。现在想想真是对极了，时代不同，男女之事也就随之巨变。孩子说得再对没有，当年的姑娘个个思量嫁人。新生活开始了，组织新家庭，走进新社会，爱上一个新人，生上一堆孩子。差不多女孩子一大了就产生类似的冲动，个个眼睛雪亮，注意观察周围的一切，任何一点迹象都难逃青春的眼睛。谁又穿了一条式样新异的裙子啦，谁第二次改动发型了，都成了动向。"天哪，听说那家姑娘刚刚毕业就嫁了一个军人！""有人嫁给了一个团长，回娘家就哭个不停，后来才知道那是恣哩！"那时候的街坊邻居尽议论这些。最迷人的是"军人"二字，如果嫁给了他们，今后就可以对同伙们夸耀一句:"我那一位有枪。"都想嫁当兵的,结果也就萝卜快了不洗泥:男方大出二十,有了残疾的,离婚的,转业到地方的,都能娶到一个妙龄少女。那时候的慌张劲儿啊,不从那个时代过来,就永远弄不明白那是怎么一回事。

师辉从未责备母亲的婚姻,这令她欣慰。女儿长到了十几岁,半个浅山市都知道这儿出了一个南方来的"英雄／流氓"。传奇人物的光芒把四周全部照亮,妻子女儿也都格外引人注目。为了反衬一个人的不知餍足,会把他的妻子说成羞花闭月、倾国倾城。有人从很远赶到胡春漪所在的学校,就为了看她一眼。最难容忍的是一些人对师辉的好奇,他们对她指指点点。师辉像没有听到这一切,在母亲面前很少让眼泪掉下来。最可怕的是高中最后一年,那时的师辉有一头柔软浓密的头发,高高的身量,白皙的皮肤和黑灼灼的大眼,走到哪里都会引起一片寂静。她只穿旧衣服,穿颜色暗的。可这些努力不仅无效,反而加剧了什么。刚来不久的副校长是一位首长的儿子,年轻俊逸,只可惜一脸的浅薄气。他一来就盯上了师辉,时不时找她谈话。他说:"你一定要考上一定要考上!学历很重要啊!到那时候……"还说:"我只能告诉你一个人,我来这儿是镀金的。""我有一辆'宝马',先封在那儿。""我长大了才一点一点知道,爱情是人生的最高理想。"

师辉为摆脱这个人要付出全力,险些耽误升学。在夜以继日复习、做最后冲刺时,副校长支派三个五十左右的女教师为她"特补",说每一个都"怀揣高考的绝招儿"。一天夜自习之后十一点了,副校长站在甬道上高喊:"师辉同学来一下。"这使她误解为公事,只好走过去。

他一声不吭领她进了办公室,一直穿过两道门。她发现对方脸色焦黄,嘴唇发紫,一双手按在桌上抖动。再看看四周,仅有他们俩,而且窗帘低垂,门上暗锁。她叫一声:"放我回宿舍!"他磕着牙:"我是怕你没有耐心听,然而,虽然,于是锁了……说完你就走。"师辉从未听到这样可怜的哀求。

副校长捋着头发,像是千言万语无从说起。"因为自身的条件,我一直在拒绝,拒绝,拒绝……命啊,你出现了。我信命,然而,事情是这样不巧,你又要升学。我知道说出来会影响你的成绩,不说又怕你从此飞走:我今夜要告诉你,你也告诉我。"师辉忍住:"告诉什么?""爱。我爱——你呢?""我不爱——让我走吧!"他跳起来,像扑蝴蝶似的向上一蹿,"千万别……你让我要死要活!你就不知道人命关天!我会自杀的!我会为你一死再死!"他的手张大了左右晃动,又一拍双膝蹲下。他的头埋得很深,这使师辉看到他的后脑那儿有一撮白毛。他再次抬头已是珠泪满脸,"你还小,到你懂事可就晚了!到那时你跑遍全市也找不到我——我会出国!你知道吗?好男儿爱情失败了都是这样!这是必定无疑的事了!"他半张着嘴,等待回答。师辉伸脚碰一下门:"让我走!"他的双眼越来越红,"师辉,你千万别再逼我,千万。你是让我绝望吗?让我'图穷匕首见'吗?"师辉又一次重重碰门。他的牙齿磕碰声很大了,像忍受不了强光那样使劲闭了闭眼:"没有办法,谁也没有办法。这时候谁能不犯错误呢?对不起了——"还没等别人反应过来,他竟然手忙脚乱解了自己的裤子。师辉在这个时刻毫不慌张,她扫了一眼,正好看到桌上有一把裁纸刀,就取到了手里。刚刚还在蹿动扑张的人一看刀子,马上贴着墙角蹲下了。

这就是那个时刻。这次经历只装在心里,她没向任何人说起。她真正难忘的是那一瞥:也许出于好奇,也许碰巧,她真的看到了它。她看得很清晰。它那么狰狞,凶残,龌龊。所以她丝毫也没有慌张,充斥心间的全是藐视。她对它只是匆匆一瞥,就看到了这个时代的全部丑陋。

二

师辉几乎没有听史珂说过一句话。那天在老油库,她感到老人的目光正像下午暖流一样缓缓通过。她听到了自己正用心底的叹息回应。她在这个世界上小心敏感地活了三十年零四个月,还很少看到这样平静而又沉重、热情中包容了温煦和询问的目光。是的,可以判定这目光属于饱经沧桑的老人。他的确是一个可以倾吐心事的人,因为师辉常常觉得自己没有父亲。母亲在气愤时就说:"你就当自己的父亲死了罢!"说说容易,他还活着。

她每一次走向老油库都脚步沉重。下了交通车还有一公里土路,它斜向那个栅栏门。她知道要在这条路上走到最后的一天。那个人给了自己生命,为自己命名,包括取了外号。她的面容与神情正是母亲与他的奇妙组合。她必须牵挂他,服侍他,直到最后。后来师香来了。母亲告诉她:这个姑娘是你姑母丈夫带来的孩子,并非亲生却故意姓师——该不是你姑母的私生女吧……"不管怎么说,姓师的姐弟俩做出什么都不让人吃惊。这下好了，省了你的心，你也不用去那个地方了！"

第一次见到师香总想哭。她看着这个额头鼓鼓的四川少女，看着来不及收拾起来的印花包袱、大小盒子，听着川语，觉得这是天上掉下的妹妹。师香的手一搭过来，强大的吸附力让她们马上把身子挨到了一起。她们紧偎着不能分开。师辉至为惊讶的是，师香一来就有了"狒狒"这个外号，而且与病人亲昵默契：他们好像在一起生活了一百年。不过她看不出"狒狒"与姑妈在容貌上有任何相似之处，而以前见过姑妈的照片，那真是太像父亲了。那一天离开老油库时，师辉知道自己再也不会在此频繁出入了。

她从懂事那一天就深知与别人的不同：形同虚设的父亲不仅没有为后一代提供起码的保护，带来一点点自豪感，反而招致了诸多屈辱。师辉从十五岁开时受到异性威胁，直到今天。当她总结一生时，一个最强烈的感受总是羞于出口。迄今为止她一直像一只被围堵的小鹿，被那么多猎人手持武器追赶。无论逃到哪里都有这样的围猎，执着到了可怕的地步。她为这个时代一部分男性的粗鲁强悍和韧性感到震惊，常生无路可逃之念。她有时仿佛听到了一个不约而同的强调，一个铭誓般的威胁：我们一定要强暴你！

这绝不是老处女式的虚张声势，绝不是。这种感受在那个夜晚的一瞥之间变得强烈，而在很早之前已开始滋生。她长大了，无论多么谦虚也引不起一点自卑，因为她的美是太凸出太显赫了。她走进了一场古老而又现代的狩猎之中。那些追逐喘息的男子无不咬牙切齿向她宣示："我一定要……"最后的谓语部分略有不同，但它指向的宾语、它所包含的意思却是大同小异。她在心里的回答就是："我一定不要"——这是她给予他、他们的回答吗？那些藏在夜色里的未知者呢？他们终于在浮动的曙色中一一显露了。

在大学二年级的第二个学期，一个从某大机关转来的副处级辅导员出现了。他四十多岁，络腮胡刮得一丝不苟，经常找一些重点学生谈话。他仅仅是找师辉谈了两次话就直盯盯看她的胸部。他第三次谈话显得很不流畅，舌尖不停抿嘴，后来干脆小声提出：咱干干吧？师辉不明白："干干什么？"他站起来："干你啊！"师辉一甩门跑开。她气愤，更多是震惊和费解。

在宿舍里，深夜之前没有人会想到入睡。早操被姑娘们坚决拒绝了。那个辅导员气急败坏，说这样无组织无纪律他将采取严厉措施。没人听那一套。一个女同学说："让他自慰得了。"同屋的人都笑。师辉不懂什么叫"自慰"，女同学跳到她铺上，搂着她的脖子讲了。其他人大声喧哗，说师辉是"最后的处女地"。那个女同学时不时跳到师辉的铺上，抚摸她的肌肤，夸她的臀部："这属于最可爱的上翘型；那一类下垂的，发了财的老冒才喜欢。"师辉一声不吭。那只手像电流一样扫过全身，当她拒绝这只手时，对方哭了。她拥吻师辉，发出谁也听不清的絮语。师辉几乎是赤裸着穿过一段走廊进了洗漱间。她让冰凉的深秋之水从头部颈部流下，浇湿全身。同室那个女同学留了板寸头，而且染成了金色。她凑近了师辉说："你是我的，一生一世！"

师辉把所有空余时间都花在足球场边。校队在这儿集训，都说这次真要出一个"明星"了。他们议论的那个人是"长发二号"。师辉对自己说：我可不是为他来的。她是真爱足球，所以从不声张。同宿舍有几个女生看了一场球赛，为几个球的失利要死要活，最后商量着从四楼摔下了全部暖瓶。师辉心里清楚，她们从来不懂更不爱足球。她说服自己的眼睛不要总是跟踪"长发二号"。回食堂的路上，有人在后面一蹦一蹦跑，她回头，是"长发二号"。那张稚气的脸上全是欣悦，迎着她一伸舌头。她在心里说："要命的顽皮。"

仅仅是一个星期内，"长发二号"就与师辉三次擦肩而过。他吹着那么好听的口哨。有两次他走近了，故意紧闭双眼，口中默念："让我看穿这茫茫夜色吧！"师辉笑了。她在夜晚没法不想到他。上课时她也想到了他。一看到他在运动场上的勇武，就怎么也无法诠释这个人的顽皮。一天晚上，可能已经很晚了，师辉一个人走在空空的足球场北端。最后有人过来，长发飘飘。师辉觉得心跳加剧。他说："大坏蛋来了！"师辉立刻放松了许多。他不停地蹿、蹦，像患了多动症。师辉问："你这是怎么了？"他答："我爱上你了！""你说得可真简单。"他说："我就这样！"

他们不记得多少次在一起散步了。他与她走出了校门，回去时门已经关了。他说这无所谓，一边咕哝一边拦腰把她抱起，让她攀住，然后又把她扶上铁门旁的水泥柱顶。他自己噌一下就蹿上铁门，一个漂亮的跃动翻到地面。他卡着腰看着高处的师辉，静息了几秒。他走过来，伸出长臂一揽。他把她抱在怀中，横着贴紧胸膛，使她无法移动。他深长地吻她，她感到了无法拒绝的幸福。

后来的两个星期他们只限于接吻。一个伸手不见五指的黑夜，他们掀翻，像个豹子一样撕扯、寻索。她在一瞬间冷静下来，迅速摆脱，整理头发。他一个人在那儿抽泣。她走过去。她把他的长发抚到耳朵后面。他乞求起来，她再次拒绝。"好吧，"他的声音变得生硬，"你听着，我会说到做到。我要你，就是现在。如果你真的不同意，那么我就开始吸毒；还有，从明天开始去那些不干净的地方。"师辉吐了一口长气，站在那儿很久。她觉得这个夜晚真凉。她要一个人回去了。走之前她要告诉他一点什么。她说："我都听到了。好吧，你学得也很快（很像）。你原来是个概念化的人。"

三

同屋的金老板寸关不断纠缠师辉，并且以死相威胁。师辉问："你为什么要这样？"她坐在一片被反复踩碾的草坪上。四周，离他们十几米远处尽是一对对人。他们看不见，但总觉得有一个个闪烁的光点，近乎蓝色。他们只能小声说话，隐秘而亲昵。接吻。他那极为适合拨弄琴键的手指又一次尝试她的肉体。"我从来没有摸过海豚的皮肤，我想就是这样。"师辉承认自己已被触动，那根弦的回响她听到了。她还是把这双美妙的手推开、完全推开。四周传来喊喊喳喳声，还有幸福的喘息和呻吟。他们像走进了台风眼。"我的临门一脚差极了，差极了！""不，没有比你再好的了。""你这是谎话！""你想争吵吗？""我不！我才不！"他突然就粗暴了。她正在惊讶中，他只一拨就把她掀翻，像个豹子一样撕扯、寻索。她在一瞬间冷静下来，迅速摆脱，整理头发。他一个人在那儿抽泣。她走过去，把他的长发抚到耳后。他乞求起来，她再次拒绝。"好吧，"他的声音变得生硬，"你听着，我会说到做到。我要你，就是现在。如果你真的不同意，那么我就开始吸毒；还有，从明天开始去那些不干不净的地方。"师辉吐出一口长气，站在那儿很久。她觉得这个夜晚真凉。她要一个人回去了。走之前她要告诉他一点什么。她说："我都听到了。好吧，你会学得很像也很快。你原来是这样的人。"

三

同屋的板寸头不断纠缠师辉，并且以死相威胁。师辉问："你为什么要这样？"她答："因为我需要这样。你怎么就不理解呢？你真的生活在这个时代吗？"师辉反问："可是我不需要。你怎么就不理解？"板寸头继续缠了一个时期，又转向他人。可是这段时间不长，回头又瞄上师辉。她经常买一些小礼物放在师辉床头，师辉就一次次归还。最后师辉不得不为调换宿舍的事奔波。当师辉的铺位真的空下来时，板寸头扑在上面哭了一个下午。夜晚同宿舍的人回来立刻惊呆了：板寸头的脖子流了血，尽管伤口不深，但实在太吓人了。

师辉去医院探视，板寸头盯住她流泪。她的母亲从一个小镇赶来照顾，把师辉拉到一边说："这就是你了？好闺女，我能说什么……我这孩子打小老实，什么毛病也没有。信不信由你，什么毛病也没有……可就有一条，爱学别人，新人新事都赶在前边。""能举个例子吗？"老太太想了想，"比方看足球吧，她一个表姐从大地方来，说那里的青年都为足球疯了，比外国球迷也不相上下，还把自己写的'球评'掏给她看。这一下可好，表姐走了，她打开电视天天找足球赛，一看到输球就摔东西。她也写'球场分析'，寄到一家小报还真发了……"师辉一句话也说不出。老太太扳着她："好闺女，请信我，她没有恶意。害人之心俺老辈没有。我怕她再出事，求你先装着同意她一阵，先应付着，不行吗？"师辉觉得实在要让这位母亲失望了，因为她只能回答："不行"。

"长发二号"并没有从球场消失，但球踢得疲疲沓沓，脸上灰乎乎的。师辉心中想念，想念那个稚气的脸庞。她要与之再谈一次。一想到失去他的脸庞他的声音，心疼得发紧。她候在他时常经过的路口，两次他都不理。第三次他们一起走了很远，师辉从近处看清：他脸上的灰是故意抹上的，其实人还蛮精神。师辉笑了："'让我看穿这茫茫夜色吧！'

你那时的样子多可爱!"他停住了步子:"才知道我可爱吗?"师辉点头。他认真起来:"那你为什么不让我要你?你想逗我玩、开我的玩笑?那你也该看看我是谁!"师辉一句话也不想说了。本来她想问他一句:我能改变你吗?现在不想了。她又一次知道:一个人的力量太小了,而另一些力量——它掺在风中——太大了。

他们就这样告别了。她会永远记得,因为她告别的是自己最舍不得的。

四

师辉毕业后回浅山教委报到,一走进办公室有人就喊:"我的老天!"这么漂亮的人如果放走,那肯定是大傻子。她留在了教委。到处喧闹,唯有她那儿清寂。有人见她清寂,也学她的清寂。还有人学她的打扮和走路,并有几分神似。师辉依靠记忆画出了飘飘长发的男子。她看着,撕掉,又画。她认为自己已经爱上了一个人,但这个人被无形的大手掠走了。他从此不再属于她。

她有一次对母亲说:"我虚构一个人物给你看!"她已经画熟了,几笔就勾出了神采。她在画那个稚气的、背诵无名诗句的小伙子。母亲像患了近视一样取到眼前,嗅一嗅又推开:"真可爱。多高?"师辉红着脸:"……大概一米八五,至少一米八五!""真可爱。"胡春旖再也不看那张画了。师辉心里知道,母亲这一刻在想父亲!她突然明白了,母亲一生的爱只交给了一个人,就是父亲。但那也是一个虚构:这样可她在画那个稚气的、背诵无名诗句的小伙子，可惜那个形像很快消逝了。所以她称之为"虚构"。母亲像近视一样取到眼前，嗅一嗅又推开："真可爱。多高？"师辉红着脸："……大概一米八五，不，至少一米八五！""真可爱。"胡海妹再也不看那张画了。

师辉心里明明白白，母亲这一刻在想亲父！她突然明白了，母亲一生的爱只交给了一个人，他就是父亲。但那也是一个虚构。这样可爱的人其实从来就没有过。她还想到了外祖父生前钊十字的样子，这会儿充满了怜悯。外祖父在祈祷，就为了一个虚构。

教委主任是一个彻底秃顶的中年人，喝多了酒就向别人："我什么都好，就是不好色，你说我可怎么办？"有人在暗地议论："这家爱的人其实从来就没有过。她还想到了外祖父虔诚的样子，这会儿充满了怜悯。外祖父在祈祷，就为了一个虚构。

教委主任是一个彻底秃顶的中年人，喝多了酒就问别人："我什么都好，就是不好色，你说我可怎么办？"有人暗地议论："可这家伙是个贪污犯呢！"主任对师辉还算关心，个别谈话时非常直爽。有一次一见面他就叹气："我要有你这么个儿媳妇就好了！可惜我那儿子是个斜眼……"师辉笑得弯了腰。他四下瞥瞥："平时多注意保护自己，好钢要用在刀刃上。"这真是一句吓人的谜语，师辉愣了。

过了不久，教委大门前偶尔要停一溜漂亮的汽车，这些车非常惹眼。客人是海外某大公司的一个代理，这次要与教委合作什么项目。车中上上下下有七八个人，很难明白哪一个才是代理。主任一连几天都忙得不愿理人，办公室的人见了他就躲。这时候总有一个副主任跟他一起，是个五十左右的女人。一天晚上副主任约了师辉，说一起去吧，这几天晚宴连个一块儿唱歌跳舞的人都没有。师辉说我都不会。副主任非扯上她去不可。宴会上主任兴致很高，总是带头畅饮，脸部和头顶都红了。海外公司的几个人很放松，与副主任开一些过分的玩笑。只有那个代理文雅矜持，不喝酒，只喝矿泉水。这人有四十来岁，除了头发稀疏一点，看上去保养良好。饭后照例去舞厅，公司的几个人先后请师辉跳舞，师辉说不会，他们还是一请再请，代理轻轻摆手，他们走开了。

主任有了明显的幸福感。那天晚宴过了没有几天，主任就如释重负对师辉说："主要业务谈完了，他们走前还要看几个地方，就由你和副主任陪他们吧！有些问题一定要处理好。""什么问题？""还不就是那一套。对他们可千万要客气、尊敬。"客人去的都是一些风景名胜区,每到一地都住一流的宾馆。师辉和副主任同住一个标准间,一路上都在听她嫉羡的叹息。有一天师辉被安排在一个豪华大套间里,她说肯定是弄错了,有人说就是这样,是你一个人,副主任打前站去了,明天与你汇合。这个夜晚多么安静,门厅里有一盆大岩桐,开满了天鹅绒般的紫色花朵。她每在这样静谧的时刻就要抑制伤感,就要驱除纷纷涌来的回忆。门响了,是彬彬有礼的代理先生,他先为冒昧的拜访道歉,然后坐在地灯旁的沙发上。

  后来的一段时间竟然没有多少暗示和周旋,代理先生直接提出了这个夜晚的要求。师辉压住心头的惊奇和厌恶:"如果有一个像你这样的人、在今晚这样一个场所,向你的女儿提出这样的要求,你会怎么看呢?"代理一拍扶手:"放肆!你也敢比我的女儿?"师辉点点头:"她如果也有人的自尊,就可以和我比。""妈的,这真是——难道你们领导一切都没有交代吗?"代理的诉说掺上了嚎叫的尖音。师辉请他出去,他骂骂咧咧站起,咕哝:"这样的我干得多了,多一个少一个本来没有什么,但问题是要遵守游戏规则!""请离开吧。请你回到有规则的地方去吧。"

  代理走了。师辉明白自己不该待在这儿。她迅速收拾东西。原想重新找个地方住下,后来心一横,直接乘一辆四处透风的大破车往市里赶。一连三天她待在自己宿舍里,第四天上班,主任的眼像火一样红,见了她劈头一句:"你来你来!"主任火了一通,带着哭腔说:"这下砸了。几万元的招待费事小,项目砸了!"师辉待他静下来才问:"一切都是你安排的吗?"主任点头:"是啊,本来都安排得好好的,让你砸了!

你知道我从来没这方面爱好，可人家有！这是人家的条件！至于你干不干、干多少，这要看你当时的情况了，可你不能恶语伤人！这个最基本的常识你也不懂？"师辉反问一句："这是你的'基本常识'？"

师辉坚决要求调离这里，随便去一个地方：只要那里没有"基本常识"就行。

五

肯定是主任一怒之下把她打发到了偏远的郊区中学。一个三流的中学，校舍简陋，但树木茂密，一到了春天，泡桐花的香气真是醉人啊。老校长早就该退了，但看样子这种超期服役才刚刚开始。他长得圆头圆脑，心慈面软，额头上的皱纹堆得很高。与师辉年纪差不多的教师告诉她："老校长人品绝好，只不过有些老毛病。""什么毛病？""都是很传统的一些毛病。"他们挤眉弄眼。师辉很快明白那指了什么，这才知道主任把她分到这样一个地方是一种恶作剧。

老校长开始行动了。他嫌食堂伙食不好，常把自家的点心之类端到师辉宿舍，还吩咐："你不必分担那么多课，那样太累。你想干什么都行，不愿参加备课也行。"师辉说："这怎么行？我会严格要求自己的。"老校长马上略有严厉："你看，这就是你的不对了！你长这么好看，谁敢与你攀比？在这里你放心，只要你高兴就行，错了也不错！"师辉第一次遇见这样的人，简直哭笑不得。他又说："这么说吧，我这么大年纪了，能领导你这样的人，也算个福分。原打算退休回市里居住，这回不了，我就待这儿。我这个人就是喜欢俊俏人儿，从心里敬她宠她，也不怕说三道四。我这些都是摆在明处的！"

老校长只要有点机会就往师辉宿舍跑，嘘寒问暖，恳切真诚。最难堪的时刻到来了。无论师辉使用怎样拒斥的言辞，对方都能忍受，说："我这么大年纪了，什么没经过？你对我怎么都行，我说过，你没有错的时候！"师辉不得不找他的老伴谈一次了，指出他的各种"好意"必须终止，自己的忍耐已经达到一个极限。想不到老太太像校长一样慈善，听了以后就握住了师辉的胳膊抚摸不停："好孩子，我全能明白。我和他一辈子了，那脾性我最清楚。这是个好人，从不害人的，他看上了谁当牛当马也愿意。他不会伤你的，我心里有数，只要你的主意牢实。"

师辉不再为老校长开门。可当哀求声渐渐增大的那会儿，委屈与怜惜常常不得不让她改变主意。这种烦恼似乎与以往每一次都有所区别，师辉真不知该怎样了断。她几次要告诉母亲，后来还是决定自己解决。她知道母亲心头的负荷已经太重了。老校长与师辉有过一次深入的、心平气和的谈话："好师辉，你瘦了，我知道你心里不痛快。你是怕我给你造成不良影响，其实也是多虑了。这个学校的人都知道我的人品。我不会强迫别人的。当然，实在点讲，你是我一辈子见过的最好看最要命的人！你能让我得了，死也成；不能得，按时来看看也好。我多想摸摸你抱抱你，可是不行！这得你愿意才行，这是个原则！好师辉，相信我吧，别烦我，我年纪大了，只有你这么一个欢喜。你有什么要告诉我提醒我的，就尽管说，我会立即改正，俗话说'玉不琢不成器'……"

像梦一样，一晃就是几年。老校长离职了，但他真的在这儿待了下去。

有一天老校长对师辉说："今天晚上的欢迎会你得参加！你不知道，我们学校二十多年前出过一个伟人，我通过人一直联系着，想让他赞助母校，今晚他真的答应来看看！老天，人家日理万机……""伟人"两个字让师辉愣了一下，多问了几句他才告诉：史东宾，初中在这所学校上过；商业奇人，产业过亿；美国与香港都设有分公司；浅山市的主要投资者，这次要全面开发河湾……师辉笑了：这就是老校长心中的"伟人"。她以前听过这个名字，也知道是近几年浅山市最有势力的商界人物。

其实史东宾只是从河湾回市区路过这儿，答应进母校看看。学校激动起来。整个下午师生都在贴标语拉横幅，上面写了各种欢迎的话；布置了一个合堂教室作为见面会场，安排了献花的学生。老校长提出让师辉做整个活动的"司仪"，说这样一来史东宾就会"高看母校一眼"。师辉拒绝了。天还没黑，一溜三辆黑色轿车驶进来，师生列队太急促，有些凌乱。先下来的人中没有史东宾，上前献花的女学生不知所措。史东宾最后才从中间一辆出来，老校长一旁大喊："献！献……"掌声像骤雨。史东宾接过花，又扳住毫无准备的小学生亲了亲。

先是在合堂教室参加见面会，尔后是在更小范围与全体教职员工见面。年轻校长一一介绍下属。轮到师辉了，老校长抢在前边说出她的名字。师辉像所有被介绍者一样，微微欠身点一下头——这个时刻静极了，好像是突然静下来，所有人都屏住了呼吸。

六

再有不久,通往河湾的小路就会被白雪覆盖。师辉那时候会穿上灰蓝色的、上口有一圈毛皮的长筒皮靴,寻找滨海珍珠草和艾叶的空隙,在雪地踏出吱吱的响声。无风的雪后黄昏有三两麻雀弹跳不已,注视她呼出的白气。她牵挂那个空荡荡的孤屋。像宿命一般,在她来到市郊中学几年之后,出狱的父亲也来到了老油库。可是她认为没有一个同事知道这一秘密。老油库,她全部的牵念、憎恶、羞愧和厌弃。在雪前的晴和中,往年是她频频北去的时光,她要帮父亲备下冬天的一切。而今她却犹豫了,因为一切都有"狒狒"在做了。她站在校舍围墙下望着北部的雾霭林梢,又低头看浅红色的苦草。她想到了"狒狒"那发红的浓发和鼓鼓额头,特别想到了那双手:又胖又小,永远汗津津的,在没有隔壁的大屋子里操劳不息。她突然想到了那儿仅有一个大炕:"狒狒"怎么过夜?

一辆车嚓嚓开过来,很慢很有耐心,竟然不顾小枝小杈对车体的磨损。它停下。师辉一回头,正好见驾车的人下来:史东宾。她认出了他,但未打招呼,因为她并不认为他们算是熟人。史东宾准确无误认出了她,叫"师辉老师"。他问她是否要到海边?他正好去那儿,可以捎上她。她摇头谢绝了。那辆车很快开走。她觉得这车比一般的车长一些,但她对车总是叫不上名字。

冬天真的逼近。师辉忍不住去了老油库一次。巧的是她又遇到了那个清瘦的老人史珂。像过去一样,老人没有多少话。整个屋子里最兴奋的是父亲，身体笨重却手舞足蹈，笑声朗朗。他现在已经习惯于把"狒狒"按护在腋下，一只手抚弄她的头发，另一只手在空中挥动。"狒狒"被巨大的躯体、被噜噜响的火炉烤得热汗津津。"狒狒"至亲至爱呼她"姐姐"，师辉却听出了一丝得意与傲慢。"狒狒"把炕上的铺设搞得蓬松无比，叫着："从今再不得褥疮！"师辉知道这是暗中刺她对父亲照顾不周：他以前身体左侧发过炎，但绝不是褥疮。铁炉旁正化着几条冻鱼，"狒狒"一会儿过来拨弄几下："从今再不吃高脂食物了！"果然父亲满面红光，做着扩胸运动说："我的病全好了！你爸现在有使不完的劲儿！"

一种绝望和无奈，还有怜惜和鄙夷，阻隔着老油库之路。师辉默念："快下雪吧！"她想让雪封存这个荒野，包括有关荒野的一切。她在长满了扶芳藤和苦艾、问荆和棒头草的郊外踯躅，感知自己最艰难的一个冬天。当然是一种巧合，那辆黑色轿车几次在她身侧停下。史东宾为了御寒，已在颈部围了一条深红色毛巾。他不再像以往那样打招呼，而是四下看着，又极目远方，搓着手，像自语和叹息："看看吧，这就是一年，就这么快！"无比的沮丧和怨恨尽含其中。有时他说："我一个人在河湾游荡，真像个孤魂！"师辉想问一句："你的那些前呼后拥者呢？"她及时意识到这种询问有多么蠢，特别是对一个有钱人，问这种话就尤其蠢。他们在这个时代已经拥有了这样的自由：想怎么就怎么，奢华，吝啬，一掷千金，当然还可以体味孤独。他们似乎真的在学习"孤独"，而且其中不乏获得"真谛"者，于是这种人再次投入噬咬将会增加十倍的凶猛。

"北边，就是我们望过去的地方，住了一位怪人。他从京城回来还嫌不够，还要独居……这个人就是我的叔父。"有一次史东宾向北方张望，而且其中不乏获得"真谛"者,于是这种人再次投入厮咬将会增加十倍的凶猛。

"北边,就是我们望过去的地方,住了一位怪人。他从京城回来,嫌这不够,还要独居……这个人就是我的叔父。"有一次史东宾向北方张望,声音于迟。师辉脱口问了一句:"史珂?你的叔父?""是啊,他是我在国内唯一的长辈了!有他在那儿干熬,我倒不知该怎么过下去了。"他的目光在师辉脸上掠过,不停地搓手,"一切都想重新开始,可是,最难的是第一步……"师辉认为自己听错了:他和史珂,到底谁想"重新开始"?对方似乎能够洞察她的疑虑,走过来一步,语气沉沉的:"我在沉自己,真的,我从来没有这样煎熬过自己,自卑,恐惧,害怕一生就这样废了。我宁可声音干涩。师辉脱口问了一句："史珂？你的叔父？""是啊，他是我在国内唯一的长辈了！有他在那儿干熬，我倒不知该怎么过下去了。"他的目光在师辉脸上掠过，不停地搓手，"一切都想重新开始，可是，最难的是第一步……"师辉以为自己听错了：他和史珂到底谁想"重新开始"？对方似乎能够洞悉她的疑虑，走过来一步，语气沉沉："我在说自己，真的，我从来没有这样煎熬过自己，自卑，恐惧，害怕一生就这样废了。我宁可舍弃全部产业，所谓的成就和荣誉，也要迈出这一步。谁能告诉我，这是不是太晚了？"师辉被他的目光盯得难受，就退开一步。她在摇头。史东宾立刻问道："你是说'太晚'？"

师辉一边转身走开一边说："不，我听不懂你在说什么。""你会听得懂的，你会！"史东宾追上一句，声音大得把他自己都吓了一跳。

七

第一场雪浅浅的，但终究落下。师辉站在窗前看雪花飘落，有一个身穿风雪衣的人挡住了视线。他笃笃敲窗，又摘掉风帽：史东宾。师辉打开一扇窗，还没等开口，那么大的一束玫瑰就递进来。她开门后人已经不见了。玫瑰上系了一张纸条："尽管冒昧，但还是要问，问你能否帮我重新开始？我觉得这是最后机会，我不愿错过。"

师辉感觉不到惶惑和突兀。她只觉得这束玫瑰太美了。她找了一个陶罐把花插了。没有一点香气。她明白这是花房专门培育的插花品种：

无香之花。由于没有香气挥发，这种玫瑰的枯萎期将推迟许久。果然，一个星期了，玫瑰鲜艳如旧。第九天上，借助邮局的"鲜花专递"，新的玫瑰送达了。师辉拒收，可是邮局的人撂下就走："我们不管其他，也找不到退还的人！"可是玫瑰太美了，她再一次插起来。

史东宾出乎所有人的预料，一次性捐赠给母校五十万元。而且他让校方许诺一个条件：不登报，不张扬。老校长竖着拇指来到师辉宿舍，刚要说什么，发现一个高个子先他一步进来，此人正是史东宾。老校长"哦哦"几声，说"伟人哪！"就退开了。史东宾一动不动站在屋子中间。师辉说："谢谢你的花。可是帮你的不会是我。""为什么？""因为我不会考虑这些问题。""永远也不？""永远。"史东宾口吃一样"哪哪"两声。他的声音压得只有两个人能听见："你不知道，我第一次见到你就完全垮了。我不愿说那些了，都是陈词滥调，你会笑我。我只知道不会再与马莎一起了，我像再生了一次……"

师辉一再让他相信这是荒谬的，根本就不可能。史东宾却说：这些回答全在预料之内，问题在于自己——一厢情愿的爱。离开前他把汽车钥匙留下，说这车就送你了，哪怕你说我庸俗、炫耀！师辉急了，只得掷还。史东宾足足呆了有一刻钟。最后他说："你真的没法改变我。"

师辉为了暂时躲避，回到了母亲身边。可是几乎同时，"鲜花专递"又追到了市区母亲寓所。她再没法向母亲隐瞒了。胡春旖听了"史东宾"三个字竟然未加评论，却转而回忆当年。她承认女人特别容易在时代潮流中错爱，这可糟透了。时髦是几年或十几年一变的，而婚姻却要跟人一辈子。她相信自己那一代姑娘有许多是走进了世纪性的婚姻骗局中，都忙着嫁了同一类人,而不管这个人的品质、教养,甚至连模样还没看清就激动起来!她感叹:"要嫁的是自己选中的这一个,而不是这一类。"师辉反驳说:"如果压根就不嫁呢?"母亲没有回答。师辉说:"我觉得这个时候就是不适合结婚,也不适合生育。生得太多了,到处都在繁殖,生,一刻不停地生……不能再生了,首先是不要结婚!妈妈,我厌恶,我就这样决定了。"

八

老校长一见到师辉就说:"你可回了。我受的苦你是不知道啊!我差点见不着你了。"师辉这才发现老人枯瘦了许多。老校长唉声叹气:"我那天一看史东宾站在这儿的眼神,中,什么都明白了。他是疯迷了。大把的玫瑰啊,钱啊。这些我都没有。我得眼巴巴看着他把你领走,我白白守了你这么多年!你是我心上的肉掌上的珠,我下半辈子的欢喜。这一遭……不过,说实在话,跟了去吧!这是你积来的福,我还能说什么?"

正说着有人来喊师辉,原来教委主任来巡视这所郊区中学了,说要见一见师辉。她进门一看,天哪,还是那个秃顶的人。对方哈哈大笑,一见面就说:"怪了怪了,小师不会老,还是那样还是那样!"师辉有些亲切感,尽管又想起了他的"基本常识"和恶作剧。主任说:"怎么样,你喜欢安静,就让你到这里来了。再不久我也要退了,退之前你有什么要求?有事快办,晚了不成。"师辉摇头。主任端量她,咂嘴,哼哼几声:

"我不明白。""不明白什么？""你怎么就是不结婚？"师辉笑了："这是我的自由啊，婚姻自由，这才是'基本常识'呢。"主任挠挠秃顶，"话是这么说了。幸亏不是过去。我想起二十多年前，不，快三十年了吧，那时的一件事。有个资本家出身的女教师，要说漂亮可真漂亮，她就是不嫁人，谁说也不嫁。有人火了，报告组织，说这是因为她仇视新社会，不想给咱新社会传宗接代！老天，多么玄乎，可笑的是组织上有人一拍桌子，说这还了得，批斗！就这么批起来了，开大会，什么人都去参加，二流子光棍汉喊得最积极，难听死了，什么'俺就要干你！''越不让干越要干！''干死你！'净这些话。那个女教师一声不吭，会后该怎么还怎么，就是不嫁人……"

主任说走了神，后来发现脏字太多，就咽咽口水停下。师辉说："如果那个女教师真的因为仇视才拒绝婚姻生育，那么我就尊敬她钦佩她！"主任嘴里哇啦一声："哦哟，这不是反动嘛！你真这样想还是玩笑？""真这样想。极左时代的残酷到了让人不敢相信的地步，一个受害者仅仅是在心里'仇视'，已经是最起码的权力了！"主任捂着秃顶不语。这样许久他才抬起头："别扯远了，谈你，就是你。我想问问你和史老板的事——为什么还不快应下来呢？"师辉一怔。她马上明白这是史东宾的无奈和愚蠢：开始借助他人。她回答："我不喜欢这个人。""你怎么能不喜欢呢？"主任拍打扶手，声音带出了怨气。师辉又笑了："我怎么就一定要喜欢呢？"主任站起来："你真的不喜欢——不同意？"

师辉不想说什么了。这简直荒诞得像演戏。她忍着才没有摔门而去。但是主任气呼呼的再也忍不下去，一句话脱口而出："真是狂得不得了，你寻思去，要么跟史老板好好处，要么你就另打谱——咱的小庙能装得下你这尊大神？现在我不会开你的批斗会，可现在我有别的办法！"师辉摔门而去。

这一天她眼前闪了一下飘飘长发的小伙子。他肯定生儿育女了，剪去了长发？很遗憾，蓄长发是学了外国球星；可剪了还真有些可惜，那是她抚摸过的头发。人人都在学一点皮毛。十多年来遭遇的异性和同性——她在脑海里一一过了一遍。令她惊讶的是他们全都大同小异：差不多的求爱方式，无论是行为还是语言，竟是惊人的雷同。他们都是同一个师傅的传人。他们真的是"一类"，而不是"一个"；所以即便用母亲的标准，他们也是不可嫁予的人，不然就会再次走入"一个世纪性的婚姻骗局"。

师辉有许多话想告诉父亲，但那须是一个真正的父亲。无论是在史东宾的追逐下，还是在秃顶主任的"基本常识"面前，她都能坦然处之；可是只有自己一人独处时，她才能感到对"父亲"的渴望。他应该不同于母亲，坚强，自信，有男性的洞察力。而老油库里的那个人徒有虚名，他在她十几岁甚或更早就开始"名存实亡"，如同母亲所说：你的父亲早就死了！现在师辉特别想到了史珂。她不仅想让他阻止那个史东宾，还有其他，那是更重要的需求。她觉得这位老人真像父亲。

这一天下午师辉一直向北，找到了那座河湾旁的房子。可是没人。顺着一条小路向南，直到看见了丛林中的老油库才收住脚步。那儿至少有五六辆小汽车停在路边。她绕开了。

九

史珂去了老油库。他有一些话要告诉这个荒唐的老友，因为他认为自己无法拒绝老油库。愤怒得额上血管突突跳的年纪已过，如今自己仅是一个"旁观者"——他还记得自己一生敬仰的先生有一句诗："忍看……"是的，如今正是"忍看"之季啊。

鲈鱼一见他就疯迷一般扑来："我的老伙计，我想的就是你！"这家伙身上的草药味儿比过去更浓。史珂四下看看，不见"狒狒"。"鲈鱼"大笑："你找她呀，她也在那儿洗呢，如今她也爱上草药浴了，整天进去泡啊洗的，把自己搓得小水葱似的！"他的话刚停，"狒狒"就把头从浴帘中探出，做了个鬼脸。史珂引他去室外，他"哎哎"叫着裹上棉衣出门。

史珂抿抿嘴，去看大屋内飘出的一缕水汽，"她差不多也算你的孩子吧？"鲈鱼点头："师凤是她继母。""那也不行！你还有纲理伦常？"鲈鱼双手齐摆："没有你想那么严重，没有！再说你还不知道咱们老年人的一些事儿？你让我怎么说？你如果想让我死，你现在就说，也不必拐弯抹角了！"史珂难过、气愤，还有羞愧，眼泪都差点出来。他知道这种谈话太可怕，太简略也太草率了。他站起，但心里保留了一次清算的权力。

回到大屋，"狒狒"已经出浴，火红的肌肤缠裹了一大块毛巾，大片的毛发也被裹起来。她笑着跳上了炕，拉上一道绿色的布帘。史珂注意到这绿色布帘属于"狒狒"的创造。一会儿她换好了衣服，布帘收起，头上的缠裹还在。"珂叔啊珂叔啊!"她叫着,端苦茶,还递过一把她亲手制作的健身木槌。没有见过"狒狒"从出浴到换衣服这一串流畅自如的动作,就不会体味什么才是冬天孤屋中的青春。史珂皱眉蹙鼻,因为浓浓的草药香都掩不住她的体息:像稍稍熟过了的杏子的气味。鲈鱼在一边感叹:"怎么得了啊!"史珂不禁瞥了瞥"狒狒",鲈鱼马上拍打一下膝盖:"这是属于人民的少女啊!"

正这时汽车的低音喇叭传来,他们马上站到门口。好几辆呢,史珂看出走下来的有侄儿史东宾、市长孔庆明、司机金壮一,最后还尾随了史东宾的儿子。"妈的,"鲈鱼骂了一句,"这都是哪路的神仙?"史珂一一介绍,他说:"那我得上炕了。"待一行四人进屋时,鲈鱼已经歪在炕上,眼皮耷拉着。原来这些人从河湾那儿过来,只是顺路。市长与史珂握手,史东宾请叔父代为介绍。市长对炕上的巨人说:"我听人说过你的情况,打过仗流过血,也不容易嘛!今后有什么困难可以向我、向民政方面提出!"史东宾说:"您已经是我叔父的朋友了,当然是我的长辈……"说着压低声音:"您的女儿在学校多辛苦,她可以来我的公司。"

在几个人寒暄时,金壮一却在逗"狒狒",伸手一握"狒狒"就尖叫一声。史东宾呵斥他。一会儿"狒狒"又嘻嘻笑了,指着炕上的人说:"让他给你取个外号吧,不碍事的。"这话马上被鲈鱼听到了,说:"小伙子,外号我们都有的!"于是将屋里的人叫了一遍。史东宾左右端量过,问:"我呢?"鲈鱼指着金壮一:"会放电?那就叫'电鳗'吧。"史东宾又问:"我呢?"鲈鱼注意看他,特别让他侧过身子,很快拍起了大腿:"瞧哩,真不错。他这时觉得自己之所以爱往(名)油库跑，爱听那个人讲话也是主要原因。天色暗了一些。晚霞照着薄雾无边，让史珂(看伫立)了许久，"京城有这样的傍晚吗？那里不过是卷尾音和儿化音多一些。"他走到路旁时看到了一个人，是个姑娘，她站在远一些的地方，在小路旁。她对了白雪，晚霞也照了她。

　　看清了，是师辉。史珂差一点叫出来。他慢慢往前(走)。他这会儿想起前几天的一个早晨：一开门，见到一只洁白的鸽子落在松下沙上，离他很近，让他看到了无一丝污痕的羽、豇豆红的蹼爪……这是一个吉祥啊。

瞧他的下巴，这不是一条'扬子鳄'吗？"众人转过目光都笑。史东宾却一边点头一边拉过儿子，"您老费费心，再给我这'犬子'取一个吧！"鲈鱼马上闭了闭眼："不值一提。""这也算外号？"小伙子一急，"狒狒"大笑。

几个人命过名就走了。"狒狒"说：你把那个市长忘了。鲈鱼说我才没忘呢，第一眼看过就有了他的名儿，只不过没人问起也就算了——"你们翻翻动植物图谱就知道，他可以叫'石鸡'。""狒狒"真的去找了图谱，嘻嘻笑。鲈鱼对史珂说："光滑干净，瘦小机灵，就是没有良心！""狒狒"越看图谱笑得越厉害。鲈鱼还在说那个人，"他若不是市长，史东宾一拳就能把他捣死……"

史珂往回走的路上还在琢磨那几个外号。真不错。天色暗了一些。晚霞照着薄雪无边，让史珂伫立了许久，"京城有这样的傍晚吗？那里不过是卷舌音和儿化音多一些。"重新启步时看到了一个人，是个姑娘。她站在远一些的地方，在小路旁。她衬了白雪，晚霞也照了她。

当看清是师辉时，史珂差一点叫出来。他慢慢往前。他这会儿想起前几天的一个早晨：一开门就见到一只洁白的鸽子落在松下沙上；当时他离得很近，看到它无一丝污痕的羽、豇豆红蹄爪……这真是一个吉祥啊。

卷五　肖紫薇

一

　　大约是午夜两点，史珂~~又一次~~捕捉到了夜色里~~那~~轻轻一咳。他总要在这个时间醒来，这~~不~~是~~就是~~自己的时差在作怪~~入~~衰老~~的~~问题。三十多年前一个挚友传给他一个不良的工作习惯：夜九点入睡，两点起床工作；早八点用餐，然后懒洋洋翻书以进入长长的午睡，醒来再工作。据说这是~~~~京城的知识分子~~~~正在~~悄悄施行的一场作息革命。很好，最初一个月显得脸色黄一点，后来一切~~~~旧~~~~如~~~~。他最可怜的是~~~~"小刺猬"，午夜他睡得正香，他起床时却常常把她打扰起来。狭窄的卧

卷五　肖紫薇

一

大约是午夜两点,史珂又一次捕捉到了夜色里那轻轻一咳。他总要在这个时间醒来。三十多年前一个挚友传给他一个不良的工作习惯:夜九点入睡,两点起床;早八点用餐,然后懒洋洋翻书进入长长的午睡,醒来再工作。据说这是京城知识分子正在悄悄施行的一场作息革命。很好,尽管最初一个月显得脸色黄一点,后来一切如常。他最可怜"小刺猬",午夜她睡得正香,他却常常把她打扰起来。狭窄的卧室满溢了爱人的体息,这让他想起故乡四月白杨嫩叶的气味。冬夜里唯有她的温暖,但还是不得不起床。这就是做学问啊,工作啊,头悬梁锥刺股啊。坐在小桌旁了,只一会儿身后就有她的声音。她吻他的后颈,脸颊,贴紧了让他感觉自己。那一阵比一阵浓烈的杨树嫩叶气味缠裹了他。他发现她的头发、眼睛,还有肌肤,到处都在播撒这种气味。他们拥紧了没有一点声音。他把"小刺猬"放到床上,为她盖好被子,像看一个收翅静息的小鸟。

第一次听到午夜咳声让他吓了一跳。不过他倒没有想到荒野大盗之类,而首先想到了四处徘徊的流浪汉。揿亮电筒出门,一天星斗,风息树静,连个人影都没有。窗外有一堆柴草,那是垦荒的收获,他还能记得其中一小部分是那个吴妈抱来的。站了一会儿，只听到蛐蛐的吟唱。后来的夜晚又有一二声轻咳，这不得不让他请教博学的鲈鱼。对方不假思索即答："那是刺猬。"史珂听了不仅毫无存疑，而且立刻从心里感激这声来自原野的呼唤。半夜醒来睡不着，就开灯往本子上添字："史珂，刺猬，他们今夜都睡不着了。""他们都走了。只剩下一个人，还是两点……""他们"即包括那个研究所的挚友，还有发妻肖紫薇。

一直到黎明史珂都未合眼。黎明在这个海岸河湾的妙处是野鸡鸣叫，是一个老人在它的远呼近啼中咽下一口口米粥。榨菜比昨天多了一点酸味，豆豉中突出的是花椒的辣。这张原木桌对面空着，正虚席以待。常常有时缓时急的脚步声在四周踏响，史珂已经懒得去听。只有心中的叹息在回应。有时他闭一会儿眼睛，感受杨树的气味时浓时淡。那一天他在门前小路上看到了师辉，见她足踏灰蓝色长筒小靴站在薄雪上。"我们真该有这样一个女儿！"他抬起头，看着自己呼出的一道白汽。当年的"小刺猬"应该有把握生出这样的孩子，瞧她们多么相像，简直是酷肖……嗯，另一个也许要小巧一些——就像一只闷声不语的小鸟，从头顶一闪就飞过去了。她永远消逝在夜幕里。"妈的，"史珂骂了一句，"多么不是东西啊，岁月，老天爷，都不是东西。"

史珂没法绕开那座老油库。第一场小雪下过之后，他与老油库之间的比喻也有了：那儿是一堆火，他则是雪地里的人。这样一想拗气就来了，出门偏偏将脚踏向另一个方向。太阳融了初雪，小兔子又唰唰蹿动。河湾松林中有一对拣松塔的老人，他们吸引了他。两人是市郊村子的，史珂闲来无事就帮他们做，中午还请到家里来。两位老人都七十多岁了，瘦削，看上去非常健康。只是牙齿不太好，咀嚼食物十分费力。老太婆喜欢豆豉，指着它对老头子说："甚好。"

二

史珂因为与两位老人同姓，就被他们叫成了"我家兄弟"。史姓老人邀他去村子，他就去了。一路上史珂几次要接松塔担子，都被拒绝。老太婆戴一顶黑色绒帽，瘦小，浑身是劲，不止一次接过男人肩头的重负。他们多次问过了史珂的职业、来自哪里，最后还是茫然："哦矣，京城人儿。"他们叫他"大学士"。两人几乎不识一字，却对史珂充满敬重。他们望过来的眼神让史珂心上一动：这样的目光以前见过。他的心脏又沉又响地跳动了两下。

不知拐过多少街巷才进入一个小院。四周都是这样的建筑：特别矮小的青瓦房，被一道泥墙围起。院里有猫有狗，狗迎着生人吠两声，又很快甩着尾巴欢迎客人。史珂只看一眼小院就在心里惊叹：这里简直是在举办各种杂物展览，碎玻璃、布条、绳头、报纸、动物毛发……它们全都分门别类放得整整齐齐。他们把史珂招呼进屋，将唯一的一把大圈椅子搬到中间，又端来水盆毛巾和一杯浊茶。史珂许久才能适应屋内昏暗的光线，一一辨认着水泥灶台、风箱，还有一台老式座钟。他忍不住好奇去抚摸时钟，老太婆立刻笑眯眯凑过来："还是古物牢靠，从来准时。"老头子吸着烟锅："这是我爹分来的'果实'。"老太婆点头："甚好。"

晚饭颇让他们用心，先是一块儿动手在灶前忙，泡了干蘑菇、海带丝，又把炸豆腐切成细条。最后老太婆匆匆出门买来一小块肉。史珂要阻止已来不及，只好围上一起忙。油烟呛得三个人一起咳。酒菜端到炕上，盘起腿享受这餐盛宴。酒装在一个葫芦里，摇得哐哐响，史珂只好破戒。老头子喝到高兴处伸手一指老伴："她也是'果实'呢！"史珂一愣，因为他知道"果实"是指四十年代末贫农从地主手里分得的财物。老太婆抹抹眼睛，非但没哭出来，还朗声大笑抱住了男人。原来当年的男人是民兵，老伴是富农的女儿。最后老太婆真的哭了，男人为她抹去泪水。

饭后一段时间三个人交谈很多。史珂得知这个三百多户的郊区小村全是菜农，因为市区连年扩展，"开发区"又占了一些，剩下的土地已经少得可怜。村里年轻人有的外出打工，有的闲逛。"倒是老年人安分，种一点地，拣松塔采蘑菇收废品，老天爷只饿懒人！"老头子扬着烟锅。史珂问他们有没有儿女？老太婆拍起了腿，男人在一边连连咳嗽。她埋怨一句："是他出夫耽误了。"老头子一扔烟锅："我出夫三年，余下呢？生呀！""生不出，俺生不出何如？"老太婆咧开牙齿稀疏的嘴巴笑了。老头子也笑了："就是嘛。不过没有儿女也好，像邻居家……"两个老人说到邻居一齐缄口：原来那是残儿寡母，儿子一生下就下肢瘫痪。

这一夜睡在两个老人的东间屋里，仍旧是午夜醒来。他琢磨"何如"、"甚好"等字眼，心上愉快。在这种语言氛围里他才找到了真正的归来感。在这瓦顶小屋嗅着满院杂物混合而成的气息，试着废除京腔最后的尾巴：打磨得滑溜溜光秃秃、没有一点棱角的儿化音。这发音使他有莫名的羞愧，就像当年总是读不好阴平字一样。那时候他羡慕所有能发出地道京腔的人，有时竟长时间失神地望着对方的嘴巴。有一次他和一位女同事在一起就是这样，他想看清她红润小巧的舌头怎样在洁白的牙齿间游动闪跳，想从根本上弄懂轻音节怎样送气——正在说话的她突然脸色绯红，低下头，再也不敢正视面前这个身材瘦削的青年。

她就是肖紫薇。史珂一生都酷爱和痴迷于她的发音。如果不亲耳听一听她的声音就不会明白什么才叫"有声有色"。从那次注视到第一次接吻，中间历经了一年多的时间和无数曲折。他带着热恋的战栗和陶醉，紧闭双眼——不是接吻，而是品尝声音的甘味，从它的出口一丝一丝寻索。他搂抱着她，因为专心品尝而忽略了爱人那副小鸟般灵巧的身躯。

三

那是个漆黑如墨的夜晚。没有电，街道像室内一样黑。甚至连个蜡烛头也没有。天色一晚庆贺的人就全走了，把一对新人留在夜色里。他们刚要迎视对方的眸子，刚伸出滚烫的手，又有人笃笃敲门。门开了，是同事元吉良。他小史珂两岁，整天尾随着像个小弟。刚才他和大家一起告辞，这会儿却又独自返回。他坐在窗前，史珂借助微弱星光看他惨白的额头。元吉良并不说话，只安坐了一会儿就离去了。又剩下他们两个。史珂感激有这样的漆黑遮掩。逼到尽头的幸福让人欲哭无声。他第一次知道自己的新娘每一根肋骨都精巧绝伦，一对小乳房如同食品匮乏时代的甜点。时光不知不觉到了午夜两点，可怕的饥饿袭来了。

史珂一生都不会忘记新婚之夜的饥饿。他觉得数不清的嘴在撕扯肠胃，他打开所有抽屉寻找吃物。没有，没有一块饼干或一点馒头渣屑。肖紫薇忍住了没说一个饿字，披上衣服为丈夫去取手提包中的一块糖果。找遍了所有隐匿之地，没有。可是她记得白天随手放在了提包中。她哭了，同样没有声音。直过了半个时辰，肖紫薇想到了换下的衣服。她终于从衣服内侧口袋取到了糖果。

她眼看着丈夫吃过这枚粗黑的硬糖睡着了。他是黎明时分侧伏在她的身边睡着的：好像永不餍足的孩子，睡着了还口含乳头。自己的丈夫简直像个发育不良的儿童，夹出一溜眼睫毛，在梦中吸吮。可是她没有一滴乳汁。

许多年后回顾那个短促的夜晚，所能记住的只有饥饿和甜蜜。后来，元吉良对史珂解释那个夜晚返回的原因：想来新郎新娘这儿寻一点东西吃，因为下楼刚走了两步就饿得弯下了腰。元吉良苍白，额头有点鼓，鼻子上翘，很天真的样子。他想不到那个夜晚的新房就和自己的单身宿舍一样，没有一粒粮食。

史珂在蜜月里晕厥了两次。肖紫薇完全不知道这是极度兴奋和饥饿混合一起的结果，只紧拥满脸菜色的丈夫呼叫，直到他醒来，揩掉豆粒大的虚汗。"你到底怎么了啊？病了？"史珂摇头："不，是因为太幸福了。"他直视着她，第一次叫出"小刺猬"这个昵称。她除了和所有人一样忙着开会、上班，还要一天到晚牵挂永远饥饿的丈夫。到哪里寻找食物？食堂里一个留小胡子的年轻师傅多给了她一点稀粥，让她感激不已。有一天中午打饭的人都离去了，小胡子师傅使个眼色，她就进了厨房。原来他准备了一捧泡涨的豆子。就在她弯腰取豆子的时候，小胡子竟飞快把手伸到她的腋下。肖紫薇往上一跳躲开，豆子撒了一地。小胡子揩着手往后退，一直退了很远。她又看到了地上的豆粒，它们一颗一颗涨得饱满。她蹲下拣豆子，只把泪水撒到地上。

史珂忠实讲述自己的身世，因为无论对爱妻还是组织，一切都无须隐瞒。史珂觉得有责任向妻子介绍从未谋面的两位老人，对方也是一样。肖紫薇却说："我不知道自己的父母是谁。我是个孤儿，一对好心的老人领养了我。"说过后陷于沉默。史珂却长久地想象一个孤女走在寒冷的京城里，被他握住了猫爪一样的小手。

史珂多次要求探望妻子的养父养母，肖紫薇答应了。穿过半个京城，快到了郊区。一片青色瓦顶小屋，土围墙，挤挤的巷子。进了一个小院，出来两个六十多岁的花白头发老人。他们差不多一块儿抱住了肖紫薇。她在流泪，忘记了介绍自己的丈夫。这样许久她才抬起头擦眼。老太太问："我的孩子，你怎么回家来了？你怎么就记起家来了？"肖紫薇看看丈夫，牵牵他的手："因为我们饿。"

这是一个到处摊满了破乱杂物的小院，院角有一辆地排车。老太太说："饿了就来家里，好歹有一口吃的。"这一餐饭吃了红薯、掺糠的窝窝，最后还是饿。老头子去院角掏了一会儿，那儿原来埋了一些萝卜。史珂一口气吃了两只煮萝卜，伏在了床上。老太太坐到身边，一下一下抚他的后背。她对女儿说："听口音他是外地人吧？哪个省的？"肖紫薇的回答听不清。她们以为他睡了，低一声高一声谈话。"你们正赶上了这个年头结婚，也难为了孩儿俩。""妈。""快些为我生个娃吧，趁今年还有吃的。""妈。""给我生个吧。"

四

　　史珂与肖紫薇不畏艰难，努力想生。大约有三四次，他们以为成功了，结果还是空喜一场。总算能够供电了，深夜的灯光照在妻子浓浓的、稍稍带点栗色的头发上，让他一直盯视。她的目光转向他，他将下巴颏抵上她的头顶，又把手指插进千万条柔丝中。"我对你没有任何办法，"他说。她的手舒展着他额上的一条浅纹，声音小得如同蚊虫："我也是。"午夜的饥饿没有尽头，肖紫薇有几次变戏法一般取出了煮熟的红薯干、花生米，还有一次是石头般坚硬的饼干。他问她哪里来的？她不答。他们伏在窗前，看到了街灯下有一个瘦长的影子——元吉良。"他吗？""是他。"肖紫薇低下头："没有比他更执着的人，没有。""他心里只有你。他会一个人走到底，可怜的南方兄弟！"史珂差一点流下眼泪，再也不想看街灯下的人了。他问她，又像自语："是我害了他吗？"肖紫薇叹息："千万别那样想。"

　　难得的假日里，史珂如果得到一点食物就会像孩子一样高叫："找元吉良！吉良！"三个人拉上窗帘，把小小餐桌搬到卧室里，每人再沏一杯茶。茶像酒一样醉了客人，好几次元吉良脸涨得吓人，牙齿磕碰有声，然后伏上桌子。史珂去拉他，他满脸泪花抬起头，咕哝："我哪里也不去，我就和你们在一起。"史珂不知该说什么。元吉良又指着窗户说："如果你欺负了紫薇,我就会杀了你,然后从这儿跳下去。"肖紫薇阻止他说下去:"吉良,不许再这样说。"元吉良尖尖的目光倏然软下,点点头。元吉良在学校的外号叫"元才子",因为聪明外露,喜欢他的人不多,但有三五个品貌端正的女学生一直对他保持了探险般的兴趣。其中的一个在毕业前夕希望与他确定婚恋关系,他未置可否。肖紫薇见过那个姑娘:眼大,鼻梁也大,头发蓬松,乳房大得的确有些过分了。她相信在这个肃穆严整的时代,人们暗中不会原谅这样一对乳房的。姑娘进研究所找人,元吉良不在,她就像寻索某件私有物品,问着:"小吉良哪去了?"肖紫薇觉得这个姑娘开朗而成熟,某种生命的活力会保持终生。人们背后称元的女友为"傻姐",认为她与光洁白皙、身材瘦小的男人构成了"既对立又统一的一对矛盾"。元吉良刚毕业那几年还口若悬河,指点史珂这样那样,说一个人如果过分"内秀"了就是愚钝。这当然是批评史珂。就在这个时期,他向史珂传授了知识分子最理想的作息时刻表:午夜两点起床。

史珂总试图找出元吉良沉默的原因。这个人好像突然就变得不事喧哗小心翼翼。研究所气氛压抑,还有后来的食物匮乏——这些都不足以如此有效地改造一个人的性格。最后史珂怀疑是妻子的缘故。他越来越确信这一点。有一天肖紫薇懊丧无比,说:"我再也不做这样的傻事了!"原来她敦促元吉良与那个女友完婚,反引起对方莫大痛苦。她长长叹息,他安慰她。

婚后三年多的时光一闪而过,史珂夫妇没有孩子。他们努力过,所以问心无愧。生育失败的原因一半因为饥饿,一半则因为奇特的作息制的婚姻史，只可惜毫无夸张，一切都是真的。谁没有在一阵阵饥饿的眩晕中伏上婚床，谁就不会原谅史珂。不管如何，在最后的一段共同岁月中，史珂与妻子回忆往昔，仍然对那个时代的怀念多于责难。他们做为饱读之士总算深明大义，回顾历史常要发出一串难以抑制的喟叹：那个时代啊，那个时代一口气出了多少伟大的人。

史珂知道自己潜意识中也许根本就不想要孩子。未来的小家伙是个血肉相连的陌生人，他（她）使单纯而亲密的二人空间变得复杂了、庸俗了。充满柔情的伴侣有魅力、也势必会将貌似简单的两性关系升华到一个奇怪的高度，在这个高度上就有了性的纯粹和浪漫了，它可以折射出现代文明的亮和。而后来生出的度：他几乎总是与妻子轮换上床。他们许久以后还为这三年的荒疏而痛悔。这是多么珍贵的三年，他们做梦也想不到的是，三年之后就没有时间了——没有足够的时间上床了。一场接一场的运动，下乡，最后又是意想不到的变动。总之他们都忙得团团转，在同一张床上躺的时间真是屈指可数。这真是耸人听闻的婚姻史，只可惜毫无夸张，一切都是真的。谁没有在一阵阵饥饿的眩晕中伏上婚床，谁就不会对这一点有起码的理解。尽管如此，在最后的一段共同岁月中，史珂与妻子回忆往昔，仍然对那个时代的怀念多于谴责。他们作为饱读之士总算深明大义，回顾历史常要发出一串难以抑制的惊叹：那个时代啊，那个时代一口气出了多少伟大的人。

史珂有时觉得自己潜意识中也许根本就不想要孩子。未来的小家伙会是个血肉相连的陌生人，他（她）使单纯而亲密的小小空间变得复杂了。充满柔情蜜意的伴侣有能力、也势必会将貌似简单的两性关系升华到一个奇怪的高度，在这个高度上才有性的纯粹和浪漫——它可以折射出现代文明的总和。而后来生出的黏乎乎的小孩呢？他（她）又能使一个三口或四口之家高雅到哪里去？他愿意看到小屋规整、简洁，秘而不宣的窗帘，分手时那个含蓄的微笑；还有，他特别乐于看见妻子穿浅紫色高领毛衣。这模样让他想到"仪态"两个字。感谢深厚难测的中华文化吧，它就有取之不尽的好词儿。夜间，最好是月光射进斗室的时刻，那时的床单上像漾着浅水。他迷于她的一切。他在这个时刻也是沉默，想着另一个好词儿：胴体。是的，无与伦比，精致却又丰腴。很难想象如此躯体在未来的一天也要膨胀起来，然后晃动着上街，说"我有了，我有了"。

他把妻子的内在脏器预想为薄薄的玫瑰花瓣，并肯定一场生育会撕裂和弄折它们。他害怕到了极点。

五

史珂门前的垦地蒙着银霜。这是季节在封存劳动。他知道初寒迈过严冬，就是春天的播种了。这段时间他仍然帮小村两个老人拣过松塔。以前总是忽视了这些小果实：一层层交错叠生，结构精巧，天然的艺术品。幸亏这时他注意了它们，而平时一走上林间就踢得它们满地乱滚。"艺术满地跑，就看你找不找"，他一颗颗拾起，抚摸一下装进两个老人的粗布袋。它们的结局是焚烧，是化为洁白屑末，让人想起凤凰再生的仪式。两个老人叫着"大学士"，与之亲密无间，几乎再也没有自己的秘密。史珂真正惊异的是如此贫苦的老人，却又如此幸福欢乐。是的，欢乐。这从他们俏皮的、缺牙少齿的嘴巴上看得出来。有一次老头子朗声问史珂："我家兄弟，你一个人夜里孤单不？"还未回答，对方就磕了烟锅插上衣领："不瞒你说，俺俩这大年纪了，夜里还是相搂着睡哩！"史珂为他们高兴。他在想"相搂"的准确含意：它显然与"搂着"不同。他笑了。

每天收足一担松塔，他就送两位老乡回返。他们每次偏过老油库，与那个丛林中的黑色建筑形成一线时，史珂就要停步。"走啊，家里歇去哩，反正你是一个人。"两位老人一劝，史珂也就收不住步子了。

史珂有一次进城有事，正好遇到两位老人出门收购废品。他们拉上地排车钻进窄巷，进入市区。巷子迷宫中，两位老人有惊人的穿越能力。史珂伴他们走了许久。这一天他们把酒瓶随收随卖，拖在车上的是动物毛发、碎玻璃和铁片等。史珂一直和他们踏上归途，又绕来绕去进了那个小村。在村子东南部他们一齐停住了脚步：前边出现一幢式样别致的三层小楼，朱红瓦顶上开了几扇窗子。小楼四周是大片草地，还有常绿乔木，围了铸铁花饰栅栏，巨形铁门前站着穿制服的警卫。老头子告诉史珂："这是村头儿的家。"老太太更正："叫'老板'，我亲耳听过。"

这个夜晚又宿在了两个老人家里，半夜了还听着对面屋里谈个不休。早晨老太太告诉："昨夜俺们商量借不借钱的事：东邻居，就是生了瘫儿子那家来借钱了。老头子问：借她能还？我说：能矣！"老头子走过来："我的意思是，借给她就得打谱白送。咱不可怜她谁可怜她？"史珂一大早陪两个人送钱去，一进那个门吓了一跳：一个中年男子满脸胡须，坐在一块木板上，正两手狠力捶打地面。原来木板上有几个小轮子，他见了来人两手一撑就滑到了里屋。一个健壮矮小的老婆婆出来招呼客人，随手把里屋的门掩上。这一大早东邻又改变了主意：无论如何不借钱了，"不借哩。儿子说得对：咱是凑付着活，上边再催'提留'，妈就拉上车子把我送了去！"老人双唇包紧牙齿，眼中没有泪水。

史珂这一天总是想起肖紫薇的养父养母。自己一生的后半截常被这种思念缠住。他不难察觉妻子与他们的奇特关系：既亲近又疏远。肖紫薇把仅有的一点积蓄送给他们，他们却毫无通融一概拒收。史珂从不认为他们对肖紫薇会比亲生女儿差——事实上她是两位老人唯一的慰藉。史珂婚后曾幻想有一天分到宽敞一点的房子，这样就可以与两位老人同居了。他常常提议去看望他们，肖紫薇应着，却依旧像过去一样忽略过去。他有时看着妻子的背影，觉得这个娇小的身躯正潜藏了不为人知的隐秘。

是的，这隐秘险些怀上一生。

六

即便最美好的婚姻也难免要由一些奇怪的东西组成，如两人断断续续的思念、捉迷藏般的分分离离，再如一点猜忌、许多的不满足——它们带来的痛苦；甚至还有过分盈足引起的愤慨，有稍纵即逝的某种机缘的丧失……婚后最缠绵的三年一晃而过，原以为夫唱妇随的大好时光无边无际，他们还有个隐约的期待：准备在以后的岁月里大肆缠绵。他们过早许下白发时期的浪漫，抒发各自的豪志——到那时自己的爱力不是衰萎，而是成倍增长。三年后饥饿消失，分离开始。研究所已经分批遣派研究人员去边远农村劳动调研，第二批离京的名单中就有史珂。

这之前他们也曾有过一个多月的分离，那是史珂跟上一位老研究员去一个中原城市。三十天的时间已经够长了，尚未期满，肖紫薇就请假去了那个城市。这次分别和相聚的所有细节都存于两人的记忆中。史珂记得肖紫薇一进门就嘲笑他的男子单身宿舍"有一股公羊味儿"。史珂觉得她说得很好。他回到了城里的小家，一进门就认真嗅过，说："有一股母鸡味儿"。肖紫薇告诉丈夫：他离开的这段时间元吉良来过。史珂说：当然。她不知他的意思。其实史珂永远怜惜元吉良，有时真想伸手去安慰他，抚摸一下那个惨白的额头。

他们都知道这次分离会是长期的。好在中间会有返城的机会。真是不巧，元吉良偏偏不在这次下乡的名单中。行前他来了，餐桌已经比三年前丰盛十倍：有煎豆腐，小咸鱼，还有糖蒜。元吉良扯着史珂的手说：你放心走吧。这个夜晚史珂睡不着，也没有时间睡。午夜两点以前他们想有个孩子，两点以后主要是谈话。史珂记起未能去那个小院向两位老人告别，有些难过。就这样天亮了，他走了。

想不到一场早来的厄运让他们提前相聚了。史珂离京不到二十天，一个夜晚，驻地领导突然让他火速回京：直接去单位报到，不得回家，就坐夜车。豆大的汗粒渗满了额头，揩去又出来，一直挨过了两天两夜，手心冰凉坐在研究所的一个单间里。来谈话的是一个陌生人，左边耳朵有缺损，这使史珂有些害怕。整整一个小时过去了，史珂才从对方巧妙的迂回中弄明白：肖紫薇许多年来隐瞒了重大的历史问题，她的生父生母极有可能是罪大恶极的敌人，"这一点她必须交代，你也必须交代！"史珂惊异于自己的镇定：几乎在一瞬间接受了这个悲惨的结论。他如实回答："不知道，她从来没有讲过这些。"

轮番盘查进行了一个多月，史珂一直没有见过妻子。他想象她近在咫尺，各自忍受煎熬。左耳有缺损的人文雅而又冷酷，他最后告诉史珂：任何隐瞒都是无效的，所里年内已经有三个人畏罪自杀，其中一个人被抢救过来——尽管如此，他们自己或先辈的历史问题也还是被揭露出来。史珂实在无话可说，他认为自己只有等待"揭露"了。结果他被放回家里，就在城里"待审"。家里空空荡荡，却有比任何时候都远为浓烈的"母鸡味儿"。他没了恐惧，只有深长的渴念。他把头埋在妻子的枕头上。

肖紫薇比史珂晚回家一个星期。她瘦了一点，但仍比想象中好得多。他们相拥的时间很长，既无眼泪也无欢笑。他们相互拥有，好像双方的躯体在分别的这一段刻满了盲文。她什么也不说，也不回答，仅仅是不到两个月的时间，她改变了如此之多。只有她不乏贪欲的长吻能让史珂回味往昔：夜色沉沉，她伏在他身上，由于用力，左肩胛骨高高凸起……史珂泪水汪出，她为他抹去。黎明前她悄声说："我对不起你。"史珂真是一辈子都要钦佩她的安定沉着——她说过这句话返身检查了门闩，又重新拉了拉窗帘，然后到一些旧衣服那儿撕碎了什么。她转回身开了床灯，放在他面前两张照片。

照片上一男一女，三十多岁，一个英俊一个美丽；长衫旗袍，眼镜……史珂从容貌神色上一下就想到他们是谁。"他们现在都在台湾，他还是教书。多么糊涂，年纪大了就这样，去年通过香港的朋友往养父养母这儿捎信，他们要知道我的情况——这就暴露了。"肖紫薇咬着牙，"养父养母被抓走了，他们死也不承认，什么也不说。"史珂感到彻骨的寒意。他为了抵御，只有抱紧妻子。她推开他："再看看他们吧，看最后一眼。"他们在灯下一起看，然后又一起动手撕，撕成米粒大的碎屑。天亮了。史珂记起了什么，说我们马上去看望养父养母吧，快去吧。肖紫薇摇头：两位老人放出的第二天就不在了，他们自己决定这样。

七

　　史珂在六十年代中期过着风雨飘摇的生活，那时身材更加单薄。曾有一个得志的长小胡子的食堂师傅为他量过胸部厚度：十四点二五厘米。这家伙再不用挽上袖子做饭，而是进了研究所的一个小组，此小组半数以上的人擅长斗殴。所有人都忽略了史珂的韧性，多少被他孱弱的外表给蒙骗了。在最艰难的时刻，别人都以为他痛不欲生，他却能寻个机会独自勘查一些地方，在那儿留连徘徊。没有一个人知道他在夜色里去了哪里，包括肖紫薇。比如他很想告诉妻子：养父养母的近郊小院坍了，站在巷口就能看到窗棂里茂长的狼尾花，裂叶牵牛从木格上攀出来了。他还去过几个更为隐蔽的地方，那更是一生的秘密了。男人嘛，总会有些藏匿。

　　自从那次隔离盘查之后，史珂与肖紫薇就算刻上了特殊标记。随着风声渐紧，所有人都不敢走近他们。元吉良的疏远给了他们真正的一击，但史珂总能原谅他——为了求生，也因为怯懦；但他不该泼来污水，不该发出吓人的指控。史珂原谅了他。他注意到元吉良每次都小心地避开了肖紫薇，这正是感人之处。但有人仍不肯放过，揭发这个瘦小的南方人与史珂共享一个女人。元吉良走向了绝望。曾经热恋过他的"傻姐"是个非同一般的角色：趁着人多混乱，往元吉良下身踢了一脚，凶狠而又准确，让人当场昏厥。她还想以相同的方法对付肖紫薇，被那个长小胡子的家伙一把推开。

　　史珂最怕回想的就是那个大风雨之夜。这令他心上流血。经过了那个夜晚，他想自己再也不会原谅谁了——后来的岁月却恰恰相反，时间证明他最不能宽恕的一个人正是自己……那天是中秋节，史珂几个人已经在一百里外的郊区农场苦熬了三个月，这天有幸被允许回家团聚。几个人兴冲冲往回赶，由于搭的便车坏了，他们就徒步跋涉了五十多里，进城时又下起了雨。史珂一路上都默念着："小刺猬！小刺猬！"他们分别了三个月，可实际上的隔离要长得多：没完没了的批斗会和学习班，与家人见面只有送衣物食品的三十分钟。只要肖紫薇出现就有人在一旁监视，好像他们会传递什么可怕的讯息。临到进农场了，这可是长期分手啊，所领导小组偏要让人陪同回家取行李。他在离家那一刻深深瞥了妻子一眼，只一眼就看到了她泪水盈眶。从此只有对妻子的牵挂，只有在心底喊着那个动人的昵称。

史珂满身泥水扑到了自家小门上。他一颗心擂得发疼，敲门的手轻得像抚摸。门开了，肖紫薇尖叫一声，手里的东西掉在地上。他的泥水沾了她一身，他们不顾一切地簇拥。"我真想不到！想不到！"她欢叫，准备吃的东西，要出去买月饼。他阻止了她，让她暂停一切。他只是抱着她。史珂用力忍住才没有流出泪来，他发现妻子在中秋之夜美到了极致：真正的美原来是经久的、难以摧残的。他嗅着她身上熟悉的气味，揉搓她散发青杨叶气息的头发。当他站起来环顾室内时，不知是确有所感还是随口吐出一句："你这儿再也没有母鸡味儿啦！"

一顿简陋的晚餐让他们耗去了那么久。青春的纠缠伴着骤然增大的雨声归来，他们不愿放过对方每一个微小的动作。史珂觉得妻子咀嚼食物的样子都格外迷人。肖紫薇望望窗外说："老天在哭。""高兴得哭了。"

他预感到这又是一个无眠之夜：无论是心灵还是肉体，他都贮备了成吨的语言。但他不愿让中秋之夜这一餐草草结束。正这时，突然有什么异样的声音，像闷雷——不，是重重的击门声。史珂的筷子掉了，肖紫薇站起的一刻脸色煞白……她不得不去开门。

三个黝黑的男人身穿连帽雨衣站在门口，雨水淌了一地。两人戴了眼镜，另一个是那个得志的小胡子。史珂马上认出他们都是"小组"的人。"怎么了？"一个眼镜问。肖紫薇嗫嚅："史珂……回来过节。"眼镜拍桌子："那也要报告！"史珂解释："这是农场领导批准的，让我们放三天假。"眼镜一咧嘴露出了一颗锃亮的金牙："农场领导？他们说话做数吗？你立刻给我返回农场，逾时不归，按逃离规定处罚！"肖紫薇转身看小胡子，小胡子脸上泛出铁青色。她几乎在向他一个人恳求："看在……面上，就让史珂过了夜再走吧，下这么大的雨。"小胡子不吭一声。史珂的声音小得几乎被雨淹没："让我过了夜吧。""净想好事儿。"眼镜看看其余几个，猛地转向史珂："命令你立刻返回农场，立刻！"

史珂一个人冲进了滂沱大雨中。他不愿再听妻子的哀求，更害怕自己的乞讨。他头也不回跨进了黑幕后面的呼啸："哗……"到处都是当头浇泼的声音。他奔走了许久才想：没有车，甚至找不到路，究竟怎么返回百里外的农场？还有，同归的几个人呢？他们也被驱赶到嚎哭的中秋之夜？一路吐着口中的雨水，后来又蹲下。他发现胸口灼烫如炙，大雨都浇不熄。他躺下，让淌过的凉水浸灭胸口的火种。全都没用。他站起来就往回跑了。"我要去找小刺猬，我死了也要和你待上这一夜，我

"净想好事儿。"眼镜看了艾莱几下,猛地转向史珂:"命令你立刻给我返回农场,立刻!"

史珂一个人冲进了滂沱大雨中。他不愿听到妻子的哀求声,更害怕自己的乞求。他头也不回地跨进了黑幕后面的呼啸:"哗……"到处是劈头浇泼的声音。他奔走了许久才去想:没有车,甚至找不到路,究竟怎么返回百余里外的农场?还有,同归的几个人呢?他们也被抛弃到嚎哭雨中秋之夜吗?一路吐着口中的雨水,后来又蹲下。他发现胸口灼烫如炙,大雨都浇不熄。他躺下,让滴过的凉水浸灭胸口的火种。全部没用。他站起来就往回跑了。

"我要去找小刺猬,我死了也要和你呆上这一夜,我宁可死!"他叫着跑着,踏溅一地积水。真想不到如此强劲的步履,几乎一口气摸到了宁可死！"他叫着跑着，踏溅一地积水。真想不到会有如此强劲的步履，几乎一口气摸到了那幢灰楼跟前，又蹭蹭蹭上去。擂门，使劲擂。天哪，死一样寂静。他又飞蹿到楼下，绕到前面去看自己那面小窗：尽管拉了窗帘，但仍可看出灯是亮的……他的两膝又疼又软，拖着腿转回楼道前面。站了一刻，他退到远一点的雨幕里。他料定自己的"小刺猬"是被那几个家伙带走了。他要在这儿等下去，死也要把她等回。胸口的炭火炙得他又一次躺下，整个身体都浸在了浊水中。

大约是午夜两点，雨停了。他的眼倏然睁大，直盯着楼道。有一个人从楼上下来，出楼道时愤愤地掀了连衣帽：是小胡子……史珂看着他踏响泥泞走远了。天哪，这个家伙刚才会待在哪里？从九点到午夜两点——他待在哪里？史珂闭上眼睛想了许久。他并不害怕，因为他想不明白。他盯着突然死寂的楼道出口，直到午夜三点。他又一次拾级而上，站在了自家的小门前。笃笃敲门，只是三两下，门一下打开了。肖紫薇"啊啊"呼叫，掩口，去扯他的手。他站在门外，看着她的脸：

"我九点左右返回了，使劲擂门……"

"真的？我……被他们带走了。我也是刚刚回来。"

"刚刚回来？"

"刚刚！"

"哦，"史珂拧下衣襟和袖口的水，"我得返回农场了，雨停了——我不能逾期不归。你关上门吧。"

八

　　史珂回忆二十多年那一幕：最后的关门声。它真的响过？好像伴随自己咚咚的下楼声还有其他声音，撕裂了什么……风把门关上了。她的尖叫、呼唤，都压不过风声。一百余里的泥泞全不在话下，他竟然一口气返回了农场。一路上他做出了决定：过完痛苦而有力的余生吧。"有力"这个词是经过选择的，它可不同于"勇气"之类。有力，男人的力，这个世界你尽可以拿出所有的力，但不见得你就能站在那儿。

　　一路上史珂都在问："我还能相信谁去？"他想起身边的许多朋友，特别是挚友。像元吉良，从未对自己保存过秘密的小兄弟，长了那么惨白的额头，竟在某一天伸出了指控的手指。好了，今天不是昨天，今天甚至可以怀疑元吉良做过另一些事情。那里没有母鸡味儿了嘛——史珂惊讶自己刚刚归来就敏锐地指出了这一点。

　　他希望农场生活残酷而漫长。可它还是结束了。同屋人开口作歌，嚷叫回家了回家了。史珂提着洗漱用具之类——"回家"。敲那扇门了，一颗心又激动了。拥抱，上床，只要不死就得上床。她的绵绵情话并不少于昨天，看来只要不死就得有绵绵情话。史珂对肖紫薇两鬓的白发不闻不问，对她莫名的泪水不闻不问。无论史珂在城区的任何地方，只要变天了，哗哗下雨了，他就要没命地往家跑，一进门就浑身透湿拥住妻子，然后上床。有一天正在办公室上班，突然狂风大吼天色骤暗，几分钟后大雨就扑到了窗子上。史珂心跳如鼓手脚滚烫，愤怒得手指骨节胀疼难忍，立即抛下手边的一切，急急闯到了另一层楼，嘭一声推开了肖紫薇的办公室。她一见他的样子就返身拉了窗帘,复又反锁屋门。她先一步躺在了长沙发上,一边解衣一边流下泪水。史珂急切而匆忙,除了一阵急似一阵的大雨什么也没有注意。

那个得志的小胡子在史珂归来的第二年就被捕入狱。同时入狱的还有当年小组里的另一个人。但小胡子服刑仅一年又放回,并重新在食堂掌勺,与过去不同的只是头发秃去多半,做菜总要放超量的盐。史珂亲自打饭,当肖紫薇吃菜皱眉时,史珂就安慰她:"他可能嫌现在的生活太没味道了。"肖紫薇一声不吭。又是一个雨天,午夜的大雨把两个人同时惊醒,史珂翻身坐起。他再也不能安生,火辣辣的眼睛盯着外面。闪电生生灭灭,史珂揿亮台灯,不顾一切拥住了她。泪水在她脸上漫流,史珂像过去一样视而不见。她猛烈推他,喊:"我要从头说,我要向你解释……"史珂厉色道:

"不,最重要的是现在正做的事,别的一点都不重要。"

这一次肖紫薇没有妥协,她反抗得像头雌虎。史珂汗水淋漓停息下来,抓起台灯下的眼镜戴上,好好端量一会儿,吐出淡淡一句:"你真想说说吗?"雨马上停了。肖紫薇的哭声胜过刚才的雨声。她开始哽咽:"史珂,你不该这样,你也没有权利这样。看在我们多年夫妻份上,你该听我从头说起——无论你信还是不信。我说过了你就可以决定,一切都让你决定:或者原谅我,或者干脆分开。"史珂从床上下来,低头说:"既不原谅,也不分开。"肖紫薇一双大眼瞪着:"天,那就是折磨我……你没有权利这样做啊。"史珂再无声音。许久之后他才说:"那你——说吧。"

肖紫薇开始了一生中最为艰难的叙说。断断续续,从那个小胡子早期纠缠遭拒,到他后来的乘人之危,这当中有许多年的时间跨度。夫妻间长久的分离,两位老人的自杀,还有近在眼前的摧残,都使她恐惧和绝望。小胡子许诺尽全力保护她,终于未能食言:她既未被赶出京城,也未被一场连一场揪斗——比她情况好上许多的女人却被剃了阴阳头,有的甚至被打发到盐场劳改,被轮奸;小胡子最重要的许诺是要尽快把她的男人从农场调回,当然最后他食言了……史珂打断她的话:"不,我最想知道的不是这些。""那是什么?""你爱不爱他。""我怎么能爱——他?!""一点也不爱、不需要?"肖紫薇嚎叫了:"我不爱,我不需要!"史珂的身体紧挨在床上,"你自己提出要说,那就拿出勇气吧!你现在告诉我:一个人的长期独处是不是让你产生了需要?还有,他给你的真实感觉是什么?全是厌恶?"

　　这是一段长时间的停顿。肖紫薇像经过了长久的跋涉,所有的力气都耗尽了。她吐出的气息弱而又弱,并开始口吃:"不,我太孤独太煎熬了。尽管恨那个人,还是接受了。那时我闭上眼睛想,我已经死了。他很壮,第一次知道一个男人会这么壮,他的肩膀让我搂不过来……但我明白我恨他!""他和你一起多少次?""五次,不,六次。""这么多年一共只有六次?""因为我恨他。""只有'六次'?""六次。可是多少次,这真的很重要吗?"她陡然提高声音。史珂的拳头擂起了墙壁,只几下就流出血来。他大喊着:"很重要!很重要!"肖紫薇进一步肯定:六次。史珂点头:"那好吧。还有,我要你说说你们一起的细节,越细越好,特别是那个大雨的晚上。"肖紫薇再次恸哭起来,哭了一会儿她抹抹眼睛,一字一字很清晰:

"我明白了。让我们分开吧!"

史珂咬着牙不发一声。他的手伸出去,伸到她黑白掺杂的头发中。她紧依着他的咚咚心跳,脸颊落满了他的泪水。她在听丈夫的低语:"你说得多么简单,分开——我们怎么分开……"肖紫薇咬着他的手指,松开说:"因为我知道你这辈子不会原谅我。我们只有分开一条路。"

这个夜晚黑得像那个新婚之夜。不知不觉停电了。史珂夜色里的声音也宛如那个夜晚甜蜜的悄语:"我要原谅你。不过你得再给我一点时间……"

九

肖紫薇一直想弄明白史珂的"一点时间"是多长。一切如同过去,他再不叫"小刺猬"这个外号,而且一到雨天仍旧会涌起可怕的冲动。最使她不能容忍的是他一兴奋起来总要提到那个人的名字,使用淫荡不洁的字眼。这使她有些不认识这个文雅矜持的丈夫了,心身深处泛出一股寒意。她再无法习惯他随意吐出的妙语冷嘲:"我如果来得及锻炼,肩膀会宽得让你搂不过来!""年纪大了,头发疏多了,再有不久我也会变成秃子!"肖紫薇在午夜听着男人的呼吸,不止一次在心里说这几个字:失贞节,勿宁死!她与他不得不小心地绕开一些名字和一些词儿,生怕触动痛处。有一次她不经意提到了元吉良,史珂立刻摆摆手:"我真恨不得忘了他。"她明白这是元吉良对他的伤害太重了。但她知道男很淡，■轻声音节处理得完美无缺，送气清塞音没有丢掉的韵母，而这在过去他是做不到的。肖紫薇两眼昏花，用力看着丈夫，满心欣慰：自己到了快死的时候丈夫才大致解决发音问题，这样，今后再也没■人在说话时挑剔他，他可以融入京城匆匆攘攘的人流中了。

就在肖紫薇搬出去那个小院第二年，春天刚一冒头她就住进了医院。医生发现她的胸部和腹部长满了大大小小的疮癌。史珂永远记住的是妻子躺在病房里的样子：灰白的头发铺散在枕头上，眼窝深陷，转动的眼睛在寻找丈夫。"我在这儿。"他握紧她的手，想叫一声"小刺猬"，终未吐出。时间过了太久，已经不习惯这样的称谓了。诺大一个病房里住了许多病人，病人和其他家属分成一簇一簇，各自围绕人仍旧怀念这位不幸的兄弟,因为有一次史珂说:"我真不忍心叫那个名字,可又忘不掉!这不是原来的他了……这真难为我!"史珂后来竟然半真半假给他取了个外国名字:吉良尼奥·元。"这个人像外国人一样陌生。"

有一次正吃饭,史珂突然问了一句:"你和元该没有那种事吧?"一句话让肖紫薇跳起来:"你怎么了?你连那些恶棍的胡言乱语也信?"史珂脸色铁青:"过去不信,现在不同了。我就是想知道:你们之间到了什么程度?"肖紫薇两手按住胸口,像在极力回想。史珂的呼吸平缓下来,抚摸她的头发:"说吧,这样我们都会轻松一些。这已经不碍事了。"肖紫薇点头:"吉良是真正爱我的人,他为我耽误了一生,可我对不住他。他要求的并不多,可我还是不能那样……你下乡之后他来,坐一会儿,有时我留他吃饭。他动我,一开始我不忍心拒绝,后来就呵斥他。我是为他好。他快疯了,喊叫,乱说乱蹦,为了让他安静下来,我亲了亲他的脑瓜。他那个地方像火一样。我们到最后也至多这样。"

史珂相信她的话。他长叹一声:"如果在小胡子和元吉良之间必要选择一个,那我赞成你找元。他爱你,这是起码的。他会让我承受起来容易一些。"肖紫薇阻止他说下去,他还是添一句:"你选择男人的能力差极了!"

肖紫薇在后来的日子中一直没法习惯丈夫的嘲讽,没法接受他与性有关的一些机智谈吐。她明白这样忍受的时间已经不会太多了,所以也就放弃了反抗。衰老感、莫名的疼痛、各种悔恨愧疚掺和一起,纠集在她的胸窝,后来又是其他部位。两条腿越来越沉,她终于提出让丈夫搀上去近郊一次，看望那座小院。史珂摇头："那儿什么都没有了。过去还有牵牛花缠在窗棂上，现在只有新建的舞厅和洗脚房。"他的声音很淡，轻声音节处理得完美无缺，送气清塞音没有丢掉韵母，而这在过去他是做不到的。肖紫薇两眼昏花，用力看着丈夫，满心欣慰：自己到了快死的时候丈夫才大致解决发音问题，这样，今后再也没人在说话时挑剔他，他可以融入京城熙熙攘攘的人流中了。

就在肖紫薇提出去那个小院第二年，春天刚一冒头她就住进了医院。医生发现她的胸部和腹部长满了大大小小的疙瘩。史珂永远记住的是妻子躺在病房里的样子：灰白的头发铺散在枕头上，眼窝深陷，转动的眼睛到处寻找丈夫。"我在这儿，"他握紧她的手，想叫一声"小刺猬"，终未吐出。时间过了太久，已经不习惯这样的称谓了。偌大一个病房住了许多病人，陪人和其他亲属分成一簇一簇，各自围拢着自己的不幸。在无人注意的时刻，史珂想热吻妻子，想向她说出一切，但最终还是没有。

肖紫薇就在这个春天离开了。史珂从此将永远是一个人。他在她生前想倾吐无尽的愧疚，只嫌太晚。他多么想告诉妻子：自己是个残忍的、罪孽深重的人；不错，他爱她，可是他生生折磨死了她。而另一些话——那仅是自己的隐秘了，他却不想说。直到许多年后，在一个个无眠的深夜，他一直追问的还是这样两个问题：自己是否有权像酷吏一样审问盘查妻子？另外，自己是否有权保存最后的一点隐私？

他找不到回答。

卷六　猸猸

一

在极少有人来访的老油库，师麟最适应的是只有三个人的生活。黄狗老憨一直被他看作一个寡语的男人，一生郁之不得志。再就是师香猸之。离此地不远的另一个独居男人，还有偶尔来此的其他什么人，不过是三人世界的某种补充。黄昏要来，师麟踱到大屋，嗅尔后老憨的气息，各自愉悦，才会有一个美好的夜晚。老憨的胖爪上有了老茧，上方有处生出了凸肉，这让师麟心生恻隐。"像鲇鱼老哥一样，一辈子真经历了些事情啊。当然，年轻时候也见过一些异子

卷六　狒狒

一

在老油库，鲈鱼最适应的还是三个人的生活。黄狗老憨一直被他看成一个寡语的男人，一生郁郁不得志。再就是狒狒。离此地不远的另一个独居男人，还有偶尔来此的其他什么人，都不过是对三人世界的补充。黄昏前他总要踱到大屋前嗅嗅老憨的气息，尔后各自愉悦。老憨的肥爪上有了老茧，眉头上方生出了凸肉，这让他心生恻隐。"你像鲈鱼老哥一样，一辈子可算经历了一些事情啊。"老憨无动于衷，浑浑的双眼盯住他。

狒狒走过来，抓挠老憨的胸肉，又弹它的脑壳，"你看它从来不笑。"鲈鱼把她揽到身边，"你该知道什么才叫饱经沧桑。它眼里再无新奇，连花姑娘都不愿看。"狒狒皱皱鼻子，双脚一跳。她染成棕红色的浓发扎成一束，两个毛刷扑棱棱扫他的鼻子。她斜倚他厚实的肩部，一条腿翘着炫耀崭新的登山鞋。她伸手整鞋带时，鲈鱼看到那双手背全是小肉窝儿。她咕哝着："我最天真了。"鲈鱼拾起她的手看着，她笑眯了眼："这可以称之为'小手'了吧？"鲈鱼郑重点头："当然！"他们趁着天黑之前这一段仔细巡视院子，经过草堆时伸出棍子捅一捅刺猬窝：一胖一瘦两个刺猬出来了，它们推磨一样绕了一圈，然后返回。一只栗色雄兔蹿出抱紧了狒狒的腿，又在地上打滚。鲈鱼赶紧转身点了烟斗，回身时兔子前爪按住他的双膝，脖子伸长，胡须弄得他唇部好痒。鲈鱼忍着，飞快接近它的三瓣小嘴，然后吐出满嘴浓烟。雄兔"扑"一声仰倒在地，又唰一下冲进柴垛。两人大笑。狒狒知道他是不吸烟的，近期出门却要带上烟斗对付兔子，有时也对付刺猬。据他说以前都是往它们的小嘴里抹辣椒酱。

他们在噜噜炉火声里上炕读书。真正的夜晚开始了，安静无风，野物的啼叫从窗缝传入。狒狒只读一会儿就让他念来听，兴奋得双手不断拍动。她认为这是世上最会读书的人：抑扬顿挫，声情并茂，总在原来的句子中插入"啊，是这样啊"、"也就是说啊"，再不就是"你看看这就来了"……总之语气和意思与原书结合得天衣无缝。所以那些最有意思的书狒狒反而不看，而要专门留给耳朵。读累了他们就仰躺一会儿，狒狒起身给炉子加炭，沏酽茶。屋里的气温在午夜之前从不低于二十度，这样她可以穿着带花边的法兰绒连体衫在炕上炕下奔波，让整个夜晚火火爆爆。满屋里都是狒狒的气味：一种南方酸橙的香气。最初他还以为她擦了什么，后来才知道是分泌的体腺。狒狒说继母最早发现了这一秘密，所以为她改名时嵌进一个"香"字。

"你为何如此刁顽？"他闲下来一手持卷，总要问上一句。狒狒并不回应，去揉他的太阳穴，端量那对上扬的眉毛，从鼻翼和嘴角寻觅当年英俊的残留部分。她的手在为他按摩和搓洗时已对整个躯体烂熟于心，特别记住了无伤大雅的几处疤痕，还有健壮敦实、宛如柞树节瘤似的尾骨。她的两手感受着汗腺和皮脂，被草药浴液浸得泛红的肌肤，心中涌涨的亲情暖意连自己都惊讶。一种巨大的温厚蕴藏在这个硕长的身躯中,就像无害的蓝鲸躺在下午三点的白沙上。由她一个人拥有和照料这条搁浅的大鱼,耳边响起继母那句叮嘱:好生服侍吧,他一辈子没有好好歇过一天!经过了浴盆中长时间的浸渍,再用印了金色菊芋花的长毛巾为他细细揩过,心头交织起阵阵痛怜。他在她面前流露着毫无保留的欢欣,让她一时不知所措。没人对她这样依赖、信任、疼爱和器重,她在最短的时间内感受了母性的尊严。他留下了冷酷标记的皮肤,写满了阅历的脸庞与神色,一切都吓不住她。她在深夜被他紧紧拥起时大喊大叫:"你快些亲亲我吧!"晚上她睡得香甜无比,鲈鱼先一步醒来,一转身看到她额头上落满了早晨的阳光,脸上是幸福的女大学生才有的微笑。他知道:生命重新开始了。

她缠着他讲故事。她这一次可真找对了人,世上没有多少人的肚里装了他那么多的故事。而且这故事全是真的,百分之九十是亲身经历。她听着一次次情场历险,迷人的欢爱,兴奋得直打他的脊背:"快讲快讲,什么都不用在乎,我什么都不怕。"她的话让鲈鱼反而停止了叙说。他回身抚摸她鼓鼓的额头,眼角渗着泪水:"好孩子,你就像刚刚学会啃草的小羊。"

他停息的时候她就说:"你听我讲吧,听我讲七天七夜的故事。我冷的时候,你得不顾一切搂住我……"

二

"妈妈是个人见人爱的美女,爸爸让人可怜。他是师范学院教授,文化大得不得了。文化太大的人常常让人可怜。别人说尊敬你尊敬你,那是哄着玩。我妈就哄我爸玩。爸妈都忙,爸忙着辅导学生,妈忙着让小车拉上跑,十天半月不回家。那时我上高中了,也忙,不是功课忙,是忙着做'问题少女'。这个词儿是校长说的。我在学校有三两个好朋友,都是女的,她们在外面交了厉害的男朋友。

"我们几个从十六岁那年就不打谱升大学了。书念多了要倒霉,这是谁都明白的,信不信都是这么回事。我们这一代人聪明,开窍早。我们常传阅一些有意思的书,把最刺激的部分抄下来。将来做什么还没想好,反正怎样都会比别人强。我们知道的事儿别人一辈子也摸不着边。十七岁说来就来,吓我一跳。一个染金头发的男友常拉我去最好的餐厅,洗恒温海浴。他夸我的身体,说是顶尖级的什么。他的话让我头晕。他说十七岁嘛,开玩笑,你知道自己十七岁了?有一天我去了他家。这是我见过的最大最怪的地方:两层,有地下室,黑洞洞空荡荡,家具什么的全是黑的。他一进门就去一个地方搬酒,我不喝,他说开玩笑嘛,十七岁了!他会弹吉他,边弹边唱,一看就知道是从外国电视片上学的。到了后半夜我们看一些录像,上面一出现光身子的人我就背过脸去。他关了录像,往杯里加冰。我们到另一个房间,这儿是玻璃屋顶,房间中央真的种了花和树,大床和沙发就在它们旁边。头上是星星,身边是植物,草地上有小蚂蚱在蹦。有一次我伏身捉小蚂蚱,他就把我压住了。见鬼去吧！我又踢又咬，伸手抓他的脸。他真没想到会是这样，吓住了，没有一点办法。他只重复一句话："你十七岁了！你十七岁了！"他什么办法也没有……"

鲈鱼的泪水流下来，狒狒为他揩去。"过去我有一把手枪，"他拥紧了她，"我是个弹无虚发的人。""你会打死他吗？""肯定。""为什么？"他摇头不语。狒狒抱着双腿坐起，盯着窗色："他们是剥削阶级。那些用车拉走妈妈的也是剥削阶级！"他抚着她额上的乱发："这就对了。这样你就会明白一个老战士的心情……多余的话我一句也不用说了。"风沙沙响起，他重新为她裹好被子，但这次她没有躺下。

"高中的最后一年我可不想好好读了。爸被妈气坏了，到了夏天满头都是痱子，有人说那是被绿帽子捂的。他再没心思管我，我就自由了。爸那时候天天考虑离婚的事，妈说：离就离吧，你这样的人天生受苦受难的命。我觉得妈说得也对。他们离了。我妈不要我，她一个人嫁给了挺大的军官。其实她早就有了目标。不知是故意还是碰巧，妈妈嫁过去两年那个军官就死了。他一死有人就想把妈赶出那个花园小楼，妈摔了一块碟子，说：没良心的，小心你们的小命！这下他们就不敢了。妈至今还住在那里，天天接待新朋旧友，见了我就横眉冷对。我们母女俩是天敌，可我又不愿和爸说话。

"我实在没地方可去，后来又回到金头发那儿。他那个黑洞洞的大房子原来是个监狱、是个妖魔洞。他再不弹吉他了，只喝酒，说：你十七岁了！有一回他领来一个面孔挺熟的女人，我想来想去才想起来，这个人常在电视里嘛！谁也想不到这么好看的女人进门三两下就脱光了衣服，还指着我说：她呢？我当即跑开了。在大街上我想：我今后会跑得远远的……不过也难保不重新回到这座城市。可我还会跑、跑，天底下的地方大着呢。"

三

"我那些女同学当年是几大美女。她们比我好看，身条高爽，脸白，一开口说话把人甜死。有的干了夜总会领班，有的当了秘书，还有的为海外老板当大陆代理。她们见了我都说：金头发没有办不成的事儿，你反正是他的人了，不要太亏自己。她们不信我会干净，一辈子都不信。她们的话让我有了个主意，我就回到金头发那里，对他说：我现在十九岁了，你得帮我！他笑了，皱皱眉头。他让我加入他们的'扣子俱乐部'——名字可真怪。

"俱乐部里的人都很年轻，不过是凑在一起聊天喝酒。这些人当中有的会画会写，还有的下一手好棋，得过奖。这儿没有多少色情，他们把那看得不值一提。金头发卷一种树叶抽，让别人也抽，有人怕上瘾，他说这就错了。很多人都抽上了。夜里一起待久了害困，有人就在一道布帘后边做点什么，然后出来喝咖啡。我离这些人远远的。金头发说我永远都是一个'老冒'。我们当中有一个正在写书的女人，她指着我对大家嚷：瞧她多么天真。我就是从她那儿知道了自己天真。我想向她学着写书，她说容易死了。她问我人的中心在哪里？我说当然是心脏了。

她说那不过是一种比喻，真正的中心就在人体的最中间部位，'一阴一阳谓之道'，你只要懂得抓住中心去写，也就成了。那时你怎么都成，外面有些闲溜子会寻一些好词儿帮你凑热闹。

"我正经学了一阵，没成。不过这期间我养成了读书的习惯，没有书挺难熬。金头发很怪，他心里恨着我，可当面还说一些秘密，什么我们当中这拨人谁有命案了，谁的父亲喜欢雏妓，谁的亲属与海外一个大军火商是朋友……他们要介绍一个歌星去意大利，伸着三根手指谈价钱，并不避我。我知道人的一辈子总要有个去处，再说也不敢待下去——我害怕金头发。我说我要工作，我要出去闯世界！他们说那你还嫩了点，你知道什么是'世界'吗？告诉你吧，简单点说，'声色犬马'再加上一些苦难，这就是——世界！

"他们留不住我，就答应把我介绍出去。去哪儿？都说太远了不好，不如去郊区那个全国闻名的集团：'那可是一个大集团！''多么大？''驴那么大！'天哪，都说那儿看模样就像个小国。集团的名字叫'松树坡'，老总一直藏着谁也见不着，有人说是个大圆脸，有人说模样孩里孩气的。我就到那里去了。"

四

鲈鱼的泪水流个不停，眼睛四周的几道纹路闪闪发亮。他沉默伤心的样子让狒狒几次停止诉说，盯住他看。"我的老天，他为我牵挂成这样。

宣布我们被辞退了。可是又不让我们随便离开，只把我们交给我们一个开篷布车的人。他的车斗遮得严严实实，里面有水有我吃的东西，还有三个壮实汉子。我们一进了里车斗就知道全完了，这是交给了黑道我们女的。几个一对说都明白，这部是平时与集团钩关系脑之绕过弯的人，大概早就被盯上了。谁都明白，这回如果不在停车时弄逃掉，那就不知逃到哪里。车子晃动得越来越厉害，肯定驶进了山区。我们几次提出作溲，押车的人就扔过一个红塑料桶。一点逃的机会都没有。车跑了一天，夜里宿在路边一座孤另的房子里，要一起睡通铺。几个畜牲上来糟踏我们，我们的手一直被捆着。这一夜我一点睡不着，我想爸和好。我特别想爸。他一辈子都解救不了我，因为他太好了。"

可是他什么没经过,我的老天!"狒狒为他垫高一点后背的枕头,揩去泪花,做这些时嘴里哎哎叹息。她觉得他连这点经历都受不住,这才叫天真呢,他不过是个长得过大的儿童。她以前听他伸长了两手告诉:他们给我戴过手铐呢!她这时越发不解,料定那些人是搞错了。半夜时分,那种难以说出的温情像一只鹿一样在胸口乱撞,她偷偷观察过身体的各个部位,发现一对乳房不再羞涩,那真是渴望饲喂和收养。"我啊,我不折不扣是个做母亲的料儿!"她隐约看到一群赤裸的小家伙在四周欢乐,但不能肯定那就是自己的孩子。如果随时随地响起一片"妈妈"的喊声该有多好,那时她就坐拥天下,敞开胸怀,好好幸福一番。她低头注视这个男人,对显而易见的衰老的逼近视而不见,只觉得他可怜动人。天哪,周围的世界多么黑暗啊!她一次又一次为他抹去源源不断的泪水:听下去吧,听我好好讲下去吧。

"我刚来'松树坡'集团还好,被按插在别墅区带班,有几个小姐还归我管呢。我的顶头上司大我三四岁,也是女的,漂亮得像个玻璃人——后来才知道是个母夜叉。我们这里什么人都来,一辈子该见的全见了。有一天晚上住进来一个人,满身臭气香水都盖不住,鼻子左侧还长个肉瘤。那天我收拾客房,想不到一进外间就被他挤在一个角上。我摆脱太急,慌乱中反而闯进了里间:一个小姐光光的伏在床上。我气坏了,让她穿上出来。我把所有小姐都叫到走廊,告诉她们:谁敢做那种事儿,就从这儿滚。她们一个个挨过训就走了。剩下我自己,高兴得想流泪。

"谁知第二天上司就把我叫去,她没说几句就恼了。她抽我的耳光,故意踢我的下身。我刚还手就从里屋出来两个脏黑的男人,模样像掏烟卤的。他们三两下揪破我的衣服,往狠里揍我。这个母夜叉就在一旁看。她太狠了。那天我真想杀了她。我被关在一间又潮又湿的屋子里,关了三天。可是放出后也跑不掉,后面总有人跟着。在车间里,一个说话不清楚的大舌头遇到了我,对旁边的人喝一声:'哈?'我就给送到了他那儿。那时我还不知道他就是集团老总的儿子,外号叫'半语子',马上就要接父亲的班了。他眼下负责赌场娱乐业这一大摊,是国中之国。我们一些男女要穿漂亮制服做应侍生,正式上岗前还要陪训。半语子糟蹋的女人不计其数,好几个姑娘被逼得喝药自杀。他脾气大得说火就火,有一回领人一口气打死了一个民工。还有一次内部有人往上打小报告,半年下来舌头被割去了一截,这都是半语子让人干的。

"半语子一喝酒就变成畜生。他欺负了多少姑娘,还想欺负我——做梦吧!我那次咬了他的手,他就把我推到了水里,差点淹死。我恨死了他。一天我们三四个姑娘被命令脱下制服,然后来人宣布辞退。辞退了又不让我们走,却交给一个开篷布车的人。那辆车遮得严严实实,里面有吃有喝,押车的是三个壮实汉子和一个四十多岁的女人。我们一进了车厢就知道完了,这是交给了黑道。我们几个女的都是平时与集团头头结过冤的人,可能早就被盯上了。谁都明白这回如果不在路上逃掉,那就不知要弄到哪里。车子晃动得越来越厉害,大概驶进了山区。我们几次提出解溲,那女的就扔过一个塑料桶。一点机会都没有。车跑了三两天,夜里就宿在路边孤零零的房子里,一起睡通铺。我们的手一直被捆着。这样的夜晚我害怕了,我特别想爸——他这辈子都解救不了我,因为他太好了。"

五

"车子穿过几个吵吵嚷嚷的地方,又往前走。到后来车子一停,我们当中就有人给押走。最后车内只剩下我一个了。又在车上过了一夜。这一夜我被捆得一动不能动,只求天亮快到终点,哪怕那儿等我的是一口枯井。

"车停在了一个荒凉小村。这儿还是山,河套里搭了石头平顶屋。我被解了绳子,可一下车那女人就抓住我的胳膊。我想只要有一丝松动一点空隙,我会撒腿就跑。村头不少人过来看,上年纪的女人抱着孩子。他们的衣服可真破烂,眼神尖尖跟住我转。几个男人拉上押车的说话,在一堵泥墙后边喊喊喳喳。有几个年纪大的男人揉揉眼看了我一会儿,在那儿议论:许家老二这回该恁了吧?有人不同意:模样中看,就是屁股小了些,还不知能不能怀上男娃哩。正说着鞭炮在一棵枣树上点响了,一个戴了崭新的蓝帽子、高颧骨的大男人从草垛后面出来。我一眼就猜中这是'许家老二'。这人的手可真大,我的眼再也离不开他的手。

"我和许家老二当夜成了亲。新房里外都有看守。入洞房前那个随车的女人找来村头,把我领到一边开导了一番:知你跑这么远路嫁来不易,又听说是个城里婆娘。俗语说下了,'命里八尺难求一丈',又说下了,'嫁鸡随鸡嫁狗随狗'。许家老二是全庄第一泼娃,能吃能做,你跟上也没有大苦受。开头日子过不惯,过个一年半载生下娃,让你走你还舍不下哩。有些话不用说了,你心知肚明,太犟了没有好处……我听着,一句没应,也没有眼泪。我看看对面那间贴了红纸的小门,觉得这才叫'洞房'呢。

我做梦也想不到的男人，一个高颧骨戴蓝帽子的人，成了我的男人。我的命好到了离奇。不过随着天色一黑，我被推到了蜡烛闪跳的小屋，听着对面这个男人呼呼喘气，真想好好看看这个'全庄第一泼娃'。

"这一夜他差不多只是抄着衣袖看我，我转脸看他，他就躲开。他太高太大了，骨骼凸出，嘴总是半张，露出一口结结实实的牙。眼看天要亮了，他吭吭喷鼻子，在床上活动，像低头转圈儿，就是不看我。我问：既然来了就是一家人了，你得告诉我这是什么地方；还有，你为我花了多少钱？他不吱声，两只大脚挪来挪去，抽烟。天就要亮了，我一瞌睡，他伸开两手就按过来，一下把我按得牢实。任我说什么他就是不松，真是'第一泼娃'。我说你得回我话，要不我就死在这里。他泄了气，说：中 。原来这个穷山沟叫'大眼岙'，他为买我花了五千元。我得知自己的价钱，没哭出来反倒笑了。我一笑他才高兴，张开大手问：你恣了？

"几个月过去，我硬是没让泼娃沾身——要是到了那一天，我准是死了。住的地方总有看守，有一回泼娃往我腿上拴了链子，那是他要出门。我明白先要让他们信我，要不就别想出这个庄子。有一回他央求我，说好好过下吧，有娃有家就是一辈子，千万别坑山里人，一家人攒了十几年才有五千哩。我说：已经是你家人了，怎么会跑。说真的，我可怜这个泼娃，他是好人。半夜里我半是不解半是逗他：泼娃，你大字不识也敢睡城里女人？他搓搓脸：村长说别怕，都是人哩，拥住就中。我问他全村还有多少光棍汉？他扳着手指算了两遍，说还有十三个吧。他说村东的'二斜眼'不能算了，买过婆娘又跑了，今个也五十多了，老了苗了。我得知整个大眼岙先后买过五位婆娘，除了一死一逃，其余都活得挺好。

现在省吃俭用备下婆娘钱的光棍汉真不少。我和泼娃相处得不错,让他领上出门,一块儿做田里活。我问他为什么叫'大眼奔'?庄里人眼并不特别大嘛。他把我领上村南的山顶往下看:下面是很大的一个锥形山口,很像朝天睁大的一只眼。原来是个火山口。泼娃说下面有蓝宝贝,有工夫领我拣去。我想这可能是蓝宝石吧。从山上下来时我发现,不远处还有人掮着鸟枪:我的心凉了。

"那个随车的女人叫'杏安',原来是泼娃本家,周围小村的外地姑娘就有她弄回来的。杏安一天到晚劝我'应了泼娃',还说我反正早就是个见过大世面的人了——从'半语子'那儿出来的女人个个皮实。我说我还是原来的我,谁也别想碰我!她不信。我这一天好好哭了一场……杏安让我哭得心软,就听我从头说起,最后也骂起了'母夜叉'和'半语子'。有一天杏安来玩,泼娃找出一个小口袋,给我们看里面的一些东西。这真的是蓝宝石!我说:这些如果在城里,还不知要卖多少钱呢。杏安听了两眼发亮,一下连一下咬嘴唇。大约过了十几天,泼娃说杏安又要出远门了,还要走了小口袋——这次顺路准去松树坡呢。我马上明白她要去那里干什么,就鼓动泼娃一起跟上:那是我们的蓝宝贝啊,咱不能让她自己发财!泼娃突然明白过来,盯着我说:中。

"村长和杏安都不让我和泼娃上路,可泼娃拗着性子准备,自己动手做了一大摞锅饼。几天后杏安真的出村了,我们知道得太晚,追到十几里外的小车站,早没了影子。泼娃说一声'寻哩',拉着我就上了车。我的心一阵阵狂跳。车开了,我回头看看大山,知道这一去再不会回了。可怜的村子,可怜的泼娃!"

六

"我在车上只有一个主意,这主意让我高兴也让我难过。泼娃没出过远门,一离了家就像个大孩子扯着我的衣襟。我呵斥他,也为他难过。这条路要走三四天,中间换两次车。我想趁早逃吧,走远了泼娃找不到回家的路。在换车过夜的小站里,他一睡我逃去正好。可是我看看他的老实模样又不忍。有一次我下了决心,站起来又想最后抱他一会儿:你醒了我就等下一站,不醒我就走了。我知道他困透了,睡下摇都摇不醒。我抱住他,一沾手眼泪就出来了……可是没有办法,我一定得逃,一定得找那个和我一样受苦受难的爸。人都有一个命,爸和我,还有泼娃,天生就让人欺负。谁欺负我们?不知道,可能是自己的命欺负自己吧。

"他没醒,可是我一动他就像孩子一样牵住我的手,打着呼噜握紧了。这样挨到天亮,我们俩背上锅饼奔下一站。一路上都有个声音催我快逃,我忍了一路。一抬头看到郊区车站的牌子,到了'松树坡集团'。我的心扑扑跳。泼娃喊着'寻人寻人',下了车却没了主张。我先把泼娃安顿在车站小旅店里,然后出门——泼娃说不哩不哩,我得相跟着!真急人啊……我们在集团转了一天,真的找到了杏安。她一见我们就有些慌。我忍着,说你该把宝石卖给母夜叉一伙。她不愿理我,只到一边训斥泼娃。泼娃嘴歪着想哭。她硬逼我们回小旅店,一路上泼娃没松过我的胳膊。

"我硬着心,开始琢磨怎么离开泼娃。谁知天一黑杏安就领来一个女人,我一眼认出是母夜叉!她一见面愣了,翘着嘴角厌恶我:你怎么来了?我笑笑,说人都是命,原本是让人弄到山里,想不到配上个男人老实忠厚，日子过下来也不比城里差。她哼哼几声。我这才看出她眼角有了一道皱纹，皮下的小血管一根一根发青。杏安絮絮叨叨：那个山里有个火山口，家家拣得宝石，就是不知宝贵，几个小钱就卖了。我这回就想找人联手发财呢！母夜叉两眼放光，把那个小口袋里的东西翻来覆去看个不休。

"母夜叉刚走，杏安就告诉我们她要用蓝宝石诱人的事儿：先把她骗进山里，宝石嘛也不愁出手。她让我俩记住怎么应话，泼娃说：中，中。这事儿让我快意死了，只是杏安盯得我死紧，我怎么逃啊。两天内母夜叉来了几次小旅店，对蓝宝石的事儿不再疑心。她说找个方便车快去快回，几天就能看货付款。最后一次母夜叉眼都红了，不等杏安同意就打了个电话，进来三个女的。我认出她们都是她的贴身，什么坏事都干过。杏安说我们只有坐山区客车偷偷走才好，要不让缉私的逮住就完了。母夜叉没了办法，也没了心智，因为她这会儿急着要蓝宝石。"

七

狒狒把被子揪紧，拱在鲈鱼怀里。他们忘了往炉中添火。"好孩子你受尽苦楚，这滋味等于我挨了子弹。我现在等着他们倒霉呢！"狒狒一下坐起。她听到了外面的沙沙声，知道那是刺猬游到窗外了。平时遇到这种情况老憨总要打着哈欠出来，用胖爪轻拍几下它们的刺背。她推开窗，见老憨也伏在窗前。今夜都在倾听。狒狒起身下炕加火。

子。全村都在看守那三个新人,没人注意我,正好是逃出大山的夜晚。我的夜晚,'泼娃'的夜晚。他累得什么也顾不得,倒头就睡。是他多跑了十里引来篷子车,累坏了。我坐在他身边看他睡,从没见他这么可怜过。以后就是他自己了。如果他这会儿醒来我就拥他到鸡打鸣,那时再跑也来得及。他真倦。挺好一个'泼娃',不过是生在了山里,不过是想要一个女人。我把他亲了又亲,他就是不醒。四万块钱一人一半,我把他那一份搁衣枕头下。想了想,我又给了他一万。自己留只一万。我知道杀了人,又卖了四个女人,今后得逃一辈子,用钱的地方太多了。我得走了,不知怎么鸡就打了鸣。"

师麟咬牙:"那个半诸子呗?杀成了没

鲈鱼一直注视她在寒冷中跳跃的灵巧之躯，看那鼓鼓的额头和翘翘的臀部，泪水又一次糊住双眼。他直盯着她添炭，看白色的灰屑扑上刘海，水壶呜呜响起。她胸前那对小鹌鹑转过来，双腿一跳上炕，把浓浓的酸橙味儿带进被窝。她又一次为他抹泪："别难过也别担心，后来的事儿都挺顺的。告诉你吧，那几天的山路颠簸会让母夜叉记一辈子。三天没白没黑赶路，山越来越高，几个长了蛇蝎心肠的女人熬不住了，她们一恶心呕吐，这边就议论几句蓝宝石。她们竖起耳朵，两眼变得贼亮。好不容易到了那个车站，杏安揪过泼娃咕哝几句，说你快些去村里喊人来接，我们在站上等。泼娃跑起来两手像翅膀一样，他除了听别人的话，没有自己的心眼。"

他忍不住打断她："等我百年之后，你就把泼娃接来老油库吧！"狒狒拍拍他："好生听吧，你操心太多了。我们在站上等，母夜叉两手捂着胸口。天快黑了，这个玻璃人儿在那儿发着光亮，山里人见了要盯半天。他们从来没见这样光滑的女人。他们做梦也想不到火山口那儿连着地狱，玻璃人儿要领上三个黑心妹赶去。还好，天刚黑透泼娃就引着篷子车来了。母夜叉几个从后面给塞进车斗，杏安坐在驾驶室直笑。我知道车子咚咚一开，她们的好事儿就开头了。

"她们进村了，那情景就和我当年一样。不同的是她们哭叫更凶，大骂。母夜叉从扭住她的人当中挣出半个身子，盯住我喊：'你记住吧，是你让人贩子拐了我，从今以后你身上有案子了！瞧我盯你一辈子！咒你一辈子！'我出了一身冷汗，不过我什么也没说。山里人看惯了这些，没人理她。民兵连长是个脾气暴躁的人，村长说他'牛都敢日'。就是他领走了母夜叉。村长见她又蹦又踢，就叮嘱连长：'夜里千万小心！'连长揪住母夜叉的衣领说：'大叔尽管放心，咱让她当夜怀娃。'一边围看的一个老太婆欢天喜地：'听听这娃多么能吹！'街道上笑声骂声连成一片，鞭炮响得像过年。

"谁也想不到这就是我和泼娃分手的日子。全村都在看守那四个新人，没人注意我。这是我的夜晚，泼娃的夜晚。他累得什么也顾不得，倒头就睡。是他飞跑了十多里引来篷子车，累坏了。我坐在他身边看他，从没见他这么可怜。以后就是他自己了。如果他这会儿醒来我就拥他到鸡打鸣，那时再跑也来得及。挺好一个泼娃，不过是生在了山里，不过是想要一个女人。我真该交给他，只一次也好。我把他亲了又亲，他就是不醒。想想真是害怕啊，我和人贩子联手卖了四个女人，这怎么说得清啊？我今后得逃一辈子了。天哪，我得走了，鸡打鸣了。"

鲈鱼的嘴巴大张着："可怜的孩子你让我说什么！多么惊人的保存哪，然而……遗憾总会有的，我这一辈子就充满遗憾——算了，不要难过。我打心里佩服你的勇敢。你这辈子注定了要干一些大事，我要加紧培养你。这个老油库宽宽大大，安安静静，可它是一座学校呢！我们读书，还要翻看动植物图谱。等到了将来，到了那一天，你从老油库走出去的时候，所有人都会惊得哑口无言。他们是想不到，想不到一个大姑娘会出挑成这样……好孩子，记住我的话吧，不要难过，越快越好地忘记昨个的事儿，就像一首歌里唱的：'好一阵恼人的秋风……'"

八

狒狒说:"耶!耶!瞧你把我夸得都不好意思了。也该我有福,苦尽甜来嘛,俗语说得一点不假。这儿比我想得还好,我是一个人要死要活跑了一路,到了这一站就不走了!"鲈鱼大声赞同:"不走了不走了!好狒狒,你天生就是个吉祥物儿,大灾大难都躲你远远的,有时眼看它来了,贵人相助又赶得没了影儿。我说过,你的天真连你自己也没法改变。我远远端量过你:小嘴儿永远湿漉漉的,这就是天真!"狒狒拭了拭自己的嘴巴,嘻嘻笑。

天快亮了,狒狒在剩下的一点时间里像唱摇篮曲一样讲了寻父经过。"我到处找爸。他没白没黑教书,可怜的爸。我不太想妈,因为她有好日子过。我今生不会牵挂她了。我只找爸。找啊找,学校没有,人家说他办了内退回老家了。我要赶到另一个城市去。当时是个秋天的下午,一阵雨刚过,梧桐叶儿落了一地。我又看见了我们家原来的房子。它那么小,黄土染的墙皮发了黑,最破最旧的一座楼的四层,两间半。里面的气味我还记得。可怜的家,我就生在里边。我出生的这个城市啊,太不公了。我又恨又爱这个城,可是我要走了。

"爸的老家是个更大的城。原来那儿有个人吸引他,他们怎么认识的一辈子都是个谜。爸的模样显老,可继母要大他不少。反正两人只要相爱就不迟。继母一头白发,文雅得让人目瞪口呆。她与爸才是一样的人,他们会天天幸福。继母那么大年纪了还有一对杏核眼,水汪汪的。除了白发她哪里都不显老。爸与她有时一起洗澡,水声笑声响成一片。既然爸有了继母,我也就不必陪他了。我在他们身边什么也没讲,可我自己知道还有案子在身上,危险还没过去,弄不好得掩名埋姓一辈子。

"我对爸说:'爸,我以前对你不好。'爸说苦命的孩子,你和我都一样,我们都要重新开始。爸说的对,可怎么开始?我大胆提出跟继母姓。他们赞同,她还为我取了新名儿:当时她拉着我的胳膊嗅了嗅,说这孩子身上香气自来。我真爱继母。我又回到了十七岁以前,在家里欢欢快快,有时从地板上一个鲤鱼打挺就能翻到他们软乎乎的大床上。有一天下雨,爸见继母不在就问:孩子你这些年哪去了?跟爸讲讲吧!你不知这些日子我是怎么过来的。爸发出了哭腔,我一声不吭。我在想'大眼奔',想泼娃。我这辈子忘不掉这个男人了,好像只有他才是我的男人,其他的只能是冒牌货。我忍不住大哭起来,爸害怕了。我哭个不停。

"就在这些日子传出一个消息:城里有几个女孩不顾父母千阻万拦上山当了尼姑。我的心立刻开了,心想这法儿逃案子最好了。真后悔现在才想到这儿,再说我早就该上山修行了!可是这回我再也不能不辞而别了,我要告诉苦命的爸。他们都不同意,为我哭。他们说:孩子,你要过正常生活,你要结婚!我难过得差点笑了,心想我早就结过了,窗上贴过喜字呢,我那个高大结实的男人哪,往跟前一站会吓你们一跳。爸差不多要哀求了,我只好暂时不提上山的事儿。不过我心里挺苦的,我总是叮嘱自己:走吧,别待在城里,我该离这儿远远的。也就在这不久,他们背着我一遍遍商量什么,这就是来老油库的事儿了。我听了这消息马上明白:这是老天爷为我指点了一条路,一个好地方,我必去无疑!行前我要他们隐去我的行踪——有人问,就说我上山修行去了……"

九

"你为何如此刁顽?"鲈鱼在下午暖洋洋的光线下又喊起来。他一看狒狒在一边挽着衣袖做活儿就兴奋不已。这样的好天气真想喝点酒,因为他心里一高兴就有这样的冲动。有时候他嚷叫:"喝吧!喝吧!一口气喝成酒理事!"他认识的一个酒鬼竟然是"酿酒协会理事",这曾使他兴奋了许久。狒狒早把所有的酒瓶锁到了一个箱子里,钥匙就拴在自己腰带上。她让他自己安静下来。她有时要出去摘野菜抱柴草买东西等,一离开他就惶惶不安。她出门前总要拍拍他:"你得听话,在屋里好好待着,我一会儿就回。"她不仅把茶备好、炉火捅旺,把常看的书放到跟前,还把需要剥制的豆角筐子端去,这样他读累了可以做点活儿。

狒狒在大屋里走动,搬弄东西,喘息,只要有她在他就愉快。她多么勤快,除了读书就是干活儿:分拣草药,涮浴盆洗衣服,摆弄针线……她每天要经手多少事儿。这间屋子大得过分,她常常在一个角落忙忙活活,像在做一些非常个人化的事情。真是暧昧啊,可分明又什么都没有。她鼻子喷气发出的声音常让他难以安静,要拖拉着身体踱过来,一下一下抚弄她的头发。他觉得这孩子踏着一个长长的故事走来,简直就成了神话中的小精灵。

鲈鱼有时想念老友史珂,很想让狒狒去看看,担心他会一个人病在河湾的房子里。"都是倔性子,而且,此人很不乐观。"狒狒一听就明白他在说谁,忙问:"我替你去请?"他笑了,"这个真鲷不知忙些什么——你找个时间给我打探一番。我真想让他再结一次婚,那就什么都我有少女婀娜多姿，正手挎竹篮而去。她的头发像荷麻一样，粗翘芳密披洒双肩。我欲起身寻她，四处不见，蓦地回首，见她正坐河边歌唱……师麟正想着，突然听到了一声枪响。他匆匆出门，扳开木栅栏一看，见前边树隙里正有一老者挎着帆布包打猎，手里的枪还在冒烟。师麟走过去，见老人须发皆白，戴一顶狗皮帽，便棉鞋，下边一截裤脚围了粗布且用麻绳扎起。他忍不住好奇问老人寿？老人说："九十四了"，正说着有一只兔子从旁窜过，老人立刻目光唬唬，右手做成剑指往前一捅，屁股一弓疾跑而去……师麟呆立树下。多么健康的老人，太健康了，健康到了幽默的地步！师麟有一种无比的喜爱在心头荡漾，他更渴慕跑去的老人。

好了。其实除了我谁也不会知道老人的心事。"狒狒不答。她没有告诉：自己有一次好奇，走了很远，直踏过一片开垦得松松的土地才到了那幢孤屋跟前。那门上是一把小锁。她贴在窗前看了很久，里面黑漆漆的。

狒狒出门时，鲈鱼的不安常常演变成恐惧。他在室内室外乱走，到院里张望，与黄狗老憨胡说一通，使它不知所云。老憨的清静安然让他从心里钦佩：它靠咀嚼往昔度日。"真是'三人行必有我师'，老憨干得不错！"他回到屋内，站在窗前遥望，伸手抚摸胸口，有了一种抒发的情怀。丛林一片，雾霭远逝，茫茫然故地他乡，哦哦，我有少女婀娜多姿，手挎竹篮而去。她的头发像苘麻一样，粗韧茂密披洒双肩。我欲起身寻她，四处不见，蓦然回首，她正坐河边歌唱……这样念着，突然听到一声枪响。他匆匆扳开木栅栏门一看，见前边树隙里正有一个老者挎着帆布包打猎，手里的枪还在冒烟。鲈鱼走过去，见老人须发皆白，戴一顶狗皮帽，便棉鞋，下边一截裤脚围了粗布且用麻绳扎起。他忍不住好奇问老人高寿，老人答："九十四了。"正说着有一只兔子从旁蹿过，老人立刻目光咄咄，右手做成剑指往前一捅，屁股一弓跑去……鲈鱼呆了。多么健康的老人，太健康了，健康到了幽默的地步！一种无比的喜爱在心头荡漾，他真羡慕跑去的老人。

他扳着树枝往前，慢慢寻到了那条小路。他知道狒狒总是踏着它归来。"我多么想念，多么……你是个革命的尤物吗？"他口中念出声音，一只兔子在前边不远处双爪合十，他却完全忽略了。风从河湾吹来，凉气让他一怔。他抬起头时惊呆了：三十多米之外站着两个人，一是狒狒，一是蜷毛男子。"老天"，他压住惊呼闪到松树后面。狒狒挎篮往前，那男子竟退后一点拦住。她再往前，他再退后。真像一种可恶的游戏。他这时到底看清了，那个男子不是别人，正是电鳗。

鲈鱼胸口发疼，蹲在了那儿。那两个人一进一退继续往前。他从树隙看他们的影子，直到模糊一片……"老战士，一场战斗开始了！"他扶住树木站起，紧盯那个方向。风越来越凉。远处又传来一声钝钝的枪响。他望着枪响处："这就是我们老年人的声音——'嗵！'瞧我们习惯了这样发言。"

卷七 史铭

一

史珂需要好好考虑一下了。原推章今生不再运行。运行的概念在他这儿（也许）还有待确定，比如去其他城市访友，算不算运行？至于去生活了多半辈子的京城，那就肯定是一次运行了。那儿太遥远，~~×~~（早就）划在了生命的另一半中。史铭一连三次催他去纽约~~×~~，都是郑生的信函，这还不包括~~×~~发给史东宽的因特网件、（让儿子代践）的三两次电话。太远了，远在天边，远到了虚幻的地步，仿佛那是筑在一块巨大的浮冰上的城市，鬼为其难地漂泊在大西洋上。那是流浪在哈得孙河口的一个孤儿，

卷七 史铭

一

史珂需要好好考虑一下了。原准备今生不再远行。远行的概念在他这儿也许有待确定，比如去其他城市访友，算不算远行？至于去生活了多半辈子的京城，那就肯定是一次远行了。那儿太遥远，已划入生命的另一半。史铭几个月来一连三次催他去纽约，都是郑重的信函，这还不包括发给史东宾的因特网件、让其代转的三两次越洋电话。太远了，远在天边，远到了虚幻国。那仿佛是筑在一块巨大浮冰上的城市，勉为其难地漂浮在大西洋上。那是流浪在哈得逊河口的一个孤儿，排行老么。许多年过去，那里也繁衍得子孙满堂，很像个样子了。史珂几年前去过那里，亲自用脚跺过地表，以感受那块浮冰的坚实和厚度。他知道那是怎么回事。所以当他瞥了一眼哥哥那好似生锈的零部件组装成的汉字，就明白那个人的思乡病犯了。这病非要用他来医治不可，自己就像被注明了产地性味和名称、标上了"正宗"二字的一味中药。有一封信还建议他带上史小吉，史珂于是得知病人的焦躁：希望多一味药引子。这可不行。病急乱投医，忘了药物配伍禁忌。他那孙子已被命名为"不值一提"。

信云：不可耽搁。也许这是兄弟二人最后晤面。古稀之人了。我又不能回去。你也该到这样的地方来透透气……就是这样的语言风格。简洁,字里行间多有蕴藏,句号很多。还好,这回没有夹杂那么多英语单词。这在他是很难的。几十年漂泊无根的生活,语言的消变,还有发音:鼻音变得强而长,高元音常带出强烈摩擦。这是介于英汉之间的"第三种语言"……史珂反复琢磨的是"我又不能"和"透透气"两处。他怎么也不明白兄长为什么就不能回来!不是焦思日炽吗,那回来啊,如今又不是过去,谁也没心情把你掳起来。至于"透气"一说,那是颇费猜度的,他相信即便让对方亲自解释也会相当麻烦。这里很闷吗?有人总以为只有自己那儿才是通透的。"透气"其实也是个艺术感受范畴的问题,比如绘画——史珂总也不忘那次去看朋友画展的情景。有一位女画家温文尔雅,仪态万方,正专注地看一幅画。那时朋友就在一边。女画家夸这些画"扎实"、"焦墨用得好",最后却加了一句:可惜不太透气。那位朋友一直欣悦倾听,到最后脸立刻沉了下来。事后他对史珂恶狠狠地说:她透气,她透了大气了——这行了吧?

有时一个城市也像一幅作品一样,很难表述。史珂一直苦于无法概括哥哥居住的城市。他不愿像有些人那样天真,总想"一言以蔽之"。纽约可不那么简单。如果硬要他拿出一个像样的比喻、一个说法,那么他倒愿意借用那个朋友的现成话:纽约透了大气了。

至于那位女画家,史珂总在心中全力回避。他见她的次数不多,大约只有一两次。最后怎么也见不着了——他不敢回想。他曾发誓永不回想:她的目光、容颜,特别是她的微笑。誓言对人是如此无力。他常常要猝不及防地想到她。比如几年前在纽约大都会艺术博物馆,当他走进史前期的一个展厅,竟蓦然想起了她的眼睛。然后就是努力驱赶,可费尽心机也是枉然。她简直无处不在。这样的情形在二十几年的岁月中时有出现,终于构成了他苍老木讷的一个原因。"野马也,尘埃也",总有一天遮天蔽地的思绪之埃把人埋葬——如果当时像史铭一样身在纽约,也就尸骨无还了。

史东宾一直怂恿叔父再次远涉重洋:"你以为这是过去?坐上飞机打个盹就到了,我们都在地球村上。它并没有你想象那么远。你如果坐在因特网前击键,会觉得曼哈顿就拥在怀里。网上对话,唰唰来去的电子邮件。总之是个心态问题。没办法,你不上网。"史珂摇头:"我在飞机上睡不着。我得大睁着双眼出国。"他当时很想讽刺侄儿几句,又没有兴趣。你以为曼哈顿是马莎?未免太一厢情愿了。真实的情况仍然是:它是大西洋沿岸的一片低地,离我们非常遥远。你当然可以坐在网前不停地击键,但它还是大西洋沿岸的一片低地。

"去吧,带上史小吉。"史东宾好像要一锤定音。史珂不应,心里却预感到自己将远离河湾一些时日。他看着手中舞动粗雪茄的史东宾,语气含混:"史小吉?'不值一提'?不……"

二

最终是史珂一个人来到了纽约。飞机直达底特律,然后才是拉瓜迪亚机场。像上次一样,史铭自己开车来接。史珂一眼就看到了眼镜后面那张有些凹的脸。银发后梳，短须得体，真正学者的脸。一个学者只有喝异国他乡的水达二十年以上才会长出这样的脸。他不笑的时候谁也察觉不到那种顽皮，真是不动声色。当年他就是靠这套了不起的伪装才能混到一个代表团里，然后溜之大吉。史珂出机场先一步看到了兄长，心头马上涌起了爱怜。瞧他孤零零一个人站在那儿，嫂子黄珊没来。大概他的眼神已经不如过去，久久张望直到最后。他张开了嘴巴，两眼直勾勾看着从天而降的弟弟，一层短须像粘上去的一样。"我和你嫂子可等苦了。露西没有来，我让她在家等。多好的天气，大学生正好今天入校。可能是个好日子。两边纬度差不多，不过时差会让你受苦。我的老弟，这一次啊，这一次可不比上一次啊！"史珂有许多话听不懂。只要处于激动之中，史珂往往缺乏用心捕捉语义的能力。

　　就这样住到了皇后区的一座小楼里，呼吸着几年前那种仍然能够回忆的气息：楼前楼后的草坪青生气混合了月季和金盏草的香味。楼前一棵赤橡通常有三只松鼠爬上爬下，如果来了那只病怏怏的暹罗猫，松鼠就了无踪影。在沙沙的雨声里赤橡叶子亮了，它的背景是浅灰色水汽，下边的草地一片晶莹。史珂特意选了厨房旁边一间小屋做卧室，因为这儿的窗户正对着那棵大树和大树的客人。那只猫的蓝眼睛时有艾怨，它大概无力分辨同一座楼中两个面目酷肖的亚洲男人。小雨中，一只松鼠从树顶蹿下，嘴里叼了沉甸甸的连理果，让史珂惊诧不已。他坐在窗前许久，直到史铭和黄珊走来。哥哥对小嫂子这样介绍："我弟好静不好动。"黄珊像大多数入籍华人一样，有一个平平常常的外名：露西　黄。史珂第一次来这儿要很费力才能吐出那几个字。史铭告诉弟弟，这是露西舅舅为她取的,"你该好好和那个人拉拉,那才是个人物。我每次和他在一起都待不够。说真的,我们这些人比起他来都只能算作不谙世事的人。初次接触会觉得他很天真,其实我们自己才是幼稚可笑的。美国是一所大学校,他就是你的老师。"

史铭的外名叫"迈克尔·史"。在家里或其他场合别人称他"迈克尔",有时也叫他"史"。史珂觉得这有点像游戏,但一看到他们严肃的面容又觉得一切必得入乡随俗。他叫她"露西嫂",对方马上纠正:"就叫'露西'。"露西少史铭近三十岁,真正是一个小嫂子。他们十几年前结合,让史铭结束了单身汉生活。这种年龄差距在史珂看来有些不好接受,可史铭说这是陈旧得不得了的老派观念,"在美国以至于整个西方这都是司空见惯的事情。老夫少妻的妙处才刚刚被人类社会认识呢,真正是方兴未艾。所以我和露西之间谁也不必说欠了谁的,算是各得其所。"史铭只要一触及自己真正感兴趣的话题就滔滔不绝,再也没有那么多句号了。他镜片后面闪烁的那双眼睛每逢这时候就有点像猫。他手按史珂肩头,"老弟,我的话你不要大惊小怪,我的意思是在西方,你可以找一位上好的姑娘结婚。白人黑人或亚裔就不必挑剔了,将自己的肉体和满脑子生活经验一并交给她算完。这种婚姻往往是美满的,处理得当并加强锻炼,也不见得就 useless(不中用),走路呼呼喘……"史珂不再接茬谈下去,他知道初来乍到的东方人要接受同胞的某种西方文化普及教育,其捷径十有八九是从性开始,还要从性结束。性在这儿常被作为一味药来使用。

对于史珂而言,时差问题并无多少不便。午夜醒来倾听窗外露滴的微音妙不可言。在大洋彼岸的醒与故乡的醒有什么不同,他还难以区别。

睡不着，仍旧要翻动那个笔记。"我们人类有个最难对付的东西，这就是：性。""果不其然，我又想到了吴妈（吴娇娇）。"他觉得笔触生涩而有力，精力生旺，不知是时差原因还是其他。晚饭是中西合璧，露西能烧极好的参汤排骨、焖米饭，也能做沙拉。毕竟餐后冷食吃得多了些，肚子略有不适。史珂在想这里——环境、情绪，一切方面与几年前的变化。想不出。当年史铭一家刚从长岛那儿搬来，主要是为了谋这幢较好的房子。这儿据说车库好一些，还有，后面的草坪要大十平米，"这是很能吸引人的呀！"露西伸着胖胖的短臂向他介绍两处的差异。她讲话时让他捕捉到了声母的特殊音值，本来很想问一问她与闽南一带的渊源，后来又被对方打断。那一次史珂初来乍到，对小嫂子露西有着深深的惊讶。第一印象是她的矮胖，还有姣好的面容。那对圆圆的大眼睛和巨大的乳房同样使人不安。它似乎象征或者干脆直截了当地显示了一种非凡的哺育能力。可惜她并未生育。对此她很快向这个老大不小的小叔子做出了令人信服的解释：你哥哥可不是个喜欢孩子的人，他小心得什么似的！史珂赞同她的说法。他当时甚至想告诉小嫂子：这完全是史东宾让其伤透了心。但他并未说出，因为他不知道这位小嫂子做继母的心情。

史珂不断告诫自己：对这个小嫂子可要格外尊重，尽管她一点也不像嫂子。不是指年龄，而是指缺少内在的庄重和典雅，也许还包括娴淑。她对史铭照顾得无微不至，但这让人觉得还不是娴淑。史珂以前在研究所见过一两位高龄同事的续妻，她们同样是小，甚至有些幼稚，但眉梢那儿透出的神情贵气得不得了。他也琢磨过这个露西，认为她让人觉得不得要领的原因是话太多了。想想看，不停地说，而且事无巨细，甚至没有内外区别，一股脑地泼洒过来……当然他感激这种信任，感激她一开始就没有拿他当外人。"你呀，也是过来人了，实话告诉你吧，你哥哥这人太情绪化了。"史珂惊愕之余还要忍住别笑，因为小嫂子常在不觉间勾画出一个滑稽的形象。她说起他们结合的原因和过程："当时我见到你哥哥吓了一跳。他当年真是身无分文，在华人店里打打零杂，那模样啊，沮丧极了。我当时想：一个男人怎可这样沮丧？就这样，我嫁了他。"

三

史珂觉得哥哥对老家的事并无太大兴趣，因为话题一转到那边立刻变得潦草了。他只问了儿子和孙子两三句。提到那个宝贝孙子，史珂很想告诉这孩子有了一个贴切的外号——这儿该怎么讲呢，哦，unworthy of mentioning（不值一提）！奇怪的是他马上道出了自己的外号，同时还忍不住连带介绍了那个擅取外号的老友。史铭认为这是东方人的孤寂落魄，是一种悲哀：相互取外号来玩。史珂当然不会同意。因为他看到和感到的兄长有着另一种寂寥，甚至是更深的寂寥。这一切从急不可待召唤弟弟从国内赶来这一举动就看得出，只是对方拒不承认罢了。史铭说国内的情形嘛，一切都了然于心，现在有了internet（因特网），"如果你有信息饥渴，只需伸出手指按按光标。"史珂却宁可相信对方天生是一副包打听的性格——七十年代中期一位出国见过他的同事曾大惊失色告诉史珂：天哪，你那位身在美国的哥哥什么都知道，他差不多知道国内所有的政治大事，并且拥有不同的版本！当时最大的机密就是"副统帅"出逃，国内的人还蒙在鼓里，那边的史铭就一五一十悉数全知。后来史珂与他见面，这才得知哥哥从无疲倦地注视着那片背弃的大陆，从天安门广场四五吟诗，一直到解散人民公社，全一清二楚。当史珂试图以亲历者的身份纠正他一些看法时，他马上表现出不屑的神情。对于标志性事件他有着惊人的记忆力，一些烦人的数字能够脱口而出："人民公社已不复存在，截止八四年底，全国已建立九万一千四百二十六个乡镇。"史珂想插一句："这其实是换汤不换药"，未及张嘴，对方的思维已疾速转向："一九九〇年一月十一日……"

"你在那个河湾小屋没有上网、也不打算上网？"史铭明知故问。史珂在京城的最后一年也有一台电脑，不过离开时交公了。他随口说一句："没有网，人类已经觉得走投无路了。"史铭的嘴用力往后咧着，史珂明白他只有遇到弥天大谬时才会有这种表情。但他显然尽力克制着向这个来自懵懂之乡的弟弟发问："strange tales and absurdar-guments（奇谈怪论）！难道你真的不认为人类正通过高科技实现一种自我解放？"史珂嘴唇嚅动一下，没有出声。史铭的声音已经不自觉提高了几倍："你必须回答我！"他在屋里走动，叹气，仿佛一句话让其精锐罄尽，"你是一个研究员，一位'高知'，换了别人我才不管他说什么。老天，我真不敢相信自己的耳朵。"史珂此刻的思维马上被引领到了一个高处。以前在京城也有类似的辩论，不过他总是沉默。每逢这时候耳边充斥的都是逼近的警号，地球向人类发出的警号。在这频仍尖厉的警号之下，人类却沉迷于一种叫作因特网的游戏。"'天上的星空，心中的道德律'，比起这二者而言，你的技术充其量只是一种小儿科。"他没有把握已经肯定做出了如上的表述，因为他并未发现史铭有什么勃然大怒的模样。对方只是催促："你说呀，说呀！你给我说！"史珂恍若回到了二十余年前的一个批斗大会上，正被人揪住了衣领晃动着质问。他额上的一层虚汗冒出来了，连声不迭向史铭说："不不，你别介意，对于网的事我一窍不通，真的，我什么也不知道……"

这时的史铭才真正像走入愤怒的兄长，这让史珂听到了也看到了。"你竟然什么也不知道！这等于承认你正处于穴居时代——你还在钻木取火呢。你知道是什么在吞噬一切改变一切，让整个世界面目全非？"史珂眼巴巴看着利嘴钢牙的兄长，毫无还手之力。他心里回答：是什么？原子弹氢弹？可它们四十年代就有了。不是它们，那肯定就是你那张空手套白狼的网了。史铭的食指快点到了他的鼻子上，"我郑重告诉你，不快些回到网络计算机时代，三年，不，顶多一年，你就会发现自己像个外星人，根本无法与他人对话！"史珂很想回一句：不，是网里的人像外星人，是他们无法与正常人对话。很可惜，三十多年前就显得聪明透顶和胆大包天的哥哥，这会儿一慌，把事情搞颠倒了。他很想同样郑重地告诉兄长：一个世纪前的一些先锋人物，他们关于本世纪的预言和推理，今天已被事实证明百分之九十九都是虚妄胡言！为什么？就因为他们分不清人类生存和延续的浩大工程中，什么才是小儿科。他们全都慌了。当然，做父母的都爱孩子，小儿科也是重要的——可小儿科……小儿科？"妈的，我可真够莽撞，我到死也讲不清了！"他骂了一句。史铭立刻有了反应:"你讲不清什么?你说呀!""我讲不清……是纽约让我更糊涂了。真的,我不该跑这么远来惹你生气!"

四

由于在整个下午的谈话中所显示的无知和固执,史珂觉得自己简直无颜坐到这张餐桌前。餐厅的蜡烛插在五叉银烛台上,显得气派辉煌。露西展开白餐巾时好像故意向他抖了一下。"这就是中产阶级的晚餐了,不过对我来说还缺一块黑溜溜的烤红薯。"史珂在心里自我解嘲。他希望哥哥不要在小嫂子面前提那些最前卫的话题,这样就太没面子了。露西说:"原定舅舅来一起吃饭,后来又说去画廊有事。"史珂巴不得他来。这个人叫李志保,外名为"罗伯特 李",与美国南北战争时期的那个将军同名。李的话题从来与他们不同。那人长得其貌不扬,属于小骨骼的人,六十多岁,人显得很年轻,早年从西贡跑出来当了画家。这是个少爷坯子,高兴了就讲一些少爷事情。上次史珂来美与李相处时间很长。

从晚饭后到午夜之前这一段是很重要的娱乐休闲时间,大概整个纽约没有一个人睡觉。史珂想睡但睡不着,常要很不情愿地忍受哥哥的夸奖:"你适应得总算很快。"史铭端着一杯干葡萄酒到他的小房间里来,像是要一起度过崭新的一天。"我年纪还算可以的那几年从不待在家里。一方面没有个像样的家,另一方面心里也躁。直到午夜两点了还赖在第五大道,眼瞅着富人的不夜城像水一样流。其实那时候我只配住在哈莱姆区那样的贫民窟,幸亏朋友相助,一脚踏进去又收回来。我在纽约待了几十年,它对我成了个可憎可爱的谜。这里什么都在滋生,什么都在淹没,真不愧为'世界之都'。你只有踏上曼哈顿岛,才能听到人类铿锵赶路的脚步声。"史铭平平淡淡的语气,眼里却似乎闪着泪光。史珂又一次听到了"世界之都"的说法,上一次在李的嘴里也听过。这是因为联合国总部设在这儿吧?这一来别处,更不要说东方了,相对于纽约而言都成了外省和乡下——对于这样的见解纽约自己会心安理得吗?

史珂越来越明白了,一个身在异乡的人要快速而有效地医治自己的思乡病,那就是毫不留情地教训来自故乡的人。相反,如果要没完没了地追问老家那三根韭菜两把葱,自己就会越陷越深不能自拔。看来史铭精于此道,他正抓紧一切时间做自己的事。"所以我对你说了,你不看电视,也不上网,真是怪异——可怕。知道我这儿有几台电脑吗?五台!我和露西各有两台,另外我还有一台便携式!这还不算更新淘汰那些……"史珂马上在心里反驳:"我颠沛流离了一辈子,你就让我过几天安稳日子吧!"这一点他佩服老油库里的人,那人对电视机有一个极为恰当的比喻:电视是什么?那不过是用来馋人民的机器——想想看吧,他们翻箱倒柜找出了那么多大美女,这还不算,还要再描眉眼再打扮,打上光。他们把房子和其他东西搬上电视也要这样做。这些老百姓在现实生活中永远也得不到,只有眼巴巴瞅着,结果弄得越来越沮丧。老友说得不错,电视的确是制造虚幻的东西,它的出现,其实是让人类走入了普遍的沮丧。史铭就是不愿把那点酒一饮而尽。他在一点一点品,"真是一个'世界之都',晚上你从哈得逊大桥上过去,两岸灯火让人怦怦之所！想之有吧，这里什么没有？就拿比赛来说吧，大陆上兴搞青年歌手赛(大奖—送去哼一个最高分！)之类，这里的名堂就多了，拳击、钢琴，连青蛙和狗也有专门赛哎，连接吻也祚比赛——说不定还有手淫比赛呢！瞧这个国家，大学者大歌星，诺贝尔奖得主都健在好几位，软件大王，流亡国王，就连黑手党头子也往这儿跑！多有张力的一片土地，你还有什么可说的……"真是无语可说。史珂一直嫌弃的是"世界之都"这个称谓，认为最恰当的还是叫做"发生事情的地方"。"发生"不完全等同于"创造"——从历史上看，欧洲，希腊，还有齐国，大唐，都发生了一些事情；清也发生了一些；中国六十年代中期差一点也要发生，不幸的是宵小们一闹，玩了，成了闹剧。如果硬要说"世界之都"，心跳。老天，不愧是囊括全世界顶尖奥秘之所！想想看吧，这里什么没有？就拿比赛来说吧，大陆上总搞青年歌手大奖赛之类——还'去掉一个最高分'！这里的名堂就多了，拳击、钢琴，连青蛙和狗也有专门赛项，连接吻也能比赛——说不定还有手淫比赛呢！瞧这个国家，大学者大歌星，诺贝尔奖得主健在百十位，软件大王，流亡国王，就连 Mafia（黑手党）也往这儿跑！多有张力的一片土地，unimaginable（不可思议）。你还有什么可说的……"真是无话可说。史珂一直琢磨"世界之都"这个称谓，认为最稳妥的叫法还是称为"发生事情的地方"为好。"发生"不完全等同于"创造"——从历史上看，欧洲，希腊，还有齐国，大唐，都发生了一点事情；清也发生了一些；中国六十年代中期差一点也要发生，不幸的是宵小们一闹，完了，成了闹剧。如果硬要说"世界之都"，那么二十世纪初是英国伦敦；更早时候李世民的长安也算一个；二十一世纪或更以后呢？仅就中国自己的京都而言，那也迁移了许多次呢。风水的确轮流转。

史铭愤愤旋动手中的杯子，"该是好好把眼睛转过来的时候啦。冥顽不化者大有人在。前些年我接待一个来自大陆的死硬烂臭的乡巴佬，就因为喝多了酒再加上心气不顺，竟然站在一百一十层高的国贸大厦上破口大骂，说：'我操纽约！'我明白他的心态，这未必不是某种观念在起作用。我想，你操吧，华尔街上的石头硬着呢！你瞧瞧，这就是国人——你怎么不说话？你该多说一点才是。"史珂咳一声："美国人……怎么说呢？他们如今搞钱是有一手。不过，他们的文化中似乎还缺少一点'优雅'。我说不来。"史铭终于把酒一饮而尽，哈哈大笑，笑得眼泪都出来了,"中华文明确乎有许多的'优雅',比如茶与长衫,比如园林和围棋。不过这'优雅'的结果是什么呢?"史珂皱起了眉头。他想说一个民族优秀文明的核心部分哪有这样简单,西方文明的资源同样也是悠长复杂啊。说到"优雅",那么起码要从战国秦代一路说下来:荆轲的壮烈,谭嗣同的慨然,更有瞿秋白面对行刑者吐出的一句"此处甚好"——这一切可否也要包括在内?这样的文明也是不可指望的吗?史珂断然不信。但他也深知这些远不是能够在此讨论的。

五

富家子弟虽然不会有固定的长相,但大致还是能够看得出来。如果不是黄珊和史铭多次讲过李志保的家世,史珂第一眼准会把他当成饭店伙计,或者是华裔旅行社里的司机之类。露西背后用极为赏识的语气谈论舅舅,认为他是一个历经了所有人生大事而归于平淡的"通人"。史铭这样向弟弟概括纽约的亲戚:"人极聪明,当年两手空空来到这儿,说'我要当画家',就成了画家。他不比我们,他一年时间所掌握的这个花花世界,抵得上我们一辈子。人品好极了,不太讲空话,绝没有大把的理论,不实用的他一句不讲。"史珂与之接触后,觉得他们的介绍恰如其分。李志保常穿灰色衣服,面色无光,神情恬淡,举止毫无做作。他当然不是一个勤奋的艺术家,画廊的生意也马马虎虎,主要时间都在忙一些"业余爱好":找朋友闲聊,去一些场所待一会儿,寻觅一些所谓的艺术品。史铭说这才是少爷，而且他身上的那种"少爷天赋"至少还要遗传给下一代——可惜他没有孩子。他爷爷的一辈就在西贡发展，当时的许多人喜欢把那里叫成"西昆"。到了他父亲这一代，堤岸的纺织和碾米业都有份儿。李志保从小精通的绝不是产业经济，也厌恶求学这类烦琐，只迷于当时的娱乐场所。他十五岁即进出妓院，并将这个兴趣保持了一生。他从来没有正眼瞧过家族事业，却亲眼目睹了一个时代的兴衰。随波逐流来美国后，即便在最困窘的日子也没有中断寻花问柳。开始的几年他几乎没有正业，但奇怪的是从未缺钱。无论是在史铭还是露西面前，他谈论自己的嫖经毫无难色，总是语气平淡，像提及一段段老友故事。

几年前由于史铭忙于大学里的事情，就让李志保带史珂出去玩，说："罗伯特，让他好好了解一下美国。"那些日子史珂真是累极了，一颗心都要跳出来。跟他去赌城和好莱坞，逛迪士尼乐园，最后才看了几个艺术博物馆，去百老汇看了两场歌剧。李特别强调说："我有几个适合你的地方"，安排周到且格外利落，让史珂拒绝都来不及。他永远不会忘记一个眼睛有些鼓的东方女人怎样向前逼近——她吐成一串的话语令人无法听懂，但那迅速解去遮拦的下体却令人大惊失色。女人高大坚实，朱唇大张，让他马上想到了"血盆大口"这个词儿。他当时真的是惊呼而蹿。那次史珂回来对兄长发出许多抱怨，史铭立刻说："老弟，这就是你的不对了。要知道你在街上的所有费用都由李来付——这在美国可不是一般的大方。千万不要误解他的美意，出门要听他的。至于你在那种场合参与多少，那完全要看自己。那儿又不吃人。再说你不去怎么能了解呢？

还有，恕我直言，你已经苦了一辈子了，也应该有些基本的娱乐。这在美国也属正当消费。"

李志保那一次似乎对史珂的尴尬和恼怒一无所察，一路只是循循善诱："许多亚洲人一开始总是好奇那些白种女人，其实要各得其所并不容易。我是按照你的年纪和体量来选择的。你的身体也未必经得住颠簸。回头我为你找一个胖瘦适中性格相宜的：我认识她许久了，每一次都没有那么多话，尽职尽责从头做下来。那种体贴你会很容易就感觉到。你们会有许多共同语言。"最后一句差点让史珂哭出来，但他一直忍着。李志保继续说下去："不必担心染上什么病殃，她们在这个问题上会比客人小心十倍。早年是哗啦啦一盆来苏水，现在办法就多了。每个区的价格不一样，我最困难那几年深夜常去马路边，那个时段她们一般要打打折的。你谈价格时一定要注意。"

李志保对另一类做法反感甚至不屑："有人乐于合伙找一个女人，这样说不了多少心里话，一场下来也很累的。还有人偏去那种地方：随便扔几个小钱从四方孔洞里乱摸。滑稽无聊。你不要那样。人上了年纪才明白经历的重要：多经历她们吧。她们大多都很善良，并且其中的许多人也很富有，职业道德也高。我从她们身上学到的、体味到的，一辈子受用不尽。我领迈克尔找过几个上好的，露西一反感他也就作罢。人各有志嘛。看来露西是个直性子，不仅苛求他人，也严于律己。她不让我牵扯自己的丈夫，当时还套用了中国的一句俗语：'没有那金刚钻，就别揽这瓷器活儿'。说得也对。"

去有些场所纯粹是为了"目击"。史珂在李的引导下去了"同性恋酒吧"、无政府主义者集会地、脱衣舞厅,还特意在巨幅女性生殖器彩绘前留影。李指着它:"画得多美!不过由我来画,我会处理得水灵一些。"他那天兴致颇高,半天时间走过了格林威治村,又带史珂去另一个地方。这是一处地下俱乐部,一个呈四方形的大厅,纷乱的灯光和嘈杂的呼叫令人头晕。罗伯特侧着身子走过疏疏密密的人群,不时回手拉一把史珂。前方是一个缓缓旋转的凸形台,上面有几个裸体被聚光灯打得刺目。裸体扭动呼叫,很快又被台下的声浪淹没。光身子的男人扎了小辫,胳膊上的刺青闪着水光。台上有个主持人模样的伸出一根手指按在唇边,两眼扫着台下,又歪头倾听什么……史珂不知自己是否头脑错乱。他在发出乞求,反正李志保很快把他领出了。多么强烈的阳光。史珂这一次真的央求了:我们全了解了,我们不能再去类似的地方了!李志保也点头,这时一转脸指了一下:"那我们去听个演唱会吧——哟,是她!门票会很贵的……"

六

说实话,拉斯维加斯的艳舞,还有那天喧闹可怕的演唱会,都给史珂留下了难忘的印象。这儿的经济与艺术的火箭同样都使用了性的固体燃料,不由它不维持强大的速度。那天演唱会的华丽和声势都是闻所未闻的。他不相信今生的后一截还会去看类似的演唱。台上的超级女歌手大概使用了上百人的舞台服务,享用现代声光技术的全部威力来推进灭绝人寰的豪唱。什么T形舞台、升降器、垂吊牵引、半裸或近乎全裸的集体伴舞、群交形体语言，不一而足。她想携带技术商业时代的全部杀伤武器，一举摧毁这个时代的正常感知能力，比如视觉听觉，甚至还有味蕾和性兴奋系统。"天哪，他们在争先恐后为一个城市，不，为一个时代命名。我想问的是：你们最后还能怎样？还有李志保，真实的美国既是各式各样，你为什么偏要一口气送我一个"纵欲的美国"，自愿充任性的启蒙者？他这样问着，直到结束，直到走回自己的住处，那个面对了赤橡和松鼠的小屋。长长的夜晚耳边全是哗哗吼叫的雨声，惹得他几次推窗去看。没有，天空星辰灿灿。还是雨声——对了，这是几十年前的一场豪雨，是中秋节的那场雨。有一个浑身炽热的男子冒雨从百里外赶回，向往着自己的女人。然而那道门没有打开。这个夜晚他在那个小而寒碜的牛皮纸封皮笔记本上写了：性的时代和阶级斗争的时代哪个更好？精神的艾滋病和肉体的艾滋病哪个更好？回答不出。"殊为荒谬——这二者怎可如此作比？"整个夜晚有一点他是再清楚不过，于是一笔一笔刻下："小刺猬，我越来越想念你！"

这次又要面对一个李志保，他只想对哥哥说：够了，我只需要去另一些地方，或者坐下来拉一拉。在你们看来大陆同胞多多少少都需要同一味药；服下就会药到病除；其实这味药压根就开错了！我们为什么不能更多地谈谈艺术——他既是画家，我们总该多谈一些绘画吧？史珂对于绘画是多么喜欢，甚至私下里也学着画了许多——这种爱好可与一些美好的记忆分不开啊，只是他永远不会向哥哥说起罢了。史铭劝弟弟一切尽可放松，这儿既是"世界之都"，也就远没有那么单纯。比如同样是那么多人来这儿，道德家看见了性，电子专家看到了芯片，军火商则牵挂最新的制导系统，老赌棍一头栽进了拉斯维加斯，演员就会瞄着百老汇好莱坞……史珂承认哥哥说得好，心想他业余一定关心过《红楼梦》研究，那段话很像一生崇敬的先生对那本书的不刊之论。可惜说与做完全是两码事，他们偏偏热衷于推销另一种"美国"，这是史珂永远感到费解的——自己不久又要日复一日迁就那个罗伯特 李，这人真是哥哥和小嫂子手里的一张好牌，也是每次来美国的一场重头戏、一席大餐。史珂真心实意认为李志保为人淳朴诚恳，是个非常正派的色鬼。但这儿毕竟是美国，他作为一个老实本分的色鬼也并不得志，总让人感到处于某种边缘。是的，他在急速旋转的曼哈顿过得竟如此悠闲。他算是一个有闲阶级，但却算不得一个有钱阶级。钱与闲能在同一个人身上分离，这非得是少爷坯子不可。

　　李志保请史珂去他家里住一段，史铭两口子极为赞同。李住在法拉盛这个很像东方小城的地方，史珂一看到路边上抖动的废纸就有一种亲切感。李与夫人住在一幢红砖公寓中，居室很宽敞，其温馨和舒适程度正好与公寓破败的外表形成了对比。住下来才知道，他们在别处还有一套小房子，离画廊近，有时两个人就去那儿待上七天八日。李的夫人名字不中不西，叫"铎贝"，高大微胖，对人很好，只是有些冷漠。李向史珂背后介绍夫人：人是足够通晓事理的，风风雨雨过来了，也是西贡堤岸人；疾病缠身，常劝丈夫多找些女人；她对珠宝极为内行，这方面尽可请她帮忙……史珂发现这儿的伙食要优于哥哥家，这主要得力于一个五十岁左右的广东籍厨娘。

史珂很想与李谈谈艺术,可对方并不积极。李的画室很敞亮,这就使涂了满地的油彩和绷在架子上的半成品格外刺目。这儿一望可知主人的懒惰。李说,他画的主要是人体,这方面模特儿的合作至关重要。说着他从隔壁取来几幅作品:全都画了一个人,那张脸一看就知道是他的太太。全部赤裸,肉色鲜明,毫发毕现,史珂后悔踏进了这一间。可是李志保点点划划说:"你不要以为我是美化了她,她的身体就是这样:几近完美。强烈的质感。这当然是基于深刻理解。你注意她鼻梁那儿,那儿稍稍有一点土耳其女人的味道。这是我唯一的处理手法。画廊里卖掉了几幅,有人弄清了原型是谁,特意辛辛苦苦来找,要为她一掷千金。我是支持她有朋友的,可她不行。她在那一刻总是为我难过。她还是一个老派。"

七

史珂是一怒之下返回哥哥家的。起因是李志保夫妇要走,而他自己正想单独呆一些日子。李说那好吧,反正厨娘在;还有,我会让人按时来做钟点工,你想出门散散心也可以让这人领路。史珂未加思索同意了。想不到他们离家第三天"钟点工"就来了:一个描眉画眼的三十岁左右的女子。她在室内忙的时候史珂就待在自己屋里。她敲门,他就说:我的活儿自己做了。对方笑:自己怎么做。他只好开门。女子进来后两手一直背在身后。他低头看书,不时抓起杯子喝一口。女子说:"不要拖得太久了,"说着坐在沙发扶手上,伸手揉动他稀疏的头发。又是这令人厌弃的一套!史珂马上站起。谁知对方魔法一般解了衣服,史珂无可逃避地看到了白细肌肤上青青的血管、还有乳房。他呵斥一声躲开,一颗心骤然狂跳。女子说:"罗伯特先生说了,您一定会尖叫的,这是上一代大陆知识分子的风格。"史珂喝道:"他是放屁!"女子触碰他的小腹,喃喃着。史珂觉得泪水从脸上流下来。"幸福吧?您都快哭了!怎么能拒绝呢。罗伯特说了,做与不做钱是不一样的。"史珂推开她的手:"好孩子,你一边歇着吧,就算做过了。"她看着他:"那你要对罗伯特说做过了。"史珂点头,心里却在骂:什么"罗伯特",是李志保!他端量她,问什么时候出来?原在大陆做什么?女子披件衣服,说刚出来两年,原是电视台的主持。史珂实在看不出她如何能主持。他照例留下一番苍白无力的道德说辞,让对方苦笑。

史铭对弟弟的归来早有预料似的,对露西说:"舅舅总以为珂弟是客气。唉,就是这样一个好人,总想帮助别人,总想为别人花上一点钱。"露西点头:"舅舅就是这样一个好人,他帮不上你心里会难过的。"史珂余怒尚存:"我上一次来美国早就告诉他别这样别这样……"露西一摆手:"唉,那过了多少年了。他的心压根就不在这些事上。他早就忘了。也怨不得他,你的性格也真是太倔了。"

史铭每周平均只去一次学校,主要精力是在家编一本专业刊物。他每天要吞服一把花花绿绿的药丸,还劝史珂也试一试。他说这是西方世界破译生命密码的一个个成果,制造返老还童的药物。他预计一切还来得及,他准备活一百三十岁左右。人体某些指标如 gonad, pineal gland

呃！观念啊，观念的制约使中国整整落后了一百年，我们的民族实在是耽搁不起啊！史珂脸色红胀，最后又变黄。但他并不准备发火。他在心里愤愤地骂道："多么冠冕堂皇！在你嘴里好色倒是为了爱国！"

当然，史珂仍不同意这样的见解：欲望是一种真正的解，它有点像等待开发的铀——那种威力啊。史铭又一次重复了他的教训癖，精力变得异常充沛，完全不在乎听者，"现在必须推倒一切观念的障碍，老老实实地学。这是一场一百年来未曾有过的革命。"他猫似的眼睛全力盯过去，让史珂终于感到了腿部的刺疼。他发现哥哥的眼睛有一种紫颜色在闪烁，这让他想起了秋水仙衰败时的样子。他想反问一句：学美国，唯妙唯肖学下来？让技

（性腺，松果体）分泌物，说明着许多许多。所以说他对问题总是这么认真而乐观，对生活的要求总是这么强烈！史铭说如果弟弟对于电脑网络包括基因技术等等一系列前沿高科技能够再有一些实践热情，那么仅仅就婚姻一项也会获得成倍的回报，说不定几年后会像一个情窦初开的少年那样羞涩而热烈呢！观念啊，观念的制约使偌大一个中国整整落后了一百年，我们的民族实在是耽搁不起啊！史珂脸色红涨，最后又变黄。但他并不准备发火。他在心里愤愤骂道："多么冠冕堂皇！在你嘴里好色倒成了爱国！"

但是，史珂仍然同意这样的见解：欲望是一种真正的能，它有点像等待开发的铀——那种威力啊。史铭又一次显示了他的教训癖，精力变得异常充沛，完全不在乎听者，"现在必须推倒一切观念障碍，老老实实地学。这是一场一百年来未曾有过的 revolution（革命）。"他猫似的眼睛全力盯过去，终于让史珂感到了颊部的刺痛。他发现哥哥的眼睛有一种紫颜色在闪烁，这让他想起了秋水仙衰败前的样子。他想反问一句：学美国，惟妙惟肖学下来？让技术和财阀统治我们？可美国还有一些不甘死亡的人——比如那些艺术家们——正一路尖叫呢！我们行吗？那边早有人巴不得大干一场呢，那才是一种老现成，他们现在正撒了泼地学呢！你真的以为他们做不到、他们不能做？他们能矣！史珂好费力才把这口气咽下去，可一看史铭那双眼睛又受不住了。这是干吗啊，你说服了一个弟弟并不等于征服了全中国，他又不是国王，还犯得上你动用二十余年积存的深远见识，再配以李志保不动声色的性讨伐吗？我缄默投降便是。不过在这样做之前我还是想告诉你：电脑也许是伟大的，但它的确只是一台算账的机器。革命既"不是请客吃饭不是做文章不是绘画绣花不能那样雅致那样从容不迫文质彬彬那样温良恭俭让",革命也不是——算账！大陆,解放前地主老财的算盘一天到晚啪啪响,最后还不是让真正的革命——"一个阶级推翻一个阶级的暴烈的行动",给打了个落花流水？……史珂的汗从额上淌下。多么疲倦啊。"一时激愤就难免言重！电脑？一台'算账的机器'？"他看着史铭那苍苍白发,终于吐出一句:"算了吧哥哥,咱还是别在外国'叫阵'吧。我们应该多谈点老家的事儿,就是说让我们开始思乡怀旧吧！"

八

一句话让史铭沉默以至萎靡起来。他看了史珂一眼,两手在胸口那儿抓挠了一下,满脸懊丧。"我真不知从哪儿说起,"他苦笑。史珂的声音低得隐隐可闻:"我知道你是需要我的。可我远远赶到这儿又不知该做点什么。我在这儿像个废人,还要惹你发火动怒。也许我与纽约这样的地方真是合不来的。"史铭叹气,"快别这样讲。不过是的,我一直想问问你初次登上国贸大厦的感觉:有没有一种震惊或者辉煌的情绪涌起？不要紧,你好好回想一下,只管照实说。"史珂摇头:"没有。我只是担心,怕这么多高楼挨得太近会出问题。那是各种各样的问题。楼像山峦一样压过来,一排一排往前逼,我不舒服。""但这是美国的奇迹。""不。我更喜欢这儿的一些小城,像波士顿以北的康科德一类地方,像梭罗这个人转悠过的瓦尔登湖四周。那儿才让我感动甚至震惊,也有一种辉煌感。原来现代人最伟大的事业就是与自然万物的和谐相处,除此再没有其他更动人的事业了。"史铭呆看着弟弟。他发现史珂在真正为之动情的时候也颇具表达能力。这次他不想驳斥弟弟,因为对方描述的那片湖水让他马上想起了故乡的河湾——他于是开始了详细询问。

史珂终于有机会谈谈老家了。"现在我就住在父亲遗弃的老屋中嘛。很可惜,挺好的一个河湾很快要被你那个儿子糟蹋了。"史铭说:"我那个儿子太像我了,这反而让我不喜欢。我知道他在恨我,恨我把他和母亲抛下。恨得有道理吗?也许有一点点。不过更有道理的是我,这要由亲历过那段风雨的人来裁决,比如说你。"史珂一点头,史铭的泪水马上在眶中一旋,"我抛妻弃子去了西德,也连累了兄弟。可是对我来说这好比冒死一搏。这需要大勇啊。有人安慰自己的不义和残暴绝伦,只说别人叛国。依我看,这么好的国他们不好好干,他们才是叛国。国家的真正边界起码有一部分是由正义组成的——这是我在穷困潦倒的流亡途中想到的。所以,在'爱国'这个最美好最俏丽的字眼下,人可一定要清醒啊!"

史珂震惊了。他望着兄长。从此他再不愿轻易否定这个人了。他洗耳恭听。"我先转道西德,可一句德语也不会。我知道这是中转站,归宿是英语国家,当然首选美国。我把那儿想象成一个大而无当的地方,所以才有'美国梦'一说。其实不然,这是一望而知的。我直到退休也只能是个副教授,在下不才吗? wait a moment(且慢)……这些暂时不提也罢。只说我对他们母子的牵挂、对你的牵挂。我明白最冷的日子开始了,你们要一天一天熬,也许熬到死。父亲太'爱国'了,从海外一头扑进国门,结果留下后患无穷。他死了。我是老大,承受的压力也最大。求学、婚姻、就业,每一个环节都被盯着审查,战战兢兢走过来,不关我事的一声吆喝也要吓个屁滚尿流。如果有一天早晨啪一声给我戴上铐子拉走,我也不会吃惊。'你这个反动资本家的儿子、敌特子弟,双料混账!'他们就这样指着鼻子骂。我原来的恋人是个学生会文艺委员,就因为一个小头目看上了,我就得咬碎牙关离开。其实这种恐惧不是后来才有的,而是很早就发生了。记得读中学的时候,一天中午我们几个学生没有午睡,搭人梯到屋檐下掏鸟窝。最上边的同学从高处小窗往里看,下边的催他下来,他就摆手。这样两个同学轮换到上边看,临到我吓了一跳。原来这是间教工宿舍,女校工没有睡,赤身裸体仰在一张桌子上,旁边站了一个男的,是负责开会训话的学校头目。他不停动女校工,到处动。女校工死了一样。可能是有一面镜子把我们反照在里面,只见男的一声不吭出去,女校工还是躺在那儿。我们三个被逮到了。

"三个人被轮换关到一个地方,最后只留下我一个。女校工也进来帮男的。他们脱光我的衣服,用煤铲托起下边羞辱我,又取过一根柳条抽打。太疼了,求饶也没用。男的说:'不是愿看吗?就让他看个够!'他让女校工脱了下身逼得很近,在一边嚷:'你这个敌特崽子!今生这辈子就别想玩这个了,我今个就废了你!'说着唰一下抽出一把老式剃刀。我吓得大哭,说再也不敢了。那女的讲情,总算取下了刀子。我吓得全身是汗,盯着抽得血淋淋的下身一声不吭。他说:你如果这辈子露了半点口风,马上就给你割个精光——你这类崽子就是这样下场!这就是中学时候的那场经历。我常做噩梦，梦见下体没了，两腿之间全是血……可我谁也没有讲过。后来我的'叛逃'，多少也是被这个噩梦逼的。"

史铭摘下眼镜拭着。一滴一滴泪水，手帕捂紧鼻子，时间很长……总算好好哭过了。是啊，早就该这样。史珂呼吸轻轻。史铭小心翼翼戴上眼镜："史东宾骂我，他不知道自己的父亲在国门两边都是九死一生。到了今天这一步可真不容易，算是一滴血一滴汗淌过来。他以为我成天花天酒地，不知道我那个可怜相。不错，在这儿尽可以纵欲，可是你得有钱。对不起，一个大子儿都没有的人是没有性自由的！想想看，我在这样一个花花世界竟然禁欲十三年！这是人受的罪吗？后来倒好了，有了露西。哗——她倒是个放水的高手！只可惜出场太晚，我的身体早就完了。"

九

露西与史铭琢磨给史珂取一个英文名字，皱着眉头想得头疼。史珂反复拒绝，史铭说：这怎么行？没有这样一个名字你会很别扭的。史珂苦笑：有了这样一个名字就更别扭。不过史珂由此想到了元吉良——在此之前自己竟神使鬼差叫他"吉良尼奥·元"。西风东渐，是为命也。一切都在不知不觉间发生。为什么要给他改名呢？那是因为太心疼它了，他在回忆后来的不幸和龌龊时实在不愿玷污。受这个思路的启发，这会儿史珂还想给另一个心疼的人取一个类似的名字，因为他从来就不知道该怎么呼唤她。史珂抬头看看哥哥和小嫂子。露西的圆眼睛悲悯了,她好像每看一眼史珂都要压住一个叹息。有一次她对史珂总结说:"从大陆来这儿的人基本上分为两种表情,一种是苦大仇深的样子,再一种就是嬉皮笑脸的样子。"史珂问自己属于哪一种?她说:"都不是。你已经木了,两种表情都没有了。"史珂笑了。因为他突然想到哥哥说她是"放水高手"。他骂了自己一句:"真该死!"

李志保从外地一回就来了史铭家,一见史珂就说:"听说你过得还愉快——她说你还算马马虎虎……""算了吧,我什么也没干!你千万别信她!"李志保马上不高兴了:"她没有提供服务?这就没规矩了!"史珂突然想到当时与那个女子的约定,有些后悔。李志保狐疑的目光扫着他的脸。这时正好露西过来喊了一声,李志保就离开了。过了一会儿他又回来,有些遗憾说:"你也太客气了!"史珂没有再说。他知道已经无法与之对话,因为对方固执地认为他的拒绝是一种节俭——不让主人"破费";而以前的拒绝、坚辞不受,也被理解为相同的原因,顶多再加上大陆人的羞涩。史珂真是愤怒啊,但又无处发泄。这时候他听到哥哥在另一个房间对李志保做进一步的解释,用语甚多,最后只听清一句:"他这一茬人不能再干什么了,他们只能眼巴巴地看……"

露西私下对史珂说:你哥哥,还有舅舅,他们都在千方百计让你过得愉快,只是有时候急了一些,不知该怎么做才好。这几天他们正在筹划一个家庭聚会,就为了让你结识一下纽约的名流。到了那天你看吧,你一定会高兴。史珂很想问一句:我结识这些名流干什么?但他怕问得不得体。露西说:你哥哥常说,你这一辈子真是太亏太亏了,剩下的这些年月一定要设法弥补一下。全补回来是不可能的，不过能补多少算多少吧。史珂一边听一边思量：说到亏，那要看和谁比了。比起元吉良和其他人，我总算活下来了，这还算幸运呢。人哪，看来的确存在一个怎么度过下半生的问题。不过尽管如此，我还是不准备寡廉鲜耻。

史珂与露西，还有偶尔来此的李志保，都为那个家庭聚会变得兴冲冲的。他们亲自动手整理二楼大厅。楼梯、一楼的小厅，甚至连地下室也一一打扮过。一切看似没有多大变化，实则用尽心思。比喻楼梯拐角有一幅国画就是新添的。史珂好像第一次发现这儿有不少中式器具，如餐桌上的漆盒、一旁的两把镶贝木椅。他真难以相信这是那个露西或迈克尔 史的东西。真有趣。人哪，瞧把思乡之痛藏得多深。这场即将开始的名流聚会，它已经使好几个人额角的脉管鼓胀起来了。但他们的幸福感据说全是为了让另一个人高兴，而这个一生处于"外省"的人与"世界之都"的名流又毫无干系——可能将来也不会有。

就是这样的一场兴奋、欣悦、自豪和谦卑的聚会，可惜一旦开始也不过延续了两个多小时。最后弄得杯盘狼藉谁都懒得收拾。李志保走了，史铭和露西也回卧室了。史珂一个人待在面对赤橡的小屋里，同样因为疲劳的缘故，尽管有诸多感触，却不愿在笔记上划一个字。他盯着窗外发怔。印象深刻的是那一二十位老外。其中一个金发少女只有十五六岁怎么就成了名流？电视主持，教授，汉学家，医生和律师，还有三两个奇怪的职业直到最后也没搞明白。史铭真不愧在此待了几十年，能奋力招呼这么一群人围着桌子端杯，伸出叉子耐心地缠绕那一团意大利面条。哥哥向众人介绍自己的弟弟：一位伟大的当代语言学家、国粹主义者。

而终止。许多外国人还在"峨峨山，洋洋兮若江河"这时，猛醒一般鼓起掌来。有一二千似乎在抹眼泪。史铭不知什么时候蹭到了弟弟跟前，说："你看，他们懂！就是这么复杂，不好概括啊。即便是性观念也是千差万别，许多家庭直到现在还保守得很。有些女士一生都像处女一样羞涩，多看一眼就会哭。你看，单这是比试法我们也不是他们的对手啊！"

史珂记得哥哥风子牛不相反而议论的掌声和露西打断了，他猛地一挥手跑到一边，很快取来一个大漆封面的经典笔记本。原来聚会定尾声已近，他要请来签字。他翻动时史珂看清了：上面已有许多中外名流大陆来的高签名，包括官作家诗人歌唱家之类。大家依次签字，仿佛早有所料。史铭时

第414页

众人一齐看过来。可惜,史珂觉得自己无论什么时候也还是一副"外省人"的模样,或许还有一些倒霉相也说不定。哥哥太兴奋,也许微醉了,话太多。一会儿他重重击掌,一男一女两个中国学生从一侧上来。他们长得白皙且光滑溜顺,穿了深色衣服,每人手里携一把古琴。露西伏在史珂耳边介绍:女的是日本人。他们都听过史铭的课。可能要结为伉俪了。表演开始,全场静极。这就是高深莫测的中华文明,此一刻全凝于几根纤弦。勾挑拨拉,特别是摩擦和悠颤,这让一群直肠子洋人如何消受得了。史珂仿佛觉得全场人的耳朵都像兔子一样伸长了,正不失大雅地一下连一下活动。演奏突兀地终止,真的终止了。许多外国人还在品味"峨峨兮若泰山,洋洋兮若江河",这时猛醒一般鼓起掌来。有一二个似乎在抹眼泪。史铭不知什么时候蹭到了弟弟跟前,说:"你看,他们懂!就是这么复杂,不好概括啊……在这儿人的观念真是千差万别:许多家庭直到现在还保守得很。有些女士一生都像处女一样羞涩,多看一眼就会哭。你看,单单是比试贞洁我们也不是他们的对手啊!"

史珂记得哥哥风马牛不相及的议论马上被掌声和露西打断了,他猛一举手跑到一边,很快取来一个大漆封面的经典笔记本。原来聚会已近尾声,他要请来宾签字。他翻动时史珂看清了:上面已有许多中外名流签名,包括大陆来的作家诗人高官歌唱家之类。大家依次签字,仿佛早有准备。史铭恭立一边看着每一位写上芳名。有名流笔迹,这就足以证明他在"世界之都"的存在。史珂的眼睛一刻也没有离开微醉却不失谦恭的哥哥。他真是喝醉了,因为最后竟走到了史珂面前,让弟弟也签一个!史珂只好抓起那支派克笔,一笔一画写上自己的名字。

赤橡在一阵夜风中摇动。繁星闪闪。史珂瞅了手中的笔记许久,最后写上:"他'存在'了,我也'存在'了"。端量了一会儿又添上几个字:"'峨峨兮若泰山,洋洋兮若江河'……"

卷八　伊恩吉玛·唐

一

唐在那一天看画展的时候，无法将一个人完全地从许许多多的目光中分离出来。她不是有这种能力，无论她多么了不起。往往另一些报为优秀的人物有缺陷，他们没有那个方面的敏感。唐现在可以称做伊恩吉玛了，一个画家，当时在那个春白艺术学院任职。那一天她并不经意间呈现了某种姿。她好像觉得她高高凸出在一个时代之上，这种看法在史诃第一眼见到她时就确立了，到后来愈加肯定和成熟。任何时代

卷八　元吉良

一

那一天史珂和元吉良一起去看画展。元吉良没有注意他的目光。他们很长时间跟在一位女画家的身后，听她不时对身边的人说点什么。可是那一天她却凝在了史珂眼中。

她中等偏高的个子，脸部、颈和手等未被遮罩的部位极为白皙。不太长的浓发柔软拂耳，略微偏向一边。那双眼睛在脸庞上的比例显得稍大，使整个人的神气像个毫无含蓄的儿童。她没有专注任何一位在场者，可史珂觉得这目光让自己身上阵阵灼热。她是从画廊一端走来的，看着说着穿行而过。

整个过程快要结束时，大约是在最后一个展室门前吧，她一转脸与史珂的目光相遇了。她点头微笑了一下。史珂愣在了那儿，两脚像生了根，直到元吉良揪一下胳膊才回过神来。他们继续往前，仰脸看画，然后走出展室……阳光刺目，整个庭院都是晃动的人影，史珂再找不到那张微笑的脸庞。

可他就是忘不掉她。不知多少天后，史珂乘的一辆交通车在一个站牌下停住，正好对面也驶过一辆——他一抬头差点喊出来：女画家正从车上走下来，真的是她！就是这么巧合……然而她很快隐入了人流。他没有忘记去看那辆开走的车：405路。

她是谁？一个画家？他后来甚至连这个基本事实也要怀疑。因为有一类人是无从命名的……史珂曾设法从那天画展上见过的其他朋友那儿打听，谁也不知道——好像都没有在意。整个京城太大了。只是这个形象无法抹去，而且随着时间的推移愈加清晰。他试着对自己说：我爱她？

这句话隐藏了一辈子。可是一个爱字也嫌单薄，甚至没有触及表达的核心。但也只能如此了。肖紫薇听不到那个隐秘，这使他半生抱愧。他对那个女画家说过这个字吗？没有，他们之间甚至没有一句交谈。他只在画展上聆听过她的声音。那是另一种语言，纯洁雅致清爽，而且绝没有那么多卷舌音。总之这种语言不可模仿和复制，就像歌唱家音质的一部分要取决于腔腭间等等诸多生理因素一样，那是天生的。那一天史珂有幸近距离看过她，发现那乌黑的浓发在较强的光线下呈现微微的龙胆蓝，眼睛则是真正的紫色。

就因为偶尔一次见到她从405路公交车上下来，在以后十几年的时间里史珂竟无数次乘过这路车。大风天里他戴一顶针织便帽、颔下围一条蓝格毛巾挤上这辆咣里咣当的破车。风沙从无数缝隙钻进，车子走走停停，乘务员无一例外使用那种口腔里仿佛安装了小转轮的嗓子吆喝不停。一站又一站乘下去，直到疲惫无比。

史珂一生只见过她两次。她一闪而过，像闪电一样。但她留在了心中。

二

最后一次乘405路公交车了。二十余年过去,好像还是当年那一辆。但这一次是来告别的,他将告别京城的一切:她,还有元吉良……

元吉良是从那个春天的深夜开始消逝的。记得那次他刚从农场回来,半夜了,突然有人敲门。进来的人就是元吉良,他差点让史珂没认出来:满脸胡茬头发芜乱,瘦削得牙床在唇部凸出了轮廓。他的出现令人大吃一惊。元吉良一进门两眼就四处扫着,连肖紫薇去了哪里也不问一声。他只是盯着史珂,坐下来盯了许久。后来他又突兀站起,呜噜了几句什么,抬腿就要离去。"吉良!吉良!"他叫着,对方却未应一声。他一直追到外面:漆黑一片,连个人影都没有。

他知道一切都源于一片鼓噪——元吉良原恋人控告了他们。这个外号叫"傻姐"的女人简直疯了,好像到处都有她的影子。史珂有一次上街,亲眼见她走在一群人的前方,肩扛四尺多长的柞木棍。她现在更加肥硕了,脸庞泛着光亮,鼻子两侧闪着鲜润的奶皮色,一件军衣束在制服裤子中。就是她提出了一个指控:元吉良与肖紫薇夫妇同居鬼混。

史珂于是被勒令回城。开始的日子他并未隔离,每天被训斥一番尚可回家过夜。他觉得最对不起的就是"小刺猬"了,她如此纤弱,躺在午夜的床上宛如静息的小鸟,怎么受得了那样的污口?夜太冷了,她缩了又缩。他用一个春季磨糙的大手去探寻她那鲜花般的心窝。寒夜的泪水格外烫人,她永远醒着。

当然了,他苦恋着紫薇。史珂因为同情和挚爱,有时更(手足般的)冒过这样的傻念:就让抱志独自向元吉良来这里住吧,住到终生,住到永远,让"小刺猬"那美好如头胎春兔似的双唇吻他一下吧。他为自己这种宽容和怜惜而流泪,当然了,这只是偶尔闪过的一念,永无实施的可能。现在令他震惊的是,那个栉风沐雨的姑娘从何而来这般超人的洞察(她竟然探知了别人的)?老天,午夜一念!

元吉良至少有两次成功地规避了他。有一天傍晚史珂认出了前边踟蹰的人是他,立刻叫了一声。他回头看一眼(撒)腿就跑。兔子一样。史珂穷追不舍。飞快的山地兔子,唰唰踏着(满街)写满了大字的报纸。他哀求这只小骨骼的兔子了:"停一停吧,停一停,我真的不是猎人,不是!"前边的影子蹦跳不息,直史珂寻一切机会找元吉良。他对这个南方小弟总是阵阵疼怜。他想念那双又黑又尖的眼睛：受惊的神情也掩不去的柔善。史珂回想以往，记得因为同情和手足般的挚爱，有一次真的在心底冒过这样的傻念：就让抱志独身的元吉良来家里住吧，住到终生、永远。他现在为自己这种宽容和怜惜而流泪。

有一天傍晚史珂认出了前边踯躅的人，立刻大叫了一声。这喊声却让前边的人兔子一样奔跑起来。史珂穷追不舍。飞快的山地兔子，唰唰踏着满街纸片。他在心里哀求："停一停吧，停一停，我不是猎人！"前边的影子蹿跳不息，一直奔到一个平顶小屋跟前，飞快开门扎入……史珂守在门边，两脚生根。

直到午夜时分小门才打开。他差不多是扑在史珂怀里的。多么瘦小，乱发粘满草籽，周身散出一股男人的怪味儿。他的身上有伤。史珂问："他们打你了吗？"他点头。史珂咬咬牙："多么下流的侮辱、栽赃！"元吉良呼应："我们都是最冤枉的人……我对不起肖紫薇，我只为她害怕！"这样说过之后退到角落，一直抱着头。史珂嘴唇颤抖起来，去抚他的肩膀，"吉良，你……结婚吧！"元吉良一声不吭。他的泪水干了，剩下的时间一直伏在黑漆漆的窗户上。

三

史珂去乘405路公交车，好不容易挤上去，刚一开动往外瞥了一眼，心立刻慌跳起来。肖紫薇站在不远的巷口。他呼叫，拍打车门，跳下车去……肖紫薇慌得双手乱抖："你，你要到哪去？"他问怎么了？"天哪，那些人一直在找你，找了一天。他们要开你的会，说这回你是主角。"肖紫薇哭了。他明白这是什么意思。他安慰她。肖紫薇又哭。她央求："你今夜就跑吧！你跑到老家去藏起来吧。"史珂摇头。

会议室的所有出入口都由专人把守，里面的人屏息静气。各种声音在耳畔乱成一球，史珂听不清一句有头有尾的话。半天过去突然静下来，原来外号叫"木锨脸"的一个头目进来了。这个人的一张大脸渗着油光，头发后梳。他摆摆手臂，说来旁听一下。他的话音落下许久会场还是安静。突然，一个沙哑的南方口音喊出一声："我来揭发……"史珂全身一抖：是元吉良！那个瘦瘦的身躯由于激动难以站稳，后面的话时而中断时而口吃。"木锨脸"侧耳倾听。"他……没有比他更可耻的人了，尽管老实……他在跟踪一个女人……"史珂只觉得脑海中有火花在噼啪爆响。"他跟踪谁……我也不知道。反正他恍恍惚惚找一个人，这我能看出。"史珂松了一口气。元吉良又嚷："他在学校读书时，麦收支农，在地头上耍弄贫农老乡的小孩，被怒斥……还有，他爬上一棵树，小女孩也爬上了。后来小女孩流着血哭了。"史珂如坠云雾，无论如何不能明白元吉良的话。有人立刻喝问，史珂一片茫然。

他不知费了多少劲儿去回想。支农的事情是有过的，劳动间隙逗田间地头的小孩玩也可能有过。小女孩流血？他终于记起那是为她去摘一枚红果，想不到刚刚爬到树的半腰她也上来了，不小心被树杈划破了手。当时他果子也顾不得摘了，赶紧抱住啼哭的女孩攀下树——这个过程元吉良可能是目睹过的,但他究竟为什么如此转述、又语焉不详?他永远也搞不明白。他只好当众把十多年前那个平淡无奇的小事复述一遍。旁边的人紧声追问元吉良是否属实,元的眼睛却盯住史珂:"当时他的裤子上——一条浅灰色裤子上也有血!"史珂快要哭出来了:当然,这是完全可能的,因为小女孩手上的血滴在了上边。不过,元吉良为什么在这样严厉的场合提起这样无聊的往事,而且还有细节?它将成为史珂心头一生的谜团。

幸亏旁边的人开始追问别的事情。混乱中元吉良叫着:"我敢保证!我敢保证!……"史珂想听听他敢"保证"什么,却被呓语般的叙说搞得不知所云:"我还记得,做梦都记得他身上有血,通红通红。这是沾上的。你们看看他的手吧!你们都看看他的手……"

四

史珂被监禁起来。他每天要应付多次审问,还要写交代材料:与国外那个败类的联络方式(渠道),叛逃步骤(计划)。刚开始由肖紫薇送饭,后来转移到另一个地方就见不着她了。这里安静到极点,没有喧声呼叫,只有门外看守的咳嗽。他不记得二十余年甚至更长的时间内有过这样的安静。是为享受,可惜没有自由。好好回忆吧,回忆早逝的母亲,父亲的白须,哥哥的狡黠。以前不敢回想那个叛逃者,现在可以了,有人专门让他在宁静中想念这个人。

她踢我，说要调动'四十八路兵团'镇压██我，'先是把你淹了，省得你危害革命！'她说再留给我一个月的考虑时间，她等着我去报到。"

四

唐的消息没有了。史珂极小心地打听过，有人说："现在到了什么时候，机枪都架起来了，谁还顾得上她。"全国的混乱已达高峰，外省纷纷传来开火的消息。京郊郊县一个夜晚都在杀人，不停地杀。史珂去乘405路公交车，好不容易挤上去，发现清一色是手持棍棒头戴柳条盔的人。他终于设法逃下车。他在清冷的小巷徘徊。不知走了多久来到██一个陌生之地，抬头一看是那个艺术学院的大门。他伫立了一会儿又离开██。他开始奔跑，像追赶什么。这样上气不接下气跑到了那个小平顶房跟前。敲门，他一想到元吉良就难过。没有恨，只有惊讶和怜惜。瞧他当时害冷一样打抖。不过这个再熟悉不过的人在那天变得高深莫测了——他提醒所有人注意手。史珂长久端详这手：惨白，细长，两个指甲裂开了一点。这双手除了下乡劳动就是持笔，翻动纸张。它没有触摸什么禁忌和危险，除非是她——肖紫薇！史珂觉得胸口那儿有块炭火在燃，真的，她才是不能触摸之物，周身披满了处女的金沙，如同看不见的白幔。当年它们就是被自己这双罪恶之手抚掉了。史珂大睁双眼看自己的手，"我多么想念！这种想念只有死亡才能阻止！"

元吉良提到的"血"，让他有一种电流沿神经束传导全身的感觉。那不仅是一种深红色的液体，还是极为神秘的物质——它永远保持着感动一个民族的力量。是的，我们在激动中涉及的许多话题实际上都与它有关。他至今不敢回想与肖紫薇度过的第一个夜晚，她命中注定了要受伤流血。他只记得女性用伟大牺牲交换的幸福在她眸子里闪烁，记得那个一生的挚友兄弟——元吉良的痛苦异常。史珂明白了：从新婚之夜开始，元吉良就在他们夫妇旁边徘徊——不忍告别。

史珂不想使用"背叛"和"不义"这样的词儿去对待元吉良。史铭走了，元就是手足。史珂不愿在这人世间想到"孤儿"二字。这两个字真凉啊。元吉良那天在会议室的指控，他超人的洞察和发现让他的灵魂都弓起来了。只是他掩饰得好，乱哄哄一滑就过去了。他的思念和寻觅永远是隐下的秘密。女画家被藏在心的一角，底部。他在最安静明晰的时刻，愿意想象那个人的容颜，想象她对他的微笑和可能施予的温存。真是庆幸，这种思念无人知晓。

肖紫薇越来越不安了，她说几次发现黑夜街巷里有人跟踪。史珂沉默半晌说："这个人决不会伤害你的。""为什么？""因为爱。"她再没作声。有一天她回家后一股脑把皮包和头巾扔在床上，叹一声："原来是他，是元吉良这个卑鄙之徒！"史珂喝止："不许你这样骂他！"肖紫薇哭了："可是他要置你于死地！"史珂摇头："你不会知道他多么爱你——这一点他从来没变，今后也不会变……"

　　史珂去了农场。元吉良则去了一个盐场，离城时间比自己稍晚。这样他越发理解了，理解那一次次的深夜跟踪是为了告别——元吉良大概害怕再也见不到肖紫薇。但肖紫薇始终没有讲过他最后是否当面吐露过什么。但愿这个来自南方的小弟比自己勇敢。他信任妻子，又同情元吉良。他常回忆读书的日子：他们那时常常牵手而行。有一次元吉良重感冒，史珂记起小时候老保姆让他喝足热水蒙上被子发汗，就如法炮制。元吉良受不了燥热想挣扎出来，史珂就死死按住。结果他的病真的好了，躺在那儿一声不吭，紧抱史珂的胳膊，史珂想动一下都不行……回忆让史珂心疼。他不认为自己会在磨难中倒下，但他不放心的是元吉良。

　　盐场虽然辛苦非常，去那儿的却是一些稍有指望的人，所以这些人每个月尚可回城两次。在史珂经历的那个可怖的中秋节前夕，曾经发生过这样一件事，它是多年后肖紫薇复述的：一个灰蒙蒙的雾夜，突然楼前响起奔跑声，接着是呼叫、求饶。肖紫薇从窗上望去，发现一些背枪的人在制服一个男人。男子衣衫不整，瘦小，但是非常倔犟，喊叫、踢，他们就把他的头发揪住往狠里打。领头的是那个小胡子。她一眼就认出被打的人是元吉良，吓得捂住眼睛。"我没做什么啊！我不过在这儿溜达!"那是沙哑的呼告,声音很大,像是故意喊给楼上的人听。肖紫薇在房间里急急走动,想冲下楼去,最后还是没有……当妻子复述这段往事时,史珂却在想发生这件事之前的一次偶遇。

那次他被所里的人从农场传回城里,时间只有三天,却不准回家。几乎总是有人看住他,他提出回家取衣服,有人就让他把所需物品写下,然后派人去取。巧的是他在所办公楼前边见到了元吉良。尽管有其他人在场,史珂还是忍不住喊了一声。元吉良一直低头往前,这时一抬头愣住,然后死死盯住再不转睛。史珂又喊了一声:"吉良!"对方的目光变软了,嘴角蠕动却终未说出一个字。只有那目光让史珂永远不忘。还有谁比他更懂得诠释这目光?这其中除了怜悯、羞愧,还有愤怒;更多的是绝望。但他总觉得元吉良有极重要的东西要告诉,肯定是的,这绝不会错。

可惜那是他们的最后一面。史珂再也不会听到这个小弟的声音了。史珂真该感谢那个中秋之夜的雷雨,是它转变了自己的命运,并帮他掀开了无可回避的凄惨一角。撕疼的巨创中他倒想起了元吉良那一天的目光:他突然明白了对方想告诉他的是什么!那一刻他觉得心脏被一只手按住,然后奋力一揉。

于是就有了他与妻子的另一场对话。他问:"元吉良每次从盐场回来,一定要在我们家四周徘徊,是这样吗?""大概是的。""那么说,"史珂的呼吸放得轻轻,"你早就发现了他常来这儿?"肖紫薇点头:"当然。你知道,他以前跟踪过我。""你一个人住在家里,害怕了吗?""有点儿。不过我想他也不敢怎么样的。"史珂忍住,淡淡说一句:"那倒是。会有人把他抓起来,狠狠揍他,把他赶开!"肖紫薇不作声了。史珂说他走开!"肖茉薇不作声了。史珂说下去:"元吉良太冒险了。他在盐场劳改,还敢回来侦察别人的秘密。"肖茉薇哭了。"珂!你千万别把我想得那么坏!元吉良被他们抓起来,挨揍,是因为夜间逃跑被民兵发现了……我决没有报告组织上!"史珂脸色铁青:"但你心里明白,你也完全知道,元吉良探知了你的秘密!"肖茉薇一开始哭得很厉害,哭了一会儿擦了眼睛,语气也平静多了:"珂,我再说一遍,信不信由你:我绝没有把元吉良来这儿的事报告任何人!"史珂总结一句:"就说这些吧。"

他清楚记得,就在那个雷雨之夜不久,盐场里传着一个惊人的消息:元吉良神经错乱,不知怎么摸进了所里的女澡堂浴室,从那儿跳了下去。这次自杀并未成功,人摔残了却没有下去:"元吉良太冒险了。他在盐场劳改,还敢回来侦察别人的秘密!"肖紫薇哭了:"珂!你千万别把我想得那么坏!元吉良被他们抓起来,挨揍,是因为夜间巡逻的民兵发现了……我决没有报告组织上!"史珂脸色铁青:"但你心里明白,你也完全知道,元吉良探知了你的秘密!"肖紫薇一开始哭得厉害,哭了一会儿擦擦眼睛,语气也平静多了:"珂,我再说一遍,信不信由你:我绝没有把元吉良来这儿的事报告任何人!"史珂总结一句:"就说这些吧。"

他清楚记得,就在那个雷雨之夜不久,农场里传着一个惊人的消息:元吉良神经错乱,不知怎么摸进了六楼会议室,从那儿跳了下去。这次自杀并不成功,人摔残了。史珂日夜在心里呼叫他的名字,可是许久之后当允许回城时,元吉良却早已离开了这个世界。

五

史珂不愿提到元的名字,总想为其找一个代号。比起史铭,史珂更愿将元吉良引为手足。他给予的那些伤害和折磨,而不仅是亲密和理解的程度,也更像手足。人的一生总是自己对自己的折磨最重,除此而外就是自己的亲人。他们太爱我们了,不想他们是不可能的,不想元是不可能的。他远在天边近在眼前,谁知他的前世今生又是什么、由什么奇妙的因子合成。只是生命一旦合成,它的需要和反需要——宛如及物动词和非及物动词——也就来了。这一生真是烦琐啊,追求,观念的冲突,好恶，贪求物质，还要屈服一些分泌物，比如荷尔蒙，还要有从纯客观上看很可笑的——做爱。就是这最后的一招，把我们这些人好端端的庄重感全部破坏了。想想看吧，背头，外语，严整的思想，几十年积累的教养，回过头却要做爱。人类啊，多么尴尬的哼哼唧唧。史珂只要想下去就会引出诸多懊丧。他总是告诫自己：打住，再也别想了。

可是只要一停止漫想，手就要在笔记本上乱划一通。"我们谁比谁更胆怯呢？""你一直没有忘记那个爬到树上的小女孩——她是谁呢？""我们，所有的人，对一种红色的液体都非常敏感。是的，人类今后也仍然要依靠它来解决许多问题。"史珂反复看刚刚划上的文字，不太相信自己的眼睛。它们能够阻止那些面容的浮现，能够掩去那些声音吗？仅仅是一次画展都忘不掉，还有那温煦的笑。"'为那无望的热爱宽恕我吧……'"他又一次念出。

就这样梦一般过去？京城里新一茬孩子长得可真快，他们从小吃鸡腿，同时吞下养鸡场施放的抗生素和生长激素。他们都不真实地壮硕高大，像鸡一样摇头晃脑，儿化音和卷舌音更多了，嗓子间那个气流推动的小飞轮转得更急。史珂与他的新知旧友都成了研究员副研究员。史珂仍居于四楼。他偶尔出发去外地，归来后一进那个黑洞洞的居室，马上蓬蓬吸响了鼻子。他想从这个鳏居之所嗅到一丝"公羊味儿"。没有。

史珂不知该怎样重新开始。他现在不仅研究语言还想运用语言。他认为没有记述就会遗忘，记述是最重要的工作。有一天半夜他从办公室回来，不小心在宿舍楼后面的一个坎子上绊倒了——自己倒的可真是个地方。那个中秋节的雷雨之夜就倒在此地，嘴里灌满了浊水。真可怕，三十年后那道坎子还在。古老的京城啊。他刚刚爬起,有个影子就婷婷袅袅过来。浓香扑鼻,肩挎蛇皮小包,抹了蓝色眼影。刚开始他还以为是问路的,迎上一步女子却发出气声:"你……想让我陪陪吗?好商量的。"史珂望了望不远的家:"那时候这儿都是拎枪的,站在黑影里……""你真是幽默,把自己的家伙叫成'枪'。""可怜的孩子……"他费力绕过。

从未有过"书一本"。多么渴望。不是功名心和成就感,而是要记录和怀念。他发现语言的功用是使用而不是研究:当把往事镌刻纸上。这是全新的工作,该找人看看。副所长是个四十多岁的新锐,一个幸福的成功者,四居室住上了,娇妻俊儿俱全,还有洋博士头衔。史珂对他这儿的法国香水味、过分美丽的妻子,还有交谈中不时夹杂的四五种外语单词,一概不能适应。年轻人全身都是一股干练劲儿,并未因稍稍秃顶和发胖显得别扭。多么充沛的精力,总是深夜休息,总是做不完的课题,电脑用得呱呱叫。他十四五岁的儿子也可爱之至,史珂与副所长谈话,他就放下书来考爸爸:"你知道什么是'红联指'、什么是'阴阳头'?"副所长把儿子推到一边:"去去,不好好学习,净问一些乱七八糟的。"妻子赶紧扶着儿子走开,在一边劝导:"精力可不能分散。脑子要用到正地方去。你爸不是说了,要掌握两种以上的外语,要精通电脑,这是进入未来的两张入场券……"儿子打断她的话:"可是你们还没回答我的问题:'红联指''阴阳头'!"

史珂离开时心中忐忑。但他有些喜欢那个追问不休的小男子汉。史珂担心的是,这种追问的声音还能响多久?他突然不太想去找副所长了,因为他不知道与这种学术相匹配的会是什么。

四十诞辰。这一天要举行报告会和成果展览会，特别是一个大型座谈会。届时电视台报刊等全来，并要请一些学界领导和泰斗到场，安排少女献花。史珂一大早就去从某处座谈会，总想找一些旧影。都不在了。元吉良应该占有一席，还有另一个跳下六层楼的人。副所长主持会，只讲了几句，全场鼓掌，原来泰斗们被助手或秘书搀扶入座。紧接着是少女献花，泰斗们接住，亲少女的脸。

正这时史珂突然发现那些年迈的受花人中有一个特别面熟。肯定不错，他是"木偶脸"！
"嗯？"史珂惊叫一声站起，但没人注意。一刻也呆不下去，他必须离开会场。他弓着腰找路，挤，好不容易才从钱走肉缝但他后来仍然抱着一线希望和心情,往那间苍黑的四层楼上请过另一位新锐。他知道这个居所的全部气息与自己的文字是和谐一致的。新锐毫不留情地嘲笑了他。那种无时不在的卷舌音和儿化音冰凉彻骨。他在那个失眠之夜不禁想到:该是叶落归根的时候了。如果不从根上守住什么,他将忘掉一切。

本来启程之日还要晚些,可是另一个事件做了催促。所里要搞一个庆祝:迎接自己的五十诞辰。这一天要举行报告会和成果展览会,特别是一个大型座谈会。届时电视台报刊等全来,并要请一些学界领导和泰斗到场,还安排了少女献花。史珂一大早就去了座谈会。他总想从桌旁找一些旧影。都不在了。元吉良应该占有一席,还有他、他。副所长主持会,只讲了几句就全场鼓掌。泰斗们被助手和秘书搀扶入座。紧接着是少女献花,泰斗们接住,亲少女的脸。

正这时史珂突然发现那些年迈的受花人中有一个特别面熟。他看了又看,最后断定是"木锨脸"!"嗯?"史珂惊叫一声站起。没一个人注意他的惊叫。一刻也待不下了,他必须离开会场。他弓着腰找路,挤,好不容易才从镁光闪烁的会场挤出。

径直下楼,奔上大街。阳光罩了一层雾霭。这是下午三点左右。他一直往前,像被牵引一般来到了一个站牌下。405路公交车嚓一下停住。摇摇晃晃,挤。一个孕妇过来,他赶忙起身让座,却被一个戴耳机的小伙子麻利抢坐了。他刚吐出一句"哎?"对方唰一下摘下墨镜,目光如刀。

又是京城的黄昏。天际红了。大地开始了晚祷。"元……"

卷九　胡春骑

一

胡春骑愿意留给师辉这样的结论：母亲对父亲全是厌弃和愤怒。真的，她与他长达四十年的关系中，历经了三次分居和两次离异，最后是远远疏离并且仇恨着。她相信~~他~~老油库中的巨人决不会恨他。她太了解这个男人了，他几乎不会仇恨任何人。相反，(他)对一切人差不多都是满腔热情，那双迷人的眼睛(甚至)把同性看得不好意思，如果是一位异性又将如何？所以说他的糟糕是自然而然的。她认为这个(人)是几百年才出现的一个怪人，比如说他对所有人都是慈善的，而唯独对她是狠毒的。是的，她一定要

卷九　胡春漪

一

四十多年来，胡春漪历经了三次分居和两次离异，最后是对丈夫远远的疏离和怨恨。她相信老油库中的人不会恨她。这个男人几乎不会恨任何人，相反对一切人都满腔热情，特别是对异性。所以说他的糟糕是自然而然的。多么可怕，他一直半死不活地留在她的世界里。这大半是因为师辉。只要女儿在身边待上一小会儿，她就能断定这孩子是否去过老油库。

孩子身上会携来他的气味。那不是他在配种站工作时期的腥膻，而是独居野外的男人才有的怪味：混合了草药和体腺分泌物，或许还夹杂了一些穴居动物的土腥气。胡春漪反复阻止女儿，后来才稍为通融："你在那儿看一眼，放下东西就走罢。"一些烤红薯，山药，南方腊肉，咸肉粽子，都是一起生活时养成的饮食偏嗜，她不知不觉就在家里大量储备起来。师辉每一次去老油库都要带走一些，因此她不得不花越来越多的时间出门采购。有一次她买到了上好的蒜肠，一放到贮藏室就骂起来。她骂那个贪吃的丈夫。

但是胡春漪知道自己永远也不会重复过去的错误了。如果说这一生最大的错误是答应嫁给他，那么更不可原谅的则是一而再再而三的分与合。这其中交织着多少恩怨情仇、软弱妥协与心遂笃定的故事。就是铁石心肠也不敢回忆那些岁月，不敢去稍稍想象那个身上有好几处伤疤的男人。这个人在青春勃发的年纪不用说煞是可爱，魁梧非常，有标准的军人姿态。他虽说对异性往往有些过分的殷勤，但最初总是给人耳目一新的感觉。特别是在经历了诸多磨难的半岛地区，一张明朗的军人面孔会给人多大安慰。它代表了许许多多，是各种幸福的无声许诺。所以半岛上数以万计的妙龄少女嫁给了军人或类似的人物。她们伴着新政权着手恢复生产扩大春耕之机，掀起了另一个热潮。"快些吧，你还傻愣着干什么！"她们总是互相催促。过来人动辄诉说光荣的经历，说第一夜就看见了他肩胛骨上的一个疤痕，还有尾骨附近的；特别是他每天上床前有条不紊地解下衣服，砰一声把手枪放在窗台上的样子，真是让人激动啊。种种议论都未让胡春旖心动，她仍旧沉静自然。她精巧的小鼻梁，在阳光下微微活动的鼻翼，无不透出倔犟自尊、独立坚守的品格。但是一个人要抵御整个时代的风气有多么难。幸亏她是有名的老校长的女儿，有一种宗教家庭背景，若不然事情变化起来将会更快。很难说当时的风气没起催化剂的作用，因为当那个穿军装的师麟在藤萝下出现之后，她就再也没有忘记。

后来的危机导致的分手令她万分痛悔，虽然类似的离异在全城多得不可胜数。发人深省的是，女人们见面再没有过去的欣悦和骄傲，倒是相互倾倒满肚子苦水。她们共同的体会是：这些男人比起另一些男人也不见得就好到哪里去；特别是其中有个把再婚的女子做了详细比较后断言：他们个个都一样，还不就是那一套！咱们哪，让他们骗了！越是当年起劲叫嚷"快嫁呀快嫁呀"的女人越是出言凌厉："咱真是瞎了眼啦，嫁了这些糟蹋人的乡下佬！"胡春媂在一片谴责和偏激中反而滋生了另一些情绪。当时他们分居已经一个多月了，最初的震惊与悲愤渐渐平息，事件也发展到了一个关键时刻：离婚还是怎么？看来重新组合已经无望。想想看吧，一个被对方喻为"石女"的小妻子竟然遭到了背叛，这说明他先前的柔情蜜意信誓旦旦全是谎言。但一想到最终的分手，想到孩子失去父亲，又像个噩梦。"讲个战斗故事吧！"孩子总是提出这样的要求。她的脸庞和眼睛很像父亲，长而浓的睫毛以及神采又像母亲。从侧面端详她的脸部轮廓线，真是与那个混账父亲一般无二。胡春媂一闭眼就能想到师麟漂亮的腭线——一般人在中年之后就开始消失，而这家伙直到五十多岁了还依然如故。这些都在说明自己当年的婚恋并非盲目，更非病急乱投医……她不想在长夜讲什么故事了，因为女儿需求的故事无一例外来自那个人。

二

胡春媂第一次分居的这个春天太漫长了。当时她已做了两年的小学校长，这从一开始就惹出丈夫的俏皮话："校长生出的还是校长。"她仍旧那样娇小，只是在稍稍丰腴的同时增加了许多矜持。师麟在家只称她的头衔，每逢商量事情就说："请校长来决定吧！"这个春天那棵藤萝疯长怒放，好像也受了分居事件的刺激。学校的教职员工都知道这个不大不小的变故，只是没有一个在她面前提起。一位刚刚复员的区教育助理来小学检查了两次工作，第三次就约她单独谈话。助理不像行伍出身，坐在那儿胸部有些下陷。他嗫嚅了一会儿说："我也是一位'八路'。""现在没有'八路'了。""可性质是一样的。"胡春漪盯他一眼："是吗？"助理脸红了，抓耳挠腮："是的。我身上仍是军人作风，办事干脆，不喜欢拖泥带水。我想与你开始这半路夫妻，你带个孩子我并不在乎！"胡春漪很快从对方闪烁的眼白那儿看出，这个人的神经系统并不健全。

但与助理的这次谈话却构成了莫大刺激。这样一个人竟然也打起了自己的主意。她更加痛恨师麟，是他让自己陷入这样可笑的境地。那天她的身边一直环绕着他的声音与气息，挥之不去。夜间她第一次给孩子讲了一个战斗故事。失眠，呓语，在床上翻动不息。而过去弯在那个巨大的身躯旁边睡得何等香甜。睡前他会顽皮一句："你身上有一股春天小羊羔的气味。"再不就说："晚安，老师！"她暗暗惊讶的是荒唐的丈夫始终对自己保持了初恋般的热忱。瞧他天真无邪，情感真挚，既是追逐女性的老手，又是个老大不小的儿童。他对付异性那一套真是炉火纯青。他对她们既非专一，又非欺骗，只要爱上就爱得要死，爱得对方大惊失色不知所终。当一个女人真正理解了这个精力旺盛的男人，才会明白满腔怨恨都是文不对题般可笑。因为她们遇到的与其说是一个通常意义上的流氓，还不如说撞见了一位情豪。

师麟在这个春天的一个周末去那棵大藤萝下，偶然遇到了打扮一新的母女。胡春漪说一声："快，我们回家吧"，抱起孩子就走。孩子却回头看到了父亲，伸出小手一声连一声叫唤。没有办法，她只得放下孩子，看着父女俩拥在一起。他的脸贴在孩子的小脸蛋上，泪水扑扑流下。他抱着孩子往前，径直向那两间小宿舍走去了，她只得尾随。天快黑了，父亲还在给女儿讲故事。夜深了，她终于第一次开口说话："请你走吧。"他点点头，也是第一次回她的话："我饿了。"他说着自己动手做饭，就像在行军路上开火兴炊一样快速而草率。他吃过饭，脸色红润，哈欠连连，一头倒在床上睡起来。那熟悉的鼾声悠长匀细，像过去一样催人入眠。孩子在自己的小床上睡着了，胡春旖却弯在长沙发上无法合眼。大约是午夜一点，他踱到了沙发前。目光的重量压过来。他用一只手臂就轻挽了她的身体，她怕吵醒孩子只好无声地挣扎。毫无用处，她一转眼就给携到热气四溢的大床上，并且被体贴过人的男人拍拍打打盖上了荷花图案的被子。挣扎在继续，只是力气越来越小。最后师麟叹息一声："我的小'石女'！"他在这个夜晚发现她的身体柔软无比，骨肉相连，比记忆中的任何一个时刻都要动人。他说："我以前说过，这个世界上还没有什么能够拆散我们！"

　　她的心溶化了。她不是原谅了他，而是原谅了自己。这个男人是永远不可原谅的。她在宽恕自己的爱。夜晚余下的时间听他绵长无尽的疯话，全不陌生。可怕的是他的每一句都出自肺腑："原谅我的那些缺点吧，老夫老妻了。我一见了你就忘记了自己的错误，因为你太可爱了。这么可爱的女人——严格来讲是人世间的'宝物'——剥削阶级总愿叫成'尤物'——她爱上的男人又会有多少缺点！我这样说倒不是开脱自己，我是指你的小胸脯里面装了个大胸怀，你会包容一切！别说我这样普普通通的坏人了，就是更恶更坏的大强盗也不在你的话下……"她听了只是哭。她知道没有办法，就是这样的命：一次次接受他那荒唐离奇的逻辑。这家伙只有一句算是稍稍说对了："老夫老妻了"。她在微弱的灯光下看着他的脸，直把他看得垂下了眼睫。她在他开阔的额头上吻了一下。

这就是那个春天，他们之间分而复合的故事。后来的几次大同小异，一直折腾到最后——他永远待在了老油库里。

三

一片土地的命运像一个人的命运那样不可假设。胡春嫡静下来总要问：我如果不是遇上了那个人，不是偶然走到了藤萝架下，今天又会怎样？她一路推断下去：如果这儿没有传教士，没有教会和教产，特别是没有那所教会医院，那就不会有前来接收医院的人，更不会有这样不幸的婚姻了。她还想过：如果她按照父辈的设计成长，最终去了西洋又会怎样？天哪，人就是这样离不开假设。可惜的是那些假设的前提都存在过，它们都是真的。时过境迁，如今这里放眼望去只有市井喧声，好像过去的一切根本就没有发生似的。可是胡春嫡能够回忆，能够诉说和证明，能够从头追溯自己的家族和渊源。

父亲胡毓淳作为海内闻名的一所教会学校的校长，其事迹经历真是让人唏嘘不已。祖父是半岛地区的贫民，也是最早信教的人。十九世纪中叶是基督教进入中国的盛期，那个叫雅西的美国浸信会教士就是那时来到了半岛。第二年又来了个叫雅各的教士。这时正逢捻军起事，雅各不惧危险前去劝说捻军容教，却苦于无法沟通。雅各被拴上双手去见义军小头目。小头目说："我日洋人。"雅各直解为"我、太阳、外国人"，问什么意思？小头目火起，抄起长矛将雅各刺死。雅西避乱去了上海。当时正是美国南北战争爆发时期，教会无法提供在华教士经费，雅西只好靠译书维持生计。这样直到五年后稍稍太平，雅西才重返半岛。他好不容易联络了八位华人教友在浅山成立了第一个浸信会，并开始讲道。四年过去，整个浅山市仅有两人入教。这期间雅西一直在半岛传教，经历辛亥革命和拳变等一系列大事，九死一生，直至一九一二年初魂返天国。

雅西之死令祖父悲痛欲绝。当年他是半岛西南部的饥儿，在流浪途中被浸信会收留，不仅供给膳食衣服，还让其读书识字。最初教徒倍受歧视，他们如果布道，邻人就说他们随了外国人，玷污祖训，群起攻讦。村民联合约定：不准这些人的牛进入村中牛群，不准看青人看护他们的庄稼，公用石碾不准他们使用，水井也不准其汲水。祖父挖湾取水，孩童就往湾里抛粪便；清晨开门，门板被涂上粪泥。这期间磨难与业绩俱增，祖父参与了捐宅基、募捐，直至筑成第一座讲堂。到雅西归天时，浅山市的教徒已达九十五名。

祖父在晚年常向儿子讲述雅西，讲述教会的筚路蓝缕。当年为了接近村民发展教徒，雅西与新来的教士卜吉维穿华人服装，学当地土话，还在帽子上钉了假发辫。贫民雇不起驴子推磨，他们就廉价受雇，边推磨边讲道。流浪汉和饥儿都是教会的客人。就这样先后在周边区县有了人材济々。珂利培尔是一个博学多才的神学教育家，他自一九三○年十二月来华起，就决心继承和拓进雅西和卜吉维的事业。在他的呕心沥血经营下，神学院已先后开了十五门主讲科目，并由他主讲神学。除了神学，各科的授课牧师都堪称一流。当时的科目主要有：旧约，新约预言书，教会史，希腊文与希伯来文，福音，书信与佈道法，汉文，宗教音乐，宗教教育，英文……除了设神学科、圣经科和预备班外，还成立了高级神学班，招收神学研究生。

胡毓湶是珂利培尔最满意的学生之一。

四

胡音蒂很难忘记父亲生前（对一些事情是多么）耿々于怀。她知道老人家在六十年代中期去世是多么幸运的一件事。他对雅西和卜吉维的怀念太多，四会，五年后又添四十六会，并辖大连会和陕西会，故改名华北浸信会议会。至一九二三年共计有八十九会，更名为华北浸信会联会。教会大力兴办学校和其他慈善事业，一八九五年秋在浅山北郊创立了"圣约翰学院"；几年后又建"怀琳医院"和"神学院"。

胡毓淳上神学院正逢鼎盛时期。学院占地六十余亩，有男女生宿舍楼、中心教学大楼、牧师楼、总务处和饭厅。神学院东北角的八角楼属院长寓所。与寓所遥对的是教工宿舍，西侧则是图书馆、球场、体育馆和葡萄园。学院有专门员工栽培管理花卉。胡毓淳直到老年仍能记起一位上年纪的女园工：祖籍南海，常在玻璃花窖中养护南国花草。就是她教他认识了风信子，认识了可以做药的美丽的糯百苈。附生加达利亚兰、贝母兰和闭鞘姜这类品种，一经传入就被她照料得很好。当时的神学院长已由珂利培尔牧师担任，他接替了第一任院长卜吉维。

神学院面向全国招生，授课牧师人才济济。珂利培尔是一个博学多才的教育家，继承和拓展了雅西和卜吉维的事业。神学院先后开设十五门主讲科目，除了神学，各科授课牧师都堪称一流。当时的主要科目有：旧约，新约预言书，教会史，希腊文与希伯来文，福音、书信与传道法，汉文，宗教音乐，宗教教育，英文……除了设神学科、圣经科和预备班外，还招收神学研究生。

胡毓淳是珂利培尔最满意的学生之一。

四

　　胡春骑知道父亲在六十年代中期去世算是幸运的。老人家对雅西和卜吉维的怀念太多，对恩师珂利培尔更是难忘。晚年每当有人谈到浸信会，老人总是感慨万千。他从不否认《南京条约》和《望厦条约》的恶端，但对文化交流融合过程的细节和局部，特别是对于个体品质操行以及他们的业绩，格外审慎。晚年他常携女儿徘徊于怀琳医院和圣约翰学院旧址，指点废墟诉说当年。那时人们远远透过葡萄园，可以听到风管琴和钢琴的声音，还可以嗅到一阵阵梧桐花的香气。当时医院只剩下附楼，整个圣约翰学院只保留了一个中学部，并更名为浅山第一中学。"战争，最可恶的就是战争！"老人想着早年死于战乱的妻子，不停拍打女儿的手。

　　胡春骑习字时总把父亲的遗墨摆在面前。这些大字书写的内容都源自圣经。"凡劳苦担重担的人，可以到我这里来，我就使你们得安息。我心里柔和谦卑……""主乃我之牧，所需百无忧，令我草上憩，引我泽畔游。"……她觉得父亲慈悲的灵魂已渗于墨迹。她特别倾心于这样一句："我心里柔和谦卑……"她认为自己将被这样一句引导向前，直到终点。作为慈父的掌上明珠，她长得"娇小清新楚楚动人"——这是父亲身边的一位男教师说的。男教师食书不化，分不清书面语与生活用语，常惹别人大笑。但他却是父亲最喜欢的一位青年。她记得他第一次来穿了一件蓝中山装，脖子上是一条讲究的灰围巾。他长得清秀爽气，大眼细眉，牙齿洁白无瑕。

　　因为受老校长的影响，男教师立志撰一部有关浅山宗教活动的书，自十九世纪中叶以来的相关大事都将一一记述。胡春旖发现父亲不辞劳苦为其寻找材料,常常直到深夜还在解说当年。她在一旁倾听,同时期待那对明亮的眸子转过来。那些夜晚她第一次想过:自己如果再大一些该多好啊,那样就可以做他的新娘了——与他在一起肯定是愉快的;嗯,我会把他那条灰围巾洗熨得好上加好。

如果更早一些出生她就会上华北浸信会神学院了。听父亲说当年女生占百分之六十左右。学院实行男女分餐,男生住北面一座小楼,女生住靠近花圃的大楼,都是二人一室。平常男女生不相往来,上下课女生都由保姆接送。男女生在楼梯迎面相逢,女生须面壁而立,待男生过去方可继续行动。胡春旖觉得当年的情景惹人发笑:西洋礼教与封建遗训结合得天衣无缝,相得弥彰。不知为什么,她真想亲历一下那种烦琐。她认为自己在遵守各种规章的同时,会多多少少来一点顽皮,比如向牧师伸伸舌头之类。"你的舌头宛若小猫的舌头",年青教师有一次说。她在镜前证实那个人的话,发现自己的舌头窄而薄,一经伸出就自然上翘,轻灵巧妙。除了舌头她还观察过悄悄隆起的胸部,觉得里面贮存的全是"柔和谦卑"。

随着太平洋战争的爆发,日美关系彻底破裂,圣约翰学院与怀琳医院都被日军没收,所有美籍人士都被解送半岛东部囚禁。教会的一切活动遂告停止。日军投降后内战又起,刚刚获释的牧师只得返美。这些年教会学院一直有为数不少的学生追随地下党,参加静坐游行等活动,有的被迫退学,有的被校方开除。抗战开始后许多教友参加了救亡活动,院长珂利培尔更是同情中国军民。在战时,设备优良医术高超的怀琳医院不知多少次挽救了八路军将士的生命。有一位高级将领从遥远的解放区来治眼疾，只一个月就康复返回。建国后这位将领在长达二十多年的时间里身居要职，那明晰的目光就是对教会医院最好的纪念。有些八路军将士直到晚年还在回忆怀琳医院那辆雪铁龙轿车。那是他们第一次乘坐的高级轿车，当时觉得完美精巧几近魔器，印象难以消除。从圣约翰学院投身革命的学生难以计数，其中产生的英雄烈士已声名显赫。怀琳医院不复存在，但许多医师已成为新中国医疗事业的中坚。

浅山市所有老人都会记得：是一场大火毁掉了一切。日军投降前的一九四三年十一月二十二日夜，八路军武工队先是用枪声引出日伪军，然后掩护队伍冲入神学院和怀琳医院。一场大火越燃越大，整整烧了一夜，最后主楼附楼、讲堂与养疾楼全部化为灰烬。至此，落入日军之手的"敌产"被一举摧毁。

五

胡春旖一直在那个教会学校。一切都让她赶了个末尾。外籍教师全都离去了，学校里仅剩下个把拖着洋腔说话的中国人。不久学校更名，父亲做校长直到退休。父亲去世前一年还非常关心女儿的英文成绩，准备让她去国外求学。父亲退休后一直寡居的姑母就搬来合住。姑母小父亲十岁，也是虔诚的基督徒，对侄女爱护备至又殊为苛求。她不允许春旖一个人夜间到学校花坛那儿，也不准模仿牧师布道。本地牧师用浓得化不开的方言念出:"神说'要有光',就有了光……""我们的妹子啊,愿你做千万人的母!"春骑能学得惟妙惟肖,自从姑母到来就再也不敢了。她有时想在姑母跟前撒娇,可一抬头看到那双眼睛就立刻停止了。

也就在父亲去世的前一年春天,胡春骑觉得自己的一颗心快要为一个人蹦出来了。他就是那个青年教师。他身上有一种人所未察的气味让其着迷。她喜欢看他皱眉的样子,觉得他的胡茬正好在红润的唇边停止蔓延,也是一个奇迹。"男人哪,就是这么了不起!"她在心里感叹,渴望与这个大十多岁的男人说点什么。机会终于来了,她问他的进步——听说上级正要让他担任教务主任——想不到他听了又是皱眉,反问一句:"这又怎么?'能让生命增加一刻吗'?"她知道这话源自哪里,无语。后来的日子她几次想与他谈点高兴的事,还想约他去郊外看新修的拦河坝。男教师一概不感兴趣,动不动就问那么一句。胡春骑近乎愤怒了,因为她就是不明白:只要加强锻炼,特别是在春天出去郊游,怎么就不能有利于生命,怎么就不能增加"一刻"呢?

父亲去世了。姑母全力撑起这个家,开始觉得教管侄女是最难的一件事。学校里有好多学习小组,还要开展学哲学比赛,这一切侄女都参加了。那个男教师似乎很快苍老,胡须不刮,也很少来了。一年之后,男教师与几个人一起被押解到什么地方去了,接着就有人来胡家打听他的言行。姑母说:"他们男人说话我们插不上嘴,也不想听。"胡春骑除了记住男教师那红润的嘴唇和那句单调的质询,其余什么都不记得了。她什么也没说。她想在轰轰烈烈的岁月中忘掉那个不幸的人,因为她明白:整个时代都在厌弃的人,姑娘家也不会喜欢。

在她这儿一切都顺理成章，中学毕业直接当了一名教师。姑母年纪有点大了，常常梦见哥哥，早晨起来就说："我看见你父亲跟着一群人过河，他们头上都有光。人群里有雅各雅西，还有卜吉维和珂利培尔……"胡春㛅这时非但不再被这些名字感动，还有极力忍住的厌烦。这时她的身个并没有长高多少，因为身材增高的任务似乎两年前已经完成。她当时并未料到自己的一生都会小巧轻盈，并因此而惹人喜爱，带来无穷无尽的烦恼。她在那个火热的年月所能感到的只有飞速涌入体内的力量。这是从何而来的力量啊，大到不可思议。常有一种冲动和热情让她不能安稳，让她站在一个地方跷起脚跟，大幅度耸动身子。

她每天都照镜子，却忽略了身体的曲线，对那一头闪亮的、乌黑中透出一抹栗色的柔软之丝也视而不见。她的眼睛闪着松叶菊多汁的茎叶色，睫毛则令人想起重叠的花瓣。那耸起的胸部显示了过人的热情，还有无法逆料的骄傲。但是，有一股来自父亲和母亲，特别是姑母那儿的神秘力量在束缚她，让其不能解脱。即便是紧张的课外哲学小组活动之余，她仍要翻开父亲的遗墨习字。她的鼻梁和嘴部，特别是鼻中沟那儿，都透出父亲温文尔雅的神情。在这风风火火恨不得改造一切更新一切的时代，人们对一种特异而内在的美既无从留意也无心解释。即便是她本身，对自己春阳下亮灿灿的小脸儿也毫不在意。真遗憾，每天早晨她拢拢头发走出家门，当微风和阳光一块儿扑向她的时刻，该是怎样撩人的一个盛况。许多人看到了，但都习以为常。那时人们对于革命、哲学、斗争和挖出某某集团的消息是敏感的，而对另一些东西则是迟钝的。所以在长达五六年的时间里，竟没有一个人严重扰乱过她的身心。她自在而安全地度过了危险的十八岁,又迈进更加危险的几个年龄。

　　情况将很快改变。不久,大约是又一个春天,省里来人了。这就是那几个前来研究接收怀琳医院的人,其中有个军人。这个不久将被开掉军籍的人与当时的大多数人恰恰相反:他是那么善于发现和发掘,常常只需遥遥一瞥,真正的美即无可逃匿。不要说是惊心动魄的美了,就是于一片平淡庸常之中,他也常常有所斩获。事情一旦开始就必有结局,对于从小洒满了阳光雨露成长一新的胡春旖而言,遇上师麟也是命该如此。他在后来,在新婚之夜对畏缩一团的小妻子如实相告:"我第一眼见到你时就对自己说了:我必要得你。"

六

　　好像一转眼就靠近了花甲之年。胡春旖认为不幸中的万幸是自己最后的醒悟:狠狠心彻底离开他。为了维持这种状态,她只得不断注入新的怨恨。她把那个老油库想象为一个阴森恐怖,四处悬遍蛛网的洞穴,把那个巨人喻为穴居魔王。让人绝望的是,我们人类经验中的魔王总是法力无边,既无恶不作又祸害命长。她知道那个家伙会一直活在那里。真的,他至今仍享有一份不薄的薪水,新朋旧友接济不断,已经足够滋养余生了。她正在为此懊恼的时候,突然传来一个消息:老油库的人中风了。她当即呼叫一声跑出门去,一直站在阳光下。一天到晚坐等消息,懊恼不是一丝丝消失,倒是一天天加重。后来师辉告诉母亲:父亲只是比较轻微的一次中风，险情很快排除，他又能在屋里走动了。胡春嵇哼一声："这个祸害不光不会死，还接待起女人来了——南山的老妇救会长提了二斤血肠来看他了！老猫鼻子真尖！"

师辉一直奇怪的是，母亲足不出户，可是这会儿对老油库里的事情知道得比自己还多。她发现母亲随着年龄的增大，尖刻的俏皮话越来越多了。一些民谚、俗语，甚至是知识女性说不出口的村妇粗话，她在气头上能一串一串吐出。好像一个人在进入老境之前，首先要做的一件事就是更新自己的知识体系。师辉有些失望，但日子久了又多了另一些理解。世上没有几个女人受过这样持续不断的伤害：她的一生都在迁就、献出，最后是绝望。可怕的生活把多少温驯的绵羊变成了母狮，母亲比较起来还算雅致的呢。每一次从老油库回来，师辉都要自语一般叙述半天。母亲只在一边翻书。这些书都很旧了，其中的大半由师辉携去过老油库。父母的共同嗜好就是读书，如果一月之内读不到好书会非常痛苦。原来的圣约翰学院有一部分繁体字书被第一中学继承，成了胡春嵇一生的甘饴。她把那些蒙了一层世纪之灰的老书分批抱回家来。她与丈夫在后来唯有交流读书心得才是愉快的，常常你一言我一语说到半夜。分手后带给她的最大不便是失去了那样一个分享者。那家伙对书的品咂功夫堪称一流，而且口味刁钻。现在无论是深夜还是凌晨，读书的只有她一个人了，这让她倍感凄凉。特别是阅读引起的快感和冲动顶得胸口灼烫，欲要转身倾吐的那一瞬，真是寂寞难忍到了极点。有时她把书本放在膝头上流泪，连自己也说不清究竟是为书中人物还是其他。那些极好的书读过了不忍交还，就放进一个盛杂物的玉米皮筐里。她知道有人会携进老油库。

有一次她把一本阿蒙德森探险记放进去，第二天就不见了。大约一个星期之后这本书又出现在筐中，她抓起来抚摸："谁看了都会挪不开眼。"师辉点头。

师香来到老油库的消息使胡春㛿愤怒了好几天。她的激动让女儿措手不及。师辉真后悔把那两人的亲密之情报告了母亲。母亲一夜失眠，天亮了看着窗户说："谁知道是怎么一回事！那个师香如果真是老教授的孩子，为什么要跟他们师家姓？这里面有鬼。她十有八九是师家的骨肉——一个私生女！师凤老大不小嫁了人，又冒出一个姓师的闺女，这能说合情合理吗？"师辉瞪大了眼睛看着母亲："那又怎么了？""怎么了？我的傻孩子，如果真是这样，你的父亲就成了——畜生！"

这一天早晨师辉直哭了许久。胡春㛿说："这世上没有比我再熟悉你爸这个人的了。他要一直好色到死。过去他不过是个流氓，今天就不同了，今天他成了个禽兽！"师辉哭着点头。母亲指着她大声说："从今以后他就是死在老油库里，你也不要再去看他！"师辉仍旧在哭："如果……如果这是真的，我不会去了！"

七

胡春㛿决心亲自去一趟川地。师辉觉得母亲年纪大了，脾气和勇气也随之增大。她想不出这会是多么辛苦的一次旅行。母亲强调：此次入川无非是要弄清一个基本事实。"到那时也就知道你爸到底是流氓还是你得明白(他)—— (尽管)他早就不配了。"

师挥知道母亲是必要行远的，因为淤滞、衣宽，再加上(瘦恼)，这些凑在一起无法让人忍受。可怜的身材瘦小的母亲，年轻时未曾到过几百里之外的地方，这会儿却要顶着一头灰发上路。她要请假陪伴母亲，母亲则一再拒绝。

艾定胡春骄要把积存心中几十年的话语单独向一个人倾吐。这个人就是师凤。(仅)她见过这位大姑姐一面，但这已经足够了。她认为这是个(内心)安静明晰、对事物极有主见的女人，令人尊敬的同时又稍稍惧怕。那是师麟第一次被(法人)刑事拘留放出的日子，师凤悬着心一路赶来。

～～～～～～～～～(她)给这个倍受摧残的弟媳以极大安慰。那更是情真意(切)

禽兽了。"师辉说："算了，随他去罢！""不。我倒没什么——自打最后分开那一天他与我就没一点关系了；可你是他的女儿啊。"师辉知道母亲是必要远行的，因为淤愤、寂寞和懊悔加在一起无法忍受。可怜的身材瘦小的母亲，年轻时未曾到过几百里之外的地方，这会儿却要顶着一头灰发上路。她要请假陪伴，母亲则一再拒绝。

其实胡春旖要把积存心中几十年的话单独向一人倾吐。这个人就是师凤。她仅见过大姑姐一面，但这已足够了。她认为这是个内心安静明晰、对事物极有主见的人，令人尊敬又让人稍稍惧怕。那是师麟第一次被刑事拘留的日子，师凤悬着心一路赶来，给这个倍受摧残的弟媳以极大安慰。那真是情真意切、同时又是高屋建瓴的一次谈话，处处透着人生真谛。从此胡春旖不仅认为她有过来人的理解，而且还有超越夫妻经验的高度。这样一个人竟然是个独身，不是令人费解吗？还有，她那高爽利落的身材，不同凡俗的仪态，其魅力显而易见；更有抿起的嘴角、深湖般的眼睛，到处都透着与弟弟一般无二的激情——就是这样的一个人，会在几十年的时间里没有自己的男人吗？胡春旖不信——"我尊重她，但我不信。"她觉得自己的不幸也包含了这样一个原因：离师凤太远了。她真的想念那个风度翩翩的女人。

入川了。此一行既是为了澄清，也是来走亲戚。一路上她都在想师凤的模样：岁月也敢折弄这位高不可攀的人物，一改她的容颜吗？这回我倒要好好看看。一连几天在火车上颠簸，真是苦中找乐。师辉一直劝她坐飞机，她却一口回绝。她说这样可以更好地看看祖国的大好河山，实际上是出于节俭的本能。上了路，一过了长江她才知道，水土风物真是与那个半岛差别甚大。水田，青瓦小楼，还有从小巷里飘出的加了重料的炖鸡味儿，一切都让她觉得新奇。她想起了读过的话本，那上面骑马的胡人将军总是在开战之前先用剑指一点对手，大喝一声："小南蛮！"她笑了。她突然喜欢起南国的一切，同时也恍然大悟：自己这四十多年来一直对一位"小南蛮"耿耿于怀。

多少感慨都掩藏起来，专等一个合适的切口喷出。大概她，还有一旁那个清瘦的教授，都对相见的平静和淡淡的愉悦没有预料。其实胡春骑在用力忍住。她一来到这里甚至没有好好看一眼家里的陈设，只是直眼看着师凤。大姑姐满头银发，那白中透红的肌肤却像三四十岁的女人，一双眼睛还像十几年前那样温柔闪烁。这不由得让胡春骑猜想：他们师家个个都是有魔法的人。她嘴里叫着"大姐"，心里却把对方比成母亲。真的，如果有这样一位长辈也就不会孤单了。真想扑进这个怀抱哭上三天两夜。她也一直盼望听到这样一句："妹妹，你受委屈了！"她怕自己那时要受不住，当着另一个人的面放声嚎哭。

胡春骑掏出了北方的礼物：手工棉料粗布，红莲，阿胶，江瑶柱——大姑姐总是这样称谓干贝。师凤抚摸这些礼品，那双手柔和温暖得令人吃惊。姐姐一直未问弟弟，也未问养女。怎么开始伤心的话题？师凤原先在博物馆工作，现在早就退休了。她上次去半岛忙里偷闲让春骑陪伴去了一趟博物馆珍藏部，至今难忘，这会儿说："我还记得那一次，真让人眼界大开。网纹彩陶壶，还有那件宋代哥窑盘子！黄县出土的纪铜器在全国独一无二！可惜那一次没有时间看归城遗址了……"胡春骑对文物一窍不通，听着她一往情深的诉说，不知为什么脑际却展开了父亲那一卷卷墨迹："……爱是恒久忍耐又有恩慈，爱是不嫉妒，爱是不自夸不张狂不做害羞的事……"她什么也说不出了，只把哽咽留在心里。

八

胡春骑在师凤家待了七天。第八天她不顾一切挽留上路了。突然牵挂起半岛。离开时她才发现：这七天基本上没有谈过师香，也没有谈多少师麟。也许可恶的弟弟让师凤不知如何是好，索性闭口不提。可是对于胡春骑来说好像这已经够了。她千里迢迢来寻的是师家的谅解和温情，这些不仅得到而且还绰绰有余。那个至关重要的答案也并非由对方宣示，而是凭直觉得知：师香绝非师凤的女儿！她想倾吐的万语千言都在大姑姐慈爱的目光下挥发一空。她终于明白对方领悟的远比自己要说的还多。这是来自一个好女人、智者和母亲的多重体贴，诸多温暖混合一起，让她感到了南方的陶醉。归来的车厢摇摇晃晃，那铿锵之声也阻不断一幕幕忆想。在师凤家里，夜晚入睡时分总听到蹑手蹑脚的走路声，那时她就闭上眼睛。她知道大姑姐正站在门边倾听她的呼吸。有一天半夜起风了，又是那个脚步声踏进门来。没有开灯，进来的人正摸索着为她加一条毛巾，手脚轻得像一只猫。她匀细呼吸，小心辨析那种微甜的、像是刚刚成熟的无花果的气味。她甚至在对方俯身时感到了那对饱满的乳房。她白天见过它们，那是这般年纪的女人所能葆有的最好的乳房。加盖毛巾的人离去了，她的双眼有泪渗出。

她还想起另一个夜晚。午夜，她听到了一种声音。该死的南方建筑这么不隔音。先是透过烦躁的翻身声，床铺发出了微响，接着就是那几句温柔之极的、呵气一般的声音："睡吧，啊？来，睡啊，睡吧……"这当然是师凤的声音。她可以想象那个失眠的男人如何被照料。那一声声真像对待孩子，很可能再伴以轻轻拍打。她伏身把脸压在枕头上。这是久违的一种感觉。她甚至不记得给予丈夫这样的温情，尽管那时也曾爱到山穷水尽。至于那个混账丈夫，不仅是在呼叫自己"石女"的年代，即便是分而复合的后来，也殷勤到了无法言说的地步。在这样的异乡之夜胡春蒴终于明白了：仅就给予对方的热情——那种能力而言，世上也找不到比师家姐弟再强大的人了。这极有可能是一种家族特征，如俗话所说："天生就是这么一种人"！她只要回忆起与师麟一起的时光就有点刹不住车——谁能设想一个男人会花样迭出、乐此不疲地爱一个女人这么久？仅就爱本身而言，他给予的似乎也比预期的多。可愈是如此，她对那种背叛、对荒淫无耻和各种各样的伤害就愈加不能容忍。现在，归途上，连她自己都弄不明白该怎样惩罚那个人了。她只得承认：上帝让她今生真正大开眼界的事儿，就是将这样一个混账泼皮投入怀中。

回想往事，胡春蒴发现对老油库的那个家伙要有铁一样的绝念，不仅不能有一丝牵挂，就连掺上一点好奇都不行。这方面的教训真是太深刻了。记得第三次分手之后，本来各自一方过得也算安稳，谁知一个新来的同事不知端底在办公室议论：有一个人因为犯了那种罪，被家人遗弃，这会儿还自得其乐筑篱种菜，高兴得像个大傻子！她吸了一口凉气，知道说的是谁。她当时真的只是好奇，在一个星期天下午瞒着孩子搭车去了城南，打听到了那片菜地。但她不想让他发现，而是小心翼翼绕着篱笆。当时青纱帐初起，田野静谧，偶有野鸡啼鸣。弯弯篱墙中央是菜地，茵茵可爱的苗畦一侧有两间土屋……她正弯腰透过篱笆观望，突然有人从身后将其抱住。那双粗臂一揽之间就知道是谁了，于是她低声命令一句："退开！"这不乏威严的呵斥毫无作用，对方回应的竟是拦腰一勒，横着抱起，不管不问径直弄进脏黑的土屋。无论她怎样威吓，这个巨人就是不吭一声。她抡拳动脚，他就用一只蒲扇般的大手把她的四肢悉数握住。总之在这个下午郊外土屋中，她被他非礼了。

在火车的嘶鸣中，归程似乎短了许多。过了长江，放眼望去尽是北方风景。如果再多一些树木多好啊。真可惜，这就是命定的北方。自己马上就到了花甲之年，还在为不幸的婚姻奔波。真可惜，这是整整一个时代的错误。当时多少风华正茂的少女嫁给了刚刚进城的人，而这些人又因为骄傲犯了不少错误，比如领头砍树等。可是如果说匆忙的婚姻在当时也算不适当地送去了鼓励、助长了矫傲的话，那么他们所犯的错误少女们也要有份。所以说对他们还是宽容一点吧，在宽容中从头栽树。

看见黄河了。"主乃我之牧，所需皆无忧……"胡春旖吟哦一句，泪水一下涌出。

九

师辉苦盼母亲归来。她从出生到现在还未曾有过这样的经历：眼睁睁看着母亲远游。

师辉每天都待在母亲屋里等待。她已经无须按时去那个北郊学校了。这之前教委主任曾与她有过一次谈话,说教师队伍已经人满为患,马上就要有一部分人下岗待命。她直接问:"你是说我已经失业?"主任斜着眼怪笑:"你说到了哪里!你糊涂到了这个地步,不知道自己正好说反了——这样的年头,又是你这样的人,你不仅不存在失业的问题,而且——怎么说呢?干脆直着说吧,天下好事任你挑!"师辉说:"那好吧,我哪里也不去,我就待在郊区中学!"主任拍掌大笑了:"你这孩子多么天真啊!你让我这当主任的怎么说你呢?你真是太天真了,怪不得连亿万富翁也迷得要死,女人越天真越可爱啊!"他让她好好考虑,然后就离开了。几个星期之后那个絮絮叨叨的老校长找到了她:"好孩子,我真想你!没办法,我再来这儿有人会砸断我的腿……今个是来告诉你,这个学期的课不用上了,下个学期再说吧。""我失业了?""那不是。工资一分不少嘛,先让你闲一学期,这有什么不好?"师辉觉得血涌到了脖子和额头,她"嗯"了一声,摔上门就跑了。在校园外的丛林边站了一会儿,然后去找那个主任。

主任唉声叹气,说自己也要退了,还管得了这样的大事?"你管不了?"主任低头:"我管不了。"师辉声音高起来:"是你指示学校停我的课,你们全都卑鄙。""骂吧。以前谁敢这样骂我……别的不说了,我只想提醒你一句:浅山市太小了,亿万富翁太大了。"师辉再未说话,因为她明白一切都是多余。在路上她想:生我养我的这片土地太大了,其他的连一粒灰尘都算不上!这样想着开启院门,浓浓的香气猛扑过来:

一大束连一大束的鲜花垂吊在院子里,遮去了整整一道南墙!最早的那几束已经枯萎,可后来的一排都插在营养坯中……可惜它们沾上了粗鄙的印记,让她每看一眼都怒火中烧。她抄起一把尖头铁锹,举起的一刹心又软了:鲜花是无辜的。

每天都有两次鲜花专递。谁也无法令其停止。整个浅山市没有谁能阻止大把鲜花不顾一切投向这个小院的疯狂。由于积起的花束太多,在四邻八舍引起了抱怨:"这是怎么搞的呀?太香了,呛人的鼻子。"师辉在刺鼻的香气中不能读书也不能看电视,想逃离又怕错失母亲的归期。就在这样的一个黄昏院门开了:母亲肩挎包裹站在了鲜花丛中,脸上是大惑不解的表情。师辉大叫一声扑到母亲怀里,说妈妈可回来了,再晚一天女儿就要被这些花活埋了。胡春旖转身看看院子:"还是那个人吗?""是的,他疯了!"

母女俩整夜相依相偎,她们甚至来不及谈一句南国之行,只为近在眼前的花祸担忧。师辉与母亲分析了事件的整个来龙去脉,认为那个史东宾把商场如战场的那股拼劲用到了这儿。胡春旖已经看出了事情的结局:等待孩子的会是失业、愁苦,是四面八方围来的污浊。她在这个夜晚抱住师辉,伸手分理女儿的头缝,又嗅到了那股荷花味儿。她从女儿单纯如一的体息中得知什么才叫"出淤泥而不染"。这是她近十年来与女儿最亲密的一次接触:几乎抚遍了周身,抚着她精巧坚实的骨骼和富于质感的肌肤。她疼惜这个内外清纯的孩子。

这个夜晚由于月光太亮,再加上花气袭人,她们实在睡不着。好不容易挨到了天亮,胡春旖推开窗子,一眼发现院墙上刚刚悬下来的一大胡春骑第一个推开窗子，一眼发现院墙上悬下来的一大束：玫瑰和勿忘我、玉簪和石蒜，甚至还有极少的栀子珠兰。"这王八羔子到底从哪儿搬弄来这么多好花？"她咕哝着，同时一个决定在心中形成：不行，我得找这个狗东西亲自谈一谈了。

十

胡春骑约史东宾谈话。这个大富翁费了好大力气才让自己平静。史东宾与金壮一起下车。胡春骑把史领到周末空出的一间教室，让其坐在学生的位子上，而自己则站在讲台上。史东宾称她"胡校长"，她接受了这个称呼，并对坐在位子上的人直呼其名。

束：玫瑰和勿忘我、玉簪和石蒜，甚至还有以前极少见的文殊兰。"这王八羔子到底从哪儿搬来这么多好花？"她咕哝着，在心里决定：不行，我得去亲自谈一谈了。

十

胡春旖约了史东宾。她把史领到周末空出的一间教室，让其坐在学生的位子上，自己则站在讲台上。史东宾称她"胡校长"，她则直呼其名："史东宾，是你把那么多花堆在我的院子里？""我只打了个电话，他们在办。""你想'浪漫'一下？浅山这个地方太小，以前还没人这么做过。"史东宾站起，她一个手势对方又坐下。他连连解释："不，不，我是不知如何是好。没有比鲜花再能代表我的心意……"胡春旖笑笑："这你错了。要表达心意的办法还有许多，你可以花上钱去砸她的饭碗！"史东宾的脸一下红涨了："阿姨！胡校长……我慢慢讲会解除您的误解的！那才不是我的本意——我还巴不得师辉有一份世界上最好的工作呢！让她停课，这全是那个主任的事儿，他一心想帮我，结果胡乱整……"胡春旖拢拢头发坐在讲桌前，"那我告诉你，对我的孩子来说，做一个中学教师就是世上最好的工作。你引起的你来收场——无论是院子里的花还是其他，你看着办吧。"

胡春旖站起，两手按着讲桌。下边的人说什么她都不想听了，几十年的教学生涯实在让人疲倦。下边的人啜泣一般："我会听您的。但爱是不会改变的——为了师辉我什么都不想要,一切都去它的吧!那个马莎,自从我对师辉表达了之后,就再也没有与她一起过……原来,我千辛万苦这么多年,是为了一个人;原来,我奋斗的终点是师辉!"胡春旖转身下了讲坛,然后径直向门口走去。

  史东宾一个人坐在教室里,开始抽一支雪茄。金壮一走进来,"老板……你怎么了?要不要我追上她,电她一家伙?"史东宾一拍桌子站起:"你给我滚开,滚你妈的蛋!"电鳗一声不响退出。直呆了许久许久,史东宾才想起什么,掏出电话与车上的电鳗接通:"先找邮局鲜花专递,对;再找教委主任……"

  胡春旖小院的鲜花一直源源不断涌来,突然,一个早晨它们停止了。师辉报告母亲,母亲看也没看一眼。又是一天过去,那个市北郊的学校派人来请师辉了。"妈妈,你真了不起!你是怎么跟那个家伙谈的?"女儿走了。胡春旖却一直在想自己与女儿相似的命运:一生被婚姻折磨。那天她从讲台上好好端量过那个人,发现他的身材即将失去控制,肩头很厚,腰围极粗。两道剑眉下双眼迷蒙。额上的那道横纹多么生硬。她从心里钦佩师辉的判断:四十岁左右的男子无不带有这个时期的全部信息。这符合"全息学"理论。上帝啊,我的孩子要选择的是"这一个"而不是"这一类"——找不到"这一个",那就宁可不嫁!她作为一个过来人再清楚不过,每个时候都会形成一个婚恋盲区。瞧吧,一个时期追逐当兵的,另一个时期又是科技迷;工宣队成员、造反派头头、老贫农之子、商人、外国人……这些角色将随时轮换。可怜的孩子,她一气之下想跳出这个怪圈。

师辉没有宿在学校，而是及时回来陪伴母亲，打扫那些枯萎的鲜花。母亲告诉女儿：要做好下一步的准备，那个人的纠缠刚刚开始。师辉点头。母亲说出的正是她内心的忧虑。有一句话一直在心中涌动，它差不多成为隐秘。她想告诉母亲：在河湾那儿有一位老人，他曾在老油库那儿把自己一下吸引住——那才是父亲般的吸引……还有，那个人是史东宾在半岛地区唯一的长辈，他也许能阻止那个人的疯狂。这些想法她一直忍住，但这天深夜终于说了出来。

"那也是一个独居老人？""也是。""他为什么独居？""可能是怕吵——到处，这世界上，多么吵啊！"

卷十 马莎/电鳗

一

史珂从纽约归来见到师麟，第一眼就觉得他变了。尽管对方爽朗喊叫"英雄"，说你刚从大西洋游回来老虎，快吃我一杯老茶吧！史珂见鲈鱼的欢快多少是装出来的，因为他转身倒茶时脸色阴沉。狒之的栗色头发额上部分染成了红棕，四周剪得参差不齐扫着肩部，关比平时有些缩。她试图抢过鲈鱼的茶，没有成功。史珂品着一杯苦茶，这才意识到这儿的春天晚了一步，但恰到好处。狒之穿上了浅色碎花小夹衣，扣子是手工编成的，下身也是松之的中式裤子。鲈鱼瞇说："我这孩子吧，

卷十　马莎

一

史珂回到河湾很久还在想老油库。他总觉得那里有什么不对劲儿。他找出一些书，准备捎给那个家伙。河东开始有了测量的人，他们头戴太阳帽，凑在三角支架前不停挥手。奇怪的是史东宾没有出现。河湾上没有一座像样的桥，东边那些车辆要开过来就得从上游绕行。那边不时出现一些花男绿女，女人的短裙子穿得可真早。半下午时分有辆车子直驶到孤屋跟前，从车上跳下一个戴墨镜的高个子女人：金发，皮靴，半披半挂的古怪长衣。"西洋女人……"史珂自语。女人噌一下摘了眼镜，史珂马上喊道："马莎子！"马莎笑了："干吗添个'子'呀，我叔！"她差不多要上来拥抱史珂，他没来得及躲闪，结果被她小鸟啄食一样在腮上亲了一口。多么烦人的洋礼节啊。她进一步加厚了胸前的两块大海绵，尽管他知道那是假的，但望过去还是要眯上眼睛。"生活就是这样，生活有时是很别扭的……"他咕哝着跨进屋里。

史珂抓起茶壶又放下，改沏咖啡。"叔叔有了洋习气。这就好了，今晚上我要跟你商量一些更开明的事儿。"马莎说着点了一支又细又长的烟。他马上闻到了一股臭脚味儿。他看她抽烟，一抬头呆了：坏了，她流出了眼泪。还未等问一句她就站起，上前一步拥在老人怀里。史珂叫着"使不得使不得"，赶紧把她扶离一点。马莎擦擦泪眼，"叔叔可回来了，这下就好了。今天我们要给叔叔接风。晚上去一个大酒店，市长也参加……"史珂再三拒绝，对方却像没有听见，打个响指就离开了。史珂望着那辆白色轿车隐入尘土，满脸迷茫。

史珂为鲈鱼找出几本书。他觉得对方比以往任何时候都需要帮助。一本探险史，一本写徐福（市）的书，另一本是地方戏曲小丛书：吕剧莱芜梆子。他能想象这家伙一板三眼读书的样子：自从有了狒狒他就不满足于默读了。史珂把三本书揣在怀里出门，刚绕过几棵松树就发现了狒狒。她正弯腰在柞树下采草药，微风吹着棕红色的毛发，远看像一只雌狐。史珂把书放进她的草篮，说一声改日再去就转身走了。她手挎草篮一直站在那儿——史珂走开很远她还是那样站着，像是有话要说。

二

晚宴在市中心一个叫"玻璃厅"的酒店举行。马莎领史珂进了旋转门，他一踩上红花地毯，看到侍应生皇家卫队般的烦琐制服，心跳就有些加快。马莎一边走一边介绍："今晚这样安排，先吃饭，然后分两拨：市长他们去一个地方，我们去看歌舞。"史珂好像刚刚发现马莎穿了薄如蝉翼的衣服，"天这么冷，我们……还是吃过饭就回吧！"马莎大笑，拍他的肩膀："歌舞可要看——只要一进这个门，钱是统算的。"玻璃大厅内花木茂盛，水潭喷泉，泉旁一架自动钢琴正演奏肖邦。一个脸上涂了颜色、包了厚厚大头巾的当差在一角晃动，每个动作都彬彬有礼，只是太生硬了。这一切，这个厅，好像都在哪儿见过。"俗话说'人过三十不学艺'，可是一个国家年过半百……""叔叔咕哝什么？"史珂盯着她的金发："年过半百……"

在一个摆满了镶银红木家具的中式餐厅，一排身着红缎绣花旗袍的少女迎着他们鞠躬。马莎一摆手她们全退去了。"叔叔，你这一去时间可真久，我还以为史铭让你在那边办了喜事。"马莎又燃起细长的臭烟，史珂认为这烟对人好比是臭豆腐原理。他说："没有。"马莎笑了："当然没有嘛。"门外一阵杂乱脚步，马莎说："肯定市长来了。"先进来的是以前见过的那个副秘书长，后面才是孔庆明、酒店男女经理之类。嗡嗡的介绍和寒暄，马莎如鱼得水。史珂觉得她忙里偷闲还捏了一下谁的鼻子。最后落座的只有四个人，副秘书长也留下了。孔庆明仍旧像过去那么干干净净，一对眼睛可真亮。史珂真想叫一声他的外号。市长说哦哟老先生，这一去可有些时日了吧？一切都由马莎代答，史珂认真对付手里的筷子：它是银的。杯和匙也是银的。很沉，在手中不好调度。他终于对添菜的小姐说：我要木头筷子。

市长对马莎说：史老是了不起的学者啊，我可惜太忙了，请教次数不多。今天我要感谢你给了这么个机会！马莎张着嘴听市长说话，史珂不经意间看到了她的宽舌头。这样的舌头能够让元音可着劲儿在上面打滚，不过要发出像样的卷舌音可就难了。市长语气变得轻快无比："小马莎不要介意，有什么事直接找我或——嗯！"他一指副秘书长。马莎身子摇动起来，香味立刻增浓，一阵一阵。史珂认为她是用这个动作发射香波。他差不多可以感到一道道放射弧在穿越固体。市长闭了好几次眼睛，最后取了湿巾擦脸、用尽全力擦。"我的妈呀！"他发出了极微一声叹息，史珂却听到了。

"史老是大手笔啊！我要请史老写一写浅山市！"他端起杯子敬酒。史珂明白这种即兴之言。马莎抱住他的胳膊耸动不止。接下去是马莎与孔市长的耳语，副秘书长起身离席。史珂没有离去，只在一旁打盹。市长突然高声一叫："史老！"他睁开眼。"史老，我们今天得帮帮小马莎了。我们俩帮得上——我以他们朋友的身份，你则是长辈。""什么事儿？"孔庆明的嘴唇绷紧了一会儿，像下足了决心："史老，你那个侄子史东宾要叛了！"史珂腾一下站起："叛？叛国？"马莎笑出了眼泪，一边笑一边抽泣："叔，他是要叛我，就是书上说的'另觅新欢'！现在只有你能帮我了……"史珂这才恍然大悟，扶扶眼镜坐下。

一场酒宴就这样结束。孔庆明站起来取外套。马莎还在醉嚷："我能帮他肥起来，就能让他瘦下去。我一发火就能让他变成瘦裆骡子，剩一副骨头架子！"

副秘书长一直等在餐厅门口，见市长出来马上陪他离开。马莎好像一出门就醒了酒，抱着史珂的胳膊去另一个厅看歌舞。这儿的热闹已达高潮，他们进去时差一点让迎面的热浪扑倒。史珂一瞥台上就叹了一声："我的天！"那是几个外国女郎在脱衣服，边脱边舞。"脱呀脱呀！嘿……"台下呼叫响成一片。外国女郎最后身上只剩下极小的一条布绺，在震雷般的音乐中做出刚劲有力的动作。另一群裸女跑上台来，她们一露头就在地上扭动。悄悄的泣哭在人群中响起,史珂转脸去看:一个七十岁左右的男人,头发梳得一丝不苟,哭时下巴抵紧了胸口。正这时台上有大股火苗蹿起来,史珂刚要呼喊,发现火海里的裸女竟不顾一切亲吻起来。"既然这样,那也许烧不死……"一句话让马莎笑出来:"真有你的呀!"她一路领史珂穿过呼叫的人和沉默的人,拐进了一个黑洞洞的包间。灯亮了,小姐送进一些饮料又退出。

只有他们两人。马莎抽烟。史珂马上想起那个史东宾。两块大海绵愤怒翘动。她狠力揉烟,抓起一杯饮料又放下,一下下转动杯子,"叔能帮我吗?你知道那是一匹狼,他会疯的。""我试试吧。你该知道我行不行。""你可以去求史铭。""史铭再来求我。""你?你又求谁?"史珂咂咂嘴:"我求史东宾。"马莎伏在了桌上。史珂费力忍住了才没有去拍打她。她的肩头耸动不已,这时真像个孩子。哭了一会儿她挺直身子看着史珂:"那你告诉史东宾——他这样做真会毁了自己的,我一点都不夸张。你只要一说他就会明白的。"

最后,史珂问史东宾瞄上了谁?马莎说:师辉。史珂吸了一口凉气。

三

史珂急于见到史东宾了。他在牵挂另一个孩子。史珂匆匆赶到那个市区别墅,把正在抡石锁的守门人吓了一跳。大狗被及时喝住。史珂发现整个小院已远不如以前,那些正在枯死的花卉球根散发出野蒜霉烂的气味。狗屎干结在玫瑰刺茎下，一群蚂蚁在围剿一只半死的虫子。史小吉手提一个罐子从二楼下来，眼睛一斜笑了。史珂说："你爸在不？"史小吉摇头："他要换马了，几个星期不回一次。只有马莎晚上回来。"史珂的语气尽可能严厉：一定设法找到你爸，就说我从你爷爷那儿回来了，有要紧事儿！史小吉把罐子倾斜一下，里面有个豪猪模样的东西爬出。"看看吧，只要能找到……"

史珂回河湾没有乘公交车。他步行了两个多小时才走到郊外。一看到那片低矮的小房就想到两个拣松塔的老人，心里一热。

离河湾孤屋很远，史珂就看到门前有一辆黑色轿车。"史东宾！"他叫一声，步子快得惊人。原来史东宾蜷在车里像睡觉的样子。史珂拍打几下车窗，然后去开屋门的锁。史东宾慢腾腾跟进来，让史珂转脸时吃了一惊：这小子憔悴成这样。眼睛肿了，领带歪着，嘴好像也歪了。大口喘息，揪领带，要水喝。史珂与侄子一起喝凉茶，一时谁也不想说话。史东宾嗓子沙哑，揪揪头发："你看，我差不多快死了。不过我知道这是最后一次了，你不用担心。"史珂心里说：我是为别人担心呢。

原来史东宾刚刚敲过师辉的门，没有敲开。他对叔父喊着："人长了几岁，开始想一些根本上的事儿啦。叔，我实话告诉你：马莎从来就没有贞洁过！"史珂听了差点也叫起来：天，连你也想起"贞洁"来了。他一口口抿茶，这会儿觉得最好喝的还是老油库的苦茶。史东宾低头哼叫："我这次是全心全意，我还从没这样！叔，我到底怎么了？我从小没有父亲，压在石头板下，没过几天好日子。我自己拼死拼活才走到了今天，有谁帮过我吗？"史珂点头：是的，每个人都靠自己，最终不过如此。

史东宾盯住叔父:"我和别人不一样,我要享受第一流的爱情!"

史东宾哭了,宽额低垂哭个不休。史珂怜惜了,无论谁哭他都会怜惜。他忍不住抚摸他乱蓬蓬的头颅:"我可怜的孩子,你享受不到。我们都享受不到。我是因为太贫穷,你是因为太富有;当然了,还有其他……"史东宾抬起泪眼:"我为她可以一贫如洗!"史珂点头:"那好。那真是好——不过她需要吗?她对你说过需要吗?"

史珂双眼大睁,直盯史东宾。史东宾垂下了头:"她,她说不需要……"

史珂一阵轻松。他差点笑出来,只是因为怜惜才忍住。他想以过来人——不过谁不是过来人呢——的身份劝解侄儿:算了吧,适可而止吧,对你来说马莎已经算是够合适的了。事物都有个极限,你如果聪明,就不该徒劳。史珂说不出这番话。从很早很早以前,那些很连贯且很有说服力的话他就不能说而只能想了。

经过了这场交谈,史珂如释重负。入夜了,他一个人不想读书也不想休息。他在朦胧星光下看了看屋前菜地上发出的绿苗,站了一会儿,又一路向南。他以前很少在这样的时间去打扰老油库。

四

鲈鱼正在自己动手煮茶。狒狒在一旁编结什么,一团乱糟糟的彩线要不停地揪,有时还要用牙去咬。黄狗老憨见史珂来了就从窝中走出,看看星光,伸了一个大懒腰。鲈鱼今夜笑个不休,笑了许久才让史珂觉出这是一种冷笑。屋里的草药味儿不如往日浓烈,史珂吸了一下鼻子。他们一起到大炕上喝茶。史珂看到自己的三本书就码在一摞老书上边。鲈鱼说:"我总以为徐福(市)是个鸟人。""为什么?骗了秦始皇吗?""反正他是个鸟人。"史珂不语。鲈鱼又说:"史铭也是个鸟人。""你嫌他们都跑到了外国?"鲈鱼摆手:"史铭鸟人定了。哎,多讲讲你那老兄的事儿——他们一家过得可好?听说他的老婆小而又小。你和他们未必就拉得来。我知道,当兄长的一娶了小嫂子,你们也就没有共同语言了。"史珂惊异于对方的见识,不过这家伙究竟从何而来的伟大经验呢?他这样想,嘴里却说:"是的,他们把我当成了乡下佬。这也未必不好。"

鲈鱼对一切都感兴趣。他特别想知道一个长居纽约的老人与这儿的老人有什么不同。史珂想了想,简单叙述了史铭的焦虑:他认为弟弟不看电视也不搞网上浏览,这种状态既危险又不可原谅。想不到鲈鱼"秀才不出门便知天下事",对"网络"二字并不陌生,这会儿马上叫唤起来:"那些辛辛苦苦的咳血家(科学家)啊,要能再有些脑子就好了。他们造出了原子弹连自己也傻了眼,造出了电视也不知该怎么办,如今又弄出了要命的网络。瞧着吧,世界说到底还是要毁在咳血家手里。"史珂可不敢赞同。他知道这个话题有多么复杂,要将其清理出来,仅就自己目前的知识体系,不吃不喝也要花上三辈子时间。可怜的一代啊,西学懵懂,国学荒疏,更遑论其他。不过他总能理解一个大意:科学家如果没有脑子,那么与其说在拯救我们,还不如说是在毁灭我们。"我们"又是谁?一些个体,活下去,一些分别吃馒头米饭披萨饼或牛排沙拉的人,一些软弱无力的分子,宇宙的微粒,极小的物质。"我们"无非如此。可是"我们"可以做到在一些时髦面前不慌:千万别慌,一慌就全完了。

史珂一直要努力做到的就是不慌。当年他为自己的职业、为京城的人群、为无法发出标准的卷舌音而慌,结果却是更糟。他这一辈子都惊魂未定,倾尽全力对付一个"慌"字。鲈鱼这会儿大口饮茶,议论横生:"有人妄自菲薄,其实科技还不就是那么回事?你能说黄道婆那台木头织布机就一定比电脑差?她就比不上软件大王?还有那些又点火又喷水、光着膀子大唱的女人,我就不愿看,我宁可听乡下人说大鼓书!"史珂马上想到了那天随马莎看到的裸舞。何止光膀子,还有边手淫边唱的呢。老天,一场瘟疫从西到东,无人幸免。这是命运。一些人,像孔庆明这一类,昨天还痴迷于"幽灵"学说,会背"一个幽灵在欧洲徘徊",转眼之间又模仿起北美的爆发户——那些爆发户又放心不下欧洲那样的贵族。真尴尬。还有,眼下到底谁来告诉我们:浪、下流,这些不是艺术?谁又来简单指出:阴户也不是艺术?

关于慌,史珂正经有一肚子话要说呢。不过他常常想起几年前一位不识字的农妇,想起她的那声感叹——道理被她全说尽了,自己已无须多言。那是京郊一个农家的女儿,考上了名牌大学,假期回家要看彩电。没有办法,父母省吃俭用买回一台彩电。归来的女儿头发一绺红一绺黄,穿了露膝毛边粗布裤,只吃冰激凌看电视,不吃饭。她和邻村来玩的一个同学摇摇摆摆看电视,母亲费了好大劲儿才把她拉到桌旁。一盘鸡肉总算让女儿开了胃。可刚吃了没有一会儿,那边的同学喊了一声:"杰克逊!杰……"这边的女儿听了哇一声尖叫,猛一推碟子跑开了。由于用力太大,一盘鸡肉全掀到地上,碟子碎了。母亲心痛不已,泪水哗哗为自己的职业、为京城的人群、为无法发出标准的卷舌韵而发慌，结果只能是更糟。他这一辈子都惊魂未定，都在竭尽全力对付一个"慌"字。师麟大口饮茶，议谈大发："有人就是妄自菲薄，其实科技还不就是那么回事？你听说莫道梁那台木头就织机就一定比电脑差？她比不上软件大王？还有那些又黑又矮（据说还有喂水的）光着大膀子唱的女人，我就不愿看，我宁可听盲人下乡说大鼓书！"史珂马上想到了那天随
（何止光膀子，还有边手连边唱的喂。）
马苈去看的裸舞。老天，一场瘟疫。人类从西到东无一幸免，这就是命运。一些人，像百鸡这一类，昨天还迷于"幽灵"学说，知道"一个幽灵……在欧洲徘徊"，转眼模仿起北美的暴发户——这些暴发户又（放心不下）欧洲那样的贵族。多么尴尬。还有，到底喔

流下:"我的孩子啊,你到底慌个什么?咱们庄户人家慌不起啊!"

鲈鱼的目光转到了一边的狒狒身上。她手里编结未停,这时却挪到近前。"两只小鹌鹑沙沙叫了,可我再也听不见了。"鲈鱼又厚又大的巴掌放上她的浓发。史珂要去添茶,鲈鱼揪住他的胳膊:"老兄,我今晚要告诉你点真东西了,只告诉你一个人。"他往旁一瞥,"我的小狒狒要许给一个人了,这回是真的。"狒狒刚叫一声鲈鱼就喝止:"你告诉珂叔,说这是真的!"狒狒眼里有了泪。鲈鱼望着窗外的黑暗:"又是我一个人了。我得自己走了。不过这世上谁也别想欺负我的狒狒!嗯……"

史珂目不转睛看着,他难以置信。

五

马莎用一根蓝带子把头发勒起。这根带子是极韧的尼龙质,很长,在头发后面形成一束花瓣;只消揪住一端一拽,整根三尺多长的带子就提在手里。她看过一个录像片,上面的一个复仇少女就用类似的带子勒死了自己的仇敌——咬牙使劲,挣扎吧,就是不松手……马莎近来很能理解少女的凶狠。她已经多次寻过那个女教师了,起码要见识一下——真是这个时代少有的美味佳肴吗?为了这场会见马莎煞费苦心,认真调查了关于对方的一切,其出身阅历知识结构包括直系亲属,无不掌握手中。

她们的相见其实很简单。马莎在师辉重新开课的周末来到她的宿舍。

她本来准备了一肚子刻薄话和粗话，但一见了对方立刻憋住了。她真的在极力忍住心底的惊讶。原以为自己会碰到一个逼人的艳丽，就像面对一大束摇动的玫瑰。完全不是。真是毫无预料。对方沉静，清美，一双眼睛足可照亮一百平米的空间，而时下却是个窄窄的单身教工宿舍。马莎的目光长时间盯在泛黄的木架床、床上半新的被子，还有简易的框架拉帘衣橱。她在恢复自己的优越感和自信心。尽管这样，开口还是那么费力，"我不知该怎么说，作为一个受害者，你会知道我的心情。"

她无法发泄起码的愤怒。因为对方几乎不说什么。"我们是在共同的事业中结合的，他因为我的襄助公司才有了飞跃。他要重新开始，这本来没有什么，十个史东宾我也不在乎。不过只有你才明白，一个女人会看重什么。女人在这样的事件中受到的伤害才是根本性的。""我能帮您吗？"师辉的一句话立刻让马莎双眼大睁："告诉他你根本不爱；还有，他必须死了心……""是的，主要的意思我对他讲过不止一次。他的想法只是他的事情，这是毫无可能的。我也对他说过，他无权对我这样打扰。"

马莎专注倾听时总要张大嘴巴。她全听懂了。可奇怪的是她并不高兴，嘴里说了声"谢谢"，心里却充满怨恨。对面这个人显然把史东宾看得一钱不值。瞧她高高在上，不食人间烟火，装模作样——浅山市也不是个太平地方，这里的治安也好不到哪里去，为什么就没有个把流氓打打这个大龄姑娘的主意呢？难道还需要谁来倡议、号召吗？每天小报上的不幸报道多了，哪怕其中的一小条与她沾边也好啊。马莎在心里骂："什么高级人物，你不过两腿夹紧了忍着就是了，忍着又不是创造！你什么也创造不出来！"她真想告诉对方：往好的方面讲，你是个硕果仅存的处女；往坏的方面讲，你是个伪君子！这总行了吧？别看你瞄上去文质彬彬，动不动就穿高领毛衣——实话相告吧，这种式样早就过时了。真正的大家闺秀现在并不这样，她们出门有手袋，一个手袋价值几千美元；还有，珠宝是短不了的，再冷的天也要露出粉濡濡的乳沟……贞洁是什么？是伟大诱惑的前期，而不是箱子里的死老鼠。再说谁不晓得"物极必反"——你极不浪，那么就是极浪。也就是说，天下第一骚货和货真价实的淑女之间并非横了一道不可逾越的鸿沟！你就夹紧了忍着吧，不听老娘言吃亏在眼前，这辈子有你的好看！忍着吧……

马莎一口气在心中骂了个痛快，留在脸上的却是笑容。她认为没人能读懂这笑容，除非是那个史东宾。这个野心勃勃色胆包天，好好把自己消受了一番的大资本家后裔，这回真的要拍拍屁股跑开了。可恨的是自己仍然迷恋……马莎觉得该离开了，因为自己已经明白史东宾究竟被什么击中。她需要重新估量自己了。本该有一场较量，可惜找不到理由……"再见了，我们后会有期！"马莎伸手握别。

她在师辉的目送下走向那辆白色轿车。就在她的手一挨上车门的瞬间，一股悲愤和懊恼在胸腔冲荡而起。她马上觉得不该就此离去——多少话淤在那儿，既已涌到嘴边，此刻就该留下。她向师辉招招手。马莎收住微笑："多好的一个妹妹啊！你不知道我今天见了你是多么高兴！我要走了，有一些情况、一些话，该如实告诉你才是……你听了千万不要吃惊也不要害怕，反正该怎样还怎样：俗话说'是福不是祸，是祸躲不过'。"师辉那闪闪的眸子在问：到底是什么？"你总该知道自己的父亲是个什么人吧？他让我怎么说呢！一辈子糟蹋了多少女人！你可能想不到，事情坏就坏在这儿：万事有前因就有后果啊。你总听过'父债子还'这句老话吧？就是这么简单：那些被你爸糟蹋过的女人，她们的男孩如今都长大了，长成了一米七八的大个子，一个个发誓为母亲报仇——找你算账！这些人当中多么凶的都有……"

师辉一直盯着马莎的眼睛。她从来没觉得如此寒冷，真正是严寒彻骨。

六

鲈鱼躺在浴缸中。狒狒用一个裹了草药的粗布巾为他搓洗，每一用力就有酱色汁水从中涌出。她有些慌：他的眼泪源源不断呢。你哭了？"我哭？你是说老战士在哭？这不是糟蹋我吗！"那就不是哭。这还不行吗，老小孩儿，来擦个干净，坐起。"不行，我不起来。我得这样躺上一天。我觉得身子骨不好好浸透了，赶明儿干点什么就不行了。"你要干什么？你不给我好好养病！"那也得干点什么。你没见林子里那个九十多岁的老人还在追赶野兽，嗵嗵放枪！"起来吧起来吧，泡了两个钟点了。狒狒又拖又拽，鲈鱼才算爬出浴缸。蒸汽升腾，什么地方水珠滴答。

他们都听到了外面有钝钝的枪声。不用说又是那个老人。"我们都成了朋友，一对老友。说不定我哪一天也要跟他进林子打猎。"鲈鱼双眼放出骇人的光，直盯窗外。苦茶在罐里熬煮，咕噜噜吐出白汽。他去端杯子，狒狒抢前一步拿过来。罐中倾出的茶呈酱色，他放在脸前嗅一嗅：

"没有办法,该死的鼻子还是那么灵。"他爬上炕偎在被子里,摸到一本旧书又放下。狒狒说:"我就为你租书去,先别急啊!"她飞快收拾屋子,把浴缸的水放掉,又把黄色药汁擦净。她取了草篮,归来时里面要放进三本书、一斤盐和一瓶老醋。她已经知道怎样为鲈鱼弄书:不去书摊,只去图书馆。她特意办了一个图书馆的借书卡。而这之前所有的书都是师辉携来的。狒狒为炕上的人围了毛巾,垫了靠背,拍拍他出门了。

她飞快踏上林中小径,身子一跃蹿过三五丛灌木。她的喘息散在风中,引得猫头鹰从树隙探头。一只黄鼬在前边领路,它唰唰飞跑,又不时停下蹄子等候。它无比喜欢观看狒狒奔跑的模样。它觉得自己每一次为其领路都要爱上她,有一次特意攀上一棵大柞树,从高处偷看她的颈部、锁子骨的窝儿。小径快拐上大路了,它一看到大路就沮丧了,骂着刚刚从市区那儿学来的粗话:"妈的妈的!"它并不明白这话的具体意思。

有一辆轿车停在大路旁,被一棵老树掩着。狒狒奔它而去,双脚像踏着流云。她一蹦就停在了车前。车是空的。正惊诧,老树间挪出一个蜷毛男子,叉着腰站在身后。她马上嗅到了一股刺鼻的野蒿味儿。那只手抚摸她的头、后颈,细小的电流咻咻掠过毛孔,又顺着经络在全身跳动,汇成一撮火苗在脑海里飘动。她仰在他的怀里。

轿车一直朝大海的方向开去。穿过一片不毛之地,一片灌木。云雀在空中鸣叫,沙锥围着车子飞跑。一丛桲柳遮住了阳光。狒狒的外眼角伸向额鬓,这使她一睁眼就神采逼人。金壮一伸手猛捋满头蜷毛,蓝色火花立刻噼啪一片。"妈呀,你离我远一些,你千万不要再对我放电了,你这条电鳗!"她缩成一团,那长而密的红发不知为什么勒住了电鳗的哦哟，你快点把我杀了吧。你不杀了我不行，我得让这事儿路上问成了……"猫又亲他的额头，"老电鳗，你听我说，他真是疼我，一时也离不开我。我们俩夜里是苦命人，我们相依为命。我把自己交出来是他不。大概一点都不会犹豫，可他一辈子都没有这样。他反反复复摸我亲我，我们没有秘密。这是多幸福的日子啊，这一下要毁在你手里溜了。"电鳗一双眼睛睁得圆也记不清，"你们真是那样反正欢？""不。我说不好。他喜我的全部，说我身上香得很一抗儿。他对孩子是不会那样抚摸的。不过他哄(一)我入睡，我不舒服他就流泪……我全应该好好交给他，一点不剩全交给他，这才是报答。"电鳗喘声喘气。"那他麦静。再后来的敌期也就不远了。"剩下的时间猫又好又哭了一场。

咽部，他奋力一扯。电鳗亲吻她的眼角。她说："我恨你又怕你！""嗯、嗯！"电鳗的双手搓动她的周身，双臂将其箍得发疼，"你这个小母狐疯张得不得了，那天在老油库我一眼就看出：得给你打造一个铁箍了。什么东西都得有一个箍，没有就散了。我就是你这辈子的箍。"他又用力箍她。她的身体随之缩小。待这身体重新展放时，竟变得那样柔软可人。她的小手松松的抓不住任何东西。电鳗解去她身上每一件多余的东西，让她神往。她说："我又胖了。""所以说你要有箍。"

电鳗一直都在抱紧狒狒。他从来都不曾为另一个人放出这样的电流：缠绵柔和，源源不断。狒狒咬住他粗糙坚硬的臂膀，泪水哗哗流下。她一次又一次尖叫，边叫边哭。

七

天一晃就到了中午，狒狒为没能赶回操持午餐而内疚。电鳗说："我真不明白。""什么不明白？""你不让我说。"狒狒一缩唇，两边有了小肉窝儿。"这会儿你说了罢。"电鳗收住怪笑："我一直想问你，那个老家伙身上有什么绝招儿，让你像蚂蚁恋蜜？"狒狒低头："我像他的孩子。你不要乱想。"电鳗大笑："夜夜搂抱，为他搓澡——就他这路神仙！"狒狒正色："我再说一遍，我们没有那种事儿！"电鳗发出哭腔："老天，大白天遇见鬼了。哦哟你快点把我杀了吧。你不杀了我不行，我得活活闷死……"狒狒拍他，亲他的额头，"老电鳗，你听我说，他疼我，离不开我。我们俩是苦命人，相依为命。大概他一辈子都没有这样。"电鳗双眼溜圆。剩下的时间狒狒好好哭了一场。

半下午时分他们要分手了。那时电鳗开了飞车进城，最后又把车开到老树旁，为她提下盛了书和杂物的草篮。她接过篮子踏上小径，一步一步往前。眼看快到老油库了，她发现他又赶上来。电鳗将她与近前的一棵合欢树抱在一起，一声不吭抱着，直到好久才松开。狒狒一直倚着合欢树，看着他离去。突然，她听到了不远处有一声剧烈的喘息，一转头吓呆了：在十几米处卧着一个人，是鲈鱼，正用一杆长枪瞄准走开的电鳗。狒狒放声大喊了一嗓子："电鳗——跑啊——"最后一刻她看到前边的影子一抖，飞闪到灌木后边——与此同时那杆枪爆响了……

狒狒疯跑向那丛灌木。

卷十一　真鲷

一

史珂发现自己很奇怪(竟)接受了古筠(永夷之琢磨起)而托付,(来了)浅山市。他这样做倒不是为了证明什么"大手笔"之类,而是其他,是说不清的原因。人年纪大(或许增加了)刻板机械的倾向,常处于被动而非主动的状态。人家说了,那就只好去做(一连几天捏紧一支笔),以便像个好学生那样呈上一份工整的作业。(届时)折腾许久,连去老油库的事情都耽搁了,还是不得要领。困惑中他脑海中一闪倏起,记起了伊恩吉玛·唐。颜色和画笔,他在很(让)长时间里也迷上了。先是试着涂出古城的街道,

卷十一　真鲷

一

史珂感到奇怪的是，自己一站在镜子前就要琢磨"真鲷"这个外号。这两个字音韵不美，还包括一个极不喜欢的卷舌声母。但仍旧不失其珍贵：今生唯一的外号。这种鱼"体高而侧扁"，恰似自己的单薄之躯。更难忘的还有那家伙当时的刻薄：别看它面容庄重，总是在严肃地思考，实际上不过是一道美餐。真他妈巧妙得令人心口发紧。他眼睛四周有了黑圈：昨夜疲倦得要死，好不容易有了睡意又被马莎嗵嗵的擂门声惊醒。午夜了，这个在失意中变得英勇好斗的美女竟然容光焕发，看样子可以三天三夜不睡。

她先是刺了几句师辉，然后就专注于骂史东宾了。她每次总给史珂这样的感觉：马上就要给他一个利箭脱弦，直取咽喉。她那对凤眼每眨动一次就有一句毒咒："不要忘了是什么出身！小人得志才几天……小心让刀子剜了。前几天在立交桥下发现一个，裆里全是血，警察过去一看，已经剔了去了。这就是负心汉的下场！"史珂闻到了酒味儿，心里一阵可怜。真是的，深更半夜的，一位面容娇媚的少妇一口气说下这么多不成体统的话。生活啊！他这会儿又想起那些同住的日子，想起她与史东宾强加给自己的西餐：那些冰，那些半生不熟的煎肉！

马莎这个夜晚不想走，累了就一仰身子躺到史珂床上。她刚躺下就使劲嗅嗅，说被窝上的溲气可真重。她躺着吸烟，让史珂担心火星落在被子上。"史东宾的忘恩负义我那时一眼就看出来了，不过还是忍了。他抛弃了前妻还要往她身上堆罪名，到了挖空心思的地步。他说前妻之所以坏，因为前妻的母亲就是一个'母老虎'，母亲的两个姊妹分别是'母老狮'和'母老豹'！她凶得没吃人就算不错了——不仅是凶，而且还虚伪，'想想看吧，我们一起生活了那么多年，就是没听见她放一个屁！'他向我赌咒发誓证明这些。瞧吧叔，这就是他的为人！开始多么让我吃惊，后来去了美国见了他爸，才明白他们都是一路货。再联想到他那个大资本家爷爷，事情就更清楚了。这是血脉决定的，你们姓史的血脉啊……"她冲着屋顶叫唤。史珂真想提醒她一句：别再提"血脉"了。不过他也同意，史东宾在许多方面都酷似史铭：头脑灵快，聪明超群，有一股敢说敢干的劲儿。他很想说句真话：算了马莎，何必呢。真的算了吧，别再缠着史东宾了，这个人实在没有多少可留恋之处。正想着还没开口，马莎却一跃而起，坐在床沿上笑起来。那种笑让人害怕：

"史东宾这回真要抛弃了我，我就跟他叔好上！他不要也不行！反正我被他们史家糟蹋了个稀里哗啦，那就接着来吧！"

史珂满脸紫涨，两手抖起来，"我的好……孩子！这可使不得啊！"他觉得泪水哗哗流下，伸手揩脸又是干的。后来的一段时间他闭上眼睛不看不听，只想肖紫薇，元吉良，女画家，想一切的往事——就是不理这个侄媳。不记得马莎折腾到几点，只记得她一直在床上抱怨，打嗝，哼哼呀呀，最后拍了拍他的后脑勺出门去了……汽车引擎消逝了很久，他还是睡不着。后来他干脆起来摸笔，持笔的手却抖个不停。

二

只要一想起马莎那个夜晚的狂嚎，他就要发怔，翻动那个油滋滋的笔记本。"……肯定是完了。"刚写下的句子没有主语——不是找不到主语，而是主语太多。"无论是史东宾还是马莎，他们都慌了。"他在想那个京郊农妇的苦叹，想那个惊慌中打碎了碟子的孩子。"姑娘一慌打碎了一个碟子，如果……"史珂在后面划了一道连线，注了两行小字，又涂掉。

史珂每天凌晨打开袖珍收音机，听上一会儿再关机煮粥，新的一天算是开始。他要去老油库，要看师辉，还要找两位拣松塔的老人。远在大洋那一边的史铭呢？两边时差十二小时，所以他的生活与自己正好是个颠倒。兄长时髦，小嫂子活泼，他们干干净净过自己的美国日子，扔下后一代的问题折磨本土弟弟。后一代问题蛮烦琐的，这是从来如此的，从五四时期到现在就没变过。现在更甚。现在不是西方把变修的希望"寄托在第三代第四代身上"，而是"第三代第四代"自己厌烦了。

史珂要将门前收获的第一茬嫩韭送给西郊老人。一进入曲折幽暗的街巷，一看到连成一片的小瓦房和土坯屋，他心上就兴冲冲的。找到那个小院，院门挂了大锁。东邻也锁了，这使他纳闷——一个瘫痪男子会去哪里？他只得把韭菜放在两位老人门前，想着老太婆回来时会说一句"甚好"。史珂一想起这个不识字的老人就高兴。记得那一天两位老人商量借钱给东邻，老太太说："要就要，不要把心递！"多妙。

史珂返回河湾的路上不知为什么想到了吴妈，他生气了。他又记起史东宾的那句话：你摸了她了！老天，"摸"字在当代汉语、在一种特定的语境中可是非同小可啊，随便一个半岛人对它所包含的内容都了然于心！问题还在于他不能否认这一点，说自己"没摸"！史珂一想到"吴娇娇"三个字就沮丧了。还有马莎，单凭那张脸庞谁又会想到她有一夜狂嚎？这真应了半岛男人那句俗话：母夜叉满地跑，就看你找不找。他现在越来越认定，史东宾与马莎一天不走，河湾就一天不宁。有一部分人折腾到最后，还不是要去另一片大陆。史铭父子太相像了，一样的大言不惭，一样的有那么一股雄起起的劲儿；而且两人都同样喜欢琢磨问题，既矛盾重重又一语中的。史珂常常回味与兄长那些争执和平心静气的交谈，不自觉就要对比父子俩的观点和语气。有一次史铭议论起他们这一茬或更上一茬知识分子的命运，说："伟人就是伟人，瞧他们也不过才折腾了几十年，本来是个礼仪之邦，结果还是让人把知识当成了一种耻辱！"史珂不敢苟同，只在心里问：那么"半封建半殖民地"呢？与父亲一样，史东宾对那一段历史难以释怀，谈到父亲留下的几个朋友因为给单位领导提意见而劳改，其中有的妻离子散，就击掌大骂："提意见？那算是好的呢！那是关心！'提意见'就成了'进攻'？真是捧着狗腚亲嘴儿，分不清香和臭！他们真知道什么叫'进攻'吗？是'落后就要挨打'，是电子战激光制导空中预警飞机——这才是'进攻'呢！"

史珂承认他们敢说：一个在国外，另一个是黄口小儿。

史珂猜不出史铭对儿子婚变的态度，只知道他对马莎颇为欣赏——在纽约时史珂多嘴，说马莎长得可以，就是太疯张了一些。史铭马上嘲弄道："你那是什么标准，不光是古典的，还是第三世界的。真正懂女人就得有特殊口味儿。比如说有人认为最可爱的女人是偶尔犯点精神病的；最动人的女人是双眼有点小毛病的，比如轻微的鸡斗眼等——这些希望你好好琢磨。"史珂没有反驳，但也不想去琢磨。就是那次谈话，史铭暴露了自己矛盾的思维和闪光点。记得话题从他去欧洲出差谈起，说那一次从巴黎飞往罗马，他从万米高处看着云出云遮的阿尔卑斯山脉，感到真是荒凉可怖啊！"我知道西方不少像样的神都住在那上边，当时就想，我们人类实际上只有两种可能，一种是真的被神灵托管了，那样心里有些底总要好些；再不就是自生自灭，死乞白赖地活着……"史铭崇尚西方理性、现代化，却对巴黎街头拥挤的汽车大为恼火："想想看吧，那么古老的建筑，别致的街道，却要到处堆满了汽车。这事儿如果发生在美国也倒罢了。还有意大利，古罗马的大黑石板路也是留给这一串串铁甲虫的吗？"史珂完全同意，很想紧接上问一句：那么我们中国呢？十二三亿人口有了汽车不是更大的灾难吗？可就是没有一个人回答这个简单问题！史铭的双唇使劲瘪了一下，咂嘴："美国的历史太短暂了，没有被人类的可怕经历吓住，更谈不上被这些经历纠正，所以一天到晚像个傻呵呵的大小子！"史珂在心里接答："所以他们最爱玩电子游戏！"

史珂冷静下来时，对史东宾的孤注一掷多少有点吃惊。说实话，这是他不曾想到的。"很可惜，我什么也帮不上……一切都太晚了。"

三

　　史珂夜里好像一直听着老油库那家伙在咚咚跺地。他把箱子翻了又翻，找出两本书。除了书，还有新收获的蔬菜。茶砖一块。瓜片半斤。他把这些一并揣入怀中。木耳菜的青生气扑鼻，伴以老书的香气。老油库被一层薄雾罩住，生气全无。史珂在栅门前呼一声老憨，没有回音。推门进去，见老憨伏在地上，紧盯着浴帘。那儿只响着水声。史珂只好把东西放下退出，里面的人竟一无察觉。

　　史珂离去那一刻，浴缸里的人正泪花滚滚，闭着眼睛，两手从浴缸边缘松开，像一条大鱼那样滑入漂了一层艾叶的浑水中。狒狒为他搓洗腋窝和后背，把一捧水浇到头顶，看着这水在短发茬儿上形成一些小气泡。他的胸脯在热腾腾的水中呈粉红色，胸大肌鼓得厉害。那双手则显得苍老多了：糙皮和斑点、疤痕与茧子一应俱全。那变硬了的青黑色静脉像蚯蚓一样伏在手背上，仿佛随时都会一觉醒来爬行蠕动。狒狒把这双大手咬在嘴里，又顺着衣领掖进自己的心窝那儿。她又记起了他前不久的那句话："沙沙响的一对小鹌鹑啊，今后我听不见了！"

　　狒狒细细揩净水渍，又为他披上厚棉巾扶上炕，塞进手里一本书。苦茶斟了一杯，她尝尝再端到他手上。她很快偎在身边了。他们从洗浴到现在未发一言。往常这会儿总有朗读。可是这会儿屋内静得要死。狒狒看看老憨，见它心神不定，时而皱眉。狒狒注意看了看老憨，心生怜悯。她为这个专心读书的人围上毛巾，防止有口水出来，又一次把手伸进他散着草药香气的胸口，摩着他的周身。她的鼻子像堵塞了一般："我的大鱼,快些要我吧!一刻也别停吧!"鲈鱼一手持卷目不转睛:"太晚了。""这也会晚吗?""会晚。"

狒狒哭了,"大鱼,你是最疼我的人。我不能没有你。我们那些白天和夜晚,我们的夜晚啊……"鲈鱼放下书抚摸她的头:"狒狒,你能如实告诉我,我们那些夜晚的事儿吗?我年纪大了脑子发浑,对那些事儿记不确切。"狒狒用力摇头:"你从来没有真正要过我,还没有。你小心又小心地爱护我,把我当成了亲人、孩子、爱人——是这一切相加的恩情。我一辈子都会记住,冬天在你怀里是多么暖和,记住你的战斗故事。"鲈鱼长叹一声:"这我就放心了。我怕头脑一昏记不完全。我听了也明白过来,明白就是这恩情才让你跟了别人。我这辈子里还从未发生过这种事儿。这好比一句俗话:'有权不用过期作废'。我现在对你已经没权了。"狒狒哭成了泪人:"大鱼!我对不起你,真的,我太坏了。我想嫁人,女人都想——除非出家修行!我原想在老油库里修行吧,这能让我忘掉过去的屈辱,可是做不到……这真像我爸常念叨的:'人性多险恶,受骗千次不嫌多!'"

他昂头听着,突然问:"那个电鳗许你婚姻了吗?""许了。""他就不会骗你吗?"她点头。鲈鱼咂咂嘴:"这就好了。你知道,我开枪就嫌他是个坏坯子,不愿眼睁睁看着你被掳走。"狒狒擦擦他的嘴:"你是故意打偏的。"鲈鱼无语。狒狒鼻尖上生出一簇汗粒,喘着:"他是坏人,一辈子也变不成好人,我也变不成了……"

鲈鱼闭上了眼。她摇动,推,他都不睁眼。他像呓语:"我以前对你珂叔说过,我实际上是一条蓝鲸;现在我吞不下你了……你走吧。我

老头子劝阻：" 使不得啊！ "〔正说着响起了〕

〔██〕吱之〔██〕声，原来那个满脸胡茬的〔儿子〕〔██〕撑着滑轮板出来了。他满脸〔██〕是伤〔██〕。〔母亲〕〔马上〕〔██〕站〔到〕儿子旁边。〔████████〕

"我做好锅饼，这是上路的口粮。路远路艰啊，我在车上给孩儿铺了软和东西。〔██〕家里什么也没有了，要'提留'，只好把他送上去了。总经理不要，我就往上送，不管多远的路。我只有这么一个宝贝儿子，这就是我的〔他们要就要, 不要把心退!〕'提留'！"

四

〔████〕不歇气画了好几天〔████〕，业已完工。〔██〕〔可惜〕不会使用藤黄，所以没有了那一片之金色。伊罗吉玛·唐。现在〔██〕该亲自把它送给市长了，〔██〕要就要，不要把心退。〔██〕

〔█████████████〕史阿咕之喽之一

会一个人洗草药浴,一个人对付下去——我还有老憨做伴儿。荒唐一生,别人都不会离我太近了。自己的日子开始了……"狒狒不停地哭,搂紧他晃动:"好鲈鱼!我怎么会自己走?我到哪儿也不能扔下你!""我的傻孩子!别说了,我只想让你这会儿答应一句要紧话。"

狒狒站起来。

"我要好好走,走到最后——最后的日子到了时,你要帮我离开。这个事儿非同小可,只有你来做。你长了那么巧的小手。我选中的是你。"狒狒跪下推他:"你在说什么?你知道自己在说什么呀?老天,我害怕了……我到底怎么办啊?"

"我选中的是你。"

狒狒在鲈鱼怀中恸哭。她从未这样哭过。

四

史珂总是放心不下。这天一早他去老油库,进门还是冷冷清清,老憨一声不吭。鲈鱼手边无茶,见了史珂只哼了一声。史珂捅开炉子,煮上茶。狒狒不在,浓烈的草药气味也没了。"狒狒呢?""电鳗。"史珂不解,再问还是那两个字。"若是当年,我也学鸟人徐福(市)一跑了之。"史珂坐到老友身边,递上一杯苦茶。"现在我被困在老油库里,小狒狒——跑了。"史珂好不容易才弄明白狒狒与电鳗的事。"那家伙被我干了一枪,如今躺在医院里。狒狒有一半时间要去陪他,他一出院就会领走狒狒……"史珂强抑心中的震惊。老油库最好的岁月过去了。人哪,即便有海洋般的怜悯也不够分洒啊。他端量炕上的鲈鱼:这个人苦难深重,只是没人察觉。

史珂建议他按时洗草药浴,一切照旧。他提醒对方:没有狒狒的日子占据了你全部生命的百分之九十九,难道你还没有学会自己生活吗?但他知道这可不是一种安慰。他忍住了。临出门在忠诚的老憨头上拍了拍,像是留下了重托。门前的狼尾花一摇三摆,他站在芜草中足有一刻,感受从那扇窗户射来的目光。启步向前,却不知何往。小径上印满了狒狒和黄鼬的足蹄。他踏向另一个方向,满身都挂满了鬼针草籽。

又一次走近了那个西郊小院。这次门敞着,他没有敲门就走进去,两个老人高兴得拍起了腿。老头子说:"我昨个就对老婆子说了,大学士快来咱家哩!"老太婆笑眯眯站起:"就是老东西嘴准。进屋吃茶何如?"史珂点头。茉莉花茶浓浓的,白汽在炕桌上缠绕。半岛农家的习惯就是餐饮上炕,盘腿坐在苇席或毡毯上,想的尽是年少与故土。原来无论荣辱,离去即是漂泊。史珂呷茶,思绪突然飞到了小时候的青杨树:那儿全是白沙,他们一群童男童女在上面跳跃,每个人都散发出一股未成熟的气味。这种气味一直到十七八岁之前都是显豁的,然后才一点点淡下来。他曾暗自比较故乡少女与城里知识少女的差异,发现前者随处都携带了田野的原生气——到后来,特别是逼近老年时节,这气息会滋润涵养一个人的余生。"大学士就是这样,大学士一喝茶就低眉也。"老太太对男人小声说一句。史珂提到那一天来这儿,两户人家都挂了锁。两个老人马上沉下脸来。

这样待了一会儿老头子说：那一天出事哩——一大早东邻的老太太就用地排车拉上瘫儿子去了"老板"门前，禀报：我家如今只有这么个宝贝儿子了，算是我的"提留"！家丁回去一说，立马出来三个护家，他们把老太太和瘫儿全揍了……史珂想起以前见过的草坪别墅，问："后来？""后来老太太把满脸是血的儿子拉回了，将养几天再说也！"

史珂与两位老人去敲东邻的门。一进院三个人愣住了：屋檐下晾晒了一溜大锅饼，院中的地排车上铺了厚厚的麦草。老太太小声对史珂说："大概娘儿俩要走远路了也。"老头子过去劝阻主人："使不得啊！"正说着响起了吱吱声，原来那个满脸胡茬的儿子撑着滑板出来了。他满脸是伤。母亲马上站到儿子旁边，"我做好锅饼，这是上路的口粮。路远路颠啊，我在车上给孩儿铺了软和东西。家里什么也没了，只好把他送去了。'老板'不要就往上送吧，只有这么一个宝贝儿子，他们要就要，不要把心递！"

五

回去的路上是难以消除的恶劣心情。远远绕开城区，有时真想闭上眼睛。每次都要躲开一摊摊垃圾，脏得不堪入目。在这乱七八糟的地方发现一个哇哇大哭的弃婴他都不会吃惊。街巷四处喧嚷，收破烂的叫成一片。到处都在拆建、挖掘，暴土飞扬。这就是浅山。史珂回味一生所去之处：这么多年来他们建了那么多粗鲁的城市，就是没有建成一座文明细腻的城市。所有城市都要倾尽全力防备强盗。

一路都在想那个老太太的锅饼,想鲈鱼和师辉——多好的孩子,她必会懂得怜悯。他要劝说她去看望父亲。一想师辉就想到了那一天马莎对她的挖苦:"就算是个处女吧,就算长得小模小样吧,可惜那对锁子骨太高了;我费了半天工夫也没发现奶子在哪里……"史珂这会儿骂道:你有大海绵,可你没有怜悯,所以你最终什么也不是。他望着身后烟气腾腾的天空,心想这个复杂的世界啊,其实又多么简单,所有人不过分成了两种:有感情的和没有感情的。

一步步走近了。又望见那片黑色的丛林,那个压在中间的老油库。小径今天好像亮晶晶的,两旁的苦艾都伏向一边。极想喝一杯鲈鱼的苦茶,渴得要死。推开栅栏门,只有老憨伫立。原来屋门挂了拳头大的老式铁锁!史珂与老憨一起蹲下了。

不知蹲了多久,有人砰一下推开木栅门:狒狒!瞧她几天不见变得衣衫不整,小嘴焦干,那双手何等粗糙。她张大嘴巴喘着:"珂叔,他住院了……那一天他躺在地上,满嘴都是白沫……现在醒过来了。"狒狒说着飞快取了衣物,给老憨加了食水,拉上他就走。

一个人变成了如此模样:青紫的脸上眼睛和嘴巴都歪了,鼻子显得奇大,白色的鼻毛伸出来。狒狒对上耳边咕哝几声,紧闭的双目才费力睁开。史珂不敢看这双眼睛。它曾是那么欢乐明亮,这时却歪着,其中一只眼白很大。史珂去摸那只僵手,他马上发出咕噜。医生小声告诉史珂:再过十几天危险期就过去了。不过这个人重新站起来是不可能了。

史珂整个下午都待在了鲈鱼身边。有两次病人要解溲,史珂去端便壶,都被狒狒抢过了。她熟练地掀了被单，露出一点裸躯，对上壶口。看着她把鲈鱼下体那个骄横一生的东西塞进便壶，史珂心中生出从未有过的感佩。

六

二十天之后，老油库的主人归来了。由狒狒指挥，五个壮汉用担架将其抬进屋里。整个过程烦琐无比：先是让狒狒在炕上垫了高密度海绵，铺下絮了新棉的被子，然后再隔一层塑料布，最上层是褥子。狒狒动手做这些，那五个壮汉一直抬着担架，只等一声呼唤小心翼翼把巨人挪到炕上。史珂帮不上忙，就去生炉子煮苦茶。鲈鱼发出的声音他听不懂，狒狒取一个吸管在杯里，又试了试冷热。她回转身搓洗医院带回的衣服。鲈鱼刚吸了几口又是嚷叫，很像朽木折断的咔嚓声。狒狒赶紧取过一边的动植物图谱。

史珂一页一页翻给他看。翻到真鲷，他笑了。翻到了蓝鲸，他咧着歪嘴又笑。狒狒在一旁说："他说那才是自己。他让你好好看看蓝鲸的说明，让你读出来听。"史珂只好遵命。"蓝鲸，世界上最庞大的动物，身长可达三十米，深灰色，出没于各大洋……"

窗外的老憨暴躁几声。史珂从窗上看去，见它的脊毛全部直立。那条小径上有个男子走过来，是头发蜷曲的电鳗。电鳗一进来鲈鱼就嚷叫不息，狒狒一声连一声安慰，又回头呵斥电鳗："你走吧！你来干什么？

不是说了不让你来吗？"电鳗说："就这一回！"说着踱到炕前看鲈鱼。看了一会儿他对狒狒和史珂说："我们俩有点私事。"史珂手持图谱一动不动。狒狒喝道："你要干什么？你别想让我们离开！""这是干吗？不让我们个别交谈？我发誓，不会伤害你的小宝贝一根毫毛！你不答应我就不走了！"狒狒过来看看鲈鱼，拍拍他，扯上史珂的手离开。

电鳗站在炕边，凑得更近一些，突然解了腰带。他将满是紫色伤疤的肚子露出来。鲈鱼瞥了一眼，马上挣扎两下，竟然用肩膀顶开被单，裸出身体左边一溜三个枪疤。这样约有一二分钟，电鳗咬咬牙，又把裤子扯了一下……他挺举了许久，让炕上的人看清这粗硕暴怒，累累青筋和一团黑暗。鲈鱼发出尖叫。外面传来跑动声。电鳗迅速提好裤子。炕上的人吼叫，脸憋成紫色。史珂和狒狒伏过去安慰拍打，好不容易才让他平静下来。狒狒质问电鳗："你对他说了什么？"电鳗很冤："来不及呢，我还一个字都没说呢……"

史珂整整一天都在陪伴鲈鱼。电鳗走后，鲈鱼泪水漫流。狒狒问他："你到底怎么了啊？怎么了啊？"鲈鱼只是不答。史珂想起一个要紧事情，对狒狒说：应该赶快通知师辉，为什么不呢？狒狒摇头："他不愿意，说等好一些再告诉孩子。"史珂拍着膝盖："再也不能等了——别等了。"

师辉一刻未停赶到了老油库。她伏在父亲的手掌上。这只手多么渴望抚摸她的脸庞和头发，可这会儿一动都不能动。她的泪水把手掌打湿了。他直盯盯看她，只要稍离半步，这目光就急急追寻。她坐在炕边握着父亲的手。狒狒叫着"姐姐"，师辉没应。狒狒哭了。

狒狒喂鲈鱼吃过饭，把另一盏灯也打开，然后开始读书。她使用了鲈鱼的语气和节奏,而且也嵌入"是这样啊","你看啊","接着啊"之类。声音的河流温软起伏,鲈鱼脸上有一团光在融化。师辉坐在炕的另一边,这时看了一眼狒狒,立刻吃了一惊——她用那么温甜的声音读书,眼里的泪却从未干过,这会儿正顺着鼻子流下……

七

时间流过老油库这儿马上变得迟缓。它在别处总是迅疾淌去,在丛林老屋跟前却变得浓稠滞涩,简直是一寸一寸洇去。史珂坐在鲈鱼旁边,听着时间的浓汤渗过地表的滋滋声,闭着眼睛。炕上的人睡去时,史珂也要打一会儿瞌睡。为鲈鱼端便盆一类事情都是狒狒来做。师辉与史珂商量雇一位男帮手,狒狒却坚决反对:"那怎么行。他什么也不会明白,再说病人也不要。"当他们都离去时,狒狒和病人仍旧相偎而眠。这是他们最珍惜的时光。

有一天鲈鱼突然冲着史珂叫起来。狒狒告诉:他让女儿请母亲来老油库一次,只一次就够了。几天过去音信全无,现在他请老友亲自跑一趟。史珂应着,不知该怎么做。他从未见过她,但早已得知那个人的美丽与倔犟,多少有些畏惧。狒狒擦着眼睛:"去吧珂叔!"

他去了那所小院。他称她"胡校长"。这是一个因为美貌和丈夫的原因,沾染了传奇色彩的女性。此时此刻面对了她,真有一种瞻仰般的紧张。但他还是几次抬起头,悄悄压抑着心头的惊讶。她脸上的皱褶和下巴上不可避免的一点赘肉,并未改变那种清高气。有一种沉静的美正伴她进入老年。只有亲眼看见这位妇人,才会明白"夕阳之恋"是什么意思。史珂此时说话不可能太流畅,简直是吭吭哧哧说明了来意,然后只等一句回答。

她的语气似乎很淡:"真是不幸。不过那儿有狒狒,后来女儿不是也去了。""是。不过恕我直言,谁也没有你重要,谁也取代不了你。"她看着窗外:"……感谢你还有这样的看法。可惜我老了,太老了。"史珂最后觉得自己在为老友乞求:"请你还是,还是去一趟吧!我担心他不会长久……你们该有最后一面。"胡春旖摇头:"他还会活很长时间。这世上只有我最了解他,他才不会走在我的前边!"说着背过脸去。史珂的心凉了。

老油库四周可真静。几只大鸟石块一样压在屋子左右的树上,引得老憨愤愤盯视。史珂几乎每天都来一次,为鲈鱼倒一杯苦茶。他渐渐习惯了狒狒读书,却忽视了她的消瘦憔悴,那变得芜乱不堪的头发。有一天狒狒迎着窗前亮光一抬头,让史珂看到一张恶鬼似的小脸:乱发撮撮,眼睛发红,沾满灰污……这一天她为鲈鱼换被单,刚一掀就大叫一声,手里的东西掉在地上。原来鲈鱼生了大片褥疮,那溃烂仿佛在一夜间完成了。

医生来了几次,无非是打针上药、注射点滴之类。一连折腾了许久,一片溃烂止息,另一片又开始生成。鲈鱼看上去并无痛苦,只用目光安慰狒狒和史珂,有一次甚至哼出了一个曲调。那是六十年前的一首军歌。史珂看到了鲈鱼嘴角的笑。这样哼了一会儿又是叫,狒狒去一旁取来一套五大册动植物图谱:"全都送给珂叔?"炕上的人不停点头。史珂摆手:"这怎么可以?这是你最喜欢的东西!"鲈鱼脸色涨得发紫,大叫。狒狒说:"你快罢。他决定了就不能改变。"史珂抱了五大册在怀中,知道这是一生最重的礼物。

这个夜晚史珂一直在孤屋翻阅五册赠书。书页陈旧但无一破损。他相信这厚重的纸页间留有那个人的气息和隐秘。一只夜鸟从屋子上方荡过,留下一声呼告。窗外的那只刺猬又咳嗽了。月亮带着晕圈出现在东南方。一天星斗急躁闪跳。史珂打开了笔记本。"鲈鱼……看来你要留在北方了,就像史铭要留在西方。"他盯了一会儿"北方"和"西方",又在适处加上"祖国"二字。自己总算叶落归根了。多么神奇的情结。记得史铭这样谈论过世的父亲:"爱国的泪水流个不停,结果还是坏了名声。"史铭自己也到了晚年,不知他能否把同样的泪水洒进哈得逊河口。

一想到鲈鱼会在梦中返回南方,史珂心里就为他难过。同样,史珂也为史铭难过。

八

黎明时分狒狒突然推门进来了。史珂大惊失色:她披头散发,像一只待宰的雌性小动物。她在桌上伏了一会儿,抬起头就哇哇大哭:"珂叔你快救救他吧,我心里都难过死了。好多天了,我一直在瞒着你。他硬让我送他走——这十几天你一离开他就命令我,一夜一夜哀求……他发烧，半个身子烂了，死不了也活不成。我吓坏了。我知道只有做了，哭了一夜……"史珂的头嗡嗡响。他突然想起鲈鱼"我就要走了"那句话，还有送图谱，去叫胡春猗，原来这都是为了最后——他恍然大悟！狒狒泣不成声："他让我准备毒药，要量大有劲。我让电鳗去找。开始他找来一包老鼠药，我扔了；他又换了砒霜，我犹豫着还是没用。他说氰化物最好，我就让电鳗从山区金矿搞来……可我不能！我不能啊！"

几乎一刻不停，史珂随狒狒去了老油库。一进门就听到炕上的人在嘶哑嚎叫，狒狒说："他这是唱歌，从昨夜一直在唱。他还念叨了许多名字，有胡春猗、师辉，你，过去的男女战友。他总说'快放飞笼中鸟'啊，又说是'蓝鲸入海'……"史珂擦了一把自己焦干的脸，上前握住他的手。他只是嚎唱，嚎唱……"老伙计，你得答应我挺住——挺住了才有办法！你得答应！"

嚎唱总算停息了。他看着史珂，点了点头。

史东宾又来骚扰叔父了。他好像这辈子都要无精打采：口叼雪茄，领带歪着。他一坐下就唉声叹气。史珂知道这个吃饱喝足，如今又要吞下整个河湾的侄儿因为缺乏"第一流的爱情"而苦恼——不久还将转为悲愤。但无济于事。在爱情这个人类共同的大问题面前，人人都差不多：努力了，但无济于事。瞧那么多人蹦啊跳啊，结果都差不多。鲈鱼是个例外吗？他不断得到又不断跑掉——或者从来就没有得到？"人这辈子就别想搞懂！他开始嚎唱……"史东宾一愣："谁在嚎唱？""……"

史东宾试探马莎的动向，史珂全无心情。"我知道她与市长关系比我好。她那儿有权有势的密友起码要有一打。就是这么个骚泼货。我没得性病算是万幸。告诉你吧，前一段就是她怂恿吴妈来缠你，还教怎么'试婚'，试的情况要按时汇报——这回你该知道她是个什么东西了吧？到底是血统不一样，她这样的人到死也是小家子气：从很早就背着我搞私房钱，还以为我不知道！"史珂只想着那嘶哑的嚎唱，一句也听不进去。他的泪全流在了心里。

史东宾刚走马莎就到了。她从河湾东边过来，大概看见了史东宾的车。她卡着腰说："河湾开发照样进行。我在钱上不打他的主意，他欠我的这辈子也还不上。我的怨气是在别的方面，用乡里乡间的话说就是：我也不能白白让他玩了这么多年！你侄子这个喜新厌旧的色狼，那时候我们还没有结婚，他就把我骗到了万恶的纽约，让你哥哥把着门，他就把我糟蹋了……"史珂知道这是言过其实了，是发泄。对付她的办法只有一个：一言不发。

"你侄子这些年都靠我撑着。大工程投标，对付前妻设下那些八卦阵，没有我他就得坐在地上哭！他自以为给几个头面人物扔下几个钱就结了，其实哪有那么简单？我为他设计得本来蛮好，他会一节一节往上走的，真正成个人物。现在得了，他只能满足于穿穿鳄鱼衫、脚上蹬一双意大利皮鞋，更高雅的享受他不懂。就连抽那种大雪茄还是我告诉他的呢，说出来让人牙碜！"马莎发热，唰一下抢了长披，露出一条镀银大扣子腰带——史珂一瞧就想起了古装戏中的护心镜。他一言不发，可是难免要琢磨一下对方的话。她所说的"真正人物"是什么？官吗？那只是她的标准。鲈鱼就说过："一个人如果不是因为慈悲才做官，那么都是鼠辈。"马莎既不懂"慈悲"，那也只能当个"鼠辈"。

么个泼辣货▇▇。我们大家没得瘟病算是▇▇(万幸)。告诉你吧，前一段就是她总是好来缠你，还怎么着发▇▇(还)'试婚'，试的情况要按时▇▇(要)汇报——这回你该知道她是个什么东西了吧？"史珂心里说：你们都一样。世上再没有比你们俩▇▇(更)合适的了。

　　▇▇▇▇▇▇史东宾刚走▇▇▇▇马莎就到了。她▇▇从河湾东边过来，大概▇▇看见了史东宾的车。她扠着腰说："河湾开发照样进行。大不了我们之间股份分成。我在钱上不打他的主意，他欠我的这辈子也还不上。我的宽宏在别的方面，▇▇▇▇▇▇用咱乡里乡间的俗语说吧：我也不枉白～让她▇▇(玩)了这么多年！你侄子这个喜新厌旧的色狼，那时候我们还没有结婚，他就把我骗到了万恶史珂心上只有苦苦拼挣的鲈鱼，心底全是呻吟。什么"一节一节往上"啊，"人物"啊，还是放眼望望别处吧。他至今记得在京城遇到的一个傻乎乎的作家，想起他说过的令人难忘的一段话——当时一个小人得志的家伙刚走，他就说："有什么了不起？也别太傲了。我见过一棵大树，树龄已经五千年，每天饮水两吨。别以为这是假的，这树就在山东浮来山，我小姨子在那里干常委，个子不高，风姿绰约……"后半截话显然多余，不过史珂还是记住了。

马莎又是半夜才走。屋子里烟味和香水味俱浓，他不得不打开窗户。"侄儿和侄媳，他们的粗雪茄和大护心镜都扎我的眼。""人哪，都在时髦中挣扎；可是，我的朋友开始了嚎唱……"写完这样两句，史珂就困了。

他睡了。很少有这样的沉睡：睡得像个儿童。日照东墙了他还在睡。

九

他是迎着刺目的阳光走进老油库的。真是死一样沉寂。他从迈入栅栏门的第一步就开始咚咚心跳，待踏入屋门时，心跳猛地停止——他一眼就看到大炕上的巨人静息了。

他屏住呼吸，蹑手蹑脚走近。大炕上的人无比安详，脸上好像敷了一尽莹粉……他抬起头去寻另一个人，凝视着她。她的泪水一直在眶中旋动，向他深深地点了点头。

史珂像醉酒一样往回走去，一路上大地都在摇晃。

鲈鱼这回算是彻底注销了，等于电脑中的删除——纽约的小嫂子曾演示给他看，一按删除键，屏上立刻出现一句刻板的提醒：你真的要永久删除它吗？"是的！"她咕哝一声按下那个键。不过这回按键的是另一个女人。史珂当时看露西按下键去脑子里曾有一个想法：被删除的东西（文件）在那一刻不会痛得吱吱叫吧？这会儿他明白了，他是那么心疼这个人，海边丛林中唯一的伴。这个人原来一辈子都在设法战胜屈辱，没成。最后，一个川女按下了致命的键。

在史铭看来全世界的命运都在键上了。数码一串串千变万化无穷组合，只由那二十六个字母牵动。这些字母如何联手也就决定了一切——何止是幸运与噩运，有时简直可以把你连根拔了。就是这么简单。你要发疯就发吧，它们还是字母。史珂无法接受这个事实，躺在了床上。他再也不愿睁眼了。心脏由于惊恐和愤怒正可劲地轰击。

有人敲门。来人带进了彻骨之寒，让史珂打个冷战坐起。搓搓眼，什么也没有。他复又躺下。天黑了，夜色里满是杀气。史珂等待着什么，后来又一次爬起。

他顺着河湾一直走到海边。阴沉辽远无遮无拦的水，浪花时缓时急扑着沙岸。原来这里随时都能发生什么。无际的大水像天空一样古老，对其只能猜测。人老了，装了一肚子折磨和少量欢乐，这儿成了最好的失眠之所。一条蓝鲸刚刚入洋。它如果时间充裕，说不定真会游到大西洋，打个旋停泊到曼哈顿，为那边的兄长捎个口信：河湾这儿的安静已屈指可数，大开发即将展开；史家从上一代就在打这个主意，到了这一代才得逞。

史珂顺着浪缘走了很远，往东看了月光下的河湾，所谓的"沉溺谷地"。河口已经被沿岸漂沙堵塞，水湾长满蒲荻。微风下的水生植物唶喳细语，是一种冰凉的口气。他不解的是鲈鱼生前为何不来这里？饱经沧桑者害怕无边无际无头无绪的荒凉？可是他们却常常愿意被这荒凉所衬托！孤独，一个嚼来嚼去早就变质的字眼，它倒是确凿存在。

回到屋里又一次展开那五大册遗赠。蓝鲸，座头鲸，露脊鲸，一同喷射出壮观的水柱。须鲸的上颚长着排须，宛若智慧老人。独角鲸的长戟啊，抹香鲸的大头啊。伟大的水族。蓝鲸作为它们当中的巨人，风度优雅。它们一直生活在那个不为人知的世界。它们当中的一个如果尝试着上岸做人，大概会好色。"在丑恶野蛮之地，得势的是冷酷的色鬼；在文明理智之邦，则容忍着善良的色鬼。"史珂喃喃一句，"他去的地方也不会是个光明世界。但愿那里别被金钱和性压得吱哇乱叫——不管是什么人，那样一叫就不优雅了。"史珂反复想着"优雅"两字，总要想到兄长那后梳的不争气的头发。史铭那一次算是把这两个字好好嘲弄了一番。人总得生活啊，繁衍啊，哪个人会"优雅"地做爱呢？"遇到一个直性子女人，一巴掌就会把那样的男人打到一边去！"史铭一说到"优雅"气就不打一处来，真不愧为批判中国文化的高手。他那天一直吵吵嚷嚷的。

夜晚的尾声是紊乱的梦境，睡着了仍然在和兄长辩论。他发现鲈鱼帮了自己一手，还有拣松塔的两个老人。另几个面目不清，元吉良？肖紫薇？一伙人呼呼隆隆去大都会艺术博物馆，一进门就听到了一个悦耳的声音——适度的轻音和儿化音，圆润温软的舌前音……女画家！史珂还是没有来……"师傅抬起头:"不。只有我知道妈妈会去。那几天我发现她有些慌,说话语无伦次,而且偷着试衣服。我看到各种新旧衣服拋了一床……她从前从未这样过!相信我,是爸爸走得太突然了。妈妈已经支撑不住,是她让我来问的……"

史铁嘴动了动,说不出什么。

"我再也没有父亲了。可过去我往海边一望,心里知道那儿有个父亲……"她哭出了声音。史铁不知怎么安慰。"我害怕,史叔叔!我越来越怕,你来,你来做个父亲吧!"

史铁心里惊呼:使不得啊!嘴上连连说哪:"我怎么敢奢望这样一个好孩子!我

急得喊不出,直到满头是汗醒来——满屋曙色,一种金黄色。

敲门声响了,史珂猜中了一个人。师辉臂戴黑纱,默立门侧。"孩子,坐吧!"师辉闪着泪光的眸子盯住他:"史叔……"

师辉伏在了桌上。史珂说:"他在最后的日子只盼一个人。我代他求情,那个人还是没来……"师辉抬起头:"不。只有我知道她会去。那几天她有些慌,还偷着试衣服……她以前从未这样!相信我,是爸爸走得太急了。妈妈支撑不住了……"

史珂嘴巴动了动,说不出什么。"我再也没有父亲了。过去往海边一望,知道那儿有个父亲……"史珂不知怎么安慰她。"我害怕,史叔!我越来越怕……"

"好孩子!不要怕……因为怕也没用——我现在知道:对这个世界不能怕。"

十

河湾开始轰鸣,一辆接一辆推土机昂首挺进。到处红旗招展。从此喧声日夜不息。史珂开始考虑迁居。可是他久久看着黑乎乎的丛林……人世间真有一块静谧之地?史珂现在深表怀疑。深夜他在本子上写下四个字:"我不相信。"

由于这些无眠之夜,反而加快了工作:有书一本。他一遍又一遍翻动那本陈旧的笔记,试着将互不连贯的句子衔接和延长。它们要生长。

它们长成的那一天，他将首先交给女儿师辉。

他现在常常想什么是"书"？如今老了，经历许多，可以不夸张不矫情说出一个认识：男子汉满脸胡须，一生总有些好活计该做，比如纵马疆场，比如写出一本自己的书。书是什么？它甚至不光是把灵魂拖出来硬揍——灵魂也怪可怜的；它还要包括冷眼与真心，午夜手记，竹简刻字的吝啬。总之，书啊……

最难的是书的名字。

史珂今夜明白为什么要写这本书：一个一个都走了，留下他来写；这书的不同，在于它没有那么多豪志：不是为了留给未来，而只是为了呼应旧友——这就够了。

最难的是书名。结果最后还是林野之声提醒了自己：既然身处外省的外省的——外省——那么这书也就可以称之为《外省书》了。

隆隆之声伴了苦思之夜。如今居于河湾真好似与狼共舞。没有办法，为了这书，且筑起一道篱笆，一道心篱罢。

停笔的间隙他突然想起一个重要事情：今后狒狒大概要去电鳗那儿了，这就剩下了黄狗老憨自己——它应该住到我这里来。嗯，马上。

一九九九年一月一日—二十五日／二〇〇〇年四月十五日—六月二日，龙口
二〇〇〇年六月十一日—二十九日／七月十六日—二十日，济南

丑行或浪漫

《丑行或浪漫》书影，印刻出版有限公司二〇〇三年十一月版。

《丑行或浪漫》书影，瑞典 Jinring Publishing House 出版社二〇一五年二月版。

各版本的《丑行或浪漫》

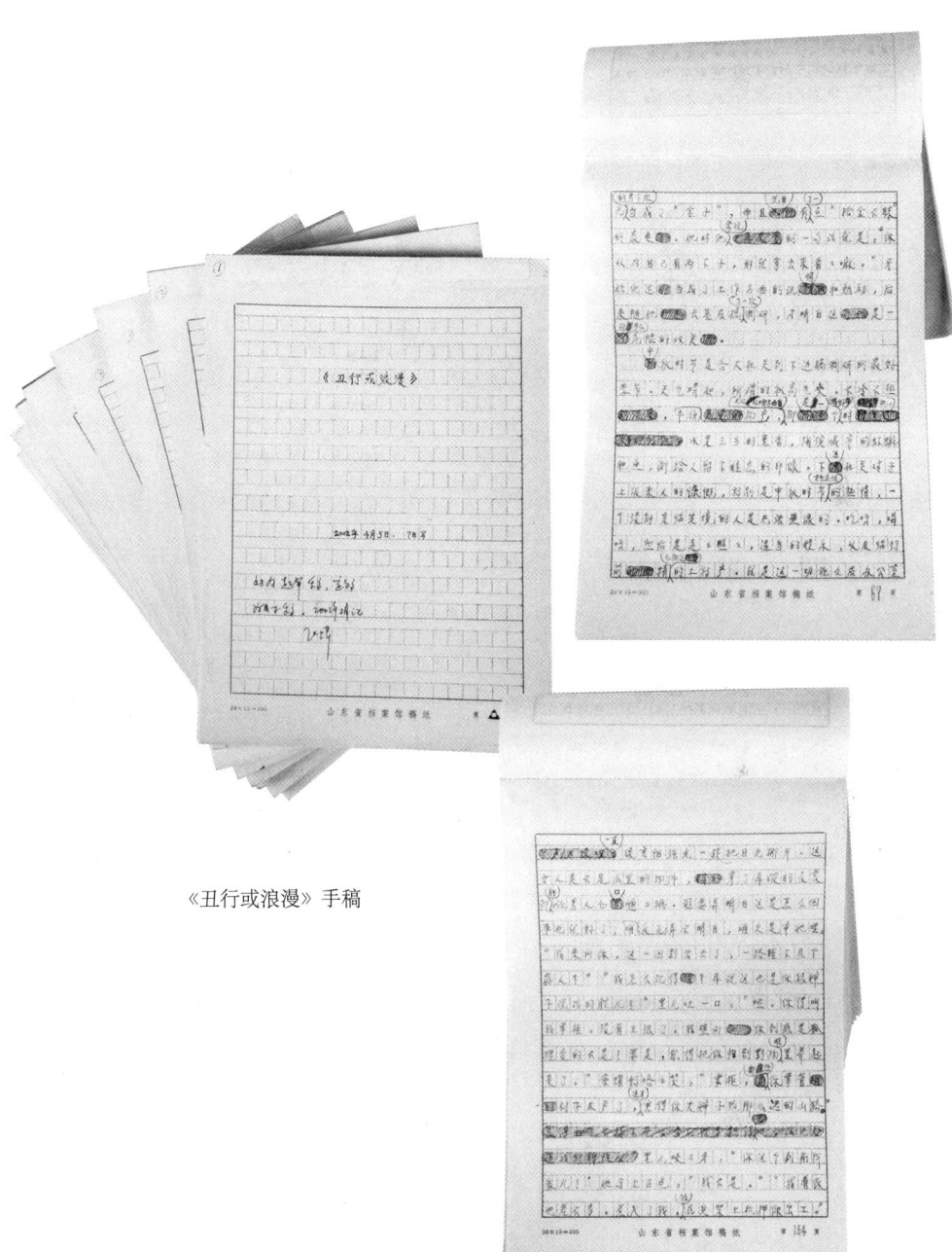

《丑行或浪漫》手稿

第一章　南瓜饼

一

暮气围拢的一刻，天空和大地变成了杏红色，到处都暖洋洋的。如果这会儿是在那条河边，如果再有一群肥羊儿咩咩一叫，那就好了，那就离怦怦心跳的幸福一拃远了。现在是市中心，刚刚下班，这么多人和车堵在城街十字路口，司机们开始胡按喇叭。每天的这段时间都有人流车流拥在那儿，等着又干又硬的黑夜把整座城市罩个严严实实。不过令他奇怪的是，这些天每次在路边等待绿灯，每到了这个时候，鼻孔里就会倏然掠过一股浓浓的糯香。这气味让双腿变得轻快起来。黄昏的天色就像剥了皮的南瓜，快熟透了，快吃进嘴里了。一股风拥紧了后腰那儿，一路推着他往前，像要一口气把人推到记忆的河边。已经好多天了，无论上班下班，脑海里时不时就要闪过年轻时的那一幕，触起二十多年前的那个场景，让人心慌走神。最后他不得不在心里告饶：妈呀，老猪挂记着万年的糠，千万别动这样的念头，这可不是老实人该想的事情，快打住吧。

穿过烟熏火燎的烧烤摊，拐进南北巷子，一抬头就能看到四楼窗上那幅橘红色的帘子。"我的家啊，"心上热着往前赶，几步就跨到了楼梯口。到处弥漫着不言自明的香气,到处都是小家的气息。打开门,一层水汽飘在走廊里,厨娘合手站在那儿。他们打照面时谁也不说一句话。她取下他手中的皮包,手一挨近就觉得灼烫烤人:刚才那一会儿她还在灶上做饼,不用铲子,而是直接在油滋滋的平底锅上摊,伸手揪着那饼转动、拍打,再翻过来。他在一边看过。软软的一张饼被她哄得团团转,像个乖孩子一样。"主家,吃饭哩。""唔,可别这么叫。""是哩主家,"厨娘回头去了厨房,出来时一手托着金色大饼,一手举着蓝花钵。两人一声不吭吃饭了。

在她收拾餐桌的时候,他到北凉台上吸了一支烟。身后有脚步声,原来她站在那儿。"主家,她不让你吸哩。""唔,不吸了,"他随手将烟揉灭,听着脚步声消失。"你听她的,那就跟她去吧。"又粗又闷的声音吓了自己一跳,好在对方听不到。回到卧室一片灰黑,他没有开灯,头枕双臂仰躺在沙发上。又是一个长夜开始了,一个人,没有妻子也没有儿子。妻子一个月只回家三五次;每次只待三五分钟。儿子在寄宿学校,见面要等到周末。保姆大概回自己的屋里去了,四周没有一点声息。可是南瓜饼的气味弄得满屋都是,从她来到这个家到现在一直如此。这个女人也像南瓜:真是丰硕,露在外面的部分红红的。大概她周身都是火红的肌肤。

现在家里是两个人了。像变戏法似的,如今夜晚有了两个人。尽管她在另一个屋里,他却再也不觉得孤单了。男人跨过了中年这条线最害怕的就是孤单,孤单让人百病皆生,早早老了死了算完。一个人的夜晚让他想得太多,最后所有的愁绪都落在妻子身上。看吧,有多少人在使用这同一个夜晚,用法却是千差万别:比如妻子,她有自己暧昧的夜晚。对此他坚信不疑。妻子这会儿一定与某个人在一起,那人虎背熊腰,脸庞黝黑,双眼溅着火星,厚厚的双唇往上翻着,手上戴了纽扣般的大戒指。可惜他从没见过这个人,完全是通过声音想象出来的。有一天半夜电话响了,那一端是一个粗声粗气的男人,又凶又躁,竟然一开口就说:"让金梨花接电话。"放下电话他对妻子怜惜了。他担心如此粗鲁的男人绝不会珍重女人,只会蹂躏。

他太熟悉自己的妻子了。十一年嘛,生了个儿子嘛。她娇细白嫩,腰如黄蜂,有一口世界上最洁净的牙齿;清香如薄荷的气味,黑宝石一样的眸子,还有一只翘翘的猫舌。当然了,美人胚子。不过人生育之后就变得尖利了,完全不是从前的温柔多情。她太多情了,关于这一点,他简直将整个下半生用来回想都不够。是啊,一个人只要可爱就会有一些绝招儿,说白了就是这后者让人不忍割舍。自己单位那个女副局长不止一次说他:你可真沉得住气!是的,这眷恋与不舍是由十一年的光阴积存而成的。事到如今,到这个夜晚,他对她仍有一种抱愧的心情。

不错,她的尖利逼人完全是生育的结果。生了个男孩,多么谦逊老实,安然沉默的性格甚至超过了父亲。可能做母亲的把全身贤淑都用来孕育腹中的孩子了,瓜熟蒂落之后,母体剩下的就全是怨怒刻薄了。她开始吹毛求疵,动不动就指鼻训斥,挑剔他窝窝囊囊的仕途、可怜巴巴的薪金,以及羞于提起的性能力。时代变了,衡量事物的标准和尺度也在变,如今许多人对大是大非问题不再细究,而对于区区性的要求倒是空前苛刻了。还是那个顶头女上司,常常转弯抹角探询他床上的事情,最后的率直总让他惊骇不已。妻子好像人届中年才发觉事事不如人，恨不得从一切方面都来个大跃进。比如她一个月内竟让丈夫跑五次家政服务中心，一年里先后领回十二个保姆，却又以各种借口全部辞退。最后那个本来近乎完美，只因有一段不停地打嗝，还是遭到了淘汰。他在心里呼叫："老天，能在我们家做保姆的人大概还没有生出来。"回忆与一个个保姆相处的日子，有些心酸。她们或高或矮，或胖或瘦，或是新来这座城市的打工妹，或是辗转了几家的老手。她们对女主人都同样畏惧。她要求她们没有疾病，健康得无可挑剔，又能操持一手好伙食。人要绝对勤快，还要沉默，随便与主人搭讪是不行的。他记得有一个山区来的活泼姑娘，脸庞像多汁的水藕，一对虎牙；人也勤苦肯干，家里随处都擦得干干净净。她闲下来的时候就陪他喝茶，偶尔一笑很响。妻子让他辞退，他吸了一口凉气："我相信咱家再也找不到这么好的姑娘了。""是吗？那更得快走。""为什么？""因为她死盯着你看。"姑娘走了。后来的几个分别犯有不同的禁忌，不过他终于明白：最大的忌讳就是她们的年轻、成熟和漂亮。没法，他后来只能去找那些最不起眼的女人，结果惹得妻子大叫："你想把我腌臜死呀！"半年过去，他没有领回一个保姆，她不得不亲自办理，结果还是大同小异。在失望和厌烦的日子里，他真的想念她们了。偶尔去几次家政服务中心，只不过是例行公事。妻子抱怨和发火的次数越来越多，同时开始处心积虑地打扮，半夜不归。也就是这段时间，他接到了那个男人的电话。妻子借口出差，有时长达半月没有音讯。像是出于一种惯性，他照例要留意保姆的事情：有一天下班路过一条白杨路，见路边站了一些求职打工的人，个个身前有一块纸牌，写了自己的特长等等。姑娘和中年妇女都是寻求做保姆厨娘的。他在一个围蓝色头巾的女人跟前站住了：走到她跟前，抬了两次脚都没能挪开步子。

这个女人四十岁左右，偏胖，邋邋遢遢的样子。宽大的围巾遮去了半个面庞，眉眼就看不太清了。"会做饭吗？"她把领上的围巾往下拉一拉："会哩。"东部平原口音。他马上问："哪里人？"回答出乎预料。可是他心里有个声音一再催促：不必再问了，就是她了，就是这个人了，保管妻子相得中。这样想着他就说了："走，咱们回家去。"

他们一前一后提着打了补丁的大包裹回来了。像是早有约定似的，妻子竟然等在家里，这会儿马上端量起灯下的女人："多大了？""四十二。""出来几年了？""八年。""有身份证吗？"女人在身上掏着，掏出了一张皱巴巴的纸头。妻子一把拿走，他也凑过去看：刘自然，十八里疃人。"真他妈怪的村名啊。不过留下吧，先好好洗涮洗涮。真腌臜死人了。"妻子一句话做了决定，然后到衣柜里取了什么东西，一转身又离开了这个家。

"主家，晚饭吃什么？"那个夜晚他正在窗前望着，身后响起一句生僻的呼叫。"唔，可别这么叫。我叫赵一伦，老赵。""是哩，主家。"他这时转身，刚一定睛就退了几步，直愣了好几分钟。老天，这就是刚刚领回的那个女人？瞧变戏法似的变出了什么！大蓝围巾解去了，胡乱缠裹的粗脏衣裳换成了方领儿向日葵图案的夏衫；齐耳短发被利利索索卡住，衬出一副圆圆的脸庞；刚刚从洗澡间出来的缘故吧，她的脸和手都湿濡濡通红发亮，让人想起春天的瓜果；眉眼长得很开，牙齿洁白晶莹。由于是中等身材，整个人就显得胖了一点，也许比在路边上看到时还要胖一些。尤其让赵一伦觉得不好意思的是，她的胸部显得过于突出了。算不上苗条淑女，可又绝不输于她们。一种无法言喻的气息弥散开来，不是香波和化妆品，而是其他的什么。奇怪的是这气味一下就让他想到了老家、那里的人和事，还有河边上刮来刮去的风。

二

刘自然来到的第一个夜晚让他颇为尴尬。他发现这种无头无绪的生活真该从头整饬了：要做晚饭却没有蔬菜、没有米，也没有鱼和肉。他这才记起自己每周有七八次是要靠方便面打发的。刘自然在厨房的柜子及四周耐心搜寻，找到半碗剩下的水饺粉、一只放了许久的南瓜。她把案板摆好，倒弄着油盐忙活起来。赵一伦回自己的屋里，可只一会儿就待不下了，必须跑到厨房那儿看看：这是怎么回事啊，一股糯香气把三间屋子罩得严严实实，油烟机转得呜呜响也无济于事。他一到门口就见她在灶前忙碌，灯光映出一副宽厚的背影。

他们家的餐厅镶了象牙白瓷砖，并与一个小厨房相连；这是夜晚七八点钟，稍稍迟了一点的晚餐时间，五十支光的节能型温馨灯管映射四壁。餐桌上摆了两副碗碟筷子，还有瓷匙餐巾之类。她从厨房出来了，脸上带着微微笑意，一手托着的大平盘里是金黄的南瓜饼，另一只手里是盛了浓汤的蓝花钵。她让过前去接东西的赵一伦，只一弯腰就把手里的饼盘和汤钵一一放下，让其各自落在一张事先摆好的厚纸垫上。

这真是奇特的一餐。第一次与新厨娘同桌用餐的拘束，以及难以回避的某些新奇感总是妨碍他对食物的细细品味。然而南瓜饼的特异气味与口感让他一次次专注起来。一股花粉香气，一种油脂和盐也遮掩不去的醇厚甘甜，一入口就泛开来。这饼分成了几层，一层有瓤儿，是瓜肉掺了什么揉成的，像果脯那样；一层是熏烤过的瓜条儿搭在一起，中间有松子一般的东西掺和着，又软又酥。辅助的汤也好极了，硕果仅存的一点干蘑菇被制成了细丝，不淡不稠的淀粉卤相得弥彰。蒜末，小茴香，若有若无的胡椒粉。赵一伦不知是被呛住了还是怎么，一抬头让对方看到了满眶的泪水。"主家，纸哩，"她递来餐巾纸。他接过来按了按眼睛和额头，说了句："这南瓜肯定是长在河边沙地上的。"

那是一条大沙河，后来越淤越小，简直成了一条很小的河。河岸上全是细细的白沙，上面有桤柳和紫穗槐，有豇豆和疏朗的南瓜棵儿。当南瓜红了时，河水就变暖了，他要跳进河里洗澡。赤身裸体的时刻无忧无虑，仰在水上，听两岸肥羊的鸣叫。他那时二十多岁了，正一心一意盼望出现什么奇迹。最大的奇迹是随父亲回城，因为风声一松一紧，说父亲的大罪就要被赦了，一家人回城是迟早的事。可是又一年过去，奇迹并未发生。还有，他这会儿渴望能暗中亲近一个女人。到时候了，一层胡子从嘴巴上生出，如春草钻破土皮；不仅是嘴巴，即便是小腿上也有毛发生出。再瞧这一身光亮的皮肤，黑中泛红，像铜一样，无愧于父亲为他取的"铜娃"这个名字。村里有些年轻媳妇私下里摸过他的脊背，捏他，说："真好。"他有一次火起，一下把伸手乱摸的女人压住，紧紧按在了一棵柳丛下。女人喘了一会儿说:"使不得哩,你会进大狱,莫学你爸哎。"他像一个没有长成的幼虫那样蜷了一下,从她身上滑下来。

无论什么时候回想河边岁月,都会惊讶那个年纪的渴望。他记得在河水里映照过满头芜乱茂密的头发,深知它们是欲望的火苗,正燎着一颗年轻野蛮的心。谁都说他是一个老实孩子,整天无语。父亲大赦之日遥遥无期,有人就对母亲说:"快给孩儿娶下个媳妇吧,你们这样的人家,只要女的不嫌就行。"母亲像乡下女人那样用衣袖擦眼,让忧愁缠住了。河边村子里所有类似的人家都有一个孤独的男孩,他们大半一生都不会有亲近女人的机会。这样的男孩长到了十八九岁就成了危险的物件,全村姑娘都躲闪着他们,说千万不能跟上往地狱里走啊。"可我是铜娃,我有天大的拗性哩!"他在河里击水时发狠喊着。有一次他攀着水边的一棵倒生柳呆住了,因为离他十几米远正有一条又白又胖的大鱼:它迎着这边张嘴吐水。像个梦境一样,又是一二条大鱼游过来了。他的嗓子好像被扼住了一样难受,脸涨眼迷。突然听到了嬉水的笑声,大白鱼一条条全变成了女人。他急急回头逃离,晚了,另两条大白鱼不知何时绕到了后边,喷出粗粗的水柱将他击倒了。

"唔,像梦一样,鱼都变成了人。"他咽下一口南瓜饼。刘自然惊讶的目光闪动不停。多么清澈明亮的眼睛,与那些大白鱼的眼睛混淆难辨。她们一齐盯了他一会儿,然后一个呼号就把他抬起来,踏着河岸淤泥把他抬进了紫穗槐棵子间,放下,围着他蹲下来。谁也不说话。后来她们笑了,他一声不吭。一个女人说:"这就叫'闷头色'。"其他女人大笑,伸手摸他的皮肤,都说光滑死了。她们把细细的沙子捧起来撒在他身上,又在沙土上滚动揉搓了一会儿。他慌乱得真想哭叫，可就是咬住牙关不发一声。一个女人把鼓涨硕大的乳部迎向他，一边有人怂恿，她就索性把乳头塞了进来。没有乳汁。她们说："不认识，这是谁家的小伙儿，真好啊。"这样议论了一会儿就要穿衣服了，其中的一个对四周女人叮嘱："这事谁也不要回头乱讲啊！""那是哩，谁讲了烂舌根。"她们回应着。

那个初秋啊，雨水打得河面噗噗直冒泡儿，大小渠道都泛着浑水，白天黑夜发出嚎哭似的声音。女人赤脚去河岸上摘豇豆，拍着泡在水洼里的南瓜说："再下雨瓜儿就不甜了。"她们把已熟和半熟的南瓜采下来，扛在肩上、顶在头上往回走。没有人穿雨衣，庄稼人只有蓑衣，可又嫌碍事。雨洗的衣衫紧贴身上，把她们周身勾勒得轮廓分明。刘海儿散沾额头，雨水顺着眉梢流下来，流到嘴边她们就吐着：呸呸呸。她们是在吐不听话的老天。老婆婆手打眼罩望着雨中的儿媳，嘴里咕哝："早些来家熬锅南瓜汤吧，多放葱末姜末。孩子他爹要打人了。"穿雨衣的只有民兵，那咣啷啷响的黑胶皮雨衣都是上级发的，还有肩上背的枪。他们故意炫耀那黑亮的雨衣和枪，越是下雨越要出巡，一溜儿挺着锈迹斑斑的枪刺在河堤上走。有人说："这是防止敌人破坏哩，十八里岙被敌人掘了口子，一天工夫淹了四百亩庄稼，我日。"谁也不知道"十八里岙"是哪里，只觉得这个秋天的麻烦大了。

大雨下了五天，五天里只有几个时辰歇过一阵儿，其余时间都是呼呼啦啦浇泼。他记得黄昏时分母亲让他去接割牛草的父亲：他整个秋天都要风雨无阻去为牛棚"义务"割草，忍受一种特殊的惩罚。刚刚回村那一年父亲还握不住镰刀，一刀下去砍伤了手，鲜血染红了一大片草叶，还是得打起草捆扛回来。谁忘得了血洗衣衫的父亲。那一年他十五岁，第一次知道了故乡的寒冷。这个大雨天啊，一转眼他变成了嘴唇生了绒毛的大小伙子，父亲却被成千上万个草捆压折了腰。他站在堤上遥望，水帘阻隔，大地冒烟，蛙声吵成一片，就是不见父亲的身影。不知过了多久他听到了粗粗的吆喝，接着一道闪电划过：他一眼看见前边有一排挺立的枪刺，以及旁边大大的一团黑影。尽管没能看清，可他的心马上嘣嘣乱跳了，一张嘴再也合不拢，雨水浇进眼里嘴里全无察觉。叫骂与严斥声逼近，他赶忙退到一边。"你这个狗东西，好啊，你是吃了豹子胆了。"民兵火起，挥起枪托向那团黑影砸去，接着噗一声，砸人者与黑影一起歪躺在泥水里。也就是这时他看清了父亲花白的头颅，那头颅正用力从一摊乱草叶间挺起。他大叫着爬上河堤，扑到了父亲跟前。

　　这就是那个黄昏，那个一生不能忘怀的日子。他至今记得自己猛然出现时，父亲满脸的羞愧。父亲嘴唇嚅动几下，吐出几个字："铜娃，你爸什么也没做。"一边的人厉声指着地上的泥人："扛起来！你扛起来！哼，没做？你是想破堤闯祸，这回吃不了兜着走吧！""铜娃，你爸什么也没做！"他帮父亲扛起草捆，刚叫了一声，有人就骂着把他推下了河堤。一伙人远去了。他坐在水洼里擦着脸，已经分不清雨水泪水了。他想去追赶父亲，可是刚一爬起就摔倒了。当他重新站在堤上时，四周的光色已经暗下来，除了哗哗的水声什么也听不见了。他往前疾跑，心里一连声默念："父亲父亲父亲！"前边的堤下好像有个人影，他慢下步子才看清那是一个女人。女人正在一个死水汊边捉草虾，所有的收获都装在了一个带盖的柳条篮里。

不知第几天雨才停下。父亲带着毁堤的罪名被押走了。母亲领上儿子去寻，寻遍了一个乡，不知找了多少粗声粗气的人求情。尽管查不出任何真凭实据，父亲还是被监禁了十几天，出来时一条腿都打跛了。"铜娃替你爸割草吧，你爸腿跛了。"母亲把镰刀从男人手里夺下。铜娃从这一天起就要在一早一晚爬河堤了，还要上工做活，差不多没有一点歇息的时间。苦做一天之后，夜里躺在炕上每一个骨节都疼。夜晚是一天里幻想最多的时候，他幻想奇迹发生。他真的听人悄声议论过："别看这个孩儿苦命生生的，有一天真能回了城，乡下姑娘他不喜见哩。"他忘不掉那一天被河西女人们抬上紫穗槐棵的所有细节，还清晰记得她们大鱼一样的躯体。还想雨中捉草虾的那个女人，记住了她满是慈悲的眼睛。那是一瞥就再也不忘的妩媚大眼，是黄昏雨雾都遮不去的大眼。

父亲瘦弱不堪，母亲一天到晚唉声叹气。南瓜蒸熟了，午饭和晚饭都是南瓜。稀粥里是红薯叶儿，是切成了方块儿的南瓜。"今年雨水太大了，瓜肉都是水泡儿，不甜也不香了。"母亲咕哝着，千方百计调弄伙食，用薯面掺上揉成饼。"铜娃，喊你爸回家吃饼。"父亲一拐一拐从外面回来，那一刻脸上是幸福的神情，还有那一动一动的鼻翼。多么香的气味，父亲差不多是一下伏在了饭桌上，双手抓起一个最大的南瓜饼送到了嘴里。母亲欣喜万分，揪一下儿子的衣襟。可惜父亲只嚼了第一口就皱起了眉头。母亲掰一块给儿子：多么苦涩的饼啊。

大雨之后的艳阳真让人亲。铜娃一吃过午饭就到堤下干活了。他还想寻那条水汊，想为父亲逮几只草虾。静静的水面没有一丝波纹，哪里会有虾呢？他四下张望，像是寻一个可以帮他的人。后来他挽起裤脚下到浅水里,伸手去水边的草须间探寻。浑身衣服都湿了半截,只逮到了拇指大的一条小鱼。不知从什么时候开始,他觉得有一对目光在注视自己,一抬头,见十几步远的堤上真的站了一个人。尽管是逆光,加上水里的太阳刺得两眼昏花,他还是一眼就认出这是在大雨天里捉草虾的女人。"啊唷,捉虾哩!"她先自喊了一声走下来。他手里握着一条小鱼,脸色红红的。

当她蹲在水边看的时候,他偷偷瞅清了这个女人的模样。奇怪的是看不出她的年纪,像二十又像三十。脸色多红啊,眼睛多大啊,还一刻不停地笑。她蹲了一会儿就掏出一个萝卜吃起来,咀嚼的声音很大。这样过了一会儿,铜娃沮丧地甩着手登上岸。女人马上把萝卜三两下吃光,然后从衣兜掏出一块紫红色的小网罩,又从堤旁折了两根树杈缚上。她在水中一推一推往前挪动,当有什么开始蹿动时,就猛地一举树杈:几只虾在网罩里蹦跳不停。铜娃看呆了。只有半个多钟头,女人就逮了二十多只草虾,而且不由分说全给了他。铜娃说:"我怎么办呢?"女人朝他一笑:"我知道你是跛腿老赵家的孩子,你叫铜娃。""我,不认得你。你是从河西来的吗?""俺是北面海边来的,来这儿找婆家哩。"

最后一句话让铜娃一声不吭了。他料定这是个疯浪的女人,三两句话就说出了这种事儿。他才不信一个女人会几百里跑下来找主儿,这只有大傻子才会相信。再不就是她成心逗别人,和那些钻到河里洗澡的河西女人一样。虽然只有一河之隔,两边女人的脾性差大了。河西女人个个又泼又浪,愿在野泊里找男人,外号叫"光棍干粮"。他常听村里人说某某人运气好,又遇上"干粮"了。他真不知道自己这会儿的运气如何,不过一想起来就害怕。"老天爷饶了我吧,我再也不敢到水汊这儿来了。"

他在心里自语一声，想把虾还给她走掉。可她一叉步子拦住了，硬是把虾塞给他。

大约是捉虾的第三天上，村子里传出一个人人称奇的怪事：一个叫"蔑儿"的光棍汉搭上了女伙，那女的如花似玉，是从外地蹿来的女人。"蔑儿"四十多岁了，因为爷爷早年死在狱里，没一个女人敢嫁给他。村里人见了又高又瘦的"蔑儿"总是说："怎么样，老了苗了吧？"他整个人蔫蔫的打不起精神，让人又可怜又厌弃。人们传说这些天的"蔑儿"像浇了水的旱苗儿，脸上有了光亮，腰也挺起来了，会傻笑了。铜娃听到这个消息心上一紧，马上想到了捉草虾的女人，"妈呀，这是真的吗？这是天底下最怪的事儿啦！"各种说法都在街巷上拥挤，几天后又有人说"蔑儿"的麻烦大啦，因为给他传宗接代就等于是犯下王法，就看主事的怎么收拾他们了。

最后是"蔑儿"和那女人要押解到场院上斗争一回，说说清楚，也算是惩戒了众人。夜里到处是呼呼啦啦奔跑的声音，有人夹着马扎提着小板凳嚷叫："快走哩，斗争'蔑儿'了。"铜娃一颗心快跳出了胸腔，随着一些人往前移动，不知不觉就来到了村西场院上。那儿一溜三个大煤气灯照得到处通明，民兵背了带刺的枪四下游荡，中间有一个白木桌，桌上是一碗开水。主事的噼噼啪啪敲桌子，说一声"别瞎迂磨了"，就有两个民兵把"蔑儿"和他的女人推搡上来。铜娃的眼睛睁得溜圆：一点不错，就是她，捉草虾的女人。瞧她仰着脸儿看场上的人，一双眼睛星星一样亮。满场都静了一瞬，接上一阵骚动。有人在铜娃身旁哀号："老天爷，活活俊煞！""妈哩，准是成了精的骚狐啊！我日！"铜娃一直看着，心里为她难过。他不信这是真的，不信这么光滑水灵的女人会相中一个老光棍。主事人是长了络腮胡子的黄脸汉子，喝一口水吐一口唾沫，拍打桌子："你是哪里人，来疃里做甚，报上根底，跟老少爷们说道说道。"

全场一齐盯一个人，这会多么疼啊。她笑嘻嘻开了口："俺是北海边上十八里疃的，听说这里地肥人憨，想来找下婆家。俺的名儿嘛，打小就叫'双喜'。"主事的喝一口水，从衣兜里摸出炒豆咯嘣咯嘣嚼着："嗯，笑了，态度不错。俗话说下了，'南山北海，偷锅摸拐'，该不是蹿村抓摸东西的吧？""蔑儿"立刻大叫："老掌柜家，她可是好人哪！""呸，轮到你说话了？掌嘴。"几个民兵拥上来，啪一声耳光。"接上数叨。我来问你，不痴不傻的人，怎么就单单挑上个毒根老苗？还有，睡下几合了？"女人朗朗仰脖儿答："老掌柜说哪搭去了。俺不过是跟他刚相了两面，看他人还老实。"有人立刻嘶哑着嗓子出来做证："她这是瞎迂磨老少爷们。人家亲眼见她嘴里叼着南瓜饼，在'蔑儿'院里恣哩。'蔑儿'提着裤子哭了。"主事的把脸转向"蔑儿"："我来问你，实打实地睡下没？"全场静极。民兵大喝："说！""蔑儿"浑身大抖，连连说："睡下睡下。我该坐班房哩老掌柜，我自己把罪领上，不关她事哩。"

那一会儿全场又静了。主事的站起来，在两个人身边踱了一圈，突然像牛一样发出"哞"的一声。他伸出两手抖着："啊呀！啊呀！这真是没有王法了呀，俩狗日的做成了。"民兵凑上去捏住了"蔑儿"的胳膊，伸脚踩他的趾头，"蔑儿"就发出"呀呀"大叫，眼泪哗哗。旁边的女人扑过去，披头散发护着他。主事的大叫："这对狗男女，我火上来就一绳子捆了送公社调弄去。不过莫急，先在村里理顺理顺。来人呀。"

民兵挺着胸膛凑过去。"给我拖拉开,先把毒根老苗泼揍一顿再说。""是啦老掌柜。"场上的老婆婆啧啧着,年轻女人们扭过脸去。啪啪的击打声和告饶声响成一片。

那是一个难眠之夜。铜娃记得全村的狗一直叫到天亮,黎明时分街巷上死一样安静。村里人真的困乏了,这是整个秋天最疲惫的一个早晨。铜娃午夜两点回到家里,见黑影里坐着父亲母亲。"怎么不点灯?"他这样想却没有问,因为他知道每逢斗争会的夜晚都是他们最害怕的时候,既不敢点灯也不敢睡觉。他摸黑溜到自己屋里,和衣仰卧,想着那个叫"双喜"的捉草虾的女人。他绝不相信她会和另一个男人有那种事情。他宁可认为"蔑儿"被吓慌了,问什么答什么,像木头人一样。天亮以前,他在一阵强似一阵的狗吠声里没有一刻睡去。他为那个女人担心。

三天里风声吃紧。人们传说议论,猜测两个人的命运。都说男女分开关在牲口棚里,男的与母驴一起,女的与公驴一起。"他们要咋个整治啊?""不晓得。老掌柜少不得让人阉了'蔑儿',再差人把女人扒光的屁股打上一百二十板。""这回动真格的了,都听见昨夜'蔑儿'喊'痛死了痛死了',那是民兵给他老孩儿上夹板哩。""女的呢?那个大腿撅得比马还高的泼浪货呢?""老掌柜也许恩典了她,有人听见她半夜唱歌哩。""哦哟,哦哟这是个什么年头啊,大姑娘家没脸没腚,胡骚乱弄的。俺和她这般年纪,见了光膀子的男人都不敢看;见了牲口在田边地头配对儿,吓得吱哇乱叫往树丛子里扎。啧啧,老天爷这回看见了啵?嗯哼?"

铜娃一连转过了三次牲口棚,什么人影也没见。他悲伤绝望到了极点,在街头巷尾徘徊,又走出村子。咕咕的蛙鸣召唤他愈走愈远,让他一绊一绊走进了紫穗槐棵子里。长长的南瓜蔓子钻到树棵里来了,在树底结下又圆又大的南瓜。他躺下来,望着蓝得发紫的天空。后来他一转身碰着了热烘烘的瓜,一把搂进了怀里。泪水一滴滴洒下,他咬着嘴唇。有一只刺猬挪挪蹭蹭从树棵间出来,对他毫无畏惧,那只长长的抽动不停的鼻子竟碰到了他的手。他轻轻捏了一下它的后蹄爪,它蜷了蜷走开了。"我如果等不来那一天,就会死的。""也许会有个什么人来搭救我的。"他自言自语,自己也不知道为什么会说出这样的话。太阳升到正午了,他还是躺在那儿。"我不出工了,我就睡在这儿。"

他闭着眼睛,让穿过树隙的阳光晒疼了脸皮。后来他听到那只刺猬又转回来了,就伸手去捏它的蹄爪。可是这一回捏到的是一个很大的蹄爪:一个女人悄声蹲在跟前看他。他一睁眼就喊了一声,赶紧掩口。这女人正是和"蓂儿"一齐关进牲口棚的那个。他忍着心跳想爬起,又被她轻轻一拨按下。她说:"你歇着吧。"他闭上了眼不敢看她。奇怪的是泪水总要顺着睫毛往下渗。一股热烘烘的气息烤着四周,一种大鱼在河心里扑腾才有的奇特气味不停地涌进鼻孔。"他们怎么就放了你?""他们折腾烦了,就让我远些走哩,回头见了再关。""你该回去领走'蓂儿'。"女人一听就笑了,叹气:"我不过是可怜他。他们这样的老光棍汉真让人可怜。还有你,跛腿老赵家的孩子,眼瞅着又是一条光棍。"铜娃忍住泛上来的悲酸:"快把你相中的人领走吧。"她又吃吃笑:"想哪去。我不过是可怜他。你别听那些人胡扯乱嚼啊,铜娃儿。"她捏了一下他的鼻子。

那真是一个温暖安静的中午。他听不见蛙鸣,也忘记了母亲等他回去吃饼。他们都没有吱声,一个躺着一个坐着。后来她又蹲了,让他感到了目光的重量。她的手轻轻抚弄起他的睫毛:"又长又齐,像开春的麦苗哩。"她摸他的脖子、锁子骨。这手在喉结上略一停,又按在了他的嘴唇上。他先是忍着,后来猛一张嘴咬住了她的手。他觉得自己那一刻脸都涨紫了,血要沸腾起来。"可怜的铜娃,可惜了这身好皮儿。"她空出的一只手撩开他的衣衫,"瞧油滋滋的,真是又滑又亮。喜欢死人了,你这孩儿啊。"她的咕哝刚停,他就一个扑棱跃起,牢绷绷将她拥住了。她回他的是一下又一下亲吻,亲吻那片脑壳、鼻子和嘴巴。铜娃泪水双流了。

"那天我捉草虾就看见你在雨里走,心想这是哪来的悲伤少年哪,我喜爱哩!我看一眼就喜爱哩!跛腿老赵家的儿子啊,一整天不吭一声的少年哪,有一天得归我搂抱哩!"她怀抱他,亲吻他,说个不停。突然怀中的铜娃一个激灵昂起头,满脸惊奇。"咋了你?"铜娃咬咬牙:"你刚才说'少年'、'少年',这是念书人才说的话。"她狠力亲他几下:"我的傻瓜,我就是念书的人哪。我有好大文化哩!""我不信。""不信?我会背诗章哩,我背诗章你听!"她说着像放一件器具那样把铜娃"嗯"一声从怀中移下,然后端坐了背起来。

铜娃目瞪口呆。他低下头,直到朗朗之声停下。她的目光像清晨露珠一样亮。他嗓子一哽,再一次拥住她。她身上全是南瓜花的清香气,令人不忍舍弃。"我的少年哪,我的少年哪,我搂上你心里有大欢喜哩!"她不住声地咕哝,那声调就像吟诵诗章一样。就在这吟诵里她抚摸了他浓黑的头发,感受了那完美的脑廓。他冲动不已,一只手在她的乳部、后背那儿探寻,再也不能停息。他闭着眼睛,寻索这天底下最肥硕的大鱼、无处不在的滑爽和慷慨。他惊异的是她周身没有一点瑕疵,就像个大瓷娃娃一样。"老天,我不能不犯个大错了,我死了也得这样,我不怕场院斗争会。"他用头将她顶翻,像块石头压得她一动不能动。她仰脸看他,语气艰辛极了:"铜娃,你还小哩。""不,我不是'少年'。我是青年!""可是,这忒急了,这,这让我大慌哩。时候一到我会满河找你哩,铜娃下来吧,下来吧,日头多敞亮啊,它睁了大眼看咱哩。下来吧。"

  这就是那个飞快流逝的河边中午。铜娃后悔自己的莽撞和无力,后悔眼看着她跑掉了。他白天黑夜都在想,鼻子里全是她的气味:喝汤吃饼,还有割下的水淋淋的青草,全是她的气味。"我不行了,我不与她在一起就真的要死了。"他一天不去河堤如隔一年,每次都发了狠地割草、寻人,可就是不见她的影子。大约是第十天的一个上午,他正在工地上做活,听人议论说:"上回那个女人给老掌柜放了,上级追查下来哩。许是个要犯也说不准。"他心上收紧。中午就去河堤,被火毒的太阳晒了一晌。好不容易挨到了下午收工,他胡乱吃了一块冰凉的煮南瓜,抓起镰刀就奔河堤了。一路上都是火红的晚霞铺地,天不冷不热,微风吹拂。有几朵云彩像大肥羊儿那样缓缓移动着。后来真的有赶羊老汉甩着鞭子,把几只白羊赶下堤;羊咩咩叫了,三五成群下堤了。他看着火红的光色映着苇草和肥羊,心中焦盼而喜悦。多么怪呀,就像有了个吉兆似的,他越走越快,满心兴冲冲的。

  他首先割下了一片水旺的苍耳,又割了一片葎草。这可都是老牛最爱吃的啊。当他伸出镰刀去割嫩苇叶时,一眼瞥见了堤畔上有个红色的身影。镰刀掉了。他的眼角一睐就能认出她来,不,他蹙蹙鼻孔就能嗅到她的气味。"我等了你十天,我以为真的是做了一场梦。"他脚步踉跄,像羊一样把头抵向她的胸口。"铜娃哩,铜娃哩,我说时候一到会满河找你。"他的眼像锥子:"时候到了?"她的嘴巴像梳子一样划过他可爱的头颅,满头黑发都被她弄湿了。"天底下最可怜的棒小伙儿,一天到晚闷不出声,我有什么法儿让你一年三百六十天都笑嘻嘻的?我真是想你啊,夜夜想摸你黑红的皮儿。"她扯着他的手往洼地上走,又绕过洼地坐在了一片细白沙上。四周全是火红的桤柳,是一棵连着一棵的油旺旺的屏障。"多好的铜娃啊,我该是你的人,我该一千次一万次跟了你。"她的牙齿又像小羊吃草一样啃他的浓发了,泪珠唰唰流下。他们一起伏在白沙上的一刻,他恍若觉得满天都是咩咩叫的肥羊,肥羊在丰饶的水草间恣意欢鸣。她那一刻像死去一样,呼吸都停息了。他吓得一遍遍摇动,推拥,直到她发出一声奇怪的长吁。"铜娃,天哪,刚才那一会儿地皮在动哩。天哪,咱从没遇到。"

月亮出来了。她不止一次泣哭,说"地皮动了"。他们相依不离。"双喜,你随我回家吧,回吧。"她摇头。"回呀,回罢!"她还是摇头,"铜娃,我不叫'双喜',那是我信口胡诌的。我真名儿叫刘蜜蜡,是海边上跑出来的;我也不是十八里疃的人。我不能哄你了,我真的睡在'蒉儿'家三天。"铜娃跳了起来。"莫怕哩。'蒉儿'是个好人,我可怜他,那会儿只想给他,就像给你一样。""一样?"铜娃的头懵了。她点点头:"我跑出来,跑了一路,遇上不止一个可怜的人。我反正不想活了,就把自己交给他们了。""天哪,我明白了,你就是村里人说的'光棍干粮',是河西来的疯浪女人!"铜娃害怕了,嚷着退开一步。她往前一步,他后退一步。后来他索性离她十几步远了。她哭出了声音。这声音大得让他发慌:如果巡逻的民兵看见了,一切全完了。他不得不上来捂她的嘴巴。

"你得听我说完。你听了别再理我,可你得听哩!你得信哩!我一句也不会骗你。俺是海边上的人,这一路上跑跑停停,只为了寻俺的老师。一个月了,不知跑了多少路,最后才知道老师不在了。俺再不想活着回去,只想一头扑进这河里。可是俺遇上了你,心狠不下来了。铜娃儿别嫌弃我,有了你我就不会去死了,这都是真话。"她哭成了泪人,死死扳住他的肩膀。铜娃待在月亮地里。风摇桤柳,一片喊喊喳喳的声音。偶尔有夜鸟"嘎呀"一叫。流星在天边划过。他任她摇,不吭一声。后来他咽了一口,嗓子真是涩极了,"双喜,不,蜜蜡,我全信你!"

那个月夜铜娃捎着草捆回家,一头倒在了炕上。他病了。两天两夜高烧,母亲守在炕头,熬了几大碗败毒草水喂上,第三天他才摇摇晃晃出门。他要做的第一件事就是去河堤那儿,回那片桤柳棵下。白沙上痕迹依旧,这说明绝不是梦境。他默念三个字:刘蜜蜡!可是一个钟头连一个钟头守候,她再也没有出现。后来的日子里他总在堤上徘徊,手里握着那把镰刀。半年,一年,人不见了。几场大雨一过,风一吹,桤柳丛中什么痕迹都没有了。

她从河边一丝不留地消失了。

三

"主家，换换衣裳吧，"保姆手里托着洗熨整齐的衬衣和外套，对准备出门的赵一伦说。他从她手里接过这一摞，回到了自己屋里。洗好的衣服有一股槐花味。洗得多干净，裤线熨得多直，穿起来真有点不好意思。他料定这样上班女上司又会开吓人的玩笑了，那是她的拿手好戏。与这样一个头儿周旋共事多年，真有说不出的麻烦。特别让他懊恼的是，女上司与妻子以前还是同事，她们曾为他吵过，这些年却成了一对奇怪的朋友。一想到这些他的脖子就要红涨，因为这里边痛苦和羞辱掺在了一块儿。他换上衣服，到镜前照了照，像个蹩脚新郎。"她如果用乡下的法儿打扮我，那可受不了，"他自语一句，去取提包了。她等在门口，把什么递过来："主家，领带子。"他一声不响接过塞进包里，开了门。下楼梯时他小声重复一句："'领带子'，嗯，多说了一个字吧。"

不出所料，赵一伦一进办公室就遭到了女上司的嘲弄，对方说他变了一个人似的，也知道打扮了，不过再怎么身上也有"老撑气"。这个女人长得还算漂亮，十年前的"局花"，只可惜颧骨高了些，还有着轻微的狐臭。她一直跟进赵一伦的办公室，然后回身掩门："汇报汇报吧，怎么回事？穿得人模狗样。"她想伸手抚弄一下他的头发，他躲开了。她随即严肃起来，"我今天要跟你谈正经事儿。是这样，局里的精简计划快下来了，你要有个思想准备。""我？我这样年纪的副处长都退二线，那要什么样的才留！"她抱着手臂在屋里走动，"激动什么，该激动的时候偏要发蔫，你瞧瞧。我只说要有个'准备'，这事还要看看呢。"

她盯他一动一动的喉结、他的全身。

赵一伦知道，这种谈话要有十年相处的经历才听得懂。不过他已经疲惫了，不想听也不想琢磨。一个男人到了中年真不容易，思想和体能、为人处事的热情，一切方面都捉襟见肘。而女人倒令人嫉羡，像女上司和金梨花，她们比自己小不了几岁，可看上去有一股方兴未艾的劲头，差不多是磨刀霍霍呢。当然了，她们的为人是不能令人赞同的。赵一伦觉得到目前为止，就是这两个女人在折磨他。

然而只要黄昏来临，只要一跨出办公大楼，他的心情立刻好了。回家去呢。即便不是周末，它的磁力也是这么强。而在以往这是不成的。周末要接儿子赵金，要把这个沉默寡言的小家伙拥一会儿。只拥一会儿就不那么沮丧了。妻子对儿子是一个逐渐冷漠的过程，就像对丈夫一样。她前些年的热乎劲儿不用说了，现在则是另一回事。她埋怨儿子不声不响太像父亲，说她最讨厌的就是这种性格，"你干吗不遗传好的方面？我们可真倒霉啊。"儿子头颅很大，她就为他取了个外号："大头宝"。赵一伦制止她喊："他有名字。"她翻翻白眼："取个新名儿不成吗？我喊他'宝'呢。"她周末大多不在家，他恳求她多陪陪孩子，她就说："我们俩总得有一个干事业的吧？"他只得沉默。自己的几十年显然平淡无奇，没有一件事是值得夸耀的，用妻子的话说就是："你这辈子除了找下个好老婆，什么露脸的事儿也没干成。"他真正为自己难过的是，竟然找不到一句话为自己辩白。没有办法，就让父子俩把一个个漫长的周末对付下来吧。

刘自然来到以后，没头没绪的一个家开始变化了。她可真能干啊，手脚不闲，除了上街买米买菜，就在家里从头归拢和擦洗。她把十几年里积在角落里的东西都翻找出来，再分门别类弄好。令人大为震惊的是，光是废旧过时的鞋子就让她装了七大纸箱。那天赵一伦回家，一进门就听见有训斥声，原来是金梨花，正指着鼻子责问刘自然："说，你是怎么捣弄出来的？""我，我清扫旮旯时它们就出来哩，主家。""放屁，这也是你扒拉的东西？""主家，我再不了。"赵一伦看了看，见是蒙了灰尘的短裤乳罩之类，还有几年前她搞回家来的一些夫妻用品。他的脸红了。

这一夜金梨花没有离去。也许是睹物思情，她在大床一侧翻动不息，唉声叹气。她于半夜一点左右把手搭在他的额头那儿，然后一直抚摸下来。这手好像在试他的心跳、一动一动的肋骨，最后才放在扁平的小腹上。他屏住了呼吸，突然想起了十一年前的那个深夜，那极为相似的一幕。当时那种羞愧和稍稍鲁莽的幸福让人难以支持。记得对方的手触到他的一刻，他竟咕哝了一句："俺心上慌急哩。"浓重的登州土语让新娘大吃一惊。她随后笑了，一遍遍吻他，惊异万分地注视他周身一色的古铜光泽。她把脸贴上新郎的胸部说："你真是个彻头彻尾的男子汉。"新婚之夜的灯息了，耳边是她极小的声音，什么死啊活的。他去堵她的嘴，一抬手却沾了泪水。他有些惊诧和害怕，对新娘突兀的誓言毫无准备。他打开灯，于是第一次看到了妻子赤裸的躯体。匀细颀长，丰满柔软，伏在那儿，让他想到春天老家河堤下起伏的沙丘。真是白啊，靠在一起的两个胴体对比分明。无边的赞誉只凝结为两个字："宝物"。他这样咕哝一声，关了灯。

记忆中的妻子爽朗而多情，自己没有在多年的炽热中被她熔化成滓，也是万幸。他甚至怀疑这是一种非正常的状态，她那没完没了的亲吻、款款心曲，总让他始料不及。老天，这是上帝造出来亲嘴儿的一架永动机啊，是登州那围遭儿的老百姓做梦也想不到的娇泼女孩儿。这就是古城老户的女子，身体像面条儿似的，眼如星星，乳似双馍，唯有嘴巴大了一点。她的嘴巴开阔，顽皮，红润而结实，笑的时候露出一口整洁的牙齿，让人想到这辈子在一起会有咀嚼不尽的幸福。的确，在这个甜蜜的两口之家，她对一切都显得胸有成竹。新婚之日，他想到了炫耀，想把妻子领回那个难忘的村子，那个父亲的苦难之地。可惜父亲在大赦的同一年去世了，终于没能等来自己的节日。母亲领上儿子回城，母子俩手扯手站在肮脏拥挤的大街上，第一个感觉就是乡下人进城。他发了疯一般攻读，准备迎接刚刚恢复的高考。可是由于一连失败了两次，待他成功毕业时，母亲已经等不及了。她在儿子工作前两个月去世。

"你真是名副其实的'铜娃'！"她不知多少次重复这句话，说丈夫最可爱的就是这身肤色：上下统一，像刚刚出炉的烤饼，摸一摸热乎乎的，"咬到嘴里嚼嚼吃了吧！"她嚷叫着。看看她闭着眼睛夹出的一溜睫毛，他忍着什么都不说。还有她闭目扬颈的模样，发着亮光的下颌，都让人想到了一只小羊。"咩咩"，他一叫，她马上睁眼。他咬着牙关，极力想忘掉那个黄昏的天色，忘掉从堤上跌下的羊群。可是白费力气，那个黄昏的一切都缓缓地围拢，把他一层层笼罩。他简直要在心里告饶了，祈求神灵抹掉那个惊心动魄的记忆。"我，大概这辈子怎么也配不上你了，"他吭吭哧哧吐出一句，她还是亲吻。"你这个不愿说话的家伙，你如果知道自己是个多么可爱的老头子就好了！"

她那甜蜜的呼唤真的让他想到了持拐而行的暮年：说不定到了那一天才会自己饶恕自己。现在不行，现在是恐惧与羞愧的时刻。他总是在她的簇拥中想到那个捉草虾的刘蜜蜡。没有办法，完了，草虾钻到灵魂深处了。他曾在诅咒自己的同时想象：许多年前遭遇的是一个疯痴的女人。然而这只不过加剧了自责和思念。他无法忘记那个火烫逼人的幸福时刻，那像七月河风一样的温情暖意。还有，她的美丽和体贴，她的过来人才有的嘘寒问暖与循循善诱，她的一瞬间覆盖了整个河套的醇厚香气。那时连艾草的药香气都被她赶得无影无踪了。而今，婚后的日子里他愈加清晰了一个事实，这就是怎样也无法遗忘那个初秋的河畔黄昏；记得在进城的每一天，甚至是忙于高考复习的紧张关头都忘不了重温那令人炫目的时刻。"刚才地皮动哩，"那一声河边呼叫今生不忘。这怎么得了啊，这让人多么无奈多么尴尬。然而他愈来愈爱妻子，爱这个古城老户的姑娘，爱这个极为精明的大嘴娃娃。

时间一晃就是这么多年。同一个房间的午夜抚摸，同样的喘息与沉默。还是当年的那个铜娃，可惜经过了对方十一年汗津津的抚摸，已经长满了铜锈，终于不再让人迷恋。他在这个夜晚一声不吭地期待，期待这个离家出走的妻子说出一点什么。是的，她对他什么都不再惧怕了，经历了十一年，她变成了一个更加敢说敢做的人。那么她今夜肯说出一点秘密吗？那令丈夫撕扯揪疼的一些事实，她能不加掩饰地吐露一点点吗？也许一切都是多余的，心照不宣也罢。听听那个粗鲁男子深夜打过来的电话就知道，她委身于他不仅是一个明朗的事实，而且不需争执也不必存有异议。那个男人竟为一时找不到人而向其丈夫发火,想想这是怎样的时代花絮。她在抚摸一个锈蚀的躯体,而后高声打破了沉默。他没有回应,只是听着:"在我们家里是破铜烂铁,说不定在别人眼里就成了金子。那个女局长不把你嚼嚼咽下去是不会罢休的,干脆你也活络些吧。"他不得不阻止一句:"那边的刘自然会听见。"她立刻火起:"有这样的保姆,主家就别想有一点隐私。我一见她的大屁股气就不打一处来。"他的心扑扑跳,害怕听到"辞退"两个字。还好,她这会儿只说那个女局长:"她的外号叫'小骒马',这得骑上才知道。你也不能太老实了,这个年头吃亏的就是你们这样的人,人家一抬脚就能把你踩到最底层。"他马上想到了白天关于精简的谈话,一层冷汗呼一下冒出。

　　下半夜妻子不止一次去卫生间,有一次还拧开水龙头洗浴。这使他惊异于时尚的力量:硬是从根上改变了一个作息时间从来都循规蹈矩的女人。她竟然能够折腾多半夜,披着浴衣在屋里走来走去,还到冰箱里找东西吃。她打开灯翻弄一本书,一仰脖子吞下几片药,然后斜躺在床上看书。他想起了什么,不由得想欠身看看她身体的每一处。一切如同昨日,岁月竟然没有在她的肌肤上留下一丝痕迹。也许这就是她抱怨和傲横的理由。他想从她身上发现一点奥秘,比如那个粗暴男人留下的指印和抓伤之类:一张纸揉过了也会有痕迹的。可是没有。一只柔软依顺、风情万种的狐狸是百折不挠的。她见他在端量自己,就扯一下被角掩住下体,继续哗哗翻书。可他坚信那个男人是这个世界上最野蛮的富人之一,就像自己是全城最胆怯最清苦的公务员一样。一只老虎没有把一只小羊咬伤,这无论如何也称得上是一桩奇迹。他忍不住一次次想象妻子那些暧昧的夜晚，想象那些亮如白昼的地方。

睡不着，往事纷至沓来。他想从中梳理出女人演变的线索，发现这极为困难。妻子在一家旅游公司工作，不知不觉就跑了许多地方，常带回家里一些新奇的玩意儿、一些耸人听闻的消息。有了孩子后她一度变得安分了一点，但也仅仅是三年多的时间。待儿子进了托儿所，她身上那股风风火火的劲儿至少增加了一倍，于是早出晚归成了家常便饭，还在一些莫名其妙的地方兼职。有一次她带回家里几粒药片逼着他吃下去，然后蹲在一边观看药效。那一回是失败的，因为非但没有取得预期效果，还让他口渴难耐，一张脸变得像红布一样。后来这成为生活中一个难忘的事件被他记住，他常说"你让我吃红脸药的那一天"。她常常异想天开地假设自己的婚姻，动不动就问一句："你敢保证自己当时是个童男子吗？"他未置可否，有时搪塞一句："我是'铜娃'。"但他深深知道：妻子一语击中了要害。

也许正因为那个河边黄昏的隐秘，他事实上接受了妻子的不贞。当然，这也是时代交给他们的宽容，据说现在的年轻人都这样。只不过他们已经不那么年轻了，却要硬着头皮去过年轻人的生活。这正是他感到屈辱和懊恼的地方。他承认妻子追问的那一声实际上是个大是大非问题，他终有一天要明白无误地回答她。这个夜晚，他好像觉得这一天越来越近了。在黎明时分，他与她一前一后睡去了。醒来时已是上午九点，他大叫一声"坏了，误了上班"，她却丢下一个冷笑。在橘红色的窗帘透出的光色里，他惊异于妻子的娇艳蓬勃，竟在她睡眼惺忪的时候蛮横起来。她先是忍着，后来打个哈欠拍拍他："得了吧，用不着这么积极。""可是,""天亮了,该做点别的了。"他那一刻只觉得肥羊般的云朵缓缓移动,有一双最美丽的乡姑的眼睛在看着他。

她接近中午时分梳洗打扮一新。一个小如贝壳的镶了珍珠的手袋让他抚摸再三,最后让她一把夺过去。她对着镜子用小拇指甲剔了一下眉梢,转身就要离开了。但这会儿厨娘合手站在门廊那儿,说:"主家吃饭哩,饼这会儿就好了。"金梨花的鼻翼在扑面而来的香气里活动,又转向厨房走了几步。他跟在后面:"她做的饼好极了,我想今天是特意为你做的。"她抿抿嘴,深吸了几口气。他有说不出的兴奋。金灿灿的大饼端上来了,还有蘑菇汤、鲜玉米甜粥和三小碟配菜。三个人围在饭桌旁,刘自然并未一起用餐,只是为他们添汤,又把饼切成小方块儿夹给他们。金梨花吃掉了大饼的三分之一,威胁厨娘说:"告诉你,我的身材变坏了非找你算账不可。""是啦主家。"

"行了,有了这样的伙食,人也巧手巧性的,我就不再挂记这个家了。"她回头对丈夫说了一句。赵一伦心里说:你哪里还有这个家。他感到悲哀的是,一个女人竟能舍下唯一的儿子在外面疯。他替赵金难过。儿子在周末总是睁着大眼睛说一遍:"妈妈。"仅仅两个字,却饱含了那么多的寻问、企盼和思念,也许还有对于双亲的责备。父亲也要接受责备吗?当然。清贫,懦弱,缺少时代魅力,这一切难逃谴责。金梨花在离开之前又把厨娘叫过来:"你除了南瓜饼还会做什么?""单说饼,俺还会做地瓜饼、萝卜饼、地肤饼、槐花饼和薄荷饼。""啊哈,这好。改日我要把余下的五种饼全吃上一遍。还行,手艺不错。你要把我儿子伺候好,把老赵这个实心木头伺候好。只要好好干,不出大毛病,赏钱在我手里。""是啦主家。"

妻子离开了。她走后赵一伦才发现：中午一餐剩下的一块南瓜饼也被取走了。他也该上班去了，二十余年来他没有旷过一次工。正这样想，保姆已经递来提包了。他要转身，她却取过一把梳子。于是他发现了芜乱不堪的头发，这当然与昨夜没能安眠有关。他沾了一点水把头顶那绺倔犟的头发制服，她趁这点时间为他搓去衣襟上的一点什么。出门时他说一句："周末了，我要去接赵金。""我替你接吧主家。"他犹豫了片刻，点头。去机关的路上两腿沉沉的。又想起昨夜妻子关于"破铜烂铁"和"金子"的话，害怕这两个女人在背后合计过什么。女上司越来越放肆，还多多少少有些不耐烦。这个人正把自己的男下级当成了"金子"，而且有了一点"拾金不昧"的豪爽。她对他常说的一句话就是："你以为自己有两下子，就拿出来看看嘛。"刚开始他只当成工作方面的讥诮和勉励，后来随她去基层搞了一次调研，才明白这是一句多么危险的双关。

中秋时节是各大机关到下边去的最好季节。天气晴和，所谓的秋高气爽。不冷不热，物产丰饶，无论从哪方面看都是一个绝好的时机。水果之乡的薰香，海滨城市的虾蟹肥鱼，都给人留下难忘的印象。下边机关对上级来人的慷慨，特别是中秋时节突然高涨的热情，一个没有亲临其境的人是无法想象的。吃呀，喝呀，然后是走走瞧瞧，适当的娱乐，以及临行前精心挑选的土特产。就是这一切让久居办公室的人得到些许滋润，给一张张苍白的脸庞添点点红意。最有经验和最能干的人总是勤于出差，时不时到下边召集座谈会、听汇报，或者干脆就是搞搞调研什么的。女上司说："出差的队伍要精干，要讲效率，干吗要带那么多人？

就是你,赵一伦跟我一起去吧。"他想说妻子太忙、自己周末还要接孩子之类,对方却挥挥手说:"就这样吧,提前准备一下,后天就走。"

那回只差一点就搞成了浪漫旅行。多么好的天气,多么和蔼的领导。她这个人在机关里脾气乖戾,想不到一出门全都好了。人也注意打扮了,衣服又庄重又艳丽,口红是从未用过的颜色,连小皮靴也是鹿皮做的。牙齿好像刚刚洗过,白到了令人生疑的地步。她与赵一伦说话时一改往日的腔调,突然变得又软又艮,像是面对了一个高出许多的长辈一样:"出了机关就要放松一些,瞧你总是紧绷绷的。要把工作和休息结合起来。"她端量他,抿抿嘴唇,长长的睫毛眨来眨去,不时咽一口唾液。白天转一天,晚上她毫无倦意,常在他房间里一直耽搁下去。最后的窘迫总是让人无法忍受,可他刚刚站起就把她惹恼了:"在家里也是这副模样吗?你给我坐下。"他坐下了。"无情无义的家伙,你早晚会把我气死。"她咕哝,叹息,抚摸他的肩部,又小心翼翼捏一捏他的嘴唇。"你以为自己有两下子,就拿出来看看嘛!"她按他的肋骨,用力挤压一下。他吭吭几声,眼望着天花板:"我十几年里一直是服从领导的,可是我不能、不能这样。"对方火烫的眼神盯住他。赵一伦满脑子想的都是二十余年前的黄昏桤柳,紧紧咬着牙关。

四

肯定是南瓜饼的作用,妻子在一个星期内竟回家两次,并且与丈夫和儿子一起度过了周末。从来少语的儿子满眼欣悦，久久依偎母亲，还亲了她的腮部一下。她那一刻也搂住了赵金，一下一下拍打儿子的后背。这个情景让赵一伦差点流下泪来。刘自然依照自己的允诺，每一次都做一种新的饼。金梨花吃得欢天喜地，转过头对赵一伦说："有这么好的保姆你还有什么不高兴的？今后别再哭丧着脸了。还有，你跟头儿的事怎样了？能睡则睡，这个年头也用不着穷讲究，再说她也不会翻脸不认人。跟厨娘保姆可不行。你不用装出惊嘘嘘的模样，我得告诉你，这个大腔女人跟上一百个男人也不会烦。我这人别的本事没有，就是能一眼看出谁是这样的人。"

那番谈话留下一个不大不小的后果，就是他与厨娘在一起时不再那么自然了。他的目光甚至总要设法回避她那鲜亮的面庞，尤其是那双乌黑晶莹的眼睛。她的胸部高高耸起，这让他总是不安地躲闪。更为怪异的是，她一声"主家"就让他心上一抽。即便是对方不吱一声，他也能大致知道她离自己有多远：环绕她的尽是浓而又浓的南瓜饼的气味。"主家，晚饭做什么啊？""吃中午剩下的饼就成。""剩下的，还有新做的两张，女主家都拿走了。"他吸了一口凉气。这是她第二次取饼了，说不定是捎给那个粗鲁莽汉的。他暗暗骂了一句。她得不到回答，就去厨房了。屋里灯火辉煌，一切都井然有序。这是多年来最洁净最温馨的一个家，再没有空荡荡的凄凉感，也没有无所适从的茫然。他可以在这个宁静之地做自己想做的事，呆在沙发上想想心事。一种故乡的气息时不时飘荡过来，让他忍不住往厨房那儿远远一瞥。他有许多次想向她提出一句傻问，最后还是作罢。

那仍然是一个关于南瓜饼的问题。记忆中又苦又涩的饼怎么在今天变得香气扑鼻,如同甘饴?当然只会是时代的缘故。在贫穷的年代压根就寻不到做饼的好材料。什么红瓤儿粉面圆瓜、蛋与油、精盐和淀粉,一切都无从谈起。母亲绞尽脑汁想让丈夫与儿子有一顿像样的伙食,最后入口时还是要个个皱眉。可怜的父亲,回故乡时虽然不是披枷戴锁,可也算得上半生悲情了,他没有吃过一顿令人垂涎的伙食。为此他要怎样感激那个捉草虾的女人,感激她把半天收获全交给了他,让他带回去滋补身残气衰的父亲。火红的水煮虾让父亲两眼一亮。母亲和儿子只吃了一枚,他们只吃一枚。这就是那个一生不再遗忘的秋天、秋天的幸福。作为一个幸运的寂寞青年,他在那个秋天里真是大喜过望啊。别人有一千个理由诅咒那个倒霉的季节,如哗哗浇泼的大雨,淹了蔓子的南瓜地,还有村头儿的叫骂,让人不得安眠的狗吠蛙鸣;唯有铜娃是别一种心思。这心思隐藏了一秋一冬两夏,或许还要隐上一辈子。不过那个季节给予的创痛,只差一点就抵销了全部。他没完没了的寻求和徘徊啊,他在河堤上的遥望啊。那个一去不归的刘蜜蜡,那个放浪不羁的海边女,她的心真是狠啊。他在晚霞普照的堤上游荡不休时,放羊老汉终于疑惑起来:"你这娃儿咋哩?你到底找个什么哩?""我,我在这儿丢了一把最好的镰刀啊。"

赵一伦仰在沙发上,直到熟悉的气味笼罩过来。一睁眼,她正在一旁满脸惊奇合手而立。"唔?""主家,你,哭哩。"他这才发觉泪水糊住了双眼。"唔,是被呛了一下,没事的。"她回身端来一杯温水。她的手烫烫的,宽松的方领小布衫再好也没有。她俯身时胸前有什么闪动了一下。他觉得血液从心窝那儿往上涌，赶紧把目光移开。刘自然哪，这就是你的不对了，你看你，胖乎乎的躯体在屋里活动，整个家都给弄得温吞吞的，让人想法舒口气也好啊。这是多多少少有害于安眠的那种气氛。再说，作为一名合格的厨娘和保姆，你如果能把那种天生如此的贤惠劲儿减半儿也就好了。难道你不论到了谁家里都百依百顺、一好百好的？你发发火、发发牢骚也好啊，你唠叨唠叨也行啊。温吞水，喜滋滋，整天做饭洗衣忙采购，连个价钱也不讲。这样久了会坏事的，会让人想到青春勃发的年轻时代，想到老家物质匮乏然而欲望大增的那些年头。现在呢，一转眼四十好几了，不光成熟而且略显苍凉了，尽管机关里的女上司用过分的字眼儿赞扬过，什么"特含蓄"、"最有魅力"，自己还是有数的。只是让自己愈来愈纳闷的是，为什么一个历经四十余年的坎坷男人，到了这会儿还是不得安宁呢？这究竟是怀旧，还是中年人才有的蠢蠢欲动呢？总而言之中年了，如履薄冰了，一切必须防患于未然了。

晚饭后有一段轻松的时候，他想打开电视机消遣一会儿。这在过去很长时间里是不曾有过的。恶劣的心情总是随着"啪啦"一声开机而陡然出现，往往没有瞥上几眼就要关机。什么哼呀跳呀，嗲声嗲气的男女啊，反衬着一份悲苦日子简直有说不出的冷酷。这会儿他想邀请辛苦一天的刘自然一块儿看看，通过这个窗口看看外面的世界。谁知她总是谢绝，仅有几次站在一旁扫上两眼，说一句"主家看吧"，回自己那间小屋去了。这可能是她睡前仅有的一段安息时间，因为她不仅是操持一日三餐，还把积攒了多年的活儿从头做起。待窗明几净、各种家什杂物一一归拢之后，她又把闲置的几个陶盆种上了花卉。速生草本花率先喷芳吐艳，其余的木本花也抽出了油汪汪的枝叶。夜晚,她的屋里传出哗啦啦翻书的声音,让他吃了一惊。以前那十余个保姆没有一个不是电视迷。刘自然真是一个例外啊。有一次她的门开了一道缝隙,这使他更为震惊:她在伏案写字。从那厚厚的一叠纸来看,又不像是往本子上记账目。她写了一会儿,又翻起了旁边的书。直到他关上电视离开,她一直伏在桌上。

白天他一直想问她夜里都在写什么?但想了想还是忍住了。令他更为不解的是,她早晨从洗脸间出来时总是那么精神,从来到那天到现在,几乎没有一天不是生气勃勃,看上去就像刚刚洗过了蒸汽浴一般,脸上红润润的。"这是东部平原,比如登州才有的女子;你真有点面熟呢,然而你不会说登州土语。"他觉得她的口音夹杂有登州或琅 一带的声韵,问她,却极力否认,只说做保姆厨娘嘛,走南闯北的,吃百家饭串百家门,说起话来自然就没个正音儿了。

金梨花已经两周没有回家了。两个周末都是刘自然去学校接送赵金。赵金渐渐与她亲近起来,话也多了,先是叫她"刘阿姨",后来又叫"阿姨""姨"。她对赵金的呵护令赵一伦感动,因为他一眼就能看出她是多么娇惯这个孩子,为他穿袜子洗脸,还要喂饭。赵一伦不得不提醒一句:"他已经长大了。"她叫赵金为"小金子",说:"啊,啊哟哟大孩子,啊哟哟好哩。"一种无法言喻的亲昵和感叹。这个周一刚送走孩子,金梨花又回来了,她一手抓着珍珠手袋,一手扬着一个又小又怪的便携机。她神情颇怪,眼睛结膜似乎比过去红,凸出的乳房看上去像钢铁铸成的,这次一进门就嚷:"保姆,保姆哪去了?"刘自然赶忙从凉台上赶过来:"主家,我在哩。""赶快准备准备,一会儿跟我出门。"赵一伦忍不住问一句:

"干吗？""去老板那儿。老板想让她做一次饼。"他哼一声："这也太过分了。"她咋咋呼呼："别舍不得，天一黑就还给你。真是个小气鬼啊。"

刘自然被带走了。走前被金梨花好一顿折腾，换了足有三次衣服。赵一伦见妻子亲手为她戴上早年丢在一边的那条珍珠项链，又给她套一只玛瑙红手镯，套不上就叹气：看胖的。描眉，往耳朵上弄一对大圆环儿耳坠，退开一步看看又摘下。他吸起了凉气，发现刘自然被妻子拉上手往外走时，眼神里充满了乞求。人去楼空，坐在死一样沉寂的客厅里，突然发现紧攥的双拳里全是汗水。这一天多么漫长，忧愤，疑虑，真是坐立不安。天黑了他没有吃饭。夜晚一点一点深入，大约午夜时分门铃响了。刘自然回来了，精神疲惫并略显慌促。"主家，我回了。"他"唔"了一声，一颗心总算放下了。

后半夜他入睡深沉，天亮醒来还记得清晰的梦中场景。那是红色柳丝掩映下的一条河道，一群火色的肥鱼自由出没，无声无息。鱼的长吻对在了他的嘴上，有一阵让他不能呼吸也不能喊叫。鱼鳍像一对手掌那样扶持拥抱，让他身上痒痒的。一条最大的红鱼头顶乱须披撒的奇怪斗笠，遮蔽着哗哗水流和雨丝，一下迎上来缚住了他。它像女人一样，有一对结实的双乳，此刻压迫得他无法停止哭泣。但他知道那是一种幸福的泪水。它与他攀着柳树垂枝爬上河岸，在一片生满苍耳的白沙地上坐了，四目相望。它头上的乱须斗笠化为麻绺一样的浓发，刘海下是弯眉明眸；顽皮的嘴唇，憨稚的神情，一切都让他心慌意乱，原来她是个多么俏丽的姑娘。她微笑看人，天真纯洁，安静得如同画中人。一大早就听到刘自然在屋里忙着，一会儿早餐的香味就涌进鼻孔。这种香味与梦中的香味难分难辨,他飞快穿好衣服跨入外间。刘自然正在抹一个茶几,仰脸时让他看清了她的眼睛:"嗯,跟梦中的那双眼睛一模一样。"刘自然觉得主家今天有点奇怪。

金梨花这次回来,用公事公办的口气对赵一伦说:"你也该认识认识我的老板了。""这大概没有多少必要吧。""不,他几次说过要请你。你们还是认识一下好。"他想说:"我害怕到时候手里的杯子会飞到这家伙头上",可说出的却是:"我害怕到时候两个人没有什么共同语言。"她笑得上气不接下气:"又不是相亲。去吧,你们今后免不了要有些来往。"他宁可一辈子也不与那个人来往。但最后尽管有一万个理由拒绝,还是被难以遏制的好奇心战胜了。他一边点头应允一边在心里感叹:人哪,这一辈子本来是可以少犯许多错误的,可惜总是被好奇心诱惑着。总是好奇,往前一凑一凑的,结果就铸成了大错。妈的,去吧。

他是被两个人搀回家的。一进门,刘自然就大呼一声扑过来,把他弄到沙发上。"天哩,天哩!"她只是叫着,另两个人什么时候离去都不知道。"主家,看你醉成什么哩。"她为他擦脸揩手,用凉毛巾敷头,又伸手去试。天哪,酒气冲鼻子了。赵一伦颤抖了一会儿,突然身子一倾呕吐起来,发出一种可怕的声音。什么东西都吐出来,酒气溢了满屋。"主家可怜哩,"她满手满胸都沾了污物,压根顾不上揩一下,手里忙着嘴里念叨:"主家,主家啊!"有一次赵一伦差点要从沙发上歪下来,她就索性将他拥住,把他的头放在自己腿上。他睁开眼睛仰视着,叫了一声:"自然。""唉,主家。""这回恐怕留不住你啦。主家丢了一个老婆,还要丢一个最好的保姆。"刘自然瞪起那双黑亮的大眼:"主家说醉话哩。"

赵一伦泪水不停地流出。刚才的场景全都记得。这个夜晚之前他曾经猜想过那个家伙的模样：大汉，黑中透油的圆脸，一口巨齿，手戴金色大戒指。谜底解开的前一刻让他激动。金碧辉煌的大厅，旋花纹地毯铺满了长廊。当赵一伦第一眼看去时简直无法掩饰自己的惊诧：对面的人连中等个子也算不上，顶多比赵金高上一拃，也是个大头娃娃。不过这人额头很大，眼睛雪亮，仔细看长了微微的斗鸡眼，反而显得特别精神；至多有三十来岁，面孔白皙，留了小平头。大热的天还穿了黑色西服。更有趣的是脚蹬一双千层底手工黑布方口鞋，脚步轻快，说话时双手乱舞。"咦，想不到，"赵一伦小声说一句。老板紧紧握住他的手大声喊："幸会幸会。"这声音马上让赵一伦辨析出来：一点不错，就是深夜来电的那个粗嗓子。老天，这么一个娃娃模样的人竟有那么大的脾气。没有办法，这时候除了怜惜妻子，再就是深深的惊讶了。再后来他不知怎么就醉了，对方醉得更重：一手搂住金梨花，一手去揪赵一伦，身子晃晃就歪倒了。服务员赶紧跑过去，小个头老板说："不要紧，有什么大惊、小怪的。"他的舌头硬了，"好马配好鞍，好鞍腚下颠，"一双斗鸡眼盯住赵一伦："你家的大、大饼不错。我用最好的姑娘换、换她来行不？"赵一伦一惊酒劲全泛上来了，一瞪眼睛喊道："绝对不行！"

刘自然撩起衣襟为他抹脸。她还是第一次见这个男人哭泣，又疼怜又害怕。赵一伦要坐起，她就拍打："安稳哩主家。"他像用力抵挡着寒冷似的，牙关磕响了："我，我只想问你一句，如果那些有钱人开出吓人的价钱，你会去吗？""不去。再大的财主也雇不去俺，俺不稀罕哩。""出门打工就为挣钱，你这是怎么了？""不怎么。反正俺是不走了，只要主家不嫌。"赵一伦一把攥住她的手："那就说定了，你可不能变卦。"泪水又一次糊住了眼睛，他把头扭向一边，口中喃喃："这不是铜娃的城市，也不是铜娃的家。可是我还要在这里住下去，这就是我的命啊。"

她正抬手为他揩泪，一伸手却僵住了："主家，你刚才说'铜娃'？你是说'铜娃'？""哦，过去的名儿，是父亲取的。"一句话刚落，想不到刘自然全身抖动起来，接着一下搂住了他的头，又嫌烫似的推下膝盖。她最后把他抱在了怀里，"铜娃哩，铜娃，真是你哩！老天，我就是那个刘蜜蜡啊！我就是那个捉草虾的女人啊！"她的泪水像一场豪雨一样洒下来。他不顾一切跃起："刘蜜蜡！这名儿好吓人，这与昨晚的梦混了不是？""不是梦，真不是哩。"她的脸贴在他的脸上，后来又慌慌推开："不哩主家，我不敢沾手哩。"

黎明前的这一段时间赵一伦头脑清晰，也不再疼痛。他在角落里安静了一会儿，没有一丝声息。"怪不得那天在杨树下一见她就走不动了，原来是这样。"一切都让他震惊不已，冷汗狂出，牙齿发出磕打声。她害怕了，躲了一瞬，后来又忍不住凑到跟前。二十余年前的那场亲吻如同这个黎明，一会儿就让两个人大泪滂沱。天眼看就大亮了，他们没有一丝困意。"我的铜娃啊，咱心里大慌着，一辈子也没这么慌哩。咱早就看着你亲，可不敢认啊。你从天顶上呼啦一声掉下，吓着我哩。我这会儿害怕了，怕天一亮你要嫌我丑哩。""多么傻的人哪，没有你我可怎么办。蜜蜡，你那天一走就是二十多年，我这一辈子都给留在了河堤上。我害怕自己遇到了一个无情无义的人，不知该去哪里找你。你连个招呼也不打就走了，像天上的云彩风一吹来了，风一吹又没了。"

"好铜娃,贴心贴肉儿的男人,我对不起你哩。那时候我要不是看上你,早就一头扑进河里,进了鱼虾肚肚。你是救命恩人啊。你怪我吧,你不知我这一路赶得多苦。好铜娃,蜜蜡什么也不该瞒你。她只得从头数叨,才能让你知道她为什么变成了一个忘恩负义的人,又为什么变成了刘自然。"

第二章　金色睫毛

五

崖畔上的小学校有几间歪歪扭扭的青砖小屋，簇成了一个不大的院子。院子当心立了一根木柱，上面钉了一个铁圈。小村人在崖下仰望了一会儿，说："这是要玩球哩。"第二天人们发现沿着崖边立起了石桩，又围了栅栏。"这下好哩，有了围子，再莫怕孩子掉到崖下了！"几天过去，一些人家牵着孩子送到崖上来了。小院的槐树上系了一个铁钟，一拉绳子当当响。以前上课下课都是吹哨子，嘟嘟嘟让人心烦。铁钟敲得准时，小村人就把它当成了时钟，说："钟儿打过了嘛，还不回家吃馍？"

崖上的所有变化都是由一个叫雷丁的老师引起的。此人不知属于何方人氏，反正是上边派来的。像过去一样，学校只有这一个老师，要上几门课就得看老师的本领了。他长得小而怪异，最初出现在崖上时曾让村民惊诧万分。村头"黑儿"是个脸上长满粉刺的壮汉，往上瞥了几眼就说："我日，有一条饿狗儿重？"那些日子村里人像看一个稀罕物件一样到崖下看新来的老师。这人酷爱体育，一早一晚在崖上小院里运动，做出各种打拳的姿势，还一蹾一蹾拍着一个大皮球，蹾到木柱跟前砰一声扔进了铁圈里。球大人小，煞是有趣，上年纪的人说：这是一种失传多年的"猴戏"。"这年头有鸟意思。早年耍猴戏的一进村就敲锣,小猴儿一个个眼睛眨巴着小鸟儿撅撅着,通人性哩。"他们话中夹杂了不少脏字,姑娘们听一会儿就离开了。她们想到跟前去仔仔细细瞧那个人。

雷丁真是让她们吃惊不小。她们暗暗惊呼说再也见不到这样的人。那瘦小的个头让人想起常年吃不上一口好糠的猪;头颅是倒三角,像螳螂那样;两手也像螳螂一样提在胸前,抓抓挠挠没有一刻安稳。最有趣的是眼睛,又大又亮,真正的双眼皮儿;可惜这两眼凹得太厉害了,瞅人时转来转去显得那么别扭。她们又端量了一会儿,终于看清:这人眼上长了密密一层金色睫毛,正在早晨的阳光下烁烁闪光呢。"噢哟,不看不知道,一看吓一跳。那眼睛眨呀眨呀,就像镶了一溜儿金边。这人全身上下还就是这眼睛好,保你一瞅就恣哩!""怪恣哩怪恣哩!"她们嚷着离开,一路议论横生,只一会儿工夫就把这切近的发现传遍了全村。

"兴许人小能为大,是个泼干的家伙哩!"村头黑儿吸着烟察看雷丁整治的小院,一口赞许。特别是崖畔围篱一事,怎么过去就没有想到?三五年里跌下了三个上好的孩儿,轻的拐了腿,重的当场气绝。村里人说:"不识字事小,摔死了孩儿事大,狗日的书房不上也罢!""也罢也罢!"自那以后上学的孩子不足十之三四。越是在家里受到器重的孩子越是不得入学,女孩子才更多地被打发去念书。村里人说:"男孩儿金贵,女孩儿皮实。"刘蜜蜡是老刘懵家唯一的女孩,上足了三年级就来家了,又停了三年。三年里她一天到晚在炕上编草辫,不怎么出门。有一天她给山里做活的父亲送饭,一进山岈口被人看见了,都盯着她圆圆的大脸盘喊:"我的天!"村头黑儿也看见了,他瞥一眼就低头卷烟,一脸惊疑。

雷丁逐门逐户劝孩子上学：不上学还行？不上学连宝书都读不懂。黑儿去学校巡视，正遇上雷丁在屋内大喊大叫读宝书，封皮把脸都映红了。黑儿知道这人什么书都读，不过读别的书时伏在那儿悄没声的。黑儿想这人真是欠揍了，如果差人按住他一顿泼打，那种哼呀哈呀的喊叫一准中听。黑儿对所有没声没响做事，或一个人吭哧吭哧瞎忙的人都打心眼里厌弃。不过他只是这样想，知道给上级当差的人是打不得的。黑儿治村有方，从来容不得碍眼的刁人，只要见了，差人三五下治服算完。"男人要剥下裤子打，这样才解气；女的嘛给她一顿巴掌，看嘴还贱不？"他管理小村的方法颇受赞赏，常有远近村子来这儿取经，听他说："人就像村东小溪里的水，顺顺当当往下淌成，想翻个浪头倒着流，那不行哩！"黑儿背着手走近了雷丁的小屋，看清他在一盏罩子灯下读书，使劲咳一声。

他们谈不拢。主要原因是语言不通：一个书面语太多，另一个尽是小村俚语。"我到贵村为国育材，还望领导多多支持为盼。""腌臜孩儿耍刁咱就泼揍！叫驴尥蹶子那都是没阉哩！""来此地任职颇为忐忑，唯恐辜负父老乡亲殷殷期待。""老兵油子时不时就得换防，老在一个地方闲散，连一杆铳都扛不上哩！""我本是少才无能之辈，唯愿在教育岗位上恪职尽责，死而后已。""这天底下的怪鸟多了，你我才见了几只。听人说南边山里有了人面雀，一对小奶儿鼓鼓着。""领导，您能听清我说话吧？""咱耳朵里一根驴毛也没塞呢，你肚里墨水多，咱这儿有大口尿罐接着哩。"雷丁的汗水在额上渗了一层，热得解了衣怀。就在这一刻黑儿愣住了，两眼尖尖再不眨动。因为他看出对面这个人是鸡胸。他笑了。

"领导，我跟你说。""说什么？话语不通哩。""那我，那我就慢慢说个仔细吧，这总能听个明白吧？"黑儿一拍膝盖："这不就结了！对人就得说人话哩，不能搬出北国骚鞑子那一套。来吧，你给我实打实地数叨。老兵油子新换防嘛，还能万事不求人？"雷丁揩揩汗，连连说："这就好，这就好。是这么当子事呀，我想让孩子都来上学，磨破了嘴皮子才唤回十之八九。剩下的孩儿还求领导帮忙哩，比如那个刘蜜蜡，大是大了点，也该上学才是。她妈说大姑娘家快找婆家了，死活不允哩。"黑儿一边听一边笑，最后听到"刘蜜蜡"三个字面孔就板起来。"领导多帮忙吧。"黑儿一只脚蹬上桌边，唰唰卷了一只喇叭烟，下狠力吸了一口。"领导如果下个指示，说不定就成了。"黑儿把脚收回来，一扬胳膊："让她来就中。不过，嗯，先上学也罢。"

黑儿下崖时脸色阴沉。他心里琢磨：你好牵挂刘蜜蜡啊。可她是个什么来路，还得从头揣摸哩。一阵凉风从后脖儿那儿掠过，让他打个寒战。"真有鬼事在我眼皮底下藏了，那要遭殃哩！"他咕哝一句，看看紫蓝色的夜空。星星眨眼哩，一个比一个亮。它们眨眼太勤，狗就叫得慌急。是哩，人与狗都得好好整治一番了。他突然想起那些串乡的阉手：这些人冬天戴着翻毛狗皮帽，夏天穿士林布短袖衫，耳朵上夹了一把劁刀。什么猪呀狗呀，叫驴二马和公牛，经他们一顿整治，一个个都变得老实和顺了。所以那些人从来都是吃香喝辣的主儿，到了哪个村，畜生们嚎过了，他们搓搓沾血的手就坐到桌边喝起了烧酒。这些人待遇之优，简直连村头儿也要眼馋。这么想着就走到了老刘家那两间石屋，站在后窗一咳，里面立刻应声："谁呀？""开门就中，反正不是一般社员哪。"

里面一阵跑动:"啊哟哟大掌柜来哩。"

黑儿一进黑乎乎的小屋就骂:"你妈的老刘憷连个灯火也不点,省下钱买狗蛋用?""这不来了嘛,"女人点上灯伸手护着火苗,放在他面前。这婆娘细皮嫩肉走路水上漂,身腰全村第一,而且长了个"磨盘腚"。黑儿在心里嘀咕:"我是作风铁硬的人,才不喜见什么磨盘碾盘的,咱只为一个大事儿访听来哩。"这样想着就对黑影里的人说:"老刘憷,让你家蜜蜡明天上书房去。""这么慌急?"老刘憷看看女人。他像七十多岁,实际上只有五十来岁,半路娶妻,对老婆言听计从。黑儿最厌恶这一点。蜜蜡妈笑吟吟说:"掌柜定了就是。不过这孩儿大了,延不上几年就得找婆家。她身量大,上回那个男老师还捏过她哩。咱真后怕。"黑儿眯眯眼,心想:你才是全村的祸水哩,你做下了什么以为我不知道。"明儿去书房罢。"他说过一句不再理她,只把脸转向老刘憷。老刘憷不吱声,一会儿急火火朝里屋喊了起来:"蜜蜡我孩儿,快出来见你大,你大差你上书房哩。"蜜蜡大概早就候在门口,一步跨到灯下。她笑呢。哦哟这孩儿又胖了,大白脸庞喜煞人,她哪里会是小村根苗呢?哦哟这孩儿,身腰像她妈,不过比她妈还浑实哩。呔,费心费神的事儿因为她全来了。黑儿扬扬手里的纸烟说:"这个新老师脑瓜儿挺瓷实,你跟他读宝书去。"

黑儿出屋时两口子一块儿送出门,他对女人摆手:"你回。"黑儿看看天空,看看东边山垭爬上的明月,吸一口清冷的夜气,磕磕牙。老刘憷一直跟上,听不到一声"回"就不敢返身。就这样他们走到了村头碾屋,见门虚掩着就走进去。黑儿说:"外面露水盛,坐碾盘上拉拉吧。

我心里积了一堆话,早就想跟你老孩儿说哩。"老刘憷吭吭着:"中哩掌柜。"黑儿坐上碾砣,这样就比碾盘上的人高出一截。他递去一支烟,老刘憷边吸边咳:"这是掌柜抽的烟,劲道偏大哩。""我来问你:蜜蜡妈是从什么人家来的?"黑儿一句问得突兀,让老刘憷呼一下站起,"天哩,我以前不是说过,她是富人家女人么。不过她自己是苦出身,再说男人一死就嫁了来,一年一年待咱不薄。""她对你就没有事隐下?""会有甚事?赤条条一个跟了咱。"黑儿哼一声,手里的烟头一闪一闪,像只红色独眼。"要我说嘛,这里面埋的机关大哩。你许是装傻。不过你这木头憷人让她水滑的身子焐住,再啪啪两口亲上去,人也就憷了瞪了。"黑儿嫌脏一样大吐了一口。老刘憷抱着头蹲下。

"天真寒气哩。老刘憷,大冷夜里我也不愿和你磨牙了,干脆直着说吧,村里有人议论,问蜜蜡这孩儿是不是你的根苗?你给我照直了说,说不清就掐掐手指骨节算算。反正今夜要回我个实话!""啊呀呀掌柜,这是哪里话。她是我孩儿呀!"老刘急得站起。"你再说一遍我听。""她是,嗯,我孩儿。"黑儿哼哼一笑:"再说一遍。""她许是,我孩儿。"黑儿跨下碾盘,在屋里一边走动一边大口吸烟,抛了火头:"想瞒过我的眼也玄了。告诉你罢,你今世还生不出这样的孩儿来。有人记得她什么时节嫁来,又什么时节生下,都说忒慌忒慌。其实是想瞒下个大事哩。今夜我可告诉你:遗腹子的性质一辈子都是变不了的。""老天爷,这是天上掉下的祸患啊!掌柜家这可怎么得了啊?我老刘憷今夜给你磕个响头吧,只要你抬抬手让她过去,这孩儿一辈子都会报答你。切莫毁了孩儿前程。"他泪水纵横,扑一声跪下去。就在他的头往碾盘上磕去的一瞬,黑儿一伸手揪住了他的衣领。"也罢。不过你好好思量去,瞒得了初一,瞒不了十五。村里会掐手指骨节的人多了。不过我还是可怜你这个老实人。""不哩,我得代孩儿她妈给你磕个响头,这响头还是得磕哩。"老刘懵硬是要跪,最后被黑儿厉声喝住了。

  黑儿打心眼里可怜老刘懵一家。碾屋密谈让他怀上了心事。不过一想到这事儿会在某一天败露,身上就要打个哆嗦。他发现第二天刘蜜蜡背着花书包爬崖了:嚯,太阳升到了一竿子高,她一扭一扭往上坡爬呢。这闺女长得肥大喜人,也给小村添了不少忧愁。她在那崖上蹦跶起来就像羊群里闯进了骡马驹儿,太惹眼了。这一下鸡胸矮子该高兴了,一准会手舞足蹈哼哼叫,说不定立刻就会穿上那套蓝底白杠运动衣出来扔大球呢。黑儿见过他玩球,当时十分惊异于这人的灵活巧妙:像端一盘菜那样把大球往上一擎,扔进了铁圈。"哦咦,小小人儿怪能玩哩,一个人就做起了球戏。"不过黑儿一想到这个人非要刘蜜蜡上学不可,又有点心慌。"这里面也许有什么蹊跷,咱得格外小心哩。"不管怎么说,他对那个玩球的家伙怎么也喜欢不起来。哼,长了一层金色眼睫毛,狗才这样哩。黑儿对这人非但不喜欢,而且还充满了提防。

  黑儿自从有了心事脸色也就难看了。小村里的老会计捉了一条河鳗送他,一见面就害怕了。他扶着眼镜看了村头两眼,说一声"呔",把鳗鱼扔进水缸,抓一把土搓搓手说:"头儿,我有一句话不知当说不当说。你这人心太软了。俗话说'义不生财善不领兵',你该放手去做。咱村太宽大哩,下村有人不听话,捣蛋耍滑添熊毛病的,村头一火起来就把他'咔嚓'了。"黑儿知道"咔嚓"就是砍头的意思。他才不信呢,骂一句:"去你妈的狗蛋玩意儿。"老会计灰溜溜走了。黑儿治村是远近闻名的,对所有孬人从未手软。前年有个后生一早一晚去扒本家婶子的后窗,被他差人逮个正着,一口气打折了两根棍子。小村里小偷小摸罕见,行花事的压根就没有。你得看村头儿是谁,咱黑儿最不肯做的就是男女腌臜,二十年里没招惹一个娘们儿,实在被浪气顶得鼻子发酸也都是一闭眼过去。想想看,一个村哩,泼浪娘们儿总还有几个吧,咱硬是不沾。别人不讲,光说蜜蜡妈吧,这女人眼神一瞅过来石头也得打个愣颤。听说那边原配男人抵挡不住,四十郎当岁两腿一伸完了。她这回找下有名的木汉老刘憎,想想会是什么光景。怨不得她见了黑儿就嘴甜如蜜,说什么大掌柜呀大兄弟呀,进家里坐坐啊。这种亲密话儿你也说得?咱们两人就好比书上讲的:隔开的是一个阶级儿呢。不光我与你隔开了,全村人都是哩!所以咱就没见哪个男人敢向你伸头竖脑的。

想想老刘憎及其女人一干事情,黑儿越发觉得崖上玩球那人古怪。想想看,一回回钻进人家屋里劝学,最多一天去了三次。"哦咦,这是一条有能为的瘦狗儿。"他心中不安,动不动就往崖上望一眼。他发现那个雷丁在场上做起法事来:召集小童数十人排成几行,最前头的自然就是刘蜜蜡了。那瘦子迎着日头举起干柴似的胳膊讲着什么,然后又甩动起来。一场小童都跟上甩动,肯定是在喊"一二、一二"这句孬话了。黑儿看了一个钟头,直到失了兴致。这时天色已晚,小童们一溜三行顺着崖坡下来,他才想起什么。他叫住匆匆出门担水的眯眼老婆,让她把刘蜜蜡赶紧喊来,说领导要找她问事哩。刘蜜蜡进门了,大脸盘比平日还亮,站在那儿叫着:"大呀。"黑儿盘腿坐在蒲墩上:"你这闺女去了书房也是福分,别整天价嘿呀哈呀笑,要泼学泼念,也要多动心眼儿。那新来的小先生有什么蹊跷,要按时报告给大。"刘蜜蜡笑着,手里的书包一悠一悠;后来终于不敢笑了,说:"是哩,大。""你不管怎么说来自那样人家,村里也没另眼看你。好孩儿要明白事理。""我是什么人家?"黑儿后悔刚才失言,摆摆手:"我是说要听大的话,提起觉悟来哩。"这时眯眼老婆进来,捏弄蜜蜡的手,喜欢得抱了一下:"大胖孩儿,才这大点年纪就肥嘟嘟喜人哩。瞧这长眉大眼儿,像画上描出的大闺女一模一样。要紧是醒着神儿,别让歹人摸了,日后咱找个好婆家。"蜜蜡的脸唰一下红了。黑儿挥赶麻雀一样对眯眼老婆扬扬胳膊:"去,去乎!"

　　黑儿做事又快又麻利。他要打听一下雷丁,趁着去公社赶集的机会往"教育助理"屋里走了一趟。为了活络一下,他进门时特意拿了两根芝麻糖。助理是个四十来岁的痨病胎子,胸脯下陷,脸色灰暗,连嘴唇都是紫的。不过这人穿了一身半旧的黄呢子上衣,还架了一副眼镜,这就变得莫测高深了。黑儿对不知底细的人从来都小心翼翼。助理认识黑儿,打招呼时看到了芝麻糖,立刻有了笑容。接下去的一个钟头他们都在吃糖喝茶,谈得十分融洽。说到那个新派到小村去的雷丁,话就切入了正题。因为黑儿开过不少会,知道与上级打交道的规矩,所以打听事时不温不火;如果对方先自高兴起来,什么都说,那是再好不过了。黑儿说:"俺那天就没问解差的一句,不问这雷呀丁呀是个什么物件。因为咱心里通明哩,上级决定了的事儿还要跟咱商量?一切自有上级哩,他纵有通天本领还不是有上级大手攥着!"助理点点头,口中的芝麻糖嚼得咔咔响,不时饮一口香茶。"所言甚是。雷嘛，是个烫手的山芋。本来一鞭子赶走便是，有人不允。实话相告，他爹原是有大学问的人，犯了上。雷小时也没少受罪，落下一身毛病。不过这家伙文体皆精，读书甚好。"黑儿瞪着眼，心里暗暗骂助理"骚鞑子"，却一个字也没落掉，这会儿连连点头："那我明白了。幸亏领导一席话，让咱敞亮了。中，咱防着他。其实咱一眼瞄过去就看出了名堂，你不知道，他偏要急着跟一些有毛病的人家串通呢。啊啊，唔唔，咳咳，他看人时会像毛猴儿一样眨巴眼。"当他发觉自己说走了嘴时，立刻想到了可怜的老刘憆，于是赶紧闭了嘴巴。还好，助理正忙着吞下最后的一块芝麻糖，并没在意他说什么。

六

雷丁刚来的日子依照小村规矩，让一个三四十岁的女人做饭、打扫卫生和按时敲钟。那女人戴了白色套袖，挽了亮亮的发髻，做活也算利索。可是日子多了，雷丁就不自在了。因为他渐渐知道自己前任、前任的前任是为什么落败的，吸起了凉气。原来前几个在这儿教书的没几个能善始善终，下场都不太光彩。他们毛病肯定是有的，但最后是怎么回事也就难说了。知识分子在寂寥的山村独居，每逢半夜山猫苦嚎之时，免不了要生出几分凄凉。可是有谁体谅他们呢？据说那个前任对年纪稍大几岁的女孩儿不够安分，特别是企图对小村派来办理饮食的中年妇女施暴。尽管案子没有做成，但图谋已经清楚。就是这个戴了白套袖长了瓜子脸的女人，对前来调查的人讲得绘声绘色："天哪，咱长这么大年纪哪见过这样的悍人，刚才一会儿人家老孩儿还挺斯文的，一转脸就想扯下咱的裤带呢。"结果不出一周那人就被带走了。雷丁料定这是个能嚼舌头的女人，也就处处提防。她做饭间隙常常叉着腰站到雷丁屋里，扯东道西，说女人哪，长得太滑顺了那真是最霉气的一件事了。他不屑于反驳。她又说："就说你那前身吧，看我的眼神都吓人，红彤彤像野猪一样。"他不得不更正一个词："不是'前身'，是'前任'。""对，'前任儿'。这家伙如果像你一样坐在这儿，这半天里早就对咱下手了。"雷丁当机立断，在有过那番谈话的第二天就把她辞退了。

　　这就剩下了他一个人。做饭洗衣，外加整理操场什么的，真是忙碌啊。特别是动手一砖一瓦整治体育设施那会儿，疲劳和兴奋都不可言喻。他在一个小小的场院上埋了篮球架和单杠，还绕场一周筑起一条跑道。这些设施首先被他自己享用了一番：一早一晚都要绕场跑上几周，接着再去单杠上做十几个"引体向上"，最后才拍球做"三步上篮"。小村早起做活的人常常忘了要干什么，一直站在崖下望着。他们说："嚯，小小人儿欢腾着哩。"孩子们上了崖高兴得又唱又跳，跟上老师做各种动作。老师对每一个孩子都耐心细致到了极点，每逢他们一下一下拍球、最终把球投到铁圈里去时，他两眼立刻放出光来，喉结乱动，嘴里叫着："哦嗬，哦嗬"，那是一种伴着反复吸气和吐气的轻轻叹息和哼叫，听了让人舒服。"跳，瞧抬左腿，唉，这一蹁就成了！"他待孩子做完一个动作，忍不住扳着汗津津的小脑瓜使劲贴了一下，又捏弄他的肩膀和后背，嘴里又是一连串"哦嗬、哦嗬"。除了上体育课，最令孩子们高兴的还有音乐课。

雷丁有一架贴了胶布的手风琴，两手穿进带子时总要往前趔趄一下，大概是琴太重了吧。反正人们担心他会一个筋头栽倒。他往后退几步才能稳住身子，然后呼哧呼哧拉起琴来。"唉哟妈呀，像拉风箱一样，一拉它就吱扭吱扭唱小曲儿。"孩子们第一次见到这种乐器，里里外外围上。他一边拉琴一边哼唱，有时还停下来敲出噼噼啪啪的节拍。

全村很快从孩子嘴里知道了崖上有个"风匣子琴"，知道了小先生是个能唱歌能玩球的异人。"人家教的歌全是唱了读书，不信你听：'千斤的铁锤当针拿啊；要问我读了什么书哎'，'崭新崭新哪，一呀本儿书'，'一天不呀学，就没法活，那个没法活！'都是这哩！"小村人相互学唱，还模仿那个人的尖亮腔调，说："咱村头儿说得真是一点不假，人小能为大啊。""听说了吧，人家衣兜上有三支水笔哩。"有人忍不住好奇，就上崖去伏在窗上听了整整一堂音乐课，回来说："那真的就像拉风箱一样，琴也喘得费劲，活像犯了气管炎。干什么都不容易啊。"有人咂嘴，问："孩儿唱得可好？""嗯。不过老刘憣家刘蜜蜡唱得最好，哇啦哇啦泼唱哩，小先生在一边张开乌鸦翅膀打拍子呢。"有人伸长两臂学了一遍。大家都说："怪有意思。"

黑儿把一切都看在眼里，心里哼哼："鸡胸拉琴，胸脯子遭罪哩。"他料定那人不久就会把琴停下来。果然，后来雷丁一连半月都没背那琴，而是把它放在刘蜜蜡身上，只在一边点拨。也偏偏是这孩儿憨灵，没有几天就把它整得呼呼喘，唱："怀揣宝书呀，咱心里暖呀"。黑儿说了一句："瞧瞧小先生前胸磨坏了不是。"他说过这话第二天，有人见雷丁穿上带白杠的运动服做引体向上，翻领处果然露出了一片又红又肿的胸脯。刘蜜蜡就在旁边,他从单杠上下来又让她做。她一连试了三次都没成,最后哭了。他"哦嘀"起来,拍她的后背,为她抹泪:"好蜜蜡,这得一点一点来,再说人是各有所长,你的歌唱得好,作文也数第一!"刘蜜蜡终于破涕为笑。关于小先生拉琴磨烂了胸脯的事不胫而走,都说:"好家伙,又拉又唱又跳的,你说这人玩耍的心思多大哩。"人们固执地认为让孩子识字才是根本,其他都是"吃饱了撑的"。黑儿终于决定找雷丁谈一次了。

黑儿刚刚背着手上崖,就听见雷丁隔着窗户大喊大叫读宝书。"嗯,能叫出来就是好事;如果闷声不响了,那准是在捣弄什么鬼花样。"他咳几声,窗内马上无声了。"领导请进吧,"雷丁凹凹的双眼、金光闪闪的睫毛,都让黑儿忍不住想笑。不过他还是用力板住了脸:"没什么事,顺路过来检查检查工作。""领导光临,实在荣幸之至。""收起这些骚鞑子话吧。"雷丁弓身倒茶:"你看我一高兴就忘了性儿,这是什么脾气;然而,水是凉的。""有女人做个饭烧个水多好,你偏把'高干女'辞了。""'高干女'?""哦哦,"黑儿不得不解释一通:那女人丈夫在附近公路上收沙子,小村人看他权高位重,就那样喊他女人。"'高干女'不诬好人,心里干净就莫怕。"黑儿乜斜着,这会儿才发现对方的鼻中沟比别人长,上面还有一层细小的白绒。"嗯,活像孙悟空。""什么什么?"黑儿大手一挥:"没什么,谈个正事儿。我来问你,你整天引弄孩儿们穷跳穷嚎,这些天总共认下多少字?""这还得统计呢。""识字才是根本,依我看今后那风匣子琴少拉罢。"雷丁咬咬牙,金色睫毛频频眨动:"可这是音乐课,上操场是体育课。"黑儿长吸一口烟迎着他徐徐喷出,乐于见他在烟雾里一连声大咳,"还是老贫农的烟劲儿大。我日,闲话少拉。上回跟你前任说了,'一春一冬让孩儿识下千八字,我请吃酒哩'。他说'这就好比驼子作揖,起手不难哩'。瞧狗日的多会说话,其实是起手摸奶儿不难。我把这小子拴了一顿泼揍,让民兵送进局子。"雷丁听了咝咝吸着凉气。黑儿说:"到时候我也要请你吃酒哩。"

刘蜜蜡的书包越来越大,妈说:"我孩儿哎,这得装下多少学问。"妈妈忧愁与日俱增,整天愁眉不展,对老刘慒说:"女孩儿识字多准出毛病,今后怎么找婆家。愁煞愁煞。"她解了书包,一本本摊在桌上数了,一共七本,外加毛绳订起的两个黑纸本,九本。除了红皮宝书之外,她认不得好做什么。老刘慒说:"其实呢,握住一本宝书认字就中。"正这会儿刘蜜蜡一步闯进,一把搂过书和本子嚷:"别翻弄别介!"孩儿脸怎么这么红?妈见她羞红了耳根,眼都直了。妈翻看她写了一片的本子,一个字也不识。蜜蜡把本子抢过去掖在宝书下边,离开了。"孩儿天黑了又去哪?"妈嚷着追出屋子,女儿只说一句:"俺上夜学。""老天,又是昼学又是夜学,点灯熬油啊。"她埋怨时蜜蜡已经顶着星星跑没了影儿。

深秋夜晚的风真凉真好,一阵阵鼓进衣领里,把灼烫烤人的热力带走一些,好舒服。蜜蜡身上有火哩,这让她不得不揪下一层厚夹袄,只穿件紫花小衣服,下身是一条宽腿酱色棉裤。所有衣服都是妈年轻时穿过的,又软又时新,满村里没有一个姑娘不羡慕。她们都说:"蜜蜡真有大花袄啊,蜜蜡的好衣装一辈子穿不完。"她暗里问过妈这些衣服都是哪来的?妈说:"妈舍不得穿,一件一件积下哩。孩儿出挑成大闺女了，模样儿跟你妈脸上揭下来一样，穿上好衣服走一遭夺人眼珠子。"说着搂紧了亲一下。蜜蜡擦擦腮帮说："厌弃哩。"她长大后最烦的就是妈的亲吻。妈见女儿沉下脸不再吱声，一会儿泪眼潸潸了："我孩儿，妈是抵不住劲儿，老想亲，老想亲。待你有了孩儿那一天就明白了。""我怎么才能有孩儿？"妈慌了："啊哟，这说到了哪儿去！这可不是大闺女家说的话呀。我的天，这是找下婆家以后的事儿呀，我的天。"刘蜜蜡今夜瞅着满天星星，又想起了妈妈的话，心里喊：婆家，婆家，那还不知是猴年马月的事儿哩，也许咱一辈子都不找婆家。她喊过这句又有些后悔，因为她从心里思慕一个孩儿，这孩儿要俊眉俊眼，由自己呼啦一下生出，就像母鸡下蛋那样。母鸡多巧妙啊，一天下一个蛋。嗯呀，咱不找婆家也要生，咱要像母鸡一样钻到草窝里，蹲下来红着脸生下哩。那时候神不知鬼不觉，咱一口气生出许多上好的孩儿。嗯哪。

山凹里的月亮一出，狗吠歇了一瞬。狗儿们见了大白月亮就害羞，个个都是好狗儿。蜜蜡认识全村所有的好狗儿，还偷偷亲过它们当中的三五个。它们是怎样地孤单、热情和好客，只有她才知道。一只只狗儿蹲在她常常经过的地方，比如草垛边、槐树下，只等她走近了才挨过来，那模样真是万般欢快。她有几次亲吻一只黑白花斑狗，它硬邦邦的鼻梁那儿总有一股栀子花的甜香。有一次她刚刚吃过辣椒，忘记了，去亲一只小黑狗，结果它一边往旁躲闪一边吐着："啊呸！啊呸！"刘蜜蜡好像与全村的生灵有约似的，只要夜里一出门，青蛙在脚下跳，猫儿竖起长尾从草垛上蹿下，就连刺猬也慢腾腾从小路上横穿而过。狗儿们有的坐卧有的站立，它们见她赶路匆匆就自觉地远远目送，月光照出一付付亲昵的眼神。"好狗好狗,以你为友;就着鲅鱼,吃着馒头。"蜜蜡一高兴,脑子里就飘过了一段顺口溜。开始踏上登崖的石阶了,刚跨了没有几阶,前边就斜着走下一个女人,离近了才看出是身材高挑的"高干女"。"大婶,"她叫了一句。对方贼亮的吊眼瞥了又瞥,嫌看不清似的贴近了,伸手捻一捻她衣裤的布料,说:"大冷天连小夹袄也不穿,你说说大闺女野起来怎么得了。"蜜蜡觉得她故意在自己乳部那儿捏了两下,脸烧起来。她求饶一样喊:"大婶哩。""大婶要生下你这野蹄子浪货,早卷巴卷巴扔进河里了!"说完一厌身子走开。蜜蜡站在那儿,锃亮的泪水从鼻子一旁流下,又飞快擦掉。

  蜜蜡爬崖慢极了。她最后是怀抱着鼓鼓的书包来到那个小窗下的。里面没有声音。她想学一声猫叫,后来忍住。她低头叫一声,门开了。雷丁身穿那件深蓝色旧中山装,衣兜上有一支钢笔。大概是刚刚皱眉思考过吧,两眉之间有一条竖纹。进屋后她嗅到了煮烂菜的熟悉气味:那是干白菜叶儿煮过了再加蒜和酱油,夹进黑馍就成了好吃物。她果然从锅台的陶罐里看到了烂菜和一小块黑馍。"老师自己会做黑馍哩,"她咕哝一句坐下,又看到他破损的袖口那儿用线连缀了几下,针脚儿又细又密。她在心中惊叹了:老师还会做针线活儿呢。雷丁笑吟吟打开她递来的本子,看着看着严肃起来。蜜蜡看到了他的脸色,看到了他按在本子上的一双手:像佛手瓜一样。她把头埋在了桌子上,再也不想抬了。叫她也不回应,这会儿真是羞死了。"刘蜜蜡同学!"他的声音变大了。他站起走动,走得可真快,就像一只沙锥鸟那样来来去去。她从胳膊空隙里偷看了一下,看到他右手里正紧攥那个写满字的本子乱抖呢。"哦哟,蜜蜡啊这得好生琢磨了，这得让我吓一跳了。我得说，你是一个最好的学生！瞧你写出了多少好句子啊，这篇作文该张榜了。"

她后来听明白了，可就是不抬头。"刘蜜蜡同学！"他又一次喊。"有志者事竟成。我要把你培养成一个'大写家'，我就不信小山沟里飞不出金凤凰！"刘蜜蜡字字听到心里，这次忍不住抬起头："'大写家'是什么？""就是写书哩。嗯，真哩！""真哩？""真哩！"雷丁两手撑在桌上，头颅逼近过来，使刘蜜蜡清清楚楚看到了他额上的横皱与眼睫。金色的睫毛眨动不停，还有那神情，到处都让她想起了一只好狗儿。她似乎又嗅到了深夜里挨近了的狗儿的气息，听到了它们激动的喘息。"老师，我不行哩。我妈说我是个最笨的孩儿。""嗯嘿。从今以后学啊写啊，只要上紧，一准成个'大写家'。"这个夜晚雷丁不再听她说话，激动不已，有好几次两手提在胸前，像要捕捉什么，可这手最终没有伸出来，只砰砰捶起了桌子。这样没有待上片刻他又奔忙起来，像一只刺猬那样在屋子旯旮钻来钻去。一会儿搬出几个大纸箱，他的头从箱口拱进去，带着满脸尘土捧出了几本厚书，"这，哦，得慢慢看哩。""老师！今夜你就读来听吧，读吧！"他把它们放到桌上，龇着牙，长长的鼻中沟一动一动。这样待了一会儿，他突然低下头说："还是先读宝书吧。"

夜晚不知不觉过了大半。读书声像崖下的小溪一样畅流。刘蜜蜡没听过比老师再会读书的人了，比如他读到"一个人死了，"那声调不知怎么就让人鼻子发酸，好像真的有一个人刚刚死了躺在那儿，身上蒙了布单，一屋子人都想大哭一场才好。他读"开个追悼会，"马上让她忍不住了，泪水唰唰流下。最后打断他们的是窗外蹑手蹑脚的走路声，刘蜜蜡听到了，蹿出来，正有一个人像长腿驴那样一步三跳下了崖。这就是那个夜晚。没隔两天黑儿就让眯眼老婆喊蜜蜡了，见了她劈头就问一句："你俩夜间做下什么？""读书哩。"黑儿盯了她半天，吭吭鼻子："那你就哭了？"蜜蜡点头："大，他那样读谁都得哭哩。""嗯，赶明儿让他读，我要不哭，就让人把他的腿打折。"

　　刘蜜蜡走上街头，有人朝她指指点点。"高干女"是个传话的能手，她从心里忌恨蜜蜡妈。夜晚在场院上剥玉米时，大家少不了议论谁家女人男人如何。有的老婆婆叼着烟，说这世上的事儿呀，真是一山更比一山高，如今小村里就数蜜蜡妈俊了，要不是咱村头儿管教严，男人能把她挣巴挣巴吃了。"高干女"握紧一穗玉米，把铁锛子插上去使劲一刺："把她捅个透心儿凉呀！"蜜蜡妈嫁到这个小村，把所有男人的目光都吸过去了。女人吃吃喳喳，说那女人身上有蜜似的；往年"高干女"走到哪里都是仰着脖儿，村头第一她第二，说不定黑儿也惧她三分。有人说黑儿也犯在了她手里。有一天中午她在水塘里洗澡，一个男人经过时睃了几眼，就是黑儿。她问："你还想一个饿虎扑食蹿过来呀？"黑儿红着脸："我不过顺路过来看了看，见水里白不洌刺的。""你是不敢哩。"最后一句有些名堂。村里除了黑儿，再就是代销点的老头儿知道一些奥秘：两年前一个公社头目来村蹲点，一住就是三个月。这人说做领导忙呀累呀，真不该下来啊，可就是赖着不走。"高干女"饭做得好，那人与小学教师一块儿起伙吃饭。有一次他去代销点打了二两零酒，刚喝了一半黑儿就来了，黑儿让老头儿去找"高干女"拾掇几个菜来。一会儿人和菜都来了。这一场好喝。几个人差不多都醉了，那个人竟然当着几个人的面去捏"高干女",最后又说与她有话要谈,让黑儿先领老头儿走开。两人真是敢怒不敢言。老头儿后来只说:"别的咱不管,他们喝了我多少零酒?这账目月底结不上了。"黑儿骂了一句。老头儿摊摊手:"结不上了。"

那个头儿一年里总有几次蹿到小村里来,夸黑儿,说他"成绩是主要的"。一提起"高干女",就说这是个多么优秀的山村妇女啊,你对她还是要重用。黑儿在心里骂:"狗日的怎么才算'重用'?代销点的账目都结不上了。"有一次黑儿去公社开会,头儿又问起了"高干女",黑儿懵懵懂懂说一句:"劁了!"那人大惊失色。黑儿只让他急,自己耐心卷起一支喇叭烟吸上,慢悠悠告诉:生猪四十头、公畜三头,都按上级下达的指标劁过了。头儿这才长长舒出一口气。就是那次谈话不久,那人来小村时遇到了蜜蜡妈。当时她正挽着篮子、手提捶衣槌往村东小溪那儿走,头儿一眼看到了就打个愣怔,半晌无语。他吸了半天凉气才对身边的黑儿说:"老天爷,你这个村子啊,非他妈的把我逼死不可!"黑儿没有吭气。他知道对方的意思,"狗日的文化大了,有话从来不敢直说。"

从那时起驻村的头儿再不正眼瞧"高干女"了。有人见蜜蜡妈月亮天里与一个男人去东河洗澡,还有人看见他们钻进玉米丛里。黑儿知道那是怎么回事,心里替老刘憷难过。他认为整个小村里最可怜的人就是这个半辈子娶妻的家伙,祖祖辈辈都是雇农,苦大而仇不深:他从来不懂得恨人。黑儿也不信这么一个老实巴交的人会让蜜蜡妈当月怀上,生下一个水灵灵的蜜蜡。黑儿恨哩,恨两个狗男女,是他们在合伙欺负咱苦吃苦做的小村人。他日夜难眠，想不出办法整治这两个孽障。正在左右为难之时"高干女"站出来了，这真是以毒攻毒的良方。她一个罪名告上去，那个头儿就给摘下乌纱赶走了，剩下的事就是捆上蜜蜡妈出村。这时候老刘憎给黑儿跪下了。黑儿别的能忍，最不能忍的就是看人下跪，这要折寿的呀。他当下就给老刘憎拍了胸脯，说要留在村里罚她：你老刘憎给她剥光了衣服，用脚踩住一顿泼揍，再让赤脚医生把她劁了算完。

　　蜜蜡妈再不能生育了。可是她的脾性没变，见了上工下工的男人眼就收不住。还有人看见她独自一人望着西边流泪，那是她原来村子的方向。"她在想那个死男人哩。看来疯浪女人就得有武装管住。听说外村那些男女孬人都得让民兵押上出工，咱村太宽大了。""那不成，她过去是富人婆娘，今个是老刘憎媳妇，还是自家人哩。这个帐可得算好。"人们议论着，一时不知道该怎样处置。他们料定村头黑儿也像大家一样为难。不过有一点倒是确凿无疑的，这婆娘既是富人家来的，身上肯定沾满了他们的毒气。"听人说剥削阶级儿最愿干那事儿。""嗯，这话不假。听说从前下村里那个大地主有六个老婆哩。""六个？呔。还有十二个的呢，整整一打儿。""老天，这是想都不敢想的事儿啊，该千刀万剐，天打五雷轰。"就在人们议论不休的日子里，有一伙修水利的年轻人顺着东溪走来。这些人扛着三脚架，头戴黑眼镜，还有的叼了洋烟。他们与蜜蜡妈搭上话，一来二去就熟了。这些人隔几天就要顺着溪边走一次，宿在山的那边。蜜蜡妈每天按时去溪边洗衣，身上香气扑鼻。这样直到有一天，老刘憎出来找老婆，溪边上只见衣服不见人。

　　蜜蜡妈一走七天，回来时风尘仆仆，人也瘦了，但神清气爽。老刘憷惊喜大叫："孩儿她妈可回了。孩儿哭哩，我还以为你让大水冲跑了。"她埋怨一句："你就没有一句吉利话。我不过是走迷了路。""这些天你宿哪儿、吃什么？""宿荒山野泊，吃百家饭儿，这成了吧？"她没好声气，老刘憷"嗯嗯"几声退到一边。女儿见了母亲一下扑过去，母女俩又哭又亲，足足半天。当时蜜蜡只有五岁。村里人都说那婆娘跑了又回，这可真是上百年里遇不上一次的奇事啊。"高干女"到处编织蜜蜡妈如何钻山里帐篷的细节，好像她一直与对方在一起似的。黑儿让民兵把蜜蜡妈押到碾屋里，独自审问。经过这一番黑儿算是彻底绝望了。他当时离得太近，所以一直像害怕强光一样把目光挪开。这女人真不是山里的物件，穿了再破的衣裳也让男人心口扑腾。谁要弄明白这是怎么回事就好了，咱弄不明白，咱只是审她哩："我来问你，这一回野出去，一路睡下几个孬人？""我怎么记得？话又说回来，这也是你跟婶子说话的腔儿？"黑儿吐一口："呸。你得叫我掌柜。没有王法了。我想问你到底是狐狸变的不是？要是，就得把你归到野物堆里养起来了。"蜜蜡妈咯咯笑："大掌柜，都怨你掌管村子太严了，这才害得大婶子跑那么远的山路。"黑儿咬咬牙："你这个剥削阶级儿！"她马上正色："我不是。""我看也差不多。惹火了我，让民兵架上枪押你出工。""听听，哪有这样吓唬街坊婶子的。说下大天来俺也不信。"

"有什么妈妈，就有什么孩儿，""高干女"对黑儿说。黑儿没有应声。他不信蜜蜡也会走上邪路。但他不放心雷丁。"狗儿似的。今后咱村又添心事了。"他厌烦起来，连日来极想训练一下民兵，只可惜季节不合，秋忙快来了。再说小村里青壮年少，能扛枪的也不过十几个人。当然，枪杆子才是好东西，枪杆子里什么都出，出威风出江山，也出规矩娘们儿。让民兵喊着口令沿河套子和街巷一二一二走上一趟，那些野性子就会收敛好多。他总结过，每逢冬闲练兵季节，村子里不仅从不出花事儿，就连两口子间怀上的女人都不多。令他欣慰的是，"高干女"近来老实多了，不仅自己没有什么风声，还能时不时找黑儿反映他人的蛛丝马迹。黑儿让她多留些神。

刘蜜蜡的作文被张了榜。那是雷丁用大字抄了贴在墙上的，许多句子还用红墨水画了横线。小童们凑在榜前指指点点，不时抬头寻找刘蜜蜡，想看看她张榜以后的模样。她躲在一边。哦哟，大姑娘家脸红了，似乎比上个月又胖了，脸上的皮儿像葱膜儿一样闪亮。村里人随孩儿来看榜，见了蜜蜡惊叹不已："这孩儿肥大聪明，瞧孬人专生好娃。又懂事又伶俐的孩儿，老刘憎等着享大福吧。""啊呸！""高干女"在一边骂："我就不信那是她写的。我看见小瘦狗手把手教她呢，教一会儿搂一会儿，嘴儿亲得啪啪响。""老天爷，真要那样也就坏了醋了。不过俺不信哩。"老婆婆们吸着长杆烟锅，对那个女人的话将信将疑。刘蜜蜡成了全村的尺寸，人人在家里教育孩儿都说："学蜜蜡那样多多识字。"孩儿们回敬一句："她是二番上学哩。"这就提醒了人们，让他们注意一个简单的事实：刘蜜蜡是崖上学童中年龄最大的。"不管怎么说，那是个伶俐孩儿。"大家都知道刘蜜蜡除了体育课"引体向上"不行，其余样样打头牌呢，唱歌做领唱，算数儿脱口即出，更不用说作文张榜了。她常常被叫到黑板跟前示范，简直就是二老师。

黑儿去了老刘憎家，设法要刘蜜蜡的本子看，一打眼密密麻麻满篇都是让人头疼的蝌蚪。他认不了几个，只说："这孩儿不孬！"他原想数一数本子上有多少字，可一会儿蜜蜡妈回来了，一声"大掌柜"，他就不想呆了。黑儿交给老会计一个任务：查一查孩儿们认下了多少字，如果超出了千八就报告。黑儿极重信义，尽管厌恶那个凹眼儿，还是没有忘记当面许下的诺言。会计很快回来了，说孩儿们认下了一千多字哩，这其中当然扣除了一些重复使用的字，还有"了"、"的"、"地"这一类不中用的小零碎儿。"人小能为大哩，"黑儿自语着，一口口吸烟。"掌柜要做甚？"黑儿望望窗户："要请他吃酒了。""哦哟。这一下那厮的尾巴能翘到天棚上。不过还是瞎子说书讲得好：对人要'恩威并用'。"黑儿盯住他："这是什么意思？""意思嘛，就是也吃酒也练兵哩。咱村多久没有民兵上操了？掌柜要忙得顾不上就让咱替你招呼吧。"黑儿"哼哼"笑了，在心里骂：鬼精哩。他知道这个会计一心想掌兵权。因这个小村民兵少武器差，做村头的也兼了民兵连长。最让人愤怒的就是公社分配武器不公：三五把老式步枪，枪刺儿基本锈蚀无用；四个手榴弹大概也响不了啦。据他所知，下村的民兵不仅有擦得油滋滋的十杆三八大盖，还有一挺转盘式机枪。那儿的民兵连长叫"小油矬"，时不时地在他面前显摆一把包了红绸的手枪。当然那手枪也未必能放得响。下村离海近，配备精良武器的理由是"固我海防"。可是令黑儿不服的是，一旦战争起来，山地的仗打得总是最烈啊。

这天下午黑儿让"高干女"在代销点的炕上一溜儿摆开几个小碟，然后让老头儿请来了雷丁。雷丁穿了熨过的制服，还戴了一顶呢帽。黑儿觉得此人年龄陡然增大许多，寒暄后忍不住问："你今年有四十来岁了吧？""啊？不不，我才三十一岁哩。""嗯，文化怪大。我来问你，住进咱村半年仨月的有了，水土服不？"雷丁揉揉上唇："习惯得很，一切都还正常。我这人只要忙起来就高兴。"黑儿心里说：狗日的是个泼皮物件；嘴里却说："咱不是有言在先，说要请你吃酒？今个也当是为你接风哩。这事儿早该做，只可惜那会儿对你不了解。莫见怪。"雷丁摘下呢帽，头发上冒着淡淡白汽，连连说："感谢感谢，咱委实不敢当，新来乍到且成绩微薄，不足挂齿呢。""你仰脖儿一口喝下这盅就不会说骚鞑子话了。"黑儿举起杯子先自饮下。雷丁犹豫了片刻，只好喝尽。黑儿夹起一块腐乳放到南瓜片上，然后一并放进嘴里嚼着："人这种物件啊，酒儿一下肚就变得痛快了。实话来说，你是咱村功臣哩，待你有一天犯个小错儿什么的，我也会睁只眼闭只眼，是这哩。"说着又是一盅。雷丁喝下去，伸手理着喉部发出"啊啊"声："咱村的酒真辣啊。"黑儿又引他喝了两盅，最后眼看这人从眉梢红到脖子，活像刚下蛋的母鸡。这人额上的横纹齐齐的像刀儿划出，眼皮双得厉害，瞳仁里全是快乐的火苗。特别是金色的眼睫毛，一眨一眨让人看了想不笑都不行。黑儿拍拍他，趁势还按了按他的鸡胸："老伙计，进了村就是一家人了，一家人用不着说两家话，你有什么难处就跟我提出，比如说想不想找下个家眷什么的？这也不用不好意思，大男人家深更半夜被窝里缺了搂物还行？再说你们这些兜里插钢笔的人不比常人，动不动就会那样干，一个一个臊气大得吓人。话说回来老弟，万一出个三长两短，你说我是送你局子啊还是不送？要知道我也是官身不自由啊！"雷丁坐不安稳，身子频频摇动，话也说不利落："领导说那搭了。而且，我不是走那条路的人。""噢！

这就是你的不对了。娶婆娘的事儿早一天晚一天都要办,用不着不好意思。丑话在先,你果真看上了谁,吐出她的名儿就中,暗里撒野不中。"雷丁急得快要哭出来,砰砰砸着自己的胸脯喊:"我不娶!我不想谈这个!我们快些转移话题吧!"黑儿盯住他半晌,一仰脖儿又是一盅,大手捏得对方肩骨吱嘎响:"咱小村有律条哩,你算是好样的;不过大话许下了就中,今后就看你的了。"雷丁无语,有一滴泪珠儿从凹眼里滚下。"咦,这鸟人儿到底被咱治哭哩,"黑儿心里咕哝。接下去对方只小口儿喝闷酒,不再说一个字。黑儿后悔自己一下子就把底儿和盘端出,惹恼了对方。他故意挑令人高兴的话题:"瞧你把孩儿调教得多好,又跳又唱的。那个刘蜜蜡简直就成了'二老师'。她的风匣子琴拉得中听不?""中听一点点,刚学哩。""宝书学下多少?""会背几篇,最近又背诗文啦。"黑儿发现这家伙一说到刘蜜蜡嘴角就高兴得颤抖。"蜜蜡是最优秀的学生,我敢保证她一定有大出息。"黑儿一拍膝盖:"你敢保证?""我敢。""嗯,好样的。""我想,我有个大想法,即在不远的将来把她培养成一个'大写家'。小山沟要飞出金凤凰哩!"黑儿愣了:"'大写家'是什么物件?""不是'物件',是写书人哩。"黑儿摇头大笑,笑个不停:"狗日的,书都是机器印出来的,蜜蜡能上机器?狗日的,你可真敢想啊!"

秋忙一过,崖上传来一个消息:学校即将举办运动会和歌咏比赛,届时还要请村里领导及各色人等出席,坐到主席台上。看来一切属实,因为崖上场院一天比一天忙乱起来。孩儿们热闹了,欢腾景象十年罕见。小村人都说:哦哟,这是哪辈子才有的大欢喜,比得上耍龙灯演猴戏哩,比演驴皮影拉洋片也差不了多少。他们远看近看,了解即将举行的赛事细节。比赛项目有长跑短跑,有跨栏和投掷。雷丁亲手制作了阻挡的木栏,并示范如何在奔跑时跨越:小腿交绊着一个冲刺过去,到了栏前猛一抬腿,只听"嘶"一声,裤子扯破了。围看的小村人都笑,刘蜜蜡却为老师损坏了一条裤子而痛惜。投掷要有标枪和铁饼铅球,这些器具都是雷丁用自己的薪水从公社买来的。因为场地太小,投掷训练就在东溪边的砂地上。刘蜜蜡选择了铁饼之类,老师说她臂力强大,并教她如何发力。她掷饼时小村人都惊呼:"妈呀,这孩儿了得,今后遇见狼也不怕了。"那饼旋着划出一道弧线落在前边的柳丛间,那边有人举着小纸旗进去找了好久,才有一只刺猬一挪一挪出来。人们发现在全体参加训练的学生中,唯有刘蜜蜡穿了一件带竖条的紧身衫,这使小伙子们格外留意起来。她那高高的乳部使人绝望而愤怒。当雷丁走近了她,贴着身子教她怎样转身摆臂时,一个小伙子捂着脸嘤嘤泣哭了。蜜蜡妈也来看过女儿摔饼,对一切都很满意。有些老婆婆说:"人家老师偏向蜜蜡,手把手教她哩。""那还用说。我家孩儿人见人亲,浑身是宝。"

　　在体育训练紧张进行的间隙,歌咏比赛也在抓紧准备。手风琴声几乎日夜响彻,一会儿嘶哑一会儿高亢,它吱吱哇哇不中听那会儿,小村人就议论一句:"那风匣儿摘到孩儿肩上了。"更多的时候是雷丁自己拉琴,学生们列队高歌。他指挥唱歌的法儿令人眼花缭乱,真的让小村人大开眼界。比如一会儿让孩儿们分成两帮一前一后唱同一支歌,你一言我一语就像抢东西一样,最后却总能神不知鬼不觉合到了一起。"哦咦,人小能为大哩,这是什么古怪唱法!"黑儿听人报告赶来看个究竟,不由得大发赞叹。刘蜜蜡领唱时全场鸦雀无声,这时她又高又亮的嗓子随着老师的手势呼一下爬到了山顶；老师的手势往下划出一个漫弯儿，她又从山顶溜到了缓坡上，三拐两折落在了溪边。正在小村人惊叹之时，突然雷丁空出的一只手从胸前飞出，活像在半空里抓挠一把乱草似的，东一把西一把抓个不停，而且抓了就扔。与此同时，列成一排的孩儿们紧盯他这只乱飞乱舞的手，一齐放声大唱，那声浪把一切都悉数掩埋了。曲终时全场人才吐出一口长气，老婆婆们使劲揉眼，眼圈儿红了。黑儿在鞋子上狠劲揉着烟蒂说："狗日的了得，把小村活活吓煞。你还是让咱太平太平吧。"会计不知什么时候挤到了身边，建议一句："闲下来该操练民兵了。"黑儿没再理睬。他看到十几步远的蜜蜡妈两眼热辣辣望过来，就把脸转向了场子：这一下他惊呆了。原来歌唱一停，雷丁马上把风匣子琴放了，三两步跑到孩儿们中间，一个一个拍打捏弄他们的小脸儿，搂紧了使劲挤兑，嘴里呼哧呼哧喘，脸上的汗珠儿唰唰滚落。"哦哟，这他妈什么毛病哩！"黑儿愣着。他发现刘蜜蜡也像老师一样不能安分，正伸手把左右小童使劲搂了几下。"高干女"从人缝里挣挤到黑儿跟前，朝场上的雷丁他们咬咬牙，又转脸使个眼色。黑儿那一会儿呆了。

　　不久运动会就召开了。嚯咦，真是天大的事儿。雷丁让人手持洋铁筒喇叭喊话，又在场上拉了横联，摆了一溜木桌。雷丁在桌前陪坐村领导黑儿、会计和村民代表。脱了厚装的小童在刘蜜蜡带领下，个个胸前缝了字码，跨着大步走过主席台。接下来的名堂更多了，什么"到检录处点名了"、"裁判员运动员各就各位了"，让人听得头晕。"妈的，这儿净说外国话哩。"黑儿坐在台上很不自在，就溜到了一边。台上最后只剩下了一个会计、一个辈分最高的贫农老大爷。雷丁也下台张罗去了，因为这里处处离不开他。比赛刚开始就有同学写了广播稿用洋铁喇叭喊起来,什么"为一班加油"之类。后来的一篇是歌颂老师雷丁的,说他"立下愚公移山志,敢教时代谱新篇",署名刘蜜蜡。"嘀咦,满大口气哩,"会计溜下台子对黑儿说。运动会直进行了一天,并在日落黄昏之前产生了许多冠军。特别令人称奇的是刘蜜蜡一人独获三个冠军。她的赛场在溪边沙地上,在那儿她一天里有五六次脱得只剩一件紧身衫、一件短裤跳腾着。全村人都被眼前出现的奇景震惊了,小伙子和一些辈分低的男人不再沉默,盯着刘蜜蜡又粗又亮、闪着红光的双腿长叹:"啊呀!"即便是上了年纪的老婆婆也吮不住烟锅了,相互喜滋滋说:"咱也打年轻时候过来,咱也见过一些胖孩儿,可就没听说谁家女孩儿出挑成这样。这是个水生孩儿哩!"

歌咏大会比预想的还要热烈。整个唱歌期间都由雷丁拉琴,随着激动还要边拉边唱。那时他头颅前倾,真让人担心随时都会一个筋头栽倒。他打拍子的方法进一步花样翻新:一会儿两手张得像大鹅扑翅,一会儿又弓下腰,伸出手指做出一捏一捏的动作,像在努力捏一根看不见的线头。了得,那些孩儿双眼尖尖盯住他的手指,直唱得天昏地暗。让人永远不忘的是中间插入的一首忆苦歌,它一开头当然还是由刘蜜蜡领唱,"天上布满星,月牙儿亮晶晶",只一开口两行热泪就出来了。接着所有孩儿都发出了抽泣,一首歌就在哽咽声里结束。听众喊喊喳喳,老婆婆们粗喉大嗓的议论使歌咏都停下来。"这孩儿们一哭咱千年百辈的事儿都想起来了。歌里唱得一点不假,尽管咱听不明白。""那是哩,那是比照实事儿唱出的,一分一毫不差。""那是哩那是哩。"老婆婆们相互大嚷，引得旁边一位老爷爷喊了一句："那年上为一斗高粱打折了腿的事，歌上写了？""就是啊，一村有一村的事儿，其实咱这儿是人比歌苦。"议论了一会儿老婆婆们开始擦眼。歌咏再次进行下去时，许多人都听出雷丁的嗓子哑了。

一连两场大热闹过去，黑儿终于认真考虑起训练民兵的事了。往年公社在冬天要召集部分民兵统一操练，并且让各村连长一起参加。他在琢磨迟早来临的操练之前还要不要先搞一点？实话说，小村里那几件糟烂武器真让人打不起精神来，使每次公社集训都没面子。有几次他甚至找来小村仅有的一个细木匠和一个铁匠，商量能否自造一二杆枪支的问题。他们面有难色，使出吃奶的劲儿也不过造出了一二枚土雷子，还不敢保证它们到时候会响。黑儿最沮丧的就是冬季集训的临近。到了那时候，下村的小油矬是最神气的。他正思量这些，突然门板拍响了，进来的竟是哭哭啼啼的刘蜜蜡。"咦，你这孩儿怎么尽哭？""大，快看看去吧，俺老师得大病哩！"黑儿一下跃起。

就在那间寝室兼办公室里，雷丁躺着大口呼吸。桌上床边还摊着学生作业本，枕边是一本宝书。刘蜜蜡眼含泪水对黑儿说："他头疼得受不住就读一段。"黑儿摸摸他的手立刻松开："天，火炭哩。""俺老师不吃不喝，妈熬了米汤他都懒得喝，连这个也不吃，"蜜蜡从内衣兜里掏出一个煮鸡蛋。"老伙计，老雷，你得先熬着点，我让民兵请赤脚医生去。"他急火火出门却不知怎么办：小村里没有赤脚医生，有个大病小灾都是去下村；可是近来听说那个人犯了错误，改由一个老太婆背药箱了。这个女人原是接生婆，黑儿是绝不信任的。可是去公社请人太远，只好嘱咐民兵去下村：悄悄找原来的赤脚医生来。两个钟头过去民兵领着一个四十多岁的人进来了，这人已没了药箱，手里只提一个毛巾改做的布兜。他也没有听诊器和温度表，好在经验丰富，用手摸摸，扒开病人的眼皮，看看舌苔，弓下身子就写药方。最后民兵手攥药方去公社取药时，赤脚医生才从布兜里掏出一个针管注射。

雷丁第二天就退了烧，但整个人头晕力乏，几乎不能下床。从第一天开始刘蜜蜡就执意留下为老师熬药做饭，还时不时返回家里取些好吃的东西。黑儿原想让民兵或眯眼老婆来帮忙，蜜蜡却坚持由自己来陪。她见雷丁眯上眼大口喘息就哭，"老师啊，俺可不愿你难受哩。"他在半睡半醒中去瞅胸口部位，她就为他解了上衣：啊，原来胸口那儿又红又肿发炎了。她马上明白那是连日来被手风琴磨的。她说一声"你等着，"就飞也似跑去，一会儿就从家里取来了草煎的败毒水。她用细布蘸了药水一下下擦着伤处，雷丁流出了泪水。夜深了，她在灯光下端详自己的病人，为他盖好被子。外面有枭鸟叫了一声，她怒冲冲出门驱赶，向传来响动处抛了个大大的石块。雷丁偶尔醒来，她就为他上药。多么瘦的人啊，胸前凸凸的地方磨烂了，新长出的皮儿呈现粉红色，像刚满月的小孩儿那么娇嫩。她在他闭眼时伸出小拇指按了按那片新肉，他立刻睁大了眼睛。"痒煞是吧？"他点点头。夜里他不停翻动、叹气，这使她怀疑病人生了褥疮，因为她见过邻居一个久卧的病人就这样。她不顾他的阻拦，还是把他的头部挽在怀中，让他欠身以便缓缓揪开衣服。小内衣真是干净。她甚至看见了又瘦又小的屁股，它和夏天在溪边洗澡的男孩儿简直一模一样。她翻展他的身体寻找褥疮，没有。可她还是耐心地看了一会儿。他的身体原来细巧得很,上面有的地方生了汗毛,有的地方却是光洁无比。一种似有似无的汗气味儿让她叹息一声,紧紧搂了他一下。她这一瞬间竟觉得他像一个比自己还要小许多的娃娃。呀,多么轻,多么轻啊,她像放一件瓷瓶那样将人一点一点挪到床上。

她许久以后还难忘这一幕。可要后悔也来不及了,何况她就从未后悔过。那一次是他挣扎着起床小解,她为他取来了便盂就退到了门外。可她刚出门一小会儿听到了扑嗵一声,赶紧返回屋里。老天,他摔在了一旁还奋力往上提拉短裤呢。无济于事。于是她无可回避地看到了一切,只好将其扶起,仔细为他提上短裤束上带子。整个过程她几乎屏住了呼吸。当把他重新放到床上时,她的心跳都快停了。她在心里暗自呼叫:老天爷,我怎么就忘了他还要小解呢。擦完地回到床边,为他抹去渗出的泪花,心里竟安定如初。不,那是一种从未有过的镇定与沉着,当重新为他换衣上药时,再也不像过去那样小心翼翼了。这一夜她从未合眼,直眼看着老师。她坐在他身边看他入睡。他在深夜两点十分睡着了。她把灯苗捻小,把枕旁的宝书拿开。她第一次有机会这么久就近看自己的老师,一阵惊讶压在了心头。这人的眼凹得厉害,整个脸也凹着。幸亏鼻子渐渐耸起,这才使脸盘上有点突出的地方。哟,好圆的小鼻孔啊,多么精致的小鼻孔啊。唇上有白屑了,呼吸时白屑一动一动。上唇鼓鼓,鼻中沟又深又长,显得整个人那么有主意。她在心里承认:自己最喜欢的还是这金色睫毛,它们又密又长,每根的梢头那儿微微发黑。她甚至想数一数它们到底有多少根。他的眼睛由于深陷而显出了鼻梁的挺立;眼皮儿双了不止一道。她记得它在看人、特别是看自己的时候总是目不转睛。她知道这是小孩儿看人才有的眼神。这个夜晚她险些忘掉躺在这儿的是自己的老师,而是一个真正的娃娃。从被子覆盖的体积上看的确是一个娃娃。不过后来她还是脸红了,因为她又想到了他摔倒时的一幕。她承认自己看到的那一切与娃娃是背道而驰的。"那真是怪吓人的。老天,一辈子也别再让咱看见这样吓人的东西罢!"

　　学校因雷丁生病停课一周。这期间小村里不少人来看过,还有人带来了粽子和糯米糕。会计伴着黑儿来过两次,他们建议"高干女"还应该来做饭什么的,因为病人生生是累成了这样,又没有一顿像样的伙食。雷丁坚决拒绝:"不。""犟人哩,真没有鸟法子。"第八天崖下人又见到雷丁玩球了,都说:"狗日的小人儿真悍,转眼儿又能耍猴戏了。"重新开学,热闹如初,场院上书声朗朗。只是许久没有手风琴声了,蜜蜡知道老师胸皮儿变厚那一天,要做的第一件事就是拉琴。她发现老师完全恢复了,又像过去那样手舞足蹈,大声读宝书,手里的教鞭啪啪击打黑板。如果孩子们答出了一个问题、唱好了一首歌、做好了一个体操动作,他都会上前又拍又捏,把他们的小脸弄得红扑扑的。那时他的手提在胸前,一刻也不能停歇,学生们围住他,他在他们后背和头发上捋个不停,嘴里发出一连串"啊唷"声。刘蜜蜡发现唯有对她,那双飞舞不息的手要停下来。他的眼神也变了。只有她将作文本交上去,他埋头看得忘乎所以时,才重新开口大叫,把她的头发一攥一攥说:"多么好啊,就这么做下去,这眼看就胜利了呀!"后来他又为她张了三次榜,每一次都引起了围观。

七

黑儿盘算着第一场雪落下来之前做点什么。没事做的苦恼折磨人呀。听说四周村子都忙得很，斗争会、辩论会，再不就是急着破一个什么案子。这个小村倒好，什么事也没有。那些男光棍在入冬前老实得令人生疑。蜜蜡妈也没有什么动静。看来只好按老会计的话去做，操练那一二十个民兵了。多年来他十分注意排斥老会计的意见，因为要提防此人篡权。这家伙识字，算账时一边噼噼啪啪打算盘、一边从眼镜上方看人的模样真让他害怕。可是没有办法，那就操练吧。在他做出这个决定的第二天，有个消息转移了他的注意力。那也是老会计送来的情报。这家伙神情肃穆走进来，故意待眯眼老婆离开才说一句："'高干女'受伤了。"

原来她前些晚去了崖上，被上边飞来的石块击中了，"老天，再偏一点就得出人命啊。""她夜间去那搭做甚？"老会计拍拍腿："你看，不是你让她留意侦察嘛。"黑儿实在记不起。对方愤愤然："那个雷丁了不得哩，崖上真的坏了醋了。他和刘蜜蜡的事儿是人家亲眼所见。'高干女'淤伤怪重哩，她能躲过这一劫可真是福气。"黑儿不听他嘟嘟哝哝，让人快些去传。"高干女"一拐一拐来了，说了没有几句就要脱裤子验伤，尽管马上被阻止也还是拉下了一截。结果黑儿瞥见了她大腿内侧有巴掌大的一块淤青。这娘们儿的皮肤可真白。"掌柜的做主吧，狗男女害死人不偿命啊！"她呜呜大哭，长时间露着半截屁股。黑儿拍了一下桌子。她哭诉："原来是个凹眼儿小色狼哩，再不捆巴起来，一村好孩儿都得被他糟蹋。你问问哪个没有被他摸索过。挨千刀的，穷人生下个孩儿不容易啊，就该他来作践。"黑儿心烦，手指骨节握得咔咔响。

第二天，老会计戴着眼镜进门，这让黑儿觉得事态严重。"如果不操练民兵，抓抓大事儿，上边一个包庇的罪名下来，也就麻烦了。"老会计阴阴的目光从眼镜上方射来。"那你看怎么办呢？""你握着兵权，我嘛，顶多算个军师。"黑儿不作声了。他觉得有人把雷丁的事夸大了，这点他心里有数。老会计走了，黑儿心里更烦，就去代销点喝零酒，一边喝一边想办法。他不知道那个女人是否给老会计看过淤伤，只知道这一男一女合在一起，小村的麻烦可就大了。无论如何民兵是不能交给他操练的。黑儿喝了二两酒，摇摇晃晃出了村。村头老榆树上的一只乌鸦嗅出了酒气，对着他的背影叫了两声。垭口上有雾，雾气往下流动时发出撕破窗纸的那种声音。他一口气闯进公社，直奔教育助理的屋子。这家伙的胸脯陷得更深了，脸上的眼镜一遍遍往下滑脱。黑儿第一眼看上去就嘀咕：要糟，这人活不久了。他心里升起一阵怜惜，对方却在开口训人："天塌下来你才知道找我。""我，没有哩，顺路进来看看领导。"助理喝香茶时并不让他，镜片后面是一种绝望的眼神，黑儿知道每只老羊待宰之前都有这样的神情。"你崖上出大事了，"助理杯子猛地一放。黑儿的头一惊。

黑儿一回来就开始了民兵操练。由于他要忙另一些事，间隙里不得不让老会计代为喝操。黑儿远远听见他的喝操声极为惊愕：这家伙在这种场合竟然使用起外地话。想了想，这腔调多少模仿了公社武装部长。黑儿去老刘憧家，蜜蜡不在又去另一家。"高干女"热衷于看老会计上操，对黑儿的探问待搭不理。黑儿循循善诱，这才重新唤起她搬弄是非的兴趣。

结果她把怎样监视崖上、一连数月不曾松懈的细节一一讲出。她说原打算只跟上头说去,因为这里的村头儿与那崖上孬人是一对喝酒的兄弟。"狗日的,我那是寻个空儿套他话儿呢!"黑儿勃然大怒。女人把那个夜晚从窗上看到的事情可意描绘了一番,说刘蜜蜡一整夜都把小人儿抱在怀里,又亲又拍,"就因为脏事儿露了馅,他们才想用石头砸死我,这叫杀人灭口。"女人咬着牙,"雷丁这人有脏邪病儿,他把咱庄稼孩儿都作践哩!"黑儿低下了头。眼皮底下出了这事儿,可不是平常的罪名啊,这一下老会计该高兴了。"狗日的我怎么就没有提早给他动动劁刀儿,"他闭上眼睛说一句,想起了教育助理陷下的胸脯里吐出的闷音:"落实落实,弄成全社的靶子呀。"他知道这奇怪的声音只有阴间里才发得出,只有快死的人才做得到,因而倍加恐惧。这会儿他小心叮嘱一遍"高干女":一切先暗里藏着,只等一声令下再行动。

　　老会计戴着眼镜夹着账本开始挨家挨户走访,所有案情如数记下。最后他用算盘拨了两遍,直到坚信无疑才把账本推到黑儿面前。"啊呀这真是一个没有王法的孽障,瞧他做下了什么!"黑儿盯着账本上的一串数码目瞪口呆。上面写得清楚:小雷丁心怀不测,利用职权之便猥亵美貌村童二十余名,其中男女各占一半。唯有"刘蜜蜡"三字画了一道黑线,打了个大大的问号。"这为什么?""什么?哼哼,"老会计咬咬牙:"这孩儿到底是同案犯还是被害人,还得从头盘查哩。"黑儿马上想到了老刘憷,心里一酸。他忍住问:"你看该怎样发落崖上那物件?"老会计扶扶眼镜:"怎么发落恐怕也不是咱说了算,按罪过论,一绳子捆走准是'咔嚓'了。不过咱村有咱村的律条,说到归总也得开他几天几夜斗争会，揍他个腿断胳膊斜再送局子。这事儿许是更大的局子才能定哩。"黑儿额上有冷汗渗出，嗫嚅着："你先操练着民兵。刘蜜蜡的事儿由我亲手处置。"

刘蜜蜡每次从崖上下来都汗津津的。天眼看要大冷了，可这孩儿还穿那么单。年轻人火气大，赤脚敢跑冰天雪地。"瞧这孩儿念书上瘾，一天到晚往崖上蹿，眼瞅着成了书痴。""咱要有这么个孩儿愁也愁死了，怎么给她找婆家啊。"老婆婆们啧啧着，在路口上交换烟锅吸。为了试探蜜蜡的心思，一个婆婆故意在路上截住了她："孩儿咱说个私房话，给你说个婆家吧，十八里疥有个小铜匠，锔大缸一年赚下好几斗苞米。你跟了他一辈子吃穿不愁。"谁知蜜蜡刚才还笑吟吟的，一霎时变了脸："俺不哩！他挣下金山银山俺也不哩！俺就不找婆家！"说着一溜烟跑了。"哦哟大脸孩儿，都学你这样小子就得气煞，咱山里人就得断根，欺天的话我看你还是不要说。"老婆婆望着她离去的方向喊。后来蜜蜡一下崖就躲着她们，一个人沿着东溪走，在溪边看清流里的小鱼儿。这些小鱼眼睛亮亮的，它们一准瞥见了她。水多冷啊，小鱼儿没有一个穿衣裳，也没有一个喊冷。她拣着发红的石子，又折一束好看的干花儿才往回走。"哦哟，大闺女有心事了，一个人溜达上十天半月，没有不出毛病的。"一个老光棍望着溪边议论，被黑儿一个耳光打过去。黑儿在一棵枯柳下拦住蜜蜡。她叫"大"，他低头卷烟。他觉得这是一年里吸的最辣的烟。"蜜蜡哩，大跟你爸是同族兄弟。你爸这辈子不易哩。"蜜蜡点头。"你有什么话就跟大实说。""嗯哪。俺听老师话，将来当个'大写家'。俺夜夜随老师读书哩。"黑儿沉下脸："那物件的话不能听了。"蜜蜡一惊：

"这怎么了？""邪癖脏人哩！"蜜蜡急了："不哩，天底下再也没有比老师更好的人了，俺就听他的。"黑儿举起巴掌，颤了颤又拍在自己腿上："好孩儿，你到底中了什么魔症，要如实讲出。全村的孩儿都被他耍弄了，偏偏能饶过了你？"刘蜜蜡跳腾一下："大，这是拿话脏人哩，没踪没影的事啊，你千万别信。俺老师是最好的人！""那是你家好人。告诉你蜜蜡，不快些揭发雷丁做下那些腌臜，你俩就得一根绳儿捆下，到时候大也救不了你。"

民兵在溪边沙地上撕打起来，腾起阵阵尘烟。老人坐着马扎看练操，议论谁家孩儿最悍。老会计戴着眼镜指点民兵，不时喊一句："再来。"人们私下赞许："古书上说得一点不假，'文能治国武能安邦啊'。"正说着眯眼老婆一溜小跑过来，走近老刘慵跟前耳语几句，把人领走了。老刘慵的腿磕磕绊绊往前，比眯眼老婆走得还快。闯进院里，见蜜蜡妈正在说什么，黑儿巴掌一推："我有话不跟你说，这里没你的事了，滚去。"眯眼老婆连推带揉把蜜蜡妈拥出院子，哐一声合了门。老刘慵一见黑儿的脸色就发毛，问了半天才知道是怎么回事儿。他听着黑儿从头训斥一遍，立刻哀求道："掌柜，这孬娃有话都是跟她妈说，我什么也不知道。不过你得救下这孩儿呀，千万千万。"黑儿跺脚："真是孬人根苗！我先前担着凶险为她瞒下，想不到这会儿又一跤子跌进去。老刘慵，你可知道那雷丁是什么人家？""什么人家？""他爹是个犯上的孬人！"老刘慵一下坐在了地上。眯眼老婆去搀他，他泣哭不起："老天爷让我死了吧，养了这么个闺女活着还有什么脸啊。我让她妈领上孩儿走人，我老刘慵这辈子打光棍也落个干净！"他满脸泪水滚滚，黑儿心软了。

"操练，操练，肩负着祖国的危呀安！"老会计哼唱着进来，老刘懵刚走。黑儿不愿理他。他把眼镜掏出来戴上，黑儿还是不理。"这一回要兜个底朝天了。真是百年不遇的大案。"黑儿嘴里"哧"一声："也别做过了火。瞅空儿把小先生砸巴一顿赶走算完，别连累咱村孩儿。"老会计瞪大了眼："这是你说的？哦哟听听，你可真敢糊弄事儿。你就不想想公社等着送人哩，不捆上开个斗争会那还了得？""我是说，"黑儿突然口吃了，"，这、这蜜蜡怪冤、冤哩。她也是受害者啊。"老会计笑了："话不说不明，她到底怎么受了害，那也得会上说个清楚不是？别被咱包庇下，这也是大罪啊。"黑儿脸都紫了。他嘴里不吭声，心里却在想怎样把老会计和"高干女"捆了开个斗争会。他摆摆手："你早些歇吧，这事由我再想想。"老会计走时天即黑下，黑儿胡乱吃了几口，决心去崖上一趟。他许久没有面对面瞅瞅这个小人儿啦。嘀咦，前半月二十天崖上跳呀唱呀热闹成什么，一转眼荒了。真是一夜之间世事大变啊。上了崖，黑乎乎没有一丝风，星星近在眼前。紫蓝的夜空少个月亮，人上了崖怪慌哩。狗儿们无声无响，那大概是白天的操练吓住了它们。那扇小窗上的黄色灯影煞有介事，就是没有一句念宝书的声音。"小人儿往常都是大声咋呼着读哩，这会儿失了力气？嗯哼？"

"你听见白天上操了吧？"这是黑儿见了雷丁说的第一句话。雷丁点头。黑儿看出他的凹眼尽管用力眨动也还是一副萎靡不振的样子。桌上是一摞作业本，一瓷缸烂菜粥。他极力想从对方鼓鼓的鸡胸和长长的鼻中沟看出几分凶险，没有，还是往常那个小人儿。"这些日子不拉风匣子琴了？""没。""嗯，没有那兴头了。天要下雨蚂蚁提前知道。"

雷丁瞥来一眼,无语。"'要想人不知,除非己莫为',老辈都这样说。"雷丁干咳一声:"领导的话咱听不懂。"黑儿大口吐烟,笑了:"不懂?你总不会以为我又来请你吃酒吧。""咱的酒量不行。""知道就好。小小物件把自己当成了大酒坛子,那就砸了锅了。人这一辈子还是要心里有数,俗话说'见好就收',还说'人心隔肚皮,相见两不知',腌臜人总是装得像模像样,穿制服插钢笔的。"雷丁长长叹气:"领导莫扯远了。我正想求你帮忙呢。""是吗?你这会儿也知道求领导了?咱能帮上什么呢?"雷丁皱眉,呲嘴,一下下磕牙,直眼望向黑儿:"说起来真是怪啊,孩儿们突然不来上课了,人一天比一天少,我上门找人,家家见了我就关上门板。真是纳闷啊。"黑儿兴奋得大脚蹬到了桌子上,对方说一句,他就发出一声"嗯",一副大惑不解的样子。待对方停下,他才眯眯眼说:"你都弄不明白,咱还不懵了瞪?过去的本事都哪去了,又拉琴又玩球的,整天胡吹海谤。这会儿完了章程吧。依我看是你自己有些蹊跷,孩儿们怕了。"黑儿说到这儿猛一拍对方肩膀:"老弟,说句实在话,书读多了,也就读到驴肚子里去了!"

这个夜晚他们谈到很晚,雷丁的痛苦有增无减。他终于说听不懂对方的话。黑儿说:"那是你的文化太大了啊。想一想咱俩上次吃酒说过的话吧,那一次我把什么都说在了前头。""说了什么?""你看贵人多忘事,我说了什么人家早当了耳旁风。我那次不是说过到时候要'公事公办'、'官身不自由'的话嘛。"雷丁的金色眼睫毛眨动得飞快:"我还是听不明白。"黑儿火了:"得,到时候你就明白了。人进了局子都变得聪明,不见棺材不掉泪,就是这话!"雷丁叫一声:"领导!"

黑儿从他的眼神和语气中听出了深深的哀求，不由得长叹一声："你可千万怨不得我啊，我事事都说在了前头。"说完站起。对方一片茫然无措，嘴唇翕动着。他大概还想挽留，可黑儿咬咬牙，一抬腿跨出了屋子。

第二天公社传话来了。传话人通过老会计转告：让小村负责人去一趟。老会计直把黑儿送到村头，分手时说了一句："这回人家上级叫你了吧。"黑儿没有应声。到了公社，一个穿旧军装的人把他和教育助理领到了一个屋里，并让一个村童模样的文书记下谈话。黑儿明白问题严重了。穿旧军装的人裤兜那儿闪烁着红绸，这使他想到那是一把手枪，同时也明白了下村小油矬用红绸包枪的习惯从何而来。助理一开口还是阴间一样沉闷的声音："整个案情业已核实，事态之重超乎预料。今天即商定如何处置，步骤嘛由部长指示。"黑儿这才知道那人是部长，但不知是不是新来的武装部长。他站起来，部长伸出右手轻轻一压让他坐下："这样吧，近期开个斗争大会，地点就在崖上。揭发人和控诉人要准备好，同时有关部门负责人要到场，大会结束时宣布逮捕令。"黑儿掩饰着慌乱："那是不是要、要枪毙？"部长点头又摇头："这是下一步的事。不过我认为这人吃不上明年的麦子了。"助理说："一般是这样。"黑儿立刻觉得揪心一样疼痛。

从公社到小村的路只有二三小时里程，黑儿却走了多半天，从中午时分直走到日落黄昏。在东溪边，他盼望见到一个抡槌洗衣的女人，没有。天冷了，快下第一场雪了。柳树和梧桐开始掉下细小的干枝，麻雀成群旋落。暮气低垂，小村升起的炊烟融入一动不动的雾霭。到处死寂无声，鸡狗好像提早安眠了。不远处的崖上没有人影也没有烟气，几间小屋像孤庙一样伏在那儿。崖下一棵老槐边有人影闪了一下,他定定神才看清是有人捎了枪贴在树上。"鬼怪哩,事儿要糟,兵权暗里移了不成。"他骂一句走过去,到了近前那民兵赶紧叫一声"掌柜"。黑儿厉声问:"你鬼头鬼脑站这儿干什么?""掌柜,老会计让我们换班放哨,崖上人说不定要跑哩。"黑儿一股火气冲上脑门,喝道:"狗日的,咱村动一杆枪也得我发话。你们这是打草惊蛇哩!"民兵弓着腰走了。黑儿长时间僵在原地一动不动。他盯着崖上吸了两口凉气,又恶骂几声。这一回是骂雷丁。他从一开始就厌恶这人,这会儿又有些可怜了。"狗日的,小小人儿敢闯天祸啊,这一回吃不上明年的麦子了。"他还吃惊老会计的心劲儿,那家伙把一切都想在了前边。黑儿咬咬牙,抬头看着村边那个矮矮的石屋。老刘憎家冒出了炊烟。

  黑儿顾不得吃饭。眯眼老婆说他离家不到一天,老会计就把村子弄得人仰马翻,领兵跑操,还让人把蜜蜡关进小碾屋审,"高干女"也掺和进去。"蜜蜡那孩儿哭成了泪人,说那两人净问些腌臜话,老会计一笔笔往账本上记,还让蜜蜡按下手印儿。""她按了?""没。孩儿说她没做那事儿,死也不按。'高干女'还想揪下孩儿的裤子看呢,被孩儿踢了一脚。"黑儿松了一口气,一拳捣在桌上:"反了他们!"他让眯眼老婆把蜜蜡沿着墙根领来,说有大事儿。蜜蜡一进门就哭,哭个不止,黑儿火起:"你和你妈都是小村的祸患,哭哩,再哭就出人命了!"蜜蜡含泪停下。黑儿吸烟,像铁人一样纹丝不动。"大,妈说俺娘儿俩,还有老师,都靠你做主了。""祸水哩,祸水哩。""大!"黑儿狠力一抛烟蒂:"实话告诉你吧,村里斗争会这一二天里准开,会上要捕人哩。"

蜜蜡大眼瞪着："捕谁？""还有谁，狗日的雷丁。"蜜蜡肚子疼一样蹲下。她浑身打战。眯眼老婆过来说："看你吓着孩儿。"蜜蜡蹲了一会儿，突然站起来就跑，一下冲到了黑影里。眯眼老婆叫着"孩儿你回来"，要出门追人，被黑儿一把攥住："你给我闭嘴。"她听出今夜男人的声音沉得吓人。

这一夜黑儿和眯眼老婆都睡不安稳。狗零零星星吠过之后天就亮了。天近中午老会计慌慌张张跑来，后面还跟了"高干女"，两人一进门就嚷："昨夜出大事了，出大事了！"黑儿瞪他们一眼。老会计说："崖上那孬人跑了！""高干女"拍着手："这下子完了，鸡飞蛋打了！"黑儿不紧不慢卷上烟："也莫紧着吵闹。许是去公社办事了吧。"老会计摇头："不对。我进他屋里看了，常用物件、包裹和宝书，都一块儿没了。""高干女"撇嘴："依我看哪，一准是有人走漏了消息，这小王八羔子有人做内应也说不准。"黑儿摆摆手："领导层里议事你就躲开些吧。""高干女"叹一声走开。黑儿说："你怎么能和这号女人一块儿办案？怕她那急火劲儿走不了风声？听着，先集合民兵，再回公社话。在这吃紧关头，兵权收回哩！"老会计"嗯嗯"两声，僵在了原地。"蜜蜡不收进监房？"黑儿声音粗重吓人："听令，依我说那两条作罢！"

第一场雪终于落下来。村里人捂着耳朵呵着气奔上街头，见面便说："孬人跑了！""那挨千刀的跑了！"大家同时发现老会计蔫了头，不再戴眼镜，也不再领人操练了。村头黑儿把民兵集合崖上，卡着腰说："上级不出一天半日就派人来哩，咱村封了。"民兵表情严厉，吓得看热闹的人远远避开。"没有武装不行啊，你看还是得有武装。"老头老婆婆们议论着，相互礼让手中的烟锅。黑儿估计得对，第二天就有一辆吉普车开进村里，打个弯儿停在崖下。民兵扛着锈蚀的枪刺站在阶梯上，迎候穿旧军装的胖子部长、一个走路打战的灰脸助理。黑儿把他们接进小屋，几个人并不落座，而是一间一间看过。在那个有着窄窄小床的屋子里，一瓷缸烂菜让胖子连连吐地："现场就是这样？"黑儿点头。助理看看木格窗，伸手推了推："说不定是从这里逃出去的。"黑儿料想助理使用的是阴间心思：逃犯为什么不走门偏要跳窗啊？三个人坐下，村童模样的文书进来，胖子开始一板一眼说话："已经搜过雷丁原籍，没有。正考虑通缉。到底怎么走漏了风声？"黑儿正琢磨怎样回答，助理说："听说岗哨是有的，你让人撤了？"黑儿破口大骂："狗日的胡乱布岗，那孬人又不是傻子！"胖子摆手，"算了。那个叫刘蜜蜡的是怎么回事？""怎么回事，咱贫农孩儿呗。孬人杀上千刀不多，咱本村孩儿得护着哩。"胖子"嗯"一声。助理问："那她妈是怎么回事？""年轻时有些疯浪，如今好多了。她与咱隔开了一个阶级儿。"胖子说："这就要查查了，嗯，这是个情况。"黑儿的拳头握紧又松开，吞吞吐吐："不过她这些年待老刘憕不孬哩。"没人接话。胖子说："雷丁一案没结。一切要从头查起，抓成一个典型上报。"

一年一度的全社民兵集训开始了。黑儿带走了二十三个民兵和几杆老枪，几颗哑弹也让人拴在了腰上。下村民兵连长小油矬神气活现，因为每年集训都是他一显身手的时候。这人矮壮异常，性子暴烈，三十多岁了还是单身，治兵之严耸人听闻。这次他一见黑儿就喜滋滋问："听说崖上出了花案？"还没等回答他就咯咯咬牙："犯在我手里，哼，早就把他拧成了麻花儿。"黑儿从不怀疑。他知道这人在下村是村头的一杆枪，有名的狠人。下村是个大村，用公社头儿的话说，就是"兵强马壮"。遇到全县打靶比赛一类事情，总是缺不了小油矬领人参加。他得过全社嘉奖，当时外村一个女民兵被他佩戴红花的模样吸引了，主动嫁过去。可惜这桩婚姻只持续了多半年，人人见女民兵枯瘦的样子都惊讶。又过了不久女民兵就死了。女方父母找到下村头儿伍定根，伍定根说："没有比我再喜油矬的了。是你那闺女享不来咱村的福。"小油矬无比专心下村的武装，对黑儿说："咱这一个加强连用来做甚？一是帮上级固防，二是保卫伍爷。"黑儿没见过下村头儿，但从小油矬的口气里猜测，那不会是一般人物。小油矬说："你治村的严劲儿全社出名不是？可比起咱伍爷，连边儿也不沾哩！"

　　集训过半，黑儿有些放心了。因为他这期间见了两次胖子部长，对方没提一句崖上案子。可是集训结束时，胖子突然对他宣布：去崖上的工作组已经准备就绪，成员三个：助理、小油矬和文书。"你可要全面配合啊。"黑儿心里一阵绝望。他料定这其中必有老会计和"高干女"的参与。"两个狗男女，有你俩的好果子啖了。"小油矬喜不自禁，对黑儿说："咱不愿掺和外村的事。不过上级器重就没法了，你说是吧。"黑儿待他一挨近，马上嗅到了一股浓烈的膻气。黑儿认定这三人小组中文书无足轻重；助理一心想把事情往大里做，快死的人嘛；唯有小油矬是个关键人物。黑儿说他："你去我就放心了。除了案子，对民兵还会有些指导哩。，多大了呀，还是独身。咱村大闺女你相中了谁，只管说一声。"小油矬撇撇嘴："我的婚事得伍爷批准哩！"

工作组进村后老会计又戴上了眼镜。三个人在崖上空屋办公,"高干女"做了伙夫。黑儿反复提醒这个女人是个"疯浪泼皮之物",助理不以为然。小油矬说:"咱这里不怕哩。"一开始黑儿不明白是什么意思,后来才明白是怎么回事。原来那女人于崖上做饭开头几天就与小油矬有了龌龊,后来双双出入草垛之间。民兵发现后请示怎么办?黑儿叹口气说随狗日的去吧。"高干女"逢人便说上级派来了包公,"那人矮矮壮壮了不得哩,那真是一块好钢。"有几天助理与文书回乡,"高干女"被小油矬关在崖上,任其告饶只是不放,三天三夜折腾得遍体鳞伤。黑儿第四天去崖上时发现小油矬还带着满脸杀气。从那以后"高干女"跛着去崖上做饭,比往日沉稳了许多。涉嫌案情者被一一传到崖上,下崖时个个垂头丧气。老会计负责传令,小村人被喊来喊去,渐渐心生怨恨,背后议论说:"这个眼镜贼死了咱村也就太平了。"可是不久传出一个噩耗:工作组的助理死了。对此黑儿毫不吃惊,只是担心从此小油矬成了主事的人。

　　刘蜜蜡一家成了反复审问的对象。老刘懵甚至被关在小屋里两天。蜜蜡去黑儿家求情,黑儿冷着脸:"我这个冬天还不知能不能熬过去哩。"老刘懵放出不久,小油矬又传去了刘蜜蜡。他直眼盯着她:"哦哟哟,哦哟。真他妈的不是个时候,哦哟哟好大闺女哩。"蜜蜡问一句:"什么话哩?"他鼻塞般吭哧着:"我日。倒霉哩。好生生大闺女胖成什么,脸盘儿亮堂堂大双眼忽闪忽闪,到底被狗日的小先生作践过几回?我抓住非用零刀子剐他不可,你只管照直了给我说。从今以后我就是你的靠山!"蜜蜡大惊失色:"俺老师是一百个好人哩!"小油矬脸都气紫了,大喝:"闭嘴,你不想想狗日的抽身一跑这辈子找谁去?"蜜蜡哭了。小油矬围着她跺脚,叹气,不停地搓手,最后一扬胳膊:"走吧,在家等着传信吧,咱不会亏待你!"

"大花姑娘啊!"小油矬喝得半醉,一进黑儿家就这样喊。"你说什么?""大花姑娘啊!"黑儿摇头:"你学日本人说话哩。"小油矬咂嘴,歪在那儿:"我不行了,这回非死不可了。工作组里已经死了一个,这回该轮到我了。"黑儿不解:"怎么回事?到底怎么回事?""遇见大花姑娘了。""你是醉哩。"小油矬正色:"我没醉。我只想问你先前说过的话算数不?要算,我这就告诉你,咱看上刘蜜蜡了!"黑儿嘴里的烟掉在了地上。"你给我说呀!"黑儿嗡嗡一声:"这孩儿不中。""为什么?""不中就是不中。"小油矬冷笑:"咱这就把大红袄给她套上,让民兵抬回下村睡上哩。俺爹六十的人了,盼我给他生娃哩。伍爷也会应允。"黑儿脸青了,粗着嗓子嚷:"一个水生生的好孩儿跟上你,冤煞哩!"小油矬跳起:"黑儿!这是你说的!我看上她还是捏把汗哩,你以为我不知道她是什么人?遗腹子哩,这样大事被你瞒下。还有雷丁,她和他的事儿,都是你一个人的罪!你以为落得清闲?"黑儿头嗡嗡响:"莫听老会计瞎嚼,也莫听那'高干女'。"小油矬笑了,讨一支烟点上:"实话说吧,咱在下村替伍爷办案多了,这里算什么。那天我对老刘懵一喊,手枪往桌上一拍,他什么都交代了。他说你早知孩子是谁的根苗。说句真的,你和那娃儿都在咱手里攥着哩!"黑儿足足有半个钟点没吱一声,豆大的汗珠往下滚落,口气终于软下来:"我明白哩。我是说,这孩儿还小。""小?大花姑娘哩!哼,她的出身抖搂出去,一辈子也就完了。

跟上咱就成了干部家属！你这当头儿的揣摩去。"黑儿无语。他抬头去寻眯眼老婆，这才发现天全黑了，乌黑乌黑。

第三章　食人番家事

八

下村人暗暗诅咒老獾家断了根苗才好。老獾姓宗，他的独子小油矬至今没有子女，而且死了妻室。当年小油矬从县比武大会上领回一个眼眉粗长的女民兵，让村里慌张懊丧了许久。因为这个闺女身量高大，方脸阔嘴，走在街上虎步生生，人们担心她很快会给宗家生出一些悍人。听说村头伍定根看了看小油矬领去的姑娘，把手一挥说："不孬，圈屋子里去罢。""圈"字在下村这儿再熟悉不过，就是"拦住"和"关押"的意思。这次当然是正式的婚配了。其实宗家这个独子二十岁之前就蛮性过人，明明暗暗圈过不止一个姑娘。那些倒霉的外村女子忍不住饥饿出来抓挠豆子和红薯，或是夜里宿在庄稼地里的流浪女人，经他圈起就轻易不再放手，挨过一两个月都是常事。她们为宗家父子洗衣做饭，还要给老獾捶背，日子久了没有一个不告饶的。有的身上还要带绳索链子，平时就锁在柱子或窗棂上。伍爷说："这地界严着哩，自古都是出山霸王海贼的地方，没有个铁辣后生为我守家还行？"那时老民兵头儿刚刚掉到海里淹死，都知道伍爷在物色人选。全村人心照不宣，估计这个狠差就要落到宗家独苗身上。奇怪的是连长一职空缺两年，伍爷并没有轻易许人。有人猜测这是小油矬年纪未满十八的缘故,因为伍爷有时候刻板得要命。只有老獾沉得住气,说:"我娃莫急"。宗家有代代尚武的传统,老獾在小油矬七八岁时就让他苦练石锁,十一岁又送到外地学了勾连枪。他对浑身横肉的儿子说:"只要武艺在身,国家准有用人的时候。"这话说了几年,终于在那一天得到了应验:伍定根在二月二龙抬头的日子里开会,宣布了小油矬为新兵头,并当众授予一支包了红绸的手枪。从此老獾捧起了黄铜水烟袋,常坐在门槛上晒着太阳说:"俺如今是衙里人了。"他对儿子领回的高个子媳妇心存疑虑,抱着水烟袋咕哝不休:"恐怕是个中看不中用的东西呀,就像你那吃了豹子胆的大妈。""大妈"即老獾前一个老婆,曾跟过土匪,悍得没人敢娶,老獾就说:"跟咱去。"他那时年纪大了些,急于再次有后,就让人为她开出一些喜药,又令其尽吃海物。半年过去婆娘滋润得肥胖,只没有一点动静。"咦,狗日的许是盐碱薄地哩,恐怕先要退碱。"从那以后好饭水没了,稍不如意就给她一顿拳脚。开始女人还试图接手,后来才知道这个男人有内功,会耍铁鞭,还动不动穿上护身甲出门闹事。忍吧。谁知折磨一开了头就往狠里走,老獾喝了酒竟然用香头触她的腿根。过端午时她为他备下毒酒,只可惜他喝了几口就呕起来,一边呕一边将人擒住。接下去的日子他歇一气打一气,直用了一个星期才把人打死。"哦哟,好不容易才去掉这一害。她耽误我有后。"

　　身量高大的女民兵走路嗵嗵响,跟上男人去演练场,回到家里还要练习瞄准。老獾咕哝说:"吵死吵死。"他让儿子先把女人驭住,说:"咱宗家可容不得草驴性儿。"小油矬说:"那是。"他再不让女人出门,把她的所有衣服都锁起来，让她半裸着喂猪做饭。开始女人还能忍受，以为这不过是男人的蛮性和怪癖。谁想到这种日子有头无尾，公爹老獾端着水烟来来去去，不仅毫无回避，还动不动就呵斥她："见我过来了就转过脊梁，对公爹一点礼数都没有。"她羞恼怨怒到了极点："儿媳的光身子也是你看的吗？"老獾砰砰砸桌子："啊呸，你这样物件咱见多了，敢炮蹶子也哉？"儿子一回来老獾就数叨，小油矬点头，回屋里整了整。第二天她的光身子上就青一块紫一块了，在院里高声哭诉："俺是奔着这村的武装来的，想不到落进了狼窝。"老獾握着一根棍子威胁她："再喊砸死你。"她原以为公爹是吓吓人而已，后来见那双眼珠血红尖利，就一声也不敢叫了。小油矬白天忙于民兵事务，回家时满身躁火，稍不如意就用皮带抽她，喊："还不生娃！还不生娃！"老獾说："算了，她跟你大妈是同一种胚子，瞎费力气，不如早些想法儿。"小油矬说："就留在家里做个苦力吧，有什么法子可想。"老獾咬牙叹气："要在旧社会早一顿打卖到窑子里，如今不中了。"父子俩恨死了这个女人。"误事啊！"小油矬嚷叫。他喝醉了酒拿着包红绸的手枪玩耍，女人一见枪就两眼放光。他把枪交给她玩，谁知她双手端着直奔公爹。老獾吓得手一　撒扔了水烟，小油矬笑嘻嘻说一句："没子弹哩！"老獾随即跳起打掉她的手枪："狗日的骚娃敢来行刺，今个咱给你上好大刑罚。"他和儿子一块儿将其捆个结实，剥去最后一丝布缕，拴到柱子上吭哧吭哧打起了屁股，一口气打折了两块洗衣板。女人哀求小油矬："看在夫妻一场的份儿上，把老畜生手里的板子夺下来吧。"小油矬说："我爹有气出不来会伤身哩。"老獾最后累得胸脯淌汗歪在一边："老天爷，你从哪弄来这么个皮实物件,身上的肥膘有三指厚,咱打不实惠啊!"

这次暴打让老獾累得大睡,结果第二天一早儿媳偷了他的衣服穿上逃了。为了弄回女人,小油矬费尽心思瞒哄诱捕,最后才在秋粮入囤时把她牵回家来。进门后他说的第一句话就是:"从今以后你不算我的人了。"她不明白这是什么意思,后来见他剥净她的衣服锁了,就哀求说:"你总得让我留一丝布遮羞呀。""你有什么羞。"她白天给拴了锁在门环上,夜里入了被窝也不解绳子。白天老獾让她按腰捶背,稍不如意就用烟袋嘴儿烫她。她大仰着躺在地上:"宗家老畜生啊,你快扑上来把我糟蹋了算完,我没脸活了那天也就死得快了。老獾你快骑上我办事儿吧,也不枉作了一回畜生。"老獾大怒:"你这杂种敢说这话,也不怕遭天谴。俺老宗家都是实打实过日月的人,有勇都用在正经地方。你算白谋划了。了得,这娃凶险哩!"他牙齿咬得咯咯响,只盼儿子快回。小油矬直到半夜才归来,听老獾前后说了一遍,惊得大喊:"这真是欺祖啊,这是往死套里钻啊!好矣,宗家这就成全你哩!"他一口气喝了半瓶烈酒,剩下半瓶喝一口喷一口,全喷在女人的光身子上。他用皮带耐心抽打起来,抽一下说一句:"白酒杀菌,这回就是打死也不会发臭了。"女人在地上滚动喊叫,老獾就从厢房过来:"我孩儿该把她的嘴堵上再打,看吵得我睡不着。"小油矬赶紧用一团脏布塞了她的嘴。他打了一会儿酒劲泛上来,站都站不稳,摇晃着打,躺下打,最后打着鼾倒在了女人身边。"哦哟这对冤家啊,夜间把我吵煞!"老獾早晨醒来后蹲在两人跟前看了一会儿,抄起一盆冷水哗一下泼上去。两人打个激灵醒来。小油矬哭丧着脸:"爸耶,我今个还要出操呢,这一下非着凉不可。"整整一天儿媳都喊肚子疼，说疼死了疼死了。老獾不理睬，出门去村东铺子上喝豆腐脑。他喝过一碗又吃烧饼，身边的人都说："人家老孩儿福气啊，尽吃好的，估摸着不想过了。"他听了真快意。下半晌他一直坐在铺前抽水烟，等儿子出操回来路过这里。小油矬中午时分走过来，老獾说："那畜生死嚎哩，我耳鼓子快爆了。"小油矬说："看我回去收拾她。"父子俩一前一后往回走。老獾掏出钥匙开了锁，小油矬先一步跨入。他蹲在女人跟前久久愣着。"我娃瞎迁磨什么？"小油矬站起来："爸，这物件去了。"

整个下村只有一户宗姓。这儿的大户不止一家，繁衍人口最多的是伍家。大户之间斗得凶残，每年都死几口人。有一年夏天收麦子，姓伍的一族出了个悍娃，打架时用麦叉一口气叉死了对方三口。悍娃后来尽管被官家捉杀，威名却留下来。姓宗的是从外地避难而来，操着异乡口音，把"孩儿"叫成"娃"，三代之后还与登州人有别。他们真正是房无一间地无一垄，穷得叮当响。宗家与伍家结在一起，后来每有械斗发起，都是宗家为伍家出力。宗家人长得浑实，个个光了膀子露出刀疤，都不怕死。老獾爷爷一门三个光棍，几年下来打死了两个，只留下一个传种。三人求死的过程都是一串长长的故事，没有耐心说不周详。下村人都记得宗家有个好汉撕打起来善用牙齿，三五下交手就咬住了对方，不管对手怎么嘶叫，就不松口，生生咬下一块肉来，呼啦一下吞进肚里。就凭了这一手，宗家威名远扬。一些小孩子不知从哪儿学来了顺口溜："宗家兽性大发作，吞吃千人不算多。细嚼慢咽剔筋骨，不喝血儿没法活。"到了第三代宗家更加孤单，小油矬有一次学了顺口溜回家，老獾就告诉儿子："那都是唱了你爷爷、你太爷爷的事儿。如今咱宗家可老实多了。"

闲来无事老獾讲了不少家史，小油矬越听越糊涂。那大概是太爷的太爷吧，并不姓宗，住在西南一片大山里，传说是山高林密的番界。番界每逢过节就吃荤腥，行大祭时要捉杀仇家。"世上人叫咱'食人番'哩，咱这支人嘴里一左一右有两颗尖牙，后来一代一代下来大荤腥没了，尖牙也就蜕成两颗小不点儿萎在嘴角，你照着镜子擎着灯扒拉着看吧，一看就知道了。咱这支人原先过得滋润哩，后来素食族骑着大马来了，配了生铁马镫和火枪，也就没咱的好日子过了。不光大荤腥吃不上，安稳日子也没了。那真是苦啊。全都七打棒散了，溜了沟子走了河套子了。你爷的太爷领着一家钻进东边地界，先入了云南那搭儿，没想到人家提防着哩，一个一个扒拉着牙口看。幸亏咱族上聪明，事先在暗地里把尖牙拔下扔了。连小崽儿也得拔，疼得大嚷小叫也没法，不拔就没有活路儿。这以后尽管没有大荤腥了，好歹也能保住根苗呢。咱这支人呀，族上先人说要紧是活下来，吃大荤腥的年头迟早还会有哩。可是姓什么？这边地界的人都得有姓有名。那边就不一样了，那边随便叫什么'老树精''水狸疙瘩''哈刺哈刺'，叫什么都行。这边的姓呀名呀都穷鸟规矩，一个一个还得记上账本，马虎不得哩。族上先人问一个北边来的老头，说'咱跟上你姓不行吗？'那个老头祖上离兖州不远，一口的兖州腔儿。他回咱说：'中'。就这样，咱族上姓了'宗'。娃儿你可知道，咱这'宗'跟别人的'宗'相差十万八千里哩！娃儿你还得记住，咱族上先人在南边伏下，品性不改，动不动就想打个牙祭，吃个大荤腥，结果被当地人围上哩。厮杀那个凶残，老婆哭孩子叫，天塌了地陷了，都知道这一回算是连根除了。谁想是老天爷活该给咱留下生路，有支番人打来了，一股脑儿把咱救下。这支人马是不是'食人番'不知道，反正咱被他们救下就一路往北，昼伏夜行，直奔登州来哩。"

小油矬自小听族上故事，半懂不懂。但有一点记在了心里，就是要快些留下根苗。他同父亲一样确信，同族人在逃难中七零八落，不知经历了多少代活下来，还有不少散在南南北北，只可惜他们都不知道自己的来路罢了。他的好奇心随着年纪不断增大，有一阵遇到什么疑点就要探个究竟。在公社县里民兵集训时，如果遇到一个凶悍过人者，他一定要想方设法去问对方族上是哪儿？给人的印象是他这个人热衷于族史。如果有机会，他一定要勘查对方的牙齿，结果一扒拉嘴巴十有八九就惹恼了人家。上次遇到那个崇拜他的女民兵时，就有这样一番经历。该女不仅长得人高马大，而且悍气逼人，问了问才知道她一直担任"铁姑娘队"队长。"了得，这是个雌性悍娃哩！"他们的恋爱过程简单无比，不过是在深夜泥地里练习摸爬滚打时搂在了一起。白天他们待在营地小屋里时，她出奇的温存让其大失所望。"狗日的像换了一个人，还在我脖子上呵气哩！"他心里骂着，嘴上却说："铁姑娘跟我回吧，早些给咱留下根苗。"他早就看过她的牙齿，扒拉嘴巴时被其当成了一种特别的亲昵。可他看到的仅是一排整齐的板牙。那时他已确信此女非同族类。

铁姑娘之死没有引起太大的议论。伍定根只是让他加紧操练民兵，别的一概不管。这支民兵年年参加县社集训比武都争头牌，这才让伍爷高兴。"矬儿，你年年都得争个花儿戴上。""是哩。""落得上村黑儿那样可不中。"伍爷总是把黑儿当成取笑对象，从来耻于和他来往，有什么事只让小油矬出面。有一次因为东溪水发生了争执，黑儿提了礼品来见伍爷，伍爷不见，说："这也算个物件啊。"人们白天黑夜都能看到新任连长蹿动在街巷上，这人像有分身术似的，一会儿在村东火烧铺喝汤，眨眼又出现在打马掌的窝棚里。有时候人们甚至为他的出没行迹发生争吵："连长刚才在剃头棚让人按膀子，按着按着打起了鼾。""胡诌，我刚刚一会儿还见他从貐嫚家出来哩。"两人吵着，赌咒发誓。没人敢说宗家的闲话，因为害怕传过去。貐嫚做了一辈子药匠和接生婆，经她手接下的孩子满街都是，包括小油矬。她在下村是一个受人推崇的人物。合作医疗开办那会儿伍爷让貐嫚任赤脚医生，没有成。原因是上级明令接生婆不得担当此职，结果另一个喜好摆弄草药的男人背起了带十字的药箱。不过下村有不少人生了病仍旧找貐嫚，连伍爷也不例外。老獾四五十岁上开始让貐嫚下药，非她而不能除病，食欲不振，有心火，犯脚气，或者是与人发生口角，都要让小油矬去喊貐嫚。老獾伏在炕上扎针，那会儿的躯体就像一条扁鳗。宗家人有个明显的体征，即身廓又宽又扁。这种形体有利于爬树和游泳，而且长于打斗：一旦被其抱定就很难挣脱。被老獾抱过的人个个心有余悸："了得，那么大年纪了，手臂还像索子一样韧哩，搂人时两腿也随着把你盘上，你就等于给拴上了几根棕缆，一丝儿也别想动弹；他要真想折腾人，会把你的头按在胸口下边一点，那时身子一缩巴就能把人闷死。"谁都知道老獾的强健之躯一半来自习武，一半还要归功于家族遗传。"我喜好下狠手哩，"他说。这个红眼利爪的男人十个指甲又长又硬，打架时一扫就是十道血痕。老獾六十岁左右时下口咬人钝了，就让貐嫚用茯苓制了一种膏散。老獾还把这种膏散献给伍定根，说："没有伍爷族上护着，咱宗家早就被斩草除根哩。"

小油矬从上村盘案子回来，两眼生光，见了老獾第一句话就说："爸耶，娃在上村遇见宝器哩！"老獾一愣。族上为这两个字闹过笑话哩。小油矬的爷爷差一点被老獾带回的手电筒吓个半死：他打开柜子找东西发现它在棉絮间亮着，吓得又吹又拍，最后咕咚一声扔进了水缸。它还是亮着。"哦哟獾儿快来家看看吧，咱家有了宝器。"他嚷叫着冲上街头，引来许多人围上水缸。有人从水中取出关了电门。老獾沉着脸问："你到底遇见了什么？"小油矬绘声绘色讲了上村的刘蜜蜡，说："好大物件，天哩，咱从根没见这样大水灵女娃。咱什么心思都没了，夜里睡不着哩。"老獾用钎条使劲掘着水烟袋的火嘴，像是一心要掘出什么。他掘了一会儿又用嘴吸，吸了满口脏水"呸呸"大吐。"大水娃啊，"小油矬搓手。"这回可得相中，要紧是宗家有后。"小油矬"嗯"一声，哼起了小曲儿；哼了一会儿又阴下脸叹气，"爸耶，咱宗家如今可是有头有脸呢，真要娶来又怕脸上挂不住。""嗯哼？""是这样，传说她与一个干瘪小先生有一腿哩，那物件逃没了踪影，她呜哇呜哇想得哭。""原来是个臊臭玩意儿。""可她死也不认这壶醋钱。"老獾甩甩手："交给貐嫚审审。我娃这回可要娶个真本实料的东西。咱如今是衙里人。"小油矬拍腿："对耶。"他琢磨着怎么报告伍爷。他可不敢对伍爷说出"遗腹子"三个字，知道那样一说也就完了。"嗯，那事儿先瞒下，待他应允了，再找貐嫚去。"

小油矬从来没有像现在这样既兴冲冲又懒洋洋，对操练民兵的事儿也不放在心上。往常伍爷的门岗三天轮换一拨，这会儿全忘了。他一天到晚琢磨怎样娶回刘蜜蜡，想得眼窝发红。他已经开始打谱新娘进门以后的事儿了：不让她去野地里做那些粗活，只把她关在屋里编草辫儿。

日晒不着雨淋不着，白生生的大娃咱要好生搂抱。"这可不是铁姑娘，这是大水娃哩。"一想起刘蜜蜡就有点心慌，这让他觉得好生奇怪：咦，真是怪哩。别说你从根柢上就有毛病，你妈是个疯浪货，你爸是个木头人；就是俺村女娃也怕咱怕得要死，咱吆喝一声，她们就吓得屁滚尿流，一头一头往草垛和树棵里钻。更不用说那些孬人家的女娃，跟咱隔开了一个阶级儿，见了咱大气儿也不敢出。她们一个个啊，都粉皮细肉滑不溜秋，怎么搂也搂不牢实。"妈的，说起这些搂物呀，里面的学问大了。"他对那个刘蜜蜡有一万个不解，"也许这女娃身上有一股魔症劲儿，嗯，准是这么回事！"第一回去老刘懵家的情景一辈子也不会忘记：小石屋黑洞洞像个大穴，一脚跨进去就听见老刘懵在咳嗽，大腚婆娘哼哼呀呀。"蜜蜡哩？咱要见她啦。"大腚婆娘赶紧撩开帘子，原来刘蜜蜡伏在小木桌上看书。嗬，大书小书撂了半尺高，她险些给书埋了。"你连长大来了，我孩儿快站直哩！"老刘懵跑过来催促。她站起来。嗬，大花姑娘脸儿红红的。"我孩儿害羞哩连长大，要在平时嘴比蜜甜。叫大。"大腚女人在一边帮腔。蜜蜡勉强吐出一声："大。"他一下傻在了原地。迂磨了一会儿，他吭吭哧哧纠正说："我看还是、还是叫'哥'好些。"老刘懵慌了："这还了得！这不中啊！""中与不中都得叫'哥'，"他干脆利落挥了挥手。当时他心里泛起个蛮强的念头：让黑儿快些出面办妥；一旦离开这个小村，事情说不定要添几倍麻烦。

　　黑儿在他的催逼下总算去做了媒人。谁想到一进门会惹出那么大乱子，这一家人真是不识抬举。老刘懵吓得连连打抖，说蜜蜡还是个孩儿呢，还得接上念书呢，使不得啊。大腚婆娘说："按说这孩儿找婆家也是早晚的事,不过找下的人高爽爽好些。"最可怕的是刘蜜蜡,她一跺脚说:"我死也不找婆家,我还要进书房!"黑儿叹气搓胸,在屋里乱走:"蜜蜡,书房没哩。再说人家连长是真心实意娶你,会保你一辈子享福。人是矬了些,不过俗话说'人小能为大'呀。"大腚婆娘在一旁嚷叫:"可惜我孩儿!可惜我孩儿!"黑儿不得不朝她喝一声:"住口罢,都是你办下的好事。你这'遗腹子'的事儿抖搂出去要害她一辈子哩!"老刘慒哭了,哭着对婆娘说:"黑儿掌柜也不是外人,实话说了吧,我把蜜蜡是别人根苗的事儿对人家招了。"石屋里死一样安静。接着响起蜜蜡的大声询问:"什么?什么根苗?我到底是谁的根苗啊?爸!爸呀!"老刘慒捂着头,泪水唰唰滚落:"你去问妈吧!孩儿,好孩儿认命吧,人在矮檐下,不得不低头啊!"刘蜜蜡扑向了妈,妈搂着她一声不吭。黑儿实在看不下,吸一口烟又扔掉,"蜜蜡,这事儿透出去你一辈子就成了黑人,我也得受牵连。不如让那连长瞒下。这也是没法的事儿。"刘蜜蜡拱在妈妈怀里,像要找奶吃一样往怀里藏,哭得地动山摇,"妈哩,你孩儿完了,这辈子完了下辈子也完了。可我死也得死在这小村里。妈耶,你听着,你听着!"蜜蜡妈抹着眼,不时按一下女儿的脊背,"都怨妈把你生下,生得起养不起,还不如不生。你妈那时年轻,太由着心性儿了。妈有罪哩。"蜜蜡不让她说下去。黑儿在心里骂着:骚浪婆娘,要不是村子管得严整,丑事儿还不知添上几箩筐哩。这就是命啊,老刘慒当年还以为拣了个便宜哩,其实便宜没好货,好货不便宜。她那会儿水光溜滑小髻儿圆圆的怎么就瞅上了你?那是急着来下小崽哩!"老刘慒啊老刘慒,你说我怎么去回那小油矬子?这会儿我就听你一句话了!"黑儿大声问。刘蜜蜡一下从母亲怀中跳开："大，天大的事情由我担着，你就说我死也不依！"黑儿看看她悬在睫毛上的泪珠，长叹两声："　　，你个孩儿家担不起哩。你一家，还有你大我，这回就得被他一勺儿烩了。先不急，先思谋思谋再说吧。那狗日的蛮性怪大，那狗日的。"

　　小油矬一想起二进老刘憷家的情形脸就发疼。好在那一天再无他人在场。因为多日未见黑儿回话，再三追问，黑儿才说这事要看麻烦，"小小孩儿想不通顺，恐怕你得使上不少软话儿才成。"他当时狠盯了黑儿两眼，嘴里说"真是反了"，心里却在细细谋划。那一天他磨磨蹭蹭，不停地摸着包红绸的手枪，心想：咱有这物件还用费那鸟劲？真恨不得迎着老刘憷一家的脑门点划几下，然后顺手牵得人回。也罢，这事儿蛮不得哩，先装样儿去他一遭，等那大水娃到了手再从头算账。好汉不吃眼前亏嘛。也真是的，这有什么难为情的？咱说到底还不是为了一个大水娃？嘀咦，快去哩。这样一想步子就迈开了。那天开门的是老刘憷，是这个点头哈腰、早晚要当岳父的木头人。"连长她大来了，"老刘憷对婆娘说。婆娘"哎呀呀"叫着，虚情假意，不知死活的玩意儿。他一见她的磨盘腚就想发火，"臭美玩意儿再不依从就有你的好看了！"心里一句恶念，嘴里却说："都不是外人，咱这回得好好拉拉呀，今后就别叫官衔了，叫我小宗子就中，嗯，是这哩。"老刘憷说："玄哩，咱哪敢。"小油矬故意把手抄向裤兜，让红绸闪露得刺眼，"明人不说暗话，咱这回是来表个心意的。咱自小没妈，守着老爹过日子怪孤单，官身不自由嘛，满心的孝顺也使不出来。二位不信就问问下村，问我算不算个孝子？不错，咱是霹雳性儿，不过那是对孬人哩。对自家人，咱是一百个勤快依顺。蜜蜡跟了咱去,我包她天天吃甜粽喝豆腐脑,一身大花衣裳,夏天一热就穿灯笼裤。她也不用出工下泊,愿做就在家里炕头上编些草辫,不愿做就大仰着玩耍。全村人哪个敢欺哪个敢管,根红苗正,干部家属,连你二老也保管一辈子吃香的喝辣的。"他一溜儿说下去,流畅得让自己也暗暗吃惊。蜜蜡妈应一句:"哦哟看连长说得怪馋人,咱孩儿要能享上一半儿就烧了高香了。"老刘懵不语,两眼惊骇大睁。小油矬心想:是你娃儿馋人哩。蜜蜡妈又说了:"光吃好穿好不中,你不知我家孩儿脾性。她喜好书哩。她恨不得天天看啊写啊才好,不用说是那个小先生、小王八崽子教的。"小油矬马上在心里恶骂:咱就日这书;嘴上却说:"那还不好办?今后尽看尽写就中。咱回家为她找木匠打个大方桌儿,让她趴上一天到晚不抬头!"蜜蜡妈点头笑了。她朝帘子里喊:"蜜蜡!蜜蜡!出来吧,老大不小的闺女啦,怕个什么?买卖不成仁义在嘛,又不怕狼叼了去,出来见见你连长哥吧!"帘子后面一声不应。小油矬转悠了一会儿,自己掀了帘子进去。他一进去她就出来,脸色红涨。刘蜜蜡站在父亲跟前。小油矬盯着她,眼都直了。蜜蜡妈说:"快跟连长哥好生说句话。"蜜蜡说:"你好生说吧。""老天爷这是什么孩儿!老天爷她爹能不能就近给她仨俩耳刮?你倒是好生说啊。"小油矬咳一声,"咱是一回生两回熟。蜜蜡,我什么都会依你。看人不能看外表,吃瓜还要吃瓤哩。我保你跟了咱一辈子不悔。俗话说'人往高处走水往低处流',俺村多少女娃找咱,咱打眼一看就厌弃她哩。为甚?就因为瞅见了你哩,嗯嗯!"蜜蜡捂着脸跑出了屋子。老刘懵喊她也不回转。蜜蜡妈叹口气说:"俺两口子做不下犟孩儿的主,不过也能给你保下八成。看见了没？刚才孩儿害羞哩。你家去慢慢听回话儿吧，连长他哥。"

"剩下的事儿就看你黑儿了！"小油焌把枪往桌上一拍。黑儿说我真倒霉，去干这不干不净的事儿。他耽搁了三天才去老刘懵家，一进门，两口子的嘴巴就朝布帘那儿噘。黑儿刚踱过去，帘子里的蜜蜡就说话了："大，你就不用费心了，我只等着回书房，别的什么也不答应。""傻孩儿，哪里还会有那一天。如今正布下天罗地网抓那雷丁哩，抓住他就一刀咔嚓了。"蜜蜡撩开帘子哭诉："他们凭什么！俺老师没做一丝坏事！"黑儿嗟叹："那是你说哩。你老师从他爹那一辈起就是坏人，他这双手又不老实。这些事跟你个女孩儿家是讲不清的，不过还是实说了罢，这回你要不应，你和爸妈都得一绳子捆了走，我这个村头也得输给老会计。你好生琢磨去，你又不是傻孩儿。"蜜蜡哭得腰都弯了。蜜蜡妈说："下村有个大书房，孩儿先支应他，就说上完了书房再办婚事，孩儿年纪还小哩。"蜜蜡仰起泪眼看妈。黑儿马上一拍大腿："姜还是老的辣，瞧瞧这才是好法儿，先支应他嘛！"老刘懵也看出了一线光亮，"嗬嗬"点头。蜜蜡妈大声说："蜜蜡哎，去哩，咱去下村书房，别的另说。你黑儿大就这么回他，看他还能怎么？"蜜蜡又看黑儿，黑儿说："蜜蜡，看来也只能这么办了。先书房里去，他连长再凶也不敢吃人吧。"

九

刘蜜蜡怀抱一个大书包要去下村。来接她的是一驾胶轮大车,上边罩了席子,下边铺了红毡。全村人都涌到东溪路边,老头老婆婆们喜笑颜开,交换着烟锅议论:"多大的排场啊,这大车比轿子实惠。""那马背上照理说也该搭个红鞍,过去官宦人家都是这样迎喜。""那是,那会儿起轿什么的礼数怪多,有穿长袍的在旁边喊,喊一声做一下。""瞧那孩儿连个红衣裳都不穿,那边婆家愿意啊?脸上也木丝丝的,笑都不笑。""女孩儿脸上冷心里恣哩。别看有的女孩儿离家时哇哇哭,扑到妈怀里死啊活的,心里全想着小生呢。孩儿大了不由娘,个个都是野性儿,一上婆家小炕头就恣了。"他们絮叨着,有的突然抹起了泪眼:"天哩,也怪难受,这孩儿说走就走了,连个招呼也不打。日后别想看见一个大水娃满街蹿了。""真是,真是,人哪就是这样,到了离家离土的一天才想起她的好处,全是好处啊。""咱小村没大福分留她。看咱村后生吧,一个个不是打光棍,就是娶来一些干柴棒棒似的女孩儿。她们天天喂大馍也长不胖,生出个孩儿来灰不溜秋,喷喷。"这时老刘懵挤过人堆,想挤到前边去,有人就说:"老孩儿吉庆啊!"老刘懵立刻说:"你以为这是做甚?是去下村念书哩!"有人咂嘴:"多么馋人哪,去婆家念书,好事全让你家蜜蜡摊上了!"老刘懵叹着气挤到路边,抬眼找女儿,见她怀抱大书包站在车尾。蜜蜡妈在她跟前抹眼,蜜蜡故意大声说:"哭甚,我去书房报上名就回!""去吧孩儿,好生念书,常去常回吧。"大车罩子下空空的,大家往下探头看了看,没见到戴花的男人,都有些失望。不过他们很快说:"如今不时兴那样了。有一年上一对孩儿办喜事,他们什么聘礼也没有,只有一把捆了红布的镢头、一本宝书。""蜜蜡怀里八成也有宝书。""那当然哩,那还用说呀。"

胶轮大车由一个吊眼人赶着,只晃悠了两个钟头就进村了,然后停在了一个瓦房跟前。刘蜜蜡很久以后都忘不掉这个情景:正午时分的强烈阳光晒着门口的一簇月季,月季花下有几只蜂蝶。土墙围起的院子,门楼比自己村里的好多了。她一眼看上去就不厌弃这个地方,随口问赶车的:"这是书房吗?"吊眼说:"你得先住下,赶明儿再说上学的事。""这是谁家?""貐嫚家,咱村的赤脚医生,全家只她一个老太太,你住下不是正好?"蜜蜡走进去。她知道下村是个大村子,这儿可不比上村,这里规矩多哩。吊眼往院里探探头说一声"人到家了",就赶车回去了。不一会儿就有个老太婆出来,由于阳光太强,她一出门就手打眼罩四下看看,见了蜜蜡发出"哎哟"一声,说"家来家来哩",随手把院门大敞了。蜜蜡怀抱大书包一步步踏入,像怕踩响了什么似的。进了院子当心她才站定了端量这个老太婆,不敢相信她会是赤脚医生。这人有六十多岁,戴了一顶呢帽,眉毛半竖着,眼睛比常人细长许多。她可真能吸烟哪,长杆烟锅不离嘴,腰上还悬了叮叮当当一串东西:烟荷包、捅烟杆的钎子,还有一个黑皮小包,上面闪露出一截铁块。蜜蜡认得那是取火点烟的火镰。如今有火柴了,可有些上年纪的人偏偏爱用火镰。老婆婆磕了烟,又飞快装上一锅,一手捻了一点灰白的屑末在烟锅上,一手取了一块白石头对上,手挥火镰"咔啦"一下击打,火花一闪就冒起了烟。她紧着吸吮,黑苍苍的厚唇把玉石烟袋嘴儿包裹得严严实实。多香的第一口烟哪,又深又长吸进去,再缓缓吐出。"孩儿,家里来吧,先在大婶屋里卧着,完了事儿该去哪儿去哪儿。呜哟,享大福的日子来了。"蜜蜡想问问学校的事情,但还是忍了。她进屋之前把院里端量仔细:一边是猪圈和茅厕,一边是缠了玉米棒子的木柱。屋檐下是各种草药,用马兰捆成一束一束。这才让人想到一个赤脚医生的家。屋里黑魆魆的,有一股脏臭气和草药混合着,让她进门就捂鼻子。"你这孩儿没进过药匠家?咱家里哪天都熬炼膏散,你鼻子再有两天就顺过劲儿来了。"她说着掀了中间屋里一个铁锅让蜜蜡看:一湾又黑又浓的水,她搅了一下,浮起一块龟板、一片有毛的动物皮。正看时老太婆抓起汤勺舀了仰脖儿灌下,蜜蜡被扑面的臭气差点呛出眼泪,赶忙躲开。"孩儿不晓得这是大滋补哩。"

夜间貐嫚让蜜蜡宿在东间屋,说:"好生睡吧,大婶为你办完了事儿,你就去过好日子吧。"蜜蜡不解其意,也没有问。这间屋里到处都是一些古怪器具,如火罐,锥子,多棱镜,还有谁也说不上名堂的东西。墙上贴了两张真人一样大的男女裸图,各处画得那个逼真,让她一看心上怦怦跳。她想用一块布单蒙住,貐嫚嘿嘿笑:"药匠家里才有。这是上级发下来的,原先挂在另一个'赤脚'家里。如今他给撤了。"貐嫚一提那人气就粗了,牙齿咬得咯咯响:"幸亏把你交给了我,落到他手里,哼,你呀。"蜜蜡怔着。"他这人有脏邪病哩,就像你那个小先生差不多,他叫雷什么?'雷管儿'?先不提他,只说这边的'赤脚'。这人给男娃看病也要顺手牵羊耍弄几下哩。开始伍爷不信,后来听多了才恼起来。一顿泼揍算完。伍爷宽大啊,这种事换了别处,哼,送进局子咔嚓他。"蜜蜡眼里渗出了一层泪,因为想到了雷丁。她背过脸擦干了泪,去看窗外。

貐嫚在一边点灯。突然蜜蜡肩膀抖了一下，因为她看到院门一动，一个人影跨进来，正是小油矬。她身上打抖了。貐嫚高兴得"啊嘿啊嘿"叫，拍着手说："说到就到哩，人家老孩儿这回该恣了。"小油矬进门后一脸笑，好像还喝了酒。他的目光一遍遍抚摸蜜蜡，嘴巴颤抖喉结儿乱动，像噎住了一样伸着脖子。"我的妈呀，我的妈呀，貐嫚你可得早些动手啊。"他咕哝，身子前后摇晃。蜜蜡鼓鼓勇气迎住他说："你让我什么时候去书房？"他笑着拍膝，"大花姑娘急哩。我比你还急。先让貐嫚好好调弄一遍，也给小村里一个交代，然后咱就圆房了。哦哟，大水娃儿馋死人不偿命哩。"蜜蜡嚷一声跳起："我不！我要进书房！""狗日的书房有什么进头。你来了咱村就得受咱支派哩，这可是伍爷说的。"蜜蜡跳下炕，赤着脚就往院里跑，貐嫚去赶，小油矬摆摆手。蜜蜡跑到院门，马上被一个背枪的民兵挡回了。

"大水娃儿，你不如好好忍下。人家连长真是看中了你，看他那个哆嗦劲儿。跑不出了，谁也跑不出，他有一连兵哩。"貐嫚直到下半夜还在劝说蜜蜡。蜜蜡不吭一声。她在想爸和妈。"爸呀妈呀，你俩不知孩儿掉进老虎口里了，爸妈快来解救吧。"她暗自祷告，泪水不息。"大水孩儿，你别身在福中不知福。这大村子有多少女娃想做连长媳妇，连长不应哩。他看上你，是喜欢你个大圆脸儿。连长怕你在小村跟上小先生坏了名声，让咱查查呢，快把衣裳解了吧，大婶掌着灯火。"蜜蜡做梦也想不到会有这种事，脸都气歪了。她恨死了这个戴呢帽的女人，真想一脚踢在这人脸上。可她的手脚颤颤抖抖伸不开。貐嫚过来揪衣服时，她一挣就把对方拖个仰八叉。"哎呀死蛮性儿，力气大如牛；不过俺连长什么牲口都骑得稳。"貐嫚喘得像个风箱,下了炕趿拉着鞋子跑到院门那儿喊:"快唤人去,就说尥蹶子了,起性了。"那边有人咚咚跑了。貐嫚进屋盯着她吸烟。在呛人的烟雾里,蜜蜡泪水流了又干,嘴里不住声地叫着:"妈呀,妈呀,再不来救下孩儿就死了。"这样过了半个多钟头,院门砰砰摔响了,几个大手大脚的女人撞进屋里,连连问:"怎么这么难?这么难?"貐嫚凑近了蜜蜡说:"看看连长多体贴,派的都是女人。"说着掌灯凑近了,使个眼色,几个人就死力按住了蜜蜡。蜜蜡骂,吐,她们全不回应,只是认真地按住,把她的衣裳解开。"让大婶来好好看看罢。哟,多好的大胖孩儿。"

那天一直折腾到黎明。蜜蜡吐骂喊叫,直到没有了一丝力气,直到满街的狗零零散散叫亮了窗户。貐嫚开始的时候呵斥掌灯的,说:"我不得眼!我不得眼!"她又挽衣袖又吐口水,摩拳擦掌的。"咱还从来没见这样肥嘟嘟的孩儿哩,身上也不白,只不过红糯糯粉莹莹的,多细润的皮儿呀。"她伸手理了一下蜜蜡的小腹,蜜蜡觉得像百刺毛蜇了一般难受。貐嫚把头埋下寻觅,鼻子抽动了半天,"灯火不得眼哩!老天爷,咱要不是为了连长,这大年纪要了命也不干这活儿。咱这是为连长挣个脸面回家哩!"她吭吭哧哧,咕哝,打喷嚏,像被什么呛住了一样。"我敢说这是个好端端的孩儿,小蜜蜂也没蜇她一下。上村有些人真是胡诌八扯哩。小水灵物件起来吧,穿了衣裳吧,大婶黑灯瞎火忙了这一阵子,也算没白忙活。这是为你讨个清白,是一辈子的大事哩,你还哭也骂也。你日后就是端了一笸箩喜糖来报答咱,都抵不过这恩情呢!"几个女人松了手的一刻,蜜蜡觉得刚刚从地狱返回了。可是她已经耗尽了力气,躺在那儿一动也不能动。几个女人借着晨曦看了看她，打个哈欠就走了。貐嫚累得回到自己屋里，呻吟声越来越响。一会儿大门口的民兵在喊"连长"，蜜蜡听了飞快穿好衣服爬起。她从窗上看见小油矬嘴角绷着一步一步走进来。可是他首先去了另一间屋子。只听那边咕咕哝哝，最后是貐嫚高高一声："是个新鲜孩儿，赶明儿去告诉上村，就说咱娶来的是没叮没咬的大胖闺女！"

　　那无比可怕的一天浇着瓢泼大雨。这场大雨直下了七天，是蜜蜡一辈子都忘不掉的一场豪雨。蜜蜡一直抱紧了怀里的大书包害怕被雨淋湿。有几个女人拥上她往老獾家走，她一出门就嚷："我的书！我的书！"旁边的人撑开的油伞只绕着她的头转。书包里有她的一摞本子，还有宝书。貐嫚跟在后面咕哝："这是什么孩儿呀，大喜日子挂记的还是书。"哗哗大雨想把蜜蜡留在貐嫚家，因为一出院门所有人都惊叫起来：街巷变成了浑河，从高处涮下的浊水一路打着滚儿卷来，谁也不敢迈脚。还是貐嫚胆大，她在身后督促："不要紧，这是有定数的，只要扶住了蜜蜡水再急也冲不走。她这会儿是'千斤（金）小姐'！"说着真的搭上蜜蜡肩膀一只手。一伙人学她，揪住了蜜蜡。当着水挨近了老獾家时，这才看到一个红眼尖目的老人身披蓑衣站在院墙外，根根蓑衣毛儿参着，真吓人哪。"这就是你公爹，快叫一声，叫呀！"貐嫚在耳边催促。蜜蜡咬紧了牙。大雨涮到脸上，流了再多的泪也没人知道。奇怪的是这会儿她没想一下爸妈，她明白二位亲人不要她了。她从一大清早起就在想老师雷丁，想他在这个大雨天会在哪儿？他会被人追赶着满泊逃窜吗？会被瓢泼大雨冲得趴下，冲到了浑汤沟里？他会不会一路赶来下村，把自己的女学生一把抱起救走呢？啊不，啊不，咱就是遭下天大的罪，也不能牵累老师了！这里所有的人都是他的死对头，他们会抓他、害他。蜜蜡只在心里祝福老师趁着这个大雨天跑得又高又远，跑到太平界里。

"我拼死拼活也要去找你，我找到你就再也不离开了。"她在心里念着，被推到了老獾跟前。老獾冲她一笑，她差点儿给吓昏。"新房里去，新房里去！"老獾拍着蓑衣，拍得水花四溅。一伙人晃嘟嘟把新娘牵进院门，又往里推拥。蜜蜡抬眼找那个千仇万恨的小油捻，发现他正站在中间灶台前，脸色像茄子花一样颜色。"我会咬死你呢，只要你挨近了我，我就和你死在一起。"这是蜜蜡见了他的第一个念头。几个女人把住蜜蜡，让她站在灶前听新郎发话。他一声不响，摆一下头，她们就把蜜蜡推到了里间。貐嫚凑在新郎耳边说了几句，他嫌她呵得耳朵痒，退开一步。"小心哪，别让她在火头上伤了你的身子。"他一个冷笑。她又说："我与她住了这多天，知道脾性。要不要弄下些昏睡药儿？"貐嫚正劝着，老獾进来听到了，说："呔。你把咱宗家看成了什么。你以为我娃是只绵羊哩。"

大雨浇泼声掩去了一切。大约是上午十一点左右，所有人都离去后，小油捻返身进门并上了锁。蜜蜡抱着书包退到墙角，淋湿的衣服紧贴身上，整个人瑟瑟发抖。他冲她笑了，"大水娃儿快换个衣裳吧，冷不冷死。"她看也不看。"大雨啊，哗哗下着咱心里喜呢，"他挤挤眼，"换下衣裳吧，谁的搂物谁心里害疼。别看我是个驴脾性，我对自己中意的物件最疼哩。大水娃儿。"他上前一步，不防中被她掀个趔趄。"哦哟水娃儿手劲怪大。"他笑眯眯看着，突然"嗯"一声发力将她抱紧，眯着眼胡喊乱叫：

"哦呀大胖娃这下归咱哩,让咱搂个牢实。幸亏伍爷这些天没瞅见,他瞅一眼就坏了醋了。哦哟又肥又香的大婆娘咱可得撒了泼好一辈子。"蜜蜡腾不出手,这会儿使劲拧动,才知道对方双臂宛如铁索。她急切之下一低头咬中了他的上臂。加力,发出咯嘣一声,血溅出来。她害怕了,张开沾血的嘴啊啊叫。对方却没事人一样仍旧把她抱得铁定。血顺着上臂往下淌,蜜蜡嘴角也有血滴下。她双眼大睁,忍住一阵刺鼻的血腥气。"还咬不?"他问不应,就说:"那好。"他看看哗哗流血的上臂,马上歪歪脖子把嘴对上,嗞嗞吮了一口,咕咚一声咽下肚里,说:"有劲道的好娃就该这样,这就对了。中,咱上炕结账吧。"说着飞快取下蜜蜡怀中的书包,还没容她转过神来就呼一下挽上炕头。她又蹬又叫,却再也咬不上他。他周身随处都像安了转轮一样灵活,又像钢铁一样不可动摇,只三两下就将她按定在那儿,衣服不知何时早飞光了。她的哭嚎声再大也穿不透这雨声。大股雨水迎头泼上玻璃窗子,发出击鼓似的声音,又像个疯婆婆不停地拍打窗子。一个无法抗拒的魔障死死压住了她的身子,开始一声不吭地挖掘和搜寻带血的食物。她觉得自己到了濒死关头,睁眼看着这个嚼肉喝血的狞兽。她准备去死,闭上了眼睛。在外边灶间,只有一壁之隔的老獾和貐嫚谛听许久。"耳朵不中了,"老獾说。貐嫚瞥瞥窗外,"这雨太凶哩,两个孩儿在雨声里打滚儿,欢喜大哩,一准会早早生娃。"一句话说得老獾心花怒放,他立刻端过了水烟敬上。她的黑唇像有无数条裂纹似的,这会儿每一条都通向了水烟嘴儿。"哦哟,老獾家真有好烟,你是专等着这大喜日子才抽啊。"

老天爷不让雨水停歇,一天里就浇塌了好几间泥屋。没了窝的老老小小在浑水街上呼天号地。有人冒雨咚咚捣响小油矬家的院门,老獾骂着披上蓑衣去开门。原来敲门的是一男一女两个民兵,他们不敢惊动伍爷,来问连长塌了屋怎么办?老獾两眼红得像椒子:"我日你妈不知道这是我娃大喜日子?屋塌了,就不会让他们先住进牲口棚里?我日!"男女民兵应声跑开,老獾又在背后骂了一句。待他回来貐嫚就说:"你是越老火气越大了。"她知道是这个大雨天让万物不宁,连老家伙都这样烦躁,他儿子还不知怎样暴烈呢。"大水孩儿,今个雨天是你的一关哪,过了这一关,小脸儿喜涟涟。"整整一天貐嫚都在老獾家抽水烟,不时抓一块地瓜糖嚼嚼。中午和晚上对面屋里没声没响,也没人出来吃饭。貐嫚说:"老天,两个孩儿这么久不出来嚼口东西不行哩!"老獾斜她一眼:"我娃从昨个就备好了一个大食盒放在炕头上,里边有瓜果芋头,还有猪后肘哩。你是瞎操心呀。"这一夜貐嫚就守在了老獾家,总觉得这儿离不开她。大雨还是嚎,穷嚎,庄稼人听见这嚎声就知道好日子被老天爷拐走了。貐嫚在午夜里梦见那些关在牲口棚子里的人,看见他们当中有人害了心口疼,正偷偷去求前任赤脚医生。那小子留了分头,鼻子一侧有灰,赤着脚,背着自制的小药箱一颠一颠乱窜呢。

  大雨在第七天停了。漫漫大水从街上消退,就像过了一次潮汐。老獾盯一眼天上的光色,刚想去拍西屋门板,门就开了。老天,儿子红眼深凹,臂上缠块白布,跟跟跄跄出来。"大娃呢?""正睡哩,睡得真香。我得准备下一些热汤热水等她。"老獾见儿子摸索着走到灶口,真的去舀水抓米了。"哦咦,我孩儿恣了。"他像看一桩奇迹一样看儿子忙来忙去,红眼溜圆。儿子从未有过的勤快。老獾见水米添好火点上了,就坐下拉起了风箱。父子俩一会儿就把饭做好，然后专心等炕上的人醒来。嘀，好一场大睡啊，太阳出了又落，她就是不再睁眼。他们把饭热了三次，又打了一个荷包蛋。"咱这是和大娃过日子哩，"小油矬坐在灶间自语。老玃吭吭两声："下狠力生娃，越多越好。"里面有了响动，小油矬赶忙把饭端到了炕上。老玃在门口眼瞅着蜜蜡坐起，那模样让他吓了一跳：乌油油的头发变成了乱草窝，身上的花衣服碎成了一绺一绺，从破碎的衣服间再清楚不过地闪露着火红的胸脯。那乳房可真是大啊，老玃闭上眼，嘴里发出："嘀咦。"蜜蜡两眼似睁非睁，一伸手就抓起了木盘里的碗，然后低头吃起来。她吃得可真快，吃完一碗就接过小油矬刚添上的一碗。两人一声不吭，一个吃一个看。"上村大孩儿可真有一场好睡啊，一睡就是几天几夜，怪不得这么胖哩。大孩儿成了宗家人了，比前些年那个铁姑娘好上千千倍。"老玃倚在门框上咕哝，长而硬的手指甲把木框抠出了一道深痕。炕上的人只顾咀嚼，什么也不听。"天晴了日头亮堂堂，我娃到院子里溜达不？"老玃见蜜蜡放下碗筷，问了一句。她还是不应。小油矬两眼随着蜜蜡打转，对父亲的话充耳不闻。

　　三天之后蜜蜡真的到院里来了，仍旧穿了那件撕成布绺的衣裳。她一点一点看过院子里的每一块石子、每一株草木，然后又仰脸看天。院门半掩，她走到门边，看到了两个背枪的民兵。蜜蜡坐在太阳下，咬着牙关。老玃捧着水烟袋在四周转，老想引逗她说话。他抽烟发出的咕噜声让她转过脸：那个冒烟的东西是黄铜的，有沉甸甸的托儿。她真想抢到手里砸破老家伙的头。可惜门口有背枪的人，她跑不脱；再说跑脱了又去哪里？狠心的爸妈啊，七天七夜一声不吭，只让她一个人跟上窗外的大雨嚎哭。孩儿一辈子只哭这一次，哭过了该死就死该活就活。"我家孩儿露皮露肉的，找件新袄套上。快套去。"老獾转到跟前催促，听不到回声就使劲咬起了嘴唇。"没遇见这样犟娃哩，不过你俩好生过下吧，给宗家传下虎眉虎眼的后人，让你一天到晚吃白面大馍和酥油果子，坐村头火烧铺享福去。"老獾坐在一旁，一低头看到她火红色的双脚，吸了一口："嘀咦，大肥蹄儿也鲜亮哩。我娃真有大福分啊。"他估摸这一刻儿子正在听伍爷吩咐。伍爷七天七夜没见兵头儿准是急了，准是躺在炕上一边放屁一边训人：脾气那个暴，如果是战争年代肯定是杀人不眨眼的角儿。老獾知道伍爷几年也杀不了个把人，手都痒死了，有时去屠宰场替别人捅羊，就是想过一把杀手瘾。他干那活儿时嘴里发出"嗯、嗯"声，满意哩。老獾一想到伍爷发火就要出汗，十根手指一撒水烟袋就掉了。他想趁这会儿给犟孩儿讲个故事吓吓她，不讲她就不知道下村的规矩，更不知道伍爷手下人的厉害。他想着想着就说开了："我儿去给伍爷领兵了，不能在家陪新媳妇了。衙里人官身不自由嘛。伍爷鼻子一吭满村都起暴土，手下人个个含糊不得。前几年伍爷听说外村起了哄，仗一打起来，就领上你男人去增援。村里有几个孬人也让伍爷顺手收拾了。孬人倒还老实，可谁让他们前世作了孽？伍爷三下五除二干掉了两个，使上了火枪和砍刀。你男人小小年纪生勇啊，扑上一个孬人吭嚓一口，咬折了他的后脖儿筋。那人也活该倒霉，想还手哩，说时迟那时快，你男人打一个飞脚踏中了他，让他疼得哎哟哟弯腰，伍爷就趁空儿甩了个飞刀。嘿，小小孬崽给砍了个窝儿老。"老獾讲得有滋有味儿，不停地吸水烟。蜜蜡听得呆傻了。老獾瞥瞥她："伍爷和你男人打援回来，等于是班师回朝,想想看下村的龙墩还坐不牢实?哪个孬人不得一跪三作揖?别说孬人了,就是平常百姓也得老老实实,在伍爷那儿都是要麦子是面,上紧着颠呢。我家娃待你不薄,这些我都看在眼里。你也不用这么积气,一个草娃嫁个连长理该欢喜。再说给伍爷当兵头什么没有?好水娃你琢磨去。"

刘蜜蜡在一天大早开口说话了。她先是洗了脸换了衣裳,然后对小油矬说:"你也不用提防,我不想死也不想跑。"小油矬大喜:"想过来啦?""我有个要求你得答应,这也是爸妈跟你说好的。""什么哩?"刘蜜蜡大着声音:"送我去书房!"他四下看了看,嘴巴鼓大又松开,"这个嘛,书房里都是小毛孩儿,你是个新媳妇哩。我保准你去不了两天就得回。""我要去书房。""好水娃儿心疼的物件,我是舍不得哩。满街男人眼上都长了钩子,我心疼哩。"小油矬抱上她一声连一声哀求:"别去了别去了"。她脸色冰冷,只重复一句:去书房。"我的老天,书房有个狗蛋用啊,我日。去吧。"

十

"歪嘴火眼吊斜风,貐嫚不怕对口疗;下村数谁文化大,要问村西二先生。"这是下村三岁娃娃都会说的顺口溜。前两句夸貐嫚的医术,后面说二先生有学问。"那些鸟人闹五闹六的,还比得上二先生的书底子?"伍爷有时厌恶上边派来驻村的人,就把这句话挂在嘴上。二先生身高体瘦，面黄须稀，年轻时在一个伪军头儿家教书。伍爷说他："你也就是在下村吧，换个地方，有这样身世早就被'咔嚓'了。"二先生点头："'咔嚓'了。"他和貐嫚都是伍爷的人。貐嫚治病走家入户，常给伍爷报个口信。二先生是个闲人，除了抄手晒太阳，就是说伍爷的奉承话。他把一生的见闻、书上看来的事情说给伍爷。伍爷想让他去书房当老师，后来被公社否决。上边给予类似干预的还有赤脚医生一事，这些都让伍爷恼恨。他说："就等着起战事啊。"二先生明白伍爷嫌乱哄哄的打斗停息太早，如果再延一年，就会带人杀进公社。二先生是观察女人的能手，没事了站在街巷上睃来睃去，说谁家婆娘"这一段拧拧扎扎又欢实了"，谁家女娃"胸脯眼见得暄了"。他有了心得就找伍爷，提起当年伪军的大姨太就咂嘴："年纪一大，狗日的男人不喜了。好比明珠土里埋。从她那儿我得出个结论：女人丑俊倒在其次，要紧是搂着和顺。"伍爷点头。说到谁家女人如何，二先生开口就是："和顺不？"他出门赶集回来，常咧着缺齿少牙的嘴巴说："嚯呀，遇上个和顺娘们儿。"他成为书房的常客，动不动就写上一个生僻字儿让老师们辨认。他每看到他们在字典上苦查而不得，就一阵搓掌大笑。这天他又怀揣一个三十多划的繁体字入了校门。书房由一处地主旧宅改成，共有黑门四进。当他走到第二进时就遇到了头包蓝围巾的刘蜜蜡，嘴巴再也合不拢。"哦哟哟又是一个和顺物件。"他退开一步等蜜蜡走过，直眼盯着她的背影，看得泪眼模糊。他跟上去。出了校门又入巷子，他还是跟上。当刘蜜蜡转过巷口时，他已经像狗一样哈达哈达喘息。一边走来了小油炷。"哦咦连长，咱书房出了大肥美女哩。""是嘛？""又一个和顺物件。我估计是个新来的女老师。"二先生咂嘴。小油焊对在他耳朵上说:"我看你是个狗日的东西哩。"

二先生引着伍爷往书房走,"那油焊儿骂我怪狠。""骂杀你。""人一有兵权就是这样。伍爷千不该万不该给他手枪呀。"伍爷哼一声:"你问他放得响不?"他们走到火烧铺那儿待了一会儿,喝了两碗热腾腾的豆腐脑。"我估摸那新来女老师是个稀罕物件。"二先生说。伍爷站起揉肚子:"狗日的一有文化就不服管教。""那倒是。不过再大的官位,在下村还得给伍爷下拜。你就是咱这儿的皇上。"最后一句让伍爷伸长脖子四下看看。"咱走吧,"二先生捋捋上衣口袋,那儿闪着宝书的红色。"我上回的字又难住了他们。"进了四道门就是教师办公室,正在批改作业的两个中年男子立刻站了。"又公派新教师了吗?"二先生边说边从怀中掏出三十多划的繁体字递上。两个中年看看又夹到本子里,说:"没有公派呀。"二先生盯伍爷一眼:"人家说没有,"然后声音陡然增大:"那个大肥闺女头戴蓝围脖儿的,就是她。"男教师皱眉相互看看,其中一个拍腿:"不就是刘蜜蜡嘛。哦,那是、那是连长媳妇来上学哩。"伍爷咳嗽起来。二先生哭丧着脸坐下。伍爷笑了:"听说小油焊冒着大雨成亲哩。"二先生捋着黄须:"成了亲又送书房,这稀罕物件。"他咂起了嘴。伍爷眯着眼咕哝一句:"传她来呀。"一个教师二话不说就走了。只一会儿刘蜜蜡跨进了门槛,一露面就让伍爷喊了一声:"嚯咦!"二先生说:"快叫伍爷,这是伍爷。""伍爷。""嗯,"伍爷两眼睁睁闭闭,"上村孩儿?"刘蜜蜡吓得木呆呆的,点点头。"来书房做甚?""念书哩。""那焊儿可中?"刘蜜蜡慌得不知怎样回答。伍爷一瞪眼:"他要不好生待你,言一声,我把个小畜生咔嚓了。""咔、嚓?"蜜蜡越发不解。二先生抬手在自己脖子上比划一下:"就是砍头。"蜜蜡吸了一口凉气。

　　伍爷躺在炕上吸烟,不停地放屁。他老婆捂着鼻子满屋乱窜。门板响了一下,他说:"狗日的进来。"是小油矬,一跨到炕下就双脚并拢行个军礼。"知道为什么传你呀?""不知道。""那先把耳朵里的驴毛拔净了,好好听。这大雨泼下七天七夜,你躲在家里不出。百姓塌了屋吱哇乱叫也不管。还有全村孬人,一个个全忘了性儿。我估摸你是没了心肺。"小油矬大气不出。伍爷猛一拍席子:"回我!""伍爷,咱定准上紧办理,盖屋、治孬人。"伍爷大喘着躺下,挥手。小油矬出来擦擦汗,这才发觉那把手枪坠得裤子滑下来。他使劲提拉裤子醒醒神,往牲口棚那儿走去。牛马驴骡一齐拉屎,臊气顶鼻子。一捆捆麦草摊在棚子一侧,一家一户全坐在麦草上。他看见貐嫚把带十字的箱子放在干牛粪上,正一下一下狠捋一个男娃的头。他走过去,貐嫚朝他咬咬牙:"前边那个男赤脚偷偷来了。他一走大伙儿都拉稀了,我得一个一个治。"她骂了句让男人脸红的粗话。小油矬"嗯"一声,就奔那个废了的赤脚医生家。"赤脚,你雨天溜出去给人治病了?"赤脚站起来:"嗯哪。""你好大胆。""发大水找不见貐嫚,他们泄得慌,救人要紧。"小油矬要到门口找一个巡逻的民兵,喊了两声没人,就回屋挽挽袖子抄起了一根木棍。"哎呀连长我再也不敢了,不敢了。"赤脚盯着棍子大叫。小油矬却不打,命令对方解下裤子。灰白的屁股一露出来就让持棍人怒火中烧,他"嘭嚓"一声打了上去。赤脚大跳大叫,小油矬就抡棍乱打。小油矬喘着:"从今起你就是孬人了,天天随孬人扫街拉粪。"赤脚频频作揖:"连长行行好吧,别让我做孬人。"小油矬扔了棍子扬长而去,刚走不远就看见一队孬人在扫街,打头的是老核桃。小油矬一脚踢飞了他手里的扫帚,所有孬人一齐扔下工具站直了。队中有一个女人,她是从城里来的眼镜,这时挂着扫帚站着。"哦嘿,狗日的胆大啊,你敢不站好?"眼镜女人四十左右,目光冷峻。他真想用手枪柄敲碎她的眼镜。他跳开一步吆喝:"都给我听着,从今个起不扫街了,快搭屋去,不把塌屋全整好,不准睡囫囵觉。"一队孬人垂着头走了。小油矬有几分闲心,先去村头火烧铺坐了一会儿,又去了打马掌的窝棚。马蹄刘是个老光棍,因为愿讲荤故事,来这儿的人就多,他听了什么口信就给连长。这一次马蹄刘见了小油矬就说:"伍爷快要病了,低头蔫脑的,火气比往常大了一倍。他有一回在这儿坐了没有一歇儿就说,'咱村民兵不中。我要操练一支铁军,改日里你给我打上几十副马掌,给基干民兵全镶上!'你知道伍爷说话是做数的。""他没说连长镶不镶?""没说。不过兵镶了,兵头儿自然也要镶。"马蹄刘说着竟然真的扳起小油矬的脚,脱下鞋子看了看,"老皮老肉儿的,倒也挂得住掌。"小油矬跳了起来:"你妈的还真干不成?挂了掌就不是铁军了,就是瘸军了。""这我不管。你知道真到了那一天我也只好听伍爷的。"小油矬沮丧之极。他明白这是真话。去年一个大雾天伍爷把一个孬人锁在治保会,孬人闺女到处找伍爷求情,正好在马掌棚里遇到了。伍爷那一次起了驴性,一声吆喝让马蹄刘按住了闺女。马蹄刘的脸被抓得血乎淋拉,可他从无怨言。"日不尽的孬人,看不完的报纸。"这是马蹄刘跟伍爷学来的一句口头禅。伍爷最看不起下乡送报的人,因为这些印了字的纸一打眼黑渍麻花的,擦屁股还嫌糙呢。"伍爷这些天真躁呢。"小油矬听了忐忑,他害怕自己要倒霉。

自从蜜蜡上次去书房遇到了二先生和伍爷,老獾父子就惶恐起来。小油矬没敢将马蹄刘的话告诉父亲,只在一边叹气。"我孩儿,依我看先把蜜蜡藏了,等伍爷忘了这事儿再说。"小油矬摇摇头,"伍爷忘不掉的。妈的都怨她吵着上书房、上书房。这么大的鲜娃谁藏得住!"父子俩商量半天,决定不再让蜜蜡出门了。小油矬把她关在屋里规劝:"好大婆娘以后别再出门了,外面凶险哩。这可不是上村,这儿离海近,海煞半夜出来游荡,白天也要捕个把人回去。它们专找肥嘟嘟胸脯鼓凸的嫩孩儿下嘴,那还跑了你?"蜜蜡说:"就上书房哩!"小油矬哭了。他不出声地流泪,拥住蜜蜡,她推拒挣脱,他还是不松,泪水潸潸,"咱夫妻过一天算一天,海煞嫉恨哩。好大肥娃,贴心的物件,我是官身不自由啊。我不能天天陪你,老被喊去做公差。""我就去书房!""不哩蜜蜡,咱在家里矗它一张大桌儿,你尽看尽写,咱家里强似书房。你看呀写呀累了,就编些草辫儿。我一有闲空就蹽回来。大好蜜蜡竖起小兔耳朵听话吧,啊?"这一天,老獾父子翻箱倒柜,找出铁姑娘和油矬妈的破旧衣裳给蜜蜡穿。老獾一件一件翻拣着告诉蜜蜡:"我娃,你得装扮出个邋遢样儿。几十年前村边上过匪,女人脸上擦了锅底灰才敢出门。匪过了,把脸一洗又是个活鲜的孩儿。这理儿我想你不难解开。"蜜蜡被阻在院门之内,怀抱大书包走来走去,泪水流下又干。老獾从自己屋里搬出点心盒子,蜜蜡不吃。老獾又递上水烟袋说:"你也学学烟儿罢。这东西有瘾哩,慢悠悠吸上何如?"蜜蜡说:"不何如!"她望着天上的游云小声喊着:"爸啊妈啊,两个狠心人不要孩儿了,孩儿给锁在活地狱了。"一会儿小油矬真的差人送回了一张大木桌，把它摆在了里间屋里。蜜蜡坐在桌前念着："老师，俺老师哩，"她不停地写起来，写一会儿哭一会儿，心里总算舒坦一些了。"老师，我要当个大写家。我背诗文读宝书，想着你和风匣琴。我尽想你，想你得病那些天我抱了喂饭水，给你胸脯上药。"蜜蜡写累了就读宝书，声音越来越大，引得老獾跷脚从窗上看。

"她安稳些了罢？"小油矬一回来就问爸。"大声念书哩，写下一串串字儿。也哭。"老獾怀抱水烟，指指点心盒子："不吃。"小油矬欢心了，进屋就抓起字纸，不识。"贴心搂物恣哩，这就好。尽看尽写，连长家属哪个管得？除非是伍爷。"他提到那两个字脸就沉了，缩缩脖子。白天蜜蜡闷得慌，一到院里老獾就不再停嘴。她由厌弃到好奇，最后竟听了下去。老獾说："听老成人儿数叨陈年旧事吃不了亏。年轻娃儿要传下后人，也要传下家事。那些破皮烂鸟的事儿、猫叫狗日的事儿谁家都有一箩筐哩。"蜜蜡终于忍不住斥道："这些脏话也是你说出口的呀？"老獾收收口，接着劝："我娃听着，家家都有自己的风俗忌讳，咱家不忌粗口，你长了就知道了。我看娃儿归顺下来，一块石头算是落了地。你俩合力生娃吧，这是大事。上回那个铁姑娘算是白费了力气，下不出崽儿还嘴硬。人和人不一样，你老婆婆几年工夫生下仨娃；你老老婆婆一胎就是俩。到了你大婆婆这儿就不中了，白长了副大奶子。咱泼睡她三年。你二婆婆算是生下你男人，不过有个气房的毛病。宗家不是伍家，伍爷生猛哩。他不管在下村还是别的村，见了孬人一声吆喝，男男女女牙齿打抖哩。这也怨不得。孬人失了江山，咱得了江山。咱的地盘咱不管起,那还不要乱了套啊。扯到这里我得给娃说下,娃是孬人根苗哩。这事由宗家替你瞒下,俺日夜捏把虚汗。这事让伍爷知道了可饶不了咱。"刘蜜蜡按着心口站起,因为那儿一阵巨跳。"娃儿坐下莫慌。你生下的娃儿就是好人根苗了,想想你肚里怀上小崽那天,还不是一功?生哩,宗家娃儿自古金贵。事到如今了也不瞒你,咱这一家不是登州人,也不是大河套北边的人。咱老祖上抓了别人打牙祭,惹了众,他们要把咱斩草除根。逃啊追啊,刚得一点空闲就生娃,娃长大了又想找人打牙祭,给剿没了影儿再生。你想想这还能剩下几人?伍爷为什么对咱好?他也是古谱上寻不着的人口,用一个假'伍'藏住了身哩。咱让貐嫚暗里看了他的口,那是趁他哼叫牙疼时扒拉开了,一看了得,里边一面一颗小獠牙。你当这是怎么?这是要在人堆里啃咬哩。哦咦,咱宗家跟上伍家死也不回头了。你不晓得这两家的勾连,那真是生死不离。我跟上伍爷去外村摸过营,营里人个个戴袖章,主帅帐口上挂了獠牙幡子,跟古时候分毫不差。火器变了,不使矛了,有转盘子机枪和发连珠的宝器,交起火来这一边拿个什么说'喂喂喂喂',那一边就噜噜放铳。嚯咦,人就像割麦子砍高粱,成排儿倒下。摸城里大营时伍爷领上你男人,那会儿他手枪还没别上。入了城门,只听有人大声背宝书,接着嘎勾嘎勾枪响了。你男人跟伍爷一个箭步蹿进一间大屋,抓起被窝里热气腾腾的人儿一看全是莲藕似的女人,不用说是压寨夫人。伍爷先把她们睡了一番,拿走一些烟酒战利品就往外蹿。那两个女人原本也该捎回的,这是交战规矩,只可惜时候不等人啊,枪响似爆豆哩。那一夜好杀,两人回来时天亮了,身上都沾了血。他们估摸敌营里死伤少说也在这个数上,三十。女人见了乡下兵勇还咬文嚼字，跟咱摆文明阵法哩，哪知道老辈上见得多了，骂一声'我日'，三五下捺住。你男人是伍爷带出来的勇娃，也是咱家根柢血旺，泼杀泼上原是本分。一句话，咱真要惹急了那天，有铳使铳有刀使刀，打赤手儿就扑上去咬他个血花儿流。"老獾因为说得急躁，胡子翘起，两眼血红，胸口上直冒白汽。蜜蜡吓得大气也不敢出。

"你个矬儿，你再不放我出门就憋死了！"刘蜜蜡嚷着要出门做活儿，要去海边。"不是读呀写呀？再说还有编草辫儿这活计。""我不，我得去看看大海是什么样儿，看一眼就回行不？"小油矬咬咬牙思忖一会儿，"也中，不过我得随上防海煞哩。还有，你得把旧衣裳穿好，把脸抹上灰土。"刘蜜蜡犟他不过，只好依从。这是个无风无云的下午，大白日头照得人出门眼花。小油矬领她沿小巷绕出村子，然后往北折进一片白茅地，钻入齐腰深的红柳棵里。白云一朵朵在天上走，能唱的小鸟钻得多高，它们唱的是"乐乐得乐，得乐乐乐"，不住声地诱惑人。蜜蜡心里说这是多好的大海滩呀，这是比村里好上千倍的地方。有只野兔探了一下头又蹿了，蚂蚱直往脸上撞。长尾巴大鸟让她愣了神，她被这近在眼前的奇迹逼得合不上嘴。大鸟身上色彩斑斓，金光闪闪。小油矬哼一句："野公鸡。"大鸟飞跑了。远远近近都是"克儿克儿"的声音。"'野鸡兔儿杂'，就是把它们剥了皮合炖，那是伍爷的口福。"小油矬说着瞥瞥她，突然一把抱住，没头没脑地搂动，"我这大水娃金不换哩，走哪儿让我喜欢到哪儿。"他牵上她的手绕着柳棵走，咕哝说："我这驴脾性娶了你真恣，啊哟回头还得泼搂泼睡，待小娃生下，小日子过下，大炕烧得热烘烘，你想吃什么我就往家倒腾什么。"蜜蜡泪水唰唰流下。"怪咦，大水娃穿金戴银都不欢喜哩。换了别的女娃乱哭,不客气讲,我一天里能打折两块洗衣板。铁姑娘壮不?我和俺爸轮番泼揍,一口气揍个半死。那贱皮物件身高马大,我琢磨自小就被家里人揍惯了,身上随处哪里都绷绷硬,半夜一搂硌死人了,连伍爷见了都厌弃,说'拖一边去'。他懒得瞅她哩。"蜜蜡不再听他絮叨,因为大海即在眼前。妈呀,咱是生来第一遭见这大片的蓝水呀,上接天下接地,比上村沟头水库大上千千万。大灰白鸟儿就是书上说的海鸥了,它们像小飞机一样横着斜着飞旋,一个个巧死俊死。它们落在水浪印儿上了,像小猫觅食一样一步一步走了,摇摇晃晃。它们不怕人,近了才看出个个都是肥家伙,大胸脯强死俺蜜蜡,大胸脯往上翘着喜欢死人了。哎呀没边没缘的大蓝绸缎,老天爷用来馋咱庄稼孩儿的物件,庄稼孩儿一看见你就不想回去了。蜜蜡往前飞跑飞跑,吓得海鸥嘎叫飞起,小油矬就大步追赶,"我日,你跑个什么哩。"他赶得上气不接下气还是追不上,到了近前,见蜜蜡突然一头扑进了水里。"老天,大娃急着看海看海,原是想投海哩。"他三步并做两步扑上,钻猛子打扑腾,总算揪住了蜜蜡的头发。他把她挽上岸边,搂住大问:"你干什么?你想投海吗?"蜜蜡闭着眼睛,"我也不知道。我欢喜它,想跟它去哩。"

貘嫚告诉老獾:"伍爷火气怎么都息不下了。他这会儿骂你儿子啦,叫他'小婊子养的'。"老獾的水烟吸得又细又缓,咕噜声若有若无。"伍爷还说下什么?""他说原想把治保会也让给连长坐,现在看这孬娃觉悟不甚高哩。"老獾又小又圆的红眼尖利利盯她了:"他真这样说了?""嗯哪。"整整一天老獾不愿吱声,刘蜜蜡走到院里他也不再拉家常了。小油矬回来后老獾一个劲儿叹气:"你瞎蹿个什么哎。咱这里要紧是伺侯伍爷。我娃千万莫把账码算反了。"小油矬咬着下唇点头,开始坐立不安。他呆了一会儿,不时翻弄一下蜜蜡桌上那一叠字纸,后来索性出门去找伍爷。伍爷住了三进大院,大门两侧各立一个龇牙瞪眼的石狮,一个小庙模样的亭子里有个扛枪的民兵。"伍爷出门没?""没。""中。好好守垒,不准打瞌睡。""是啦连长。"二进院的厢房窗前站了伍爷老婆,她装作看不见来人。他在伍爷外间叩门,直听到里面传出一声巨咳才进去。伍爷盖了半截缎子被,硕大的头颅转动着,厚眼皮翻了翻又合上,咕哝:"小腌臜玩意儿。""伍爷。""吭吭。你这个官儿做大发了。""不敢哩,我不过是伍爷胯下的坐骑。"伍爷扑棱一下坐起,黑球似的大眼珠转了两转,"我这些天睡不沉哪,琢磨着:我把最好的物件送给你啦,你倒是把好东西自己掖藏下。""我不敢哩。""那把小手枪我喜欢了二十年,德国造哩,给了你。""伍爷。"伍爷的大鼻孔用力喷气,像要吹开水面上漂来的屑末。当他伏身去炕的另一头抓摸烟锅时,下垂的腹部吓了小油矬一跳。"哦哟这大肚儿呀,它比牛牯还大看不坠坏了腰儿哩。"小油矬暗暗惊叹,嘀咕了一句。他绝望得要哭,只想告诉伍爷,自己连性命都是伍爷给的哩,还有什么物件敢偷偷昧下?他急得头都要裂开了。伍爷吸上烟,再次把缎子被拉到颔下:"你那婆娘进村有些时日了,连伍爷的门都没登。"小油矬心上"咯噔"一下,额头立刻珠汗滚滚。伍爷再次闭了眼睛咕哝起来,不过转了话头:"我要操练一支铁军呀,从兵头儿开始,一人要镶一副马掌。"小油矬的头快垂到胯部了。"走去走去,"伍爷扬扬烟锅驱赶了。"伍爷。""走去走去。"小油矬跟跟跄跄出了门,太阳照得头晕眼花迈不开步子,"妈呀,我得领人来拜伍爷啊。我怎么两腿打战哩。"

"蜜蜡,咱不拜伍爷不行哩。"小油矬一进门就往外翻找最丑旧的衣服。老獾咕哝:"别怕,伍爷抬抬手也就过去了。"蜜蜡回想那天在书房见到的人,吓得心都木了。她敢说一辈子也没见过这样的粗丑:两只又厚又圆的眼皮一翻一翻,大脸又长又粗满是疙瘩,嘴巴宽过常人几倍。她一直觉得这副面孔怪熟,可又一时想不起在哪儿见过。想啊想啊,好不容易才想起来:雷丁老师那摞书里有一本大画册,上面画了一只大河马哩。"老天,这儿的村头活活长了一张河马脸啊!"她觉得那人不光是脸,还有粗短的手臂、脖子,只要是随处露在衣衫外面的皮色,都像河马啊。"我害怕河马哩,我不敢直着眼看他。"蜜蜡嚷着。"不怕哩水娃,伍爷对宗家人抬抬手就过去了。说到底咱也是葡里人,"老獾在一旁细声规劝。小油矬躁得拍腿:"什么时候了蜜蜡大孩儿,咱再不敢磨蹭哩!咱和你一块儿去了就回!"他牵上她的手,再不管她的嘤嘤泣哭。"哭吧哭吧,一哭脸上浑儿花乎怪好。"他们一出门就遇上了一伙人,有人刚喊了一句"肥娃",看见小油矬摸出包红绸的枪,立刻轰一声逃散了。"伍爷啊,蜜蜡看你来了。"小油矬从进第一道门开始念叨,一直念到伍爷卧房。里面的人还是闭着眼睛,问:"有什么稀罕物件?""咱领婆娘来了。""唔,我望望。"伍爷抬起头,一瞄就愣住了。小油矬忙说:"她脏气哩,瞧多腌臜啊。"伍爷仔细瞧了几眼,哼哼着:"过一遍水就中。闺女多大了?""十八二十岁有了。"小油矬说过后又补一句:"山里草娃都是这样,上下起落不出三两岁儿。""我日,古怪事儿。"伍爷使劲翻了个身,露出了肚脐。蜜蜡被这又大又黑的皮囊吓呆了,一个劲儿往旁躲闪。小油矬攥住了她的胳膊。伍爷说:"你家男人是个悍娃哎。"小油矬催促蜜蜡:"快回伍爷话。"蜜蜡答:"悍娃。"伍爷又说:"他得了你这么个宝器哎。"蜜蜡答:"宝器。"伍爷笑了,一笑露出又长又宽的板牙,结实无比的一排,"咱这村不比上村,规矩老多哩。你要好生听话,听话呢肉馍尽吃,不听话呢糠菜麸皮。"伍爷吸着烟,巨屁连连。蜜蜡赶紧捂上鼻子。

十一

刘蜜蜡第一次返回娘家,一踏上小村的路就哭。她怕村里人看见,直挨到天黑才试着往里挪蹭。看见上崖的石阶路了,掩着咚咚心跳看那几间石屋。她攀到崖上,一间一间屋子摸过,每扇门上都摸到一把大锁。"老师哩,老师一去不回了!"老刘憪一家团聚了,三口人哭得欢欣。蜜蜡妈说:"不是爸妈不要你了,是下村人凶狠哩。你爸不出三天就去寻人,被他们打了耳刮子。你妈问他们要闺女,也差一点让悍人掳去。幸亏黑儿去问了,才知道你平平安安。"她按住蜜蜡亲个不停,直到嗅出了一股膻气味儿。"我孩儿原是香喷喷大娃哩,如今怎么有了畜生味儿。"蜜蜡哭着:"妈呀,那人连畜生也不如。还有村头儿,模样就像大河马。他们快把孩儿吓死了。孩儿再也不回了,不回了。"老刘憪搓手,搂一下蜜蜡又松开:"孩儿是嫁出的女泼出的水,这就是命啊。那连长前一天还吓唬黑儿和爸妈,说你有一回想投海哩,这一次住娘家万一有个三长两短,就拿我们治罪。"蜜蜡妈问:"孩儿真投海了?""我也不知道。我那会儿什么也不知道。"她把脸埋进妈妈怀里，全身大抖。"是命就得忍下，孩儿千万莫犟。人都是忍哪忍哪，忍来了好日月。等你生下孩儿的那一天就明白了，就不再凄惶了。"妈妈一下一下摸她的头发，又伸进衣服里摸她的背肉。"孩儿在家将养一阵，上村下村轮换着过。那个连长许你一辈子享福，风不吹日不晒的。他也是真心待娃哩。"蜜蜡挣出身子，不再流泪也不再吱声。

  第一个夜晚蜜蜡就顶着星星出门去了，她想煞了村街、这里的每一道沟坎。蜜蜡妈让老刘憎随上，她却一个人跑在前边。山里的星星真亮，山风格外凉爽。走到了老碾屋再往东就是一座座草垛了，干草的香味一下涌进鼻孔。沙沙声近了，是一只只久违的狗儿跟过来。它们晶亮的眼睛注视着，她一招手它们就靠到近前。一只一只亲过，这是故乡的狗儿啊。它们激动而沉默，全然不吱一声。她这会儿相信：它们曾经思念深重，此刻正在欢喜中咀嚼往事呢。今夜一切都消逝了，那丝丝拉拉的风琴声，那又小又好的老师。东溪边的沙塬在月光下平展展银亮亮，哦咦，大月亮又挂在东岇口了。好像这里的体育比赛、人声喧闹一霎时全都复活了。她蹲在沙塬上。溪上流水淙淙，有小鱼在跳。一只只狗儿几步跨到她的前边，昂首去看溪水。溪水绕着高高凸起的崖子往北流去，近崖处有一片又平又大的水湾。这是多好的水湾，记得一个夏末的深夜老师曾独自在水湾里游泳哩。他避开了所有的人，这是因为他害羞。可是老师想不到那会儿只有她一个人在柳树下看：那晚上她睡不着，就一路奔到溪边了。老师月光下的裸体像白滑石，水纹儿在上面漾着；有时他倏一下钻到了崖下阴影里，无声无息好一阵儿；有时又拍得水花四射，最高的水柱腾起有好几米高。了得啊,老师是什么人啊,他简直是鲛儿变成的。那个夜晚,她对老师充满了异样的崇敬和神秘,有一阵竟冲动得不能自抑,恨不能立刻脱下衣服跳入水中,让老师教手风琴那样教她游泳。可她还是忍住了。她像老师一样怕羞哩。

刘蜜蜡在上村待了半月,然后不容分说就被接了回去。这一次没有使用胶轮大车,而是在深夜用毛驴驮回。从蜜蜡回来那一刻起,小油矬一直咬紧下唇,一会儿呆看窗外,一会儿又出门溜达。老獾从东间屋里出来,探探头又缩回。黎明时分小油矬呼呼大喘着对蜜蜡说:"贴心大娃,伍爷还挂记你哩,常问你回了没?我只说你住了娘家。"他蔫着脸说:"咱藏下一天算一天,就在家里悄没声儿过。"蜜蜡说:"那我还回上村!""傻哩,再不回来就成了叛娃,他急了会出兵把你逮回哩。"天一亮小油矬就出门去了,老獾对蜜蜡说:"我娃上紧为伍爷练兵。伍爷这人喜好两样事儿,一是武装,二是开辩论会。我这人一辈子没见有谁比他更懂练兵,也没见有谁比他辩才更好。"老獾咂着嘴,"伍爷要挑出二十个精壮汉子做成骑兵,那是啊,没有骑兵不成。这是一大发明要报县社哩。愁的是没有那么多马,只好使上毛驴。反正不是正规军。毛驴不孬哩,矮巴巴跨上去容易,也不怵蹶子。慢了些,不过事急紧着扬鞭就中。"老獾的眼神尖起来:"可惜我年纪大了,操练兵丁这事儿咱懂,要紧是口齿清行事狠,我常叮嘱孩儿。二先生看操练指手画脚,忘了自己是谁。"蜜蜡无处可去,只好听他唠叨。她有好几次想不顾一切出门,去野地,去大海滩。可是门锁墙高,墙头还布满了玻璃尖刺。"妈耶,孩儿这回真的给打入牢笼。"她伏在桌上读一会儿宝书,哼一遍所学过的歌儿。

"要问我读的什么书哎；千斤的铁锤当针拿。"宝书读了一遍又一遍，力气果然长了一节。"我的老师，亲爱的雷丁，"她刚写下一行字就脸红心跳了，但咬咬嘴唇继续下去，"我一个人给锁起了，等着畜生回来。老师才不管我这个没爹没娘的孩儿呢。我成了根独苗儿，孬人根苗。爸妈不要我了。我只盼你领我远走高飞哩。你到底在山里还是野泊、到底怎么过冬怎么吃食儿？大雪大雨你都没法躲了，好人儿，我敢说自己喜欢煞你。哎呀我一大胆就说出了，说出了就心安了。你和我都不知道喜欢是怎么回事儿，那时我把你抱在怀里呢，一口一口喂。你小脑瓜上有一层绒绒毛儿，离一拃远才看得清。那时真该使劲亲上一口，晚了，过了这村没有这店了。我一辈子都想跟上你，听你念书听你说话。好人哪，你的凹眼上有一层金毛毛，连它我也想亲哩。那些夜晚我该给你脱下衣服，咱俩合盖一床大花被子。可我不敢哩。你的小手儿巧死了，摸琴键子看得人眼花。那时你胸前有一片高凸儿磨烂了，我给你上药。你身上有一股松蘑香气，咱嗅也嗅不够。你生病解溲跌倒时，是我帮你提上了小衣裤。老师啊！你随处哪里咱都见过了，咱真该是你的人哩！"

"你再不生娃就成了盐碱薄地哩。"小油矬撮着嘴端量她，又解了衣服摸肚腹，"这儿洼洼着一看就知道没装下活动物件，耽搁大事哩。"他的呼叫引来了老獾，蜜蜡赶紧掩上衣服，小油矬却生生拽开："这是什么时候了还摆文明阵。"老獾端着水烟弓下身看蜜蜡的肚腹，伸手从肚脐比量到乳房，咂咂嘴："我娃莫急，这事儿慌了不中，就看看明年开春能不能发芽了。赶空儿你得让貐嫚开一副喜药。"老獾走后蜜蜡哭叫着抓打小油矬，"你这个畜生，你是畜生啊，你让你爹进来摸摸捏捏，你们都是畜生！"他并不还手，只沉着脸："怪厌弃，怪厌弃。"她再次撕扯他的头发时，他终于捉住她的两手，她马上疼得啊啊叫。"大孩儿别闹罢，咱该留些劲儿生娃哩。"他将其推到一边。两天后貐嫚真的来了，抓了一把褐色粉末让蜜蜡吃下，蜜蜡一接到手里就扬了。"天哩，大婶一辈子没见你这么个拗性儿，要换了别人，连长早就把她砸巴砸巴扔进海里了。老天，反哩。"小油矬和貐嫚硬是给蜜蜡灌下了汤药。蜜蜡的哭声像一阵豪雨，把他们吓得半傻。老獾过来劝阻："别哭哩，早些吞下药儿，早些怀上娃儿。有多少狼狗眼盯着咱哩。宗家说什么也得有后，这是板上砸钉的事儿，由不得犟哩。"说着又从自己屋里提来了点心盒子。到了半夜，蜜蜡觉得从腹股沟那儿涌来一阵灼人的热浪，让她不得安生，想喊喊不出，想叫口发干。咚咚喝下两碗凉水，马上就变成眼泪淌下来。小油矬说："貐嫚是从兽医那儿淘过来的方儿，加加减减，成了咱村的宝方。"直到天亮鸡鸣，蜜蜡一直在心里哭诉："我如果不能逃出，用不了几天，就会一头撞死在南墙上。"

　　蜜蜡把每一叠写满了字的纸都小心藏起。尽管老獾父子不识字，他们一翻弄还是让她心惊肉跳。所有的纸上都写满了对老师的呼唤："老师，你到底是活着还是死了？你会游泳哩，他们追不上你。大河马正操练骑兵呢，可是他们逮不着你。老师，你要找有河有水的地方去啊，大水会拦住他们。老师见过大海吗？那天我看见一片大水喜傻了。我一下扑了进去。我要能死在里面多好啊，那就一了百了啦。可是我害怕再也见不着老师。我一天到晚尽想你得病的时候，想那些半夜三更没人没声的时候，你在我怀里的模样。老师睡着了就像小孩儿，可谁能想到你又会算术又会拉琴,还会噗哒噗哒拍大球哩。你摸摸这个按按那个,亲他们的脑壳,那是喜欢哩!我比谁都知道那是怎么一回事儿,你压根就没有一丝坏心眼儿!我就是最好的证人,我敢说没有比你再规矩的人了。说到这里我算是后悔了,因为早知道有这么一天,还不如全都给了你,也不让你白担了一场虚名!有个叫貐嫚的妖婆缠住我看哪看哪,说要还我一个清白!天啊,谁来一块儿咒那些嚼舌根的人哪,谁来帮帮冤枉的老师啊!我想你千遍万遍,牵挂得夜不合眼。老师不知道,那个五短身材的悍性儿畜生将我按住,让我一丝动弹不得,给我使上这千年难遇的男女大刑。他的胳膊像蜥蜴一样有道道环纹儿,瞳仁儿是蚂蚱那样的复眼,胸脯细看就能瞧出龟板似的方块儿,尾骨还长着一寸多长的尖头,后大椎有个瘤子大小的圆疙瘩,两腿又细又硬全是老筋攀着,乳头一大一小硬得像蚕豆,脖颈子一使劲就能抽出两三节,胯骨那儿长了两块抹泥板似的弯弯骨头,压上人就一左一右把你死死扣住。他的指头啊,又短又硬像钎子头,上面的指甲像铜钱一样翘着。老师,我写这些不过是想告诉你咱遇到了一个什么人,想告诉你别人因为没有这贴近,会把他混成了常人。其实不是哩,都不是哩。我琢磨人和鱼一样,记得村里人在水库和东溪哪年都捉几条怪鱼,因为它们的模样小村人一辈子没见,吓得一抬手就扔了。老师,我说的这个人就是这样的怪鱼。他爹是个毛脸,看人时无论离多么近,都让人觉得是从十几里路以外望过来的。这老畜生忘了形儿就要讲祖上的事情,我听不甚懂,不过总能明白这一支人是从什么远地方迁来的,老祖宗好像吃人不眨眼哩。他们一提到这些往事就胆小虚虚,变得细声细气儿。我听出他们最怕的就是断了根苗,最急的就是找个女人快快生孩子。他们扳着手指算了，说我这样年纪哪怕三两年生一个，这辈子至少也为他们生下二十多个。上一个女人叫铁姑娘，因为不会生育被他们爷儿俩活活打死了。畜生往死里折腾我，不住口地喊着：生娃！生娃！老师，我这会儿想告诉你的就是这一家人的大秘密：他们是一个快要断根的族类，这会儿大慌大急哩，泼上了老命也要繁衍。当我明白了这个以后，再看他们疯狗似的模样儿，就害怕了。这凶狠劲儿跟吃人下口是同理啊，他们恨不得嚼着筋肉囫囵吞下我呢。说到这儿我真想大哭一场，因为我也知道了你的身世，知道你是'夿人'根苗，像我这个'遗腹子'一样。我俩的命真是差不离哎，咱真该在一起生个水灵灵的孩儿，让他有你那样一双大凹眼儿，那样的金色眼睫毛。我会好好喂他，让他穿上一针一线缝就的小红肚兜儿，打小就会背宝书，啊啊呀呀唱歌儿。我一闭眼就能想出这孩儿的模样，想出他脚背上的小肉窝儿和小脚丫，想出他怎样冲我笑哩。哎呀想死了，也许就为了等来这一天，我得忍辱受屈活下去。我的命性根儿真粗啊，我到如今还没死哩！"

老獾在窗外跷脚看着，当看到蜜蜡哭一阵笑一阵，就对归家的儿子说："这大水娃儿约莫是痴了。"小油焾瞥屋内一眼说："看书哩，摆文明阵哩。"父子俩议论骑兵训练，老獾就到院里比画起骑马使勾连枪的动作，"我娃，要紧是翻身上去那空当儿夹住马镫。它颠起来凶哩。""二先生不出好主意，他对伍爷说咱村也该兴办女骑兵，妈的。""伍爷许了？""没。伍爷说不咧，女人都是用来压寨的。""伍爷真英明哩。"小油焾叹气："可二先生背了一句'撒撒缨子（飒爽英姿）五尺枪'什么的，还说是宝书上的话，把伍爷给唬住了。我看二先生没安好心，想借个由头把咱蜜蜡引出哩。"老獾抽出水烟嘴儿,发出极响的一声"昂",胡子翘了:"这还了得!这得上紧防他!"小油矬进到里屋对蜜蜡说:"'五尺枪'哩,会背吗?"蜜蜡不应。"哼,那枪上有'撒撒缨儿'哩。"蜜蜡木着脸,突然说一句:"我要出门,我给憋闷死!这样下去就不生娃!"小油矬拍拍手:"谁不让你出门啊,是门外有大凶险哩。这么着,夜间单独执行任务时带上你,白天还得这样待着。怕憋闷,我找些东西养这院里,你喂呀看呀就舒坦了不是?大狗中不?大羊中不?"蜜蜡不语。小油矬独自咕哝:"'五尺枪'哩,看来这枪怪长怪大,是二人扛的火铳也说不定。秋后武装要添制哩,兵服也要一色儿新。"他决定要把这建议说给伍爷:全体民兵要有统一兵服,这样上县下社唰唰一走,脸上可就风光大了。他心上喜滋滋的。两天后院里真的有了一条黑脊大狗,一头小羊和一只拐腿鸽子。蜜蜡害怕那狗,因为它看人的眼神冷冷的。她给小羊洗了温水澡,给鸽子的伤腿裹上布条。小羊咩咩叫着往她怀里拱动,她搂住它时眼都湿了,为其取名"白白"。鸽子腿上的伤好了,可走路还是一拐一拐,总是跟在她的身后。她叫鸽子"灰灰"。她在屋里读书写字时,"白白"和"灰灰"不离左右。它们纯稚的眼神啊,让她忍不住亲吻起来,说:"我的孩儿,我的宝贝。"她感到惊奇的是它们的眼神儿像水一样清!我们这些人哪,比起它们真是一钱不值呢。几天过去了,她还是没法亲近那只大狗,喂食时也要离得远远的。有一次她正站在窗前出神,突然手被舔了一下,原以为是"白白"呢,一低头愣住了:大狗的身子紧贴在她的腿上,正抬头注视呢。这一次她终于从那双眸子中看出了一丝炽热,"原来你是一只好狗儿,你叫什么?就让我叫你'大个儿'吧。"它像即刻领悟一般点头摇尾。"大个儿"矜持而又忠诚，任何时候都昂首挺胸。她常常双手捧着它的脸，看它小伙子一般的羞涩。"'大个儿'，你比那些披了人皮的畜生好上千倍。看你的牙齿多白，眼睛多亮，你和'白白''灰灰'该是兄弟姊妹。"她把它们三个拢到一块儿时，它们害羞似的扭着身子，直过了许久才彼此嗅一嗅。它们像要对蜜蜡耳语什么，毛茸茸的嘴巴弄得她奇痒难耐。老獾端着水烟走过来，一打眼就发出"嗤"的一声，"了得，跟畜生嘴对嘴说话儿。老天爷，疯癫事儿全让咱宗家遇上了，这回可热闹了。"

　　小油矬听老獾说蜜蜡在家里跟野物亲嘴儿，并未在意。他忙着找貐嫚商量制作军服的事，准备到时候给伍爷一个惊喜。他们俩比照着一些样式取舍再三，最后用黑色平纹布做了上下紧身衣裤，胸脯那儿再用白布缝了一个圆，上面描一个"忠"字。"你先穿上照照镜子罢，"貐嫚退远些看着，赞许不止。他穿着直接去了马蹄刘那儿，老头当时正夹着一块赤铁淬火，一见了他吓得夹子都掉了。赤铁把地上的水洼打起一团白汽，马蹄刘在烟汽里竖起拇指："铁军哩，就缺一副马掌了。"小油矬骂了一句走开。回到家里，老獾对在他耳朵上说："咱家要出大祸患啦。""嗯哼？""我娃真得上紧料理婆娘了，我跷脚从窗上看了一眼活活吓煞。黑背大狗骑在仰面朝天的婆娘身上闹腾哩，小羊和鸽子也在一边蹿跳。那大狗舌头通红老长耷拉在她脸上，两个紧绷绷相搂哩。欺天哪，我孩儿快些把婆娘收拾下吧，晚了不中。"小油矬脸阴了。他咬着嘴唇一脚踢翻院里的狗食钵子："今晚不吃饭哩，伙食孬任务急，待会儿我和蜜蜡回来要吃大荤腥哩。"老獾与儿子对一下眼，跺脚："那是哩！

那是哩!"小油矬进屋扯出蜜蜡:"不是嫌闷吗?咱趁着天黑去巡逻哩。"街上寂静无声,家家炊烟散尽。他们从一条窄巷出来时,小油矬指指书房大门:"那是狗日的地主大院,当年三个孬人盖了这大屋怪恣哩,想不到日后让伍爷先人一个个都'咔嚓'了。"蜜蜡大气不出转脸往前看去,小油矬一脸怪笑:"孬人该砍的砍了,剩下一些给咱做使役,扫街挑尿做腌臜活计。"蜜蜡盯住他:"我就是'孬人'孩儿,让我跟他们一块儿吧。"小油矬拍腿:"大水娃儿净说些疯话。"走到一片土场上,他说:"瞧见了吧,咱就在这儿操练骑兵。孬驴,一闲下来就配得慌急!"蜜蜡要往海边走,小油矬说:"你莫不是又要投进去吧。"他们走到一片矮柳丛那儿了,听到扑扑海浪声,小油矬再也不动了。天上的星星真大啊,呼吸中全是海水的腥咸。"妈耶爸耶,孩儿总有离开的一天,孩儿想老师哩,就是去了天涯海角也要寻上他。"她心中喃喃,小油矬突然扯上她:"家走哩,肚子咕咕叫了,回去有好吃物哩。"往回走时他脚步变得飞快,像有什么催促一样,还时不时回身拉一下蜜蜡。他离家很远就开始蓬蓬吸鼻子。"嚁咦两个娃儿回来正好,大锅热腾腾哩!"老獾开门迎接,十根手指大张,两眼在夜色中发出尖亮。蜜蜡一进院就唤着"白白灰灰大个儿",从里屋到外间找了一圈。"它们哪去了?"老獾一边搬弄一摞子泥碗一边说:"你这娃儿真迂磨,它们在锅里呢,让我一勺儿烩了。"蜜蜡身子一软倒在了门框上。她缓缓倒下,两手死死抱住门框。后来她的手碰到了门边的一把铁锨,一下揽到了怀中。老獾那一瞬腿脚突然变得灵动过人,一个弹跳跃开了,嘶喊着:"我娃快把婆娘拿下!"蜜蜡只抡动了一下锨柄,就被小油矬抱了个铁定。

"这得熬副护心汤哩,"貐嫚摸着蜜蜡脉象,咧着紫乌大嘴说,"这孩儿汤水不进三天了。"老獾说:"狗日的想砍杀我,按祖宗律条该活活勒死。可你知道我儿舍不下哩。"貐嫚不听唠叨,一边让他拉风箱熬汤,一边从带十字的箱子里找出什么,顺手把听诊器挂到脖子上。她解了蜜蜡衣裤,"哦哟,这也是大饿三天的孩儿?看身上还是火红鲜亮哩。"老獾瞄着听诊器:"这物件用来做甚?""没用。不过挂上它才算'赤脚'呀。"蜜蜡醒来时发现自己赤身裸体,身上只盖了一片布单,胸前肋下都有火罐紫印,最可气的是小腹和屁股上也有,连乳房上都一边一个。"畜生啊,两个吃人的畜生。"她到处找衣裤,翻遍了箱柜一件不见。推门,门关得紧紧。老獾在窗前跷脚对她喊:"骚狐犯了律条,看有你的好,再蹦跶咱使上链子。"蜜蜡用布单护住身子,可它小得遮了上遮不了下。蜜蜡只好把窗子蒙住,一下伏在了桌上。"老师啊我怎么办,我怎么办啊!我在这儿死了都没人知道。老师在哪里啊,你如今也该逃到天边了吧!"蜜蜡满脑子都是东溪那条山路,最后悔那次回娘家没有顺路跑掉。"妈耶,那一回我恋着上村,恋着你和爸,把天大的事儿都耽搁了。"她心里打定主意:再回娘家,就沿着东溪一路跑下去,不找到老师一辈子不回哩!蜜蜡盼着小油矬回来,那时她要跟他和颜悦色说话,蒙骗他,让他交还衣服,然后设法回娘家。"穿那做甚,大水娃儿。"他不还她衣服。"我羞煞哩,你爸望着窗子跷脚啊。"蜜蜡急哭了:"我不能没脸没皮地活啊,你得让我上院子,惹我急了一头撞死哩!"小油矬到另一间屋里去了。一会儿传来老獾"昂昂"的声音。他回来后怀抱蜜蜡的衣服,扔给她说:"别再尥蹶子了。爹恼恨起来了得,他宰个猪儿狗儿剥个皮儿,连刀子都不用,你以为还怎么。"

  三天过去，蜜蜡到院里晒太阳，老獾瞪着一双尖眼不理她。"我给你捶捶腰吧！"她说。老獾一闪身子搭腔："哦哟咱用不起。""真哩，让我给你消消气。"老獾不躲了。她捶了他几下，他立刻哼叫着躺在地上，"哦哟这才叫好娃哩，哦哟。"小油矬回来后老獾说："你婆娘归顺哩。"父子俩欢天喜地。蜜蜡当晚提出跟上出门巡逻，小油矬答应了，还把包了红绸的手枪别上她的腰。他们一路绕开书房，又绕开伍爷那座黑屋。小油矬指点那个方向："咱得对伍爷忠哩。忠了心里怪恣，睡觉也香甜。""貐嫚说他就是村里皇上。"小油矬拍腿："那还用说。"待了一会儿蜜蜡把头低下，他扯一下她还是低下，"咦，怪婆娘哩。"蜜蜡说："我想娘家了，想得夜夜心口疼，睡不着。能回去住三天两日也好啊。"小油矬歪着头："那算什么，寻个有月亮的好天，我让骑兵送你就是。"蜜蜡忍着怦怦心跳去看天空：一道流星在西北方划下去。野地里蛐蛐鸣叫，连毛毛草也在微风中发出一阵热烈的歌唱。不过这歌唱只有刘蜜蜡才能听到。

第四章　浪女

十二

"哦哟，这是谁家大闺女跑这么慌急？"坡地上做活的人望过来，一连声议论。"瞧她背那个大包，活像爬树的蜗牛哩。""啊嘿，大胖孩儿一路往南下去了，家里人也真放心啊。"这些声音随着西风吹进刘蜜蜡的耳廓，她像没有听见。天就要黑了，天黑前翻过那座最高的岭子就算到了外乡。小时候听说岭子那边的人一开口就像鸟叫，啾儿啾儿真够人受的。太阳红了，溪水绕路了，她背倚在一棵榆树上张望不已。"爸耶妈耶，孩儿今生今世再也见不到你们了，孩儿这回要一撒丫子尥到天边！"她想在暮雾中最后看一眼村子，什么也看不清。心跳嗵嗵，伸手一按直撞掌窝，"妈耶，孩儿又顺着你当年出山的路跑开了，孩儿也长了一双野蹄子。"这天一大早小油矬就让人牵上驴子送人，她一到东溪就催人回去，然后藏在草垛后边。她等着天黑，骂着小油矬一家：瞎眼畜生。早晨老獾端着水烟袋站在门口看她上驴，叮嘱赶驴的民兵："不紧不慢溜达，别颠坏我家大娃。"她在驴子起步时望了老东西一眼，看到他尖长的指甲在蜷动，血红的眼睛陷在毛茸茸的眼窝里。他旁边是双手叉腰的小油矬，这家伙袒露的肚脐吓人一跳：又深又黑像眼枯井。驴子垂头赶路,她一路都紧闭双眼搂紧书包。到了上村,一眼看到崖上矮小的石屋,看到那根立在屋前空地上的篮球杆子,泪水就下来了。妈呀爸呀,孩儿临走都不能看你们一眼。

第一夜要蜷在岭下沙地上了。那条溪绕过岭子,冲刷出一片白沙。初秋的夜晚满是虫鸣鸟叫,各种野物都在夜深人静时汇到溪边,它们尽可能不弄出一点响动,却让刘蜜蜡格外害怕。她听说有一种短爪獾专门在荒郊野外胳肢人的小腹和腋窝,人要一直笑死。天有些冷,她把书包贴上胸前,等着月亮升上岈口。她记得全村的狗儿都喜欢这个时光,在村头溪边跑得汗津津的。村头儿睡了时,还会有年轻人窜上街头:他们一开始悄没声响,一脚跨出巷子就呼呼啦啦奔跑。他们在场院上骑着石砘子玩,倚着草垛骂人。她常常隐在黑影里,一动不动,连呼吸也放得轻轻,生怕被人发现。他们兜里揣着地瓜糖和煮芋头,手里还攥着烤蔓菁,一边拉呱儿一边啃吃,还隔三叉五咯吱咯吱嚼几块地瓜糖。后来不知怎么就咚咚奔跑起来,捉起了迷藏。蜜蜡记得有一回一个姑娘大气不喘伏在草垛上,当一个小伙子从旁走过时就伸腿绊倒了他。他生气了,骑上她便打,她就仰躺着还击。黑影里什么都看不清,只听见噼噼啦啦打着。一会儿打斗声没了,女的哭了。男的问:"你还敢不?"女的说:"没好心眼的东西天打五雷轰。"他们站起吃东西,一会儿烤蔓菁的香味就弥漫起来,刘蜜蜡真想伸手讨一口。那些数不清的夜晚啊,妈妈在月亮好的时刻就一个人端着洗衣盆坐到溪边了。月光在妈妈的白颈上水一样流,黑发像河岸垂柳的叶子。她远远看着不敢靠前,因为有一次她刚刚挨近就挨了一顿呵斥:"小泼辣孩儿不在家好生待着,出来痴跑什么!"

她那会儿只想伏在妈妈背上,想依偎一会儿。妈妈啊,后颈像白雪一样的妈妈啊,一到了夜晚就撇下全家来到东溪。她被呵斥得吮着手指走开。她吃不到地瓜糖,也没有香喷喷的烤蔓菁。有一个夜晚她又独自溜达出来,再次走近溪水拐弯的地方。妈妈在那儿洗衣服。可是今夜木盆上横着洗衣槌,妈妈正对付一个汉子,一遍遍挣扎像要爬起。蜜蜡头嗡一声响起,弯腰抱起一块大石头就跑过去。可是离开那团黑影十几步远时,她听到了亲昵的呵气声。手里的石头掉了,她扭头跑开。远远的一声狗吠让她抬头遥望,月亮把小村洗得真干净。多么安静啊,那些泼打皮闹的小伙子姑娘一定是趟过溪水走远了。

蜜蜡紧缩在白沙上,抵御阵阵寒意。一整天都没吃一口东西,肚子饿极了。她举目四望,想找草垛子和庄稼地。没有,这儿离村庄太远了。如果找到一片蔓菁地多好啊,这个季节的蔓菁一定长成了小孩拳那么大。还有胡萝卜和地瓜,咬一口冒甜水儿。秋天的野地饿不死人,只要扑进庄稼地就能吃个肚儿圆。她闭上眼睛想水蜜桃、金黄的李子和脆瓜,还有外号叫"关羽脸"的面瓜,想无花果和桑葚、扁桃、大黄樱桃,想杏子和鲜花生。嘿呀,那伸手一揪带起一串的花生果呀,躺在地上嚼得两个嘴角泛白沫儿,就像喝了奶汁一样。那真是又甜又香又抵饿,是秋天里最养人的吃物。她在心里叫着:"爸耶妈耶,孩儿饿啊。"今夜她一点都不恨他们,满是惦念。这会儿她一闭眼就能看见小油矬胸脯上的龟纹,嗅得见老獾身上的膻气。"爸耶妈耶,孩儿要不是一撒丫子逃出来,就得被蛮性野物撕巴撕巴吃了。"她面向溪水轻声呼叫,仿佛又看到妈妈俯身捶打衣服,听到了"啪嗒啪嗒"声。这个月夜她突然想:妈妈是怎么在一个拇指甲大的村子里过下来的呀？还有，你为什么跑走又返回呀？她还想书房，想通上崖头的石阶路。老师啊，我怎么办，我要为你从南到北去赶路，为你火铳逼身不眨眼。我这回就是上天入地也要找到你，两手大张把你搂住，没一丝害羞扳住就亲。这等于是小媳妇千里寻夫啊。你高一声低一声念宝书的模样啊，你东蹿西跳扑球的机灵劲儿啊，还有被风匣子琴磨烂了的胸脯，今夜都在眼前哩。

她认定雷丁就沿着这条东溪翻过岭子走了。他还能去哪儿，想必是在天边上游荡，成了个吃百家饭的人。一想起雷丁伸出瘦骨嶙峋的手叫着大爷大娘给口吃的吧，心上就疼。那该是我去讨哩，让我串街走户找来各种吃物，在山沟河套里为他支起火盆儿熬玉米粥。反正有我你就别想挨饿，你刚打个寒战我就给你生了火，你才一咂巴嘴我就给你递上烤芋头。在野地里跑上百八十天，吃个小嘴儿黑乎齾拉小肚儿溜溜圆，然后再找个没风没雨的山旮旯趴下，仨月二十天过去，满泊青草发芽再窜上大道。在书房那会儿听你的，在外乡人的街头你听我的。谁要是瞪着虎生生大眼瞅过来你就赶紧扭脖儿，谁要是从后门扔出个香馍馍你就抢了揣怀里。爬满了毛虫的瓜儿不能摘，浇了大粪尿的葱韭也不能拔。一村有一村的规矩，一户有一户的尊长，走到哪儿都得看领头说话的是谁，仗势欺人的是谁，谁又手拿火枪狗眼看人听喝受使。俺老师啊你听了这些莫笑话莫咧开嘴儿，山里孩儿个个都从娘胎里带来了心眼。我是你坑洼路上的一根拐，数九寒冬里的一炉火，大热天捧起就喝的温吞水儿，害饥挨饿时的一块玉米饼。咱手扯手走在路上，有人见了会指指点点，说什么"小两口一步也离不开"啊，"好大婆娘摽上个小女婿"啊。他们只看出咱俩恩恩爱爱,可就是猜不出咱这一路遭了多少磨难、受了多少苦楚。老师啊,你今夜在哪?你也像我一样想着心事看月亮、脸上火烧火燎肚里咕咕响?

天刚泛亮刘蜜蜡就匆匆赶路了。饥饿像火一样逼人,她行前伏上溪水喝了几口,四下睃巡。奇怪的是一夜未眠两眼还是锃亮,腿脚还是有力。她相信这都是从狼窝里挣出来的本领,从死路上拼出来的拗劲。啊呀呀,从这儿往东看是起伏的山岭,雾目罩眼看不透;往南往西都是平原,是一辈子也走不完的大平场子,远远望去有一层贴地云,那大概就是村庄和田地了。这中间还隔开了贫土砬子,不生作物只长茅草,上面沟渠纵横。咱可不能猫在原地等死,咱要蹽开长腿往前蹿哩。

天黑前赶过了难忘的一程,瞥见稀稀落落的小村,看见了修葺整齐的田垄。她看到一个菜园结了紫色的茄子,不管不顾伸手就摘,在裤子上胡乱擦一下就塞进了嘴里。嫩嫩的小茄子有一股清香,很像花生和芫荽的香味。她咂一下嘴还想再摘,芸豆架后面钻出一个腰上围了破布的长脸汉子,"你,你这闺女咋咻咋咻就白吃了?"刘蜜蜡赶紧叫一声"大叔",说自己赶路两天一夜没吃没喝了,两眼直冒金星,行行好吧!汉子没应也没拦,咕咕哝哝往回走了。前边有一个矮矮的草屋,像临时搭起的寮子。汉子进去了一会儿,出来时手里捧了一块黑饼,还有一碗汤。她一声感谢的话也顾不得说,接过东西就往嘴里塞。黑饼又甜又艮,咬到嘴里就像嚼一块胶皮。汤是酸的,喝到最后才看见几粒青豆。"咱这里没有好吃物,待上半月二十天芋头下来就好了,"汉子蹲下,随手拾几片干豆叶揉碎卷成喇叭烟吸上。"你这闺女是个能吃的主儿。老婆子哎！"一声吆喝，草屋出来一个四十多岁的女人，她绕着菜架空隙飞快走来，一边走一边说："哪天都有要饭的来园子，连外县人都跑来了。"蜜蜡惊呆了：这个女人闭着眼睛走呢，原来是个盲人。"大婶俺不是要饭的，是出来找人的。""听音儿是个小媳妇，出来寻自家男人？"蜜蜡心上怂了一下，说："是俺家哥哥，他出远门走亲戚半月不回，妈让俺出来喊他收秋。""听音儿你是登州人。你哥去了哪里？""鹌鹑泊！"刘蜜蜡一急报出了雷丁的老家。咦，真是哩，她还记得他那个村名，记得他老家还有个弟弟。多好的名儿啊，让人想起满地小鸟儿毛茸茸的。"大婶知道不？"女人摇头。汉子搓搓手，烟从两个粗鼻孔冒出，一连打了几个喷嚏，"没听说。你找人得说出哪府哪县，天下地界大着哩。"蜜蜡知道再顺手的事儿也别指望出门头一天就办得成，这得一路走一路访听。她料定找到那个村子就不难打听踪迹，燕飞天边还回窝啊。她顺口问一句："来这儿的人中有没有这样一个人，他个子不高三十上下，眼窝儿凹凹着，对了，长了金色眼睫毛，衣兜上还插了一管水笔。"汉子摇头。女人答："咱也没见。问我，你得说他一开口是什么嗓子。有人哑着像噎了沙子一样，有人一张嘴脆生生像含着冰糖。你哥有什么口头语儿没有？"蜜蜡思忖着，"我的哥，他说话文绉绉净词儿，像个教书先生。"汉子摊摊手："那完了，你趁早别问了，来咱这园子的都是穷要饭的，再不就是顺路过来讨水喝的。"

　　这一夜蜜蜡就歇息在园子里。这儿离前边的村子还有二里路，他们夫妇是专门料理园子的。天亮后告别了夫妇，一路往南。她看着深深的辙印和一团团干结的牛粪，心里有一种说不出的畅快。俺真的是走哪儿算哪儿,一个人吃饱了全家不饿,直到有一天找到那个小鹌鹑满地乱跑的美丽村庄。路上不知问了多少人,可就是没有一个能答上来。"雷丁啊,你可千万不要随口胡诌一个村名啊,那样也就害苦了咱。"平原上不知有多少村子,可自己从来也没听说过它们。那个"鹌鹑泊"肯定就是这些小村当中的一个,一个落地的"小鹌鹑"。蜜蜡甚至想雷丁也是一只小鸟托生的:瘦小可爱,浑身毛茸茸的。一辆马车驶过来,她打听路的时候赶车人照例摇头,却愿意捎她一段。赶车人三十多岁,头上包了蓝布头巾,一路上都用鞭杆儿轻轻敲打大马的屁股。天黑了,她在大车拐向一个黑乎乎的大村时下车了。站在夜色里犹豫了一会儿,还是走开。她害怕村庄,想找另一个地方过夜。黑黑的夜路使人想起胡跑乱窜的童年,那时候她胆大机警,咚咚跑上一阵,然后两手倒剪倚树而立,谛听夜色里的万千秘密。蜜蜡觉得这会儿不同的是,自己与整个世界捉起了迷藏。

　　终于又看见大片的玉米地了。蜜蜡心中一热,决定就在里面过夜。先是小心翼翼迈进玉米垄,在几株肥硕的玉米棵前站一会儿,摸摸热乎乎的玉米棒子,往深处走去了。没有光亮,没有声息,脚下是稀稀落落的青草。庄稼地里该有许多虫鸣,还有鸟儿,大概这会儿都被惊动了,正闭上嘴巴等待一个可怕的危险过去。她真是小村人说的那种"大胖孩儿",不得不侧身钻着田垄。她在地当心找到一片炕那么大的茅草,坐下来一阵欢欣。如果再点一堆火烤几只玉米该多好啊,可惜不行。她扳了嫩玉米又啃又吮,感受着特别的甘甜和清凉。饥饿总算忍住了,剩下的事情就是搂紧书包过夜了。乌黑的夜色里慢慢有了声息:嘎嘎声,四蹄小兽的奔走声,还有遥远处咯咯的笑声。当她挺起身子谛听时,各种声音又消遁在夜幕后面。月亮出来时她睡着了,一睁眼月亮转到云彩后面,天黑得可怕,四周好像布满了蓝幽幽的眼睛,使人想到一张张隐在暗处的脸。她双手捂眼吓得大气不出,只等心跳平缓了才从指缝里往外瞧:天上的星星越来越少,云在聚积。这使她后悔没有进村:一个从老獾家跑出来的人什么都不该怕,咱会编出一筐瞎话儿蒙得外村人团团转。"一个大闺女家跑出来做什么?""找人呗。""也许是瞒着爹娘出门找婆家的吧!""找婆家就找婆家,又不犯法!"她自问自答,直到再次睡去。

她重新上路,边问边走。可惜没有一个人知道鹌鹑泊。这使她疑心走错了方向,担心越走越远了。这天黑夜她来到了一个生满苦楝树的村庄,从那些掮着粪筐的男人身边走过时,不少人都瞥来几眼。"大爷大娘,大叔大婶儿,俺是来打听一个亲戚的。"她一开口说话村里人就好奇地瞪大了眼睛:"咦,登州腔儿。"只是没人知道她要找的地方,都说一个大姑娘小媳妇家不该满世界蹿,这等于是大海里捞针啊。一个老婆婆看着她,怜惜起来,就让她去家里过夜。蜜蜡几天没有洗脸了,上面沾了稼禾汁水。她跟着老婆婆穿过窄窄街巷,进了一幢小小的泥屋。屋里原来只有老婆婆自己,她刚才是出门买酱油的。晚饭早做好了,一揭锅盖冒出浓浓的白气,露出一个个又软又大的薯面馍馍。蜜蜡差点喊出声来,兴奋得双手抱住了前胸。老婆婆让她洗了脸坐下,自己端了碗凉水走到灶前,伸手蘸一下水飞快抓出一个热馍。两人跟前放了一个小瓷碟,碟里倒了浅浅一点酱油。老婆婆教她撕下一块黑馍,沾上酱油填到嘴里,"尝尝这是多好的吃物吧,这在旧社会做梦也别想。"蜜蜡急急吞咽起来,噎得两眼泪花闪闪。老婆婆还以为她想起了悲伤的往事,就规劝:"吃饭就是吃饭哩,不能挂记难过的事儿。"

老婆婆和蜜蜡睡在同一个宽大的土炕上。炕下烧了火,蜜蜡热得不停地翻动身子。老婆婆和她长一句短一句拉呱儿。原来老人只有一个独生子,三十多岁了还没有娶亲,这会儿正在远处的大山里出伕。"那里活儿苦哩,孩儿哪回来家都两手血泡,"老人说着又问蜜蜡:"你该不是寻自家男人吧?""不哩,那是俺哥,妈让我喊他回家收秋。""看你这孩儿大圆圆脸,眉眼儿俊煞了。"老人说着竟起身点灯看她,蜜蜡羞得用胳膊挡脸。老人放了灯坐在那儿:"人人都打年轻时候过来呀,那些事儿就在眼前哩。"说着说着竟擦起了眼泪。夜深了,月亮透过窗户照着炕上的素花被子。小村的夜晚真静啊,静得听见小猫从窗前溜过。蜜蜡不知怎么就睡过去,后来是被一阵猛烈的狗吠惊醒的。她听到一声叫骂,然后又是一阵咚咚奔跑。老人披上衣服凑到窗前说:"夜夜乱腾啊,鸡飞狗跳的。"

刘蜜蜡第二天要赶路了,老婆婆执意挽留:"好孩儿再住一宿吧,今夜有说大鼓书的呢。"蜜蜡知道是盲人宣传队巡回演出,以前在上村也看过。她对那些夜间敲响的鼓和钹、对他们的叙说和歌唱总是十二分入迷。天黑前她随老婆婆去田里做活,两人蹲在花生棵间有说有笑,邻居见了就逗一句:"新娶来的儿媳妇呀?"老婆婆抿着嘴看蜜蜡。夜晚她们锁了门,扛着小板凳往场院上走去。那儿早有稀稀落落的人坐了,许多人趁着一丝光色往这边看。蜜蜡一声不吭贴紧老婆婆坐着,直挨到天更黑了、人坐满了场院。老婆婆说:"一有说大鼓书的进村,十里二十里外的年轻人也围过来,他们的鼻子可真尖。"有人吆吆喝喝用麦又挑来了一盏汽灯，然后就是一溜五个盲人出场了，他们都怀抱三弦和竹板、铜铃和小锣。蜜蜡等乱哄哄的人群静下来才发现其中那个女的正是在菜园遇到的人。只有今夜她才看清这人多么秀气：细眉长眼，小嘴儿有些翘，鼻中沟又深又长。"咱今夜不把别的唱，只唱哎，火红的宝书放光芒。"女的领一句，四男人鼓钹齐鸣，紧声儿接上："是哩呀，火红的宝书放光芒。"三弦弹得细碎曲折，那人的手像中了魔法一样在弦上飞快挪动。蜜蜡眼睛一眨不眨，心中充满了羡慕。她又想起了那架手风琴奏响的日子。已经许久没唱忆苦歌了，那时自己一开口泪水双流，引得满场都哭。那样的日月啊，何时再来。

十三

天要下雨了，黑云越压越低。蜜蜡急着赶路，想在大雨浇下之前找地方躲雨。大个的雨点打在脑门上了，她只好钻进沟畔上堆起的玉米秸丛。风追在身后，疾雨几乎随着她钻入秸丛的一瞬落了下来。这是上一年积存的焦干的玉米秸，有一股干草味儿。她从秸秆空隙看着外面的疾雨：干土被雨鞭抽打得直冒白烟，一会儿就泛起了白沫。她又想起了在下村经历的那七天大雨，那场可怖的折磨：一只短爪兽日夜不停地啃食了七天七夜，内脏都给掏空了。"妈耶，孩儿这辈子算给害惨了，孩儿被挖空的部分如今只有一个人才能修补得好。"她呻吟着，终于明白自己为什么要没白没黑心急火燎去找老师。趁着还有一丝光亮，她从包里取出黑乎乎的薯馍。多好的老婆婆啊,临行前的一夜为她盖被子,那目光慈祥得胜过母亲。老婆婆伸手到被窝里摸了摸她的后背和胳膊,说:"多么瓷实的娃儿。"说过了又叹气:"你要见过我儿就好了,那是个美貌儿郎!"蜜蜡的脸热辣辣的。老婆婆眼望着夜色:"北村里有一户人家生了一对男女,就因为是孬人后人,好生生的男娃娶不上亲。另一家有个憨丑男娃,提出换亲:这边女娃去做媳妇,那边就把女儿嫁过来。可那边的闺女比这边男娃差多了,是个歪瓜裂枣,斜眼。就为了哥哥能娶来斜眼闺女,做妹妹的就抱着包袱去了。想不到那一家是没良心的东西,等到生米做成熟饭那一天,再也不提闺女出嫁的事儿了,还说:'谁家孩儿也不能眼睁睁往火坑里跳呀'。这边男娃思前想后没有活的心思,说一句'闯关东去',就跳了崖。"天亮了,蜜蜡收拾上路的书包时,老婆婆突然攥住她的手:"好孩儿,找了哥再回转吧。"蜜蜡不知该点头还是摇头,因为她心里明白不会回转的,只是可怜好心的婆婆。

大雨下了一夜。蜜蜡在秸丛里睡着了,梦中出现了短爪兽。睡睡醒醒直到天亮,雨停后一步跨出秸丛却吃了一惊:一个中年男子站在跟前。她"呀"了一声,不知该不该跑开。男人长了两撇黄胡须,生了禽类那样的圆眼,一双糙脚从帆布鞋口露出。"我在另一丛秸子里睡哩,早晨起来听到这边有人喘粗气儿。"蜜蜡往前走去,男人背着一个布褡子追上来:"我也是赶路遭雨闯进垛子的。你去哪儿?"蜜蜡不喜欢黄胡须,冷冷说:"赶路哩。"她跨上泥泞的土路,男人还是跟着。她想起什么,问:"你听说过'鹌鹑泊'这个地方吗?"男人仰脸想了想,猛一拍脑瓜:"噢噢,我知道这地方哩,那村子盖在了大河套上,一片榆树黑苍苍的。""离这儿远不？""说远也不远，三四十里吧，正好我要路经那里。"蜜蜡脸涨得发疼，惊喜得什么都忘了，身子一歪差点倒在黄须男人怀里。男人马上退开两步："啊哟哟大闺女家可别、别这样哩，咱有话说话没话赶紧上路。"蜜蜡兴奋得眼里迸出水花儿，再看这个黄须男人也不觉得难看了。"俺是去那里找自家哥的，你哩？""我嘛，给公家出差，整天在外边瞎转悠。""噢哟，公家人儿。""你哥做甚？""当老师的，教书。""咱们认识了也算个缘分。我叫'兴儿'，你哩？""我叫'冷儿'。"蜜蜡随口诌了一个。男子搓搓手："真好呀。""什么真好？""你真好。"

他们一路上交谈不多，因为蜜蜡总是想着那个即将见面的村庄，高兴得什么也说不出。从天一大早就赶路，中午胡乱吃了口东西又赶，天黑了还是没见那个村子。"这就是你说的'三四十里'？"蜜蜡盯着兴儿。兴儿拍腿："唉，你以为咱说的是一般的'里'？不哩，咱公家人说的都是'公里'，也就是平常讲的六七十里、八九十里。"蜜蜡哭笑不得。天真的黑了，路过一个村庄时蜜蜡要进去寻地方过夜，想了想又作罢。两人继续往前。星星一颗颗出现了，远处传来狗吠。"今夜到哪里过夜啊？"蜜蜡为难时，兴儿咂咂嘴四下端量："冷儿，要我说嘛，咱还不如像昨夜那样。"后来他们找到了几个离村庄不远的麦草垛。兴儿高兴无比："多么好啊，这软和和的麦草比昨晚强不？"蜜蜡不再吱声。兴儿弯腰在垛子上掏起来，一会儿掏出一个大洞，指指说："进去吧。"蜜蜡摇头："咱俩躺在一个洞子里，我哥知道了还不揍死我呀。""你把我当成了什么人。也罢。"他掏自己的洞子去了。蜜蜡想了想，还是踮着脚转到一个小垛子那儿，掏了个很小的洞子藏进去。啊，又软又香的新麦草啊，它们被夏天的石砘碾得如此温柔。她蜷下身子，头枕书包，盘算这是出门的第几个夜晚。她想了一会儿唱歌的盲女人、老婆婆和她的故事，最后只想雷丁了。她搂着一团麦草睡过去。要不是后来一阵脚步声惊醒了她，这该是多好的一场酣睡啊。那脚步由远到近，又由近到远。"这肯定是兴儿。"她不知他夜深人静要干什么，反正不想理他。她把呼吸放得轻而又轻。

蜜蜡有多么困哪，她听了一会儿也就睡去了。再次睁眼是被掏麦草的声音吓醒的，洞子被一只手扯开了一个小豁口，月光马上泻进来。她使劲往里缩了一下。"冷儿，是你吗？你在里头吧？"是兴儿的声音。还没等答话，洞口呼啦一下被扒开了，兴儿弓腰拱进来。她一个扑棱坐起："你来干什么？""睡不着哩，想说说话。哈，你还藏了哩。""你给我走。你不走我走。"蜜蜡抱起书包就往外挣，兴儿伸长两臂拦住："你这是咋？这是咋？咱不过是说几句话。""那你快说。"兴儿僵了一会儿，哭丧着脸："俺辛辛苦苦陪你找哥，连句好话也没有，还像防贼一样防着俺。俺越想越窝囊，干脆自己赶夜路得了。"说着真的站起来。蜜蜡马上乞求一声："你还要领我寻鹌鹑泊哩。别生气了，啊。"兴儿慢慢转身，垂头坐下。月光勾勒出一对尖尖的肩膀。他费力昂头，看着她，伸手理了一下自己的脖子。"大肥闺女，我第一眼差点给你吓死。今夜真是好啊。"他一开口就不停地抽动喉结，两手打抖。她正看着那双抖抖的手，它们却一下举起，死死地按了过来。蜜蜡屏住一口气把他掀翻，回身取了书包就走，想不到又被他扯倒。他那粗粗的喘息使人想到了一只狼，连湿淋淋的舌头也垂下来了。蜜蜡扭动身子想挣脱，谁知他毫不犹豫地抓起一团麦草盖在她的脸上,两手用力捂住、捂住。一种令人恐惧的窒息让蜜蜡头颅嗡嗡响,一个可怕的信号从眼前弹跳而过。她想呼喊一句,可是已经发不出声音了。待她挣扎的手渐渐无力时,那双拼命捂住麦草的手才撤掉一只,去解她的衣服。当月光照亮那对惊心动魄的乳房时,他把自己的舌头咬疼了。正这时突然一声嘶叫,仰躺在地的人一伸手抠住了他脸上的某个部分。他哇哇叫着滚到一旁,脸伏在麦草上。蜜蜡往外逃时踩中了他的手,让他顺劲儿抓住了脚腕。他喊着:"哎呀疼死我了,哎呀我的妈呀你往死里抓我。我今夜不整死你就不叫兴儿。"他们扭在一起。兴儿不知什么时候把下身脱光了,她看见了瘦瘦的灰屁股。她手撕牙咬,吐他,扭住他又脏又臭的头发耷拉,让他薄薄的身子甩动着。连她自己都惊异这两手的力气了,并且对眼前这个男人有了十二分的不解:如此羸弱却又如此大胆,靠了什么?就靠恶毒凶狠吗?他刚才想用麦草把我活活闷死啊。这样一想恨得牙疼,就不管不顾踢起了他的肚子,让他一边滚动一边呻吟。

夜风真凉。蜜蜡绕着麦垛空隙跑开,直跑上一条笔直的砂土路。天已到了下半夜两三点的样子,老天,整整撕打了一个钟头。除了衣衫扯破了一点,头发揪疼了,身上有轻微的抓伤,再无大的创痕。这场突如其来的遭遇让蜜蜡有一种说不出的顺畅。"我不怕,我什么都不怕哩。"她大仰着脸说出一句。平原上的大好夜晚啊,这会儿望一眼多么透彻。月光铺得又匀又细,沟渠田垄,草叶,长长的路和高高的树,都被午夜的安静弄得不知所措。没有任何东西发出声响,泥土在沉睡,它那小而又小的鼾声都可以听得见。这样的夜晚连小蚂蚱都不愿蹦跳。她看到清一色墨蓝的天空里星星在相互注视，月亮伸出又软又长的手臂去拦住它们。星星是月亮的孩子，就好比母鸡和小鸡，不同的是月亮孵出的更多。又看到流星了，它是老天爷扬出的一把种子。多好的夜晚啊，只有我一个人呢，这该是赶路的时刻，以前怎么就没有想过白天睡觉晚上赶路呢？白沙路是天底下最好的路了，可是它会把我引向何方？她突然想到那个脏东西嘴里没有一句话可信，前面哪有什么"鹌鹑泊"啊。这一想蜜蜡又忧愁起来，不知下一步该踏向哪里了。她把身子贴在杨树上，让心事压得抬不起头。刚刚摆脱了一个拦路鬼，一转眼又走不动了。如果那个雷丁远在天边，那么我这一辈子都得不停地赶路了。

"大叔大婶，打听个事儿，您听说有个村子叫'鹌鹑泊'吗？""咱没听说。""您见过一个衣兜上插了水笔、个子不高长了金色眼睫毛的人吗？""嘀咦，咱也没见。"蜜蜡一路问下去，口干了找地方喝水，肚饿了讨一块窝窝。走在没人的庄稼地里就方便多了，什么花生地瓜胡萝卜，这些新鲜吃物让她开怀大嚼，而且从来不患肚疼。她记起妈妈小时候的夸奖："咱这泼嘴孩儿真好养活，长肉儿快哩。"她有一次见路边田垄里结了一串通红的辣椒，高兴得摘下一枚填进嘴巴，一嚼辣得直跳。这一天赶路抵得上两天，途经了好几个村庄，打听了无数的人。天黑时她进了河边的一个村子，见村里人急匆匆顾不得说话，都夹着一个小板凳往场院上走。她问："说大鼓书呀？"他们鼻子里吭一声，面色冷肃。她随着人流到了场院上。像所有的场院一样，几个草垛子矗在边上，中间光洁干净的平场坐满了人。老年人手持一根火绳一杆烟斗，相互瞥着，偶尔交换品尝。前面是一张白木桌，两盏油汽灯。蜜蜡问身边一个老婆婆："今夜要做什么？"刚开口就看见了掮枪的民兵，枪刺锈迹斑斑。她吓得一声不吭了。从黑影里拖上一个人，场上的口号声立刻响起来，领喊的是一个嗓门尖亮的老太婆。蜜蜡瞥了瞥，见她就站在前边，七十多岁，小脚，头上包了米色围巾。她每呼一声就要狠狠跺一下脚。拖上场的是一个老头，他脖子往后仰着，洞开的嘴巴露出了残缺的牙齿，光光的肋骨上有几道红伤，脸上是密而深的皱纹，刮光的头皮上有一块发亮的疤。"'老酒肴'，今个再不吐口恐怕熬不过去了吧？"有人吆喝。场上乱腾腾的，蜜蜡听不见前边说什么，只见有人弓着腰走到老头跟前点划着，喊："吊起来吊起来！"几个民兵找出一根绳子从老人腋下穿过，另一端搭到了杨树杈上。就在这一刻老人哭了。"别听他瞎抽嗒，煞绳子呀！""刹呀！刹呀！"场子里一喊，民兵的绳子就在树杈上"咻啦咻啦"拉起来。老人缩成了一球，像打秋千一样吊在了半空。

　　蜜蜡好不容易才悄悄钻着人空走出来。她离开的一刻只记住了刚刚升起的红色月亮，记住了场院边上有几条狗，它们注视着人声沸动之处，神色凝重，甚至来不及看她一眼。蜜蜡急急逃到了路上，心上一阵后怕。脚下的路坑坑洼洼，加上月亮云出云遮，说不定一脚陷下去就跌个筋斗。这就是荒村野路啊，它让那些胆小的人坐下泣哭。蜜蜡还没有吃东西，一赌气就往路旁黑乎乎的地垄走去，弯下身子摸摸看看，才知道自己进了一片棉花地。棉桃儿青生生的，如果是杏子就可以伏上去咬一口了。这一想流出了口水。记得村里一个小媳妇在场院上做活儿时，一有空儿就跑开找青杏，大婶们都说："有喜了有喜了。"蜜蜡在黑影里咕哝一句："我也想'有喜'呢。"她搂紧书："我这辈子就在野地里跑哩，一直跑到'有喜'。"

她想着那个不怕青杏的小媳妇：她有一层粉茸的脸庞，衣襟下还有闪闪烁烁的红色腰带。那是一种诱人的、未曾明了的神秘的幸福。直到今夜这个时节，她才觉得自己的一路追赶都与这一类幸福有关。走啊莫停歇啊，找一个不饿肚的地方啊。她怕踩坏了棉花棵，就一跳一跳往前赶，直跳到一条长满了紫穗槐的干渠岸上。顺着渠岸走了半晌，走进了一片玉米田。"又要啃生玉米了，"这样想着，却从徐徐南风中嗅到了一股瓜香。难以抵御的诱惑让她大步赶过去：真的，玉米后面真的是一片瓜地，当心有一个高高搭起的瓜铺呢。她蹲在了地边，却不敢向瓜秧伸手。瓜铺上有一明一暗的火点儿，她知道那是看瓜人在吸烟。怎么办呢？狗一吠，瓜铺上马上响起一声："下边是谁呀？"听声音是个老头，这使她大着声音应一句："我呀，赶路的人。"

蜜蜡想不到会有这样一个夜晚。当看瓜的老头与之一问一答弄清了缘由，就让她饱餐了一顿瓜儿，还拿来隔夜的干粮。老人说铺上有一壶香茶，让她咯吱咯吱踏着木梯上去。今生第一遭喝茶。多好的铺子啊，又高又爽，铺了麦秸编成的席子，四角有四个立柱，上面挂了茶壶和酒壶，还有玉米缨拧成的火绳。茶香逼人，庄稼孩儿第一遭喝。"哦哟大叔俺给撑得慌，有瓜有饼又有茶的，您这儿的好吃物比哪里都多。"老人手捋胡须笑答："那是虽然的了。"蜜蜡听到他把"虽然"和"当然"用混了，吃吃笑。老人天性快乐，躺在铺上东拉西扯讲故事，问："你看见铺上的火头儿不害怕呀？"蜜蜡摇头。他对上火头点了烟，"这你呀就不对了。我年轻时候，就是像你这般大时也没白没黑赶路哩。有一天下蒙蒙雨，我走到了一个瓜铺跟前，看见一个火头儿就凑过去点烟。

点了两下没点着,就说:'给咱划个火儿吧',谁知黑影里那人瓮声瓮气说了句:'凑付着抽吧,划亮火儿你不怕吓着吗?'我说'咱怕甚'。黑影里说'那好',就哧楞一声划着了火柴,我的老天,咱吓得魂都没了。""怎么了?""怎么?火苗儿一亮黑影就掩不住那家伙的脸了,你猜怎么?原来那守在铺上的家伙是个鬼。"蜜蜡叫了一声,一声不响了。"要不说么,黑灯瞎火赶路,事事都得小心着点啊。"她还在吸凉气,老人又说:"我还经了一桩真事儿。有一年我在铺里看瓜,每到了半夜就有人隔着窗纸要烟吸,我那铺子有窗哩。一连要了十几回,我就知道不是吉祥事情。每一回我都把烟杆儿倒过来,从窗纸上把烟嘴儿捅到他嘴里,他饱吸一顿谢也不谢就走了。我害怕哩,有一天借来一杆火枪等他。半夜了,又是那家伙来了,在窗外嚷嚷说:'给口烟儿吸呀,咱烟瘾又上来了。'我说'那好啊,我的烟嘴儿捅出去了',说着就把火枪筒儿塞到窗纸外边。那家伙伸口一含说:'嚯咦,今夜好大的烟袋嘴儿。'我哩,随声就按了一下扳机。"蜜蜡大叫:"打中了?""那是虽然的了。"蜜蜡瞪圆眼睛看他。"你猜怎么?当时一道火线划过,我点上灯火出门去找,天哪,他老人家啊,原来打死了一个老兔子精哩,两颗门牙那么大个儿,"他伸手比画着。蜜蜡探头看了看,说一声:"吓。"

喝茶说故事,不知不觉半夜过了。蜜蜡不想睡,可还是睡着了。醒来时月光锃明,铺上空着。她下了铺子,狗对她摇着尾巴。她四处寻找,最后才在瓜园南边的水沟旁找到了老人:他铺了一块草荐仰躺着,好像并未合眼。"你得回铺上啊,着了凉怎么办?"她拉他,他还是躺着。她又拉了一会儿他才坐起来:"好孩儿,使不得啊。你不想想大黑天里一男一女睡在铺上,坏了名声啊。"蜜蜡执意拉他,"俺不怕坏了名声。""我不是说你,是我怕哩。"蜜蜡笑出了声。老人正色:"莫笑。跟你说吧,别看咱一辈子走南闯北打光棍,谁都说咱是规矩人。"蜜蜡再三劝说他才上了铺子。仰躺了许久,蜜蜡说:"怎么就是睡不着?""那是你喝了茶哩。""茶是这样怪的东西?""那是哩。有了茶,瓜贼想伸手就难了。""可你养了狗啊。""茶比狗还管事儿。"蜜蜡觉得有趣。后来她想起了一个要紧事情,赶紧问起了"鹌鹑泊"。老人手按肚子思量了一会儿,咬咬嘴唇说:"是有这么个地方。"蜜蜡呼一下爬起,吓了老人一跳。"真有?"老人抬起胳膊往西指了一下:"听说芦青河没?它的西面是界河,沿界河往北走上一天一宿,百八十里地下去,就看见河边那个村子了,一千多户的大村呢。"蜜蜡背过身躺下了。月光太亮,她害怕老人看见脸庞上淌下的泪水。

整整一个白天蜜蜡都在大步赶路。她不吃不喝往西,脸上热汗津津。"让咱这一回了个心愿吧,咱看到他就什么都不挂记了。日后咱要结伴儿寻这个瓜铺,好好报答老人呢。"她把见面情景在脑海里演练千遍:不顾一切扑上去,叫着"想死了",泪花一串串往外涌;他哩,读书读过了火儿的腼腆人,会让咱弄得不好意思。不过不管怎么说,第一夜就要相搂着睡哩,要实打实地好上。也许就在这个秋天,俺要和他手扯手去泊里溜达,喊着"有喜了有喜了"。蜜蜡每想到这里就有些踌躇:好人哪,你会嫌我泼辣性儿不像个羞答答女孩儿家。一点不差,咱就不是哩。畜生把咱给压制在十八层地狱了,能活着,能留下一口气就是万幸了。你千万不要厌弃,咱心里像一朵水莲花,一丝一瓣儿都沾了露水汽儿,咱要两手擎着交给你。

芦青河桥是褐色柳木做成，凉凉的河水浸着它，生出了绿色胡须。柳木太滑了，人走在上面颤悠悠的。蜜蜡想象雷丁就是踏着这桥去了河东。咱真是幸运啊，像一条迷路的白羊一样乱跑，一路嚼着秋天的果实，总算没有饿死。尽管咱跑得太远，可到底还是让心慈面软的老天爷牵到正路上了。芦青河是离上村最近的一条大河，它让人又怕又爱。听老人说旧社会河里有很多鬼，它们常在两岸出没；新社会不停地打鬼，鬼就不再出来。如果在旧社会，咱一个女孩儿家可不敢在天刚撒蒙儿的时候往河岸上跑啊，那样男鬼就会把咱拖到水底下成亲。想想看，人在水里没法儿喘气，再好的事儿也要办砸了呀。哦咦，咱蜜蜡要一个人过河了。她为自己壮着胆，一步一步踏上柳木桥。可惜水太旺，桥的另一头浸在了浅水里。她正为难，从一边过来一个长发女人，怀抱几块石头，一一放在水中让她踏了上岸。蜜蜡走到近前吃了一惊：抱石头的是个俄罗斯女人，瞧她的鼻子多高，眼睛多蓝啊。蜜蜡知道河两岸有不少俄国女人，她们都是上一代"跑反"过来的。蜜蜡谢过她就要离去，她却伸出手说："也不给大婶仨子儿俩子儿？"蜜蜡为难了，因为身上没有一分钱。后来蜜蜡只得从包里掏出两个香瓜送给她。对方拍拍打打："大胖孩儿，好好走吧。"

蜜蜡在半夜时分走近了鹁鸪泊。她盯着村庄的黑色轮廓，心跳不已。这个时刻进村没法找人，只得忍到天亮。一大早有个拾粪的老人走过来，蜜蜡就打听有没有姓雷的人家？老人说那可多了。"有叫雷丁的吗？"老人立刻瞪大了眼睛。"有吗？"老人转身就走。街头小巷站了一个和善的婆婆,她上前去问。老婆婆一声不吭,四下看看,悄声把她领到了一个矮小的泥屋跟前。黎明时分的寂静啊,她真听到了自己的心跳:扑嗵,扑嗵。敲门,敲敲停停。这是一扇雨水洗白了的门板,边边角角都朽了。里面有了走路声,她的呼吸停了。"谁呀?"随着一声询问,一个长脸小伙子开了门。"我,我找雷丁,请问这是他家?"小伙子东看西看,盯住她。他大概刚刚睡醒,揉揉眼:"他真的不在了。""他哪去了?我是他学生啊,走了一千多里路来寻老师。"小伙子一愣,马上闪开身子。蜜蜡跨进去,一进门就瞪大眼睛满屋看,室内空空;她又回头看小伙子:个子中等偏上,脸膛扁长,一头乌发有些蜷。她特别注意到了他的一双凹眼,立刻从眉宇间捕捉到了那种极为熟悉的东西。她问:"他是你什么人?""俺哥。""你叫什么?""俺叫三许。"蜜蜡的身子往前一冲,又赶紧挺住。"老天,你就是他弟啊。"

  蜜蜡做梦也想不到等待她的会是一个令人心碎的故事。三许弄明白她就是哥哥那个忠诚的学生,一腔话语就像河水一样奔流了。原来他们的父亲和母亲遣返回来第二年就相继去世了。雷丁是长子,在父亲去世前就做教师,如今只剩下三许在老家守着泥屋。兄弟俩都成了孬人的孩子,村里人说雷丁做教师不能长久。这话给说中了。有一天半夜三许被拍门声惊醒,一开门进来的是身背大包的雷丁。"原来哥出事了,他背上书呀手风琴呀连夜逃回家了。哥说家里也不能久呆。他困极了累极了,可只待了一小会儿又得躲出村子。我给哥准备了吃的东西,又藏了手风琴和书。第二天下午真的来了一些背枪的民兵,他们凶得像恶狼,问不出什么就到处翻。书放在炕洞里没有找到,手风琴藏在粮囤里就给提出来了。他们把我绑起来打，打一下问一句：人藏哪了？说哥犯下的是砍头之罪。我咬住牙，说什么也不能让他们逮了哥砍头。后来我给抽得背上冒血了，装着再也忍不住，说我招我招。我说哥要去关东，估计这会儿也到了龙口港，他要从那里乘船去旅顺口。他们见说得合情合理，就急火火去龙口码头那儿截人了。""后来呢后来呢？""后来当然是白跑一趟。我估摸那些人还会返回，不敢让外面的哥回家，趁着天黑送去吃的。谁知这样过了十多天，有一天夜里十一点了，全村的狗都咬起来，满街人咚咚跑。我担心害怕一夜没睡。天亮了，一伙人进来，把一套衣服和鞋子往我跟前啪啦一扔。我认出那是哥的，搂住了就哭。原来早有一伙人埋伏在村头上，他们发现了哥，先是追着打枪，后来又说要逮活的。哥给堵在了界河边上，他三两下脱了衣服就跳河。那是大冷天啊，哥游到河心就沉下去了。那伙人两天两夜在下游找哥的尸首，没找见，说是冲进大海里去了。"三许说得满脸泪花，一头伏在了炕上。蜜蜡张大嘴巴合不拢，眼前一黑就倒在了三许身边。"蜜蜡，蜜蜡！"一声声呼叫由远到近，一只手在掐她的人中。她醒来了，脸色煞白，嘴角上沾了什么。只是安静了一瞬，她又恸哭起来，哭过之后第一句话就是："把你哥的书拿来。"三许到屋角去了，一会儿提来一个土布包袱，里面是三本宝书、五本旧书。她把它们一下搂进了怀里。

　　月亮出来后，两人悄声出了屋子，一直走到河边。界河在月色下凝住了一般，水漫到了芦苇梢头，无声无息。多宽的一条河，对岸消失在一片朦胧之中，与无边大野连成一体。"就是这里，"三许说。她紧盯河水，又低头看白色沙岸。"听人说他跳河以后，追赶的人喊了一会儿，一块儿朝河里放枪。""他们肯定打中了。"三许摇头:"水也太冷了。"两人从河边又去了一片南瓜地,沙土上结满了南瓜。地中央有一个坟头,三许说里面埋了雷丁的鞋子和衣服。蜜蜡跪下来。她哭得倒在了坟前,三许一遍遍拉她。她说:"天哪,我再往哪里去啊?"三许陪她流泪。"三许,我来这儿是要一辈子跟上你哥啊,可他没有了。"回到小泥屋已是下半夜,三许为她取了一些南瓜饼。许久没有好好吃一顿饭了,这饼是人世间最甜的食物。三许点上煤油灯,蜜蜡翻开了书。一股浓烈的雷丁气味扑鼻而来。"'我们的八路军、新四军,都是革命的队伍。'"只读出一句,泪水又流下来。

"我往哪里去啊?"蜜蜡泪眼汪汪盯着窗外。三许白天出门做活,从外面挂了一把大锁,这样就没人疑心屋里有人。小屋里有一点花生和红薯,更多的是南瓜。她试着做南瓜饼,等他。她总是重复一句:"我要走了,"可两腿就是迈不出这扇门。她在悲痛欲绝之中好像要等一个事情。等那个人的魂灵吗?大白天屋里只有她,还有两只刺猬。她不明白三许为什么要养它们?他告诉以前养过一条狗,被村头儿和民兵打死吃了肉;他养过一头猪,刚长到半大也给打死了。养羊、兔子,结局都是一样。三许说着哭了:"有一年邻居给我介绍了一个姑娘,俺俩都中意。这事被治保会知道了,他们喊去姑娘呵斥一顿,又训我:'你这样的还想撒籽儿?死了这条心吧。'"他说着突然脸红了,低下头。"现在姑娘呢?""早嫁外村了。"蜜蜡问起了雷丁小时候的事,三许说:"俺哥打小摔坏了身子,可他样样要强呢。同一座楼里有个雪白的小女孩儿,他俩好得不分对儿。"蜜蜡咬着嘴唇:"后来呢?""后来哥去找她,没找见。""再后来呢?""不知道了。"蜜蜡按着咚咚心跳蹲下来,看那两只刺猬。三许说:"这只瘦的是个泼性儿,叫'二混',捏住蹄爪还不忘吃食;那只害羞哩,叫'霞霞'。"两只刺猬一一转过头来,他一挥手,它们又回到了屋角。她说:"我要走了。""嗯。""我想快些赶路。"三许低头:"等我做些饼让你带上。"他把所有的面粉和油盐都拿到锅台上,又把南瓜一个个切开。她帮他做,一直做到午夜两点。油滋滋的铁锅散发出刺鼻的香味儿。蜜蜡把刚刚做好的饼掰开来,让他吃软软的瓤儿。他推让着。"就像你哥一样,心里全是别人。"她往布包里装饼,装一半留一半。后来她停住了。伸手摸摸炕席热乎乎的,她躺在了炕上。真想梦见雷丁。"我的好人啊,这一辈子想你都不够用哩。可俺不知道你和那个小白孩儿是怎么回事儿。"

　　不知睡了多久,蜜蜡被惊醒了。尽管三许小心翼翼为她盖被子,她还是睁开了那双睡眼蒙眬的大眼,一眨不眨盯住他。一会儿,她开始伸手抚弄他的头发、眼睫毛,叫着:"雷丁,雷丁。"她欠身抱住了他亲吻。"我,我是三许啊。""可怜的人。我明天就上路了,那时再也见不到自家人了。"三许挣脱了,满脸通红。她的目光一直像火一样。他垂下头,默无声息抱住她。"好人,你今夜就让我'有喜'吧。"她的喘息把对方的脸都给弄湿了。三许好像从来没有这么绝望和悲伤,哭着为她解去衣衫。当火红色的肌肤突然袒露出来时,三许大惊失色。她用力扳过他的脑廓,一种甘味很快让他不能自已。"妈啊,我还什么都不懂哩。"她止息他的呼叫、他的泪水,攥住那双乱抖的手,"你不厌弃我吗?""嗯哪。""快些让我'有喜'吧,就在天亮以前。""嗯哪嗯哪。"蜜蜡在他黝黑闪亮的身体上挪动十指,好像在丈量第一个男人。

十四

告别了难以承受的悲恸和欢乐,刘蜜蜡最终踏上了界河堤岸。她在雷丁跳河之地徘徊不已,像在做一个艰难的决定:是不是要随他而去。她往南走下去了。背上有沉甸甸的南瓜饼,还有新添的几本书。她有一刻真的要返身回头,跨入那个泥屋不再离开。本来讲好在那个情浓似酒的大炕上只待一夜,后来竟待了三夜。上路前三许发出了声声乞求。她说:"我不,我听见有个声音在喊我快走呢。"蜜蜡在这样的夜晚,在无法承受的欢乐中突然想到了妈妈。"妈妈啊,孩儿今夜才明白你为什么要沿着东溪跑开,女人的心一撒开,就再也收不回来了。"她在河堤上为刚刚分手的好小伙儿唱了一首又一首歌,什么"千斤的铁锤当针拿哎"、"三天不读那个没法儿活",还有一些凄婉的忆苦歌。月亮最亮的时刻她停下了步子,背倚一株野椿树吃了一块南瓜饼,又掏出宝书抚摸了一会儿。"亲爱的老师,那会儿我如果把自己给了你,也就没有后来这些麻烦了。如今三许是代表了你的。我还知道了'小白孩'的事儿。"重新上路时月亮又隐入云中,脚下黑黑的几次绊倒,真担心会一个趔趄跌进河里。她一想到打枪的情景,那个致命的时刻,心上就一阵揪疼。想不出老师那一刻会有多么痛。"天哩,这是真的吗?"她在深更半夜的野外仰天大哭起来,哭声与河水的呜咽混在一起。

白天，河两岸的红薯都掘出来了，它们成堆成簇晒着太阳。大个儿南瓜熟了一茬又一茬，新嫩的小瓜还在生出。最甜最香的大瓜要在秧上迎接银霜，它们的红脑壳在蔫蔫的藤叶间总是格外招眼。这个时节河边村子家家都做南瓜饼，人一走进街巷就被香糯糯的气味裹住了。人说吃多了这样的饼身子就会长得圆鼓鼓的，从屁股到大腿胳膊，再到乳房。河边姑娘小伙子在正午的庄稼地里干活，被太阳晒得舒心大叫。他们相互夸着，小伙子说："瞧大腿像水桶似的，妈耶吓人"、"哎呀胖成了犊子哩，保险你一冬不瘦。"姑娘红着脸说："你才是犊子哩，没遮没拦胡咧咧。""那边过来的更胖哩，哎呀我看清了，多大的婆娘哎。"刘蜜蜡听到议论，就索性走到了地中央。年轻人见了赶路的主动搭话，还掏出兜里的花生和杏子给她吃。"我来帮你们做活吧。""做吧做吧，头儿不在怎么都行。"蜜蜡挨近的是两个小媳妇，就问她们："快有孩儿了吧？"一个摇头说："没呢。不歇气吃酸杏儿的时候才是哩。"另一个接上："也有的到时候撒了泼吃辣椒，一口一个大红辣椒眼都不眨。"她们喷喷着，都说这是早晚的事儿："那些不懂事的男人哪，像小孩儿一样怪能闹腾，早晚有一天嘭嚓一声，让咱怀上了。"几个人哈哈大笑。小媳妇说："男人们真有办法，能让咱爱吃酸和辣什么的。"另一个说："那得看是谁了。如果是俗话说的'盐碱薄地'，就生不出根苗了。"最后一句让蜜蜡瞪大了眼睛，长时间不再吱声。有人问她："大妹妹咱多句话儿：你有了婆家还是没有？""没有。""哟哟，快许下个吧，大奶儿暄蓬蓬的，日子久了也不是个法儿呀。"蜜蜡脸红了，瞧这个小媳妇嘴头泼辣。她答一句："俺是出门找哥的，找了哥再找婆家。""那找咱村行不？听我说，只要不是孬人孩儿，跟了谁都保你一辈子吃馍吃饼哩。"蜜蜡冷冷问一句："孬人孩儿又怎么？缺鼻子少眼吗？"两个小媳妇一连声"哎哟"：瞧你说哩，大闺女好模生生尽说胡话哩。"俺不管孬人怎么，只要他们模样好、心眼正，俺就情愿跟上。"她们四目相对，再不言语。停了一会儿有人叹息："说起来真不假，咱村双子长得多俊气，三十好几了也没个媳妇。""他呀，听说馋得满炕打滚哩。""你看见了？""听说嘛。""什么听说，一口一个'双子'，你小心些罢！"蜜蜡于是记住了一个名字。

她等着肚里消息，等一双小手抓挠。"我没白没黑追呀赶呀，要出门怀个孩儿。我火了要生一打好孩儿，扯上他们的小手走山岭过平原。一溜小嘴儿一齐喊'妈耶妈耶'，一齐念宝书，多恣哩。等没有畜生当道恶人霸村时，咱就领上孩儿回家呀，让他们喊姥爷姥娘啊。"她相信那是喜泪双流的日子，是赶上秋天南瓜满地乱滚的时候。"妈耶，可怜至今肚里没消息哩，"她懊丧了。沿着河堤游荡，脚上生茧鞋子绽帮，饥一顿饱一顿风吹日晒，走到哪里才算一站啊。我真想看遍孬人的孩儿，亲眼看看他们怎么过日子。这些英俊的孩儿个个身披无形大枷。蜜蜡回想最多的就是地瓜田里那两个小媳妇的话，想着"双子"这个名字。这样一边想一边走，绕了一圈又回到了原地。她从来没有这么好奇，想亲眼看一看双子。

这儿的街道长满了梧桐树，也许真会招来凤凰哩。秋天的凤凰鸟儿肥大哩，落到树枝上沉甸甸像石头，咔嚓一声把树杈压折了。满街的狗儿有心无心咬了几声，很快向蜜蜡摇起了尾巴。她与猫儿狗儿天生就亲，双方互不厌弃。有一个夜晚她甚至和一条出村的大狗相挨着睡在了草垛里，半夜它身上热力大发，伸着懒腰，前爪像嘴馋的孩儿那样死死按住她的双乳。街道上又是迷人的饼香，这对饥饿的人来说可不是好忍的。她设法弄清了双子的住处，没怎么犹豫就去敲门。开门的是一位白发婆婆，当她看清门前站了个姑娘时，提在胸前的手立刻放下了。"大婶俺是过路的，想进门讨点水喝。"婆婆让她进来了。草屋里的小油灯闪闪跳跳。端过来的是一块薯面窝窝，一碗汤。蜜蜡吃过后倚在门板上，眼睛很快眯上了。"你这孩儿累了吧，要去哪儿？"蜜蜡眯着眼答："俺找哥走迷了路。"婆婆叹气："不瞒你说，俺这样人家留生人过夜要报治保会哩，不敢留你宿下。""莫怕哩，咱宿下一夜天不亮就走谁也不知。"婆婆为难，蜜蜡又眯上了眼。老人只好让她歇一会儿。"好心的大婶莫嫌弃一个赶路人啊。""不嫌，睡吧睡吧。"蜜蜡真是累极了，头一沾上炕头就睡着了。醒来时天已大亮，一睁眼就嗅到了浓浓的香气。她去中间屋时马上愣住了：一张小木桌前坐了一个浓眉大眼的高个青年，正吃饼呢。婆婆说："这是我家双子，他出早工回来了。"双子点点头。她心里说："果然是个俊气后生啊。"双子吃过饭说一声"上工了"，就走了。蜜蜡与婆婆一起吃饭时忍不住了："你家双子真英俊啊。"婆婆瞥瞥她："俺孩儿都三十了，还是一个人哩。"

蜜蜡在这儿磨蹭了两天。"找婆家了吗？"第三天婆婆终于问了一句。"没哩。俺看不上的谁也不嫁。"婆婆拉住了她的手，"多好的大闺女啊，天底下哪儿找去。"蜜蜡伏在婆婆耳边说："我准备偷偷生个孩儿，自己过上一辈子。""老天，咱看不出你这闺女胆子怪大。"老人摸她的脸，摸了又摸,"瞧这皮儿水蜜桃似的,真是海边上长大的人哪,亲死个人了。"蜜蜡低下头:"你儿子心气太高,见了咱不愿搭理哩。"老人忙拍手:" 呀,这是哪里话。你才不知他哩,见了姑娘害羞,越是好姑娘越不敢搭话。""他看书吧?""看,天天看到下半夜。"蜜蜡赶忙从书包中掏出几本晃了一下。婆婆喜不自禁:"双子见了还不知高兴成什么。他一天到晚就看那几本,翻来覆去还是那几本。"这天双子一回来婆婆就手指蜜蜡:"快找大妹妹讨书去,满满一书包哩。"这会儿她亲眼见他眼中放光,两手在身上擦了又擦,一把接过了书包。门关上了,喊他吃饭也不应。婆婆说:"这可怎么好,门都不出了。"蜜蜡说:"让我喊他试试,"说着一下下拍门,"开呀,是我,咱跟你说话哩。"门打开了。这之后除了上工,大多数时间他们都在一块儿谈书。

　　日子一天天过去。蜜蜡对婆婆说:"大婶,俺不愿走了,依恋你家好吃物哩。"婆婆含笑不答,满脸慈祥。双子出工时家里只有她们俩,两人像母女一样融洽。蜜蜡讲海边的事情,讲崖上小学,讲着讲着就吐出一个秘密:自己的心上人跳河了,那些狠心人照准河里嘣嘣放枪。她泪水双流,老人也哭了。"我不想活了,我没路走了,"她伏在老人身上。老人摸她的头发,用力握一握,"多好的大水灵孩儿,长这大不易哩,好好过下啊。看你穿上大花衣裳多让人欢喜。你就在这里住一辈子吧。"蜜蜡从婆婆怀中脱开,擦擦眼睛:"可我还得赶路哩。""好孩儿去哪儿?""不知道,走哪儿算哪儿罢。""咱家里不是一站吗?""不是。这里离东海边还是太近了,我一开口就是登州腔儿,早晚得被人捉回去。"婆婆拍手:"苦命孩儿,跟双子一样。你走开他会不舍得哩。""俺日后回来看他。"婆婆啧啧两声,不再说什么。草屋后面有一个小园子,里面有草垛子,空地上还有韭菜和薄荷。婆婆采了薄荷为她做饼,她吃一口"咝啊咝啊"吸气。"多好的饼啊,瓢儿绿晶晶的。"她从未吃过这样的饼。婆婆说她是全村里最会做饼的人,年轻时候就因为会做地肤饼、南瓜饼、萝卜饼,才被大户雇下来。"大户人家先是吃饼,后来连人带饼一锅端了。万恶的旧社会啊,穷人家女孩儿模样好些就添了磨难,掉进老虎嘴里八九不离十。这不,当年生下了双子。""双子爹呢?"婆婆擦眼:"解放后一顿棍子打死算完。我是穷人根苗啊,可他们说我'不干不净'。我好不容易拉扯孩子长大。"蜜蜡哭了,哭着去亲老人的脸颊、头发。这天老人使出了全部做饼的手艺,还做了佐饼的汤,告诉她:这都是那个双子爹最愿吃的东西,"贪嘴,贪嘴,搭上了一条命。他原先是有婆娘的,没有后人,再娶;吃锅望盆啊。你想想那年月穷人吃了上顿没下顿,满村光棍多得车拉船装。穷人得了势还能饶他。"蜜蜡看着老人,从端庄的面庞上猜测当年神采:年轻时必是美人。婆婆接上说:"分了田地家产,还要分女人。光棍提着裤子没好声地嚎,'就日呀,就日呀',吓得俺几个女人抱着打抖。后来幸亏来了一个麻脸上级,他人丑心善,解救下大伙儿。听说有人想使上身子报答,人家挥挥手走了。好上级原是公事公办的。"

蜜蜡对双子说:"咱就只读这一晚了,送你一本,剩下的咱要装上赶路。"他低头不语。"天一明咱就走。你要没话,俺回大婶炕上歇了。"她一活动,双子一下拉住了她的胳膊。她看着他的手:"我看你这手还敢放哪儿。"这手颤了一会儿,突然把她整个儿扳住了。她倒在怀中,小声念一句："孬人孩儿个个英俊。"双子的嗓子噎住了，汗如雨下。她不得不从头亲他，为他解了一层又一层衣服。"我们劳动人民哪，战天斗地何所惧啊，"她不知为什么咕哝起书上的话，为他强健的肌体而震惊。她从他的脊沟上嗅出了一股泥土的香气。"群众是真正的英雄，而我们自己，则往往是幼稚可笑的。"他两眼盯住前方，也背了一句书上的话。她捧起他的脸颊："好青年哪，闲话少说罢，啊。"她光润的肌肤贴紧他时，他反而要挣脱，她问："你，你是怎么了啊？""咱害怕，咱从根没见过这些物件哩。""难道，然而，你不幸福吗？""幸福死了。不过也害怕哩。让我先待一会儿吧。"蜜蜡流泪，像哄小娃娃那样哄他，好不容易才让他转过身来。"你今夜好生爱我吧。我从老远的海边跑来，脚都磨起了茧子。"双子受惊的眼睛亮着，让她喜爱之极。"如果我不告诉你，你可能至今还不知道自己英俊吧。"她专注非常看他的周身，让其无法躲闪。这样直到下半夜，他才下了最大的决心去看她。他发现她的胳膊和腿，所有关节打弯处都有刚过百日的小孩儿那样的深痕，而且全身灿亮，香气满溢；她的睫毛翘起，两眼水汪，嘴唇像紫皮无花果的颜色，乳房好似地主老财家上供的点彩大馍。她的臀部、大腿，结实有力彤光闪闪，除非是足踏大地的儿女才长得出，也除非是一会儿忧愁一会儿欢笑的人才长得出。"睡吧，睡吧，莫等到大天亮啊。你是好样的就让我今夜怀上吧。"双子阵阵畏惧。蜜蜡手抚他说："咱是'一个阶级儿'。"双子拥住她："老天，我这辈子也没听过这么反动的话。"他在黎明前的惊惧与迷惑中要了她，不知疲倦。

黎明来临，窗纸上是红黄相间的曙色，双子说着"我要出早工了，"

却不忍离开。蜜蜡肌肤之色与朝霞混成一体，还有她安静甜蜜的笑容，都融入阳光。"昨夜我没有听见鸡叫，"她说。双子把她的头颅扳在自己膝上，伸理她长长的眉毛。他说："我觉得你顶多有二十一岁。"她不吭声。他又说："书上写了，这叫'圆房'。"他不得不出早工了。当南瓜饼的香气飘进屋里时，蜜蜡赶紧下了炕。婆婆不知怎样疼她才好，一声声叫着："大孩儿，饿了吧？"双子回来时脚上膝上全是露水，像小孩子一样跟在母亲后面。妈取一块热乎乎的饼塞到他手里，蜜蜡为他盛汤。"这个秋天的露水真盛啊，该是丰收的兆头，"婆婆说。又是三天过去了，蜜蜡一想到赶路就要流泪。"好孩儿留下过日子吧，没有比双子再疼你的了。""啊不，俺要赶路哩。""双子受不住哩。""可俺天生就是一个赶路的命啊。"这天半夜狗吠声急，接着敲门不停。婆婆披着衣服说来了来了，却小声叫开西间屋的门："别慌，这是民兵查夜，十天半月总有一次。孩儿先去后园躲一躲。"蜜蜡抱上书包出了后门，婆婆才把民兵放进来。民兵一溜三个挺着枪刺，东屋西屋瞅一圈，丢下一句："来了歹人要报告"，就出门去了。白天蜜蜡留下一本书，其余全装进了包里。后来她又掏出了一本。天一黑就要上路了，她手扯婆婆衣襟："我一辈子忘不了这个家，忘不了双子。"婆婆抱住她，"好孩儿这个家留不住你，你就走吧。等你累了困了再回。总有云开天晴的日子，到那天咱使八抬大轿把你迎进门。"蜜蜡点头又摇头："我配不上双子，我是个破罐子破摔一条道走到黑的人哪。"婆婆放开她，"可别这么说哎，好孩儿凡事往好处看，千万莫要灰心啊。""我不灰心。"蜜蜡说完这句哭了。

蜜蜡的背包里有了几种喷香的饼：萝卜饼、薄荷饼、南瓜饼。婆婆临行前还要为她做槐花饼，可惜夏天采下的槐花没了。走在堤上，掐掐手指算一算，出来一个多月了，行走的路线曲曲折折，往南往西又往北，竟然走反了。她现在急着要往南往西。"也许有那么一天，老獾和小油矬一伸腿死了，我就能重回登州了。那时俺妈又能搂住我'孩儿孩儿'叫唤了。"她这么一想就有了劲儿，一旁的汪汪河水也不那么馋人了。她多少次想一头扑进河里，让它带到一个谁也不知道的地方，去会那个长了金色睫毛的人：一双凹眼盛满慈悲，谁被它看了都受不住啊，都会心甘情愿以身相许。如果说咱是个轻浮的人那就错了，咱是走千山过万水都不变心的人，咱的心早就归了一个人。这个人哪，口口声声教咱成个"大写家"，他自己倒成了一个"革命先烈"。真的啊，他牺牲了，"让我们继承他们的遗志吧，踏着他们的血迹前进吧"。

她一直踏着河堤往前，饿了吃一口饼，困了钻进茅窝睡一觉。一个小河汊里有草虾和小鱼，她就设法编了草网捉了几尾。她手提乱撞乱蹦的鱼虾四下张望，看到了远处飘荡的炊烟。走过去，原来是几个娃娃在地头上偷偷烧豆棵吃。她吃他们的豆棵，他们吃她的鱼虾，分手时还讨来了他们的火柴。从此以后再也不缺荤腥了。云雀在空中叫个不停，她往前它也往前。她在堤下捉蚂蚱，还拣到了鸟蛋，然后一并烤了吃，嘴上常有两撇灰痕。中午太阳晒得脑门发烫，她坐在白杨树阴歇息，看一会儿宝书写一会儿，想到哪写到哪，忘记的字就画个圆圈。一路见闻都记下，从说大鼓书之夜记到如今，有时议论横生。她记得当年老师最赞许的就是这些议论：先设问一句"为什么哩？"然后就从头说来。别看平时闷声不响，肚里泛动的全是话语哩。她没忘骂兴儿，想起他被打得奄奄一息的模样，就议论："这是一个小型的色狼"。回忆三许和刚刚分手的双子，脸烫手抖了。"那是多好的青年啊，开始那会儿他们都不好意思。我也豁上去了。必须承认，咱尝到了爱情的甜蜜。"她手夹铅笔出神，因为风中吹来的稼禾香气让她想到了瓜铺上的夜晚。真想那个看瓜的老人哪，想他的故事。"看来鬼是有的，精灵也是有的。那个好老人唯一的缺点和不足，是打死了兔子精。"她幻想能否结交一个好的鬼魂和精灵，让他们帮忙铲除恶人？她要他们去对付那个凶残的伍爷、老獾父子，还要为她找回大河里的冤魂，让他起死回生。"雷丁啊雷丁，我想死你了。"

这天半夜她宿在堤下。睡前为自己铺了个舒服的草窝，仰躺着背了一会儿诗文，不知不觉就睡着了。后来模模糊糊听到有人说话，奇怪的是一点都不害怕。她听到一个对另一个说：咱不要吓着她呀，咱都不是人；另一个说：咱是真心实意帮她来着，有什么怕不怕的。她这才明白一个是鬼，一个是老兔子精。老兔子精白发白须，雄性却有几分女相，门牙巨大；那个鬼怕吓着她，一直背对着她。兔子精说：你的诚心感动了俺呀，咱这回铁了心要帮你了。鬼说：一点不错，天地间都喜欢义气人儿。闲话少说，咱们早去早回吧。两个鬼精牵上她的手，说路嘛，远也不远，不过是千千八百里的，一夜打个来回。她说老天这还不远呀？他们说你以为阴间路和阳间一样？那不是公里也不是华里，那是阴曹地府的记数法儿：一呼一吸为一里，一闭眼十里二十里下去了。他们一上了河堤就让她闭眼，说一声"着"，噌一下入了波涛。奇怪的是水路像丝绒一样滑腻，里面锃光瓦亮什么都有，猫儿狗儿小鸡小鸭，还有抱孩子的女人和打赤膊的男人。他们告诉这都是从阳间下来的，地上有什么地下有什么，一阴一阳正对着分毫不差。她赶紧问一句："地下也有书房吗？""傻哩，地下没书房你男人干啥？"她一颗心欢喜得扑扑乱跳，一心盼相见时刻。不一会儿就到了一个小山包下，山前出现一片茅舍。他们把她领到一间茅舍前说："快进去吧，圆了房早些出来，俺俩天亮以前还得把你领回。"他们伸手一推她就进去了。哎呀，这明摆着是一间书房，一些娃娃端坐了倾听。讲台上手拿教鞭比比画画的真是他：不瘦也不胖，金色睫毛鸡胸脯儿，大眼凹凹着下巴老长，走到天边咱都认得出。他瞥来一眼，照旧把一堂课讲下来。好不容易只剩下他俩了，这会儿可就了不得了，像换了个人似的，那股亲热劲儿书上都写不出。"我的男人哪，你让咱找得好苦，再不见面我就得死了。"他一年不见学会了亲嘴儿，一口接一口，长下巴硌得人生疼。他什么都顾不得，教室变新房，一划火柴点上两根镏金蜡烛，照得四下通红。她知道圆房的时刻到了，闭上眼说一句："亲人"。她带着过来人的娴熟和新娘必备的娇羞为他宽衣，再一次察看了他过于凸出的胸骨和浑身披挂的绒毛。他这副模样让人想起一种秋桃：毛茸茸熟得很晚，却无比甘甜。他的小腹平坦柔软可人，肚脐自然熨帖，脊沟的骨节像李子核一样又圆又硬。他试图在新娘的胸部那儿挨近一下，可惜鸡胸不可避免地硌疼了她。她凑近了寻找当年手风琴的磨伤，一下下用小拇指按着瘢痂。"这不碍事，它记下了那一段不凡的岁月。"他一句话了结过去，又召唤她面对眼前。啊，这可真是难为情啊，老师，我宁可先听听你那流水般的嗓子读书，然后再做别的。突然，只是一会儿的工夫，他急急挪动的手停止了。原来他搬动她的脚时被厚厚的老茧惊呆了；还有，他疑惑地盯视她身上几处抓挠的红印。对亲爱的人不能相瞒，她只得将一路奔跑和屈指可数的欢爱如实说出，"真的，也许是死一样绝望，也许是遗传的缘故，我像俺妈一样，喜好那事儿哩。你要厌弃我还来得及。"她话一出口就哽咽了。雷丁祈祷一样垂下头，许久许久才抬起来："你是我唯一的、永久的新娘。"

经过了泣哭的一夜和幸福的一夜，蜜蜡品味着奇异的梦境，简直再也不想启程了。她仰躺在高粱秸丛里。太阳升起，鸟儿喧叫，河堤上的雾气被驱散了。她想吃一块饼止息悲伤，填到嘴里却没有一丝滋味。她唯一能够记起的是梦中的雷丁原谅了一切，从此她可以在大地上问心无愧地来去了。她觉得身体沉得像石头，这让人真的怀疑有过一夜跋涉。可是衣服上没有一丝水汽，这又使她清醒过来。走啊走啊，人长了两条腿就为了赶路，一大早赖着不走可不行。前边还有新鲜光景哩，人这一辈子就得一站一站往前挪。她背上书包，咬着一块饼站起。也许是因为雷丁最后消失在这条河里吧，她竟然难以离开河堤。界河基本上是南北流向，它源于很远的大山，一路往北急着去见龙王。这条河以及河的两岸还不知有多少鬼怪呢：人死了变成鬼，畜类死了变成怪，它们缠着大河索要生命，一天到晚吵吵嚷嚷。所以每天黄昏河堤上出现的身影总是令人生疑，就连一条野猫从草丛中钻出也要吓人一跳。虽然说新旧社会两重天，人们还是不敢保证河岸的阴魂全都消散了。大家宁可相信它们蛰伏下来，一有机会还会出来转悠。一般来说它们是不害人的，只不过太寂寞了出来寻个开心。所有的鬼都具备不凡的经历，在它们眼里活人都像小孩一样幼稚。比较起来，鬼怪们最喜欢逗弄的是妇女和儿童。蜜蜡一口气走了几十里，河边上的两个村庄都被她甩在了身后。天快黑的时候正想歇息一会儿，突然发现离河汊不远处冒出了一缕白烟。她马上想到了捉鱼的孩子。走过去，看到是一个裸露后背的男人在点火。想转身已经来不及了，那个男人像背上长眼似的说一声："过来赶赶寒气吧。"壮着胆子走到跟前，见他在火上煮一小锅地瓜粥，上身被火烤得发红。这人有四十多岁，脸上全是灰尘，以至于看不清眉眼。"大妹子啊，天一黑得赶紧趴下点火，寒气重哩。"他盯着火苗，眼白很大。蜜蜡看出他胸脯上有一道道陈旧的疤痕。他身边有一个罐头盒改成的小水桶，一个脱瓷的搪瓷缸。乌黑的布卷倚在身后，上面别了一根棍子。她很快明白这是一个流浪汉。锅里的东西煮好了，汉子盛到缸里一些，让她喝上一口。她谢过，却随手掏出了一块饼。对方接过饼看了看，像是经过了反复推敲才下决心咬上一口，"唔哟，好甜的饼。"

　　蜜蜡在火旁烤了一会儿，生出了好奇心，但不敢多问。他吃过东西又从破布卷里摸出一个酒瓶，礼让一下，咕咚咚喝了几口，脸眼瞅着红了。他反反复复端量她，说："闺女，听口音你是登州人儿？"还没等到回答他就自报一句："咱也是哩。"蜜蜡愣了："可你没有一句登州腔儿。""啊嘿，这得在路上一个字一个字改。咱那块地场把'麦'念成了'墨'，你就得念它'卖'；把"黑"念成了'河'，咱就得说'嘿'。这么一改腔儿，他们就弄不清咱是哪里人了。"她笑了："咱改不动哩。"汉子沉下脸："那就完了。路上遇到盘查的一听口音全露了马脚，一绳子捆了回去。哦哟闺女，我是瞎操心哩。"蜜蜡暗暗吃惊。她发现他在使劲咬着嘴唇。她呼吸放得轻轻,把脸转开。他开始像自语一样小声说起来,看着天上的星斗:"我转眼出来一年了,想俺那口子呢。她就和你一般高,比你瘦哩,笑起来一模一样。可惜再见不到她了,咱和她成了两个世界的人。""那是怎么回事呀?"汉子吭吭两声躺下,翻动着身子,"有人欺负她,我就用一杆粪叉把那人叉死了。然后跑出来。有武装追赶呢,咱实在没了法儿一头扑进河里。从那会儿起就成了个鬼魂,一天到晚在两岸游荡。"蜜蜡不信:"别蒙人了。俺看你是瞎编哩。""你不信也没有法。""那你用什么证明你是个鬼呢?"汉子为难了,皱皱眉头:"你看啊",他飞快从火中捏出一个杏子大的火炭,在她面前一举,"看清了吧?"她尖声大叫,他把火炭放了。她捂着脸:"天啊,不怕火,这回是真的了。哎呀我完了。"她看他一眼拔腿就跑。他坐在原地:"我追你还不容易。我是为你好,想告诉你个事情。"蜜蜡这才发现书包丢在火旁,就一丝一丝挪过去。她把书包抱在怀里,僵在了那里。汉子说:"听着,我在河两岸转悠,没有打听不着的事儿。上个月在下游村子听说了一桩奇事,说是有户厉害的人家跑了老婆,满村武装都动员起来,正四处里找人哩。听说逃窜的婆娘大眉大眼大脸盘,胖乎乎水灵灵,一开口是登州腔儿。听明白了没?听明白了就快撒丫子吧。"

　　蜜蜡跑开很远还能听见身后传来的喘息声。那是火边的人在喘息啊,是阴间的呼吸。她被他讲出的事情吓蒙了,脚不沾地奔跑起来。不知跑了多久才停下,巨大的喘息立刻没了。她这才明白刚才是自己在喘。望前观后,星星像是迎头逼近,一团乌云撒网一样抛向头顶。一只很大的鸟儿,大概是猫头鹰吧,把附近的空气拍打出金属般的声音。她又累又怕瘫在地上不能动,在心里哀求了。她稍为平静一下,认定刚才遇到的鬼是真的,那故事和警告也是真的。她相信这个活生生的游魂在帮她。是的,自己担心的事情原来早就发生了,伍定根和小油捻一伙正发了疯追她哩。想到这儿再不敢耽搁,爬起来还是往前跑去。有好几次她实在不想动了,歪在一棵树上就要睡去,又记起这不是打瞌睡的时候,这是没死没活赶路哩。天渐渐亮了,前边的一个村庄像从晨雾中一下跳出。村边有了担水的,他们相互打招呼的声音听来十分陌生。她在琢磨怎样与这些人搭话儿,怎样改变自己的口音。一个字一个字改,试着说一句,连自己都吓住了。"女娃儿起得好早,从哪搭来哉?""这搭那搭,哦唷千千八百里有了,门头沟十八里疃,这些地名儿听说啵?"反正怎么别扭怎么说。村里人一个劲儿摇头,说她的腔调儿像旧社会老教会里的洋人,"像那些大鼻子哉。"蜜蜡高兴了,因为她觉得一夜奔跑,实实在在来到了新地界,也就放松了许多。不过为了保险起见,她并未在这个村子停留,而是绕着村边继续往前。

一连两天疾走慢行,蜜蜡大致上没有离开河堤。有时她实在忍不住才进村讨点热食,打听一下地方。这儿的人没一个见过大海,这说明真是走远了。可是这儿也照例能遇见民兵,他们肩上的枪刺像海边见过的一样锈迹斑斑。有一次她在街头看一个大脑壳娃娃抽陀螺,一个捎枪的民兵盯住她问:"哪里人氏?"她一愣,随即大大方方答:"十八里疃。""来做甚?""要饭哪,俺那地场遭了水灾,地瓜田里大水漫腰深哩。"民兵上下打量一遍:"不管怎么还是跟我走一趟吧。"她心跳不已,嘴里却说:"走一趟就走一趟,你以为要饭还丢人啊。"民兵把她领到了一间屋，一会儿来了个耳朵上夹烟卷的老头儿。这人眨眼不停，问："要饭的哪会长这么大胖？"她马上回一句："胖是遗传，俺妈比俺还胖。""包里是什么？"她把几本书和一叠纸掏出，还有一块馍饼。"这不用看。我不识字。你带这些物件做甚？""俺是没毕业的学生哩，路上闲下来读读写写。"问话的男人点头："这么着，尽管村村都有组织，你一个女孩儿家一路还是小心才好。"他让民兵回家取了两块玉米饼给她，就放人了。她满心感激走出屋子，大口吃起了玉米饼。

接下来的路程阳光灿烂。蜜蜡看着大河两岸的房子，心想这里是不是书上说的"南方"？听人说南方人吃大米，就忍不住问一个人："你们平时吃大米吗？"那人烦着："大米是什么物件。"原来这儿不是南方。不过街道上一棵棵的老槐树、树下啄来啄去的母鸡，还是让人欢喜。也就是这一天，她出村没有半个时辰就遇上了一场大雨。野外没处躲避，只好弓起身子死命护住书包。大雨下了一个钟头，她给淋坏了，叫着"妈耶"，到处寻找暖和身子的地方。可是这儿离村子太远了，连个草垛都没有。她什么也不想，只想快些讨一碗热汤。可是来不及了，因为天一黑什么都看不见了，她深一脚浅一脚往前，不知怎么跌进了一条深沟。腥臭的水漫进嘴里，幸亏跌倒的一刻书包抛在了岸上。她爬出时浑身稀泥，东摸西摸找到了书包。踉踉跄跄往前，当她碰到了一堆乱草时，就再也走不动了。

醒来时满眼都是阳光。仔细看阳光是从窗棂上射入的。再看身上盖着被子，衣服是褐色的。"妈耶这是什么地方。"她一挣要坐起，身上沉得像坠了石块。旁边有人喘息，一回头见到一个四十多岁的黑脸男人。

"你是谁？这是什么地场？"男人两手抖索："我大清早去菜园，遇见你昏睡不省哩，摸摸脑壳火烫，满身脏物。俺琢磨救人要紧就背了家来。"蜜蜡四下望望，问一句："你家里人呢？"男人搓手："没了，我自己。咱叫蔑儿。"蜜蜡直眼盯着穿在自己身上的深色粗衣，脸烧了起来。她真不敢想那会儿就由这个男人为她脱衣穿衣。蔑儿说："没有办法，奇脏哩，不脱不中。"说着转身取来了洗净晾干的衣服："还你哩，几件花袄儿都在。"蜜蜡把自己的衣服抱在怀里，待他走开才换衣服。一会儿蔑儿端来了蛋花汤，那逼人的香气啊。她烫得叫起来，一咂嘴品出了姜的辣味儿。刚刚蒸好的玉米饼也递过来。他看她吃饭，高兴得连连搓手，"这下子好哩，好哩，尽吃。"她听了赶忙掰一块玉米饼给他，他就塞到了嘴里。她一口气吃完喝光，鼻尖上生出一簇汗粒。蔑儿走来走去，很为难的样子。后来他提着一把镢头说："误了出工不得了哩，我走了，我得把院门锁上。"她还没有反应过来人已经出门了。蜜蜡下了炕，试着挪动酸疼的两腿。三间草屋，中间照例是厨房，两边各一间带火炕的卧室。好在有一个宽敞的前院，院里是一些杂物，倚墙放了农具，横着扯起的铁丝上悬了咸萝卜条和白菜叶之类。煮熟的红薯条晾晒一片，她知道那是入冬以后做地瓜糖用的。她回到西间屋，这才发现自己枕过的枕头油滋滋的，"真脏气啊，光棍汉就是脏气。"她提起书包才知道自己要试着翻墙而去，踌躇了一会儿又想：人家救了咱哩，可不能一抬蹄子就走。

蔑儿收工回来天已黑透。他在升起的蒸汽里活动，让她觉得这是一个好人。晚饭喝了玉米面掺红薯叶儿咸饭，滋味儿真好。她瞧着灯影里的蒉儿,觉得这人的鼻子真大啊,长在脸盘上一定坠得难受。她笑了。对方有些惶惑。她板起脸说:"你这人做了好事,可不能再做坏事呀。"蒉儿一惊:"我做啥坏事咧?""你把我上大锁囚在家里。"蒉儿冤枉之极,哼哼着。"有理走遍天下,你说啊。"蒉儿带着哭腔:"哎呀实话说了吧,俺不敢让人知道收留了你,俺怕哩!""咦?"蜜蜡凑近了一步看他,又坐了。他嗫嚅:"天黑赶路不中,天一明你就走吧。俺也不问姊妹哪去哪来,也不求个什么。"蜜蜡笑了:"傻子,你还敢求个什么?依我看你已经是个坏人了。"蒉儿再次惊慌站起。蜜蜡带着十二分恼恨:"想想看,俺个大闺女家就让你脱巴脱巴看了一遍,真是光有说不到的没有做不到的,这事要让人知道了咱臊也臊死了。真是知人知面不知心啊,你一个大老爷们儿也真好意思。"蒉儿双手合起如同作揖一般:"好姊妹别这么数叨好不?你那会儿人事不省身上大脏哩。再说从头到尾褪下来,咱一看是放光大娃哩,赶紧吓得合了眼。咱光棍汉被你害个好苦,你还埋怨哩,咱被你害得夜夜睡不着。""怎么就睡不着?""不中。睡不着。想什么法儿也不中。"

这一夜蜜蜡也睡不着了。她在炕上翻动,听着东间屋里的叹息。后来她心一横爬起,披件衣服就过去了。蒉儿像见了野物一样缩到炕角。她说:"都睡不着,干脆拉个家长里短吧。""中。"蜜蜡笑吟吟问:"你娶不上媳妇,大概主要是因为丑吧?"蒉儿摇头:"丑是一方面,不过这不是主要'矛盾'。"蜜蜡笑了:"有人就喜欢你哩。""谁?""我呀。"蒉儿把头扭到一边:"胡扯个什么。别拿老实人取乐儿呀。"蜜蜡摸了摸他的头发,发现全都汗湿了。又摸他的胳膊、肋骨,捏一捏他的后背。

蔑儿一动不动,像凝住了一般。突然他在黑影里像牛一样发出"哞"的一声,下狠力把她抱住了。她依他:"蔑儿啊,你这人哪儿都好,就是嘴里的烟味儿太重了。你一天抽几支?""七八十来支。"

第五章　河马传

十五

小油矬身穿带"忠"字的新军服,腰上别了包红绸的小手枪,脚跟磕在一块儿挺身站立。伍爷盖了半截红缎子被,肚腹在呼吸中一耸一耸,宽大的鼻孔吭吭喷气,阔嘴每一次吐气都要咧龇一下。"真是个大河马呀,俺家蜜蜡说的不假。"油矬在心中嘀咕一句。伍爷左眼睑翻滚着,缓缓坐起。小油矬挺挺身子。"这就是你弄的新军服?""是哩。""中间那圆圈里是个什么物件?""'忠'哩。""妈的,你见过这号铁军?"小油矬出门后有些沮丧,直奔村头火烧铺,一口气喝了两碗豆腐脑。那些抽烟的人见他这副打扮都"嚯咦嚯咦"叫着:"看人家老孩儿这顿好吃,怕是不想过了。"小油矬抹抹嘴巴问几个老头:"老干货,想想混乱年头打仗的兵勇都穿什么?"他们抽出烟嘴儿对视着,其中一个说:"混乱年头多了,是前些年么?""更早些罢。"老人拍拍头:"我见当兵的把土布染成黄不拉叽的色儿,用槐树花儿搓成的。"油矬"嗯嗯"应着,走开了。几个人盯着他的背影议论:"八成要起战事。""看这兵服吧,身上穿得齐整,头上就该扎块黑布。"

小油矬令人采下槐花一斗,嘱獢嫚如法炮制,然后去了演兵场。他一路上愤懑恼恨，遇到什么都想踹上一脚。他踢了一块路边石，结果疼得啊啊大叫。出门前老獾盯住儿子说："该接回家口了。"他那会儿只顾演练勾连枪，并不作答。老獾两手抠紧水烟袋："只当是脚踏马蹬，转身狠刺咧。"小油矬决心让骑兵个个显露一番，到时候让伍爷的拇指翘起来。伍爷欢心是大事情，坏就坏在伍爷好像有大脾气闷在那儿发不出。这就糟啦。如果找个孬人交给他咔嚓了也好，可惜如今要办这事儿也麻烦了。早几年人有火气就能发出来，有多少发多少，如今不行了。他特别不能忘怀的是跟上伍爷去外村打援：伍爷使个眼色他们就知道要干什么，二十个好手都站在村口上等待。老獾行前一遍遍叮嘱儿子："记住贴近伍爷，莫让刀枪沾他的身。"父亲对伍爷的忠诚令他又困惑又钦佩，只一心照着去做。那些夜晚的汗腥味儿啊，把一团团苍蝇都引了过来。伍爷跟外村的首领接上头，然后就干起来。敌对那一拨从县城赶来打援。事儿不太顺遂，因为这边的人一开头就挨了土炮，可能是"二人抬"，呼隆一声把乡勇的耳朵削下一只。伍爷火起，挥着大刀砍将起来，直杀得他们连逃十里，借着夜雾回城了。"城里娃儿个个血孬，"这是伍爷的结论。小油矬离得近，看清了伍爷在举刀呐喊时眼都是红的，嘴角有只残牙压在唇上，宽鼻横着翕动。外村首领对伍爷奉承不迭："那些鸟人不要说过来交手了，单是凑近了看一眼伍爷的脸也要吓瘫。"伍爷哼一声，吃犒赏去了。一个大屋里备足了烟酒吃物，隔壁还有关起的孬人。伍爷吃足了饮食就要提审孬人，见了女孬人声如霹雳。她们求饶也没用，发怒也没用。黑影里不断传来伍爷的吆喝声："再哭我用麻绳缝了你的嘴。"事后伍爷说："历朝历代都是这样，失了江山，妻女就得被收作家奴。"

小油矬长大后，知道姓宗的一家除了忠于伍爷简直无事可做。人家是真刀真枪干出来的，坐了龙墩也非偶然。二先生读过不少书，总按书上出一些鬼点子，动不动就说："咱村也该有些制度了。"点子好出，操劳的还是宗家，什么给伍爷门前修岗楼子、训练兵丁、夜里编造口令之类，麻烦多着呢。那口令往往三天两日里就要更换一番："口令，""小刺狗子。""口令，""鱼鳃。"小油矬变着法儿折腾别人，让人惊异费解。所有拗口的词儿都不会得罪伍爷，因为伍爷从不需要记住它们，任何人在夜里听见又沉又笨的脚步声都知道是伍爷来了。有一次二先生故意不回口令，还拖拖拉拉学伍爷走路，被执勤的民兵一个耳光抽过去。二先生为这事冤气冲天，小油矬就说："那也是没法儿，'军令如山倒'这句话你总算听说过吧。"他知道二先生的胆子就靠阿谀才滋长起来，自吹自擂，说自己上晓天文下通地理，说伍爷啊本可以做省长的，就因为生性懒惰，才成了眼前这样。伍爷同意。二先生又说：这是了不得的命相哩，虽说没做省长，却使上了"缩地法"，把一村缩成一国，差不多也就是皇上了。"所以说嘛，咱村该有些制度了。"二先生多次提议为伍爷修一部传书。"'传书'是什么鸟物？""就是记下你一生大事，厚厚一本哉。""我日。"伍爷口中轻蔑，后来却真的说些往事关节。二先生说这些都得修进书里，最终刻成一部大书，用蜡绳儿订上，再拴上骨头别子。

小油矬最忘不了的是去伍爷家吃满汉大餐。旧社会开过烧锅铺的孬人二直杠来做主炊，民兵背枪押着他干活：剖鱼割肉，一刀一个宰鸡鸭。二直杠是全村最会做菜的人，传说能把泥团烧成喷香的丸子。二先生揪揪忙个不停的二直杠耳朵："好生调弄食水，伍爷吃顺了嘴就什么都有了。"主炊提着刀子点头哈腰。"怪矣，这些年也没饿瘪了你，瞧老孩儿后脖上的肉一团一团。"帮炊的老娘们儿串来串去，她们平时都是常来伍爷家的，这会儿像过节一样穿了水红缎子袄，还搽了香粉、戴了银镯子。这都是她们上一辈分得的"浮财"，是从孬人家挖出来的。早些年混乱，有人又趁机从什么地方倒腾出一些东西。老娘们儿年纪都在三四十岁上，有胖有瘦，撅着屁股在院里抱柴火、拿笸箩，二先生与她们混在一起，说："咱村有个节庆什么的还是离不了咱们。"小油矬真想揪住他揍一顿，手痒得直往裤子上磨。大锅里的水汽涌出来了，大胖猪头和羊腿被煮得软乎乎油滋滋，上面粘了桂皮花椒八角茴香什么的。二直杠这会儿两眼尖溜溜盯住各色吃物呀、调料呀，拿勺子挽袖子，支配得帮炊老娘们儿个个不闲。小油矬在院里瞧了一会儿又去屋里看伍爷：寿星躺在炕上，盖着半截缎子被。他蹑手蹑脚走出，去了西间屋。这儿的大炕上新铺了白苇席，上面是一张长条红木桌，桌上此刻已摆好了七八个冷盘、烟酒糖果之类。炕下是小一些的木桌，那是供次要客人坐的地方，还用来堆积吃食。二先生也探头来看，见了他就说："连长口福啊。"小油矬的厌恶难以发散，因为伍爷生日这天对方无形中成了总指挥，吆五喝六捏拿呢。正午了，寿星被搀入席，民兵挺着枪刺站在二门外了，一群老娘们儿推推搡搡红着脸进来出去。"这些骚臭玩意儿呀，生生把个喜宴弄腌臜了，"伍爷婆娘搓着泪眼咕哝哝，声音不大。二先生端着一个大泥碗，添上肉菜，满满的举起递给咕哝不停的女人说："哎，舀上一点卤儿，夹上青藤蒿、大肥鸡腿、大鱼头丸子，拿去清静地方吃罢。"伍爷老婆接过来退出门去,咕哝:"还是二先生待我好。"一大杯白酒满上了,二先生行个令,一桌人齐刷刷敬起伍爷。伍爷穿了带寿字的上衣,因为领口儿小了,脖子上的肉堆起一簇,仰脸喝酒时总要洒上几滴。"哦夷,鬼天气一天比一天热,绿头苍蝇闹得人心烦,"他砰一下放了酒杯。几个老娘们儿赶紧驱赶苍蝇,还把鱼肉儿剔在小碟里递给伍爷。"敬呀,敬咱村老掌柜呀。"二先生一边吆喝一边看着小油矬。小油矬率先敬一杯,带头饮下。他知道有人抓住这个机会以文傲武,真是不知死的鬼。伍爷喝得高兴,嚷着要抽洋烟,几个老娘们儿把烟给他插到嘴里,点烟时他偏一甩嘴巴躲了。一个老娘们儿又给他的耳朵眼各插一支、鼻孔各插一支。五支洋烟一齐点上,伍爷高兴了:"咱就是皇上又怎么,咱就有三宫六院又怎么。"他一边一个搂住老娘们儿,她们拱在他腋下一动不动。他摸了她们几把,又下大力在身上捏巴,弄得一个个啊啊大叫。二先生狠力拍一下扭动的老娘们儿屁股说:"听话,在咱下村伍爷说几壶就是几壶。"她们不敢乱动了。伍爷嫌热,解开对襟小褂,露出了古铜色的腹部。小油矬发现那热气腾腾的肉疙瘩抖动不停,比酒杯还深的肚脐傲视群雄。那裤带是海昌蓝布条做成的,在小腹那儿打了个梅花结。汗珠啊,像眉豆粒儿那么大一颗颗渗出。二先生指着汗珠大声说:"看见了吧,怪不得伍爷海量,他身上有'酒漏'哩。""咱看看什么是'酒漏',什么是'酒漏',"老娘们儿把头从腋下抽出,争看大汗淋漓的伍爷胸腹。伍爷手夹洋烟挥动着,说起了往事:"那年上我征西,夜夜就是这个数儿:三瓶老白干。"小油矬知道"征西"就是前些年去河西干那几仗,立刻插话:"这是我亲眼见哩,下酒菜是黄瓜拌肴。""老天,馋死个人哪,"

老娘们儿感叹。伍爷喝多了，竟然当着大伙的面问起了今夜口令是什么。小油棰装作没听见，去取一根鸡腿。"是什么？"伍爷厉声问。小油棰用眼角示意周围。"你妈的我问哩，"伍爷一拍桌子。小油棰只得答："'小猪嫚儿'。""什么？""真的是这哩。"

他永远都会为酒宴上走漏机密而懊悔。事后他曾痛惜感慨：当时为什么不能当众报一个假口令？这真是人急无智呀；还有，对伍爷的忠诚使他压根就想不起说谎。结果酿成了大错：祝寿宴的当夜，海边渔铺里丢失了大宗网具，看铺的老头给捆在了铺柱上，差一点给海风冻死。在海边巡逻的民兵事后说，他们也听见过异常响动，吆喝了口令，那边答得顺顺畅畅，就没在意。"这是血的教训哪！"小油棰去见伍爷，伍爷"嘭啦"一声摔了核桃手串子，吓得他浑身一抖索。"我把孬人老老少少都捆了，让他们候审。其实哩，另在暗中访查那天来喝酒的人。"伍爷发出一声："哼？""伍爷，要知道晓得当夜口令的只有他们。我担心是那几个老娘们儿通外。""嗯哼？""是这样，她们五人当中有三个是外村娘家。偷东西犯案的肯定是外村人，这叫里勾外连。"伍爷不吭声了。待了一会儿伍爷翻翻大圆眼皮："你是连长了，那么我考考你，咱查出娘们儿的诡计，怎么办才好？"他不假思索答道："归到孬人队里算完。"伍爷笑了，"那还用说。我还想开她的斗争会，辩论辩论哩。她说不出个一二三，那就当众解下裤子打屁股，嘭嘭嚓嚓用洗衣板楞砸，让你爸老獾亲手做哩。"小油棰说："高级"，又摇头："俺爸年纪大了倒不一定干得起劲儿，还是找俩民兵吧。"这之后小油棰像个鼬子一样机灵起来。他细细琢磨离开酒宴的那段时间，发现从下午四点到夜里十一点仅有七个小时,除去盗贼要干营生的准备工夫,那么留给老娘们的只剩下三到五个小时。"骚货母狐啊,就在这工夫里施了巧计。"他查访的结果是三个老娘们儿当中有两个在酒宴后出过门:一个说想去街上看看有没有卖豆腐的,一个说去村边拾些杨树叶儿。小油矬对后者格外生疑,因为他知道这个叫"吉妹儿"的婆娘从不安分,整天村里村外胡蹿。吉妹儿三十出头,小模样不错,就是嘴太大了。这张嘴见了头头脑脑格外甜蜜,男人都被她哄得眼窝发热腿发酥。小油矬觉得这女人真是该下大力气调教才好。"吉妹儿,我来问你,那个午后你在村外沟渠里瞎迂磨什么?"吉妹儿咧开全村数一数二的大嘴笑了:"连长看见俺了?咱拾杨树叶儿哩。"他厉声喝一句:"从实招来,那天在沟里撒野的外村男人是谁?"吉妹儿眉头一皱:"野物骚驴尥蹶子还算稀罕?那得看婶子愿不愿意了。"事到如今她还自抬辈分,终于惹得小油矬怒火蹿到了脑门。他一脚踢在她的屁股上,没等对方爬起又是一脚:"你妈的卖乖耍嘴火上房子还想蒙人哩,口令卖给了狗日的,如今发了大案。"吉妹儿不再起来,躺在地上嚷叫:"我就去找伍爷,我就去找伍爷。天哪,你敢踢我。"小油矬笑了,心想伍爷还要开你的辩论会哩。

  伍爷最大的嗜好就是开辩论会,动不动就说:"咱辩论辩论呀。"一个月里没有一次辩论会,日子等于白过。人人都说伍爷是天底下最大的辩才,不管孬人有多狡猾,最后还是得败下阵来。那些拉到场子上与伍爷对阵的没有一个不是屁滚尿流,出尽了洋相。所以说下村的规矩简直就是靠辩论会建立起来的,因为谁都怕被拉到场子上。村里人一提到这事儿都慌恐万分:"哎呀,就是杀了咱也比上辩论会强啊。"如果两个人吵架,其中的一个说:"让你上会了,"另一个准得蔫下不敢抬头。伍爷在会上巧话儿一串又一串,让满场人大呼小应,跺着脚为他叫好。被辩者无地自容恨不得扎到地底,他们的妻子儿女不再抬头,就连邻居也面有愧色。如果辩论进行得顺利,伍爷高兴,还有一场说唱节目跟在后头。所有节目都是事前准备好的,由表演者根据被辩人的事儿编排出快板之类,助兴效果倍增。吉妹儿做梦也想不到自己会被拉上辩论会,所以当她被推搡到煤油灯下、迎着一场圆目大睁的乡亲时,还以为是让她来对付另一个人呢。以前辩论孬人时就选过伶牙俐齿的女人出场对付,待孬人倦了蔫了,伍爷才亲自出场。可这一会儿场上再也没有别人,她有些慌了。伍爷手插在裤腰那儿,不急不慢从场角溜达上来,和颜悦色。她赶忙叫一声:"伍爷您也来了。""来了,嘿嘿,天儿怪热不是?"她不知所措,答:"不,不热啊。""我看热哩。东沟里没水了,前一晌人家老孩儿还跳进去扒了衣裳洗旱澡儿。"一场人哈哈大笑。她不知该说什么,咧着嘴。伍爷坐在一张椅子上斜着她:"老少爷们儿看看人家的嘴多大啊。俗话说下了,'嘴大吃四方';又说下了,'吃里爬外啊'。"众人大笑。吉妹儿哀声叫道:"伍爷,我做梦也想不到那人会骗了口令去做案子,我真是冤啊。"伍爷"哦哦"两声,学她那样尖声细气说道:"冤死了,真是冤啊。"满场里又一阵哄笑。"不过,"伍爷大眼闪闪扫过全场,"不过那边的人得了手,二一添做五分点银子给你,那就是'瓜子塞到了小姑娘嘴里,阔(磕)了呀!'""啊哈哈,啊哈哈",坐在前边的几个老婆婆听明白了,大笑起来。吉妹儿哭了:"伍爷,天地良心,我当时什么也没想什么也不知道。""是吗?按说那是'两个人在沟里撅屁股,我看不一定(腚)'啊!"人们兴奋得跺脚,跺着跺着又呼起了口号："坦白儿从宽儿，抗拒儿从严儿！""从严儿！从严儿！"呼叫好不容易平息，吉妹儿只顾哀叫："伍爷，您看在过去的份上，怨咱年轻无知，就饶了俺这一回吧。"伍爷面向场子："听听哩，书上不是常说嘛，'群众是真正英雄'，饶不饶还要群众说了算哩，群众才是'书记铡草，决定（撅腚）一切'啊！"满场掌声跺脚声闹成了一片，伍爷一手罩着耳朵："怎么处置？哦哟咱听不见。哦哟怎么？念她初犯，打打屁股？哦哟，也中。屁股发痒打打也中。打打吧，罢，就打打屁股何如？"他一口大牙咬住下唇，扫视满场。这会儿鸦雀无声了。待了片刻，伍爷像是最后下了决心，大手一挥："架板子！"几个民兵扑上来，不管吉妹儿怎么挣扎，硬是把她的裤子脱下了一截，按伏在凳子上。屁股在煤气灯下白得刺眼。场上的混乱掩去了吉妹儿的哭叫。一个民兵扬起洗衣板，"嘭嘭"打了起来。"老天爷啊，这哪是小媳妇干的傻事啊，这是往死路上走哩，"场上的老婆婆们抽泣起来。"这么砸下去咱还是心疼，"几个男人议论。"再打下去能不能疼绝了气？""那就得看她会不会憋气了。"场上乱得很。伍爷举了举手，民兵停板。伏在那儿的人并不活动，最后是民兵为她提上裤子。

小油矬至今不明白的是，会后那个挨板子的老娘们儿并没有归于孬人队。这使他深为不快。"这些年的怪事儿啊，伍爷的心思啊，"他越发猜不透这个人了。那次辩论会不久他又在伍爷家遇到了那个吉妹儿：把瓜子嗑在手里，积成一小把倾进伍爷的大河马嘴里。他于是明白这娘们儿是伍爷的人。一想到这儿他就咝咝吸冷气了：原来谁也难保平安哩。他的目光落在路边石头上一动不动，一层冷汗从脑门渗出，"蜜蜡大水娃儿你这辈子可害苦了我,伍爷不再饶我哩。"他仰脸看着天上一块飘移的白云,使劲拍了一下自己的腿。他准备瞅个空儿去上村一趟,至于说领不领回水娃,那还要三思后行。这边的河马嘴大张着哩,水娃一不小心就成了口中肉。躲过初一躲不过十五,老天爷给咱出了一道什么难题啊。他一路不时攥攥那把手枪,枪柄都湿漉漉的了。离演兵场老远就能听见驴子的喷气声:它们也厌倦了军事生活,一天到晚唉声叹气,真是温饱思淫逸啊,这些畜生在军训期间刚刚增加了二两麸皮,一有空闲就忙着交配哩。平时来看演练的有老头老太婆,他们见了年轻媳妇就拉长了脸训斥:"这也是你站的地方?"小油挫刚刚走近,那些老太婆就叫起来:"瞧咱连长来了。哦哟连长走得怪急。"他扫一眼满脸大汗的民兵:瘦子骑不住胯下的犟驴,正被它驮着团团转。小油挫掏出手枪指着驴子脑壳:"再不听使唤我就毙了你。"毛驴忽闪着大眼发出"嘞嘞"两声,不再打转。"还是连长有威啊,"老太婆说。他卡着腰来回走动。"连长啊,咱多少天没见你媳妇啦。可别一天到晚藏在屋里啊,该透风也得透透风。"一个老太婆刚说一句,另一个接上:"是哩,俺就爱看她个大胖脸儿,打从娶来只看过一回,心里痒痒哩。"小油挫迎着一头啃咬树木的驴子怒喝:"看我揍不揍死你这头贱嘴老母驴。"一个民兵过来说:"连长,那边'嘴儿'来了。"他挥挥手:"让狗日的过来。"嘴儿是全村最会演快板的人,许多辩论会上都有他的节目。小油挫以前曾让他为骑兵连编一段快板,却迟迟未成。嘴儿走近了哈哈腰:"我来了。""编好了?""没哩。我都是现看现编,讲究个急智。"嘴儿留了分头,细长眼高颧骨,没长胡子。小油挫觉得这个人天生就是块孬人材料,冷着脸说:"那就整整吧,别瞎迂磨了。"嘴儿应一声

"好哎，"就玩弄起手里的家什。这是一大一小两副竹板，由于常年使用已变得油渍麻花的。那副小竹板拴了铜钱，所以一拍就"沙啦沙啦"响，俗称"沙啦鸡"。除了这两副竹板，手里还夹了一根竹条做成的锯子，拍打竹板时要间或锯锯竹板上缘，发出"嘎啦嘎啦"的声音，让人听来发痒。三样器具被他耍弄个熟练，大竹板儿呱呱响，沙啦鸡哑哑叫，竹锯嘎嘎拉，还时不时把它们一个花儿高高撩起，待落下时正好赶拍儿。小油矬睁一个眼闭一个眼，心想你这套我看得多了，唬谁去。场上的民兵、老头老太婆，还有驴子，全被吸引住了，都目不转睛盯住嘴儿。嘴儿发出"哎，哎"的声音，脸都紫了。小油矬知道那是因为编不出词儿憋的。竹板越打越急，渐渐不玩花样，总算是吐出了一串词儿。"你往这边看哪，啊这是骑兵连；说起骑兵连哪，啊真是不简单；刀山火里钻哪，啊敢捅刺毛蛋。"所有人都起劲鼓掌，嘴儿珠汗滚滚，张口大喘。老头老太婆相互竖起拇指："干什么都不容易啊，都不容易啊。"他们站起来给嘴儿递上烟锅："来，抽袋烟歇一歇！"嘴儿被涌来的犒赏弄得晕头转向。小油矬却凑近了问一句："那'刺毛蛋'是什么鬼物件？"嘴儿想了想说："反正不是什么好物件，你就当最坏的敌人吧。"

十六

"俗话说'文能治国武能安邦'，咱不联手怎么了得。"二先生携一壶酒去小油矬家，瞥瞥老獾父子。老獾饮了一口酒。二先生展开手里的一卷黑纸，那是为伍爷修的"传书"。老獾瞥几眼，把脸转到别处，"我们又不识字，你拿它来做甚。""我不给连长爷儿俩说叨还能给谁说叨。"二先生摊开纸卷，又抓过水烟吸了一口，"年轻时候我在孬人府上做事，有文墨事项都是咱挽挽袖子去做。唉，如今年纪大了，得戴眼镜了，"说着去衣兜里掏摸。老獾觉得一副眼镜架在鼻梁上，一个熟人立刻就变成了吓人的怪物。"伍爷嘛本是贫贱之人，族上未有一人吃油穿绸，没有田亩也不得官饷，真正是游走无所之徒，饥民流寇之后，上溯三代皆恓恓惶惶，不得稍许安逸也哉。幸得一道士赠些碎银，于大饥之年留存性命，而后方能繁衍后人，断断续续直至解放之初。二姥爷即外祖父之胞弟与祖父素来有隙，歹念日盛勾连拳匪，自陕甘一带辗转而来登州，过黄 越栖霞，串通大财主牟家后人及妖道邪门，使尽民间阴毒无所不用其极，致使其祖父于四十盛年之期命丧黄泉。积怨凡二十四载难昭天下，湛湛青天朗朗白日均无济于事。其间更有小人谗言诬陷君子，谓遗孤与村后庙前姜家一寡妇有染，遂引起姜姓家族群起而剿。姜姓族长为一封建遗老，顽劣异常威焰烈烈，决非无助孤儿所能抵御。登州自古缺少仗义疏财之人，更无路见不平拔刀相助之辈，由此可见何以当年倭寇窜犯嚣张。若有高人说项，或可转圜，无奈智勇不见，善良泯迹，遗孤命在旦夕耳。俗话说世无绝人之路，无巧不成大书，恰在尺寸关头出现一黑面莽汉，其人六尺有余面阔口方，足蹬草鞋腰悬铁鞭，与古时拳匪无异。孤儿依依相随从此步出乡村，十余年音讯渺渺。那寡妇想必是泪水沾巾度日如年，也活该是人心不古自招瘰乱。话说岁月如梭时不我待，那莽汉原是落草为寇之徒，打家劫舍从无畏惧，终落得四方追杀无路可逃，幸被一官家收留并封为六品，日后享尽荣华暂且不表。单说伍爷先人晦期未尽，也该是命中有劫，偏偏于莽汉发迹前夜不堪煎熬反戈一击，由是打入另册。背运汉先是流入丐帮，后又遁入佛门，转而拜师演习铜艺、皮影、拆钟、弹花、铁匠，林林总总不一而足，皆无成就。"

"老天，你是想蒙死活人哪。"老獾噘着嘴抽烟，把脸转到一边。二先生举着纸页随上他转，提高了嗓门并一字一顿："顽志既存，潜在民间苟延残喘，等候天赐良机。这期间也曾沦落穷山恶水之境，尝与一佯疯女人为伴，二人常携手登高，作狮子吼，令村人大骇。是年十一月生下一男婴，可叹风寒屋漏，一月即夭。至二年春分，女人为串乡药匠所诱，于月黑风高之夜弃他而去，并随手窃走背褡及水罐物器多宗，外加一些散碎银两。呜呼，一生坎坷至此可吁可叹，在下几次停笔不忍详叙。倒运汉命薄如纸独居草寮，或是旧性复发也未可知，常昼伏夜出，敛回一些零碎他物权作糊口，少不得惊扰民女一二。日久天长风声不掩，恶名流入七品耳中，衙役转眼即到。也亏得先人腿脚灵便，翻墙越屋疾走如飞，让官差空余张望。此一去凶多吉少，路途迷漫，想必是贫病交加，于慌促潦倒中不拘小节，不免落得个遍体鳞伤，惶惶然来日无多。这期间偶有知遇，也算祸福相依，难得一展欢颜。一日宿村边废屋，半夜忽有强人传唤，先塞予一点银子，尔后嘱其剪除仇人，事成必赠巨金云云。先人乃血勇之人，岂有不就之理，连日里勘采路径，磨刀霍霍。所谓善者不来，来者不善，原觅刀下鬼，反遇强中手。伍爷先人那时轻身入墙，黑布蒙面，落地打一个侧立，猫步直趋东窗。室内灯火辉煌，俏影佳人，把盏连连，料想是以石击卵，囊中取物。谁曾想歹人早有设防，巧布机关，于瓦顶、箭垛、角楼、边厢四处埋下兵勇,只等一声呼号扳弩挽弓。可怜人为财死鸟为食亡,先人只身闯穴,可赞可叹。说时迟那时快,暗影里手铃一摇,咋呼既起,噌噌噌箭镞如雨,火枪吐舌,滚木石雷自高倾下。先人奋勇逃命,顾不得脚膝中伤,两臂挂彩。待攀上老墙正欲一跃而去,悔不该回首再做张望:一利箭从斜楞里蹿出,翎翅啾啾呼啸而来,谁人还能躲闪。飞箭直扑左目,鲜血哗哗满脸。呜呼,枯灯偏遭漏墙风,冰霜单打独根草,此一来大势去矣。先人勉强逃逸,铸成独目,一目了然。是夜大雾弥漫,枭鸟声凄,血泪淋漓一步一磕,真不知何去何从。几欲奋身投井了此一生,总算是思前想后留住生念。好男儿惊险之后顿生彻悟,不回漏屋直奔莽野,拣回一条性命。君不见螳螂扑蝉黄雀在后,歹人于三更天即伏村外,欲将折翅之鸟收入罗网。也活该吉人自有天相,后福尚未享完,伍家先人日后踉跄辗转,抱残思变,并非一味颓唐。约莫四十郎当岁中年已届,毛发稀疏,独目灼灼,每逢秋景天里尚有盎然生趣,观妇家常常目不能转。如此日久,街头巷尾也寻来些许慰藉,歪瓜裂枣偶或吞食,竟于第三年腊月觅得一浑壮妇人。该妇身长五尺有余,双目如铃,手足俱大,嗓音隆隆,不屈不挠。本是贫寒出身,房无一间地无一垄,惟持有一块族上传下之带盖怀表,常炫耀于先人眼前。先人一跃而起,一蹴而就,人表俱获,并于当年生下本书传主伍爷。传说生产之期将近,日月通明,有五色彩鸟鸣唱翩飞于屋梁之上。另一说有托钵僧人自远方至,口含微笑,抚妇人额三次,喃喃数语乃去。凡此种种无非是吉象环生,凡高人异士降临人世莫不如是,鲜有例外。吾闻听妖人降生即是反兆:乌云蔽日久久不散,昏昏然鸡犬不宁,驴骡仰天昂昂大叫,原是凄恐也。吾不知西人德意志之希特勒氏降生之实况，仅留以诸君备考。单说伍爷既生，百事顺遂，先人浪迹天涯之期已尽，回归故里之日将至。话说神灵有眼，劳先人之筋骨，委重任于斯人。一转眼世相大变，乾坤初转，咱祖国遍地铁戈，声浪滔天，杀富济贫已成公理。先人说一声还乡也，携妻将雏一路东行，直奔登州。今非昔比，渤海之滨财主声泣，贫苦懦汉颐指气使。先人且安顿妻小于破祠间，尔后直捣姜姓大户。族长既死，娇妻尚存。咱先人哪顾得羞花闭月，更不怜哽噎声声，劈头便打，垢语恶声。一连数日破门撬锁，挖地探宝鞭笞小童，将五代积存劫掠一空，遂成表率。春阳下高台大筑杀气森然，有退役之转盘枪警戒，苦泪悲声，老少搀扶，其声势与三月庙会无异。先人此间已是生猛可期之士，上级依仗之臣，无人望其项背。此可谓百花俱放，一枝独秀，一朝得势，光宗耀族。眨眼间往日艰辛化为泥丸，万般坎坷谈笑而过。至此上下远近皆知有个独目英雄，苦大仇深且足智多谋。种瓜得瓜种豆得豆，论功行赏乃不变之行规，先人一家三口即分得堂屋八间，小院二进，门槛宽厚并涂抹黑漆，砖石铺地，木槿一株。更有雕花窗扇，巧工屏风，上饰兰草铜钱，如意卷帘。炕柜乃上等红木家具，匣屉无数，暗有机枢，午夜饥渴内贮膏汤补汁，昏晨寂寞更多新巧玩器。男女欢爱之传统药具，在在周备。最可赞叹者惟先人品行，登高运转，意气风发，一时娇女美色缤纷缭乱，如蝇似蝶。先人屹立岿然，虽于酒酣耳热之时少不得染指一二，但毕竟未弃糟糠。说到此浮想联翩，不由得比较左右。有野童原本是贫苦无告，得赏赐枪在手反目骄横，傲文臣欺武僚生活糜烂，得一女弃一女举一反三。如此小人，不足挂齿。历数先人一生行迹，晚年大节不可不书。其时江山初定，百废待兴,怎料有蚍蜉蠢蠢欲动,撼大树毁社稷黄粱一梦。该村族群斑驳,大户林立,聚众举事者日渐浮显。先人明暗设计,先遣内线,后一举发刃,砍杀捉拿四十有五,列恶行造名册戴枷上镣,从此龙墩固稳不再受扰。也该是后人有福,血脉传人,在下即将锋毫转折,为传主伍爷试书也。"

"这是什么破烂词儿,咱白白支棱起大耳朵。"小油矬抓一把地瓜糖嚼了。二先生把纸卷推展几下:"捣弄这活儿没有书底子不行啊。要找书房里那些老师,那是狗吃芥末干瞪眼。还有,我这是一色儿狼毫正楷写成。"老獾吸着水烟一声不吭,包在一层黑绒毛里的双眼定定望来。"哎呀你这副眼神让我害怕哩,快别这么看我。""念完了还不摘镜?"二先生刚把眼镜摘下,老獾就说:"老二家,你说传书里那个得了枪的'野童'是不是指了我儿?"二先生慌慌拍打脑壳:"您老也就别、别抠死理了。"小油矬骂了一句。二先生伸手讨了几块地瓜糖,向里屋探探头:"你家蜜蜡哩?""早就回娘家去了。""哦哦这大水娃儿。你家老孩儿极有艳福哩。不过恕我直言,"他咽一口,"年轻女娃家一个人不成哩。""呔。"老獾吐了一口。二先生走后老獾立刻对儿子说:"也该接回家口了。久了真是不中。"小油矬点头:"早想哩。今夜咱就揪她来家。"

小油矬出门后,老獾就用锹把院子平整了一下,还拔去了蒿草,"咱要干干净净接回大水娃儿。"他干完了活坐下吸烟,手边放着点心盒子。几个钟头过去,门外有驴子喷嚏,老獾呼一下站起。小油矬脸色铁青蹿进来,手里舞动手枪:"野性骚娃跑了,她压根没去上村。""啊呀?有这等孬事?"老獾大叫。"妈的,真是忒大胆哩,她就不想想钻到天边不成?我要撒下天罗地网哩,弄回来立马上镣。"小油矬满院疾走,跺脚。

"我娃，这事儿报不报给伍爷？""还没想好哩。先暗里差人访听吧。"老獾拍一下凳子："这下用上骑兵了不是？""动用骑兵就得伍爷发话。先让步兵搜吧。我就不信一个肥娃会跑多远。""搜哩，从地下掏个窟窿也得把她抓回。"老獾咬得牙响。时间已近午夜，小油矬睡不下，出门找来仨俩民兵。老獾披着衣裳听儿子训话，偶尔插上一句。小油矬说："听着，我家蜜蜡有好大耍心，她去外面转悠了，你们得给我找回。"一个民兵问："她到底去了哪搭？俺好寻去。""我知道去了哪搭还用派兵？你们南南北北寻去。"民兵对视咧嘴。老獾尖长的指甲往下蜷动，说："出门多带些干粮，恐怕也不是三天两日的事儿。路上多听口风。好在这娃儿谁见了都忘不了，人家会跟你说个一五一十。路上别显山露水带刀啊枪的，最好往腰里揣副链子锤三节棍什么的，戴上手刺抓勾也行。我怕强人行劫啦。"

伍爷一上街，门口站岗的民兵就随上他。"看伍爷大脸红濡濡的，准是睡了个好觉。"一个老娘们儿在街口上搭话。伍爷蓬蓬喷着宽鼻："我日。"前面有个穿白球鞋的后生疾步而去，他问："谁家崽呀？"民兵说是孬人老核桃的儿子。"我日。"一个老太婆提着马扎走过来："伍爷这是上哪去呀？"民兵答一句："去看骑兵操练哩。""唉哟真是的，那些孩儿武艺吓人哩，伍爷早该去看看了。"老婆婆一路走在前边，满脸欢欣。演兵场在村东一块平场上，四周全是干枯的菊芋。今日非同平常，场上早有小油矬率众等候，并在场边摆了一张铺毡木桌，上面有水瓶和瓜果。再看每个骑兵都身着米黄土布军衣，留了平头，脖颈伸长，喉结突出。他们一见伍爷走近马上啪啪磕响脚跟，一手揪紧驴缰，昂首挺胸。

小油矬腰上的手枪红绸耀眼，小步跑到伍爷跟前，啪一个敬礼："报告伍爷，本骑兵连长率部操练齐备，敬请您老检阅。"伍爷眯眯眼坐在桌前，扬扬手说："捣弄去吧。"他斜眼瞅瞅坐在老娘们儿中间的二先生，同时也发现了孬人老核桃的儿子，这小子也站在一边看操练。小油矬行了口令，一队民兵翻身跃上驴背，背过一段宝书之后，立即捉对厮杀起来。驴子相互挣踏，嘶叫声声震耳，有几只竟从胯下挣脱，逃到了菊芋林里。摔下的民兵搂在一起，滚动得浑身泥猴一般。又是一声口令，撕打停止，改为列队追逐。驴子被鞭打催促到了极点，大喘大跳。观看者齐声呼叫："曬咦，真好身手啊。"跑动，改变队形，像要坠地一般将身体躲到驴背一侧，然后再跃起扬鞭。场下掌声不息，连连呼叹。队伍中有一个黑汉身软似带，竟能在驴背上腾挪自如，还能仰脸贴在奔跑的驴腹上。"哦哟这是什么身手，咱有神兵哩，"伍爷看得兴起，站了张望。一边的护卫说："刚才打斗那会儿也是他胜哩。"伍爷听在心中。小油矬再次跑到这边敬礼，说已经演练一场，请伍爷指示等等。伍爷目光落在队列中的黑汉身上，招招手。黑汉挪蹭过来。"你叫什么？""照儿。""嗯，好身手。这么着，你敢不敢跟连长比武？你要赢了，那小枪就归你了。""妈呀，咱可不敢跟连长比试。""我让你比试。"场上先是鸦雀无声，一会儿又喧腾起来，不少人叫着"照儿。"照儿瞥瞥一旁的小油矬，又望望伍爷，突然搓搓手转过身。小油矬走向场子中央，紧了紧腰带，解了手枪，小声对跟过来的照儿说一句："我日你祖宗。"两人马上搂得铁紧，一个想把另一个举起摔倒，憋得脸色黑紫。照儿寻个机会撤后半步，接着架起双臂。小油矬想把他拽入怀中，以便寻个机会用膝盖顶其胯部，无奈对方早就预防着,未成。正在相持着,照儿却巧借力气一悠,把小油矬抢了起来。"啊呀,啊呀呀好生了得,"场边的老头儿立刻捏着烟锅站起,被身后的老太婆呵斥一句。照儿想摔倒对方,可又甩不脱,要大喘着定定神,却被小油矬腾在半空的脚一下踢中了胯部。他"啊呀"一声倒地,滚动着两手胡乱抓挠,疼得眼睛都闭上了。小油矬猛虎扑食一般按过来,哧哧一撕,十道血痕从胸脯划到肚脐。照儿滚动、蹬踢,小油矬就骑上去扼他的咽部,直扼得照儿甩头抓地,两眼翻白。场上人几乎都在喊:"快放手啊别出人命。"可骑在上面的人充耳不闻,稳稳地扼过了,又挥起勾拳猛击下颌。照儿嘴巴破了。小油矬一边击打一边叫骂:"我日你祖宗看你能跑到哪里,你跑到天边咱也要揪回哩,把你大卸八块。你这辈子都是咱搂物不服不行,敢撒丫子跑哩。叫你野性!叫你耍蛮!叫你不知深浅尥蹄子!叫你瞎迁磨!嗯,嗯,嗯嗯!"他把照儿双臂用膝盖压住,连连挥拳。"连长饶了我吧,我再也不敢了,不敢了。""我看你能跑了哪去,我一脚就能把你踢成八瓣,一家伙就能穿你个透心儿凉。让你跑、跑、跑哩。让你胆大得没了形儿,欺天害祖哩。嗯,嗯,嗯嗯!""老天,咱连长打晕了头,这回非出人命不可,"老太婆捂着眼叫。"连长你下来吧,下来吧,反正谁是强手这回知道了。"谁的呼叫都无济于事。小油矬击打了一会儿刚要歇手,见照儿嘴巴活动着像是骂人,就伸手屏力一撕,撕裂了嘴角。血出来了,喊叫撕心裂肺,老太婆纷纷捂眼。伍爷走过来,伸脚碰了碰血水淋漓的人,又瞥瞥小油矬:"是个'食人番'呀。"

半个月过去,出门搜寻的人一连两拨空手而归。第三拨派出后,小油矬担心伍爷听到了什么风声。因为对方有一次说他:"矬儿,你和婆娘没有丁点孝心。""是哩伍爷。那蜜蜡回娘家了,她一回就看望您老。"伍爷咧咧嘴:"怎么说也是个老娘们儿,该服帖些。这些事儿还得我说不成。"小油矬心里打战,嘴上却说:"那是那是。""听说孬人老核桃儿子的事了?""这小畜生出伕回来就不老实。穿白球鞋,还说要当民兵哩。""啊哈?"伍爷愆了。"真哩,他说自己凭什么不能当?狗日的仰脖儿跟咱说话哩。"伍爷大眼滚动着看了看地下,"他要成亲的事儿你可知晓?""成亲?没有的事吧。""这你就不如貐嫚灵通了。女方是他出伕时勾连上的,宣传员哩,偏要嫁他。怪也哉。"小油矬咬着下唇,"怪不得这小子神气哩。让我来理正一下吧。"他出了伍爷家立刻差人叫来老核桃儿子,打眼一看就恼了。这小子大名叫金孜,在书房那会儿是念书好手,十七岁被派到山里出伕。几年不见这小子头发黑锃锃的,还穿了白球鞋。"金孜,知道为什么传你吗?""当民兵的事儿吧。""啊哼,尽想好事儿。你对组织瞒下什么?胆子不小啊。""瞒下什么?"小油矬一拍桌子:"工地宣传员是你勾连的不成?"金孜脸红了:"这,是自由恋爱啊。""孬人反哩。""我不是孬人。""我看也差不多。反正你要勾连个什么,伍爷不批准也白搭。"金孜急了:"我们双方都同意的,然而,"他抿抿嘴:"然而法律上并未规定要报告。""那行,你急得满嘴冒泡去。"

　　一个细高挑姑娘戴了草帽走上街头,引得不少人从窗上探头。中午的太阳怪热,蝉声急一阵慢一阵。有人听见她打听伍爷了,说:"这姑娘是个有能为的嫚儿,不惧官。""就是哩。"他们眼瞅着她向那个青砖黑门走去,然后拍打起门板。"我找村领导啊。"民兵端量她,挠挠头开了门。二进院的木门有半尺厚，伍爷老婆从厢房走出，看到姑娘咒了一声。姑娘开始敲里间的门，里面传出一句："瞎鸟敲打。"她于是进门。当她定定神看清了之后，差一点惊呼出来：炕上有一个人仰躺着，红缎子被上边露出一颗疙疙瘩瘩的巨大头颅，转动着寻找来人。他看见了姑娘，眨眨眼，挪动身子倚上墙壁。"哎侬，城里孩儿？""我是金孜的朋友，他的嗯，未婚爱人。我来看望领导，还请领导今后多多帮助。""脆嗓儿不孬。不过你说爱、爱个什么？发昏了？"姑娘笑弯了腰。伍爷大嘴咧着："听人说有些年轻娃儿结婚，村领导要送一把镢头、一本宝书哩，上面还捆红绸布。你也想让咱送这两样物件？""那当然好。不过我今天是想，嗯，让您了解一下我们的情况，能够支持这种结合。"他的大手胡乱在嘴上抹抹，发出"嗦嗦"吮气声："馋死人了。哦哟这天儿可真热燥。你说到了哪搭？老核桃孩儿？""我是说金孜。""哦哦，咱是大老粗，不过话粗理不粗；你现在回头还来得及，别让他一家伙睡了，吱哇一叫这辈子算完了。"姑娘"啊"了一声，连连退开几步。伍爷斜眼瞟瞟："别是让他的白球鞋晃花了眼吧，那是胶皮做的哩。"姑娘哭了。"看小奶儿翘生生的，今年有个二十郎当岁儿？"伍爷噗噗放屁，伸手去抓烟锅，姑娘一闪身跑了。"孬货反了哉。想跟咱摆文明阵。"他咕哝一声刚要躺下，放哨的民兵就进来了："伍爷，那个叫金孜的也来了，要找伍爷呢，见不？""给我揪了来。""是啦。"门一响，金孜站在了屋子中央，"伍爷，我来了。""吭吭，咳咳，"伍爷睁了眼，大眼球转动不止，"来了好。你瞧瞧变天了没？""变天？没呀，外面日头很大的。""噢，我还以为变天哩，孬人一个个怪恣，还想结婚呀贴喜字呀尽开配种站哩。"金孜咬着牙关："伍爷，还求您成全我们。""净想好事儿。那葱嫩搂物也是你办得？不服咱就开会辩论辩论，你要赢了，怎么着都中。敢不？"金孜的脸终于憋得发青，一跺脚："你，你欺人太甚。好吧，你一手遮天，你刚刚还要流氓。我要把你的恶行一条条全写给上级。我宁可死，宁可死！"伍爷坐起。金孜脸色由青黑变为蜡黄。伍爷宽鼻喷喷气，笑了。"伍爷，"金孜叫道。伍爷又笑。"伍爷，"金孜大着声音又叫。伍爷笑出了声音。

村里人见了金孜都觉得有点不对劲儿：眼神木木的，白球鞋脏腻腻，头发又长又乱。"你这孩儿不上泊做活乱窜什么？"貐嫚说。她身上的草药味儿顶鼻子，金孜盯着她："你能帮我成亲吗？""我能给你配副泻药，里面有大黄和芒硝。"一个老太婆过来，金孜问："你能帮我成亲吗？""孩儿，先去泊里做活吧，老老实实低头苦作罢。"金孜站在街口上张望，看见小油矬从火烧铺那儿走来，抬腿想躲。那边喊："是你吧？你出来的正好，咱找你哩。"小油矬两手卡腰看着他笑。"你能帮我成亲吗？""这事儿好说。还是先当民兵吧，你的请求批准了。""真的？""那可不是怎么。不光让你当民兵，还要让你当铁军呢，怎么样？"金孜不敢相信这是真的，"像，像梦一样。""这可不是梦。走吧，先跟我去一个地方换装，这回好事都是你的啦。"他一晃一晃前边走，金孜跟上。一会儿铁匠铺到了，门口站了两个背枪的民兵。"进去吧，到里边拾掇。""发给装备？"小油矬一笑："进去就明白了。"马蹄刘手里的火钳正夹着一块赤红的蹄铁，笑嘻嘻说："快来快来，什么都是现成的。"金孜进了烟汽迷蒙的铺子，看不清。马蹄刘光着膀子干活，时不时抓起窗台上的酒瓶灌一口,发出夸张的"啊啊"声,湿漉漉的嘴唇血一样红。这时一个民兵从旁边捧来一件粗布黄制服让金孜穿,金孜一看笑了。马蹄刘竖起拇指:"嚯,穿上这个神气。如果再镶一副铁掌,那就全了。"金孜瞅着槐花染成的兵服看个不休,两个民兵却架住他的胳膊往前拖。"这,这干什么?""换副铁掌啊。咱这儿的装备呱呱叫。"小油矬一挥手,马蹄刘提来了一个装着蹄铁铲刀的篮子,又围上帆布围裙。"妈呀这是干什么?"金孜往上挣脱,大喊大叫,民兵就打他的头。马蹄刘绷着脸规劝:"我这辈子镶马掌牛掌无数,不会弄伤你的蹄子。我挑了一副薄铁掌、小细钉儿,保险镶时像小蜜蜂蜇了似的,过后会痒痒哩。来吧,进了这个门就得镶啊,你先忍着。"他挽起袖子,往手上吐一口,"二十年前咱这手艺也给孬人试过,他们个个服气。今个是你,来吧。"民兵拧住金孜,金孜又喊,小油矬就往他嘴里塞进一块破布。球鞋脱了,马蹄刘捏捏他的脚掌,一遍遍端量,拣起一块蹄铁试了试,又换另一块,一口气试了十几块。"中,就是它了。"马蹄刘专心致志选了几颗蹄钉,放嘴里吮一下,"嘭啦"一锤砸进了一枚。

十七

老獾父子再也不能安生,他们在院子里打转,张大嘴巴哈哈喘。"老天,还是伍爷神算,咱们千不该万不该跟他耍心眼儿,这一下鸡飞蛋打,大水娃保不住哩。"老獾双手抖索。小油矬生怕门外有人听见,做个手势。老獾跺脚:"忠臣不事二主哩,你早该去伍爷家请罪啦。""我在想另一些凶险呢。爸,他们把蜜蜡锁在一个地方,万一弄清她是遗腹子,那就全完了。"老獾磕牙想着对策。这会儿门口有一个民兵身前身后瞄瞄,侧身进来。小油矬问:"怎样了?""锁在老黑屋里,有人按时送烧饼豆腐脑,吃的不孬。"老獾在地上砸着水烟袋:"真是不中用的物件,连长让你几个去寻,寻来寻去倒落进伍爷手里。该死。"民兵哭丧着脸:"大爷,派了这么多兵,一拨又一拨,哪能不走消息。有人巴不能暗里报给伍爷呢。"小油矬叹气,摆手,"你从头说说那些天的事儿吧。""俺哥几个带了烧饼水壶,打算往南一路下去。咦哎,不知谁说该去那个雷丁老家望望。咱去了,从那儿才打听出蜜蜡行踪。咱顺藤摸瓜一路访听呀打探哪,老不忘问一句:看见一个大腚嫚儿了吗?有人说见哩见哩,咱就知道快出眉目了。最后是在一片南瓜地里把她逮到的,开始好一顿扑棱,不服管哩。因为是连长嫂子,咱就松松拴了来。"老獾插言:"这话不假。"民兵说得满头大汗:"原本想趁着月黑头牵来家哩,谁知这事儿蹊跷了,刚进村就有一队民兵上来拦住,抓过蜜蜡就走,说伍爷要亲审逃犯哩。"小油矬低下头:"肯定你们当中出了叛贼。"

老黑屋是离伍爷家不远的几幢厢房,围成一处小院。这是当年地主的瓜干库,解放初用做押人,所以窗上有铁棂,院里有岗亭。村里那些不服规矩者,最害怕的就是进老黑屋。小油矬成亲以前把这里当成半个家,审人过了大半夜,在这儿倒头便睡。小院最里边一间有炕有灶,还有一张粗腿樟木桌,是过堂的地方。小油矬今天走进小院,像来到了一个陌生之地。站岗的民兵见了他打敬礼,眼神闪闪烁烁。"人哩?""关在北厢。""我要审审这物件。"民兵皱眉:"伍爷说除了他谁也不能审哩。""嗯?"他走到北厢窗外,民兵掮枪跟在后面。天哩,又看见大水娃了,她头发长长,没胖没瘦,正隔着窗户往外张望,一眼看见小油矬就喊:"你这样待我?""你是伍爷要犯哩,自作自受。""我要回家,你放我回。"喊声让人心上打战。小油矬闭闭眼:"你要真想家就不会跑了。"他不敢久待,马上转身出院。在路上,他横了横心去找伍爷,走了不远就遇上行色匆匆的二先生,问:"老掌柜怎样?""唔哟,唔哟。""到底怎么了?""唔哟。"小油矬小心跨过二进院,见伍爷老婆站在窗前啃烤蔓菁。他径直进门,开口就说:"伍爷,我认罪来了。"伍爷把手里一叠字纸扑一下扔到炕上:"认个什么罪?""这真是昏了头呀,孬娃跑了,我只当家丑不可外扬,瞒了老掌柜。"伍爷呖着满口牙齿,"我不识字儿,可有人识哩。这是你那婆娘写的,一笔一笔全在这儿了。先不说她一路上净睡孬人,咱只说一桩:她就是个孬人根苗。"小油矬脸色大变。伍爷又说:"是你为她瞒了。""伍爷饶我。"伍爷摸起烟锅,"想要婆娘就别当连长。"小油矬把脸上的汗一抹袖子擦掉:"这骚货婆娘咱不要哩,立马不要。"伍爷的大黑眼球快要掉出眼眶了,"那就先开她个辩论会,然后收进孬人队。""妈呀,天哩,"小油矬呻吟着,肚子疼一样伏在了炕上。

伍爷吃了晚饭,嘱民兵备下食盒,把两个衣兜装满了地瓜糖,叼着烟锅去了老黑屋。他在樟木桌前叉开两腿说:"过堂哎。"民兵把蜜蜡押来,她说:"我要回家哩。"伍爷嚼着一块地瓜糖,打量着:"我的妈呀这是什么成色,这是什么成色。""伍爷说什么我听不懂啊。""听不懂好，咱过堂吧。我来问你，你是瞒下的孬人根苗，知罪不？"对方不答，他又说："从今个起，矬儿把你休了。"蜜蜡这才听明白："他休了我？那更好哎，我要回娘家。""那不中，你入了咱村名册，就充了公了。""咱不充公。"伍爷哼一声："这由不得你。咱问：你一路上睡下多少？那本本上哼啊哈的全记下了。""不说哩。"伍爷哼哼着："你喜好那事儿，就该找这里的老行家。"蜜蜡骂一句："大河马。""二先生常说书上的一句话，什么'四十（事实）胜于熊鞭（雄辩）'，嗯，那'熊鞭'会有个什么好，咱伍爷五十了，说什么就是什么，想吃千层小豆腐、吃大鱼，一句话就有人端了来。"他边说边敲打食盒。蜜蜡泪水都出来了，嚷一声："你杀了我吧，你是做梦哩。"伍爷捶打桌子："犟娘们儿我见的多了，最后还得服帖。你个骚臭物件听着，敢不依从，咱就不歇气开辩论会哩，再一鞭子赶到孬人队里。""辩论吧，去孬人队吧！""嚯咦。""我不怕。""嚯咦。"

"听说了吧，这回是辩论连长婆娘。""妈呀，天底下什么事都有。""听说伍爷火了，说一声'休'，连长就休了她。""了得，听说那婆娘往南一路下去，睡睡走走，尽吃大馍，倒真会享福。""人享过头福，就受过头苦，等着看吧，嗯。"满街人都在议论蜜蜡的事，等待即将来临的那个夜晚。不冷不热的秋凉天里开辩论会才好，想想看煤气灯往场上一挂，民兵掮着枪走出灯影，该是多好的时光。"咱多久没开辩论会了？满村都蔫不拉叽的。"老头子抱怨起来恶声恶气，"那些死猫烂狗该拧扎着恣哩。"老婆婆附和："这话不假。村子就好比是一架座钟，不上弦不走啊。"村里人期待着，可人押在老黑屋两天了还没开会。街上民兵面色肃穆，二先生耳朵上夹着烟卷来去匆匆。"兴许这回要有文书案子？"大家知道那是在辩论中动书笔哩。人们都记得从城里遣返回来那个眼镜女人，村里为她开了三场辩论会，她场场都想赢回。伍爷额上的汗珠在气灯下看得清清楚楚，台下人议论："了得，这城里女人肚里有牙哎。"第三场二先生出台帮腔了，他依仗书底子一说半天，可惜驴唇不对马嘴，还是没有赢的兆头。后来他就专心往纸上记了。不过大家都知道那三场并未算完，伍爷早晚会想出新法儿胜她。胜是必要胜的，不信等着看吧。至于说刘蜜蜡，这婆娘当然不在话下，别的不说，单是她一路的狐骚就够喝一壶的了。多好的天景啊，星儿闪闪，树梢不摇，狗儿们连连哈欠，第三天就传下话来：开矣。这个夜晚人到得又多又早，而且有些人家还让小童提前搬了板凳占居前面的位置。民兵比往日多了一倍，他们都穿了一色的米黄色粗布军衣。人们特别注意到连长父子也来了，小油矬脸色铁青腰别手枪，老獾端了水烟袋。煤气灯比过去多了两盏，这是因为场上有两张木桌。一会儿二先生夹着一叠纸先来坐了，谁也不看，掏出眼镜哈气，用衣襟擦了又擦。随着一阵混乱，蜜蜡被民兵带上来了。"你好生站着，"民兵说。蜜蜡脸上是满不在乎的神气，一双大眼往场上瞟呢。"咦，多俊的水娃儿，可惜了的。""唔哟，腆着大胸脯撅着大马腚哩，大水灵眼儿把咱一个一个望个遍，许是找自家男人。""人家早把她休了，她如今是无主的人了。""别看是休了，终归是那么回事，不心疼是假。""今后就看连长了，他平时对孬人可狠。""过了这一天，老鼠旮旯钻。这婆娘没处去哩。""活鲜的娃儿不往好路上走啊，你说这怨谁去。听说她娘家妈就是个疯跑野拉的物件，一口气往南把男人睡恣了。""人都是有根底的,没有那样妈,哪有这样娃。""哎,这种事儿说了怪不中听,不过村村光棍都喜哩,是吧是吧,人心都是肉长的。""这是什么狗㞗狐咧的话。照你这样说可坏了醋了。""就是,就是。瓜干不能当成发面馍,制服裤衩也不能反着穿,事儿该咋样还得咋样。"场上嗡嗡乱响,伍爷终于上场了。他今夜模样有些疲惫,一上来就歪在那张木桌上,说了一句:"辩论辩论哩。"从他有气无力的样子看,好像辩论没等开始他就输掉了似的,这真是从未有过的事儿。接着是二先生照本宣科:"该犯女,下村人氏,原为有夫之妇,于古历六月二十四日逃遁,以归返娘家探亲为由,直趋东溪翻山越岭一路出了岈口,昼伏夜行,鬼鬼祟祟,多次与孬人勾搭成奸,其行径令人发指,在此暂不详叙。为惩一儆百严肃纲纪,现决定将该犯收入孬人队,并核实案情同时具名上报备考。今夜责令该犯交代罪状,本人将据文字加以审核。因案犯心怀侥幸且骄奢淫逸,极擅长以文笔而自娱,所幸在在如睹。惟狡狯异常心存蹊跷,下笔之初隐去同案犯之姓名,而仅以动物之名代之,经考察均为雄性无疑。"伍爷早不耐烦,咧着大嘴说:"咪。你让她从头招来就是。"

蜜蜡大多数时间笑而不答。二先生手指一叠字纸:"告诉你,一笔一画都在这儿了,说不说?不说咱替你说了。"他捏纸站起,扶着眼镜:"这娘们儿文化不高脑儿不灵,孬笔头念出来老少爷们非听懵懂了不可,不如我把意思说出来更便当。话说她一路起性,尽想念崖上那小人儿雷丁,梦中多有野合,闹腾得怪凶,真是什么词儿孬偏用什么词儿,'咱扳住你毛茸茸的小嘴儿亲也亲不够',乍一听还以为是跟个兔儿来事哩。还有什么'咱梦见你一夜搂上咱哩,小腰儿细溜溜怪疼人'。听听这是什么话。再往下更不得了啦,在南瓜地里泼辣起来,那孬娃到底是谁咱也说不清。反正后来住进人家屋里,什么好吃什么,恩呀爱的。你想想孬人家好吃物原本有限,一看见大水娃心上慌了,小磨香油一勺勺舀出来了,干啥?做饼哩。他们还包素馅大包子给她吃,让她吃得膘肥体壮大腿吊桶粗。她吭哧吭哧顶撞人家,天底下的骚娃都会来这一手,动不动就喘吁吁大喊大叫,'老天老地啊,棒小伙儿头发乌黑锃亮身上光溜溜嘴上有小黑胡儿,眉眼儿虎生生的,吓死人了。好日子也不是一天过的,你快饶了俺这一回吧。'那男方要不是走南闯北的主儿,听了这一番咋呼早吓得勒紧腰带跳窗跑了。好在是一路遇见的都是穷光棍,他们等于是大饿痨一抬手抓住了白面馍馍油炸糕,低头不语就是一顿好吃哩。她一路上胡乱闹腾像是跟谁举行不要脸比赛哩,嘴上倒有好词儿,老少爷们猜猜她说了什么?她说'快让咱有喜吧'。鬼精啊,这一说倒像是出门求子哩,你说说这是个什么泼皮物件。还是宝书上说得好啊,他们坏人干的事儿,是咱们善良人怎么想也想不出的啊。那真是孬透了。闲话休言,接上往下数叨。话说有一天她抑郁之至口不能言手不能书,欲回返而后怕,将前行而踌躇,恍恍然如醉似痴,湝湝然如丧考妣。妈的,一急咱又说开书上话了,还得从头拐回来。我的意思是她又瞟上了一个孬娃儿,黑灯瞎火睡得不知天高地厚,不吃不喝。这一家是娘儿俩,她藏在人家西间屋里当新媳妇,说什么'我琢磨这回可要有喜了'。她叫那男的'亲人哩,咱扎在你怀里就想哭'。听听吧老少爷们,牙碜啊,这是给咱下村人眼里掖棒槌啊。我要是有这样婆娘,三五下砸死算完,腿儿胳膊都不让她周全。好了，下边还有。接下来遇到的是一个四十多岁男人，这人赶过车，后来干些挑粪尿的腌臜活儿。就是嘛，鞭杆子可不能掌在这号人手里。他在屋里藏下婆娘，没白没黑的，想想看，这等于是骑在咱村脖子上屙屎屙尿嘛。这婆娘要不是嫁咱村怎么都好说，嫁了，就是成心给咱伍爷丢人现眼。这还不算完，最末的一个不得了哩，这婆娘写了：'俺遇上了一个美少年'，'那会儿天摇地动了，咱害怕了'，听听，毁哩，大雨天里撒泼，'见了他，俺心上开放了一层花瓣'。女人身上有花瓣儿？以前谁听说过？活该这花瓣只放了一层，第二层还没来得及放哩，民兵就把她揪住了。老少爷们，剩下的花瓣就让她在咱村放啊。"

场上静得很。一会儿人们都听到了咝咝啦啦的声音，定神一看都害怕了。原来是伍爷在桌前仰着脖儿流泪，眼珠大泪珠也大，一颗颗挂了满脸，"哦哟像做大噩梦哩，咱村大水娃儿好生生被欺负成这样。我心疼得不行，恨不能把一路上那些孬娃揪回来抽筋剥皮。蜜蜡你行行好说出来吧，说出来没你的事儿，说吧。"伍爷摇晃着走到蜜蜡跟前。"说吧，说吧。""快从头说哩，抗拒从严儿！"满场齐声呼应伍爷。蜜蜡嚷："那是俺自愿哩。一人做事一人当。"场上有一个沙哑恶声突然响起，原来是老獾蹿到了前边："呔，不要脸的物件，真是没有良心。你说说咱家怎么待你，风不吹雨不淋在家尽读尽写点心尽吃。你不生娃还有脸啦？换个别人砸也砸死。我娃儿把你惯恣了，他早一天缓过神来会一枪打中你的脑门心。嗯哼，你的苦日月来了，报应哩。"他说得全身大抖，有人赶忙上前扶了。小油矬接上父亲的话："谁犯了律条咱就办谁，伍爷说几壶就是几壶。今夜就辩论你哩，没有王法的东西。"伍爷抹抹泪眼：

"咱家矬儿当连长算是没有选错,我看你是'屁股上挂暖壶,有一定(腚)水平(瓶)'。"蜜蜡往前一步:"是老獾家把俺虏了来,他骗咱上书房,然后强迫成亲,我还要告他哩。"伍爷撇嘴:"这会儿知道告人了,那时节大花袄一穿恣不?你俩的事怎么捣弄咱又上哪儿知道?那是'被窝里打拳没外手儿','黑瞎子娶媳妇撂倒就睡','关东烟没沾嘴儿都留给了老东家',是这理儿不?再说了,谁的鞋好那得穿在脚上才知道,不过也不能一秋天下来穿成了全国最大号的破鞋呀。"场上人摩拳擦掌兴奋起来。伍爷又说:"咱就辩论辩论。你不是跟上那个什么'雷管',学了不少招数?人说他是个公猴儿托生,小手儿舞舞扎扎不闲哩。你也许真该当个'公侯(猴)夫人',出门有旗罗伞扇,吃饭有人伺候,屙屎端来金盆子。找下矬儿你觉得屈了材啊,肥肥大大人家按不住哩。"场上老头儿咂着烟锅:"这大婆娘老辈儿没见,老獾家驭她不住。""可惜了老獾爷儿俩有一身武功。""那也不能在老婆身上一天到晚使用勾连枪啊。""真是,娶个不长进的婆娘你就得活活气死,有什么法儿也白搭。听说前村有个婆娘暗里有了相好,偷着把男人饭碗放屋檐下接蝎虎尿呢。""老天,女人心蛇蝎心,这话什么时候都得记住啊。连长家幸亏休了这婆娘,要不怎么死的他们都不知道。"

不知不觉半夜过去,全场没有一个人打哈欠。二先生寻出一些纸上段落,伸手指着让蜜蜡说细节,她都把头转开。二先生对伍爷说:"我看这会儿架板子最是适宜。"伍爷不语。灯影里有人探头探脑往伍爷这边看,伍爷对其点头。原来嘴儿早就等在一边了,这会儿竹板抡成了花儿边打边上,站在灯光最亮处,未等开口先迎来一阵喝彩。他好像今夜主要是显摆打板的技艺来了，抛起竹板好几次，竹锯使用得更是顺手。"说呀，快来一段啊，"年轻人忍不住了。嘴儿开始转向蜜蜡，而且边打板边往前挪动，几乎要对在她脸上了。她把脸转到一边，他就跟到另一边。"哎，哎，竹板打，响连天，老少爷们都往这边看。这边看，真好看，大胖脸儿红艳艳；长得好，不听话，阶级敌人是她大；又吃馍，又吃肉，白白养了个翻眼猴；原来是个疯浪物，隔三岔五要脱裤；对她好，她不知，孬人孩儿胡乱日；咱村也不是吹牛皮，伍爷火了不客气，不客气那么不、客、气！"嘴儿越说越急，白沫从嘴角渗出，积得越来越多，远看像一朵小蘑菇。嘴儿大汗交流下了场，走过蜜蜡跟前使劲做个鬼脸。他刚下去吉妹儿几个老娘们儿扭扭扎扎上来了，伍爷瞥瞥二先生："好家伙，热闹了不是。"她们要表演一个小联唱，曲调借了某首现成的歌，词句倒是换成了新的。满场人谁不记得吉妹儿上回被辩论的情景，瞧她一转眼出来演节目了。"这娘们儿脸皮厚得气死驴皮，"一个老头子说。旁边的老婆婆立刻驳道："也不能这么说啊，小媳妇知错改错多好。"吉妹儿她们掏出手巾包了头，然后学老人那样一挪一挪走路，唱着："大妹子哎，要问咱村里什么多？

兹呀儿吆，民兵训练模范多。伍爷挥手把邪风顶啊，孬人吓得直哆嗦，直哆嗦，咿兹呀儿吆。小小年纪不学好啊，撒开了丫子往黑道上跑啊，跑啊跑啊咿兹呀儿吆，这样的骚货古来少，古呀么古来少啊。"整个一首歌儿都由吉妹儿领唱，这使全村人都领略了她又高又尖的嗓子。大家啧啧称赞，同时都记起上一次辩论会上被嘭嘭击打屁股时，她那震耳欲聋的嘶喊。

散会后民兵仍旧把蜜蜡押进老黑屋。二先生陪伍爷走了一会儿，没有吭声。后来他瞥瞥伍爷说:"你今夜哭哩。""我听她一路上的事儿,觉得还不如死了好。说到底她还是咱村婆娘啊。"二先生喷嘴:"这话不假。不过有了今夜,我算是明白了你是个大善人。""哧。"伍爷一歪头。"大善人哪。伍爷要有闲心,我得把修出的传书一节一节读给你了。""哧。"后半夜伍爷没有回家,而是一个人到老黑屋睡下。桌上是二先生携来的蜜蜡书包,里面有书,有一卷卷的字纸。他翻动着,又对上鼻子嗅了嗅。他能认出哪一本是宝书,拣出来作一个揢放到一边,然后对剩下的一堆吐一口:"呸。"他和衣而卧刚刚一会儿,岗哨上的民兵就提来了食盒。他吃了一块酥饼,说:"今后我来过堂。""是啦。""矬儿有什么动静?""他恨蜜蜡哩。"伍爷重新躺下,随手把那个大书包搂到枕边,"咦,上面全是大水娃的味儿。"不知过了多久睡着了,醒来时发现月光透过窗子。他坐起,趴在窗上看一天星斗,念着:"一个大星一个大星啊。"一阵燥热逼人,他脱得只剩一个大裤衩,不停地哼叫。后来他试着背上枕边那个大书包,不知该斜挎还是单背,反正怎么试都别扭。他背着出门,凉丝丝的风真叫舒服。他直奔北厢房,叫着:"蜜蜡蜜蜡咱老孩儿也上书房哩",引得她从窗上探头看了一眼。蜜蜡看清了月光下的光身子、巨大的肚腹和头颅,马上捂了脸。"你怕咱,咱还怕你哩。开了门教咱识字怎样?""你别想进来,大河马,妖怪。"伍爷笑了,把书包拍了拍,大摇大摆在院里走个来回,又凑到窗前说:"明天就归到孬人队啊,白天干活夜里再关老黑屋。想过堂咱就过堂,看你不从。"

大白天民兵押上孬人队上街总是引人好奇。真是怪啊,人还是那些人,可就是看不够。瞧这老老少少的模样儿多么怪,原来孬人都是天生的。

他们当中最让人感兴趣的就是那个眼镜女人，这女人从衣着举止到说话都是别一种味儿，人长得高高爽爽，皮儿真白。太阳把她晒蜕了皮，蜕了一层又一层，还是比别人白。她在辩论会上语言不多，却能一语中的，宝书上的话句句记得，伍爷的俏皮话一出口，她就冷冷回一句。伍爷害怕顶撞时误伤了宝书上的话，所以躲躲闪闪不得尽兴。一场又一场辩过了，连场上的老婆婆都明白伍爷没有胜她。"慢慢来吧，急了不中，"她们私下里劝说伍爷。伍爷的羞怒掩饰不住，牙齿咬得咯咯响。每次辩论都因为太不顺遂，准备好的节目也没法演了。人们总想从眼镜女身上看出点名堂。民兵凶得吓人，动不动就推搡孬人，可他们在目光冷肃的眼镜女面前常有些收敛。这一天孬人队中又多了个蜜蜡，她一入队就喊眼镜女："大姐。"眼镜女说："你长得真好看。""俺不如大姐哩。"她们做活时老在一块儿，一边干一边说话。民兵过来训斥："瞎串拢什么？闭上臭嘴。"蜜蜡不听，小声问她："大姐原在城里干什么？""在中学教书。""是书房老师啊，真好哩。"民兵扯了蜜蜡一把："你来干这营生。"那是汪着水的猪圈，要把里面的粪肥铲出来。眼镜女来看了，说："没有胶靴怎么做？"民兵哼一声："关你什么事，嘴贱。"蜜蜡往手上唾一口，抓起铁锹就跳进了粪水中，一群苍蝇嗡一下飞起。她飞快往外铲粪肥，其他人再用筐子担走。蜜蜡衣服上溅满了污粪，一会儿就湿淋淋的了。"你该光着膀子干哩，"民兵蹲在圈边看她。蜜蜡一声不吭铲粪，有一锹铲起扬偏了，糊了民兵满脸。"哎呀我捧死你个孬货，给你一枪刺个双关透。"民兵挥起枪托去砸圈里的人，却被蜜蜡反手抓住跃上来。两人抓在了一起，"你这个大破鞋，咱这回把你拆巴零碎，"民兵屏住气想把她按倒。

眼镜女跑过来，蜜蜡却嚷："大姐远些别沾了粪"，说完"嗯"一声把民兵摔了个仰八叉。民兵红着眼去抓枪，蜜蜡看准了一脚把枪踢到了粪水里。"你妈的天大胆子啊，"民兵要从地上拣石块，一弯腰却被冲过来的蜜蜡掀了个狗趴。所有做活的人都停下来看。民兵趴在地上眯了眼，搓揉着满地寻找打人的东西，蜜蜡就直眼盯住他。

十八

伍爷大白天在黑屋里睡觉，鼾声响得吓人。小油矬好几次走近了，从窗上看一眼又赶紧离开。炕上的人四仰八叉躺着，左眼球睡着了还露出一半，泛着青微微的光。刚开始小油矬以为这半睁半闭的眼是看得见的，后来才知道是多虑了。伍爷的躯体平摊在炕上占去了一多半面积，另一边放了一个大书包、一个敞开的食盒。他打鼾时肚腹起伏，有拳头大小的凸起在皮下游蹿，活像蓄养的一群动物在悄悄活动。这肚腹太大了，大到让人猜测有一些水狸鼠之类生活在其中，它们与伍爷两不相扰。因为这个人的饭量惊人，有一次小油矬亲眼看着他吞下了一条猪后肘，外加食盒里的三块糯米红糖糕、一碗粉团蛋花卤，还有葱花大油饼。白酒不计，高兴了一斤，不高兴八两，反正是醉了大吐，吐过再喝。小油矬认为这些吃物加在一起足可以养活一个五口之家。伍爷最爱吃老獾做的"撕兔"和"撕鸡撕鸭"。这些菜要由老獾一个人做，而且不能动用铁器，因为沾铁泛腥，只好空着两手将兔子或鸡鸭活剥了再撕碎，然后加佐料放入砂锅炖煮。老獾手劲大指甲硬，做起来毫不费力。小油矬让父亲做了几只"撕兔"送到老黑屋，两次都遇上人在酣睡，只好交给守岗的民兵。白天睡觉夜晚精神，所以接下来的几个辩论会满场的人都熬不过伍爷。蜜蜡一到了后半夜就站在台上打瞌睡，民兵不得不随时推拥几下："你听见了没？"蜜蜡眯着眼答一句："听啊，他们怎么说都听啊。"看着她懒洋洋的大脸，伍爷不再掩饰心中的喜欢，拍着巴掌嚷："哦哟这个物件，这个物件才是咱村宝器哩，咱要了命也不能把她交给外村，就是上级要咱也不给，是吧是吧？""咱给他们？凭什么？人是咱逮回来的，再说也是犯在咱村手上。"一个老头子站起来呼应。有个初中毕业的年轻人反驳道："我们都是来自五湖四海，为了一个共同的目标才走到一起来的。"老人看着场上的伍爷说："呔。"伍爷的大黑眼球转到年轻人身上："你也该学着说句人话了。"二先生搓手，磕牙，对伍爷说："要说借，那得先借来蜜蜡妈。听说那娘们儿才叫疯浪，脱了裤子就是皇上，驻村的头头脑脑都蔫了。伍爷不和她斗斗嘴，她就不知道山外有山。我把你的辩才也修进了传书。"伍爷让他住嘴，转向场子说："谁再说说？咱今夜好好辩论辩论哩。"有个小脚老太婆拄着拐上来，老远就伸手点划蜜蜡说："你这孩儿也算欺天哪，敢溜溜达达干那事儿。老少爷们老姊妹们，咱谁没打年轻时候过来啊？老东家去东北带上咱做使唤丫头，差点没让女主家使簪子捅瞎了眼。看看伤了脖子，"说着扭过脖子让人看疤，"想想看吧，老东家穿了千层底儿布鞋，丝绸对襟袄上还挂了怀表，金丝眼镜，兜里大洋一摸一块，那是什么成色！咱要和你一样，那还不是肉包子打狗啊？"老太婆哽咽起来，几个年轻媳妇赶忙上前规劝。

伍爷鼻子发出吭吭声："你跟了东家今天就是孬人了。那真是'剃头刀子揩腚，好险啊！'""好险！好险！"几个老头儿迎着老太婆大叫。"要想人不知，除非己莫为。你这胖孩儿还是一桩一桩从实招了好，"貐嫚不知什么时候从人空里挤出来说一句。蜜蜡困极了，眯着眼看她一下。貐嫚转向满场说："咱最知她底细。咱为她扒过衣裳。本来是个火红大胖孩儿，打小不知吞下了多少好吃物。该跟连长圆房了，她死也不从啊。咱为她配了喜药，人家老孩儿还把食盒提进里间，结果哩？她硬是把连长胳膊咬穿了。狠哩，狠哩。"满场发出"咝咝"吸气声。伍爷瞥瞥场子："矬儿来了没？我问你有没有这搭子事？"小油矬走到汽灯下捋起袖子，露出一个灿亮的大疤。"这真是老辈没听说的事儿啊。""连大喜日子都下口，真成了狼哩。""狼见了郎君也知道恣呀，她还不如一只狼。"人群里议论声声。伍爷踱到蜜蜡跟前："看来以后再圆房还得为你备下一副牲口笼头哩。"场里人大笑。貐嫚说："听人讲这疯浪娘们儿一路都挂记着'有喜'，安了什么心肠啊。咱白白给她配了好几付喜药。"几句话引得老貜大恼，胡子翘起嚷："我家待她真是不薄。我一天到晚好声劝她：大水娃儿快些生罢，咱家等人使哩。她大腚撅着装作最能生娃的模样，其实是揣着计谋害人。这糟烂物件该拿水烟袋把头砸破，伍爷你行个令儿我立马把她砸死，看她还敢也不敢？"蜜蜡哈欠连连应着："不敢不敢。"

辩论会后人们搓着眼往回走，相互问道："伍爷今夜胜没胜她？"有人说"胜了一点儿"，有人说"早就大胜了。"不过都知道辩论会还远远没有开完，"好戏还在后头呢，就是害困。"许多人拿蜜蜡比眼镜女,都说后者才是个厉害角色,要胜她多说一年两载,少说也得六个月。"也许等她粗活干多了,手上脚上老皮苍苍脑子也就不好使了。""听说她天天在家洗澡,身上怪白,村里人她不喜见哩。""这就是伍爷辩不胜的缘故,她不正眼看人麻烦不?"正议论着,二先生伸着脖子过来,大声问:"看见老核桃儿子金孜没?"都说没有。二先生又匆匆走开了。老婆婆望着他的背影:"咱村啊,一出事儿连着一出事儿,怕要忙上一阵子了。""那是啊,今年的事儿积成了疙瘩,不是这样就是那样,催得咱上茅厕都得一路小跑。"二先生回头追上伍爷,呼哧呼哧喘着:"伍爷,听人说金孜添了症候,一天到晚在庄稼地里胡蹿呢。"伍爷心不在焉,二先生又说:"恕我直言,事情闹到了这般田地,小油矬不该再掌兵权了。"伍爷不语。

　　伍爷一回老黑屋,站岗的民兵就递上了香喷喷的"撕兔"。伍爷打开砂锅,铺一团荷叶垫在桌上,用一把卸下的枪刺切开大肉块,端着杯子吃喝起来。"来人哩,"他指着北厢说:"看住了别让她睡觉,待会儿我还要提审。她别再睡了,今个咱用'害困法儿'治她。"民兵十分作难:"她老嚷'困呀困呀',一进屋就喊不醒哩。""胳肢她,一闭眼就挠挠她。"民兵去了。伍爷喝过吃过已是凌晨三点,拍拍桌子喊一声"过堂",民兵就押着摇摇晃晃的蜜蜡过来了。她一进门就歪在门框上睡,伍爷挥手让民兵走开。他在她胸部那儿挠了挠,蜜蜡立刻醒来。"还不好好交代?""我困死了。""咱不打也不骂,就是不让你睡觉。""我困死了,困死了,"蜜蜡说着又闭上了眼。他笑着又挠了挠她的胸部,她没睁眼。他又捏了她一下。"妈啊,河马畜生,"蜜蜡尖叫。"咱睡了一天，精神头儿刚刚上来。还嫌燥哩热哩，老天爷受不了啦。"说着脱了衣服，只剩下一个大裤衩儿。他掐腰站了一会儿，推拥蜜蜡："炕上躺哩，要睡就大睡。"说这话时发现窗外有人，就拿上刺刀走出。原来是站岗的民兵，瞥见伍爷的脸色抬腿就跑。伍爷端着刺刀追赶着喊："我非杀了你不可，我得杀了你。"他踏得石板啪啪响，民兵背着枪没命逃窜，一直逃出巷口。

二先生夹上修了一半的传书到书房去，见了那些老师就摊开了。他们瞥几眼说："尽是老繁体啊。"他夹上出了书房。走上街头，看了一会儿民兵演练，最后又在伍爷的大门口站住。哨兵打着瞌睡，见了他故意问"口令"，他说："见了那个金孜再问罢。他在庄稼地里乱窜。"说着迈进门去。他知道伍爷白天晚上都住老黑屋，跨入二进院时还是问一声："伍爷在啊？"伍爷老婆婆抹抹风泪眼走出："老二家啊。他忙得一连三天不沾家。你看这是什么年头，大老爷们儿一天到晚斗狐骚，狐骚多得斗也斗不完。"他们一块儿坐在门口石头上晒太阳。"老二家一天到晚夹一卷大纸，累不累死？""这是给伍爷修传书哩，花了几年工夫，急了还真不中。"她取到手里摩挲，"可惜咱是个睁眼瞎。""那我读一小段你听，权当解闷儿。"他咳咳嗓子，哗啦啦翻纸："男女先人精心饲喂孩童，剃光头穿花衣，""'仙人'是谁？""他爸他妈哩，嗯，好生听。眼见得双腿如象足，两手似龙爪，宽额巨目阔口坚牙，一派大英雄气象。大丈夫生来尚武，蔑视书房，跟随双亲来往于斗争场上，耳濡目染动辄舞刀弄枪。可惜天下初定战事稍息，有帅才而无良机屈身低就。观伍爷眉目便可知大将本领，视满口坚齿即可料咬钢嚼铁。十五岁长成街上霸主，大小童子皆为身边喽啰。孬人闻其声而色变，常人观其行而规避。大小村落，泱泱民间，莫不知虎门又添豹子，苍天再降灾星。先人既老，兵权私授，上级倚重，根红苗正。君不见督都来视，执手而行，酒过三巡，声色俱厉。笔者曾有幸跟随左右，亲睹伍爷自幼霹雳刚勇，实为凡人不可比拟之骁悍。吾虽年长十岁有二，或可为伍爷记叙日常行止，收拾一路碎银。可叹吾辈鼠目寸光身陷泥潭，光复后险遭咔嚓。说到此心中怦然战战兢兢，一生常忆伍爷大赦之恩。其恩也重，重于泰山；其德也高，高于昆仑。吾半生觅得病妻一枚苟延残喘，幸得伍爷关爱方获一分活趣，不至轻生。吾平生所见伟人多乎不多，身材宽大声如洪钟者仅此一例。且不说治理保甲技高一筹，设文臣置武将以逸代劳，平日里安卧榻上身覆朱红缎被，大街上一片升平井井有条。真正是以静制动，运筹帷幄，决胜于千里之外。其人声势远播，恩威并举，毗邻如上村之头黑儿来见，每每躬身低眉，乃畏惧之状也。凡强力之士必有余兴存焉，俺伍爷虽日理万机，仍旧异趣盎然令人惊骇。本传书依据不为贤者讳之原则，在此慎记传主瑕疵一二，以承续太史公之遗风。申亥闰七月农历中旬雷雨之夜，笔者烦躁无眠一时兴起持伞上街，行至村东一草寮忽闻嘶叫与巨喘交汇，心跳怦怦耳，以至步不能举一刻有余。尔后侧立巷角待观，方见传主步出草寮，余者为村妇李某。大德未掩小过，巨流不弃线溪。衙所东侧之麦田屡有袭人妻女者，受害人每每缄口。笔者曾暗中勘测，所见麦秸倒伏之状伟巨高长，即判定非一人而不能为。身为村首，气贯长虹，心装万千丘壑，然难免千虑一失，偶见仄逼之心机。如与眼镜女辩论一事即为例证。众所周知，若论辩才则无出其右者；然尺有所短，寸有所长，眼镜女遍读宝书且举一反三，新词迭出，也非伍爷一时所能招架。辩论会令伍爷怏怏，于是乎求胜心切，不再从长计议，反在会后怂恿村童作乱。笔者亲睹炎热正午群少于眼镜女屋后嬉耍，伍爷见其后窗蒸汽缭绕，知晓该女正在兴炊，遂唆使众村童抛驴粪蛋于室内。另有新春时节，二三顽童于代销点购得拉鞭一副，注：该鞭为手拉即响之鞭炮，属喜庆节令消耗品之一宗。伍爷见状即教导顽童横拉绊线于眼镜女门前，然后悄立暗中。眼镜女收工归来踢中绊线，随即鞭声骤起，一个趔趄荷锨飞出，人匐在地，伍爷与顽童则大笑而还。凡此种种，在在皆是，仅与看官存留点滴而已。时光荏苒，春去秋还，话说公元一千九百六十七年战争频仍，烽火终起，伍爷大运转来。集乡勇三十，造土雷子百六十枚，黑药火枪二十有五，遂无敌于方圆数里。越二年，烽烟渐息，伍爷尚有三次午夜打援之举。据不完全统算，大小战役四十，令新旧孬人魂丧胆寒。战争中期欲与战友三次北上，面见伟人，无奈因刀兵所阻而未成行，至今耿耿。先人既去，伍爷栖身当年胜利之果即二进宅院，事业又何尝超过前人数倍，可谓如日中天。俗语云好花还赖绿叶，又云巧妇难炊无米。伍爷最具识人之慧眼，偏爱者如吾辈虽不才，亦聊可一用耳。笔者除掌握文枢，供给耳食，倘与之智聊神侃，博得击掌一笑之快。貐嬷赤脚，老迈粗丑，然善于医治，借走街串巷之便也可充作耳目；其人尤长于背疾，为年长者所喜。至于说兵头油矬，则稍逊风骚，或可视为败绩。此一时彼一时，以胜败论英雄当不足取。其人于社县武试争得名次，遂夺得欢心。笔者料定此景将不久于世矣。呜呼，笔者坎坷半生，功业不展，唯愿伏首为臣忠贞不贰，日月可鉴矣。"

蜜蜡在老黑屋泣哭，发出声声哀求："让我睡一觉吧，只睡一小会儿，行行好吧。"两个民兵木脸端坐，待她一闭眼就伸手胳肢一下。她喊，蹦跳，衣服都撕破了，只觉得头颅开裂，耳朵想要挣飞，眼睛像两颗砸不烂的石子。"妈呀爸呀，这是什么刑罚呀，这是老辈没听说的一个毒招呀，孩儿真想一头撞死。"她也不知道这些话是不是喊出来了，因为嘴巴和脑子一块儿木了，不听使唤了。她把雷丁叫成铜娃，有一刻好像还抱住了他俩。她直直瞪大眼睛，这样民兵就不会胳肢她了。她学会了睁大双眼睡觉，又怕打出呼噜被他们识破。她张大的双目一无所视，面前民兵若有若无，倒是梦中幻影交叠出现：蒇儿与她双双押上场院；一个沉默终日的美少年；河畔雨，南瓜田；不记得山盟海誓，只记得生生分离。"好铜娃你还手持镰刀站在河边张望？俺在赶去会你的路上被妖怪掳走了。你快些回吧，回吧，再不要等了。俺大概一辈子也见不到你这个美少年了。"她的眼睛渗出泪滴，在梦中哀哀恸哭。她如今最想念的就是铜娃了，他就是今生的挚爱。从三许到双子再到蒇儿，他们没有一个让她像牵挂铜娃一样急切揪心。"咱真像妈一样哩，两眼一望见美少年就再也迈不开步儿了。咱真像妈的脾性。妈耶，咱当孩儿的再也不敢嫌弃你了。"蜜蜡的哭诉与哀求都在梦中，双眼凝视不动，旁边的两个民兵终起疑心，就伸手拨动她的颌部。"哎呀这大胖婆娘啊，"一个民兵嫌烫一样缩回了手，"她怎么不转眼儿，莫不是成了活死人？"两人你一句我一句议论，后来就报告了伍爷。伍爷喷着宽鼻走来，一见蜜蜡就笑了："这孩儿睁着大眼看咱哩，"他朝她做个鬼脸，没有反应。"哦哟哟功夫不浅啊，大胖孩儿亲死个人。"他在她乳部按了一下，又捏捏她的鼻子。突然蜜蜡发出一声长喘,全身一震,眼睛眨动起来。"你们不让我睡啊,行行好吧,我要死了,要死了。""死了也不能睡哩,大胖孩儿你好好看看有谁睡了?我那屋里有壶好茶,你一喝就不困了。"蜜蜡听到一个"茶"字忙问:"在哪儿在哪儿?"伍爷回去取来一个紫泥茶壶,直接把壶嘴儿插进了她嘴里。好喝啊,她咕咚咚一口气喝空了茶壶,抿抿嘴唇。"啊呀大胖孩儿刚才一顿好喝。"伍爷喊着,发现她还在木木看人,就转向民兵:"你两个轮换着骚逗,不行去找两枝扫帚草来划拉她,往她胳肢窝那儿找痒痒肉。直到把她骚得嘎嘎大笑才成。"

　　天亮了,有人押蜜蜡出去干活。他们拖她架她,好不容易才把她弄出门。她跟上挪动,那模样不知是睡是醒,走到半路上竟打起了鼾。"呀呀真怪,人还能边走边睡?"大家都跑过来看:"真是哩,瞧她走得不孬,一步一步紧跟点儿,眼也睁着,遇到墙角呀石头呀还知道躲闪,可就是打鼾哩。"他们一直把她领到干活的地方,正好小油矬头捆布条站在那儿,听民兵说了几句就过来了。他伸长脖子凑到鼻孔那儿听了听,然后对准她耳廓说:"咱是连长,你这个孬物。"蜜蜡嘴角嚅动:"畜生。""她没睡,"民兵说。小油矬又说:"我让你害得头快裂了,换了别人,早就给你一枪算完。"蜜蜡又低低咕哝:"畜生。"小油矬转脸对别人说:"干活干活。"眼镜女和蜜蜡抬一个粪筐,有人给她们的筐子装得太满,小油矬就骂:"你他妈眼瞎了不成?她睡着哩。"她们抬了筐子,摇摇晃晃,小油矬跟在一旁。她们刚拐过一个墙角,蜜蜡就倚着墙壁不动了。小油矬取掉她肩上的扁担放到另一个人肩上,"你个孬货先歪这儿,回头再好好审你。"蜜蜡倚在墙上打鼾,旁边人匆匆干活不再管她。小油矬卡腰监视所有孬人，时不时扫蜜蜡一眼。快到中午时分二先生突然出现了，他一转脸看到了倚墙而睡的人，立刻跑到小油矬跟前说："了不得了，你怎么敢让她合眼？伍爷在使'害困法儿'。了得，你破了伍爷法术哩。"小油矬招招手让他离得近一些，说："你听着，我早晚咔嚓了你。"

二先生一声不吭离开了。他步子细碎走出巷子，一直走到村外。额上湿湿的，一摸汗水满手。一颗心怦怦乱跳，两眼视物昏花。他从小油矬咬牙切齿之中听出了一个恶兆，从心里害怕老獾父子。"妈呀，咱报不报伍爷呢？"他呻吟着坐在了泥地上，掐弄手指骨节算着什么，又哼哼呀呀把手缩进衣袖里。多少次夜里失眠，惊骇于同一个场景：小油矬翻脸不认人，指挥那些持枪人把戴了眼镜的黄脸瘦子押到河滩上。天哪，阳光白花花的，砂子耀得人睁不开眼，那腰上别了枪的矬儿手掌一挥：上紧办了。他们让那人跪在沙滩上，一个人手持大刀过来，咔嚓一声。他每想到这里都全身冷汗，因为那个黄脸瘦子正是自己。他在那样的夜晚越发明白，自己今生只有伍爷护佑了。这会儿他抬起头：一片豆地传来咔啦啦的响声，一只黄鼬从豆蔓里探头望一眼，倏地缩回。另一边的高粱棵里有噼噼啪啪的响动，他一转脸愣住了：一个人在跳，每跳一下都要踩折一棵高粱。二先生瞪大眼睛走过去。那跳着走路的人头发长长，身上一色米黄制服，不过已经脏得不成样子；脚上是染成土色的球鞋，用破布缠裹了。二先生认出这是金孜，惊得闭嘴。瞧几天不见这年轻人全变了形，脸上土末厚得不见真皮，眼红得像火绳头儿，嘴巴肿得像绵羊下巴。脚上的伤一定重得不行了，如今不能走只能单腿儿跳了，一蹦一蹦像兔子。金孜盯住他："你能帮我成亲吗？""大半不能。""我如今是民兵了,伍爷批准的。"二先生端量几眼,"那女的哪去了?""她顺着大街往西跑了,我知道她要找我成亲。""那你该在家里等她。"金孜哇哇哭了:"她不知道我当了民兵,以为在村里成不了亲。我们该一起逃的,这会儿她肯定正满地里找我。"二先生盯着天上一块云彩:"糟透了,这回糟透了。"

第六章　飞驴

十九

"她的痒痒肉在哪里？"伍爷打着嗝，趿拉着一双又破又大的圆头毡靴走过来。两个民兵拿了扫帚草在蜜蜡腋下、颌下搔动，"原先还在这儿，这会儿又不知又跑到哪去了。""嗯哼？"伍爷双手拄膝看着。蜜蜡两眼半睁半闭，他伸出一根粗指头在她眼前晃了晃。"妈的，又睡过去了，俩废物看不住一个女人打瞌睡，"说着捏住她使劲一拽。蜜蜡往上一跳，两眼睁得又红又大。当她看清了眼前是谁，立刻念出："让我睡吧睡吧只睡一小会儿，我就要死了。""咱不信哩。咱还没听说谁打着瞌睡死哩。""行行好吧，让我只睡一眨眼的工夫吧。"伍爷嘻嘻笑，转向民兵："看来这娘们儿被咱治服了。你俩今夜上紧看住，她的痒痒肉在胸脯上。"说完拖拖拉拉走了。两个民兵每隔二三分钟就用扫帚草搔弄她的胸前一下，咕哝："你不能睡，你可不能睡。"蜜蜡嘴里一直应着"啊啊，啊啊"，眼睛再也睁不圆了。她觉得自己被一团又湿又粘的云絮托起，不停地飘游。她离星星那么近，它们一颗一颗就像玉米穗儿，摸一摸烫人。原来天上也有河流和庄稼，有上一年遗下的秸秆。她一见这些秸秆心里就亲，它们好像是救命草，她一看见它们就要跟跟跄跄奔过去，打一个又大又长的哈欠。"你可不能睡，你可不能睡！"这呼喊像来自田野。她打着哈欠，听着自己无边的呓语："我想你想得睡不着，瞌睡死了。你的小下巴又磕在胸口了，我得把它下面垫一块小手绢。胸口刚刚长出了嫩皮儿，又亮又新红濡濡像剥了皮的瓜儿。因为这是手风琴一点一点磨成的，我一贴上去就能听到丝丝拉拉的风声。那是比悄悄话还要低的声音，是你的心在拉琴哩。再摸摸你一根根活动不停的肋骨，它们好比风琴腔上的一道道棱儿。哎呀这后背上脖颈上、胸脯上肚子上的绒绒啊，又密又滑，对上鼻子嗅嗅有牵牛花的香气。多大的人了啊，还穿着白色小肚兜儿，大约是怕胃口受风寒吧。俺把脸贴在你的胸前，趁着你两眼合上的当口，伸手摸了你的周身。老天，大男人一天到晚板着脸教导咱庄稼孩儿，身上倒和小孩儿差不多：小肚子圆溜溜软绵绵，后脊梁像熨衣板一样平整。我一遍遍数了你的骨节儿，数也数不清。我怕你屁股上生褥疮，伸手一兜垫上一块粗棉布。俺在你周身上下忙忙活活什么也不怕。你就该在咱心里揣上一辈子，因为没有你教导咱爱护咱，咱什么也不是，到现在还得躺在溪边草垛上打挺呢。你病了那会儿不吭不哈，闭着眼一张嘴就吞下咱剥好的煮芋头，嗯哪嗯哪吃得香。咱在那些黑灯瞎火的夜晚，困了拱你被窝边上就打瞌睡。你说说吧，你到底是什么精灵托生下来？咱这会儿只想告诉你，咱要赶在秋天煞尾找到你，不管你害羞啊师生有别啊领导不让啊，不管这些借口和托词，二话不说就要攥住你。小小人儿会挣巴哩，两手乱舞动哩。其实也是白搭，俺要把你生生按住哩。"

"你不能睡，你可不能睡！"这呼喊啊，传遍四野，云彩都吓飞了。

肥羊在河边上汇成一群，赶羊老汉扬鞭吆喝。一个割草美少年手持镰刀张望不已，他的眼睛亮如星星，额头之上是黑云似的浓发，双唇红润棱角分明，裸露在外的肌肤宛如古铜。"一个传说中的金童站在了河边，我要随你走哩，不管是风天雨天泥泞路，也不管饥困口渴。少年哪，双眼忧愁嘴唇抿起，手持镰刀看着远方。那又清又沉的眼波啊，那扬起的双眉啊。咱把红头巾捆在腰上，打扮就像花木兰；咱在瓢泼大雨里踏着河堤赶路，让水淋淋的衣装贴在身上。咱不怕风寒雨疾天昏地暗，心上揣了爱慕的炭火。两个悲伤流泪的苦命娃，雨水掩去咱满脸泪花。你不知道我受了什么劫难，十八岁遭了污脏，洞房里没有情和爱。我要诅咒一些人，一些事，一些日月，一些村庄。我知道一个大闺女家撒了泼要找回心爱，连鬼神都管不住。咱恨，咱苦，咱悲伤哩。咱直到有一天让人逮住了从里到外数落。可我不服哩。谁是从地狱里爬上来、从苦海里漂上来的人？谁像一朵鲜花刚开了一半就让人用脚碾碎，碾成了一堆烂泥？如果不是，就先闭嘴吧，俺庄稼孩儿不喜听哩。咱在大雨天里东跑西蹿，是想让老天爷的清水洗个干净，花蕊簇新好似从前，只献给眼前这个少年哩。快伸手接下吧，一朵花还带着露珠，谁都夸这是一朵又鲜又嫩、没招惹一只蜜蜂的好花。这花开得不易，冬天冰雪磕嚓的，夏天毒日头要杀人。俺爸俺妈一口口把咱喂大，俺妈动不动就亲咱的脸。崖上老师念诗文学宝书，手把手教，这都是做梦也不敢想的事儿啊，咱庄稼孩儿浑身恣透哩。他来崖上行的是大仁义，给咱打开智窍，让咱有朝一日遇到美少年能够开口说话。咱要一句书上的话都不会说，人家不喜见哩。老天爷，事到临头咱还是害羞了，结结巴巴不敢说了。那些天的煎熬啊，忍耐啊，到头来一次次拔腿往河边上跑了。那儿有暖煦煦的风，有摇头摆尾的树棵子，有摸一把又软又热的大沙滩。做梦也想不到会有那样成双成对的时候，想不到会有那样一场大姻缘。天摇了，地皮一动一动，一生一世不该忘了。我再不抱怨命苦啊活不过来了啊，只该一路仰着笑脸。铜娃从那天起化为咱的心瓣儿，一颤一颤欢喜，一揪一揪生疼。这是老辈没见过的好小伙，表情肃穆的俊男子，比书上写过的郎君还要精神百倍。咱这是怎么了，手心里是汗胸口上乱跳，八成是得了人世间最重的相思病。世上的事就是这么怪啊，你不亲眼看见亲身经历就死也不信。俺不行了，俺一闭眼就看见他手提镰刀站在河堤上。"

伍爷用枪刺挑着肉块，边吃边踱进北厢。两个民兵看着刀尖上的东西目不转睛。"你们吃好东西的日子还在后头哩，"伍爷把肉块儿在蜜蜡嘴上蹭一下，然后收回来大咬一口，发出"嗯啊嗯啊"的声音。"哎呀真香啊，一口大肉一口烧酒哩。"他低头瞅着蜜蜡的嘴巴："油滋滋大嘴儿怪好。"蜜蜡梦中抿着嘴，"你别手提镰刀站那儿啊，我瞌睡得跑不动了。"伍爷停止咀嚼侧耳倾听，大笑："咱手提的是枪刺哩，从三八大盖上刚卸下来。"他牵上她的手："今夜咱得过堂哩，这'害困法'我看使得差不多了，走哩走哩。"蜜蜡摇摇晃晃往前，鼻子里仍旧是沉重的呼吸。两个民兵随上说："她走路也在睡哩。"他们递上扫帚草，被伍爷一掌打掉："回去歇着吧，没你俩的事了。"两个民兵一连声打着哈欠离开。蜜蜡被牵到了过堂的屋子，一阵刺鼻的膻气让她睁一下眼：樟木桌上是散乱的荷叶，上面是切得乱七八糟的熟肉，那个大河马用枪刺挑着肉块大嚼。她的头颅沉得像石头，一晃就磕在了门框上，发出"咚"的一声，随即却发出了鼾声。伍爷放下手里的东西，过来摸摸这儿瞅瞅那儿，一双大眼湿淋淋的。"哦哟大肥孩儿这回真是瞌睡了，不过咱得让你好生睡哩。"蜜蜡被他揪疼了，口中喃喃："行行好吧，我困死了困死了，我只睡一小会儿，求求你了。""你说什么？""求求你让咱合一下眼，我快死了。"伍爷大笑："没听说瞌睡还能死人。也好，要睡咱就泼睡，炕上盖了大被子呼啦呼啦睡去，三天三夜别醒。"他推拥一下，她攀上了炕。"哦哟大肥娃少说也有个千千八百斤，咱差点儿弄不上炕哩。你不能半截身子爬上炕就呼啦起来啊。哎咳咳，哎咳咳，中哩，盖上大花被子。"他把一个油滋滋的蓝布枕头塞给她，又在她肩膀四周将被角掖得严严实实，咕哝："一顿好睡哩，大孩儿一喘气满屋喷香，真是老辈没见的宝物。老獾家不会调理啊，再说谁拱在獾窝里受得了，别说你了，就算换了我这个皮实人也早撒开丫子跑了是吧？嗯哼，大肥娃，咱先一边端量着啃肉吃肴，一盅连一盅喝酒，一会儿再泡一壶酽茶，喝得浑身汗粒儿直冒，最后才呼噜一下钻进被窝哩。咱嗯哪哈啊拉呱儿，一直拉到公鸡伸着脖子叫也不起来。到时候咱可得比比谁胖，依我看你呀胖得还是不到数儿，咱冬天得穿四尺二的老棉裤腰哩。哦咦，说着说着酒瘾泛上来了，我得先灌四两半斤的，你先睡着。瞧眼睫毛夹得溜齐，待会儿咱要哄得你小满月孩儿一样听话。嗯，呼啊呼啊睡哩。"他像踩高跷一样晃动，踏来踏去走个不停，一会儿伏身看一下炕上的人，一会儿又回头饮一口酒。疙疙瘩瘩的大脸红中泛紫，宽鼻喘息时像有两股火苗进进出出。他挪到屋角照准一个瓦罐撒了泡尿，然后又把鼻子塞进凉水钵里吸了一通水，抽出鼻子"嘭"一声喷出。"哎呀燥死热死。"

他念着几句街上的顺口溜："伍爷去征西，火了剥他两层皮。排骨肉包吃得饱，一刀砍他个窝儿老。"这样念着凑到炕边，在蜜蜡额上亲一口，带着哭腔喊："夜到三更了，不睡不中哩。"他开始脱衣服，脱一件往上扔一件，落在哪儿都不管。在钻进被窝之前，他又拉开木格子窗看了看天空，正好看到了一个流星。"又一个大星溜号哩。"他费力拱进被子，然后一丝不动仰躺了一会儿。蜜蜡睡到了最沉的时刻，那又长又深的呼吸啊，那颤颤的鼻翼啊。他坐起来俯身看着，嘴唇一瘪哭起来，"咱天一明就把那油矬儿绑了，捆到村西老槐树上开刀问斩，吭哧一刀剁下。那样大肥孩儿该解气了不是？"泪水流个不停，顺着鼻子淌，擦也擦不完。他哭着掀了被子，一件一件解蜜蜡的花衣。解一层又一层，"哦咦，你是真能穿呀，你说天又不冷你穿这么多做什么，你说咱庄稼孩儿哪用戴这么多装备，又是奶捂子啊，又是小汗衫啊，还有方格小裤头啊，净给领导找麻烦啊。咱脱了先放一边摞下，等天亮了一五一十好好数数，看看一共有多少。"蜜蜡呼呼喘息，一双手却拉紧了最后的布绺，就像临近深崖时揪住了一根葛藤，死也不敢松手。"好蜜蜡这是何苦呢，咱不跟你推啊拉的逗弄着玩，一寸光阴一寸金，寸金难买寸光阴哩。咱如今也是'小猫钻进了鱼筐里，手按脚蹬张口叉'。哎咳咳，抬抬身子脱呀，脱出个水光溜滑大胖孩儿。"他掰蜜蜡的手，掰了几掰没掰动，"咦，睡娃手上打了铁扣？咱还不信哩。"他吭吭掰这手，硬拉。嘶嘶几声，布绺撕碎了。干脆横扯几下，剩下的几绺也撕光了。蜜蜡推拒、扭动，起身又被按下。她被一个个瞌睡虫缠住了，眼不能睁口不能言。她在半睡半醒中与百折不挠的瞌睡虫打斗，手指甲都快脱落了。她暗暗呼叫：

"瞌睡虫啊瞌睡虫,你是大河马放出来的吧,球成一团团压住咱胸口,塞上咱鼻子耳朵,又钻进脑子里咬我。疼死了,你啄吧吃吧,你把我掏空了就什么也记不得了。"这会儿手中那条救命葛藤"嘣"一声断掉了,下面就是万丈深渊。"妈耶妈耶,"她一声大喊破口而出,这回彻底醒了:一眼看到那头紫青色的大河马水淋淋往她身上爬,只差一丝就爬上来了。她一扭躲过了他的一扑,又一扭让他的两爪落了空。她想欠身跳到炕下,可是刚一仰就被椭圆形的巨腹顶倒了。河马身上滑腻不堪,分泌出一种稀泥一样的东西,使人无法抓住。他那双大黑眼球垂凸出来,好像随时都能砸到她的胸口上。她的身子往炕边挣扭,想扳住樟木桌跃起。好几次要将他蹬翻,结果蹬在了肚腹上两脚一陷老深。每蹬一下他都啊啊叫,像哀求似的,可就是不挪窝儿。她又一次蜷起双腿,准备给他胸口上狠命来一下。可惜这腿还没有蹬出,大河马早就有了防备,"嗯"一声大叫压下来,大爪铁钳一样卡住了她的两脚。这千钧之力让她一动不能动了,既仰不起身又看不见人,只知道再有一瞬最危险的事情就要发生了。她在那一刻听到了大河马用尽全力吸气的声音,就循着声音去抓他的眼睛。可是她飞快抓挠的双手先是碰到了樟木桌,然后抓到了一个冰凉的东西。她想不起这是一个油腻的枪刺,只是用它抵挡,抵挡,两手攥紧了向前一顶。

只听到"呜哦"一声,大河马像害羞一样闪到了一边。

蜜蜡那会儿觉得瞌睡虫四散奔逃了。夜色马上变得清明,眼前一下没有了昏翳。她搓了一下眼,到处寻找突然涌来的腥臭之源,两手紧捂口鼻。她看清了,大河马肚子上插了一根枪刺,连同巨大的裸躯一齐颤抖。

一摊紫蓝色汪出，缓缓蔓延，炕上墙上全是它的喷溅。裸躯的上部有两个黑色圆球活动不已，最后动了两下，合上了。蜜蜡晃晃头，憴了几天几夜的脑子变得从未有过的澄明。"是我，刘蜜蜡，杀了大河马。"她来不及呻吟，下巴颤颤抖抖老要呻吟，可是真的来不及了。漆黑的夜心里传出一声惊呼，这声音像箭一样射穿胸廓："孩儿快撒丫子啊！""嗯嗯，嗯，我慌得连裤子都穿不上了。"她也不知是怎么把几件衣裳弄到身上的，然后抱起炕角那个大书包，一头撞开了黑门。当她紧抱书包踏进高高低低的石板巷子时，又听见了瞌睡虫在远处围拢。"瞌睡虫啊瞌睡虫，你今夜是咱的死命对头。"

满天星星都在风中摇坠。她的脚一出巷子就腾在了空中。身后是搅成一团的瞌睡虫，它们追得她连连求饶，她知道只要一闭眼就会糊个满身满脸。可她不能跑得更快了，眼盯盯看着它们呼一下围上来，堵上眼睛塞上耳朵，整个人等于陷进了万丈枯井。就在这万般绝望之时，她听到了瞌睡虫的慈悲之声："她累了，也吓坏了，就让咱抬上她奔命吧。"她的身体果然给抬离了地面，一双脚还在挪动，可就是不沾地了。瞌睡虫先是糊住她的眼睛，然后是耳朵，让她既看不见又听不清，只任它们抬上飞跑，磕磕绊绊没命逃窜。"哎呀这人身上有股腥气，是大河马味儿，咱快把她举到风口上散一散。"蜜蜡马上觉得来到了一个野风大作的地方，风把头发衣绺都吹到了一个方向，发出"呜尔呜尔"的声音。她此刻紧紧抱住那个大书包。风吹过了，腥气少了许多，但还是若有若无。它们又议论："咱把她扔进水潭里洗一洗吧。"她一听赶紧把书包放在地上，同时身体真的浸到了凉水里。搓呀洗呀，一遍又一遍，连大腿根和前胸也让这些小淘气搓过了。"这回洗得香喷喷一股青草味儿,就和山啊水啊土沟啊混到了一块儿,他们再也找不到她了。"它们的议论让她立刻明白,原来它们全力清除她身上的异味儿,是为了不让追赶的人嗅见。心头的感激差点让她流泪。她重新把书包搂在胸口。湿淋淋的身子在凉风里奔驰,冻得牙齿磕碰。看不见星星月亮,辨不清路径,只知道飞出村庄街巷,离它越来越远了。她弄不清是往南还是往东,但肯定不是往北,因为那就掉进了大海里。飞吧,在天大亮之前逃得越远越好,逃到天边。妈耶爸耶,孩儿这次做下惊天事了,可千万别连累你们。大河马死了,化成了紫乌乌的脏水。等那腥臭气涨满了村子,狗儿们一齐抬头嗅着,天就该撒蒙了。那是撒开大兵的时辰,孩儿这回一屹蹶子可就远了,那不是千千八百里,那是十万八千里哩。

人人都知道天上有三颗大星,它们最顾恋庄稼人,是天上老奶奶怀里的猫儿:"大猫出来二猫钻,三猫出来亮了天"。蜜蜡问瞌睡虫:"三猫出来没?""你自己看吧,俺不认得。"她把它们从眼窝里费力揪出来,一只一只抖搂干净,试着睁眼。哦哟,天尽头有一道小白边儿,那就是书上说的"鱼肚白"了。她终于找到了三猫星,它蜷着双爪端坐天宫,胡须长长一副小圆鼻子,神气倦怠。原来自己一夜向着东方奔驰,东方有轮红太阳。她回手摸摸宝书,"宝书啊保佑咱吧,咱被恶人折腾得迷迷糊糊死去活来,不知怎么就杀了他,保佑咱吧。"这样咕哝着两腿一软,扑通一声,瞌睡虫把她放在了地上。她这才想起它们抬着自己飞行一夜,肯定累了。"虫儿虫儿,我总有一天会报答你们的救命之恩。"天越来越亮,蜜蜡狠命揪自己的头发、耳朵,扭自己的腿,招呼瞌睡虫儿一起上路。咱不敢歪在这路边沟畔,不敢有一丝耽搁。不错,咱偏不向南,南方是他们追赶的地方。这会儿咱蜜蜡头脑水一样清:咱要向大山里走,花上九九八十一天翻山越岭。她相信那片大山后面有个古怪国,那里糊糊涂涂再分不出谁是孬人。她唯一担心的是古怪国里的人听不懂她的话,"大爷大娘行行好吧,给咱苦命孩儿一口吃的吧,"这句活命话儿他们可该听得懂啊。黎明时分她看到了一群匆匆西行的乌鸦,吓了一跳:天哪,我一夜挣命马不停蹄,其实并没有逃远,瞧乌鸦也知道那边死了大河马,要赶去参加它的葬礼。乌鸦啊啊大叫,好大的一群啊。她只有这时候才稍稍睁大了眼睛,看着群山苍郁,朝阳勾勒出大山金色的上缘。红色的云雾一丝丝横着叠起,像南瓜饼撕开了瓤儿,满世界都弥漫了它的香气。山那面该有大饼等人去吃哩,这是一个吉兆呀。那些追命鬼以为我去了南方,会沿着东溪山岈直奔大河。他们错了。咱蜜蜡迎着太阳疯跑野蹿哩。

丘陵越走越高。太阳跃出山口照得人眼花。梯田一层层叠起,上面的树木结了果子。蜜蜡想用果子赶赶瞌睡虫,就走了过去。原来是青核桃,她采下一枚用石头砸,壳里的仁儿又嫩又香。一连砸了十几枚核桃,瞌睡虫儿越围越厚,又塞住了眼睛耳朵。它们重新抬起她飞跑了。不知飞奔了多久,直到磕碰一下摔到地上,她大叫:"妈呀疼死我了!"这一喊瞌睡虫嗡一声飞开,又干又涩的大眼睁开了:眼前是一堆砸破的青核桃皮,刚才真的睡着了,腰被核桃树硌得生疼。她看看升得高高的太阳,赶紧抱了书包站起。跑啊,一刻不停地跑啊,一直向东,向东。

二十

"我一睡到两点就醒哩,攀着窗棂子看星星。今夜心里大慌着。"老獾捧着水烟袋出门,一眼看见小油矬也坐在院里,正发出自语:"第十一天了。"老獾知道这是蜜蜡关在老黑屋的时日,就说:"那大婆娘又犟气又不生娃,就算脸坯子好,咱也不喜见哩。""不喜见。"小油矬抚弄腰上的枪,抬头看天,"照理说咱辩论会上真该噼噼啪啪砸她一顿才解气,可走到跟前瞥瞥,又抬不起手。"老獾点头:"这孬娃在家那会儿可没少吃我的点心。别人动了点心可不行。"小油矬想起什么,蹑手蹑脚走到门口听了听,又打开院门四下瞧。"怎么?""我老疑心有人听话儿,伍爷不高兴咱哩。""他可没说不高兴。""说了就晚了。""咱好歹都是衙里人,宗家伍家不拆对儿。"小油矬叹息:"话是这么说呀,可心里打鼓哩。这些夜晚啊,按理说又该布下口令。可这口令不是从咱口里出,咱不知道。""也许时候不到,没有口令。"小油矬摇头:"不知道,我什么都不知道。"满村的狗都高高低低吠起来,老獾昂起头听。驴子也叫了,那种"昂啊昂啊"的声音真是吓人。老獾瞥瞥儿子,鼻子向着天空蓬蓬吸气,"哎呀这股腥臭气,这是怎么回事?"小油矬歪着头:"我好像听见有什么拍动大翅膀在天上飞。真的怪臭哩。"老獾双手蜷着急急走动,咕哝:"孩儿,我今夜真是大慌哩。"小油矬出门站了一会儿,又返身回院,"我该去老黑屋看看了。"老獾连连阻止:"你去那里做甚?那是你半夜去的地方?找死啊。"驴子和狗叫得更凶,臭气浓得让人掩鼻。父子俩在小院里一直站到黎明,老獾开始操练勾连枪。

院门大敞,小油矬希望这时候有谁进来说点什么。没有,一个人不见,连貐嫚也不来串门。他跺一下脚,终于在曙色迷茫中上街了。

笼罩四野的恶腥气差点把走上街头的小油矬呛个筋头。他咬着牙往前,街上空无一人。驴和狗也安静下来,最初的惊恐过去,它们被越来越浓的恶腥逼到了角落。一家一户门板紧闭,往常起早捡粪的老人也不见踪影。他抽出腰间的枪提在手里,然后砰砰砸一个民兵的门。这是老照儿的家。老照儿出来,一见小油矬立刻翕动半豁的嘴巴:"希(是)连长呀,连长呀。""我命令你跟上巡逻。""希,希。"他们一前一后往街筒子摸去,极度的安静让两人都害怕了。腥臭越往前越浓,大概再往前这恶腥气就会变成固体。"连长,咱这希(是)上哪去呀?""哪儿臭上哪儿去,咱今天非把它找到不可。"照儿点头:"臭气像磨凡(盘)一样压下来,吓人呀。"两人东瞅西瞅小声说话,脚步放得又轻又慢。"蓬蓬,蓬蓬,"照儿仰着鼻子嗅,一路走在前边,直走向了老黑屋。岗哨那儿没人,进了小院也没人。这儿安静无声,只有刺鼻的腥臭。照儿两腿筛糠了,小油矬自己壮胆,可舌头也有点不受使了:"怕、怕个什、什么哩。"他紧紧攥枪弓腰往前。看过了空空的北厢房,又折向南,摸向有大炕的那间老屋。门开一扇闭一扇,小油矬挥挥枪,照儿硬着头皮钻进去。几秒钟的沉寂之后,突然"哇"一声哀号,照儿捂着脸跟跄后退,一下跌在小油矬脚下:"连长不、不考(好)了,大事不考了。"小油矬只觉得头发梢儿竖起,一咬牙一跺脚,嘭一声踢开了另一扇门。老天爷,不敢看,真不敢看:整整一面大炕上都高耸着黏乎乎红赤赤的气泡,一些暗绿色的浓稠液体像浇了水的生石灰那样咕咕泛动,只有最上部的大河马头还清清楚楚歪在那儿。这一摊东西还在不断膨胀,已经达到了墙的半腰。一些被恶腥引来的绿头苍蝇刚刚挨近就死了,积起了厚厚一层。小油矬觉得凉气直渗骨缝。他发现在气泡中间有一把微微摇动的枪刺。"照儿,快集合、合民兵来。"照儿已经从地上爬起,一边后退一边说:"希,希。"

所有民兵都汇聚在老黑屋东侧的空地上,村里人陆陆续续围过来。"骑兵连,骑兵连!"小油矬吆喝着,脸色铁青。一会儿驴子打着喷嚏牵来,民兵穿上黄色军服,身上扎了叉式武装带,提了粗重的步枪和鸟枪。全村人差不多汇齐了,貐嫚和二先生、马蹄刘、嘴儿几个站在了前边。两个民兵抬出一张木桌,后面跟了老獾。小油矬看一眼父亲,一耸身子跳上了木桌,卡腰喊起话来:"听着,昨夜发生了凶案,伍爷在老黑屋给害了。村里没了主儿,咱连长得赶紧执掌起来。这会儿先给你们大伙说下几条:一是立马戒严,夜晚上街有口令;二是派骑兵追捕凶犯,其余人驻扎守村,不管是谁,敢犯毛病格杀勿论;三是关押起全部孬人,直到凶手逮捕归案。"人群一片惊呼。貐嫚和二先生想往老黑屋里探个究竟,刚一动就被持枪的民兵推个趔趄。老獾伸出两只胳膊往上挥动,"老少爷们咱逢了乱世哩,伍爷一去塌了天,塌了天。凶手逮住咱零刀子剐呀,剐呀,啊呀呀我抵不住了。"他大串泪水流个不停,一下歪倒了。 嫚按住他又掐又拍,人才睁开了眼。二先生全身抖瑟,一会儿跑到老獾跟前,一会儿又跑到小油矬跟前,"连长,恕我直言,这骑兵再、再也不能耽搁了。"小油矬直眼盯着他。二先生低下头:"连长,我是说,伍爷不在了,我就成了连长的人,你把我当驴当马都行,只要你使着可心。"小油矬转身招呼了几个人往自家走去。其余的人一动不动站在原地，一点声音都没有。所有人都呆了。这样大约有一刻钟，老太婆领头，一场人哇哇大哭起来。那些老娘们儿哭得最凶，哭着哭着滚在了地上，满身是土，"呜哟哟哎，俺不过了，俺不过了。这真是好人无好报啊，那个凶手逮住了，咱就得把他（她）活活咬了吃呀，吃呀，咱就那样也不解气那个 呀哎呼咳。"哭声激扬起一片暴土，执勤的民兵被迷了眼，一遍又一遍搓揉。"看，乌鸦来了，一群群好多啊，咱老辈没见这么多乌鸦。"有人一喊，大家抬头去望。扑棱棱的声音压过了哭声，黑色的鸟儿扑到老黑屋上，一层叠起一层。所有人都止住了哭声，惊慌四顾。有的民兵想迎着乌鸦放一枪，可刚刚端起枪就掉在了地上。

　　小油矬领走了几个民兵。他们一路快走，老獾断后。二先生尾随了一会儿，转过一个巷子就被老獾一下掐住了脖子，"哎呀大爷饶我哩。""哼，我叫你盯梢，我叫你盯梢，我这回把你掐死。"二先生被两只蛮力大手勒提得翻了白眼，两腿离开地面蹬了几下摔倒了。他没有马上爬起，双手作揖跪着嚷叫："大爷咱青天在上说半句谎话不是人种，咱哪敢盯梢儿，咱是跟上大爷走哩。"老獾骂："呔，腌臜人的东西，你跟上我走做甚？""大爷，我是急着告诉你，从今以后咱什么念头也没有了，只一门心思听你老指派，只要不嫌弃就中。"老獾吭一声，"咱可指派不起，你还是趴在家里写伍爷传书吧。"二先生连连作揖："大爷，我是想写你老、写矬儿的传书哩。""'矬儿'两字也是你叫的？""哎哟我这张臭嘴啊，该打哩。"老獾气还没消，胸脯一鼓一鼓。二先生说："趁着这会儿没人，我给大爷磕个响头吧，让你看看我的诚心。"说着一连磕了三个。老獾狠骂一句,转过身去。小油矬站在门口,老獾一进院子,他马上咚一声关了门。院内的人神情冷铁一样,谁也不看谁。小油矬扫他们一眼,又看看父亲。老獾去屋里搬出水烟吸上,咂着:"俗话说了,一朝君子一朝臣;又说了,也不能抹了前朝规矩。我娃平时待你们怎样,该有个数罢。这会儿得兄弟几个睁大眼珠儿帮他。"几个人一齐开腔:"那是肯定的。""那当然了,谁对连长不忠就没有人味儿。"小油矬摆摆手:"我招你们来议大事,琢磨琢磨这几天干些什么。"一个人说:"趁着凶手还没跑远,赶紧逮回。"另一个点头:"杀伍爷了不得哩,上级,还有五乡八疃,谁听了都得懵了瞪。""那两个执勤的人得关哩,是他们溜了号才出这事。""嗯哪嗯哪,传他们吧。"小油矬在院里踱步:"那俩浑物关起就是。村子哩,失了伍爷就会有人闹事,你几个给我看住,分兵把口。这个最是上紧。凶手嘛,不说你几个也知道是蜜蜡,她还能跑了哪去。我带上骑兵将她擒了就是。"接下去大家逐个盘点村里的凶险人物,说过了所有孬人,然后是老核桃的疯儿子金孜、前赤脚医生;当说到二先生时,老獾摆手。小油矬说:"明枪好防,暗箭难抵,你几个得把书房那几个先生看住;还有,几个老娘们儿,几个有事没事往伍爷家瞎嘀咕的,都得盯住。我带兵一走,心里要落定才行。"老獾说:"我儿好盘算矣。"几个人分了工:谁料理伍爷后事,谁管孬人,谁暗里盘查,都一一妥当。

院里只剩父子两人了,老獾说:"我儿成了。""谁知道哩。""成了。我一听你踏上木桌训那一番,心想我儿成了。"小油矬下牙磕打:"爸耶,蜜蜡这回犯了死罪,只要逮回,一刀就咔嚓了。""咔嚓了。""你想过没有，咱也要受大牵连哩。"老獾把水烟袋吸出咕噜噜的声音，久久不答。这样过了一会儿说："婆娘这东西，一休百了啊。再说事发了，你亲手带了骑兵去追那物件，也能见出诚心。别耽搁，带兵走吧。"小油矬点头："这大水娃真是找死啊，可我真看不出她有这样胆气。""我看得出。你忘了她有一回还要抓了铁锨砍杀我哩，幸亏咱眼疾手快将她拿下。我估摸是伍爷一起性儿手脚不中用了。"小油矬心事重重出门。他一直走向老黑屋，远远瞄一眼乱腾腾的人群，让民兵过去传话：骑兵连拉到演兵场上。他直接去演兵场，在面色冷肃的一排人面前站了一会儿，用力揩一下焦干的眼角："你这些人听着，养兵千日用兵一时，为伍爷报仇的时候到了。那个杀人的刘蜜蜡这回就是逃到天南海北，咱也要逮回。我这里只要活人不要死人，谁也不许放枪。三个班嘛，分东南西三股追赶。向南的一股我亲自带。马上开拔。要鞭打快驴，让驴儿飞起来。"民兵齐声吆喝："是。"有一个班长提出备些干粮和水，小油矬同意。向东向西的骑兵都出发了。那嗒嗒蹄声一响，影子愈来愈远。村里人目送他们出行，议论道："军令如山倒啊，这回疯浪婆娘完了。""完了，谁也救不了她了。""说不定半路追上就劈巴了，大卸八块了，咱该亲眼见她绑赴刑场。"演兵场上，唯有向南的一个班原地待命，等待连长回来。老獾在临行前把小油矬喊走了，他把儿子拉进屋里，嘴角咧着说："了得，差点忘了大事体。你不想想，上村那个黑儿向上级歪歪嘴巴，说出你瞒下孬人根苗的事，再添枝加叶说一合，咱就凶险了。我琢磨晚一天早一天追回蜜蜡事小，制住黑儿事大哩。""真哩。反正咱的两拨兵也发了，谁也怨不着咱。我马上领人去上村。"老獾顿一顿说："带上二先生吧。

你知道黑儿有个老会计，人家记下什么就是什么。有个二先生就能破他计谋。""让这畜生跟上烦人哩。""带上罢，也有些文墨防备。"

一小队骑兵向上村开去。米色军服，长枪，冷板板的面孔，这一切在刚进村时就把人吓坏了。"咦，过兵了？"东溪边洗衣服的女人们慌慌扔下洗衣盆。骑兵一律挺直腰身向前，手中的缰绳松松垮垮。二先生戴着眼镜骑在驴上，由一个民兵牵了，紧随小油矬。"嚯咦这小村子屁大一点，墙基还用片子石垒了，穷讲究。"二先生一边议论一边往前。路边人抱着孩子看骑驴的人，神色迷蒙。终于有人认出了小油矬，咋呼一声："是咱村女婿来了，哎呀这回真风光呀。"这一喊不少人围上来，有个中年妇女拍着手："真是咱村女婿来了，快看哪。"小油矬勒住驴子呵斥："谁他妈是你村女婿，不知死的鬼。"妇女拍一下衣襟退开，人们不再吭声。一队骑驴子的人往前去了。一位高个子长脖女人隐在人群中，这会儿斜穿巷子跑开，一直跑到老会计家里。老会计正乒乓砸东西，她拉上他出来商议了一会儿，两个人立刻去找黑儿。黑儿家在一处高坡上，下边是一片栽了蔬菜的淤河土，他们刚走近就看见小油矬和那个戴眼镜的人登坡敲门，而一队民兵竟然站在菜园里，让驴子随便啃吃青菜。"我说高干女啊，这回大概是来者不善哪。""那矬儿连家口也不领，也不承认是咱村女婿，恐怕是出了什么大事哩。你该去村头家探探。"老会计仰头看了一会儿，终于壮壮胆子爬坡。站岗的下村民兵马上挡住他。"黑儿是俺村领导哩。""那也不行，里面正谈大事。""哎呀蹊跷，咱没听说啊，"老会计干脆一屁股坐在了门边，"反正咱今天要见黑儿。"正坐了没有多久，院内又出来一个民兵，直接到下坡地上说了什么，菜园里的民兵就离开了一些。高干女喘呼呼爬上坡来,到老会计跟前说:"他们把老刘懵家围了。"

小油矬与黑儿说话,二先生不时在小本子上记一笔。黑儿瞥一眼那本子上密密麻麻的字,汗水淋淋。"出人命了,我的妈,早知道会这样,就是借给我一个胆子也不敢让蜜蜡去。""这是什么罪过,你自己知道。是你为她瞒下了孬人根苗的事。"小油矬说完,马上看着二先生记下。第一回有了文墨防备,他多少壮了一些胆子。黑儿急了,双手乱抖:"这事你也知道,是你急着娶她。"小油矬面向二先生:"我不知道底细。"二先生口中一个字一个字重复着写上,拍打着本子对黑儿说:"看见了吧,这可是白纸黑字儿。"黑儿跳起来:"我为你娶这闺女操了多少心,出事了,你一个污脏全栽到我头上,有良心没?"他叫了一会儿,小油矬对二先生说:"也许人家真不知道哩,是吧?他要真知道就不会瞒了咱,你说是吧?"二先生点头。黑儿愣愣看着,低下了头。"你肯定也不知道这事儿,这就好比隔皮猜瓜,"二先生转向黑儿。黑儿揩着汗,点点头。小油矬拍着腿:"说到底咱都是衙里人,咱俩在这件事上是没有错的。错就错在她与咱隔开了一个阶级儿,杀了伍爷。""这闺女怎么说哩?原先是老实孩子,"黑儿站起,眼里渗出了一层泪。二先生冲他叫:"你快别这么说罢,你快闭口罢!"接下去小油矬提出:他的骑兵队要在小村驻扎下来,因为这里是捕捉重点;还有,为了壮大队伍,再加上外地兵人生地不熟,这里的民兵也要加入,组成一支联军。黑儿一一应允。这一切都记上本子,然后一起出门。黑儿往坡下一看立刻嚷叫起来:"我的菜园哪。"

崖上校舍变为骑兵驻地。上村选出十名民兵牵了驴子，在溪边沙地上操练，小油棰派一名班长加以督导。他又想起来小村做工作组的情景，点名让高干女来做饭。对方怏怏而来，被他训斥了一顿。多日不见，这个女人脖子更长了，嘴使劲噘着。二先生第一次见她就咂嘴："哦哟和顺人儿，难道这就是蜜蜡妈？"油棰摆摆手："出门查案子去罢，说些什么狗吡话。"二先生赶紧退出。他刚走小油棰就把高干女扑倒了，她偏要挣脱，挣起来说："你有理说理，这是干什么？你以为咱跟黄花大闺女还差一大些呀？"他"嗯"一声，再次把她扑倒。她仰躺着咕哝："我就是这么个受欺负的命。"崖下嘶喊阵阵传来，二先生站在崖上看了一会儿，顺着石阶下来。他想找找老会计：以前听说这个人有计谋有文才，此刻真想一见。"喂，我说你这婶嫚儿听着，老会计在哪搭住？"被叫住的中年妇女愣着："'婶嫚'？这是咋叫法哩？"二先生一脸笑："你本是当婶子的年纪了，可从身形上看活像个大嫚儿。""哎哟哟听听你会说话的，俺老不咔嚓的脸都红了。""我这人什么都会，就是不会说奉承话。这么着，有话咱回头再细拉，我先找老会计办个公务。"他顺着她的指点来到一个石屋跟前，刚敲了几下，身后就走来一个戴眼镜的人："找谁？"二先生从上衣口袋里摸出眼镜戴上，"那当然是你了。"老会计把他让进屋，倒了白水，寒暄几句说："我有什么说什么，这案子可不小。，黑儿再管教严些就好了，他与老刘憷一家划不清哩。"二先生在本子上记下"划不清"三个字。老会计探头看了，见全是繁体字，有些慌。"我平时记账愿意用毛笔，"他搓了一下嘴。二先生不吭气，顺手写了一个十画以上的字交给他。他盯了半天，眼睛转向别处："这案子传遍小村,都等着看官家逮人哩。"二先生取回那个字,"言不及义王顾左右而言他。以其昏昏使人昭昭,敝人才疏学浅还望先生不吝赐教,吾等何其相似乃尔。"老会计瞀瞀对方,汗水流下来,搓搓手:"我不过给巴掌大的小村记个账目,俗话说'一块砖哪能比量天,老东家的臭茅厕也比咱的堂屋宽',咱是'屎壳郎滚球儿,过分(粪)了',您是'太上老君手底下的肚兜童儿,人小通大天'哩。"二先生扶扶眼镜:"人贵有自知之明,君子多有成人之美,知耻近乎勇,有容乃大,先贤圣言悬于堂而铭于心矣。"老会计连连咳嗽:"哎呀咱庄稼人今个是'笨木匠遇上了鲁班他爹,又叫祖宗又磕头','小麻雀钻进了芝麻地,真够吃一气的了',你看咱这不争气的物件能派个什么用场,干脆直接指派好了。"二先生捋捋稀疏的胡须,"嗯嗯"两声:"说句实在话,咱俩虽说是各保其主,但如同宝书所言,'为了一个共同的目标而走到一起来了'。我嘛,只想问问蜜蜡妈的情况。"老会计摘下眼镜揉眼,"哎呀这娘们儿呀,怎么说哩?咱村第一美人不假,招惹了不少人不假,多少驻村的见了她腿脚酥了不假,黑儿也就事事让着她了。""他们的关系,我是说真有花花絮絮的事儿?"老会计摆手:"那倒没有。人是各走一经呀,黑儿不喜见女人。"二先生有些沮丧。"不过,"老会计四下看看,"黑儿与老刘慒是远房本家,从心里护他哩。"二先生记下"远房本家"四个字,抬起头:"你说那女人到底是什么模样?""狗东西怪白,嗯,长了磨盘腚;眼神儿像唱戏文的。俗话说'百闻不如一见',你去看看就是。"二先生摇头:"那不中。那要我们连长批准才行。"

骑兵队驻扎的第一夜让人心寒。小村人记忆中这是第一次戒严,鸡狗打战，老人孩子不敢出门。外村民兵鞭打快驴驰过街巷，一直沿东溪搜索起来。半截河套子都被封锁了，黑影里不断听到低低的呼叫："口令"。老头子老太婆从窗上探头看着，说："咱村也时兴'口令'这物件了，真不知它是什么模样。"他们讨论了一会儿，认为那可能是一块写了密码的小木牌，到时候掏得出就活，掏不出就死。"老天爷，日子越过越麻烦了，买布要布票，打粮要粮票，还有火柴票、虾酱票、火油票，如今夜间走路又要有木牌儿了。规矩倒是多了，就怕咱年纪一大记不住分不清，出门把布票当成'口令'递过去，那不是讨打呀。"老人们唏嘘不已，觉得今夜星光真是凄凉，到处都带着杀气。"那大水孩儿怕是吃不上明年的麦子了，"老婆婆哀叹一声，留下无尽同情。"多好的水娃，我还记得她唱歌摔铁球、拉风匣子琴那模样哩，怎么嫁了人就呼啦一声端起了刀儿？欺天哪，欺天哪，老刘憷的好日子一眨眼没了。"老头老太婆湿漉漉的烟袋嘴儿递来递去，谁也没有心思好好吸上一口。窗外有两条驴子打架，一个外村人的声音响起："我叫你孬，我叫你孬。"啪啪的鞭子一响，驴子乱叫，后腿踢中了谁的胯部，那人一声长号："哎呀我的妈呀，疼死我了，吭吭，疼死、死了。""你死不了。不快些跟上去，连长火了枪毙你。"呻吟，鞭子响，驴子啪哒啪哒跑远了。"我琢磨今夜老刘憷家遭了罪了。上下都在捕他家孩儿呀，有心眼的孩儿跑哪去也不能来家呀。""要捕就捕她妈，不知如今有没有这王法，一个顶替一个。大水孩儿可惜了的。"老婆婆抹起了眼睛。

小油矬侧身站在一棵杨树下，见黑影里来了两个高个儿，就低喝一声："口令，"那边立刻答："'水蛭儿。'"原来走近的是二先生和高干女。"连长,她一个人在驻扎地害怕哩,让我领上找你。""呸,"小油矬掏出手枪掂弄,"夜里有行动也能领女人?算了,她爱跟就跟上吧,你回驻地守着。"说完领上高干女往崖北的坡地攀去。他们在辣气袭人的野椿下卧倒,一动不动盯住下面的空地,偶尔仰望一下夜空。高干女小声说:"连长,我第一次参加军事行动,心跳哩。"她让他的手试试胸口那儿。他拍打她的屁股,"疯浪东西,你们早一天死绝了,这世界也就太平了。"高干女哼哼呀呀:"什么呀,一到时候就忘了形儿。""别嚷了,坏人听见溜了号可就糟了。哎呀这坡上的小咬一球一球,专往咱的身上钻。"他噼噼啪啪打着,吐一口唾液抹在被叮的地方。高干女捏捏他的耳朵垂儿,"连长你说蜜蜡真有那胆啊?会不会是雷丁偷偷帮她下了手?""骚狐想了哪去,那雷丁早就淹死了。""哎哟这就是连长糊涂了,你没听说鬼也能杀人?早些年俺娘家村里嫁来个寡妇,她死去的男人不喜见新男人,就半夜从窗缝溜进来,把他掐死了。这是谁都知道的事儿。"小油矬吐一口:"哧。幸亏你没说鬼还会跑来扒裤子呢。"高干女扭一下头:"你算说准了。俺娘家西邻有个新媳妇,她男人去东北第二年就淹死了,家里人怕她伤心就瞒了。结果哩,小媳妇晌午、半夜都在炕上欢腾哩,呵着气儿说死啊活的,那是阴间男人赶来相会哩。不过她没有生孩儿,那事儿鬼大概办不到。"小油矬不再吭声。他在想死去的雷丁。"不瞒你说连长,咱俩在崖上学堂办那事儿的当口,我老觉得雷丁在背后偷看哩。他还能不嫉恨呀,咱躺的床就是他的。有一回我扑啦一声掉到了床下,那准是他把咱掀下来。"小油矬哼叫:"快别说了。""你早就该睡隔壁的火炕。真的,好人不和鬼斗,该躲就得躲躲。这会儿蜜蜡要是和雷丁在一块儿，你的骑兵算是瞎子点灯，白费蜡了。"小油炷咬着牙："骚狐嘴里一句吉祥话儿没有。咱的枪一杆一杆都是白吃饭的？""枪再好也没有用。人家鬼会使用障眼法，他站在跟前你都看不见，顶多是后脊梁那块儿发凉。"小油炷蹲起来磕打牙齿，盯着坡下。几个骑驴的人从那儿蹿过，一支支手电筒像萤火虫一样跳动。"妈的，这么大张旗鼓的，鬼也溜没了影儿。走吧，今夜的埋伏算是泡了汤。"小油炷站起来。

老刘憎家四周一直有民兵把守，他们都藏在暗处。二先生从崖上溜达下来，路过老碾屋探头看了看，转身走过来。他看见昏黄的小北窗上有个女人探头，就一动不动盯住。"口令，""哦哦你是说'水、水蛭'？"二先生被暗影里的一声吆喝吓住。他随即板起脸："好好看住。那蜜蜡半夜往家里溜时千万逮住。这就好比张网捕鱼。"民兵问："你来干什么？""查哨。"说着背起手往一旁走开了。一会儿，一个矮壮的汉子过来了，几个民兵立刻走出黑影敬礼。"没有情况？""没。一只蛤蟆也别想跳过去。"小油炷说："第一道埋伏设在溪东，第二道在崖下，第三道绕了四周巷子；你们这是最后一道。今夜到明天、后天，三天不能挪窝儿。""是。"小油炷望了望老刘憎家的小窗："也该审审他们了。这期间没有人进去吧？""从进村到现在一个人也没进去。黑儿和老会计想去敲门，都被我们挡住了。""好。队伍不开拔，谁进去也不行。"说完咳一声，转到前边敲起了门。直敲了许久才有人过来开门，是伸手护一盏灯的老刘憎，他一看清来人就说："啊呀，是我家连长哩，蜜蜡妈快看看谁来了。"蜜蜡妈穿好衣服擦了把脸，一过来就拍手："哪有蜜蜡的信儿啊，打上回你说她跑了跑了，再也没见人啊。看民兵围着屋儿不能进不能出，把咱当成什么？咱好歹还是你的岳父母吧。"小油矬一挥手打断："别这么恣巧了。我把她休了。""啊呀，"老刘憻叫了一声。"你说什么？"蜜蜡妈伸长脖子。小油矬咬着牙："你那个大胆娃儿杀了伍爷，一撒丫子跑了，你们真不知道？"老刘憻惊得双眼溜圆，蜜蜡妈踉踉跄跄，"连长你说了什么？你说俺孩儿会杀、杀伍爷？哎呀咱死也不信，死也不信！"小油矬用枪挑起门帘瞅瞅里屋，又掀开粮囤看了看。"我没工夫和你磨牙，军情火急。我只告诉你俩：小心性命吧，这罪名恐怕谁也担不起。"

三天三夜的搅弄过去了，上村人一辈子都不会忘。第四天一大早骑兵集中在东溪沙场，因为组成了联军，比来时多了。村里的老老少少都站在这儿看热闹，黑儿几个起来送行。小油矬昨夜将黑儿叫到驻扎地，严厉叮嘱：这里的事情还早着呢，蜜蜡如果有一天跑回来，逮她的事儿就交给你了。他让二先生留下继续打探，黑儿却怀疑这专门是为了监视自己的。围在溪边的还有老会计和高干女，他们一直在那儿嘀嘀咕咕。小油矬骑在驴子上，两眼一个个逡巡，最后落在高干女身上，"你们几个听着，队伍开拔了还会回来，我们在这个村的事儿才开了个头哩。"高干女眼睛不离小油矬，嘴里喷喷着对老会计说："怪哩，咱还是把他当成这村女婿。"老会计小声说："听说他是个'食人番'呀。""那是什么？""不知道。反正怪吓人的，我打见了他那天心里就扑棱扑棱直跳。"队伍里有人喊一声，打个敬礼："报告连长一切就绪，请指示。"小油矬拔出腰里的枪扬了扬："开拔。"所有驴上士兵双腿一夹牲口，手中缰绳揪弯了驴脖，一转眼跳进浅溪，水花溅得满身满脸。队伍越过溪水立刻奔驰起来，鞭子还在没命地舞动。"嚯咦，这些驴子会飞哩，咱从老辈没听说它们能尥这么快，人家是怎么驯的呀。""这回蜜蜡跑不脱了，她再快也快不过骑兵呀，可怜的孩儿肥嘟嘟原本就慢。""听说四周都发了兵，咱才见了这当中一股儿。等着吧，会有五花大绑驮回的时候。"

骑兵走了，二先生腋下夹着纸本子到处晃荡。黑儿对他说："你有什么事情就言一声，村里会好好配合。"二先生扬扬手："先按连长说的做去，有事自会喊你。"老会计凑过来，说有什么只管吩咐，二先生扬扬手："忙你的去，有事自然会传。"他走了一会儿戴上眼镜，见前边巷口转过一个女人就紧紧随上。女人转过身说："噢，驻村干部啊。"他认出这个四十多岁的女人就是那天被自己唤做"婶嬷"的人，笑了，"我还以为谁这么出挑呢，又是你。我看你是满村的人尖儿了，长到七十八十也是个嬷儿。"女人脸红了，"听听多会说话，到底是文化人儿。"二先生往一旁看看说："进你家喝口水吧，顺便了解一下案子。"女人迟疑片刻，只好同意。两间石壁草顶屋，平平常常。"男人孩子呢？全家几口啊？""他们下地干活了。我喂猪做饭哪天也不得闲。""噢噢，怪烦不是？俊俏人儿我见多了。你一点错也没有。"女人愣愣的："我，我听不明白。我跟蜜蜡她爸妈没有来往啊。"二先生笑了，又一瘪嘴："我是说，咱那天见了你一夜一夜想，这可不是你的错。""哎呀快别这么说，咱一个大老娘们儿可不听人逗弄。羞死活人哩。"二先生上前一步，突然按在了她的胸脯上。女人拧着身子抓起一个簸箕，扑哒扑哒砸起来，一口气砸掉了他的眼镜。他躲闪，她还是砸。"哎呀我走了还不行吗？

我不敢了还不行吗?"二先生从地上收拾眼镜和本子,一头窜出了屋子。他一口气跑过两条巷子,倚在一堵石墙上喘息,"妈的,原来驻村也不易哩。"他回到崖上时,高干女正在蒸一块年糕。他理也不理,扔下手中的本子就仰在炕上。"老师儿累了?""唉,年纪大了,不中用了。""我看连长在时你倒蛮精神的。""咪,那是强打精神。如今该我主事了,身体就不够用了。"高干女为他倒水、端热腾腾的年糕,他坐起来。她问:"你说连长他们什么时候才能回来?""这就难说了。多则半月,小则十天,反正捕人这事儿从来没个正经期限。再说他追赶的又是一个女人。""女人怎么?"二先生好不容易才把年糕从手上挣脱,舔一下手指,"女人的蹊跷就多了。你想想只要有个模样的,一路上哪个男人不窝藏她?要不说这案子想结也难哩。""那么说连长一时也回不来了?""那还用说。这一来麻烦事就落在我身上了。"二先生费力对付那块年糕,"你说说,咱这村最疯浪的娘们儿是谁?""那当然是蜜蜡妈了。""除了她哩?"高干女哗啦啦堆着碗筷,"这就不好说了。"二先生笑眯眯探着头:"恐怕你也算一个吧?"高干女一扔筷子:"痨病秧子少操些闲心吧!"

二先生想去老刘懵家录些供词,想了想还是传他们来崖上好。他先让民兵传了男人,没问几句就失了兴致。整整一个下午他都在盘问蜜蜡妈,觉得这案子很有查头。她一开始就哭,说多可怜的孩儿啊,说不定是被人诬了的,这会儿跑在路上还不知是死是活,如果逮住了也就揪了当妈的心肝去了。二先生笑眯眯说一句:"放心吧,他们逮不回她,她也不会有事。""为什么?""我的大妹子啊,这里没有外人,我也敢说句心里话。你就不想想,连长真要把她逮回有个什么好?再说了,要真想逮,他就会一出事立马派兵上路,还用开会商量一天一夜?真想逮,也不用在咱村人喊马叫闹上三天三夜。那成心是叫蜜蜡好好逃哩。"蜜蜡妈惊得说不出话。她望望窗外,"这,老天爷啊,还有这样好事?杀人案哩。""你听我的,把心放到肚里去吧。咱俩拉点别的,我想知道:他们咬住蜜蜡是孬人根苗这事不松口,是不是冤枉了你?咱都是上年纪的人什么都经了,也不用遮遮盖盖装懵懂,照实说吧,来老刘家那会儿肚里到底是怎么回事?"蜜蜡妈脸红到脖子,"就是那么回事。""怎么回事?""俺是怀了蜜蜡来的。""哦哦,这么说不冤。我说嘛,那老刘懵闷闷咻咻也不像个能倒腾的主儿,你跟了他恐怕是乐少苦多。"蜜蜡妈哭了。"大妹子不用哭了,咱的命其实也差不多。俺五十多岁才续上个不中用的东西,隔了没有几年她又一闭眼走了。俺是一个人守着孤灯熬长夜,咱不张嘴连个吹灯的都没有。我这人你大半也看出来了,心又软又善,凡事都能为别人想,别人哩,就以为咱怎么都行,没有一个问问咱这独身日子怎么对付。"蜜蜡妈这才正眼看了看他,叹息:"你说得倒也是。""你呀,你这人呀,"二先生在纸上写了一句诗文随手递给了她,上面是:"犹有花枝俏"。她取到手里倒着看,他心里凉了。"咳咳,"他扶扶眼镜:"大妹子,其实我就是为一件事来的啊,一心想的也是这一件事。""我知道,你是来办案。""呔。什么办案。我这人哪,是个满县里难找的文才。俗话说'郎才女貌',女貌在哪?都传你的模样怎么怎么好,让我天天琢磨,今个一见才知道是仙人下凡,真的,仙人。哦哟,咱死也值了。"蜜蜡妈跺起了脚:"快别说了,你老得脖子上的皮都垂搭下来,再说俺孩儿还不知是死是活哩,哪有心思扯拉这些。"二先生两臂颤抖站起:"你说这些没有一样妨害,你不依咱一准后悔。"蜜蜡妈闯出门去。二先生追出一步:"我一传,你还得来!"

二十一

蜜蜡闭着眼睛飞翔,两腿腾空,脚不沾地,胳膊变成了翅膀,要不是有个神灵帮忙也就怪了。几乎是不吃不喝,边走边睡,整个人腾空驾云了。她这才明白:人一旦开了杀戒,也就变成了孙悟空。这几天几夜到底是怎么过来的啊,要不是会飞,那她怎么跨过了又深又长的沟渠、怎么翻过了高高低低的山岭?要不是会飞,她又怎么会猛地落在了实地上,两腿让地皮磕得生疼?人都给天上的风啊云啊折腾得糊涂了,什么都不记得什么都不知道,爸妈是谁?不知道。从哪来?不知道。为什么慌慌忙忙没命窜逃?也不知道。杀了人吗?不记得动过刀儿。没有血光之灾呀?没有,咱庄稼孩儿脑子木胀胀的,什么也不懂哩,只不过天没亮就得了个会飞的病,奔呀赶呀两耳生风,脑瓜里像有个老头敲梆子:梆梆梆敲一阵歇一阵,跟串街走巷卖豆腐差不多。她模模糊糊知道,一旦这梆子声停了,她就得扑啦一声落到地上,像从墙头上扔下的母鸡,摔不死也不舒坦。到了落地的时候世界也就变了,那地场恐怕就成了古怪国,人一开口说话吱吱歪歪吓死人,咱一个词儿也听不明白。不过咱会掏出宝书给他们看,他们大概不会连这个都不认得吧。她想象古怪国里的人,想不出。太阳落了星星出,星星又喊出它妈,它妈是月亮。月亮天是飞翔天，咱庄稼孩儿第一遭长上了翅膀，可着劲儿扑棱吧。小时候爸在东溪边牵着她的手放风筝，放了老高老高，嘭一声断了线，风筝歪歪扭扭往崖东飞去了。如今自己就是断线的风筝，落地时还不知被谁家拣了去哩。

"我落地了？我被什么人拣了去？"蜜蜡一睁眼就问。"哎咳她到底醒来了，行了，松口气吧。"她一听这腔儿心上一抖索：真是古怪国的人哪，虽说句句听个八九不离十，可那调门儿七弯八转像唱歌，咱老辈没听过。"这儿是古怪国吧？""你这闺女说啥哩呀？俺这儿是东县地方，再往东就是海了，你是哪里人？"一个老太太的声音。"我么，说远也不远，俺是十八里疃的。"老太太对一边背药箱的人眨眼："听口音是西边人，那地场远也乎。""远也乎，不过活了就好。这人忒怪哉，一转活就老大精神。""我怎么了怎么了？"她问。老太太拉起她的手："孩儿唉，俺家闺女去西坡拔艾草，见你躺在沙沟里，听一听会喘气儿就背了来家，赶紧喊来药匠。你昏死昏睡三天三夜不醒课。"蜜蜡惊得瞪眼，两手去拉老人，像被人按住了似的挪不动胳膊。她知道几天来两手变成了翅膀，它们累坏了。"大娘，婆婆，你说这是什么地方？""我说了课，东海边上，过了海就是你说的古怪国了。"她心里一阵沮丧：怎么不多飞一夜啊。老人捋捋她的裤腿："看看你这孩儿，满腿磕碰成什么，青一块紫一块吓人课。"蜜蜡真不敢相信这会是自己的腿。怎么弄成这样啊，在天上飞嘛，脚不沾地嘛。那一定是落地那一刻碰的。昏睡三天三夜啊，天哪，一辈子从来没这样睡过啊。她看着旁边的婆婆和背药箱的人，知道他们都是好人。一碗鱼汤放在一边的柜子上，她馋坏了。老婆婆端过来，一勺一勺送进她嘴里。"看闺女大胖嘴儿课，张大了吃呀，"老婆婆一手托着她的头。她顾不得其他，只一口连一口喝。这就是东海吃物啊，打生下来没喝过的美味汤汁。直喝到最后品出了胡椒和姜的辣味，泪水出来了。老婆婆伸手给她擦脸，"多可怜的大胖孩儿，看上去顶多有十八九岁。你到底是怎么回事，一个人出来了？"蜜蜡想得头疼，说："俺是没爹没娘的孩儿，是个吃百家饭的。别的咱记不起了。"一边的男人背起药箱要走，对婆婆说："她还要慢慢恢复记忆哩，无大碍了，我先回。"蜜蜡见那人走了就问："他是赤脚医生吧？""是课。不过咱这儿叫他'药匠'。"蜜蜡这才注意到老婆婆嘴里时不时吐出一个"课"字，就说："上课，下课。"老婆婆说："大胖孩儿喜人课。"

老婆婆的闺女小勺回来了。她戴了宽边斗笠，一摘下露出黑红的脸膛，眉眼英俊如同男子，一笑俩酒窝，眼睛像星星一样亮。她趴在蜜蜡炕边看着，掏出了一个装蝈蝈的笼子。"你一个女孩子家怎么叫'小勺'？""咱从小叫过来。你哩？""我呀，"蜜蜡说："你猜猜看。""这怎么猜得着。"小勺咯咯笑。蜜蜡想了想说："我什么都忘了，这会儿才记起来，我的大名小名一样，叫'刘自然'。""哎呀这名儿真好。"小勺身上满是大海的腥咸气，蜜蜡喜欢这气味。她让小勺扶着在屋里走动了。"我敢说你不是'吃百家饭的'。""为什么？""你有宝书哩。"蜜蜡跳了一下，差点儿歪倒，她记起了大书包。她把它一取到手里就使劲搂住了。"这是我路上拣来的。你认字吧？""认一点儿，记不全。"蜜蜡翻了一遍书包里的东西，所有的纸页全在。纸页上的字迹让她认出是自己的，可就是记不起为什么来到了东海边，这里差不多快到古怪国了。这一天有个五十多岁的人领了两个年轻人进来,问她从哪儿来之类,她还是那几句话,他们也就走了。老婆婆说这是村头儿和治保会的人,不过例行公事来问问,见你是个女娃也就放心了。"海里上来的特务十有八九是男的。"老婆婆说。"上来过?""没。上来一个,问了问,不是。""怎么才知道是哩?"老婆婆想了想:"听说他们怀里揣了攮子。还有,脑壳呀手呀脚呀都护了胶皮课。腔上拴了发报机器课。你不是那号人,一看就不是嘛。"蜜蜡笑了,觉得新奇有趣。小勺见蜜蜡身体好了,能在院里活动了,就要领她去海边上玩。"俺不,俺怕生人哩。"到底是东海人家,一日三餐全是鱼,偶尔吃玉米饼蘸蠓子虾酱,高兴得像过年。"自然妹妹,你们那儿吃什么呀?""俺那地场吃地瓜玉米高粱,过节吃馍吃饺子。"老婆婆拍手:"哎呀这些好吃物啊,怪不得孩儿长得水大。"小勺问:"没有鱼呀?"蜜蜡想不起有鱼。可是她记得有海。有海怎么会没有鱼?可就是不记得吃过鱼。她摇摇头。夜里小勺和蜜蜡睡在一起,在油灯前翻书。原来小勺基本上不识字。蜜蜡为她读宝书,她神情肃穆听了一会儿,鼓起了掌。"怎么?"小勺说:"宝书真好听哎。"吹了灯睡觉,仰躺不语。躺了一会儿小勺在黑影里小声问:"我摸摸你吧?"说着手从另一个被窝里伸过来了。她按按蜜蜡的胸口,然后细细摸过了乳房、小腹和大腿,又用力攥了攥后背上的肉,说:"凉丝丝的,真好啊。"说着整个人挪过来,紧紧相挨了。"我要有你这么个妹妹多好啊,晚上也有说话的了。"她在蜜蜡脸上亲了一下。蜜蜡有些不自在,小勺再亲,她的泪水就流出来了。"你怎么了呀?"小勺欠身问她。"我想起了一个人。""男人?""嗯,俺路上遇到的。"小勺吸着气:"呀,咱从根没沾过男人。他们是怎么回事？听说怪麻烦哩。"蜜蜡无心回答，因为这一会儿脑海打开了两扇门，一个又一个熟悉的男人走了进来：雷丁，窄脸膛的三许，最后是浑身闪亮的美少年。小勺咕哝："有一天在海边，人都走光了，过来个拉鱼的要跟咱好，咱没愿意。"蜜蜡两眼发直。小勺双眼像星星："他哭哩，我就不愿意。"蜜蜡说："勺姐，我想起来了，我是赶去和一个人相会的，跑到半路被一个妖怪掳去了。我从妖怪那儿逃出，一口气逃到这里。""什么妖怪？""记不清了。""和谁相会啊？""一个浑身闪亮的棒小伙儿，眉毛嘴巴都喜人。"小勺重新躺下："看你啊，什么都记不住。我要有这样的事儿，一万年也忘不掉。"她拉蜜蜡躺下。

"自然好妹妹你一天到晚写呀写呀，做甚课？"小勺翻来覆去看那叠纸。"不做甚。咱是大写家，停了不中。""你还会做甚？""俺还会唱忆苦歌。""唱了我听。"蜜蜡清清嗓子唱起来。小勺听着，目不转睛，后来惊声大叫："妹妹哭了。""嗯，我一唱忆苦歌准流泪，这是肯定的。"老婆婆从另一间屋里端来了鱼汤："闺女唱完了歌喝一碗汤，这是俺东海地场的规矩。"蜜蜡真的端起来咕咚咚喝下去。"真好闺女啊，滋养过来了，皮儿油滋滋闪光，真该在咱村找个婆家了，也不用东蹿西蹿受苦。"小勺埋怨一句："妈说了哪搭课。人家就是赶去和一个棒小伙相会的。"老婆婆"哦哟"一声拉住了她："那是噢，那好哩。八成是家里人不恩准这桩婚事，你才跑出来？"蜜蜡马上接答："嗯哪，嗯哪。""你爸妈也忒做主，这事儿依了孩儿有什么不好。他们多大年纪了住哪庄？""俺爸嘛，人家都叫他老刘慒，俺妈在家主事儿，他们住在上村。俺住在下村。"蜜蜡一张口说了一串，一瞬间什么都记起来，吓得赶忙掩口。小勺忙问:"妹妹怎么了?脸都黄了。""我一阵头晕。让我躺一会儿吧。"老婆婆和女儿赶忙把蜜蜡扶到了炕上。蜜蜡心跳咚咚,拉上被子盖住脸。什么都记起来了,一丝不差:下村的辩论会、大河马对她使用的"害困法"、老黑屋的囚禁,最后是用枪刺杀了大河马,一刻不停惊慌逃命。天哪,我在逃命路上啊,我身后还有日夜追赶的民兵哩。她差不多听见了飞奔的蹄声:小油矬一定使上了他训练的骑兵,啪哒啪哒鞭打快驴,把一头头驴子打得四蹄尥起,尾巴翘得老高,伸着脖子昂啊昂啊大叫。蜜蜡在心里呼喊:"妈呀,我再也不能待在这儿了,我得赶快逃哩,一刻不停逃哩!"

蜜蜡背起大书包,告别老婆婆和小勺。她们不知费了多少劲儿挽留她,她都不应。最后老婆婆只好说:"我家小勺舍不得课。不过我知道寻人的滋味,你就走吧。"老婆婆为她去包裹鱼干和玉米饼。小勺在屋里与蜜蜡话别,竟然闩了门。她们真是分舍亦难。小勺哭着亲她:"好妹妹千万别忘了我,寻到人再回来啊。"蜜蜡为她揩泪:"勺姐你待我真好。你长得也好。你的眉眼不知怎么让我想起俺的铜娃,你就像他的姐。从根上没有女的这样亲我,俺妈也没有。"小勺从贴身口袋里取了一块手绢给她,她想了想,就把一个本子给了小勺。蜜蜡背上东西出门,对老婆婆和小勺鞠了一躬:"大娘,小勺姐,我一辈子都忘不了你们的救命之恩。我今世报答不了,来世变驴变马也得报答。""哎呀闺女说了哪搭课,这都是咱该做的呀。"老婆婆身上倚着流泪的女儿。蜜蜡又一次深深鞠躬,走了。

"你们几个都给我好好兴(听)着,咱这回逮不着刘蜜亚(蜡),

就不希（是）骑凤（兵）。"照儿在石坎下边训话。一个上了几岁年纪的民兵说："班长，要我说呀，咱这一趟算是白跑了，她个胖闺女要逃也不会走这山旮旯。"另一个说："就是嘛，她一准像上回一样，一路往南撒了丫子，那里有她的相好。"这一下议论多起来，"不假，要不怎么连长自己领兵往南，他是想亲手逮下。""往西的那股人马也跟咱一样，白费了驴蹄子。""班长，有心眼的还是歇歇走走吧，又出了公差，又没搭上什么。""就是，就是，再这么扑腾下去，往少里说也得崴断三五条驴腿。"照儿一开始想发火，后来见大伙的意思差不多，也就忍了。他抽了一只喇叭烟，这才注意到天快黑了。如果不快些走出这道山谷，找个村子宿营，那么又得像昨夜一样遭罪了。那时在丘陵地带，前不着村后不着店，大家跑了一天，真是人困驴乏，随便找个坡地就点火烤热了烧饼，吃过了就拴驴睡觉，结果半夜被满山的小咬叮得直蹦。一夜没睡，黎明又上路，一步一步都是登上坡，真是平原牲口不上山，他们胯下的驴子一见斜坡石板就浑身打战。"妈的，当初训练也没选块山场子，这下完了。"他们甩鞭子，骂，全不顶事。临行前连长让他们打得驴飞，这会儿看个个都成了犟驴，要人下来揪着缰绳往山上拉。"等着看吧，上坡不行，下坡也不行，咱往回走还要有大罪受。"有人这么一说照儿终于火了："你他瓦（妈）少说些丧气话吧，再磨磨蹭蹭还得蹲在这里喂小鸟（咬）。"大家真的急了，因为天就要黑了，村庄还是没影儿。在一个山垭口那儿，他们看到了一湾山水，就奔过去。原想顺着水流走不了多远就会找到村子，可这样赶了一个多钟头还是白搭。"咱这血（些）人天生就是挨咬受气的命，得了吧，就在沟边宿灵（营）吧。"照儿下了令，十几个人立刻哎呀哎呀停下来。他们的屁股都疼得受不住,因为在平原骑驴从来没有颠成这样。找柴火点火,烧点水泡饼吃,都说:"看看吧,这就是军事生活啊,要不说打江山不易嘛。"照儿喝一口水嚼一口饼,并不把焦干的饼泡到水里,一嚼发出"咔啦咔啦"的声音。都说照儿"牙口儿好","这样的人劲儿才大"。大家都想起演兵场上的打斗,班长的嘴就是那次被小油矬撕豁了的,从此说话漏风。还有,那次是在伍爷的怂恿下开打的,如今伍爷却被人杀了,玩完了。那个大块头被人宰猪一样放了血。这事儿真是没人敢信,可又是真的。想到这一节大家都吓得一声不响了。有了上一夜的教训,今夜再也不敢熄火了,而是让青蒿子压在火堆上冒出浓烟,结果呛跑了小咬也熏得个个泪流满面,像一块儿遭遇了最伤心的事儿。睡不着,眼皮一睁一合净是哭,"妈的,追赶逃犯这营生真不是人干的啊。""早知道这样咱该把她日夜拴着啊。""听听你说的,早知道了咱连长还敢娶她当婆娘?""这就难说了。男人嘛,谁也不能好生生就跟大俊闺女结仇呀。""这话不假,男人一辈子饥一顿饱一顿,东跑西颠你挣我夺的,到头来还不就为了弄上个搂物?"议论到这儿引发了一阵长吁短叹,个个不停地揩眼,当然主要是烟火呛的。好不容易熬到天亮,从地上爬起来眼都肿着,你看我我看你,都说有什么办法?哭了一夜。"这个刘蜜蜡啊,咱逮住她那天,非得这样:嗯嗯,嗯嗯。"照儿盯住说话那人:"你希(是)什么意思?""我的意思是,要杀她不止一次哩。"

一支十来人的骑兵队往东走,慢得不能再慢。沿途有了在坡地干活的人,他们指着骑兵说:"这又不知是哪个番号的了。"照儿偶尔下驴问一句干活的:"看没看现(见)一个老胖的婆娘从这儿蹿了?"干活的拍掌大笑:"咱没见,咱只见过一只大山兔子从这蹿了。"照儿说:"连(严)肃。这希(是)军事。""希什么?咱希看见兔子啦,金(真)的。"干活的人学他说话。照儿一挥手,骑兵继续往前。"班长,我看呀这事儿不如交给公安局去办,咱们打道回府算了。""就是嘛,国有国法,杀了人就交给局子,他们又不是白吃馍馍的。"照儿恼了:"胡呲什么。连长佛(火)了看你叫唤不。"他们望着一座座高山,终于走不动了。一头头驴子愁眉苦脸,好像随便一个撒的命令它们就会掉头往回走。不知是谁提议该挑着好路绕行,干吗死死瞄着东山?这话倒也不假,照儿随大家往一条东南向的低谷走过去。日头比前一天大了,谷地没有风,这儿简直是夏天他妈。照儿领头脱了军装,里面没有衬衣,半光着骑驴,大家都和他差不多。个别人连日在驴背上磨得胯部奇痒,这会儿就趁机全脱了,用柳条拴了衣裤挂在驴脖子上。谷地的上游开始有水了,大家洗了洗,继续往前。在一丛柳棵掩映下,一群女人正在洗衣服,骑兵到了近前才发现,女人大叫着挽起篮子就跑,个别半裸着泡在水里,更是慌到了极点。照儿转过脸大声背诵:"'第期(七)不许调戏妇女们',向后呀转!"队伍转头很慢。走了没有几步,有人说:"她们走光哩,咱再往前吧。"谷地开始凉爽起来,有些冷了,大家穿了军装。谷地东侧的漫坡上有个村庄,照儿正犹豫是否与当地组织接头、补充一下给养。他勒住驴子停留了一下,看着村子。正这会儿突然从左右及前后响起声声呐喊,大约有三四十人端着刀枪从树木间围上来。照儿立刻翻到了驴肚下,旋即架起了枪。其余有的摘枪,有的跌下驴子。一切都晚了,围上来的人面目凶悍，大喊着缴了他们的械，并用刀枪相逼，把牲口牵到了一旁。"我们希（是）好人哪。"照儿喊。"好人光着腚追赶大闺女？"一个面色黧黑的人问。照儿看看同行的人："金（真）冤哪，咱背着宝书躲、躲个不迭哩，哪有那系（事）儿。"所有人都随上班长向黑脸大汉辩解。黑脸说："一看就知道是溃散的匪兵。"照儿忙把接受连长命令出门追赶逃犯的过程简述一遍，急得汗水交流。黑脸伸着手："说别的没用，大红关防拿来。""什么希（是）'大红关防'？""盖了印章的通行信。妈的，连这个也不知道。"照儿更急了："咱没有啊，连长木（没）给啊。""'连长'是谁？""希（是）小油矬。"黑脸骂骂咧咧不再听了，命令把这一干人押到村里审去。"妈呀，咱是出来逮人的，想不到反倒被人逮了。""千不该万不该，不该给下身放风，我琢磨了，人一这样非出事不可。""那是啊，俺爸那一年天热光着身子乘凉，结果被本家婶子撞上，差点被堂叔砸死。"被缴了械的人小声议论，沮丧至极。黑汉的人舞刀弄枪跟在后面，进村后为了显显威风，动不动就在后屁股上踹一脚。"长官啊，行行好吧，到头来还不是误会一场？"他们求饶，人家根本不听。

一干人被囚在一大间马棚里，一边是牲口，一边是一排地铺。他们的驴子都给拴在外边，有人按时给送上草料，照顾得比他们还好。囚了两天没人理，只扔给一点饭水算是没有饿死。第三天照儿被押到民兵连部审了，他大嚷大叫问这块地方是不是叫中国？如果是，那也该是学了宝书吧？为什么俺按宝书去做反倒要受折磨？审人的是个麻子，比黑脸还要凶上几倍，说一声"掌嘴"，立刻有人过来甩下三五个嘴巴。照儿不嚷了。反正有嘴说不清，只听人说去。麻子说：你们这干人还不知犯了多大罪过哩，调戏妇女，谎称追捕，地方这么远我们还懒得去查哩。干脆，扣下枪支，你们骑着驴子走吧，回去让头头脑脑来说个清楚，说不清，武器就别想拿回了。照儿哭了："行行好吧老乡，你几（知）道，当兵的丢这多枪是湿（死）罪啊，行行好吧。"麻子大笑。就这样，十几个光杆民兵垂头丧气坐在驴背上出了村，简直无心择路，只让驴子走去，走哪算哪。"这真像做了一场梦啊，一转眼枪也没了。""他妈的中国地场真是大了，想不到还有这样的孬人坏种，全不把出公差的当人待。"照儿说："别许（说）了，等连长回头领咱劫他们的灵（营）。""真是哩，到时候咱的武装把他们围个铁严，口令一喊，把个龟孙子收拾得服帖。""还有那帮婆娘，不是正经吗？不是怕见男人吗？咱把她们一个个都锁到庙里，有一算一，谁也别想再见男人，一辈子都别想。"大家恨得咬牙切齿，只盼着快些见到连长。有了这个念头就干脆往南了，迎着正午的太阳走了。当从山地走到坡地，顺着沟谷拐下丘陵的那一刻，照儿哭了。大家安慰他，他还是哭，说自己对不起连长，丢了武器；还有，伍爷也死了，往前想想真是活得无趣。所有人都不吱声。大家觉得照儿说出了所有人的心事。

第七章　初识不夜城

二十二

"我就不信山沟里飞不出金凤凰。""俺也不信。不过山沟里的金凤凰又大又胖,飞得慢哩。"蜜蜡想不出与雷丁重逢的情景,想不出他的第一句话会怎样问,她又将怎样答。恍惚中觉得彼此像是昨天才分开似的,刚一见面就手扯手拉起了家常。蜜蜡惊讶的是两个人如此平静,全然不像经历了一场生离死别。他们隔着温吞吞的夜色说话,她一瞌睡,他就讲小时候的故事,让她一阵阵好奇。"我长出了金色睫毛那天,妈妈扳住我看了一遍又一遍,叹气说咱楼上有个孩子长出了银色睫毛,你们这一对啊。我一天到晚想看看什么是银睫,后来真的看到了。""快说说他是什么样的,"她马上想到了"小白孩",睁大了眼睛。"这就说。那天大人都出门了,我们楼洞里只有几个孩子。我握着杏仁糖出门,一会儿填到嘴里一块,想馋馋他们。谁忍不住伸手来要,我就给他。"她插一句:"城里孩儿一个个都挺坏的。""杏仁糖吃完了,都不再围着我。他们跑到别的楼洞去了。太阳光变成了橘红色,这儿只剩下我和另一个孩子了,他刚刚出门,白眉白发白眼睫,连皮肤都是世界上最白的。这就是银睫啊。我指指自己的眼睫毛,他马上凑近了,说'金的'。声音真甜。那天我们手扯手玩,最后又去他家。好吃的东西数不完。我们成了好朋友。以后我们总是单独玩,后来发现只要一碰到他的胸脯,他就要往后退一步。我想炫耀一下肌肉,因为爸爸教我练过哑铃。我揪开他的衣服,一下看到了白雪似的胸脯和肚子:浑身的皮儿像刚满月的小孩儿,让我差点羞死。原来他是个女孩。她哭了,银睫毛上挂满泪珠儿。""你小时候可真坏。""她后来就不哭了。离开时我亲了她一下,她看了又看,不认识似的。从那以后俺俩就是一对了,金睫和银睫。她的小手按在我的鸡胸上,把脸贴在上面。我心疼这个长了银睫毛的小白孩儿。她像个小糖人,我怕挨得太近她会化成水。""哎呀老师真好意思说呀,真好意思呀。你不说说自己鸡胸的来历吗?""我说。有一年我爬一棵桑树,爬到半腰遇了马蜂,一个惊叫跌下来,摔得不省人事。爸爸说从那以后我就发育不正常了。妈哭着说我娶不上媳妇了。我对银睫说:'你做我的媳妇吧',她红着脸点头。""老天哪,原来这样。怪不得啊,你心里早有个人啊。""咱是明人不说暗话,有什么说什么。咱心里装了小白孩儿,走到天边都是这样。那栋楼上谁也不知道咱和她私订终身的事,因为大人忙得什么都顾不上。别的孩子都上学了,只有我和银睫在家养病。其实大人瞎操心,咱和她什么病也没有。我们一整天都在一块儿,像书上说的'耳鬓厮磨'。我觉得亲嘴这事儿不用学,心里一激挛嘴就找准了地方。""老师啊,我生气了。""咱过来人不该有那么多气,再说你我拉个知心呱儿也不该躲躲闪闪瞎迁磨。你要讨厌,我干脆找根麻绳儿把嘴扎上。""那可不行。也罢,你爱怎么说就怎么说吧,权当是做梦编瞎话儿。""这还差不多。人有脸树有皮,咱是你老师,总得有些规矩吧。我这人轻易不做出格的事儿，年少无知摸索了几下也不用不依不饶。我知道女人都是小心眼儿，男人多看了别的女人一眼，立刻又摔盘子又摔碗的。其实呢，好女不嫁二夫，好男不亲二嘴，咱这样说你个胖闺女该咧开大花嘴儿恁了吧？行了，不跟你斗嘴了，咱接上说小时候的事儿。话说和小白孩儿同在一个楼洞，越长越不安分了。她一天不见咱就哭，咱一天不亲她就慌，有时候和大人在一块儿还想暗中捏弄一下手指。怪就怪在这事儿大人就是不知道，他们只说：'你俩拿上课本一块儿学吧'。这下坏了醋了，俺俩成天在一块儿互诉衷肠，山盟海誓的，直到今天想起来脸还发烧。小白孩儿眯着眼看咱，她的眼怕光。那个眯眼的模样谁看了都受不住。她一笑俩酒窝，头发短得像男孩，所以我开始还以为她到处跟咱一样。她抱住我哭呀，说爸妈为自己的银色睫毛难过死了，说她这样一辈子可怎么办，连个婆家也找不着。'你能保证跟咱好一辈子吗？'我说'这还不能吗？'我们都不知道父母能不能准这门亲事，好在还有时间。""哎哟哟，看看这是多么有情有义的一对儿，这简直是一对小妖精。""大胖闺女说了哪去。你把俺看成什么。连你都这样恐怕天底下再也没人理解咱了。""我只想问以后怎样了？""以后我上学了，还咬着牙锻炼身体。我知道这辈子要照顾好一个多病的小白孩，身体不好可不行。她不能像我一样去学校，因为她怕光；还有，她一出门有人就喊她的外号，叫她'白绒桃'。我也有外号，他们叫我'长臂猴儿'。我不在乎，只想挣口气，打球，文娱活动，还有各门功课，都想挣个第一。星期天回家是最高兴的事，因为能见到她了。她爸妈让我教她课文，见了我也高兴。其实他们一离开我们就抱在一块儿。一个星期不见，她周身都散发出生蜂蜜的香味，让我喜欢不够。那些日子里我们偷偷计划了很多事儿，甚至讨论了什么时候逃到山里生个小孩。""哎呀大胆。你们真是人小鬼大。你对咱拿出这野劲儿的十分之一，咱也走不到今天了。快接着讲吧！""你慢慢听吧。那时俺这样计划是因为害怕，知道他们别说让咱成亲了，不砸断咱的脊梁骨就是好的。所以俺俩从头计划：什么时候毕业，什么时候领她逃；俺要去大山里找个大洞，里面铺上又软又香的干草，再摆上一大擦野果。俺那地方把怀了孩子说成'使上'，记得她趴在我耳边上说过的一句话：'你在大山里给我'使上'吧。'。""我受不住了老师，我气哭了。我擦干眼泪你再讲吧。""行，我也不急着说了。因为说出那个结局怪难受。不过我还是要有一说一。后来啊，咱慢慢长成了一个老练人儿，个头不大眼神儿深沉，嘴上毛茸茸的，不说你也知道这是怎么一回事。书上说这叫'发育'。咱发育了，她也发育了，不过还是白得要命。我一摸她的胸脯啊后背啊全身抖瑟。咱那把年纪可学了不少诗文，有一阵俺俩只用诗文交谈，简直是离了诗文不开口。记得一见面我就说：'姑娘想得慌，两眼泪汪汪'；她脱口答：'夜里睡不着，半夜推南窗'。我又说：'春天杏花开，想你夜夜来'；她答：'怕你留不住，门前常徘徊'。听吧，她没有正经上过学，可多么聪明伶俐啊，是个才女。我心想俺俩将来在一起过日子，即便不吃不喝，光靠出诗答对儿也不会饿。那时就盼星期天，一出校门抬腿就往回跑。俺心里除了她谁也装不下啊。后来灾难就来了，灾难说来就来。""大男子汉不用抽搭着哭了，事儿过去也就过去了，接着说吧。""嗯，反正不说它也发生了。这灾难是我爸招来的，他在学校不知说了什么话，后来被押到一个地方,不让家里人见他。楼上人都说:'咱这里又出了一个坏种'。同楼洞里再没人理我们,星期天去找小白孩,她爸见了我就说:'没事儿别瞎串门子了。'我哭着走了。可我知道她在想我。没有办法见面。夜晚出来,我在楼前的花坛里坐了。月光下我看见门洞出来一个白绒绒的小美人儿,心立刻怦怦乱跳。我学一声鸟叫,她走过来。真是好姑娘啊,小嘴儿比无花果还甜。我一肚子话都顾不得说,也没心思出诗答对儿了。这个夜晚俺俩真该手扯手逃开:在明晃晃的月光下她的眼睛最好使,一切都看得不能再清楚了。银眼睫毛白天看东西不如月亮天,这我知道。这个晚上她好好扒拉着衣服看了我,按着鸡胸那儿。她偎在我怀里像个刚长羽毛的麻雀,肩膀颤颤抖抖让人害疼。这就是我天生的伴侣,咱在大月亮底下暗暗许下,要一生一世相依。咱今夜不逃,可总有一天会逃进大山,在那里喝泉水吃野果,给她'使上'。那会是一个像她一样俊美、比我强壮十倍的孩子。我不知看过她多少遍,只有这个月夜才看得更清,这张脸上,每一根毛发都是那么精巧,像雕出来的水晶人儿。这时我想,她如果不是白睫毛反倒不好看了。这世上的人哪,连同她爸妈,就因为她生得太俊美了,不像人间的人,才难过得泣哭。我的水晶美人,我抱你一夜不知累,亲你通宵不打盹儿,就像一对连体人一样分都分不开,除非动刀儿割开,除非让我们撕扯得流血。""哦哦老师,快别这么说了,咱老想抽搭着哭。后来呢?""后来门洞里有人喊了,那是她爸妈出来找人了。她慌慌亲我一下跃出花坛。'你在里面做什么?''看花儿'。她爸抱起她往回走:'傻孩儿哪有花。家去家去。'那一夜我坐在窗前,借着月色写了好几篇诗文,它们只有上两句,下两句留给她了。说来你不信,她回去做的事情和我一模一样,不过她写的是下两句,留了上两句。这事又是很久以后才知道的,那时我俩掏出兜里的纸片就全明白了。""老师,你们真的是一对儿,一对儿。我现在流的是欣喜泪。""那你用不了多久又该流悲伤泪了。真的,老天爷要拆散谁也没办法。我是说俺爸的事儿越来越麻烦,他给押到了另一个地方,妈妈和我要见他都不易了。这些日子里我只见了小白孩两次。她长得比过去高了,也更迷人了。差不多又过了半年,爸爸放回来了,俺家也要迁回原籍了。收拾东西那天,我就去敲小白孩家的门。她爸来开门,一见我就挡在那儿:'你来干什么?''我家明天一早就回乡下了,我来找她告别。''那就不用了。她早睡了。'我恨不得把他推个仰八叉。我编排说:'不行,我们出城早。我得从她那儿取回我的书。''真小气,'他一边咕哝一边转身,我趁机闯了进去,直接去了她的房间:她正在摆弄一叠剪纸窗花。她爸她妈都跟过来,盯着我们。我眼里的泪转个不停,全力忍住。她眯着眼看咱,鼻子一动一动,像嗅嗅咱是不是变了味儿。她爸催促了:'还不快还人家书'。她这时勇敢得让人一辈子忘不了,突然昂起头说:'你们走开,走开,我要单独和他说话。'他们一愣,退了出去。她反手关了门,然后一下扑进我怀里。我们交换各自写了半截的诗,紧紧依偎。我语气匆匆:'我走后你要等我。'她说:'别忘了把我接到山里。'门外一声连一声催促,小白孩返身抓起她剪的窗花递给我,开了门。""老师你俩真可怜,真可怜。我怎么帮帮你们呀。""傻姑娘,你怎么帮哩。谁也帮不了。就这样俺一家被赶到了鹈鹕泊。那是俺前两代人住过的地方。爸妈下地干活,只让我撒了泼读书,把上了一半的学自修下来。那时乡下识字人少，民办小学急着找人当老师，就招我代课。我教书教得好，又去了联中。你知道我一夜夜想的是什么。我没事了就看诗和剪纸花，还去了山里。我只想念她，一闭眼就能看见她的泪珠挂在银色睫毛上。学校放假时有了两天空闲，我一刻不停打了车票，经过一天一夜的颠簸赶到那座城市。我一见出生地的灰楼就哭了，一些不认识我的人议论说：'瞧这小人儿长了一对凤泪眼'。我在那座楼前走动，想从窗户上看到她的影子。好不容易挨到了上班时间，那门怎么也敲不开。问了邻居，他们说这一家人都出差了。'多久才回？''不知道。'我那次像失了魂一样。""老师真可怜。那种抠心挖胆想人的滋味儿我最知道。后来哩？找到了？""我就怕'后来'两个字。因为没有后来了。老天爷的心可真狠啊，他明明知道俺俩是一对连体人儿，可硬是要生生拆分。原来她病了，治不好了。谁也没法，除非重新把两个人合起来。小白孩躺在床上起不来，话也说不清，最后一声声喊的都是我的名字。这一切都是我后来才得知的，那时真想一头撞死在大山里。因为我记得俺俩的约定，知道她的魂灵也会往山里走。我知道阳世阴世不相交，我们都变成鬼魂才能重新相见。我从山里活着回来全是因为妈妈，我听见她喊：'我儿回来，我儿快回来呀'，就回来了。""老师，你的眼泪唰唰流，我也一样。我直到今天才明白你为什么谁也不娶，原来你心里只有一个人哪。我的老师，我怎么活下去啊，难道就让我背着大书包流浪一生？我上哪里去呢？过一道河又一道河，越一座村又一座村，原想一口气跑到古怪国，现在才知道这都是白日做梦。老师啊，你还像过去那样指点咱吧，告诉我往哪儿去、怎么走。"

蜜蜡蜷在一棵大槐树下，整夜里都在一问一答。她被那个故事感动得珠泪滚滚,万千迷惑从头破解。老师啊老师,你既然早就私订了终身,咱蜜蜡就一门心思赶到河边相会吧。可我一挪步子就听到了老师在声声叮嘱:"千万莫往那条大河上去啊,有人在那儿等着捉人哩。""那我往哪里走呢?我跟上你赶路不行吗?""我倒是愿意,可咱俩阴阳不搭界呀,我是那边的人了。"蜜蜡咬着嘴唇埋怨一句:"可也有人说你压根就没有淹死,顺河入海去了东北,正在深山老林里过日子。""胡传哩。我要那样就再死一遭。咱得对起小白孩啊。"蜜蜡低下头:"就算你说的是真的吧,可我还是得问,我一个女人家背上了人命官司,身后有骑兵提着枪,就这样被追一辈子,这样一天到晚没命地穷窜?我到底往哪里去?""你呀,我为你的事儿没有一天不上火焦急,门牙都疼掉了一个。说不心疼是假,可惜从阴间里伸不上手哩。我琢磨着啊,你要能甩开那些'捕快',最好还是去城里,如今城乡不连通哩,城是城乡是乡。""慢着老师,什么叫'捕快'?""就是官府差下来抓人的。"蜜蜡心里一阵豁亮:"去城里好哩。不过俺想去老师和小白孩那座城,它是什么地方?""它嘛,你得一路往东南下去。哪座城大你找哪座,去了那里,登州腔儿他们一句也听不懂。"蜜蜡笑了:"俺早就试着说别处话了,不信你听我一句,就像学了树上的鸟儿。""别学得太过了,顶多像四川大鹦鹉那样就行。""哎呀老师笑死俺了,咱闯荡大城市要用鸟语蒙人哪。""你可别笑,登州腔儿会让人露馅儿,你要改腔还真得学学鸟语。先选一种大鸟,小鸟啾啾得太快了。啄木鸟和鸦鹊最好学,不过它们的嗓门太粗,只适合男人。老野鸡和斑鸠土语老腔的,城里人会笑话。虎皮大鹦鹉你学了正好,不软不硬不艮不脆,庄稼孩儿保准一学就会,他们城里人听了会说:'哦咳,这是什么腔儿啊,抑扬顿挫广播员似的'。""老师我听你的,先去鸟市上找只大鹦鹉吧。"

蜜蜡一大早醒来,老师的叮嘱句句清晰。她念一声:"我要去城里了。"当再次走过山地村庄时,她一开口就用本地话搭腔,惹得人家睁大眼睛:"咦哎,这是什么人哪,舌头胡乱打滚儿,一个正经字也吐不利索。"她一着急差点哭出来,知道从根上改腔的时候到了。她打生下来还是第一遭遇到这样的难题:为自己的舌头生气。"老乡亲,打听个事儿,咱这儿有鸟市没有?""狗市猫市有,鸟市嘛,那得大地方才有。""什么才是大地方?""去黑马镇看看吧,二五逢集。那里有卖乌龟蟒蛇的,连卖猴子的都有。"蜜蜡一路问着黑马镇,向南走了三天,才遇到了镇上的集日。哎呀这么多人,这热闹劲儿咱一辈子没见。卖东西的人山人海漫天要价,什么都多得吓人。比如卖席子的吧,白花花的高粱席和苇席、还有红篾子编织的花席,简直连成了海洋。卖布的车子一溜两行,花花绿绿搭成一片,看得人头晕。火烧铺开到大街上来了,还有油炸锅子、摊饼的鏊子。全世界的好东西呼啦啦都涌到了这里,吃的用的看的,真是要什么有什么。蜜蜡打听卖鸟的,有人指点她跑了不少冤枉路,最后才找到了鸟市。她浑身是汗额上沾着头发,衣服都湿透了,见了各种鸟儿满心欢欣。它们差不多都装在竹笼里,歪着脑袋看人。一只叫不上名的灰翅鸟儿会学猫叫,还能模仿推车的吱扭声。"它会说话吗?"主人脸上贴着膏药,对它一吹气儿,它突然大叫起来:"狗日的,狗日的。"蜜蜡说:"俺不喜见哩,"走开了。有一只八哥见了她主动打招呼:"大闺女。"她笑着点头:"你真好。""好大闺女哩。"它的嗓子粗粝粝的,真不像那么小的舌头发出来的。她看了一会儿又转向别处。"还有会说话的鸟儿吗?"有人伸手一指,她吃了一惊。天哪,看见四川大鹦鹉了,它差不多有猫那么大,站在一根横杆上望着行人,神情淡漠。它的脚杆上拴了一条粗铁链,一动哗哗响。"你会说话吗?""你好你好。"蜜蜡笑了,知道这是一只文明的鸟儿。而且她从口音中听出了特别的卷舌,是地道的城市腔儿。"俺能跟你学说话吗?"它活动了一下:"不客气,不客气。"蜜蜡拍手:"哎呀就是你了,你的腔儿最适合咱哩。"大鹦鹉的主人是个脸色发紫的汉子,坐在一边抽烟,说:"递个价吧。"蜜蜡迟疑着,自己身上一分钱也没有。"十块现钱。二斗高粱也行。"蜜蜡吓了一跳,但还是故作镇静:"太贵了太贵了。"没等汉子答话,大鹦鹉说了:"不贵不贵。"蜜蜡笑了。汉子说:"这是俺城里表哥的爱物,他要不缺钱也不会让咱出手。"蜜蜡挪不动脚,直眼盯着它:"你是一只城里鸟儿呀,是吧?""是吧是吧?你好你好。"它心不在焉的样子。蜜蜡学它的腔调说了一遍,它又再次重复。"你的主人和你说一样的话吗?""永远健康。永远健康。"它喃喃着。蜜蜡跟上学了一遍。"多聪明伶俐的鸟儿,它可比笨嘴笨舌的庄稼孩儿强多了。"蜜蜡一步也不想离开了。多半天时间她都在鸟市上徘徊,与大鹦鹉对话。她发现它说话不仅好听,而且用语节俭,不是个多嘴多舌的鸟儿。"咱要好好学哩,一个人在外,可不能见了生人把心里话一股脑儿往外倒啊。"

蜜蜡离开集市,心里想的全是那只会说话的鸟儿。她在村子里闲溜,做活讨要,到了逢集的日子又去了鸟市。"没带钱来呀?"紫脸汉子问。"没,这得慢慢凑哩。"鸟儿注视她。"我想你哩大鸟,来听你说话儿。"

大鸟发出几声叹息,翅膀展动几下。"你还记得我吗?"它移动了一下双脚,用略微低沉的声音说道:"一路顺风。"蜜蜡心上一跳。她像听到了一句催促,不知这只神奇的鸟儿为什么催她赶路。"谢谢你了大鸟,好看的大鹦鹉。""谢谢,谢谢,一路顺风,一路顺风。"

二十三

蜜蜡一路寻找那座大城市。走过了几座村庄,遇到了比黑马镇更热闹的地方就问:"这里是大城市吗?"人家答:"这不是。""大城市什么模样?""大城市汽车像蜈蚣一样伏在地上跑,半夜还点着大灯哩。""噢,那咱找蜈蚣和大灯去。"蜜蜡一路讨要,做活儿,说自己家乡遭了灾,出来吃百家饭。路上有人要查她的"关防",她就说:"老天爷,招灾那会儿大水把纸呀印章呀全冲跑了哩。"那人翘着胡子盯住她高耸的胸部:"你这样的人咱从根没见。算你长了张巧嘴儿。"她走的路多,见的人多,不慌不忙对答如流,谁也难不住她。"哪搭婆娘?""十八里疃的。""离这儿多远?""千千八百里有了。""怪不得,听口音城不城乡不乡,吱吱歪歪像鸟叫。"蜜蜡暗中琢磨,人语鸟语交杂起来多有趣啊,鸟儿本来学了人语,可是它把鸟儿说话的方法加进去,人听到的就是半鸟半人的话了。她料定带上这种腔儿走遍天下,也没人听出她来自登州。从秋末一直走下来,风尘扑了满脸撩把溪水洗一洗;可是荆棘把衣服扯得一丝一绺缝都缝不好。她露皮露肉,男人一盯脸上又臊又烫。有过初秋那一场游荡,她再不敢说自己是出来找婆家的了,借宿时也找没有中青年汉子的人家,帮人做活专找孤寡老人。他们给她吃喝,还把多余的旧衣裳送她。为了御寒,她把一件又一件全套在了身上,里三层外三层。路上的人说:"大胖闺女真受打扮,穿什么都喜人。"蜜蜡满心警觉,走在街上,只要有人贼眉鼠目看几眼,她就不会在这个地方久留。夜里借宿,无论这一家人看上去多么老实,她都要在歇息前闩严了屋门。有一天她住进了一对六十来岁的夫妇家里,睡到半夜窗子突然给推开了,房东大爷喘着进来:"哎呀年纪不饶人哪,前些年爬个窗呀墙呀抬腿就中。"她问:"你来这里干什么?"他指指对面:"傻闺女小声点。连这也问。咱是来和你好哩。"蜜蜡又气又笑:"咱从来不和别人好,你快回罢。""这就是你的不对了,庄稼人除了这个还有什么喜好。"说着就去揪蜜蜡的短裤。蜜蜡给了他一掌,"我喊你老伴了。""别,别介,"说着又从窗上爬出。

从冬天走到春天,终于来到了一个大城。街上的人像河水,路边的灯像连理果;这儿真的有蜈蚣似的大汽车,它们走走停停。她心里好奇,就掏出一把钢镚儿坐了蜈蚣。坐了一站又一站,售票姑娘问她哪儿下?她答:"哪儿热闹哪儿下。"售票员笑着让她在两站之后下了。原来这儿有一个公园,里面游人如织,有石凳长椅,林子和小湖,还有养动物的地方。蜜蜡一步就要跨进去,门口卖票的老太太一把揪住她:"买票买票。"她掏了半天只掏出一毛五分,而一张票要两毛钱。"大娘行行好吧,俺太想入这园子啦。实在不行俺兜里还有一块饼,顶上那五分。"老太太瘪着嘴,让她进去。天哪,咱看了这园子死也不冤了,瞧这儿满地都用花砖铺了,路旁的竹篱还刷了绿漆;就连碧绿的小树丛也剪得方方整整。她一会儿坐坐这张木椅,一会儿挨挨那条石凳。秋千随便打不花钱,木马愿怎么骑就怎么骑。玉兰花又大又白像假的,她跷着脚嗅得满腹清香才走开。最后她在熊池跟前呆住:这儿有五只又笨又憨的大狗熊,三只黑的两只棕的。它们有的在相互推手,有的长时间给游人打敬礼,那大下巴摇摇摆摆可爱到了极点,那痴憨的神气也让人看不够。她恨不能跳进熊池一个一个搂它一会儿。"老天哪,这儿的狗熊还会打敬礼,跟咱村的民兵一模一样。"她在这儿足足待了一个钟头,差不多把其他好看好玩的全忘了。这样一直到天快黑下来时,她才想起从早上到现在还没吃一口饭呢,去掏兜里的饼,这才记起扔给狗熊了。她有些慌,因为不知该怎样在大城市伸手讨要。园子里的人快走光了,她还是不愿离开。这是她一辈子遇到的最好地方,花了钱才能进来。她忍住饥饿往园子角落走去,心想只要能在这里挨过一夜,天一亮就可以重新玩耍了。原来这园子大得没边,往西北方向走一会儿是个荷塘,塘上有座罗锅桥,过了桥又看到一片树林。

　　蜜蜡饿得厉害,但不太在乎,因为一觉醒来这饥饿就变成明天的事了。问题是太冷,树木间茅草稀疏,远不足以御寒,她只得不停地走。这样直走到半夜,肚里饿得一揪一揪,眼看就忍不住了。城里是什么地方啊,城里的饥饿竟然抵它不住。她有一会儿不得不把身子靠在一棵树上,然后缩成一球。饿啊饿啊,这场大饿让咱心慌,好像一辈子也没这么饿过。多么后悔啊,当时真该出园子寻找吃物。她咬着牙,在树林里生自己的气,一抬头竟看到远处有一丝火光。她伏下看了看,真的是火,那火头儿小极了。几乎没有再想什么,双脚已经朝着光亮移动了。渐渐近了,火苗儿看得清晰了,真的是小小的一簇;再往前挨近,才发现它是用石块掩起来的。有一个人蹲在火边,手里转动着什么,蜜蜡马上闻到了逼人的鱼香。她几乎是跟跟跄跄奔到跟前,把专心烤鱼的人吓了一跳。那人飞快把黑溜溜的烤鱼藏到身后,嚷着:"干什么干什么?"当他看清了来人是个女的,这才松一口气。蜜蜡说自己贪玩没出园子,结果饿得乱跑。烤鱼的男人三十四五岁,连鬓胡,高颧骨,皮肤是油黑色;双眼又圆又亮,像鱼眼。"大哥吃鱼啊,"蜜蜡说。他不吭声,把黑乎乎的鱼凑近了咬一下。鱼肉雪白渗着油。一会儿他就吃完了一条鱼,回身摸出更大的一条烤起来。香气真烈,满天星星都给熏得打战。蜜蜡被烟弄得泪水汪汪,几次站起来又蹲下。一条鱼烤成了乌黑的颜色,递到了跟前。她不顾烫手接过来,一下下撩动、吹气,说着"好心的大哥啊,大哥啊",然后一口咬上去。她翘着嘴唇咀嚼。原来鱼是洒了盐的,好吃极了。男人在一边喝水,头枕一个又破又大的包裹。"大哥,给咱口水喝喝吧。"男人把杯子递过。蜜蜡被烟呛得泪水满脸,他示意她坐到上风头。"好心的大哥啊,你不搭理咱哩。"男人一会儿就呼呼睡着了。蜜蜡在火光下看出这人高鼻梁,双眼皮,嘴唇有些翘,上面暴了白屑。"咦哦,好英气的男子哩。"她看着看着也睡过去。半夜醒了,见男子正给火堆加柴,加过柴又离开了一会儿,可能是去小解。再次醒来天已大亮,男人已经用搪瓷缸熬好了玉米糊糊,吃一半留一半,递过来。她把糊糊喝掉,揩干嘴巴说:"俺是十八里疃的,老家招了灾,来城里找事做。"男人没吭声。她又问:"你怎么捉了鱼啊?"他瞄瞄远处荷塘。天大亮了,远处园子里又响起了喧闹,蜜蜡说："咱走了。好心的大哥,咱没法报答你哩。"男人没吭声。

蜜蜡不想在城里厮混了。大蜈蚣车坐过了,公园看过了,卖花露水的商店转过了,不断线的人流穿过了,剩下的就是忍饥挨饿。她真想一步跨到野地村庄,在那里伸手叫着"大爷大娘",讨一块饼子地瓜胡萝卜;如果走到庄稼地,趴下身子揪一把豆子也撑饥,掏一把花生也解馋。这热热闹闹的城市啊,怪不得把好生生的老师一家给赶跑了,原来它不是人待的地方。可是她每次走到城郊还是返回来,"俺怕'捕快'哩。"她在城南垃圾场看到了一些打扮和自己差不多的人,他们都在干同一种营生:用一辆地排车收购破烂。"我到哪里去找地排车啊?"他们把她领给一个瘦高个子,这人专管租车收购,从中渔利。蜜蜡除了得到一辆吱扭响的木车,还住到了一个土墙边的小草棚子里。她高兴坏了。"俺要空酒瓶儿纸箱子,破烂零碎,杂七杂八拿来看呀,"她学同伴那样吆喝,发现这些话儿可真是上口,好像打上一辈子就喊过似的。她出门总要把大书包挂在车杆上,生怕放在草棚里被人偷了。串巷钻胡同,还要进门搬弄杂物,这让她亲眼目睹了城里人的日子。这些小屋又暗又窄巴,还有一股呛人的酱油味儿;一栋楼上住了一户又一户,它们叠在一块儿,像崖头上密密麻麻的鸟窝。可是这些地方出来的女人脸庞又白又细,连大男人也搽油膏哩。有一次一个四五十岁的男人让她搬一个纸箱,趁机摸了她一下,她拉起车子就跑。十余天过去,蜜蜡身上有了五元钱。她可从来没有这么多钱,走起路来兴冲冲的。又想起那个公园和烤鱼了,就再次坐了大蜈蚣车。这一回她不光看了笨熊,还找到了乱窜的猴子、在一道铁丝网后面奔走不停的狼。"有大河马没有?"她问管理员,人家摇摇头。

天一黑她就往园角走去。一跨过荷塘小桥就到处睃巡。四下一片漆黑，只有水塘发出咕咕声。她没有失望，继续往前。大约走了一刻钟，被一条沟坎绊倒了，爬起来刚要挪步，就看到不远处卧了一个人。她稍稍移近，一下看到了那双鱼一样的圆眼，"哎，真的是你，我又找到哩。"那人半卧半坐在一块草荐子上，哼哼一笑。蜜蜡从包里掏出一块烧饼给他，他打个哈欠接住，又看看西方的星星，提起几条鱼就走了。蜜蜡跟上问："你怎么老宿在这儿呀？你没有家呀？"他不应声，开始搬几块石头挡火，然后又找柴火。蜜蜡发现了一堆风旋草，说就在这儿点火吧。他把草堆细细扒拉了一遍，然后才生火。这个举动让蜜蜡不解。小鱼投在火里，大鱼串上了木条。又是那种逼人的香味儿。火光映出一张黑亮的脸庞。她觉得他不知哪儿有点像铜娃，或者是眉毛和嘴巴吧。他给她一条鱼，自己把火中的小鱼扒出来，又从包里摸出一个玻璃瓶。"哎呀酒哩，"蜜蜡跟上饮一口，辣得喊叫。他边吃鱼边喝酒，一瓶全喝完了，脸红得吓人。他吃过烧饼，笑嘻嘻看她了。"你总在这儿呀？"蜜蜡问。这回他痛痛快快答了："我是个闲汉，替园子管池塘。除了大雪三九天，我都在地里过夜。""俺也有了一份活儿了。瞧我挣了五块钱哩，"她掏出来，从中拣出最新的一张票子给他。他接过来迎着火光看了又看，不要。"给你哩，"蜜蜡非让他收下不可。"我不用钱。姊妹留着花吧。"蜜蜡一听到"姊妹"两个字就乐了。她真喜欢这个人。不过当一颗心扑扑跳时，又立刻暗中叮嘱自己："蜜蜡啊蜜蜡，你就是喜欢好小伙儿。你可千万别让老师牵挂，别再犯这毛病。"这样一想立刻镇定了许多，见他添火就说："你这人心细哩，刚才点火前还要数数草儿。""不是数草儿，是看看草里有没有活物。有一回我捉了三条鳝,见路边有一堆草就扔上烧起来。吃的时候变成了四条,心里怪纳闷儿。谁知第二天身上痒得难受;第三天好了一点,可脱了衣服一看,上面有了一层白虱子,我用笤帚扫掉了。你猜是怎么?草堆里盘了一条蛇,我当成鳝一块儿烧了,结果蛇毒发出一层虱子。"蜜蜡大笑。这人酒后话多,又问她怎么一个人出来游荡?蜜蜡心头一热答:"俺是出来找自己男人的,两人在路上走散了。俺男人可是个好小伙啊。"想不到对方听了立刻低头,过了许久才仰脸说:"三年了。""什么三年?""我出来三年了。""你是城里人吗?""是,不过我是从东边那个更大的城市来的。""老天,这儿还不是最大的城啊?""不是。"蜜蜡吮着嘴,听他说自己的事:"三年前也是这时候,我心上的人跟了别人,难过得要死。一开始我以为那男人是谁呢,就准备了一把刀。可最后才知道,那是自己的兄弟。没法儿,就背起这个大包出门了,再没回头。"蜜蜡流出了泪水。这一夜她睡不着,总听到另一边翻动身子。一天的星星真低,差不多抬手就能摸到。远处水塘中的咕咕声传过来。她心里说:"铜娃,我就是死了,也要找到你。"

蜜蜡在一座喧嚣的城中徘徊了一冬一夏,接着又是新的冬春,是火热逼人的城市酷暑。她不知道怎么抵挡城里的热浪,它简直太厉害了:眼瞅着有人摇摇晃晃往水龙头跟前赶,一头栽倒人事不省。她身上热出了豆大的紫斑,城里人说:"你太胖了,只穿个小背心就没事了。"她穿了一件小汗衫,双乳大得吓人,所有男人都不敢和她说话,连上年纪的废品站老工人都要闭着眼谈收购价格。"老天,热天里做什么都难。要在老家,咱早就一头扑进大河里洗澡了。"一年里她试着做过各种活儿,最后还是收购废品,这个工作虽然所获甚少,但干多干少自己说了算;随便什么时候把车子拉到一个僻静地方,倚着车子就能读写。她在心里呼唤:老师啊,你让咱成个大写家,咱写了一叠又一叠,不敢忘哩。

"从头说来,俺最喜见的还是爸和妈。爸的外号叫'老刘憎',是上村人合伙取的。他不是真爸,可那个真爸害苦了咱,他扔下了苦命孩儿再也不管。可怜父女连个面也没见上,就各奔东西了。要是他阴间有灵,该帮帮自己闺女了。也许他在那世也是个沦落人,能自己混饱肚子就不错了。赶明儿咱该买点香火去野地里烧了,也算做女儿的一片孝心。还说俺上村的爸啊,打小一把屎一把尿拉扯咱长大,整天跟石头泥巴对命,让妈欺负得直打转,夏天给咱捉蚊虫,冬天把咱抱怀里,秋天把最甜的瓜儿捎给咱,春天为咱折朵石榴花。谁对咱粗声粗气说话,他就抖着巴掌吓唬:'哧'。妈说什么他听什么,成了他最怕的人。我知道爸爱妈哩,他觉得自己配不上,把她看成了仙女下凡。妈坏哩,骂他,从他手里夺饭碗。爸笑嘻嘻,看我,看妈。妈说你是没用的货,一刀砍了摆上猪羊摊子也值不了几个钱,爸说这话一点不假。爸天天干活搬石头巴掌粗鳞鳞,妈身上痒了就让他伸手摩擦,她舒服得乱叫。爸说妈身上比鱼皮还滑溜,妈就呵斥一句:'闭上你的驴嘴'。爸呀爸呀你如今和她好好过吧,孩儿一路逃命顾不上你了,也许要等到来世再见呢。说到妈,她是俊妈腌臜妈,狠心的亲妈,咱的生身之母。俺一炝蹄子十万八千里的事儿她不会不知,肯定是一天到晚为咱悬着心。俗话说什么妈生什么孩儿,咱的毛病她也有份。我亲眼见她把男人馋得满地打滚,爸举着柴火棒子就是不敢打。她心里有火哩,猛一下搂住俺就亲,亲得咱脸上火辣辣快没皮了。她说我的眉眼活活像自己,说:'看孩儿这大腚吧,落了难那天还不知要被多少人用脚踹哩。'妈呀,孩儿向你发个誓:咱就要做个尊贵人,到了人家踹咱的那天,也就是孩儿的死期。妈呀,你怎么长这么俊?你这会儿让俺趴在怀里睡上哪怕一分一秒,孩儿也就浑身是劲儿了。我吃着你的奶长大,我要告诉世人,俺恨谁也不恨妈,俺妈把咱当成一筐菜卖了咱也不恨。咱如今在北国靴子成堆的地方一天天捱蹭,就盼着有一天能撒开丫子往回蹿。俺想那个河边美少年,就怕有一天长糙了他不喜见哩。城里只有白天没有黑夜,城里男人到了七十也不长胡子。俺真想在大黑天里一个猛子扎回去。妈呀,你的孩儿是多苦的命啊,有家不能回,有人不能亲,有个身子不能'使上',一辈子后面都跟了'捕快'。妈呀,妈呀,你可千万别生出白头发啊。"

又一个秋天来临时,蜜蜡心上一横做了个决定。她打谱远行,先去商店买了一身样式好看的衣服,然后又买了适合赶路的高帮胶底鞋。头巾,布包,小零碎儿。腰里装了五十块钱,为了保险又把它们十块一叠分放五个地方。"咱这回再不去会铜娃,恐怕就得死了。"她念了一遍上路。扳扳手指算算,怎么也算不出逃亡之期。她知道这是被城市烟火熏晕了,自己好比一只小树林的鸟儿,一头钻进深山老林就没了主意。她从乡下进城是逃,从城里回乡也是逃。她要逃上一生啊,一辈子提防"捕快"。来路难去路更难,一步三磕上山地下平原,这哪是一个女孩儿的路。她吃惊的是往回走的路格外急促,几乎是一口气不歇地追赶。她知道这是想他盼他啊,是要亲口告诉他一句:"你啊,咱铁了心跟你一辈子。"下山了,又看见登州东南部的平原了,绿色一团团像涨潮的浪涌。"我看见平原就想到了河，想到了你。到了那一刻你会问：这么久了，负心嫚儿快告诉去了哪儿、做下什么？我要告诉你：咱为躲恶鬼进了城，一边干活一边想你哩。咱什么时候都把你放在心窝上，如今就看你变没变心了。你要不嫌弃咱，来，这回就发个铁誓。"蜜蜡一路上心里话语翻滚，步子急切，两眼锃亮，有几天差不多完全忘掉了此行的凶险。只有再次听到了登州腔儿，看到一地的红薯和南瓜，才扑扑落泪，同时也一下想起了自己凶案在身。

蜜蜡一路小心操练学到的鸟语，昼伏夜行。偶遇行人，她一开腔人家就说："咦，外地娘们儿说话吱歪吱歪的。"她马上记起那只四川大鹦鹉，问："怎么吱歪呀？""反正不是咱家的腔儿。"成了，连登州人都听不出了，该松一口气了。她以前听说"捕快"的招数多着哩，追人设卡下帖子：帖子上画了逃犯的模样，还注明这人的身高胖瘦和说话的调门。几年过去了，她料定所有的帖子都风吹雨淋无踪了。有一次她在一个电线杆上看到一张帖子，急急跑到近前，见上面写了："西沟夼打钱李家，巴克夏猪崽每头面议。"她觉得这些怪字真有趣。无论如何她都不敢靠近那条自南而下的溪水，因为它串起了两个村。这是让她铭心刻骨的两个村，分别藏下了自己的亲人和仇人。她的眼睛不敢转向它们，只顾寻那条大河。那是雷丁老师的赴难之河啊。泪水洒在河中，她跪在河边再也不想起来。她知道自己的身子往前一冲就随他去了。好不容易忍住，过河往西，找另一条大河。那条河边有大片的南瓜地，有茂密的青草，草丛里站了个手拿镰刀的少年。那一天啊，那一天连地皮都动了。"想起美少年，热血往上蹿；以前都不算，山外还有山。"她走累歇息时编了四句诗文，羞涩难当。"哎呀老天爷用各种法儿折磨咱大姑娘，大概一口气把咱折磨老了才会停手。老天爷也不是省油的灯啊。"蜜蜡把心底的埋怨呼叫出来。顺着烫人的河水往南，一步一步探险似的，心花怒放。有一天她起得太早，遇上一个挑粪的老头，就打听起那个村子。"嗯，不远了，往前再数三个村子就是。"蜜蜡欢欢应对："是哩，老汉在河边放羊，少年在堤下割草。"她大步向前，忘了要待天色晚一些再串村。这河边的植物、上面一蹦一蹦的小鸟她都眼熟，好像离开了这些年它们还待在原地，只盼今朝见上一面。老牛在薄雾里打哞，狗儿们小声应和，蜜蜡久久站在堤上。只一会儿太阳出来，炊烟从一些屋顶上漾开。她真想喊着"大爷大娘"奔向街巷，可最后还是忍住。

那个村子临近时天快黑了。她不顾一切奔向河堤，寻找那道熟悉的河汊，寻那些灌木和草地。情景依旧，只是少年没了。她手按细细的砂子，决心在黑夜来临时分摸进村子，冒死也要找人。她坐在灌木围拢的空地上出神，两手抱紧身子乱颤，看着天上的彩云。南瓜花的香味扑进鼻子，蟋蟀叫了。突然听到一声吆喝，一抬头见堤上有一群肥羊跃下来，接着一个挥鞭的老汉出现了。"妈呀，还是他啊，他该不会认出我罢。"这样嘀咕一句站起，直迎着老汉走去。"大爷你放羊呀，麻烦您老咱打听个人。他是俺家亲戚几年不见了，小名叫铜娃，就在当村。"她故意说得很慢，害怕老人听不清楚。老汉听着听着鼓起了嘴巴："铜娃？了得，这娃了得。"蜜蜡心慌："他怎么哩？""人家喜事连篇。先是他爹遇上大赦回了城，接着又赶上'大比'，铜娃考中哩。""欢喜死我了。大爷知道他们回了哪座城吗？""还有哪座，省城呗。"蜜蜡蹦蹦跳跳下了河堤，不知不觉就满脸泪花。她忍住激动在堤下徘徊，决心冒险进一次村子。她想年纪大的人记性差，他们也许认不出自己。街口走来一个老太太，她就把堤上问过的话重复一遍。老太太的回答与放羊老汉一模一样。月亮迟迟不出，夜色愈深。蜜蜡按住狂跳的胸口跑出村子。熟得不能再熟的狗吠在村子里响起，让她在村头站了一瞬。她在心里说："蔑儿，我来不及进村了。你好好过吧，我的路程紧急哩。"

二十四

省城才是真正的不夜城，蜜蜡什么时候出门都能看见明晃晃的大玻璃灯。晚上的人不像白天那么多，可也不算少。她在后半夜看见一个五十多岁的男人一边哭一边走，看见一个光着下身的人在跑，还看见一个戴了红围脖提了皮箱的人边走边打敬礼。她背着一个尼龙袋子，手里是一把抓钩，每一个垃圾箱前都要翻弄一会儿。不远处还有一个背袋子的人，他在做同样的事儿。这儿管废品的头儿又凶又小气，尽做无本生意，连地排车也不舍得给。蜜蜡背着一条脏口袋转了一个月，眼看天冷了，兜里才装了十块钱。她想赶在入冬前买一件棉衣。住处就像以前那样简陋，那是城郊一条干水沟旁的棚子，所有乡下人都住在这儿。后半夜那些假警察时不时光顾，他们把男男女女喊起来，叫着"查证件"，在女人身上一阵乱摸。蜜蜡被他们捏疼了，"俺老家招了灾逃出来，上哪找证件去。"她辩解，他们就拉上她走。这些人聚在一个小屋里喝酒，当屋里最后只剩下一个人还没有醉倒时,这人就动起手来。蜜蜡抓起一把水果刀边挡边退,一出门就奔跑起来。她再也不敢回那些棚子了,一连几天在街上转悠,手中的抓钩却不敢扔掉。她到处看墙上电线杆上的帖子,有些怪词儿看不懂。有一个帖子吸引了她:"本店急需女服务员四名,酬金面议。"这是一个饭店,她记下了地址,后来整整花了两天时间才找到它。老板干瘦,两撇胡子往下坠,见了她马上说:"好。"草草问了姓名籍贯,在一个表上写了"刘自然,十八里瞳"之类,就让她按手印。讲好了工资每月二十五元,吃住免费。"这真好哩,"蜜蜡忍不住说。老板胡子乱动:"加班费另算,只要人勤快,半年就发家。"

蜜蜡觉得这是天底下最脏的厨房:到处黏乎乎,一大铁桶猪油落满了苍蝇,大师傅每次过来伸勺子就发出"嗡"的一声。她到处擦洗,还用一块纱网罩了油桶。"好闺女,"老板夸她。饭馆连起一条窄胡同,那儿的几间平房有的做服务员宿舍,有的做单间饭厅,还有的空着。单间客人十之八九对蜜蜡提出自己的要求,还要拉她进旁边的空屋,遭到拒绝就拍桌子:"叫你们老板,"老板来了,客人把一叠钱往桌上狠力一拍:"咱在你这儿有钱花不出去。"老板推开蜜蜡找来另一个姑娘,客人却跺着脚:"咱就要刚才那个,你说多少钱吧。"类似的场景多起来,蜜蜡知道做不下去了。她走前让老板付自己工资,他说:"那要一月一结啊。你这实心闺女非穷一辈子不可。""你就靠这腌臜赚钱哪?""什么干净?干净活儿你做得了?""那也不能伤天害理糟践庄稼娃儿。""哈,哈,"老板笑了。蜜蜡好不容易挨下了一个月,再次让老板付钱。老板唉声叹气把她叫到一间屋里,抽出一个月的工资给她,说:"不知好歹就走吧。我还没见不想挣钱的人呢。等饿得没处去了那天，你再回来。"蜜蜡说："俺有男人，他在大学府念书哩，咱来城里打工等他。""咦？什么大学府？""就是大学府。"她用力一带门走了。

蜜蜡从跨进省城那天就在一所又一所大学门前流连，盼着一个惊喜：铜娃夹着一摞书从校门里出来。一早一晚都来，看过了多少学生进进出出，就是没有铜娃。她恨自己不知道他的大名，也不晓得在哪所学府。原以为大学府只有一个，想不到好几个哩。一个在校门口烤红薯的中年妇女知道她在等人，说："你这是大海里捞针哪。"蜜蜡从肮脏的饭馆出来，第一件事还是奔那儿。她又看到头包蓝围巾的烤薯女人了，对方接过她的一张纸票，夹出一只紫红的热烫红薯。她在手里撩着，吹去上面的炭屑咬了一口，"哎呀真甜真香啊，跟俺老家的瓜儿一个味儿。""你老家是哪？""登州，不，登州东边千千八百里有了，山旮旯里净长好瓜儿。"不断有大学生来买烤红薯，他们的模样让她瞅也瞅不够。她对卖薯女人咕哝一句："咱就不信等不来人。"一连几天她都帮烤薯女人收钱，帮助加火，饿了就吃一只烤红薯。女人劝她不如搬一座烤炉来做，边干营生边等人。"大姐心眼真好，你就教我吧。"女人领她买了烤炉，又去土产市上买了红薯和炭，两人结伴儿做起来。原来女人是城里老户，卖烤薯有二十年了；她男人做另一种营生：贩蛐蛐罐。有一次蜜蜡随她去家里看了，发现整整一座厢房都摆满了各种小罐子。男人把这些罐子装在一个桶里，然后用辘轳放进后院一口深井，再把另一只桶从井底捞出。女人告诉蜜蜡：这些罐子在井底泡了几个月，蛐蛐就喜欢待了。"为什么？""新罐子火气大，蛐蛐嫌燥。"蜜蜡觉得有趣："城里有这么多人养蛐蛐？""城里人多嘛。蛐蛐市上连外省人也来啊。"蜜蜡长时间没说一句话，只在心里惊诧。女人叫金枣，手臂和腿长得圆鼓鼓的，身子却细瘦。这是蜜蜡与她一起进浴池时发现的。金枣在她水淋淋的肌肤上摸着，呼叫："你是怎么长的呀，你吃了多少好东西啊，我敢说满城也找不见你这样的闺女。"两个人成了好朋友，有时就宿在一起，男人给赶到了厢房里。她不管蜜蜡听不听，每夜仰脸诉说，内容杂七杂八。"我男人卖罐子发财呢，去年从山西倒腾来一件'上品'，出手一千。吓人。他迷上这个了。那帮朋友能人不少，字画贩子，造假古董的。一个叫长毛的人把一叠老宣纸卖了几千块钱。"她咕哝了一会儿突然想起什么，转脸问："你让男人上过身没？"蜜蜡脸烧起来："没。""咱不信。""就没。"金枣爬起来看她，一对眸子亮晶晶的。蜜蜡害怕她听见嗵嗵心跳。金枣重新躺下："一朵大地瓜花儿。"蜜蜡说："俺会背诗文，还会唱歌儿。""你吹吧。"蜜蜡背了"山舞银蛇，原驰蜡象"，又唱起一支忆苦歌。金枣哭了，阻止她："别唱了别唱了，前些年街道上也唱这歌，我一听就流泪。咱叫它'下泪歌'。"金枣揩过了眼又说："邻居婶子是个信教的人，她常劝咱入教，我去了一次教堂，听着听着也是哭。"蜜蜡笑了。

　　她们这天推着烤薯炉回来，一个留分头的中年人正和男人谈论罐子，金枣叫一声"杨科长"。杨科长一抬头看见蜜蜡就愣了，直眼瞅着。后来一连几天杨科长都来，总是赶在她们收摊的时候。一个星期过去，金枣对蜜蜡说："大妹子好日月来了。人家杨科长要请你做内勤呢。""咱不喜见他那眼神哩。"男人走过来："这你不用怕，他不是那样人。不过是请你做做家务活儿，不比卖烤薯强？他是大机关人呢。"金枣催促：

"快换件新袄应下来吧,反正我的烤炉还给你留着,不行就回。"蜜蜡觉得再没有理由推脱。第二天杨科长亲自来请蜜蜡了,见面就说:"我们多次了解交谈,觉得你的条件很合适的。我与爱人忙于机关工作,很需要你的帮助。"这次蜜蜡很快应承:"我什么都不懂,怕做不好城里饭食。"科长笑了:"这些都好说。再说你也有个学习的过程嘛。"讲到最后,蜜蜡对金枣说一句:"那我去试试了",就抱起了那个大书包。出门坐了一会儿蜈蚣车,又步行穿过一段石板路,进入一个围了高墙的大院。这儿全是灰色六层楼,杨科长领她一口气登上一座楼的五层。蜜蜡进了门厅却不敢迈步。地上多么光滑,上面有木头纹路。"不要紧,人造地板革,你看,"杨科长换了拖鞋在上面踩了两下。蜜蜡也换了拖鞋,书包一直抱在怀里。一个三十多岁的女人迎出,见了蜜蜡马上一皱眉头笑了:"啊,啊。"杨科长彼此作了介绍,蜜蜡知道这是他老婆。"老天,这一家学问大了,咱以后怎么开口说话啊。"门厅里那台黑白电视机也把蜜蜡吓住了,从进门那一刻就不敢正眼看它。"原来城里什么魔器都有啊,咱掉进福窝里了。"女主人打开电视,啪啪扭着圆钮,一阵雪花闪过,泅出一个个画面。"原来是放小电影的机器呀,咱从来没见哩。"蜜蜡的嘴巴都合不上。这是一套两室一厅的房子,另有一间小餐室、一个带淋浴的小卫生间。厨房在北凉台上,小得只能容下一个人。整个屋内干净得可怕,到处都亮锃锃的,散发出一股茉莉味。窗帘至少有三层,窗台和床头柜上都有鲜艳逼真的绢花。家里只有两口人,可真是冷清啊,蜜蜡好几次想问一句:你们为什么不赶紧"使上"呢?杨科长带着十二分歉意说:"实在太忙了,家里脏得不成样子,不过你一来也就好了。"

蜜蜡吓坏了，她不知道日后自己究竟该怎么做。她想擦擦灰尘，可是没有。厕所是大小解的地方，照理说该腌臜了吧，谁知里面到处滑溜溜连苍蝇也站不住，而且香气扑鼻。"主家得教咱做哩，咱一进来就知道自己是个笨人。"杨科长和女人一齐说：我们正准备从头调教呢。

新鲜事儿开头了。蜜蜡渐渐发现这儿的工作并不累，麻烦在于没完没了摆文明阵：主家进门要哈腰说"回来了"，接过他们手里的东西，把外衣挂到架上；吃饭了，先报一遍饭菜名儿，再请他们坐下。端菜拿饭都要轻手轻脚利利索索，不能大声说话。主人吃过了她才能吃，收拾碗筷时不能磕碰出声音。女主人亲自领她去菜市场购物，教给她怎样选择新鲜食品，如买鱼要看鳍腮和眼睛，买菜要拣叶脉有光泽的，买调料及成品要看包装和牌子。还有怎样讲价、怎样询问产地，所有细节一一交代。购物之后的建账也很重要，先要制一个条目本子，花掉的分分厘厘都要记上。打扫卫生不厌其细，不同的工具要运用得当，棉纱团和抹布不要混用，干布和湿布也必须分开。窗户每天擦一遍，窗帘一丝水汽也不能沾。卫生间擦洗之后，杨科长进门嗅了嗅说："这是绝对不行的。"他用洁厕剂重新涮洗一遍，把地漏倒上一杯水，湿渍揩干，然后又喷上清新剂。坐便器根部用手纸揩了几次，如果有污迹就要再用一遍洁厕剂。"它的根部往往不洁，是洗涮重点。不要忘了往地漏倒水。"杨科长特别指出：这一切作为一个家务人员来说仅仅是初步，但凡事都要由浅入深，不能急，慢慢来；有些细节的学习还要在工作中随时进行，边干边学。蜜蜡出汗了，只要这对夫妇一出现她就要出汗。她承认这儿的王法与庄稼人全然不同，如果回到上村，说破了大天他们也不会相信。比如有一天晚上她从厨房端汤上来，刚一挨近餐桌女主人就站起来，阻止她放下汤钵："慢些慢些。你刚才是这样吧？"她接过来做一个姿势。蜜蜡不解。"记住，端食物上桌千万不要大张着嘴；还有，不能呼呼大喘。要闭紧了小嘴儿轻轻放下。"还有一次他们吃过了，蜜蜡自己吃饭，杨科长过来说："自然，听听你打嗝多响啊。这可不好。"

蜜蜡一有时间还要去大学门前。金枣见了她就说："瞧真有人样啊，多光鲜的大姑娘，脸庞又红又亮大眼一忽闪一忽闪。你这回可心吧？"蜜蜡笑而不答。她帮金枣做了一会儿，对方不停地问杨科长家怎样，蜜蜡就说："活儿不累，就是规矩太多。""怎么？"蜜蜡就说了一二例。金枣拍着手："哎呀真有意思。"从大学门前回来没有两天杨科长就找蜜蜡谈话了："刘自然同志，我今天要跟你谈一个严肃问题。你把在这儿工作的情况告诉别人了？"她的脸红了。他马上说："算了，这事过去了。下不为例。我想告诉你，你既然在这儿工作，就成了这里的一员，绝不能把主家的事传到外边。这不是怕人，而是一种职业道德，是规范。嗯，明白了没有？"蜜蜡想了想："明白了，你是教咱学一门城里手艺哩。"杨科长拍起了手："这么理解就对了。你学成了，说不定还要到首长家去工作呢，那时无论多么高的要求都不在话下了。"蜜蜡偶尔想念金枣和她的烤炉，但见面时再也不谈杨科长一家。"他昨个还来俺家要走了一个罐子呢，"金枣说。蜜蜡把话题移开："树叶儿一黄就落了。""他那是送给头头脑脑，拿了也不给钱。"蜜蜡又说："立冬以后天就快冷了。"她离开金枣就在一所大学门前转着，然后去另一所，动不动就问一句："你这儿有登州来的好小伙儿吗？"她渐渐知道省城有十二座大学府，整整一打哩。她越来越相信自己是大海里捞针了。有好几次她想远行千里跑回河边,从那儿打听铜娃一家到底在哪儿落脚?可是一闭眼就听到了老师的严斥:"没数的娃儿,这只有管事的公社才说得分明,你问他们还不等于问'捕快'?"蜜蜡垂下了头。"老师啊,你保佑咱逢凶化吉,在城里平平安安,一抬头就遇见咱的冤家吧。""我的好蜜蜡,可千万别回乡下啊,那里一道令传下满地都是'捕快',你有凶案缠身,一刀结果了大河马,犯的可是死罪中的死罪。你就在乱哄哄热闹闹的大城市活下来吧,这儿与乡下隔开了两重天;再说跟心上人住在了同一座城市,想想也怪恣哩。"她听到雷丁一遍遍规劝,真是苦口婆心。"老天爷,老师说的倒是个理儿,可咱想爸想妈还想那条东溪哩;还有,想看看村东的庄稼地、想摸摸草垛边的狗。没法儿,想活命,就得眼睁睁看着城里人摆文明阵。"她心里念叨着从校门转到菜市,买了二斤芹菜、一斤松蘑、一扎粉丝。买粉丝时不忘问一句:"是龙口货吗?"人家答一句:"不是不要钱。"从菜市拐角处看到了一大堆南瓜,这使她再也挪不动脚。一个个挑拣,从瓜的颜色和纹路上找中意的,她知道哪只甘甜、哪只粉面喷香。她携着南瓜回去,又想起了教她做饼的双子妈。"真是三十年河东三十年河西啊,一眨眼咱给城里人做饼哩。咱要让他们吃得两嘴冒油,然后仰脸喝一碗清汤,带蘑菇肉片火腿丁的,粉丝做卤儿再扔进几个黑木耳,葱姜切成细末胡椒粉多放一点。"

这一天蜜蜡真是露了一手。杨科长和女人吃多了跑到厕所里打嗝,回来夸个不休。"这种饼称得上极品了,如果首长吃了,"她看一眼男人。杨科长马上接答:"他会高兴的。他一准喜欢。"从此他们好像愈加器重蜜蜡,不久甚至提议她业余时间去一个盲人按摩所学习。"俺不想干哩,俺又不是盲人。"杨科长板起脸:"唔,不能故步自封啊。学一门手艺嘛。要知道,你目前在我们家做还马马虎虎,到一些更高级的家庭就难以胜任了。你学成了那天,说不定还会有首长任用呢,那时就一步登天了。"蜜蜡听不明白,只好跟他去了。一些穿白衣服的男女盲人说话声音偏低,对蜜蜡很客气。他们在工作时顺便教着蜜蜡,念叨着一个个穴位。蜜蜡学着各种推拿手法,一开始累得满头大汗,最后才懂得怎样省力。因为杨科长有过交代,盲人老师侧重教她治疗失眠和便秘。"哎呀咱会了,一个个穴眼都记住了。"她回去一说,杨科长建议她继续学习,"全身保健按摩更是基本功。要知道学海无涯啊。"他们夫妇每个夜晚都要检测蜜蜡的功法,躺在床上身穿宽松衣裤,微微气喘。蜜蜡手劲儿大了些他们就要呼叫,说:"这儿恐怕是块病,是块病。"蜜蜡向其解释:"这不是病,是穴位。"两个人相视微笑:"人家刘自然同志学问比咱大。"有一天晚上按过了,蜜蜡听到两个人在一边商量说:"差不多了,该送走了。"开始还以为他们在说别的事情,后来才听出事关自己:"她基本要领都掌握了,懂规矩,再说又能做南瓜饼。别拖延了。"蜜蜡一夜未睡。第二天是个周末,两口子起得很晚,早饭之后已到上午十点左右。女主人懒洋洋的,长发披肩,好像故意要和蜜蜡比试乳房似的,只穿一件紧绷绷的内衣,不着外套。她身上的香味儿刺鼻,让蜜蜡屏住呼吸。"自然,来,老杨跟你谈事儿了。"蜜蜡觉得腿沉得拖不动。杨科长在卧室等她,蜜蜡站着。"自然同志,你辛苦了。你的工作完成得很出色,我们把你推荐给了首长。唔,他是我们老局长。两年前老伴去世了,儿子儿媳又住在别处,很困难的。他非常需要你这样一个保姆。"蜜蜡愣了:"首长?我害怕哩。"女人笑了:"别怕,去了就知道,老领导很和蔼的。你一定要去,啊。"蜜蜡差点哭出来:"主家决定吧。不过主家看我不合适,还要让我回来啊。"杨科长摆手:"你去吧。说句实在话,我们这一段不过是替首长调教罢了。你今后别忘了我们就知足了。"

老局长姓梁,六十多岁,身体果然虚弱,一活动就气喘。他的样子有些严厉,第一次见到蜜蜡就摘下眼镜说:"哦唔,刘自然同志。杨科长跟我讲过多次。那就工作吧。不过我这里条件很差的,你不会习惯。"蜜蜡尽快把杨科长教的一套话说完:"一切请首长放心,我一定照顾好您老,做个出色的勤务员,保证完成您教给的一切任务。"梁局长笑了笑,让蜜蜡松一口气。她几乎一放下手里的东西就忙活起来,手脚不闲,从厨房到卫生间擦洗不停。她一边做一边吃惊:比起杨科长精致的小家,这儿真是又大又脏。她费了好大劲儿才弄清这是多少间,先数了四个大间,其中三间是卧室,一间是办公室;还有大客厅和餐厅、一间独立的厨房、一间有澡盆的卫生间、一间贮藏室。这九个不同的空间,再加上一些镶在墙上的大壁橱,整个屋子有多少扇门,大概谁也搞不明白。"原来这就是首长的家呀,原来首长只有一个人哪。"她从心里明白这个地方是多么需要自己。瞧到处油乎乎的,散发出一股邪味儿。家里竟没有清洁剂,没有改善气味的香水之类,也没有用来打扫卫生的器具,只有一把笤帚一团抹布,一个装杂物的垃圾桶。她几乎马不停蹄去楼下买了卫生用品,然后精心擦洗了厨房和卫生间。天黑之前她已经煮上了肉汤,米饭也蒸上了。饭菜的香味终于把办公室里的老人吸引出来,他揉着眼睛来到厨房,脸上欣喜难掩："小刘同志，慢慢做，不要急，这里的杂乱活儿一时是做不完的。""首长忙吧，我不累。饭好了我叫首长。"他立刻制止："别这样叫，直接喊老梁好了。"蜜蜡连连说："咱不，首长。"老人笑了："那就喊梁伯伯，嗯，就这样吧。"说完又回到自己的办公室。吃饭时蜜蜡端上饭菜并报了菜名，然后站在一旁。"来，我们一起吃呀，"他让她坐下。"主家，首长先吃吧。"他不高兴了，站起来："这怎么行。只有我们两人，一起吃嘛。"蜜蜡只好坐下。

梁局长上班时，蜜蜡一整天都在大力清扫。局长行前指了指北面一间卧室，说这是儿子儿媳偶尔回来住的，里面的东西要慎动。她发现那间屋子稍微干净些，有一堆化妆品，还有两人的合影。她被这一对人迷住了，不知看了多久。小伙子英俊之极，旁边的女子更是仙子模样。他们都在冲她笑。"咱什么时候才能亲眼见见这一对儿呀，"她咕哝一声，低头干活了。在老局长的卧室里，蜜蜡嗅到了一股老男人的气息。她终于明白了弥漫在全屋的邪味中，就掺杂有这种上年纪的独身男人的气味。她把床上的东西全晒一遍，翻开褥子时，发现了一张奇怪的兽皮。枕头旁全是文件和书，再加上办公室里那一大架子，老天，这儿成了图书馆。"老师，咱遇到了一个全国最能看书的人。"她在宽大的前凉台发现了一张躺椅，椅旁的凳子上也搁了文件和书。凉台上有几盆花，它们像主人一样蔫蔫的。蜜蜡给所有的花浇了水，然后又把凉台玻璃擦了一遍。闲下来时她揩着额上的汗，打量着办公桌上那副眼镜说："多么可怜人哪。"桌上有一部电话机，黑色的，她不知怎么使用。她擦洗时曾小心拨弄了上面的圆盘，一直后怕。一会儿它果然响起来，她摇一摇，它还响。抓起话筒,里面是梁局长的声音,"小刘同志,我忘了告诉你,中午我是不回家吃饭的,你自己用饭吧。还有,办公室的纸张什么的请不要随便动。""嗯哪。"她应一声,话筒嘟嘟响。她拿了一会儿它还是响,只好放回原处。"多么可怜人哪,"蜜蜡端量自己整理过的屋子,感叹,咂嘴。这儿比刚来时可明亮干净多了,但比起杨科长那儿连边也不沾。

梁局长很晚才回来。他一进门就由蜜蜡接过皮包,然后又帮他将外套挂到衣架上。她一眼发现他是那么疲惫。"首长,噢,梁伯伯吃饭吧。""嗯,好好,"他四下看了看,有些高兴,"这儿真是'旧貌换新颜'了。""首长在说宝书上的话。""哦?哦。小刘的记忆力可真好啊。"整个吃饭时间梁局长都在思考问题,刚放下饭碗又去了办公室。蜜蜡歪头看了看,发现办公桌前的人正在用笔划着。这样直到半夜他才熄灯回卧室,蜜蜡端来一碗蛋花汤。"哦,这怎么可以。我们上年纪的人觉少,你们年轻人可要早睡。""梁伯伯也要早睡。""不成,我一天只能睡三四个小时。失眠,老病了。"蜜蜡马上拍一下手:"我学过按摩呢,治失眠是最先学的,我给首长按按吧。"梁局长看看表,"是吗?明天吧,今天太晚了。哦,按摩,这也太奢侈了吧。"他咕咕哝哝往自己卧室走,端着那碗蛋花汤。直到一个多钟头之后,蜜蜡仍能听到从那间屋里传出的咳嗽声。"我会给你治好的,明天就会动手治了。"蜜蜡自语一声,睡着了。早晨起来,梁局长在卫生间的时间很长,而且出来时又沮丧又倦怠。蜜蜡终于明白杨科长让她学习按摩的目的,也知道了他们夫妇为什么要对她精心调教。"我的老天,城里人的心眼可真多啊。"她上去搀扶梁局长,对方摆手:"没事,不过是坐久了头晕。""我给你简单按一按吧，"她待他坐下，就在太阳穴几处按了一会儿。梁局长站起来长舒一口："啊，好多了。很好。"

　　蜜蜡一个人在家时，该做的做了，一段空闲让她感到了莫大的幸福。这儿有看不完的书，她从架上抽一本，看不懂再换一本。每次看完了书她都小心翼翼插到原处。"老师，俺怪恣呢，"她伏在小桌上写着，"咱在这儿一辈子都不抱怨，干不完的活儿看不完的书。你见了这么多书该咧开老虎嘴儿笑了。一个怪老头儿，褥子下边垫了兽皮，那毛儿厚得呀，咱从来没见。老师，我老想梦见你，可来这儿一次也没有。我不做梦就弄不清你在哪儿，听不见你说话，不知道你到底是死了还是活着。我也不知道你和小白孩儿到底是怎么一回事，你俩是不是赶在阴间里相会。我睡前常祷告说：老天爷让俺做个老师的梦吧，这样就能看见他了。夜里梦见有一只手伸进俺被窝，这儿捏捏那儿摸摸，一连几个钟点放在咱胸前，一声不吭。我从他手上的茧子就知道这是割草少年，他从大学府连夜跑出来了。分手那一年的事儿谁也不提，因为太伤心了。再说也害怕主家听见，因为到底是借了人家的地场相会呀，只能大气不喘以手代口，打些哑巴语。他摸摸咱的小肚子，那是说分手多年一转眼年纪不小了，他也该当爹了。我按按他的脑瓜，意思是你先别急，既然入了大学府就好好念书，等学成了满肚子墨水那天，再给咱使上个文化小孩。他浑身摸了，在我的脊梁上肚脐上描描画画。这是说我又胖啦。他的巧话儿一串串从指缝里流出来，什么'你胖也不是特别胖，不过是长了双脊背'。什么'俺老婆不算重，两口儿合起来三百来斤男人一百二'。我扳住他亲个不停，边亲边在他脸上画着问号。那是问他考中了什么大学府，咱白天好进去送只烤红薯。他黑影里又眨眼又扳指头急得满头大汗，像有什么难言的心事。他该不是一进城就被狐狸迷住了？咱的手一直按在他的胸口那儿，那是告诉：咱有真心哩。自从咱俩河边相遇，咱一道关口接一道关口都闯过来，见了男人不眨眼，谁想找咱拉个手啊亲个嘴啊什么的，咱一个转身躲了嫌腌臜哩。咱只觉得你在水里洗涮千遍，干净得一丝灰气也没有。比起你来别人都灰头土脑大耳朵撒着，长得猪头腮样。说到这里咱又想起了那些年被妖怪掳去的日月，又惊又吓魂不守舍。那个强梁是什么畜类演化的咱可不知道，一对尖牙像纳鞋底的锥子。小畜生对我好的时候也有，不过他还是做我这辈子再加下辈子的仇人吧。大河马也是一样，嘭嚓，嘭嘭，刺刀捅进了粗皮老肉。河边美少年哪，你给咱加加手劲儿吧，咱要狠狠刺它刺它。还有三许，双子和蓂儿。苦命男儿一个个在今夜大睁着眼呢。世上的缘分有一分算一分，咱像老会计记账本，一落墨就让它过去了，年底算总账再用算盘拨拉。记上账本就有了千年万年的底子，谁想来查老账都行。咱对铜娃说了，咱还想他们哩，因为个个都是好男儿，咱喜见他们哩。话又说回来，俺老师不让咱糊里糊涂乱来，咱那会儿是走投无路一心想往死路上撞，想在死前找一个可意的男人。我如果就那样踏了不归路，一辈子可就惨了。铜娃，好好上大学府吧，梦里来会会我就行；再说咱白天也没有时间，首长家事情忙也忙不完。这儿跟咱乡下不同，这儿要一天涮三次茅厕，擦两遍桌子，洗一摞大碗小碟钢把儿小勺，还要把床上的铺盖拍打拍打。"

蜜蜡第一次为主人做周身按摩，心里充满了异样的感动。开始梁局长只同意坐在椅子上让她拍拍，后来她则坚持让对方躺在床上，因为按摩所里即是如此。她看得出这个上年纪的男人在仰身躺下那一刻有多么难为情。他显然带着歉意和自责让别人做。一开始他还想敷衍了事,但一刻钟之后感受了实际助益,就安静下来。"自然同志,累了就歇歇吧。"蜜蜡笑了:"伯伯,这怎么会累呀,这样做半天也不会累的。"她心里全是怜惜和同情,因为手下触摸的人可真是瘦弱不堪,他的肌肉筋骨已经简单分明,几乎没有了脂肪包裹。一双脚干巴巴全是皱纹,用手一捏像兔子蹄那么单薄。全身的皮儿焦干到没有一丝油性,搓揉时真怕稍稍用过了力啪啦一声撕破。骨头硬得像石头,胸脯有些瘪。每一次触按小腹他都要屈膝,有时还想侧过身子。她偏不让他这样,她要一一按穴位造访哩。哎,是什么让一位老人如此害羞呢,瞧他舒服得叹气又不安。"一回生两回熟,常了就好了。"她咕哝一句,像是说给他,又像是说给自己。整个身体很快让她烂熟于心了,第二遍从头部捋下来时,已经在闭着眼睛做了。她像那些盲人师傅那样以敏感的双手探过一个个骨节,让穴位潜伏的吸力轻轻俘获自己的指尖。哦,一个小小的疤痕,一处痤疮。不小心掠过了下体,他一个震颤差点坐起,她赶忙去按压双脚上的涌泉穴。长长叹息一声,他睡着了。她为他搭上一床薄被,轻而又轻地退出。

  第二天早上梁局长脸色红润,上卫生间的时间也短了许多。早餐时愉快极了,食欲明显增大。"自然,哦,很久没有休息得这样好了。真不知该怎样感谢。算了,不说了。"他用过餐还坐在桌旁,等着蜜蜡吃完。蜜蜡去后凉台看到了楼下停放的汽车,提醒他车来了。临出门他又叮嘱:"别太累了,闲了读读书,看看电视什么的,啊。"他走了。一个"啊"字让蜜蜡心里发烫。这轻轻呵气声只有爸爸老刘懵才发得出。她用抹布擦桌子时眼睛都湿了。拾掇了一会儿她真的读书了,又打开了黑白电视。最后是伏在桌上写字:"我很幸福,进城以后最幸福的日子。我感谢金枣和杨科长。这儿什么都好。"她合上本子在屋里走动,从一间到另一间。凉台上有一棵君子兰开了火红的花蕊,她还是刚刚看到,"哎哟"一声扑过去。"你多么美哩,你悄没声就开放了。"她双手挂膝看了许久,然后拾起杯子给它浇水。凉台上、卧室里,所有的室内空间都添了一股清气,再也没有了刚来时的那种霉味儿。中午饭她随便吃了一点,因为不愿为自己费心兴炊。她现在总是想法做出一顿可口的晚餐。午饭后她要去菜市场买一个大南瓜,想为首长做一次南瓜饼。可是正要出门,门把手自己转动起来,她吓得退了一步。门开了,进来的一男一女手拿钥匙,他们一齐惊目大睁盯过来:"你是谁?啊?"蜜蜡马上反应过来:这是梁局长的儿子和儿媳。她马上微笑答了:"我是刚来不久的勤务员,我叫刘自然。"男的脸色冷冷:"谁让你来的?""是杨科长领我来的,他让我在这儿好好给首长服务。"蜜蜡刚说完女的就发出一声"哧",脱下皮衣挂了,"什么呀,说保姆不就得了。你乡下来的吧?什么地方人?"蜜蜡有些慌,"俺老家遭了灾就出来了。十八里疃的。"男的从一间屋踱到另一间屋,又到凉台和厨房看了。女的到自己房间看过,出来对男人说:"这下子咱爸有福享了,你等着看吧。"男的埋怨一句:"先别想那么多。哎,我说刘什么自然,你过来。"蜜蜡赶紧过去。"我放在窗台上的怀表呢?""不知道。首长不让我动这间屋子。"男的呼一声拉开窗帘,又砰砰开抽屉。折腾了许久,大概怀表找到了,见蜜蜡一直站在门口就挥挥手说:"走吧走吧没你的事了。"说完砰一声关了门。

一会儿屋里传来叹气声，埋怨声，然后沉寂下来。蜜蜡在走廊里不敢走动，生怕惊动了他们的午睡。她不知该不该趁这会儿去菜市场买南瓜。正犹豫，突然屋内传出了亲昵声，这声音简直大到毫不掩饰。她吓得大气不出站着，直到门咣当一声打开，女的身披睡衣出来，开口就呵斥："你站这儿干什么？哎呀你还会听房啊。你真是让咱的脸没处放。"男的把女人拉进去，说算了算了，乡下孩子嘛。

他们睡过午觉就走了。蜜蜡关在自己屋里没吱一声，吓坏了。两人走了许久她才敢在屋里走动。当她重新站在他们那张合影跟前时，那种惊讶简直无法言喻。照片多么骗人哪，真人原来是这样：又丑又凶。也许那是很早以前的照片了，不过怎么差个天上地下呀。她忍住了没有哭出来，不过已经无心去买南瓜了。她默默做饭，等梁局长回来。她不知该不该把两人回来的事告诉他，想了想，决定不吱一声。她仍然想让自己高兴，可是怎么也高兴不起来。天黑了，饭菜好了，她坐在厅里等待。当楼梯响起的一刻她是多么愉快啊，可惜那脚步又往上登去；又是半个钟头过去，门把手转动了，梁局长回来，她赶紧去接提包。"啊，对不起，回得晚了，开会了。"他的样子疲惫但很兴奋。蜜蜡去了厨房端饭菜，报了菜名。梁局长坐在桌前微笑着："哦哦，好啊好啊。"蜜蜡一声不吭吃着。她想起了和爸爸在一起吃饭的情景。"今晚听说有个好的电视片，我们看看吧。"梁局长帮她收拾碗筷，她慌忙接过。梁局长不断看表，说时间到了，就打开电视。其实是一个老旧的故事片，两人以前都看过。但他们都神情专注看下来，沉浸到熟得不能再熟的情节里。蜜蜡忘记了白天的不快。可惜只看到一半电视出了毛病，屏幕上一片雪花。"糟糕，"

他关了机器。没有事情做,他也没回办公室。"伯伯,我给您按摩好了。""唔,早了点吧。""反正没有事儿,多按一会儿。"他不再推辞,躺到了床上。"我还是喜欢那些老片子,实实在在的。"他仍然在说刚才的电视。"我也是,"蜜蜡揉着他的腰。当她稍微加一点力时,他就发出"嗯嗯"的屏气声。"您可忍住些啊,治病就是这样,"蜜蜡呵着气。直按了一个小时才结束。梁局长兴致很好,端了水杯在门厅陪蜜蜡坐了一会儿,"自然,你不想家吗?出来太久了吧。""不不,一点也不,爸妈说了,要俺在城里好好做,别给乡下人丢脸。""多好的青年,"他饮了一口水,"现在的一些城里年轻人哪,已经非常过分了。"他不想说下去。这个夜晚他长时间在办公室工作,蜜蜡几次想劝他休息,可又不敢。

　　第二天她终于去买南瓜了。顺路去大学门前看了金枣,两人高兴极了。金枣羡慕她:"多么好啊,在首长身边工作。"蜜蜡想说"这人也挺可怜的",话到嘴边又咽回去了。"本来他可以再婚的,可是儿子儿媳死活不让。前一段有人给他介绍了一个,没过几天让儿子儿媳骂跑了。真是的,官再大也管不住儿女啊。"金枣取了一块烤红薯给她。她知道这些都是杨科长告诉金枣的。她一点都不怀疑这对年轻夫妇的凶悍,叹了一声。"多好的饼啊,这饼是做给谁吃的啊?""做给首长哩。""这饼的瓤儿一丝一丝怪诱人的,你是怎么学的呀?""俺的老师在大河边哩,在南瓜地哩。""哎呀还有配饼的汤呀卤呀,小蘑菇漂了一层啊。""就是啊,无汤无卤不成饼呀,这是登州那边的规矩。"蜜蜡团弄着鸡蛋淀粉和一排佐料,转动着油滋滋的饼,自问自答等人回来。天黑了,灯火亮了,她摘下白套袖。终于等来了,梁局长一进门就是一声惊叹:"好香。"

她故意不语,心想等着瞧吧。他坐在桌前了,揭开瓷盖露出杏红色的饼了,撕到嘴里嚼了,喝汤了,大声夸赞了。"多么好,多么好。自然,我可是第一回吃这么好的饼。你的手太巧了。"蜜蜡觉得这是最高的犒赏。她一声不应,脸色红红的。这天晚上她让他躺下时,又看到了那张兽皮,就问这是什么动物?"唔,狍子,我年轻时在东北当过兵。""首长的腰受过寒吧?""是啊。"正说到这儿门突然响了,梁局长还没有起来,那边的人已经跨进,是儿子儿媳,他们站在门边看着。"来前也不打个电话,"梁局长说,"这位是来咱家工作的小刘同志。"儿媳说:"早就领教过了,"然后转向男人:"爸这回不用咱牵挂了,瞧这小日子过得多红火,人也精神了十倍。"儿子把皮手套摘下扔在沙发上,脸色铁青。儿媳鼻子蓬蓬吸着,一路去了厨房,一会儿端来半块南瓜饼。她咬了一口,"哎哟"一声递给男人,他推开:"我不吃骚乎乎的东西。"梁局长猛一拍床头坐起来:"不准你这么说话。"儿媳笑着:"爸呀,家里一有了伺候的人您就对孩子发脾气。其实呢,还是自己的骨肉亲哪。"梁局长的手都抖了,指着儿子:"你给我滚,没事不要回来。"儿子盯了蜜蜡一眼,对妻子说:"走啊。"

  这个冬天真冷啊,原来省城比别处的寒风更厉。蜜蜡在屋里暖融融的,可是一走上街头就要围上大头巾。脚下是滑冰,她有好几次跌得惨重。她心里记挂的是梁局长,他就在这样的日子里去北方开会了。行前她为他装好了药品,一遍遍清点旅行必备的东西。他走前说:"你照顾自己吧,我不在也要好好吃饭。我十天左右回来。"蜜蜡觉得这屋子是如此空荡。她读书,写字,一遍遍写着:"铜娃啊,咱真孤单哩。"君子兰凋谢了。

窗外落雪，从昨夜开始。这天中午门被打开，儿子儿媳带着一股寒气进来，砰砰啪啪扔下手里的东西。"吃饭吧？我做饭去。"蜜蜡问。男的不吭一声，盯了她一眼。蜜蜡觉得这是人世间最可畏的目光。女人脱得只剩羊毛衫和毛裤，却穿着高筒皮靴，两腿叉着看她。"主家，"蜜蜡叫了一声。女人冷笑："我们不是你的'主家'，用不了多久你就是我们的'主家'了。""天哪，怎么这么说？"蜜蜡带出了哭腔，嗓子颤抖。女人恶声恶语抛过来："你心里不是盘算好了吗？你想用骚气迷住他，他用不了几年两腿一伸，这里的一切就成了你的了。"男人跺一下脚："没这么便宜的事，狗东西。"蜜蜡哭了："大哥千万不要骂人哪，天地良心，我只想好好伺候梁伯伯。"女人伸手狠力点在她的胸前说："你喊什么？你老老实实听着。""哎呀大姐疼死我了，你有话就说吧。"女人又点了她一下："告诉你，趁着事儿还没有闹大你快滚吧，收拾东西滚吧，再也别登这个门。""什么？我离开这儿？梁局长呢？我得等他哩。行行好吧，我什么也不图，行行好吧，俺老家招了灾。"蜜蜡泪水出来了。男人使个眼色，女人突然揪住了她的头发，猛地一耸一推，让她跌在地上。还没等爬起，女人的高筒皮靴一下连一下踢在了她的下体。蜜蜡躲闪，滚动，后来死死抱住了对方的皮靴。这惹起了女人更大的怒火，她干脆伸出两手拧起了蜜蜡，击打乳房。蜜蜡四处护住自己的身体，缩到了角落。"说，你还等不等他回来了？"女人大喝。蜜蜡泪水止住了，答："不等了。""你还敢不敢再登这个门了？""不敢了。"男人推开女人："闲话少说别跟她啰唆，告诉她，让她走人。"说着朝她伸出一根指头："记住，对我爸，对你的杨科长，别乱说乱道。你要不听我们的话，后悔可就晚了。""妈啊,老天爷,我全听到了,听到了。"蜜蜡一下伏在了沙发上。

二十五

"大姐,还是让我跟你卖烤红薯吧。"蜜蜡看着自己以前用过的烤炉,伸手抚摸着。金枣和男人看到了她额上有一块抓伤,问她到底怎么了?她缄口不语。"听说首长的儿子儿媳不省心哪,他们欺负你了?""没,没有。头上的伤是我不小心磕的。""那你该回去。天多冷啊,推着烤炉吃喝的滋味不好受啊,我有好几天没有支摊了。""大姐能做我就能做。""多么犟气的闺女,你让咱说什么啊。要不我领你去家政介绍所吧,那里就管为人找保姆。"蜜蜡犹豫了一会儿,同意了。她们进门后接待的是一位跛腿女人,戴了眼镜,拿出一个册子登记,伸手要蜜蜡的证件。"咱没有哩。""那不行。"金枣说:"我做她的保人还不行吗?咱又不是跑户。""那也不行。"她们失望而归。几天之后杨科长匆匆找来了,一见蜜蜡就嚷:"这怎么可以呢,这可不成。"金枣问:"你知道是怎么回事吗?"杨科长没有回答,只冲蜜蜡说:"你知道首长开会回来不见了人有多着急。他知道肯定是儿子他们在闹,让我请你回去,你不回他要生病的。"蜜蜡不语。一会儿泪水流出,她揩揩,从兜里掏出一叠钱递上:"你捎给首长吧,这是买菜剩下的。就说我盼他健健康康的。不过我真的不能回了。"杨科长再三劝说,蜜蜡总是摇头。

风雪停息的日子,金枣和蜜蜡推着烤炉出门了。"买吧,比蜜还甜的烤红薯啊，十八里疃的烤红薯啊，保你吃了这口想那口啊。"她随上金枣吆喝，手里的火钳忙个不停。那些从校门口经过的人不光有老师学生，还有在大街上来去的市民和外地人。一天下来能挣几块钱，真是辛辛苦苦高高兴兴。旁边不远的摊子有卖围巾的，蜜蜡过去挑了一条紫色厚棉绒的。"你戴吗？"金枣问。她摇头。回去后蜜蜡找到了杨科长家，她请他把围巾捎给梁局长："天这么冷，算我的一点心意。首长那些天待我真好。"杨科长夫妇趁机又劝她回去，她还是摇头。夜里两腿根部又痒又疼，她偷偷去一个角落看了，发现被那个长筒靴踢下的淤伤变成了黑紫色，而且至今肿着。"咱庄稼孩儿有七七四十九难哪，熬过了那天就好了。"她在黑影里默念。这一天又起了风雪，金枣帮男人收拾蛐蛐罐，把深井里的罐子提上来。一摞罐子上糊满了淤泥，男人问一旁观看的蜜蜡："你猜猜看它们在水底待了多久？""好几个月了吧。""三年哩。"蜜蜡好惊讶，咕哝："它们受苦受难三年，才有了出头的日子。"金枣说："听听，多像邻居信教婶子说的话啊，你该见见她。"这之后不久过来一个六十多岁的女人，金枣一见她就揪一下蜜蜡的手。女人微胖，头发花白，心慈面软的模样，很快就拉着蜜蜡的手说话了。"孩子，不要让忧愁缠住，一切托靠主吧。""尽力去做力所能及的事吧，上帝会在你的善意上加添你的力量。""一个人在患难时的忍耐和谦卑，比在顺境中的快慰和热心，更能蒙受主的喜悦。"一种平静和温煦的力量，仿佛顺着妇人的手臂注入了蜜蜡心中。她不知不觉依偎在妇人身上。"我们都是有罪的人，孩子，万能的主会宽恕一切。"蜜蜡低低问道："主会宽恕我吗？""主怜惜一切人。主从来没有遗弃一个人。"蜜蜡的泪水在眼眶中旋动。

这座城市的风有增无减，可是蜜蜡觉得它不再可怕。她已经跟上大妈三次去了教堂，还接受了她的赠书。在那些虔诚的人群中，她总是忍不住流泪，尽管有人在大声念道："神要擦去他们一切的眼泪，不再有死亡，也不再有悲哀、哭号、疼痛，因为以前的事都过去了。""都过去了吗？"她问大妈。大妈点头，"神愿意做我们的父，也愿意我们做他的儿女。什么都不该隐瞒主。"蜜蜡心跳加剧。她害怕了，害怕把一切的一切都向大妈说出。"我是一个犯有大罪的人：淫乱、杀戮，天哪，主连我这样的人也会宽恕。我不敢想，不敢想。"她喃喃着走出教堂，让寒风吹干脸上的泪痕。不过她一直在读大妈给的书，懂不懂都读。金枣睡去之后蜜蜡要读到下半夜，每天早晨醒来却神采奕奕。金枣说："人家信教的人都有使不完的劲儿，心诚则灵啊。"这天蜜蜡和金枣一回来，从厢房出来的男人就拍着手说："人家大妹子就是有福，这不又有人来雇了，工钱高得吓人。"金枣说："谁呀？那么好的事儿咱也去干干。"男人"咻"一声："那得人家看上。这回是画家老莫，他想请蜜蜡帮忙料理，也顺便做做画模子。"蜜蜡愣了："画模子？""就是坐了让他画，那是做家务之余的事儿。""他没有儿子儿媳呀？"蜜蜡一问金枣就笑："没有。你真是怕了。老莫是个老实人，不多言不多语的，你见过。"蜜蜡就是想不起。"他就是卖老宣纸挣了几千块的那个，留长头发的。"他一再提醒，蜜蜡终于想起他的朋友中有这样一个人：五十四五岁，粗胖，一张脸像肿胀着，样子怪极了。这个人没有跟她说过一句话。金枣说："他可是个大富翁，别看不显山不露水的。""金姐，我真怕被城里人欺负。累点倒不怕。""放心吧，老莫这个人老实得话都不会说，只一心画画，只要你不欺负他就行。""他一个人过吗?""原来的老婆离了。女人没法跟他过。""为什么?""画痴。"

蜜蜡去的老莫家住在偏远一点的城南,就快到郊区了。这儿街巷破烂,灯火和车辆都少得很。可是当她跟上沉默寡言的画家跨进一个不起眼的小门,穿过一条巷子进入厅堂时,顿时被这儿的气势吓住了。一个带玻璃顶的大院子,地上是一块块木板和地毯,还有真正的树与草、泥土,有各种大木雕和陶瓷瓶、高高悬起的画,有风干了的大鸟和猿猴。对于那些双目如生却再也不会活动的生灵,蜜蜡看一眼赶紧把脸转开。如果仔细些看,这儿是个大厅堂,里面的东西应有尽有,大约世界上所有的新奇都被他弄来或偷来了。想想看,挂在树上的大铁刀,倚在墙上的戈与矛,还有镶了银子的弯弯牛角、只剩了骨头的牛羊头颅,包括几辈子没用过的老木头车轮、手摇水车、破舢板和石磨,这一切都是怎么来的?这里的物品大半体积巨大,这人虽然虎背熊腰也搬不动啊。最吓人的还是叠成一溜的人头面模,它们有的粉白有的黢黑,那真是像鬼啊。"妈啊,我闯到了什么地方,这儿简直是牛头马面,阴间阳间咱都分不清哩。"蜜蜡心里胆怯,不由得把怀中的书包勒得更紧。抬头去看引她进入的画家老莫,这一看又是心中慌跳。可能是环境改变的缘故,老莫的模样也不像在金枣家见过的那样,他的脸真像橡皮做的,鼻子又大又垂;特别是头发,额前一小片秃光了,头顶和后脑那儿却浓厚得吓人,往后披成一大束,还有些翘。整个人都阴森森的,再加上他的沉默不语,他又鼓又长的鼻中沟,让蜜蜡觉得他就是这个古怪之地的灵长,是这儿万千怪物的头领。"上帝啊,快些怜惜你的孩儿吧,你的孩儿腿都筛糠了。

上帝啊，我会做个一生侍奉你的仆人。"她靠了在心里祷告才往前移动，跟上他穿过阔大的厅堂，又进入一个小方厅、一截巷道，拐来拐去才看见类似梁局长那样的卧室和卫生间之类。她长舒一口，但心跳依旧。老莫厚厚的嘴巴往一个小间里噘了一下，他走进去，知道这就是自己居住的地方了。这个屋子比梁局长分给的小多了，而他的家却比梁局长大多了，可见这人是吝啬的。她想问问日常工作的注意事项，但一看他紧抿的嘴唇又不敢开口。她把自己的东西放在床角，然后从厨房到卫生间看了一遍。她知道厨房才是最重要的。在她问问看屋子时，老莫从什么地方找出一包衣服递给她。她回到屋里展开一看就傻了眼：这是老天爷都不会见过的穿戴呀，什么带羽毛的高筒帽、露出半个膀子的绸衣、一只红一只蓝的长靴子、半透明且带了孔眼的连体衣裤、棉裙，甚至还有兽皮缝制的小裤头，有翻毛羊皮做成的乳罩。越看越不敢看了，花花绿绿，成心是糟蹋咱庄稼孩儿呀。她见老莫走过来就问一句："莫叔，这是戏装吧？"老莫摇摇头，目光上上下下端量，眼窝红了一下。他揉揉大鼻子走了，步子又沉又重，像头大象。她从后身瞥了一眼，发现这个笨重的人却没有屁股，几乎没有。老莫从走廊走了个来回，扑扑啦啦收拾了几样东西，然后背上一个挎包出门去了。蜜蜡安静一会儿，开始把这所怪异的屋子逐一看了一遍。主人的卧室大得超出想象，至少是梁局长那间卧室的四倍；奇怪的是没有床，卧具直接放在地板上，被子枕头画册之类凌乱无比；枕边有一个大猫头鹰的标本，它一夜夜注视着睡觉的人。蜜蜡蹙蹙鼻子，嗅到了一种特异的、然而是似曾相识的气味，但一时想不起是什么。通向这间大卧室的还有一个卫生间，进去看了看又被其规模吓住了。它比一间正经屋子小不了多少，里面是瓷砖地、瓷砖墙壁，水管的样子没见过，上面的水龙头也没见过。坐便器至少有三种不同样式的，让她觉得大开眼界，"老天，原来有的人在变着法儿拉屎撒尿啊，人和人真是不一样啊。"屋里除了一个洗澡的大瓷缸，还有一个椭圆形的木盆，边缘搭了方格毛巾之类，周边放了草鞋和木底拖鞋。她一声不吭出来，仰脸看看天花板，紧紧咬了嘴唇。

蜜蜡的痛苦是无法与主家交流。老莫不说话，让人害怕。他到了用餐时间出来吃饭，其余都在卧室和那个大厅堂里作画、刻木头，用一团黏土掺上麻绺之类捏弄，有时一整夜不睡。一天下半夜三点左右蜜蜡被一种声音惊醒，披了衣服起来，趴在走廊窗上一看差点惊喊起来：大冷的天老莫一丝不挂在厅堂里走动，而且开了灯，这使她看得一清二楚。老天，这个人身上的肉一簇一簇毫无规律可言，下身像一截大象鼻子。周身是观音土那样的颜色，加上双臂粗大，让人觉得力大无穷。他在地板上走动了一会儿，又从草地花树间费力穿过，当走到地毯上时，突然迎着那一排人头面模狠狠跺脚。他像被什么击败了一样仰面躺下，扭动不息约有一刻多钟，嘴角上泛着泡沫。剩下的时间怎样了蜜蜡不知道，因为她终于吓得溜回了自己的屋子。她闩紧了门，头蒙被子睡着了。第二天早上起来，蜜蜡料定必会看到一个异样的画家，谁知他走进餐厅时一切如故，面部表情如平时完全一样。她想问一问几天来的伙食是否可口、再做怎样的调整？但每次张口都被他低垂的目光吓住了。"这个人如果不是妖怪变的，那我就是妖怪了。老师，你要能亲眼看一看就好了。"蜜蜡在本子上写道。她屈指算了一下，从进门到现在，主人说过的话不超过三两句,而且大多是"唔、嗯哈"之类。她鼓鼓勇气,在一天晚餐之后问道:"主家,你吃我做的饭菜合口不?"他嘴巴蹙一蹙:"合。""我有什么该做的,主家盼咐啊。"一句出口,对方的眼窝又红了,这回终于说出一句完整的话:"几天以后开始工作。"蜜蜡不解了:难道来这儿以后天天忙碌还不算工作呀?怎样才算工作?"上帝呀,万能的主啊。求你为我们成全一切,阿门。"

在阳光灿烂的一天,老莫明确无误地让蜜蜡穿上那堆衣服中的一件,坐到玻璃顶盖厅堂里。她明白这才是工作,做"画模子"。老莫不管她穿上袒露的奇异服装有多么难为情,只顾专注作画,在架子旁"哧哧"挥动一支笔。他偶尔皱眉,踱过来歪着脖子瞧她,她一活动他就做个手势制止。有一次他硬是把她本来就低垂的敞领又往下拉了一下,使一对乳房暴露无遗。蜜蜡的呼吸都要停止了,血液冲到了头顶。他画了一会儿竟然又一次过来,伸手把乳房捏弄两下。蜜蜡身子一缩,抬头却看到一对冷肃的目光。他退回去接着画。当他第二三次过来捏弄胸部的时候蜜蜡终于站起:"主家该不是以作画为名摸弄俺的奶儿吧?"老莫一愣,随即摇头,双手做了个下压的姿势。像有一股魔力,她又重新坐下,直到他画下去、画完。最后的一刻,蜜蜡发现这个橡皮大脸上有泪水淌下来。一连三天都在厅堂里工作,蜜蜡被指示更换了所有的衣服,当然也戴过了那顶有羽毛的帽子。最后她才发现:一堆衣服里只有那个小小的兽皮裤头、那一副翻毛羊皮乳罩没有用过。她害怕了。第四天,厅堂里的暖气热蓬蓬的,头顶的太阳也透过玻璃照得人舒服,老莫把最后的两件挑出来,让她更衣。"主家,俺说什么也不能穿它。""为什么?""这不是人穿的物件哩。""可这是艺术。"他的口气生硬无比,眼睛斜着她。这一会儿她才发现对方的眼珠像石头那样冷酷无情。她真的从未有过的害怕,全身打战去了屏风后边,流着泪脱了一件又一件,脱得精光,穿上那两件难以遮羞的、毛茸茸的东西。整个工作期间都有一层泪花蒙了眼睛,同时也注意到老莫的眼窝是红的。他画了一会儿,让她做出各种姿势:斜跪在地毯上,再不就是半趴在草坪上;最令人难堪的是让她仰泳一样翘着双腿,而且还要双膝分开。老莫面容凶狠一阵乱画,直到最后把画笔猛地一掷,口中念念有词走到后面,再也没有回来。

"老师,俺不知道上帝看没看见,也不知铜娃会怎么说哩。咱从来没遇到这样的怪事儿,庄稼孩儿哭也不是笑也不是,只有捱哩。老天爷保佑,上帝也保佑,他别让咱平时也穿那该死的物件,也别再往前逼咱了。"蜜蜡夜间写着,仿佛一直在注视那双金色的眼睫。她觉得这座城市像一只老大的动物,它比大河马还大十倍,只不过要一点一点朝她走来才好,猛地打个照面,那咱非得给吓死不可。"铜娃啊,我料定你也害怕这儿哩,你从河边跑了来,多可怜啊,我夜里睡不着净是牵挂哩。可我帮不上你,扯不着你,原本是私订终身的小两口,却在同一座城里捉起了迷藏。我祷告了上帝,他老人家如果耳朵好使也该听见了吧。"夜深人静时蜜蜡总隐约听见有人在长廊和大厅里走动,但她再也不敢看了。她知道这儿的一切都是"艺术"弄出来的,它差一点儿把庄稼孩儿吓个灵魂出窍。不记得以前听说过有"艺术"这种物件,大概它是藏在城里的,就像铺瓷砖的茅厕藏在城里一样。老莫常常背一个帆布大包出门,回来时装得满满:一个破陶罐、一块石头、一个砚台,还有谁也辨认不出的一些零碎玩意儿。蜜蜡犹豫是否为他做一次南瓜饼？上菜市场时只买到了红薯和萝卜，就索性做了红薯饼和萝卜饼。这一下老莫高兴了，红着眼窝看了许久。她心里怯怯的，因为她记得这人每次红了眼窝都要工作。果真这次也没有例外，午睡之后他穿了一件粗布长袍出来，站在厅堂里喊蜜蜡。她正收拾厨房，赶紧戴着围裙出来，一露面却迎上一对阴沉沉的石头眼：死盯着她。"主家。""脱。""嗯哪。"蜜蜡知道又要穿那些戏服似的东西了。脱了套袖围裙，再脱薄棉衣和厚裤子，然后去屏风后面寻出那些怪模怪样的衣装。"不不，全脱，脱。""什么？""这回要画裸体。""光身子？翻毛皮裤头也不穿了？""不穿。"蜜蜡一听急了，坐在地上。"脱吧。"她站起："主家，没门哩。你愿找谁找谁去，想让咱光腚没门哩。"老莫的画笔像剑一样戳向她的胸口："这可是艺术。"蜜蜡跑回自己的屋子，直到晚饭时间才出来。老莫一直无语。这一夜蜜蜡几乎无眠，她在想是否离去，苦于拿不定主意。天亮了，老莫又背起了帆布包。他站在门口，皱着眉头招招手："我们一块儿，去大学。""大学府？"蜜蜡马上兴奋了。随着他坐车换车，最后真的停在一所大学门前。进了校园，蜜蜡的眼睛一直盯在来往的学生身上，全然没有注意路旁的东西。后来她差点撞在一尊裸体雕塑上，这才"哎呀"一声僵在那儿。"走，"老莫说。在一个门口，他向门卫掏出一个牌牌晃了一下，就进去了。原来这么多男生女生手持画板站着坐着。讲台上有个中年人讲了几句，一个三十左右的女人裹着浴巾上来，一抖搂，整个赤裸的身体就呈现出来。蜜蜡不知不觉握紧了拳头，手心里全是汗水。四周鸦雀无声，沙沙的画笔如同上涨的潮水。

归来后蜜蜡一声不吭。她害怕听到那个字。可是她知道那个声音必会响起。早饭总是很晚，大约十点左右，工作开始了。大厅里多么敞亮，照得一排人头面模双目圆睁。画板支起来了，那个生僻的声音像从穹顶传入耳膜：脱。蜜蜡脱了，像入睡前那样脱着。头顶像有一万支光垂下，这些光练被她如数披挂起来。她迟迟不愿睁眼，直到听了"哧哧"气喘声，一睁眼见他站在跟前。她双手抱住胸口，他为她取下手臂。开始了，挥动画笔的人像在严寒里打抖，口中吸着冷气。"多么倒霉啊，老天爷让我遭遍七七四十九难，这一回遇到了'艺术'，下一回还不知遇见什么哩。"她闭着眼睛，担心一睁眼就会发出泣哭。大概是累了，老莫坐在地上歇息。她披上一件又大又软的粗布巾，那质料就像他身上那件长衫一样。他坐在旁边，一声不响。一会儿他活动起来，她以为又要开始工作了，想不到对方从身后揭开她的大披巾，一下子拱进来，还没等她反应过来就从后面骑上了。她凭触感知道，对方的下身是赤裸的。她猛力一挥左臂把他掀掉在地，一蹦跳开老远。她的胸脯急剧起伏："主家，咱哪怕再痴再傻也明白：这回可不是'艺术'。"

整个晚餐她都在哭泣。老莫走来走去，后来站定了，挥动一下右手："再也不会发生那样的事了。"蜜蜡没有吃饭，回到屋里。外面是踱步声，偶尔传来一声咳嗽。她明白：这儿绝非久待之地，该走了。可令她为难的是，无论是雇工介绍所还是其他地方，人家一伸手总要她的证明。看来要在这座城市混下去，没有一个"大红关防"是不行了。第二天蜜蜡肿着眼睛准备早餐，老莫穿着粗布长衫走来，第一句话就是："对不起。"蜜蜡低着头："主家，俺为你做这做那，你不能为俺做点事儿？""什么事?""找人为俺开个证明,上面写'刘自然,老家招灾,出来打工,十八里疃人'。"老莫点点头。想不到仅仅是两天之后,一个写了字盖了印章的纸片真的拿到手了。蜜蜡把它掖在了衣服最里层。她心里说:"待俺领到这个月的工钱,就会一口气跑到大街上,再也不回头。"她暗中做着走的准备,表面上却像什么事都没有发生。老莫偶尔领一些人进门,蜜蜡就回自己的屋子。那些人从一个角落搬弄出一些破旧不堪的东西,当成宝贝一样又吹又揩。她从窗帘缝隙里看他们小声争执的样子,觉得神秘而有趣。渐渐她明白了,老莫不光是一个画家,还是一个古董贩子。这些人在厅堂里一待就是一个小时,除了摆弄那些破烂就是喝洋酒。蜜蜡不能出门,只小声哼唱忆苦歌,直唱得泪水潸潸。

又是一个阳光刺目的正午,由于早餐安排在上午十时以后,这会儿恰是老莫最好的工作时间,蜜蜡一看他发红的眼窝就知道。果然,他有气无力说了一声:"脱。"蜜蜡脱了,老莫却迟迟不愿支起画板。他让她背过身蹲下。她照做了。她觉得那只潮湿的手在丈量身上的骨节。突然,背上有了一滴冰凉的东西,原来是颜色。她来不及躲闪,索性任一支画笔涂抹起来。老莫嘴里发出若有若无的呻吟,画得极为细致。他没有放过她躯体的任何部位,画完了后背又让她反转过来。一大摞颜色都画完了,红的蓝的黑的,整个躯体从脚踝到额头发际,无一处没有覆盖。特别是那两个乳房,它们让老莫耗去了许多时间。他那时眉头紧蹙,精细到了极点,画笔由粗换细,简直是一丝丝的工笔。整个身体画完之后已是下午四点一刻,老莫跌坐在地上,手扶腮部看着。他的嘴唇颤抖不已,像要嚎哭似的,却没有一丝泪水。下午六点,光线暗淡下来。他扯上蜜蜡来到了一间有穿衣镜的房间，打开了所有的灯光。蜜蜡看着镜中的斑斓，凝住了呼吸。她口吃一般吐出："这是我。"她不得不为镜中的色彩惊讶，但不知该说什么。由于再也张不开口，她在最后一段时间里一直紧咬牙关。天完全黑了。老莫把走廊、厅堂、卫生间，一切角落的灯全部打开。室内精光瓦亮。蜜蜡回了一次自己的房间，又走到厨房。她不能做饭，害怕碰坏了身上的彩画。这样直挨到午夜之后三点，老莫才把她牵到那个空旷的卫生间。椭圆形的木盆里放满了热水。他为她试了水温。她迈进去。擦洗周身的油彩是很费力的。整个的擦洗时间，老莫一直蹲在旁边哭泣。

第八章　家有蜜蜡

二十六

"蜜蜡,蜜蜡,你怎么了?""好铜娃,就像二十多年前的河边一样,地皮又动了。"她迎向他,泪水糊了满脸。周末在飞快流逝,不知不觉两天两夜过去了。他们谁也没有困意,只有没完没了地倾吐衷肠,只有相拥和依偎。这是一场怎样的欢欣、怎样的叙说啊,太阳升了又落,窗户亮了又黑,他们毫无察觉。感激的泪水掺在一起,彼此都能听见对方的心跳。第三天黎明来临时,她揩揩脸去了厨房,将他一个人留在了卧室。他开始把蜜蜡随身携带了二十多年的那个大包打开。一摞摞书和数不清的纸片一下将人拉到遥远的岁月。有的沾有污迹和汗渍,有的手指一碰就碎。他抚摸了一会儿又抱到一个角落,这会儿简直不是在看,而是在嗅,在把往昔如数吸入肺腑。这大小不一颜色不一的纸页蓄满了荒野和城街的气息,让他在曙色里时不时打出一个吓人的喷嚏。最后他怎么也待不下了,不得不跑到热气腾腾的厨房,将蜜蜡汗湿的头发抚开,长时间盯着她开阔的额头。他们又一次簇拥起来。她在衣襟上揩揩手,摸他的脸,从眉梢处寻找那个割草少年的痕迹:"铜娃,让我们从今个起改说登州话吧。"两人无法好好享用早餐,简直没有一点食欲。早晨的阳光洒满了三居室,到处洋溢着河边瓜田的气息,地板上随处都像白细洁净的沙土一样可仰可卧。他从她时缓时急的喘息中感受了大河涨水之后的润泽和潮湿,耳边响着一片蝈蝈的催促,真像置身于一片金黄的南瓜花之中。他不知疲倦看她,把脸埋进她的胸间,真想在这个丰腴的秋天里一醉不起。"铜娃啊,我这一辈子再也离不开你了,我的'主家'。"他身上一 :"你可别那样喊。""我的铜娃,你该知道我这辈子最大的心愿是什么。""是什么?""就是让你'使上'啊。"

一种近在眼前的幸福和羞愧逼得他双目低垂。

赵一伦变成了一个兴奋恍惚的人,这情景宛若新婚之日:每天只盼着下班回家。他进门后常常混淆午夜和白昼。家中是烤饼的薰香,是田野在太阳底下焙过了一个夏天再加一个秋天的气息。他说:"当我生命里充满绝望的冬天,你比被窝还要温暖。"她拍着手:"就像背诗文一样哩。"当夜间寂静得只有钟表的嘀嗒时,她悄声问了一句:"那个人,她这会儿在哪?""在她喜欢待的一些地方。"赵一伦眼中闪过一丝愁绪,蜜蜡不再询问。又过了一会儿他议论起女上司:秋天到了,那人又该躁动不安了:"挺好的一个人,就是生活作风不好。"蜜蜡叹息:"都是生活所迫啊,都不容易啊。"赵一伦长时间看着她,脸上满是钦敬。"一切都托靠主吧,"蜜蜡看着窗外的星星说。她今夜在想另一个人,相信此时此刻铜娃也在为同一件事担心。可是当她转脸看他的时候,他却说:"蜜蜡,我和你在一起就像回到了河边。"蜜蜡在暗影里揩一下脸:"铜娃,我这辈子再不该有一丝抱怨了,只是怕对不住你。""为什么?""因为我从北到南一场乱跑,那时心一慌,没能守住心性哩。"夜色里一丝声气都没有,她开始哽咽:"铜娃,这真像歌里唱的,'岁月咿儿呀,你带不走,那一串串熟悉的姓名。'我夜里一闭眼就是他们。没人的时候我就祷告:老天爷啊,上帝啊,快让我把一切都忘掉吧。"她双肩抖动,他不得不为她揩去泪花,一遍遍安慰:"蜜蜡,那都是什么时候的事儿了。你千万不要难过。""铜娃,没有比你再开通的人了,我这一辈子真不知怎么感激你哩。""蜜蜡啊蜜蜡,你一口气找了我二十多年,你才是我一生感激的人。"

"我觉得他真像是我生的,"蜜蜡每次把孩子从寄宿学校接回时,都对赵一伦说这样一句。赵金对她亲密得很,稍大的头颅紧靠在她的胸部,让她长时间抚摸。她抱着他,那过重的身躯压得她嘘嘘喘。赵一伦不得不说:"赵金你真不懂事,多大了还让人抱。"儿子从她怀中滑落时极不情愿。孩子的话语明显增多,不停地说着学校的事情,跟在蜜蜡身后从一间屋走到另一间屋。这天赵一伦上班了,蜜蜡正在收拾厨房,离家一个多月的金梨花突然回来了。她一进门就仰起鼻子四处嗅着:"哎呀这个臭呀,满屋的邪味儿。"说完又蹙鼻子皱眉望向蜜蜡:"我离家日子一多你就忘了形儿,看屋子乱成什么。""主家,这就收拾哩。"蜜蜡心跳咚咚,真怕对方一步闯入赵一伦的卧室,那儿一切都乱糟糟的,两人起床后还没来得及整理呢。她这样想着不知不觉就站在了通向卧室的门口,又去擦门框。金梨花瞥瞥她,一把将人推开,径直往卧室走去。她像被牵住了一样跟在后边,没有一点声息。金梨花这次好像是有备而来,一跨入门槛就机警四顾,最后竟一头拱在了被子上。蜜蜡眼看她像鼹鼠那样往前滑动了一下,不知怎么从被子下边摸出了一副乳罩。蜜蜡眼前一阵发懵,脑子里马上一片空白,"那是我的啊,是我昏了头留在床上。"她在心里痛骂自己,双手揪紧衣襟打战,对方怎么跃到跟前她都不知道。金梨花扬起那个东西抽打起来,一下下都打在蜜蜡脸上。直抽了好几下蜜蜡才听清一声声叫骂:"你这个骚货长了什么胆子啊,敢跑到这张床上,啊哎你真是不知死活啊,你等着。"蜜蜡一动不动,也没有一声辩白。金梨花打了一会儿把手中的东西扔下,又用脚踩住撕裂,"啪"一声抛到了垃圾桶里。"快收拾你的破烂吧,马上就给我滚,晚一步我把你送到局子里。"蜜蜡长长吐出一口气,拢一下被抓散的头发,直直看着她。"嗯?"金梨花的牙齿咧着,像要咬人。"主家,实话实说罢,铜娃是俺过去的男人,两人走散二十多年哩。"

这一夜蜜蜡亲眼目睹了一场城里女人的嚎哭。赵一伦安静得令人吃惊,只任金梨花扑打,扔东西,最后由怒吼转向号啕。蜜蜡有一阵看着那抽动的肩头,觉得是自己在哭。一种有别于往昔的怜惜随着夜色降临了。她真想拥一下这个泣哭不止的女人,可又不敢。赵一伦一直沉默着,这时终于说话了:"让我们好好分手吧。其实何必在乎形式。"泣哭的人马上抬起头:"我偏要这个形式,有了它,你们永远都是非法的。"他叹一声:"就是这么个年头,你也没有例外。算了,你对她还是发发慈悲吧:她流浪了二十年,千辛万苦找了我二十年。""这个年头可不讲慈悲,"金梨花昂起头,泪水倏然停住。她的一双眼睛突然变得灵动起来,四下看着。剩下的时间就是翻箱倒柜的寻找,是一个又一个大包裹的堆积。金梨花弯腰干得满头大汗,一声不吭。蜜蜡在灯光下看着她雪白的脖颈和柔弱的腰身,只想帮帮她,可是刚伸出手就被"啪"一声打过来:

"脏爪子往哪搁。"赵一伦吸烟,一口接一口吸,"梨花,不用这么急,你随时都可以回来。你随便取走什么都行。""该取走你的小命。"也许就因为这恶狠狠的一句,蜜蜡在余下的时间里一直站在赵一伦身边。

一堆包裹积在屋里,又碍眼又碍事儿,蜜蜡却不敢动它们。金梨花后来的日子说回就回,每一次都要威逼蜜蜡:"你以为真有那么便宜,大腚一撅就占了我的窝儿?没门。"蜜蜡好几次要哀求起来,最后都忍住了。金梨花还到赵一伦的单位去闹,幸亏有女上司在那儿迎着。说不定是哪个晚上,金梨花突然就领来一些花男绿女,吵着让蜜蜡做饼吃:"我要让你们都见识一下这个保姆的手艺。"这样折腾了差不多有两个多月,赵一伦终于忍无可忍了。他硬着头皮找到她做事的地方,直找到了那个大头娃娃似的老板。老板的斗鸡眼乜斜着,许久才说:"她是我的人,你就别管了。"从此以后金梨花再也没有回来。

又过了一个星期,屋内的一堆东西才被人取走。来搬东西的几个年轻小伙子让蜜蜡震惊不已,以至于让她直眼看着,一时把什么都忘了。他们个个英俊洒脱,全都留了时髦歌手那样的发型,身材一律柔软颀长。为了保护手掌,他们搬弄东西时还戴了白手套。屋子一会儿就半空了,只留下满地碎屑。蜜蜡蹲在地上收拾着,鼻子里不时嗅到他们身上遗下的香水味儿。赵一伦回家后看着空荡荡的屋子竟然毫无沮丧,只长久地站在她的身后。他把双手插进她的乌发里,一遍遍梳理,"从今以后你就好好做我的新娘吧。"她闭上眼睛,把头使劲往后仰去,"咱们真该回老家去过日子啊。""真该。" 蜜蜡望着窗外:"可惜我回不去了,你知道我身上还有案子,河边上有'捕快'。""你是无罪的,你为了自卫才杀了大河马。""可我害怕哩。我不敢回啊。""总有一天法官会判你无罪的。"蜜蜡低下头:"还有,她说你和我在一起也是非法的。去教堂时我小声祈祷,一个人在家也祈祷:主啊,你说过永远不会厌弃有罪的孩子。"赵一伦抚着她的肩头:"你没有罪,你是无辜的。"

这个周末赵一伦去寄宿学校告诉儿子:爸爸和阿姨有事不能接他回家了,以后会加倍补偿的。赵金嚇嚇嘴笑了。赵一伦拎着一个包回家,对蜜蜡说一句:"早些吃饭休息吧,明后两天我们要抓紧时间做完一件事。"蜜蜡没有多问,只是在厨房和餐厅奔忙。这一夜他们入睡很早。天一亮醒来,吃过早餐蜜蜡就开始期待着那件事情。她一动不动看着铜娃,隐约觉得会有什么发生。他独自去了里间,出来时拎着一个包,从包中取出一本硬壳大书,神色也好像完全换了一个人。蜜蜡盯着书,呼吸都变得轻轻的。"你看,这是一本法律书。今天就让我们自己了结自己的案子吧,要不它会像蛇一样缠着咱。"蜜蜡瞽瞽四周,挺直身子坐在那儿。"我有一个法官朋友,这事本该请他来听一听才好,可又怕走漏了风声。咱自己审自己有些麻烦,不过又没有别的办法。别扭的是问你你答,问我就得我答了。"他搬弄着那本比砖头还厚的大书,上面夹的一绺绺纸条活像老人的胡须。蜜蜡理一下头发站起来,身上有些颤抖。赵一伦说:"咱先说那桩杀人案吧,这事儿要早早了结。我现在就开始问你涉足凶案的事儿,你要从头一一说来。"他一手按在大书上,声调突然有些生硬。蜜蜡咽了一口,盯着他回道:"我叫刘蜜蜡,女,今年四十二岁,上村人,随母亲改嫁到老刘憻家。俺是个遗腹子,"刚说到这儿泪水就流出来,接下去的诉说总伴着抽泣。她从去崖上书房到小油矬逼亲,直说到第一次出逃。"那时俺还不到二十哩,一头跌进了枯井里,叫天天不应叫地地不灵,全是死的心思。后来俺撒开丫子往天边上跑,今生只想做个流浪人,走哪儿算哪儿。"这样说开了头就不能停歇,一个个细节都复述出来,一口气说到了正午。赵一伦说:"咱们先吃饭吧,下午再接上。"蜜蜡流着泪恳求:"好铜娃你就让我说下去吧,这事一开了头再也不能搁在心里。"

整整一天时间都在诉说,除了中间吃一点东西、喝水和小解,两人没有离开一步。蜜蜡很快说到河边铜娃了,一提到这一截赵一伦就赶紧接上,他要以亲身所历证实刘蜜蜡的话句句为真。蜜蜡又开始说第一次逃跑被逮回的情景、一场场的辩论会、打入孬人队、老黑屋的囚禁以及大河马施行的"害困法"。案情很快进入了关键部分,赵一伦不再放过任何一个细节,如囚禁室与大河马过夜处的距离、卸下来的枪刺如何放在樟木桌上,等等。"大河马原想让我困死,他好在睡梦里糟践我啊。我眼皮上坠了磨石,手和脚拴了铅球,口不能张头不能抬。大河马把我剥得一丝不挂了,扯碎俺的衣服,迎着咱像一堵山墙一样倒下了。我给压得喘不过气来。眼看就给憋死了,人死之前什么事都做得出,一双手不知怎么就挣打起来。我闭着眼摸啊摸啊,不知怎么就抓起了那把刺刀,可那会儿我也不知手里抓住的是什么,只想用它挡住大河马。就那样,我闭着眼宰了人,糊糊涂涂犯下了死罪。铜娃啊,就是这样,我今个说的句句都是实情,我敢对主发誓啊。"赵一伦一遍遍打开那本书,逐条读了一遍又一遍,最后伸手指给她一行行文字看,大声念出一个结论:"正当防卫,无罪开释。"蜜蜡的泪水哗哗流下:"我真的没有罪吗?""没有。""一点都没有吗?""一点都没有。"

第二天是关于婚姻的申诉。这是与第一天的诉说纠缠一起的更为复杂的故事。蜜蜡说到了二十年来绝望的寻找,几次泣不成声。"我像被风吹赶的草籽一样,落不了地也发不了芽。我找不着心上人,后面还紧跟了追命的'捕快'。我不知道这辈子该死还是该活,一天到晚哭得泪眼蒙蒙。我想那条河啊,冒着死命往回赶,只想临死之前看你一眼。我还想爸和妈,这时候再不恨他们,只挂记着他们一桩桩的好处。可是我直到最后都没能挨近上村一步,因为心全在河边上啊。后来咱一个乡下娃儿为了逃命、为了心上人一头扎进城里,受那个磨难啊。出牛马力吃猪狗食咱都不怕,只要找到心上人就行。我告诉自己,咱是不到黄河不死心啊。"她哭得伏在了那儿。赵一伦接上她的话茬儿叙说,尽可能使用平稳的语气。他从河边割草少年的那个早晨开始,一直说到父亲的死亡、母亲病中大把脱落的白发,还有他进城后的一连串变故。他未能回避与金梨花最初那一段的幸福恋情,但接上去就是她不贞的痛苦和屈辱。"事实上她早就把自己许了别人,我却不敢和苦寻二十年的恋人守在一起。我们犹豫什么害怕什么?"他这样问着站起来。蜜蜡催促:"快翻翻那本书吧,你得看它许不许咱。"赵一伦抖搂出几张纸条,逐一念了一遍,看着她点点头。"书上许咱圆房了?""许咱了。""一点也不难为咱吗?""一点也不。""赵金怎么办?""孩子是我们的,也是他们的,但归根结蒂还是我们的。"蜜蜡脸上全是欢喜的泪水:"多么好啊,你这会儿一开口说话就跟宝书上差不多。"天渐渐黑下来,他们终于把最要紧的大事做完了。多么辛苦的两天,在自己家四门大关一口气了结两桩大案，从此也算是一块石头落了地。"我的铜娃，从今以后我再也不觉得自己是个罪人了，也不怕那些'捕快'了。"赵一伦把她的乱发抚上去，将一个开阔的额头按在胸前，这样一动不动许久。

整整一夜他们都毫无睡意。蜜蜡说："我觉得你永远都是河边的割草少年哩。""你还是那个捉草虾的女人。""我一点没变吗？""一点没变。"蜜蜡眼中的泪水滑下来，"我不相信。铜娃，我跑的路太多了，有好几次跌倒了再也不想起来。我在心里喊：铜娃啊你到底藏在了哪儿？我再找不着就要回头见爸妈了，宁可见上一眼立马让'捕快'抓了。就这么忍着，忍着，心里的一丝念头还没死绝。这个城太大了，城里什么人都有，咱一个庄稼娃儿就像一条鱼游到了死水汊里，不知多少人手持捞网等着哩。那些事啊，真想一闭眼全忘个干净。我在这座城里什么苦差没做过，可就是咽不下那些腌臜。回头想咱这一辈子，有人就是想用污脏把我没头没脸埋起来，不让咱喘一口气。从乡下到城里都是这样。我幸亏一路上遇到那么多好人搭救，咱一辈子都不敢忘他们。我忘不了去做帮工的那些好人家，忘不了带我卖烤红薯的好大姐。我从心里感激领咱进教堂的大妈，是她帮我找到了主，让我有法儿活下来。我像她一样不恨别人了，只念别人的好处。说来说去咱心里还是感激多过怨屈，我没有在街头饿死，没有成个'路倒'，最后还是找到了心上人。你说说这是多大的恩情。我那时千方百计找你，一有机会就打听有没有登州人，结果都是白忙一场。我去做保姆的那家司机随口说了句：'有个一天到晚找保姆的人大概是登州人。'这时咱早就没了指望，不过听在心里，没事了还是去家政介绍所那儿转悠，和找活的女人一块儿站马路。那天我一眼看见你,心上就像给戳了一下似的,不过咱没敢认也认不出哩。"

他为她擦去泪花,她握住他的手:"我还没告诉你从那个古怪画家那儿逃出来的一些事哩,没告诉你这些年是怎么活下来的。我说过,我让画家给弄了一张打工证明,然后就走了。我前前后后换了不少人家,什么人都遇到过。能雇得起人的大半是体面人,可也有过苦日子的。有的腰缠万贯,有的让人大气也不敢喘哩。这是什么地方啊,这些人压根就和咱不一样,连眼神都不一样,说的话咱也听不懂。他们一个个都忙得没头没脑的,一天到晚也不知胡蹲些什么,只知道乌溜溜的小车吱呀一声开来了,他们弯弯腰钻进去。男的女的,身上不是顶鼻子的香水味儿就是别的什么邪味儿。他们有时一个星期不愿说一句话,有时又一整夜缠着不让人睡觉。我遇见一个女人瘦得像麻秆,在电台做事儿,雇我时只说给她做做饭,进门一看才知道这儿麻烦大了。原来她是个单身,住的地方脏得要命,三间屋子都被垃圾塞满了,臭得让人捂鼻子。奇怪的是这人看上去那么干净,全身不见一丝灰土气儿。她夜里拱在床上睡觉,早晨起来从不叠被子。吃饭也不涮碗。我用了一个星期的时间才把她的屋子弄出个模样,可臭味儿还是散不尽。我夜里忍着臭味睡觉,满屋里只有我一个人。因为她多半时间不回来过夜,说不定哪天傍亮才摇摇晃晃进门,满嘴都是呛人的烟酒汽。有一天她醉醺醺进了门,不去自己的屋,一头扎到了我的床上,上来就没脸没耻啃啊咬的,瞎迂磨不走,硬是要和咱做睡觉那种事儿。我吓坏了也羞死了,哭了半天,央求她别这样别这样,可怜可怜咱庄稼孩儿吧,咱做什么苦活脏活都行,可就是做不来这个。她说那就慢慢学,世上无难事;还说如今连这个都不会干还想出来打工啊。我就不依。她劝不动就哭了，一支连一支吸烟，那模样真是让人心疼啊。我看她赤身裸体的样子，一根根肋骨都快凸出来了。我说妹妹你怎么这么瘦啊？她不吭声，只搂住我亲个不停。那一夜好不容易对付过去，心想不得了啦，咱得快些躲开了。她买了一大堆好东西给我，给了一辈子都没见过的化妆品、玉石手镯什么的。可我还是得离开她。我在她出门时一下钻到胡同里没了影儿。接上的日子又去了几个人家打工，混过了小半年，最后经人介绍来到了一个害气喘病的大官家里。他看人的眼神木木的，只挨了三个月就死了。他家里人介绍我去的地方挺怪，到处水汽洋洋的。我在这儿记记账端端茶壶什么的，活儿轻松工资不低。一个月过去，工头找我了，说你这闺女身大力不亏啊，该对公司有更大贡献。我说庄稼孩儿有碗饭吃就行。他听了拍拍手，说真好真好。谁知这是个人面兽心的主儿，从一开头就没打好谱。有一天半夜门开了，原来他手里有一把钥匙。那一场厮打啊，不说你也知道是怎么回事。他红了眼按人：他们最后就是要死死按住你，说来说去都是这样。像驴一样撒野哩，用膝盖顶咱的腰，往死里打，想给咱个下马威。他不知道咱是杀过大河马的人，大河马的鼻梁也有他的胳膊粗。弄到最后咱的裤子给扯破了，他又急又恼就咬了一口。那天夜里门从外面给锁上了，一直锁了三天。狠心狼三天里不给我一口水喝。第四天几个打手进来，把我脱得一丝不挂，把一个烧红了的铁字母在眼前晃了一下，说再不听话，就往腚上烙个号码，扔进大池子里接百家客去。我知道这些畜生说到做到，就使话儿蒙骗他们。后来等啊等啊，好不容易才寻个机会跑到大街上。那一整夜我都在逃，天冷得滴水成冰啊，直转了半夜才想起去找那个卖红薯的大姐。找啊找啊，走进了一个胡同怎么也转不出去。那一回我差点就冻死在街头上，变成一个'路倒'。"

蜜蜡伏在那儿，肩头剧烈耸动。赵一伦的泪水滴在她的头发上，"好蜜蜡，可怜的蜜蜡。""铜娃，咱死了也不能咽下这口腌臜呀。夜里睡不着只是想：咱是从污脏里跳出来的人哩，这一辈子什么不干也得把自己洗个干净。冬天这儿不是人待的地方，从南到北的街筒子吹着漫天大雪，吹得咱眼睫毛上都结了冰花。我想铜娃可怎么在这个城里混呀，这里离咱老家多远啊。走在大街上，有人两眼直勾勾盯着咱看，恨不得把人一口吞下。这是个什么年头啊，那些人就像吃了喜药。我平时再也不敢穿得齐整了，时不时往脸上抹点灰土末子。有人见了就说，'啊呀这个大叫花子呀。'我只为了保个平安。从冬天到春天这一截儿是最难熬的日子，咱没处打工就得冻个半死。那时我为了熬冬什么人家都得答应，难保不碰上色鬼痨病胎子。城里的干净人和腌臜人一样多，有时辛苦一个月拿不到一分钱。这年冬天咱腔上的咬伤化了脓，那个痒啊。又不敢找药匠，只得挨到结疤。春天一开头，有个狠心的家伙想把咱卖到山西：先让咱跟上出差，说是去贩一批毛皮货物，谁知住到客店里，早晨醒来人不见了，围住的都是些穿大棉袄的山西老客。这一趟逃脱啊，又得说上三天两夜，我只告诉你罢：从山西跑回来只差没死上两回。他们用绳子一路绑着我，胳膊都麻了，手蜕了一层皮。我那些日子里心计用了一箩筐，不知怎么活下来。你看啊铜娃，咱这些年还出了一趟省哩。那些山西人蛮实在，不过是一门心思跟咱成亲，给咱筷子粗的刀削面吃，还给咱老陈醋喝。我那时心一软真想留下来过日子，因为咱实在是跑累了，也没有那么多盼头了。心上人是镜中花水中月啊,让人不敢指望。我当时想:索性做个山西媳妇得了,这里的小米喷香,玉米面地瓜饼外加咸萝卜丝,什么也不缺。再说哪里的黄土不埋人,我眼看半辈子都过完了,这是什么日子啊。也真该躺下歇歇了,走到这里算一站。想是这么想啊,早晨起来对自己说:咱偏要找到心上人哩!咱是天底下第一犟孩儿,我说过,咱不到黄河不死心,到了黄河心不甘。就这样咬着牙挺过来,拼死拼活又回到了这座城。"

"铜娃,你看看吧,看看那个畜生给我咬上的疤癞。你从见了咱就没能好好看上一眼,我也躲躲闪闪的。因为我怕你问那些吓人的往事,怕你不信,怕你不喜见咱哩。""你快别这样说啊蜜蜡,你想到了哪里。我现在恨不得替你去受那些苦刑。你遭这些磨难,有一半是因为你长得太俊了。真的,没人像你这么好看,谁看一眼都忘不了。蜜蜡,别难过了,咱的苦日子让一阵风吹跑了,就像从河边上手拉手走过来一样,咱从头开始吧。""你可别笑话我身上的疤癞啊!"他小心翼翼给她褪下一截短裤,将台灯移近一点。"多么狠的人啊,把你咬成这样。可怜的蜜蜡。"她伏在那儿:"他们还想用烧红的铁给我烙上一个数码。""这些畜生想把你当成一匹马那样,在屁股上印个编号。"她爬起来,"我的铜娃,铜娃啊。"泪水一串串滴在他的衣服上,脖颈和胸脯也弄得湿润润的。他抚摸她:多么奇怪啊,一个遭受了无尽折磨的女人,周身肌肤竟然还像南瓜瓤儿似的,细润火红,而且果真透出粉糯糯的瓜香。她在无边的夜色里忍住哽噎,在心里呼叫:"铜娃,我真是一匹不带号码的大马啊,从野地里跑了出来,越跑越远。"

二十七

　　早晨的一抹霞光照着睡眼惺忪的蜜蜡。她打着呵欠："该做饭哩'主家'，"刚刚说完又赶忙改口："'铜娃'哩。"他一连几天都提前醒来，用拐肘拄着脸庞看她一会儿。这是让人永不厌倦的幸福时光，每到这时他总要在心底重复那声登州的慨叹："哦哟，好大婆娘哎。"瞧她眉头舒展面含微笑，嘴角一动一动，鼻尖上带着几颗微小的汗粒。他待她醒来的第一件事就是问一句："又做梦了吧？""俺梦见河边瓜儿满地乱滚，放羊老汉大口抽烟哩。""还有呢？""梦见妈和爸了，他们白了头发。爸腰弓了，黑儿不让他上山凿石头。妈站在东溪那儿手搭眼罩望人。"他高兴了。前一段她每次醒来都要叙说一个噩梦：一夜急奔，**跑啊跑啊**，脚都跛了，身后紧追不舍的是鞭打飞驴的"捕快"。刚躲过追兵又**堵来**衙役，他们身穿黑衣手悬锁链，头戴一尺二的帽子，还插了公鸡翎。有一回她梦见了老獾父子，看清了小油矬胸脯上龟板一样的纹路。"妈耶，孩儿一撒丫子出了家门，这辈子跑到哪里才是一站啊。"午夜呓语让人听了黯然神伤，他那时不得不一次次把她紧紧揽住，让她在怀中迎来一个个黎明。而今噩梦已尽，她在杏红色的阳光里开始穿上那件新衣：宽宽的棉布长袖软袍，上面有一朵又一朵鲜艳的大丽花。

　　她把屋子的每个角落都擦得一尘不染，连凉台玻璃都清洗得闪闪发光。她去菜市场买来几只南瓜，又到宠物市场抱回一只郎猫。从此家里总有一只猫儿喵喵叫着，在她的腿上磨蹭不已，和她一起迎接赵一伦回家。有一次他领回一个朋友，三个人一起动手做饭，蜜蜡的南瓜饼让朋友胃口大开。朋友多喝了几盅，然后就不时瞥瞥蜜蜡。朋友走后夜已深沉，他们像往日一样，先是看了一会儿电视，而后各自回到自己的屋里读书。蜜蜡给小猫添了一遍食水，又亲了亲它圆鼓鼓的鼻子。她在这样的夜晚常常待不下，一次次蹑手蹑脚走到他的身后，屏住呼吸，从侧面看他轮廓清晰的领线。她在心里承认眼前的男人到底是胖了一些，不过更像个男子汉了。屋里热乎乎的，他只穿了一件白色的衬衣，领口处露着一片古铜色的肌肤；有一条粗粗的脉管从耳侧那儿鼓胀下来，一直顺着喉结延伸着，最后消失在胸部那儿。微小而清晰的汗毛在灯下闪亮，随一呼一吸起伏。他的手里紧攥了一支笔，偶尔在书上画一条线。他的眉毛一动一动，睫毛眨着哩。一个好男人就是一个奇迹，一个稀罕。蜜蜡的呼吸突然急促起来，心底的那声呼叫只有自己才听得清："天哩，这是真的吗，这该不是做了个大梦吧！我的天，主啊，仁慈的主啊，我用什么来报答你呢？"她想捧住他乌黑的头发亲个不停，可是一伸手又缩回了。"主家，"她担心这声低低的呼叫他会听到，尽管它低得像呼气一样。他眉头微微一皱转过来，"啊，你听到哩。"她搂住他的脖子，他一歪头就吻在了她的眼睛上。"铜娃，我一个人待不下了，老想过来看你。"他扳住她的脸，手抚脊背，重复一遍登州那句趣话："你胖倒也不怎么胖，不过是长了个双脊背；好大婆娘哎！"她把头埋入他的胸口，一下下咬着他隆起的肌腱。

"我必劝导他，领他到旷野，对他说安慰的话，他从那里出来，我必赐他葡萄园，"蜜蜡念着。她只有一个人面对主的时候才能安静下来，呆上许久。一股温煦的甘泉从心头流过，她总想用感激的泪水陪伴它。她不十分明白这段话的意思，可她一遍遍用手指认这些字。她想把每个字都安放心头，让它们永远存活在那里。她记得那片葡萄园的样子：它在登州地面上茂盛生长哩。那真是一片旷野，跑上一天一夜也走不出边缘。这就是赐他葡萄园的地方：蜜蜡想象有一天她和铜娃手扯手回到故乡的情景，想象他们亲手种下一片葡萄园的情景。啊，甘甜的葡萄啊，咬一口蜜汁长流的葡萄啊，这才是咱庄稼孩儿一生一世的盼望。"那个时候咱也该有个孩儿了，他的大老虎嘴儿一张活活像他啊！"她望着夜色出神，口中喃喃，当低头去看腹部时，真的感到它有些改变了。她轻轻按住：那儿一鼓一鼓的。她终于忍不住了，走到他的面前。他的目光在询问，她故作平静说："俺给'使上'了。"他一怔，但很快笑着摇头。

一个人的时候蜜蜡不敢摆弄那个陈旧的书包。里面的每一本书每一张纸都让她梦见往昔。她一天夜里甚至梦见了下村的赤脚医生貐嫚、眼镜女和二先生，仿佛又一次回到了下村，在灰暗的光色里踏着土末、跟着一群人一挪一挪走动。她在睡梦中哭着去找老师雷丁，他眨动金色的睫毛，喉结一动一动与她说话。老师点头发出赞许："你如今在城里安了家，找了个上好的铜娃，我这个当老师的算是一块石头落了地。当老师的哪能不牵挂自己的学生，一天到晚想起来就睡不安稳。"她瘪瘪嘴："老师啊，你害得咱好苦啊，咱总算找着了你。"雷丁说："别抽抽搭搭了，让你男人听见成什么。""你别把俺男人看成小心眼的人。告诉你吧老师，他是天底下最通晓事理的人了，你俩一准脾气相投，做一生的知己。"这样在梦中一问一答，半夜醒来竟句句记得。她从来没有像现在这样思念雷丁，这思念甚至超过了四处寻人的那些日子。她把泪水抹去，又开始想崖上小学的情景，想到一路的追寻，想到鹌鹑泊和雷丁的弟弟三许，一颗心慌慌乱跳了。因为从三许到双子、蔑儿，一个个活灵灵的面庞让她再也忘不掉。老天，他们就像在眼前一样啊，那些甜蜜蜜的话语还在耳边响着哩。"说我不想念你们是假，可我不能去看你们了。你们可要好好活着呀，好好过自己的日子。"她叹息一声，两眼忽闪着去看一边的男人。他还在熟睡。他那均匀的呼吸啊，那微微活动的鼻翼啊。她亲了他一下。

"我想爸想妈，想俺村的东溪。我还想黑儿大，他现在不知怎样哩。"蜜蜡伏在赵一伦的肩头。他安慰说总有一天要返回老家。"在这座城里，俺觉得像进了外国似的。"一句话让他大笑。早晨的光色把屋内的一切都染成金黄，她发现他的胡茬一夜之间又长出了一点儿。她抚弄他的下颌，倾听一种沙沙声。"我的主家！"一声突如其来的呼唤泛在了心底，她赶紧咬住嘴唇。

又是一个夜晚来临，他们吃过饭后各自回到自己的房间。蜜蜡有点坐卧不安，在屋里站了一会儿，又出去听了听小猫的喵喵声。"老师让俺成个大写家哩，"她回到屋子，默念着打开一本书。突然听到了细小的脚步声。静了一会儿，那脚步声又逝去了。门下伸进了一张纸条，她屏住呼吸取起。颤颤抖抖打开，一下子贴在了胸前。"'家有刘蜜蜡，夜夜放光华，'"一字一字重复一遍，退到了暗影里。她的双眼溢满泪水。

今夜蜜蜡难以入睡了，她坐到灯前，翻开那一摞摞纸页，在一个笔记本的空白处写起来。话语像潮水一样涌荡，怎么也写不完。挥动的笔尖发出沙沙声，就像在南瓜花儿盛开的河边上一阵疾走。

她今夜想一口气写到黎明。

二〇〇二年四月五日—九月十八日写于龙口、济南
二〇〇二年十一月八日—二〇〇三年一月十日改于济南

附 录

张炜 《丑行或浪漫》[*]

马悦然

张炜，一九五六年生，一九八〇年作为小说家闻名。此后，他创作了上百部作品，以长篇小说、短篇小说及散文集为主。

在小说《古船》一九八六年问世后，张炜巩固了其作为中国最伟大作家之一的地位。该书二〇一三年由陈安娜（Anna Gustafsson Chen）翻译成瑞典语版，书名 *Det gamla fartyget*。

张炜出生并成长在有着悠久评书历史的山东省。同样，张炜的叙事风格深受威廉·福克纳（William Faulkner）和加西亚·马尔克斯（Garcia Marquez）的影响。

张炜的小说《九月寓言》一九九二年出版。二〇一四年由罗德保（Lennart Lundblad）精心翻译成瑞典语版，书名 *September Fabel*。该书被认为是二十世纪九十年代最成功的作品之一。

上述两部作品都描述了动荡的"文化大革命"时代贫苦的农民生活。

---

[*] 马悦然，瑞典著名汉学家。JINRING 出版社位于瑞典的斯德哥尔摩。——译注

JINRING 出版社最近又为它的业绩添冠，出版了张炜的第三部作品《丑行或浪漫》，该书中文版二〇〇三年问世，二〇一五年的瑞典文版名为 *Landstrykerskan*，周宇婕（YuSie Rundkvist Zhou）的翻译不同凡响。

小说故事发生在二十世纪八十年代，同时也追溯到了动荡的六十年代。主人公刘蜜蜡是一个善良多情且求知欲强的女孩。在村长黑儿的帮助下刘蜜蜡得以在村里的小学念书，但她却爱上了致力乡村教育事业的青年教师。她"名声欠佳"的母亲污蔑老师"是个变态且勾引学生"，村长黑儿和单纯的村民们竟信以为真。老师被迫逃离。在寻找老师的途中刘蜜蜡遇到了铜娃，且深深地爱上了他。但是，命运最终使铜娃也消失了。

刘蜜蜡落入小油矬手中，是邻村的民兵首领，一个可恶的人。小油矬的父亲老獾也同样可恶，这个凶悍的男人，据说用了一个星期的时间打死了他的妻子。老獾和小油矬都顺服伍爷——邻村的恶霸。小说对这三个恶霸的人物刻画是中国现代文学前所未有的。

在小说结局，流浪女刘蜜蜡和她的铜娃终成眷属。

JINRING 出版社已经宣布即将出版张炜的另外两部小说。

二〇一五年八月二十八日

图书在版编目（CIP）数据

外省书 丑行或浪漫/张炜著．—济南：山东教育出版社，2016
（张炜文存）
ISBN 978-7-5328-9247-1

Ⅰ.①外… Ⅱ.①张… Ⅲ.①长篇小说—小说集—中国-当代 Ⅳ.① I247.5

中国版本图书馆CIP数据核字（2015）第312855号

总 策 划： 刘东杰
出版统筹： 祝　丽
特邀编辑： 马　兵
责任编辑： 王　慧　陈艳丽
装帧设计： 王承利　宋晓军
手稿摄影： 曹清雅

张炜文存
外省书 丑行或浪漫

张炜著

主　　管：山东出版传媒股份有限公司
出版者：山东教育出版社
（济南市纬一路321号 邮编：250001）
电　　话：（0531）82092664 传真：（0531）82092625
网　　址：sjs.com.cn
发行者：山东教育出版社
印　　刷：济南精致印务有限公司
版　　次：2016年3月第1版 2016年3月第1次印刷
规　　格：720mm×1092mm 16开本
印　　张：42.25 印张
字　　数：485千字
书　　号：ISBN 978-7-5328-9247-1
定　　价：86.00元

（如印装质量有问题，请与印刷厂联系调换）印厂电话：0531—88783898